Klarant Verlag

Sterne sieht man nur

im Dunkeln ...

Bärbel Muschiol wurde 1986 in Weilheim, Oberbayern, geboren. Glücklich verheiratet lebt und arbeitet sie mit ihrem Mann und ihren zwei Kindern heute noch immer im tiefsten Bayern. Im Genre Erotik und in der Belletristik hat sich die Autorin mittlerweile einen festen Platz in den Bestsellerlisten geschaffen.

Bärbel Muschiol

Rocker Rebels

Kampf ohne Gnade

Klarant Verlag

Klarant Verlag, www.klarant.de
ISBN: 978-3-96586-059-9
1. Auflage, 2019
Umschlagabbildung: Klarant Verlag unter Verwendung von shutterstock-Bildern.

Printed in the EU.

Besuchen Sie uns im Internet: www.klarant.de

Rocker küssen besser

Prolog

Zoe

„Komm schon, Baby! Zier dich nicht so ...“

Jaggers raue Fingerspitzen streifen über meine kalten Schultern, lösen ein sehnsüchtiges Prickeln in meinem Unterleib aus und lassen mich meinen Entschluss, ihn endlich zu verlassen, seufzend beiseiteschieben. *Wieder einmal ...*

Warme Lippen saugen sich an meinem Hals fest, ich spüre Zähne, die sich tief in meine Haut graben und lehne mich an den mit Leder bekleideten Rockerpräsidenten hinter mir.

„Wir müssen endlich reden.“

Ein Knurren ausstoßend, schiebt er seine Hand unter mein Shirt und umfasst meine rechte Brust. Geschickt zieht er meine BH-Körbchen nach unten und reibt mit seinem schwieligen Daumen über meine empfindlichen Nippel.

„Fuck Zoe! Warum willst du das zwischen uns so verflucht kompliziert machen? Du und ich - es fühlt sich gut an und macht Spaß. Was wollen wir mehr?“

Die Frage macht mich wütend. Was er will, ist mir langsam, aber sicher egal, und was ich will, weiß ich ganz genau. Ich will eine sichere Zukunft, ein kleines Haus am Stadtrand, Kinder und meine eigene kleine Familie.

An sich nichts Außergewöhnliches, für den Mann, dem mein Herz gehört, jedoch undenkbar. Alles, was Jagger zu seinem Glück braucht, ist sein Club, sein Bike und seine Freiheit. Was mich wieder zu dem Grund bringt, aus dem ich mich von ihm trennen muss. Vor fünf Jahren, als ich Jagger, der von all seinen Brüdern nur Joker genannt wird, das erste Mal begegnet bin, wusste ich sofort, dass dieser Biker mein Untergang sein wird. Aber als die Romantikerin, die ich nun mal bin, habe ich in ihm nicht den Harley fahrenden, stets bewaffneten Outlaw gesehen, sondern einen muskulösen Bad Boy, der weiß, was er will und arrogant genug ist, es sich zu nehmen.

Der Umstand, dass ich auf Machos stehe, hat mir schon Dutzende verheulte Nächte eingebracht. Aber was soll ich tun? Brave Männer haben mich vor Jagger schon gelangweilt. Und jetzt, wo ich weiß, wie dreckig Sex sein muss, damit er erst so richtig gut ist, tun sie es erst recht. Dieser Biker hat mich für den Rest meines Lebens versaut ...

Jagger und seine Brüder sind landesweit bekannt. Kein MC ist so berüchtigt wie der *Sons of Silence Motorcycle Club,* der seinen Sitz in Everett hat.

Everett ist eine Stadt des Snohomish County im US-amerikanischen Bundesstaat Washington. Ich bin mir sicher, dass es keinen Mann, keine Frau und kein Kind gibt, das nicht irgendeine gruselige Geschichte über diesen MC erzählen kann.

Aber das war mir damals egal. Schön blöd ... Indem ich mir eingeredet habe, dass Jagger sich mit der Zeit für mich ändern würde, habe ich alles, was um mich herum passiert ist, akzeptiert. Genau genommen habe ich mich sogar an das gefährliche Leben im Club gewöhnt. Waffen, blutverschmierte Kleidungstücke und falsche Alibis gehören mittlerweile zu meinem ganz normalen Alltag.

Es kam mehr als einmal vor, dass ich dabei zusehen musste, wie die Bullen das Clubhaus gestürmt und alle Sons mit Kabelbindern gefesselt auf den Boden verfrachtet haben.

Dank der vielen Jahre, die ich nun schon zu dieser eingeschworenen Gemeinschaft gehöre, weiß ich genau, worauf es im Leben ankommt: Treue, Loyalität und Zusammenhalt.

So geschockt ich auch hin und wieder war, bin ich nie davongelaufen. Ich bin geblieben, habe die Zähne zusammengebissen und den Rockern dabei geholfen, ihre Köpfe aus der Schlinge zu ziehen. Jagger hat immer versucht, mich von dem schlimmsten Bullshit fernzuhalten, trotzdem ahne ich, wie böse der Mann, dessen Finger sich gerade in meinen Slip schieben, wirklich ist.

Mein Joker ist ein Killer, ein Zuhälter, ein Schutzgelderpresser und ein Waffenhändler. Durch seine Hände sind Dutzende Menschen gestorben. Was sagt es über mich aus, dass ich seine Berührungen dennoch genieße, dass ich sie sogar herbeisehne und mich regelrecht nach ihnen verzehre? Macht es mich ebenfalls zu einer Kriminellen, dass ich nie zu den Cops gerannt bin, und die Männer, die zu meiner Familie geworden sind, verraten habe? Vielleicht? Ich weiß es nicht! Was mir jedoch schmerzlich bewusst ist, ist, dass unsere Zukunftsvorstellungen absolut nicht kombinierbar sind.

Für Jagger ist es das Größte, nach einem harten Tag auf seine schwarze Harley zu steigen, stundenlang über den Highway zu cruisen und den Fahrtwind zu genießen.

Diese Methode ist seine Art, dem ganzen Dreck, aus dem sein Leben besteht, für ein paar Stunden zu entfliehen. Dumm nur, dass das bei mir nicht funktioniert. Ich liebe es, hinter ihm auf seinem Bike zu sitzen, meine Arme um seine Mitte zu schlingen und mich an seinen breiten Rücken zu schmiegen. Ich bin längst süchtig nach dem Geruch von Leder, Benzin, Mann und Schießpulver, und genau darin liegt das Problem.

Sobald etwas zur Sucht wird – wird es gefährlich!

Wenn ich mich nur damit zufriedengeben könnte, für immer einfach nur Jokers Mädchen zu sein, wäre alles so einfach. Doch ich will mehr vom Leben als wilden Sex, Alkohol, Abenteuer und Partys, die bis weit nach Sonnenaufgang andauern. Ich bin jetzt achtundzwanzig und brauche langsam aber sicher einen Plan.

Jagger sieht das anders. Sein Plan ist es, immer mehr Geld zu verdienen, noch mehr Waffen zu verkaufen und das Revier und die Macht der Sons auszuweiten.

Mein geliebter Outlaw ist genau zehn Jahre älter als ich und fürchtet das Wort *Kinder* genauso sehr wie der Teufel das Weihwasser.

Wir stecken in einer Pattsituation, aus der es keinen Ausweg gibt.

Entweder akzeptiere ich seine Lebensweise oder aber ich verlasse ihn.

Beides erscheint im Augenblick undenkbar. Und in dem Moment, in dem er damit beginnt, meinen Kitzler zu bespielen, zerplatzen all meine Gedanken sowieso wie bunt schillernde Seifenblasen. Wie so oft in den letzten Monaten, lasse ich zu, dass er meine Zweifel einfach wegküsst, mich über seine Harley beugt und meinen Rock nach oben schiebt. Mein Slip ist einen Atemzug später nur noch ein mit Spitzen besetzter, zerrissener Stofffetzen, der zwischen meinen Füßen auf den Asphalt fällt. Ich höre das Klimpern seiner Gürtelschnalle, das *Ratsch* des sich öffnenden Reißverschlusses und das unverkennbare Geräusch des reißenden Zellophanpapiers der Kondomverpackung. Wenige Sekunden später bedeckt mich sein kraftvoller Körper. Ich spüre die Zuckungen seiner Muskeln und seinen heißen Atem in meinem Nacken. Wieder und wieder gleitet seine Hand durch meine Mitte, reibt über meinen Kitzler und sorgt so dafür, dass ich immer feuchter werde.

In seiner Nähe kann ich nicht klar denken, die Luft um uns herum beginnt zu flirren und mein Herz stolpert hilflos umher. So war das schon immer zwischen uns. Wir sind wie zwei Magnete mit unterschiedlichen Polen, die voneinander angezogen werden.

Feuer und Wasser – Tag und Nacht. Nicht kombinierbar, jedoch untrennbar miteinander verbunden.

„Sag es, Baby! Sag, dass du mich liebst!“

Jagger spürt, dass ich seit mehreren Monaten versuche, von ihm loszukommen und mich emotional immer mehr von ihm entferne. Ich muss ihm zugutehalten, dass er um mich kämpft. Auch wenn er es auf seine ganz eigene Art macht: mit Sex, Sex und Sex.

Die Art, wie er mich fickt, wird immer härter, hat fast schon etwas Verzweifeltes an sich.

Doch das nützt alles nichts. So tabulos unsere Nächte auch sein mögen, sobald der nächste Tag anbricht und die Sonne aufgeht, wird mir in dem Moment, in dem er sich seinen Dolch an den Oberschenkeln bindet und die Waffe in das Holster unter seiner Kutte steckt, deutlich bewusst, dass sich, egal wie wund ich auch sein mag, nichts zwischen uns verändert hat.

Obwohl die Worte auf meiner Zunge liegen, spreche ich sie nicht aus, was Jagger wütend macht. Er packt mich an den Haaren, bringt sich hinter mir in Position und stößt sich mit einem kraftvollen Ruck bis zum Anschlag in mich.

Bittersüße Pein zuckt durch meinen Schoß, schießt wie ein Blitz an meiner Wirbelsäule nach oben und entlockt mir einen lauten Schrei.

Instinktiv versuche ich, mich etwas aufzurichten, was er natürlich nicht zulässt.

Mit einem dominanten Griff packt er mich am Nacken, drückt mich zurück auf sein Bike und fickt mich wild und gnadenlos. Das glatte Leder des Sozius presst sich gegen meinen Bauch, ich höre seinen derben Fluch und weiß, dass mein Outlaw kurz davor ist, die Kontrolle zu verlieren. Immer wieder rammt er sich in meine zuckende Muschi. Seine Hoden prallen gegen meine empfindlichen Schamlippen, sämtliche Luft wird aus meiner Lunge gepresst. Hilflos halte ich mich fest, lausche dem Klatschen unserer aufeinandertreffenden Körper und beiße mir auf die Unterlippe, um nicht das gesamte Clubgelände zusammenzuschreien.

Es ist Freitag, kurz vor 20:00 Uhr. Das bedeutet, dass sich das Gelände der Sons mit jeder Minute mehr füllt. Man hört das bollernde Geräusch der Motorräder, das Lachen der Frauen und das Grölen der Männer. Jagger weiß genau, dass ich es nicht so gerne mag, wenn er mich in der Öffentlichkeit vögelt, in dieser Hinsicht bin ich verklemmt. Beim Sex habe ich gerne meine Privatsphäre. Er sieht das anders. Für ihn ist das hier nicht einfach nur ein guter Fick, sondern er markiert mich als seinen Besitz, stellt sicher, dass alle Anwesenden genau wissen, dass ich sein Eigentum und somit tabu bin.

Vor etwa einem Jahr hat sich ein Anwärter getraut mich anzubaggern. Er hat mir ein Bier gebracht, seine Hand auf meinen Arsch gelegt und mich gefragt, ob ich Bock auf einen wilden Ritt hätte. Großer Fehler – sehr großer Fehler!

Landon, der Vize der Sons, hat alles gehört. Es hat genau drei Minuten gedauert, bis ein vor Wut zitternder Jagger neben mir aufgetaucht ist. Danach habe ich den Prospect nie wieder gesehen. Eigentlich gilt im Club eine ganz einfache Regel. Nur die Old Ladys sind tabu, alle anderen Frauen sind frei. Reservieren gibt's nicht. Aber da Jagger nun mal der Präsident ist, bin ich quasi die einzige Ausnahme.

Obwohl kein *Property of Joker* meinen Rücken ziert, weiß jeder Mann, dass er, wenn er kein Krüppel werden will, mich nicht länger als ein paar Sekunden am Stück ansehen sollte. Ich habe einmal mit angesehen, was ein Baseballschläger mit einer Kniescheibe anrichtet, ein weiteres Mal kann ich durchaus darauf verzichten. In den Händen des Jokers wird so ziemlich alles zu einer gefährlichen Waffe ...

Ein grollendes *Fuck* und ein harter Schlag auf meinen Po reißen mich aus meinen Gedanken und katapultieren mich zurück ins Hier und Jetzt.

„Zum Teufel, Weib. Sag es. Sag, dass du mich liebst oder ich werde dich so lange ficken, bis du in deine Einzelteile zerbrichst!"

Der warnende Unterton in seiner Stimme bringt mich dazu, nachzugeben.

Jagger ist kein Mann, dem man leichtfertig etwas verwehren sollte. Er ist es gewohnt zu bekommen, was er will und er gibt niemals, absolut niemals auf! Auch wenn sich unsere Zukunftspläne zu 100 Prozent unterscheiden, hat er nie den geringsten Zweifel daran gelassen, dass er mich will und dass ich längst nicht mehr das Recht habe, zu gehen.

Das hier ist sein Club, seine Welt und hier gelten seine Gesetze.

Ich gehöre ihm, für immer. Der violette Bissabdruck ist nur eins von vielen Zeichen, die er auf meinem Körper hinterlassen hat. Uns verbinden unsichtbare Fesseln, wer weiß, ob ich jemals stark genug sein werde, gegen diese anzukämpfen.

Erneut stößt er sich mit Wucht in mich, ich keuche, am Rand meines Sichtfelds zucken schwarze Blitze. Nach Sauerstoff schnappend, kämpfe ich darum, auf den Beinen zu bleiben. Meine Knie zittern so heftig, dass es sich so anfühlt, als würde ich jeden Moment zusammenbrechen.

Ein Mix aus Lust und Schmerz pulsiert durch meine Venen, verdeutlicht mir die Bedeutung des Wortes *Leiden*schaft. Wer hoch fliegen will, muss bereit sein zu leiden. Und das bin ich, mehr als das sogar. Für meinen Rocker würde ich durch die Hölle gehen, ich würde ans Ende der Welt reisen und alle Gesetze dieser Erde brechen. Doch das alles wird mir nicht weiterhelfen. Wir sind verlorene Seelen ...

Ich brauche ihn – er braucht mich. Wir können weder zusammen noch getrennt voneinander glücklich sein. Es ist wie ein Fluch, keine Ahnung, was ich in meinem vorherigen Leben verbrochen habe, um das zu verdienen.

Jagger spürt, dass ich kurz davor bin zu kollabieren, er zieht mich nach oben, schlingt seine langen Finger um meinen Hals und leckt über mein Ohrläppchen. Einzig sein unnachgiebiger Griff hält mich aufrecht.

„Du bist mein Mädchen. Meins ganz alleine! Ich werde dich niemals gehen lassen. Akzeptiere diese Tatsache, hör auf, gegen mich anzukämpfen, sag, dass du mich liebst und ich werde dich glücklich machen."

Rau und kratzig schaben seine dunklen Bartstoppeln über meine empfindliche Haut, während er mir verschwörerische Dinge ins Ohr murmelt.

„Du bist mein, Zoe. Dein Herz, deine Seele und dein Körper, das alles gehört auf ewig mir!"

Da ich weiß, dass er recht hat, nicke ich nur.

„Sag es! Sag, dass du mein Mädchen bist."

Ein zittriges Seufzen ausstoßend, tue ich, was er verlangt.

„Ich bin dein!"

Er nickt zufrieden, lässt seine Hüfte kreisen und bohrt sich so noch etwas tiefer in mich hinein.

Keuchend presse ich mich ihm entgegen und erschaudere wohlig, als die Wulst seiner Eichel gegen meinen G-Punkt stupst.

„Ich liebe dich, Baby! Ich liebe dich so fucking heftig, dass ich allein bei der Vorstellung, dich zu verlieren, verrückt werden könnte."

Tränen steigen mir in die Augen, wir sind auf ewig verloren ...

„Ich liebe dich viel mehr."

Das zufriedene Knurren, das sich als Reaktion auf meine Worte aus seiner Kehle löst, verrät mir, dass er ganz genau weiß, dass er gewonnen hat.

Jetzt, wo er bekommen hat, was er wollte, drückt er mich wieder auf seine Harley, verfällt in einen schnellen, kraftvollen Rhythmus und biegt mir die Arme auf den Rücken. So gefangen, reglos und bis zum

Anschlag ausgefüllt, verliere ich mich in meiner Lust. Mit jedem erneuten Vorstoß und jeder weiteren Berührung komme ich meinem Höhepunkt näher. Ein letzter Stoß und ich explodiere, zerspringe regelrecht und fühle mich, als würde ich fliegen. Meine Muskeln gehorchen mir nicht mehr, also bleibe ich reglos liegen und lausche Jaggers animalischem Brüllen.

Ich kann mir gut vorstellen, was für ein Bild wir abgeben. Ich, mit hochgeschobenem Rock, verwuschelten Haaren und Bissabdruck quer über dem Bike liegend und hinter mir Jagger, der große böse Rockerpräsident mit vor Lust verzerrter Mimik, während er seinen Samen in die dünne Latexhülle, die unsere Körper trennt, pumpt.

Wenn ich es jemals schaffen sollte, ihn zu verlassen, wird mein Herz hier bei ihm bleiben. Es gehört ihm einfach, das lässt sich nicht mehr ändern ...

Vor einer Weile habe ich mit dem Gedanken gespielt, einfach ein Loch in das Kondom zu stechen. Ein kleiner Pikser und ich hätte endlich die Chance, schwanger zu werden.

Schlussendlich habe ich mich dagegen entschieden. Liebe hat etwas mit Respekt und Vertrauen zu tun, ich habe nicht das Recht, Jagger auf diese Weise zu verraten. Zwar bin ich mir sicher, dass er unser Baby lieben würde, aber das habe ich nicht zu entscheiden.

Kaum dass der Rausch abgeklungen ist, packt mich die Realität mit voller Wucht.

All die neugierigen Blicke, die auf uns ruhen, werden mir überdeutlich bewusst. Beschämt zupfe ich meinen Rock nach unten. Jagger lacht, zieht sich aus mir zurück und rollt das Kondom von seinem Schwanz. Ich versuche mich aufzurichten, meine Knie geben nach und ich gerate ins Wanken.

Bevor ich auf den Boden fallen kann, fängt er mich auf und pinnt mir einen feuchten Kuss auf die Stirn. Pfiffe werden laut, ich laufe rot an.

„Hoppla Baby. Das war wohl zu viel für dich."

Sein zufriedenes Grinsen verrät mir, dass ihm mein desolater Zustand mehr als gut gefällt. „Lass mich bitte runter." Er schüttelt den Kopf und trägt mich mit großen Schritten in den viereckigen Betonklotz, der das Clubhaus darstellt.

„Keine Chance. Heute erlaube ich dir nicht, vor mir davonzulaufen."

Oh oh, das ist ihm also aufgefallen.

Auf einem Sofa, das sich im hintersten Eck befindet und von dem aus er alles im Blick behalten kann, setzt er sich und platziert mich auf seinem Schoß.

Bei einer vorbeigehenden Bitch bestellt er für sich ein kaltes Bier und für mich einen Orangensaft, schiebt seine Hand wie selbstverständlich unter meinen Rock und streift über meine geschwollene Scham.

Mit der Nase an meinem Hals entlangstreifend, schnuppert er an mir und stöhnt leise.

„Du riechst nach mir. Ich mag das."

Selbst als uns unsere Getränke gebracht werden und sich Landon zu uns setzt, lässt er seine Hand auf meiner Pussy liegen und reibt, während sich die beiden über irgendwelche Revierkämpfe unterhalten, federleicht über meinen Kitzler.

Die leichte, jedoch dauerhafte Stimulierung sorgt dafür, dass sich erneut Lust in mir aufbaut und ich nicht in der Lage bin, auch nur einen logischen Gedanken zu fassen.

Stöhnend gebe ich auf, unterwerfe mich meinem Schicksal, lehne meinen Kopf an seine Schulter und lausche den dunklen Stimmen, während der Feuerball in meinem Unterleib immer mehr an Intensität gewinnt.

Die Stunden vergehen, ich komme noch mehrmals auf seinem Oberschenkel. Erst als ich ihn um Gnade anflehe, hat er Erbarmen und stoppt sein geschicktes Fingerspiel.

Erschöpft und müde genieße ich meinen postkoitalen Zustand und akzeptiere die Tatsache, dass Jagger auch heute wieder gewonnen hat.

Er hat mich genau da, wo er mich haben will: in seinem Club, auf seinem Schoß und in seiner Hand.

1. Kapitel

Joker

Es ist Mitternacht, vor mir liegen vier Leichen – drei mit Kopfschuss, eine ohne Kopf – ich hatte einfach keinen Bock, mich mit diesen Idioten noch länger rumärgern zu müssen.

Landon, mein Vize und Mason, der Vollstrecker des *Sons of Silence Motorcycle Clubs,* stehen neben mir, betrachten die Sauerei und sehen mich fragend an.

„Alles okay bei dir, Boss?"

Ein genervtes Schnauben ausstoßend, lehne ich mich an die Wand und betrachte meine blutverschmierten Hände. Erst als ich den Großteil der roten Tropfen abgewischt habe, sehe ich meinen Stellvertreter an und fische meine Kippenschachtel aus der Hosentasche.

„Sieht es danach aus?"

Amüsiert zieht er seine Mundwinkel nach unten und reibt sich über die Stirn.

„Keine Ahnung, Bro. Du bist etwas eskaliert. Findest du nicht?"

Etwas? *Hahaha!* Ich mag seinen Humor.

„Ich musste etwas Druck ablassen."

Mason nickt, er weiß genau, wovon ich rede, immerhin hat er seinen Straßennamen nicht von irgendwoher. Wegen seiner etwas brutalen Art haben wir ihn nach David Edwin Mason benannt, einem echt krassen Serienkiller der 1993 in der Gaskammer von San Quentin hingerichtet wurde. Eigentlich wurde unser kleiner Psycho verdammt christlich erzogen und von seiner Mutter auf den Namen Kenneth getauft. Das mit dem guten Christen hat er allerdings nie so wirklich hinbekommen. Ich kann ihm das nicht vorwerfen, fuck, keiner von uns kann das! Wir werden alle in der Hölle schmoren – falls es denn eine gibt. Und aus genau diesem Grund bin ich nicht bereit, mein Mädchen frei zu geben. Zoe ist mein Paradies, wenn ich sie ficke, finde ich etwas, das sich nach Frieden anfühlt. Sie in den Armen zu halten, fühlt sich gut an, und es gibt nicht viel in meinem Leben, was sich wirklich gut anfühlt.

An sich ist alles super, es gibt nur ein Problem, Zoe wünscht sich etwas, das ich ihr auf gar keinen Fall geben kann: eine Familie. Sie will ein Haus, Kinder und einen Hund.

Fuck off! Was das Haus angeht, bin ich gerne bereit, ihr eines zu kaufen, auch das mit dem Hund sollte kein Problem sein. Aber Kinder?

Niemals! Wie sollte ein Mann wie ich mit so etwas Zerbrechlichem und Unschuldigem wie einem Baby umgehen können?

Allein die Tatsache, dass ich hier stehe und mir erst das Blut meiner Opfer von den Fingern waschen muss, ehe ich mir eine Zigarette anzünde, ist doch der beste Beweis, dass ich nicht für die Vaterrolle geschaffen wurde.

Sogar mir herzlosem Bastard ist klar, dass es unfair ist, Zoe an mich zu binden, wenn ich nicht bereit bin, ihr das Leben zu ermöglichen, das sie verdient hat. Aber so bin ich nun mal!

Ohne diese Frau wäre meine Existenz sinnlos und leer, ich wäre nur noch ein Schatten meiner selbst.

Ich hatte gehofft, dass ihr Kinderwunsch mit der Zeit nachlassen würde, doch so ist es nicht. Leider!

Im Gegenteil, er ist eher stärker geworden.

Mit jedem Tag distanziert sich mein Mädchen mehr von mir. Ich kann regelrecht spüren, wie sie versucht, mich von sich zu stoßen, aber das lasse ich nicht zu. Eher hacke ich mir beide Hände ab, als dass ich sie frei gebe. Alleine die Vorstellung, dass sie sich mit einem anderen Mann trifft, lässt mich beinahe durchdrehen.

Der letzte Typ, der es gewagt hat, sich ihr zu nähern, hat nicht nur seinen Status als Prospect verloren, sondern auch die Hand, mit der er *meine* Frau berührt hat.

Es wäre alles wesentlich einfacher, wenn ich sie zu meiner Old Lady ernennen und ihr mein Leder anziehen würde.

Doch so leicht ist das alles nicht. Zumindest im Moment.

Nichts ist endgültiger, als sich eine Lady zu nehmen. Eine Ehe kann geschieden und ein Ehering abgenommen werden. Aber das mit der Kutte ist eine völlig andere Sache. Wenn ich Zoe erst mal zu meiner Lady gemacht habe, gibt es kein Zurück mehr. Dann stehe nicht nur ich, sondern der gesamte Club für sie ein.

Zoe ist mein Besitz, ich beschütze sie mit meinem Leben, wache über und sorge für sie. Jeder meiner Brüder weiß, wie viel mir dieses Mädchen bedeutet, das muss fürs Erste ausreichen. Sobald aber ein *Property of Joker* ihren schmalen Rücken ziert, ist es offiziell und dann weiß die ganze verdammte Welt, dass sie meine Schwachstelle ist. An sich ist das genau das, was ich will, doch es birgt auch gewisse Risiken, die ich im Moment nicht abschätzen kann.

Als Präsident ist es meine Aufgabe, den Club zu schützen. Die Interessen unseres MCs stehen über den meinen. Wie die vier Leichen vor mir beweisen, haben wir gerade massive Probleme mit den Sizilianern, genauer genommen mit der Cosa Nostra, dem nordamerikanischen Ableger der legendären sizilianischen Mafia. Dieser gilt als bekanntester Zweig der italienischen Mafia, dessen Mitglieder sich als ‚uomini d'onore' (*Ehrenmänner*) bezeichnen. Die meisten Familienclans arbeiten großteils eigenständig, wobei dank einer Kommission aus den jeweiligen Oberhäuptern der einflussreichsten Familien eine landesweite Koordination besteht.

Bis zum Ende des zwanzigsten Jahrhunderts wurde die Cosa Nostra als mächtigste kriminelle Organisation in Europa eingestuft. Was zugegebenermaßen äußerst beeindruckend ist.

Bis vor einem Jahr haben sich die Wichser von diesem Teil des Landes ferngehalten. Mittlerweile versuchen diese Hefeteig knetenden Spaghettilutscher ihre Macht mit allen Mitteln auszubauen. Sie drängen sich in unser Revier, greifen uns am helllichten Tag an und machen uns unsere Kunden abspenstig. Bis jetzt hatten wir nie Probleme mit den Sizilianern, was dazu geführt hat, dass sie unter unserem Radar geblieben sind.

Ein Fehler, den wir jetzt beheben müssen. Die sogenannten ‚uomini d'onore' haben sich wie Ratten in unseren Straßen ausgebreitet und überall ihre Spuren hinterlassen. Es wird ein langwieriger Prozess, sie nach und nach auszurotten.

Diese Bastarde sind hartnäckig und skrupellos, sollten sie je mitbekommen, dass Zoe meine Frau ist, würde sie das in Gefahr bringen. Ich kenne diese Typen, sie würden mein Mädchen entführen und sie mir in Einzelteilen zurückschicken, so lange bis ich auf die Forderungen, die sie garantiert stellen würden, eingehe.

Und ich würde darauf eingehen – so viel ist sicher.

Ich würde dem Club schaden, nur um mein Mädchen zu retten. Und gerade weil das so ist, wird noch einige Zeit vergehen, ehe ich Zoe zu meiner Old Lady ernennen kann.

Der Umstand, dass die Italiener schuld sind, dass Zoe nicht längst mein Leder trägt, macht mich unsagbar wütend, und genau diese Wut haben die vier Wichser, deren Blut meine Schuhe ruiniert hat, zu spüren bekommen.

„Sind wir hier fertig, Präs?“

Masons Stimme reißt mich aus meinen Überlegungen. Nickend inhaliere ich ein letztes Mal den warmen Rauch und schnippe den glühenden Stummel meiner Kippe in die rote Pfütze vor mir.

„Hier schon. Zumindest fast. Hol den Kanister aus dem Van und zünde das Drecksloch an. Die Bullen haben die blöde Angewohnheit, bei kopflosen Leichen hysterisch zu werden, und ich habe echt keinen Bock auf nervige Fragen.“

Landon lacht und wartet, bis Mason verschwunden ist, um das Benzin zu holen, ehe er die Frage stellt, die ihm wohl schon seit längerem auf der Zunge liegt.

„Wie viele von den Bastarden müssen noch sterben, bis du endlich kapierst, dass nicht die Sizilianer das Problem sind, sondern du?“

Irritiert sehe ich ihn an.

„Wovon zur Hölle sprichst du?“

Genervt deutet er mit einem Nicken auf den abgetrennten Kopf.

„Du gibst den Italienern die Schuld an der Misere, in der du feststeckst, obwohl du dir die Scheiße mit Zoe selber eingebrockt hast.“

Was soll das?

„Noch ein Wort und ich schlitze dir die Kehle auf, Bruder.“

Die Drohung beeindruckt meinen Vize nicht im Geringsten.

„Du kannst es gerne versuchen, aber das wird dir mit deinem Mädchen auch nicht weiterhelfen.“

Nicht bereit, mir diesen Bullshit auch nur eine Minute länger anzuhören, balle ich die rechte Hand zur Faust, hole aus und schlage zu. Landons Reflexe sind genauso gut wie meine, was bedeutet, dass er den Punch mühelos abwehrt und mich nun herausfordernd ansieht.

„Um auf deine erste Frage zurückzukommen. Ich habe vor, sie alle zu töten! Absolut alle. Und wenn ich das getan habe, kümmere ich mich um Zoe. Falls du dich mit dem Blutvergießen überfordert fühlst, dann trenn das Vize-Patch ab, ich kenne mindestens ein Dutzend Sons, die deinen Posten mit Freude übernehmen würden.“

Zorn blitzt in seinen Iriden auf.

„Bis du mit der Scheiße fertig bist, liegt dein Mädchen längst im Bett eines anderen.“

Er spricht aus, wovor ich mich am meisten fürchte. Was unter anderem der Grund ist, warum ich Zoe so hart und so oft rannehme, dass sie garantiert nicht auf die Idee kommt, mit einem anderen Mann zu ficken, sondern dass sie froh ist, wenn ich an manchen Nächten unterwegs bin und sie einfach nur schlafen kann.

Mit einem Fluch wende ich mich ab, verpasse der Wand einen Tritt und beobachte, wie Mason den Deckel des roten Kanisters abschraubt, das Benzin über die Leichen schüttet, ein Streichholz anzündet und es in die schillernde Flüssigkeit wirft.

Der Geruch von verbranntem Fleisch steigt mir in die Nase. Ohne einen Blick zurück verlasse ich das ansonsten leere italienische Restaurant, hole eine verknitterte Spielkarte aus der Innentasche meiner Kutte, ziehe meinen Dolch, pinne den Joker an der hölzernen

Türe fest und stelle so sicher, dass keine Zweifel darüber aufkommen können, wer die Wichser kaltgemacht hat. Die Straße überquerend, gehe ich zu meinem Bike, stülpe mir den Helm auf den Kopf und mache mir nicht die Mühe, den Verschluss einrasten zu lassen, sondern lasse die Riemen einfach offen runterhängen.

„Was jetzt, Präs?“

„Jetzt fahren wir nach Mukilteo.“

Landon und Mason sehen sich fragend an.

„Was wollen wir da?“

„Italienisch essen.“

Mein Vize schnaubt genervt. Mason hingegen reibt sich freudig die Hände.

„Noch mehr Sizilianer?“

Ich nicke.

„Jep. Wenn meine Infos stimmen, gibt es dort ein kleines Restaurant direkt am Hafen, von dem aus Yaro Waffen ins Land schmuggelt. Laut meiner Quelle befindet sich dort auch ein Lager voller Uzis. Wenn wir es ausfindig machen, bedeutet das einen netten Nebenverdienst.“

Mit finsterer Miene kommt Landon auf mich zu, stellt demonstrativ seinen rechten Fuß auf den Vorderreifen meiner Harley und spuckt direkt daneben auf den Boden.

„Was soll das, Jagger? Warum weiß ich nichts davon? Fuck! Ich bin dein Vize. Wann hattest du vor, diese Informationen mit mir zu besprechen? Yaro ist der verdammte Anführer der Giurdano famiglia. Mit diesem Typen ist nicht zu spaßen!“

Es überrascht mich nicht, dass er wütend ist.

„Echt jetzt? Seit wann interessierst du dich fürs Geschäft? Ich dachte, du hast dich auf Beziehungstipps spezialisiert.“

Gespannt, wie er auf meine Herausforderung reagiert, erwidere ich, ohne mit der Wimper zu zucken, seinen Blick. Wir starren uns eine gefühlte Ewigkeit an, dann dreht er sich wortlos um, steigt auf seine Fat Boy und fährt davon.

Er ist zu Recht sauer. Als mein Vize steht es ihm zu, von mir auf dem Laufenden gehalten zu werden. Aber seitdem er ständig mit Zoe anfängt, habe ich keinen Bock, mehr Zeit als nötig mit ihm zu verbringen. Früher war das anders. Noch vor einem halben Jahr war er mein engster Vertrauter und das trotz des Altersunterschieds von gut achtzehn Jahren. Landon ist der jüngste Vizepräsident in der Geschichte der Sons und das hat seinen Grund. Er ist für diese Welt geboren! Ich zweifle keine Sekunde an seinen Fähigkeiten, dennoch kotzt es mich an, dass er sich immer wieder für Zoe einsetzt. Sie ist meine Frau, ich bestimme, was sie braucht und wie ich mit ihr umgehe, und niemand sonst.

Mittlerweile glaube ich schon fast, dass er sie für sich will. Wenn es nicht Eifersucht ist, die ihn antreibt, was dann?

Fluchend zwicke ich mir in den Nasenrücken und kneife die Augen zusammen.

„Was zum Teufel läuft hier eigentlich?“

Fuck! Masons Anwesenheit hatte ich für eine Sekunde fast vergessen.

„Nichts!“

Er wirkt nicht überzeugt.

„Nach *Nichts* sah das aber ganz und gar nicht aus.“

„Lass uns fahren!“

Anstatt sein Bike zu starten, verschränkt er die Arme vor der Brust.

„Echt jetzt? Du willst, dass wir zu zweit nach Mukilteo fahren? Bist du irre? Wenn du mit deiner Vermutung recht hast, wimmelt es da nur so von Italienern.“

Darauf hoffe ich!

„Wenn ich mit meiner Vermutung recht habe, dann haben wir den Bastarden schon viel zu lange freie Hand gelassen.“

Nicht wirklich überzeugt, holt er seinen Tabak aus der Tasche und dreht sich eine Kippe.

Mir ist das Risiko, das ich eingehen will, durchaus bewusst. Wahrscheinlich wäre es klüger, zum Clubhaus zu fahren und Verstärkung zu holen, aber fuck! Ich will keine Unterstützung. Ich brauche jetzt eine Herausforderung und einen Adrenalinkick, der mir dabei hilft, den Kopf freizubekommen. Nichts hilft mir besser, mich auf das Wesentliche zu konzentrieren, als fliegende Kugeln. Mason ist ein Waffennarr, ich beschließe, ihn mit den israelischen Maschinenpistolen zu locken.

„Denk an die Uzis. Wenn wir sie finden, kannst du deine private Sammlung auffüllen.“

Lachend bläst er den Rauch in meine Richtung. Der Minztabak stinkt höllisch.

„Willst du mich verarschen? Glaubst du echt, dass du mich so leicht ködern kannst?“

Ich nicke und ziehe das vibrierende Handy aus meiner Hosentasche. Nach einem Blick auf das Display sehe ich meinen Vollstrecker prüfend an.

„Also was ist jetzt, Alter? Bock auf Action?“

Zischend atmet er aus und nickt.

„Logo. Ich kann ja wohl schlecht zulassen, dass du diese Scheiße alleine durchziehst. Zoe killt mich, wenn dir was passiert!“

Witzig! Ausgerechnet Mason, der Brutalste von uns allen, fürchtet sich vor meinem Mädchen.

„Wusste ich doch, dass die Uzis dich überzeugen.“

Ein freudloses Lachen ausstoßend, deutet er auf mein piependes Telefon.

Auf das brennende Restaurant sehend, nehme ich den Anruf an.

„Hey Baby, wir haben uns gerade über dich unterhalten.“

Mason lacht und schüttelt den Kopf.

Sein gezischtes „Wenn sie wüsste, was du vorhast, würde sie dich killen!“, amüsiert mich. So wie ich meine Süße kenne, würde sie es garantiert versuchen. Zoe hat mehr Temperament, als gut für sie ist.

Sie fragt mich, wo ich bin, und ich erzähle ihr, dass wir gerade in einem italienischen Restaurant waren und jetzt noch einen Abstecher nach Mukilteo machen, was sie dazu veranlasst, über die malerische Umgebung und den Puget Sound zu schwärmen. Ich verspreche ihr, nicht allzu spät zurück zu sein und dass wir bald mal einen Ausflug nach Edmond machen, was sie glücklich stimmt. Da ich es hasse, sie zu belügen, versuche ich stets, möglichst nah bei der Wahrheit zu bleiben, was nicht immer einfach ist.

Ein paar Sätze später schickt sie mir einen Kuss durchs Telefon und das Gespräch ist beendet. Fluchend stecke ich das Handy wieder weg und sehe zu einem schief grinsenden Mason.

„Wenn du ihr auch nur ein Wort sagst, enthebe ich dich deines Amtes. Kapiert?“

In einer abwehrenden Geste hebt er die Hände und bedeutet mir so, dass er das Maul halten wird.

Ich deute auf das *Enforcer-Patch,* das die linke Seite seiner Kutte auf Brusthöhe ziert.

„Denk dran, du unterstehst ausnahmslos mir. Nicht Landon und schon gar nicht meiner Frau!“

Mit der Zunge schnalzend, klappt er den Ständer seiner Maschine ein und gibt mir so zu verstehen, dass er bereit ist.

Als Vollstrecker steht Mason zwar immer wieder mal Jacob, dem Sergeant-at-Arms unseres Clubs zur Seite, doch im Grunde genommen ist es seine Hauptaufgabe, mir den Rücken zu decken. Zusätzlich wacht er über die Clubdisziplin und fungiert als Security-Chief. Mason ist ebenfalls derjenige, der durchs Land geschickt wird, wenn eine Aufgabe aus der Distanz erledigt werden muss.

Für gewöhnlich begleite ich ihn dabei, dem Ruf der Straße konnte ich noch nie widerstehen.

2. Kapitel

Zoe

Täusche ich mich oder ist Jagger ziemlich kurz angebunden gewesen? Es hat sich fast schon so angefühlt, als hätte ich zu einem ungünstigen Zeitpunkt angerufen. Dass er mit seinen Brüdern zum Italiener essen geht, glaube ich keine Sekunde lang. Ich bin doch nicht bescheuert. Der ganze Club redet seit einer Ewigkeit davon, dass sie jeden Spaghettifresser (das war ihre Wortwahl, nicht meine!) im Umkreis von 1000 Meilen kaltmachen wollen. Am frühen Morgen sind Landon, Mason und Jagger zusammen vom Hof gefahren. Den Erfahrungswerten nach, steht ihnen heute ein harter Tag bevor. Gedanklich nenne ich die drei immer das tödliche Trio. Wenn der Präsident, der Vize und der Enforcer gemeinsame Sache machen, dann garantiert nicht, um Blumen zu pflücken oder kleine Hundebabys zu streicheln.

Ich verwette meine linke Arschbacke darauf, dass Jaggers Klamotten, wenn er heute Nacht heimkommt, mit Blutflecken übersät sind, und dass ich dieses eiskalte Funkeln in seinen Augen entdecken kann, das immer nur dann da ist, wenn er getötet hat. Selbst nach all den Jahren überzieht, wenn ich bewusst darüber nachdenke, mit was für einer Art Mann ich zusammen bin, eine Gänsehaut meine Arme und frostige Schauer laufen über meinen Rücken.

Unruhig durchstreife ich die Wohnung im hinteren Teil des Clubhauses, in der wir seit drei Jahren zusammen leben und betrachte die vielen Fotos von uns, die ich neben dem Kühlschrank an die Wand gehängt habe. Auf jedem sehen wir glücklich und zufrieden aus.

Bis auf die Kutte, die Jagger stets trägt, wirken wir wie ein ganz normales Paar.

Der Eindruck täuscht, in dieser rauen, von Waffen und Blut geprägten Welt ist nichts normal. Es ist nicht so, dass ich das Leben im Club verabscheue – an manchen Tagen liebe ich es – aber hin und wieder wünsche ich mir einfach etwas mehr Frieden und Ruhe.

Die Geräusche, die vom Hof her zu mir reindringen, verstummen so gut wie nie. Selbst um Mitternacht oder an Sonntagen ist auf dem Gelände der *Sons of Silence* immer etwas los.

Seit sich die Lage zwischen der Sizilianischen Mafia und dem MC verschärft hat, verlässt Jacob das Gelände so gut wie gar nicht mehr. Im Grunde genommen ist er den ganzen Tag damit beschäftigt, literweise Whisky in sich reinzuschütten und die Sicherheitsvorkehrungen auszuweiten.

Bewegungsmelder, Kameras, Alarmanlagen und was weiß ich nicht alles für Zeug. Wenn das so weitergeht, wird das hier noch ein Hochsicherheitsgebäude. Wahrscheinlich wird nicht mal der Präsident so gut bewacht.

Gelangweilt lasse ich mich im Wohnzimmer auf die cremefarbene Stoffcouch plumpsen und zappe mich durch das Fernsehprogramm. Kochshows, Teleshopping, irgendwelche kitschigen Serien mit schlechten Schauspielern und jede Menge anderer Mist. Aber nichts, was mich auch nur annähernd interessieren könnte.

Mir fällt die Decke auf den Kopf – ich muss hier raus.

Entschlossen, mir für ein paar Stunden eine Auszeit zu gönnen, schnappe ich mein Handy und suche den Kurzwahlspeicher nach meiner besten Freundin Bianca ab.

Es wählt, klingelt mehrmals, doch es geht keiner ran! *Mist!*

Nicht bereit, noch mehr Zeit meines Lebens damit zu verschwenden, auf einen Mann zu warten, der mir schlussendlich doch nicht geben kann, was ich wirklich will, gehe ich ins Badezimmer, frische mein Make-up auf und wechsle meine Jeans gegen ein kurzes schulterfreies Sommerkleid. Jetzt muss es mir nur noch gelingen, das Clubhaus zu verlassen, ohne dass mir irgendein Aufpasser am Arsch klebt.

Kaum dass ich bei meinem Auto, einem knallroten Honda Civic angekommen bin, taucht auch schon Cube neben mir auf und sieht fragend auf mich herab.

Cube, der wegen der Würfeltattoos auf seinen beiden Handrücken so genannt wird, wäre eigentlich ein attraktiver Mann, wenn da nicht die vielen schlecht gestochenen Knasttattoos wären, die den Großteil seiner Arme und Beine zieren. Die in die Haut gestochene Träne an seinem linken Augenwinkel, lässt ihn, selbst wenn er lächelt, immer etwas traurig aussehen. An seinem Kehlkopf prangt ein dickes, schiefes Kreuz, das sich immer, wenn er schluckt, bewegt, was echt unheimlich ist. Wir sind beinahe gleich alt, er hat drei Tage vor mir Geburtstag, was bedeutet, dass er genau wie ich vom Sternzeichen her Skorpion ist. Eben so ein Tier krabbelt an seinem linken Bein nach oben. Für den tödlichen Stachel hat der Tätowierer rote Tinte verwendet.

Trotz seines skurrilen Äußeren ist er wie ein großer und beschützender Bruder für mich. Und wie das bei kleinen Schwestern nun mal so der Fall ist, gelingt es mir meistens, ihn zu manipulieren, was ich bei sonst keinem der raubeinigen Rocker schaffe.

„Wohin willst du, Sweety?"
Die Frage war vorhersehbar und darum habe ich auch schon eine Antwort parat.
„Wein kaufen. Genauer gesagt: Weißwein!"
Ein verschmitztes Lächeln zupft an seinen Mundwinkeln, er scheint gut gelaunt zu sein, das spielt mir in die Hände.
„Weiß Joker, dass du das Clubhaus verlässt?"
Auch mit dieser Frage habe ich gerechnet.
„Wir haben gerade miteinander telefoniert."
Cube nickt zufrieden, das schlechte Gewissen, das sich in mir ausbreitet, fühlt sich eklig an.
„Braves Mädchen. Soll ich dich begleiten? Wir könnten eine Runde drehen, dem Sonnenuntergang entgegen, wenn du möchtest."
An sich ein tolles Angebot, es wurde mir nur vom falschen Biker gemacht. Cube weiß genau, wie sehr ich das Harley fahren liebe und wie sehr ich es hasse, dass Jagger so wenig Zeit für mich hat.
„Danke für das Angebot, aber mir ist heute nicht so nach Gesellschaft."
Der Ausdruck in seinen grauen Augen wird ernst. Tröstend streicht er mir über den Arm.
„Nimm es dem Boss nicht übel. Die Scheiße mit der Cosa Nostra ist echt krass. Joker muss hart kämpfen, um den Club zu verteidigen. Yaro ist ein richtiger Bastard, es ist viel schwieriger als gedacht, ihn und seine verdammte *famiglia* kaltzumachen. Aber wir werden sie erwischen und dann schneiden wir ihnen die Köpfe und die Schwänze ab. Das verspreche ich dir, Mädchen."
Ähm danke, das war definitiv zu viel Information. Das Bild, das ich dank seiner Worte im Kopf habe, lässt mich hart schlucken.
„Du weißt, dass ich von diesem ganzen Bullshit nichts wissen will. Also hör auf, mir Dinge zu erzählen, die mir Albträume bereiten."
Mit einem verschwörerischen Zwinkern öffnet er mir die Autotüre.
„Du brauchst keine Angst zu haben, Sweety! Du bist doch unser Prinzesschen, der gesamte Club passt auf dich auf. Also vergiss die schlechten Träume, kauf dir deinen Wein und komm schnell zurück. Es sind gefährliche Zeiten, du solltest nicht so lange alleine in der Stadt unterwegs sein."
Einem Impuls folgend, hauche ich ihm ein Küsschen auf die Wange, ehe ich einsteige.
Kopfschüttelnd wirft er die Türe zu.
„Willst du meinen Tod? Joker killt mich, wenn er erfährt, dass ich seine Lady küsse!"

Ich deute auf mein Kleid.

„Kein Leder – keine Lady. Muss ich dir echt die Clubregeln erklären, Outlaw? Außerdem weißt du, wie lieb ich dich habe.“

Der Ausdruck in seinem sonst so grimmigen und vom Leben gezeichneten Gesicht wird einen Hauch sanfter.

„Ja, das weiß ich, und aus genau diesem Grund will ich, dass du in spätestens dreißig Minuten wieder da bist. Wenn nicht, mache ich mich auf die Suche nach dir. Kapiert?“

Ich nicke, starte den Motor und gebe Gas. Den Blick in den Rückspiegel vermeide ich. Ich weiß auch so, dass er mir prüfend nachsieht.

Erst als das weitläufige, komplett mit einer Mauer abgeschottete Gelände der Sons aus meinem Rückspiegel verschwunden ist, atme ich erleichtert auf.

Das mit den dreißig Minuten kann Cube vergessen. Ich werde jetzt in O'Finnigans Pub gehen, mich an die Bar setzen und so viel Weißwein trinken wie nur irgend möglich. Soll Jagger doch der Teufel holen. Es ist mir egal, wie viele Mafiosi er noch abknallen will.

So langsam wird mir dieses ewige Rumgeschieße sowieso zu blöd.

Als ich meinen Wagen hinterm Haus geparkt habe, vorne wäre zu gefährlich, da könnte ich auch gleich ein blinkendes Schild an die Straße stellen, das Cube verrät, wo ich bin, zupfe ich mein Kleid zurecht, fahre mir mit den Fingern durch meine schulterlangen braunen Haare und verdränge jeglichen Gedanken an den Club.

Noch bevor ich mir einen Wein bestellen kann, fällt mein Blick auf einen attraktiven Mann mittleren Alters, der in einem schicken dreiteiligen Anzug an der Bar sitzt und an einem Whisky on the rocks nippt. Die oberen Hemdknöpfe stehen offen, seine graphitfarbene Krawatte liegt vor ihm auf dem Tresen, genau wie sein Blackberry, und daneben steht eine Schale voller Erdnüsse.

Irgendwie wirkt er zwischen all den Billardtischen, der rustikalen Einrichtung und den beleuchteten Spirituosen fehl am Platz. Typen wie ihn vermutet man eher in teuren Schickimicki-Läden.

Ich setze mich drei Hocker von ihm entfernt hin, lege meine Handtasche auf die Holztheke und bestelle mir bei Stan, dem Inhaber des Pubs, eine gekühlte Flasche *Tasca d'Almerita Regaleali Bianco*, den er angeblich nur für mich auf Lager hat.

„Na Zoe? Heute ganz allein unterwegs?“

Nickend grinse ich ihn an.

„Ja leider, Bianca konnte ich nicht erreichen.“

Nachdem er den Wein aus dem ganz untersten Kühlfach geholt hat, zieht er den Korken heraus und stellt mir ein Glas vor die Nase.

„Hast wohl einen harten Tag gehabt, was Mädchen?“

„Nur einen?“

Schön wär's. Er lacht, was die vielen kleinen Fältchen an seinen Augenwinkeln zum Vorschein bringt. Stan ist Ende sechzig, hat kurze graue Haare, ein von der Sonne gezeichnetes Gesicht und immer gute Laune.

„Du siehst aus, als könntest du etwas Härteres gebrauchen als dieses italienische Zeug.“

Typisch Mann kann er mit Wein nichts anfangen, meistens wenn ich hier bin, trinkt er Bier oder Whisky. Etwas Antialkoholisches habe ich ihn, jetzt wo ich genauer darüber nachdenke, noch nie zu sich nehmen sehen. Seine Idee gefällt mir.

Was spricht eigentlich dagegen, mich so richtig zu betrinken?

„Stimmt, du hast recht. Machst du mir einen Martini? Extra trocken und mit extra, extra, extra vielen Oliven?“

Er zwinkert mir zu und macht sich sofort an die Arbeit.

Ich riskiere einen Seitenblick auf den Geschäftsmann neben mir und stelle fest, dass er mich beobachtet. Seine Augen sind so grün wie das Glas der Weinflasche, ein süßes Grübchen ziert sein Kinn. Wir sehen uns an, länger als es der Anstand gebührt, und ich stelle fest, dass es auch mal ganz schön ist, einen Mann in der Nähe zu haben, der kein Leder trägt und der nicht nach Schießpulver und Waffenöl riecht. Die Hände des Fremden sind sauber, haben keine Ölflecken, und seine langen Finger sind perfekt manikürt.

Welch ungewohnter Anblick ...

Erst als Stan den Martini vor mir abstellt und ein Schnalzen von sich gibt, unterbreche ich den Blickkontakt und widme mich der klaren Flüssigkeit, in der unzählige Oliven schwimmen.

„Mach mir keinen Ärger, Mädchen.“

Nicht sicher, wovon Stan redet, hebe ich den Kopf und sehe ihn an.

„Was meinst du?“

„Ich habe keinen Bock, dass gleich ein wütender Joker hier reingestürmt kommt und ein Blutbad anrichtet.“

Diese Aussage ist ein weiterer Beweis dafür, dass mein Rocker für seine Eifersucht bekannt ist.

„Jagger ist nicht da. Er weiß nicht mal, wo ich bin. Also reg dich ab. Ich habe alles unter Kontrolle.“

Mit einem ungläubigen Schnauben dreht er sich um und verschwindet im Personalbereich des Pubs. *Endlich Ruhe ...*

Wieder riskiere ich einen Blick nach links, wieder stelle ich fest, wie dunkelgrün die Augen des Mannes sind, in denen eindeutiges Interesse aufblitzt. Unsicher, ob ich mich auf diesen Flirt einlassen soll, schiebe ich mir die auf einem Zahnstocher aufgepikste grüne Olive in den Mund und beiße zu. Die angenehme Säure, durchzogen von dem bitteren Aroma des Alkohols, breitet sich auf meiner Zunge aus. Noch bevor ich mich entschieden habe, was ich tun soll, ergreift der Fremde die Initiative, steht auf und kommt zu mir rüber.

Ohhh ohhh ...

Ich entdecke keine Tattoos, was kein Wunder ist, schließlich sehe ich kaum nackte Haut. Dafür steigt mir der verführerische Geruch von Mann, Seife und Aftershave in die Nase. Zwischen ihm und meinem Rockerpräsidenten liegen nicht nur Welten, sondern ganze Universen. Und weil dieser Unterschied genau das ist, was ich brauche, lasse ich zu, dass er sich neben mich setzt und schenke ihm ein Lächeln.

Ein extra trockener Martini, eine Flasche meines Lieblingsweins und ein attraktiver Fremder – der Abend scheint äußerst vielversprechend zu werden ...

3. Kapitel

Joker

Die Fahrt vergeht ereignislos. Mukilteo ist eine kleine beschauliche Stadt. Schicke Häuser, neue Straßen und viele Touristen. Keine Ahnung, was Yaro dazu gebracht hat, sich für Mukilteo zu entscheiden. Bis auf die verschiedenen Leuchttürme und das Boeing Werk am Paine Field Boulevard, gibt es hier nicht viel zu entdecken. Vielleicht war es sein Plan, seine Schmuggler unter die vielen Touris zu mischen und so unbemerkt zu bleiben. Wer weiß schon, was in den mit Pesto verseuchten Köpfen dieser Italiener vorgeht.

Ein riesiges Kreuzfahrtschiff bahnt sich seinen Weg an der Küste entlang, verschiedene Yachten liegen im Hafen. Wir folgen der Hauptstraße, bleiben wachsam und kommen zehn Minuten später im Industriegebiet an.

Kleinere Fabriken, Lagerhallen und Firmengebäude säumen unseren Weg.

Eine Kreuzung vor unserem eigentlichen Ziel setzen wir den Blinker.

Wie besprochen, versuchen wir erst mal unauffällig zu sein. Das gelingt uns nicht wirklich, kaum dass wir abgebogen sind, ertönt ein lauter Knall. Mehrere Projektile treffen meine Harley, ich gerate ins Schlingern.

„Fuck!“

Masons Fluch geht in dem Kugelhagel beinahe unter.

Wir geben Gas, mit quietschenden Reifen versuchen wir, Abstand zwischen die Schützen und uns zu bringen, was gar nicht so leicht ist, schließlich haben wir keine Ahnung, wo sich die Bastarde befinden. Sie müssen in einem Auto sitzen, denn völlig egal, wie weit wir fahren, wir stehen noch immer unter Beschuss. Etwas streift meine Schulter, der Geruch von verbranntem Leder steigt mir in die Nase. Mason taucht zu meiner Linken auf, gibt mir mit einem Handzeichen zu verstehen, dass wir uns trennen sollten. Mit einem Nicken stimme ich zu, ziehe meine Waffe und ballere auf gut Glück nach hinten.

Die Menschen auf den Gehwegen lassen sich panisch auf den Boden fallen, mehrere Autos weichen uns aus, ein Pick-up kracht in einen blauen Van.

Ich ignoriere das Chaos um uns herum, schlage die entgegengesetzte Richtung zu Mason ein und lege mich tief in die nächste Kurve. Wieder knallt es, dieses Mal surrt die Kugel verdammt knapp an meinem Helm vorbei. Wut pulsiert durch meine Adern.

Verfluchte Cosa Nostra!
So habe ich mir das nicht gedacht.
Mein Plan war es, die Drecksäcke kaltzumachen und nicht erschossen zu werden.
Meine Verfolger geben nicht so schnell auf, ich verliere die Orientierung und stoße einen lauten Fluch aus, als ich feststelle, dass ich in einer Sackgasse gelandet bin, die in einem eingemauerten Hinterhof endet. Ich sitze in der Falle!
Keine Ahnung, ob das von den Wichsern beabsichtigt war, aber es gibt nur einen Ausweg – an den zuckenden Mündungen der Maschinenpistolen vorbei.
Mit einem Ruck reiße ich den Lenker rum, mache eine 180-Grad-Drehung und sehe in die breit grinsenden Gesichter mehrere Italiener.
Sie haben das Feuer eingestellt, genießen ihre Überlegenheit und rufen sich etwas in ihrer Landessprache zu, sodass ich kein Wort verstehe.
Bullshit! Wo zur Hölle steckt Mason?
Wenn er nicht gleich auftaucht, bin ich erledigt.
Fuck! Wahrscheinlich bin ich das auch so ...
Die Typen sind uns nicht nur zahlenmäßig, sondern auch waffentechnisch maßlos überlegen. Landon hatte recht, es war ein Fehler, nur zu zweit hierherzukommen.
Den Finger am Abzug gehe ich meine begrenzten Möglichkeiten durch – keine ist sonderlich erfolgversprechend. Die Minuten verstreichen – außer, dass es immer mehr Mafiosi werden, passiert nichts. Es kommt mir fast so vor, als würden wir auf etwas warten. Mein Handy klingelt, ich ignoriere es. Falls es sich bei dem Anrufer um Zoe handelt, wüsste ich eh nicht, was ich zu ihr sagen sollte.
Das vertraute Geräusch einer Harley hallt durch die Straßenschluchten, was bedeutet, dass Mason ganz in der Nähe sein muss. Ohne es zu ahnen, haben wir in ein verdammtes Wespennest gestochen. *Was eine Scheiße!* Woher zur Hölle hätte ich auch wissen sollen, dass mittlerweile so viele dieser Arschlöcher ihren Weg nach Mukilteo gefunden haben?
In den vergangenen Monaten haben wir Dutzende dieser Spaghettilutscher kaltgemacht. Doch auf jeden, den wir töten, scheinen zehn neue aufzutauchen.
Plötzlich naht ein silberner Mercedes mit dunkel getönten Scheiben. Noch bevor Yaro aussteigt, weiß ich, dass er es ist. Trotz der Hitze trägt er die typische Mafiakluft: schwarze Schuhe, schwarzer Anzug, schwarze Krawatte und ein weißes Hemd.

Arrogant, sich seiner Überlegenheit bewusst, lehnt er sich an die Motorhaube, zieht seine Waffe und richtet sie auf mich. Trotz der Distanz zwischen uns, bilde ich mir ein, die silberne Kugel im Lauf der Pistole sehen zu können. Wenn das mein letzter Tag gewesen sein sollte, habe ich ihn versaut.

Weder habe ich Zeit mit Zoe verbracht noch den Bullshit zwischen mir und meinem Vize geklärt. Da das nicht das erste Mal ist, das eine Knarre auf mich gerichtet ist, schnellt mein Puls kaum merklich in die Höhe.

Ich habe keine Angst vor dem Tod, sondern mache mir ausschließlich Sorgen um den Club.

„Was hältst du von der alten Schule? Gentlemanstyle nennt ihr Amerikaner das. Oder?"

Sein südländischer Akzent geht mir gehörig auf den Sack und erinnert mich an billige Pornos.

„Wir sind keine Gentlemen – wir sind Killer. Also halt's Maul und drück endlich ab."

Yaros Mimik bleibt gleichgültig. Der Schnauzbart an seiner Oberlippe zuckt kurz.

„Dann lass es uns wie die Russen machen und etwas Roulette spielen."

Wovon zum Teufel spricht dieser Wichser?

„Falls du das Spiel mit der Kugel meinst, das ist französisch."

Er lacht künstlich, stößt sich vom Auto ab und kommt auf mich zu.

„Das ist mir bekannt, Rockerpräsident. Aber ich rede von dem Roulette, in dem es nur eine Farbe gibt: blutrot."

Mit einem Fingerschnippen sorgt er dafür, dass einer seiner Handlanger auf uns zugeeilt kommt. Wortlos überreicht er seinem Boss einen alt aussehenden Revolver und zieht sich dann wieder zurück. Jetzt kapiere ich, von welchem Roulette er gesprochen hat.

„Was soll das werden?"

Anstatt zu antworten, klappt er die Trommel raus, lässt alle bis auf eine der sechs Patronen auf den Boden fallen und sieht mich herausfordernd an.

„Ich mag es zu spielen."

Ach, was er nicht sagt. Ich an seiner Stelle hätte ihm längst das gesamte Magazin in die Brust geballert.

„Ich bevorzuge es zu gewinnen."

Dieses Mal klingt sein Lachen echt.

„Da haben wir was gemeinsam, Joker."

Mit der freien Hand zieht er eine Münze aus der Tasche.

„Kopf oder Zahl?"

Echt jetzt?

Da ich heute schon genug mit Köpfen zu tun hatte, entscheide ich mich für die Zahl.

Noch immer begreife ich nicht, warum er so eine Show abzieht, anstatt mich einfach abzuknallen. Ich bevorzuge es kurz und wenn möglich nicht allzu schmerzvoll ...

Scheinbar entspannt wirft er den Dollar in die Luft, mein Finger liegt noch immer am Abzug. Niemand hat sich die Mühe gemacht, mich zu entwaffnen. Entweder sind diese Arschlöcher unfassbar überheblich oder einfach nur extrem siegessicher. In dieser Sekunde wäre es so leicht, Yaro zu erledigen, doch ich tue es nicht, sondern lasse mich auf sein krankes Spiel ein. Die Münze dreht sich, blitzt in der Sonne kurz auf und landet. Mein Blick fällt auf die Freiheitsstatue und die daneben stehende 1-$-Prägung.

„Glückwunsch, Joker. Du beginnst."

Mein Erzfeind überreicht mir den Revolver, jetzt ist es tatsächlich so weit, dass mein Puls hochschnellt und sich vereinzelte Schweißtropfen in meinem Nacken bilden.

Holy Fuck! Vielleicht ist das der Grund, aus dem Yaro diese Psychonummer abzieht, vielleicht geht es ihm um den Nervenkitzel?

Ohne mir meine wachsende Furcht anmerken zu lassen, setze ich mir den Lauf an die Schläfe, presse ihn fest gegen meinen Kopf und drücke ab – ohne zu zögern.

Obwohl mich das leise Klicken vor Erleichterung erschaudern lässt, halte ich dem Blick des Sizilianers durchgehend stand.

Jetzt überreiche ich ihm den Revolver, er lächelt eiskalt und macht es mir nach, ebenfalls ohne zu zögern. Doch auch ihn verschont die Kugel.

Sechs Kammern, in einer steckt die Patrone und zwei wurden getestet, es bleiben also noch drei übrig.

„Ich respektiere deinen Mut, Biker."

Und ich respektiere die Tatsache, dass ich noch nie fair gespielt habe. Regeln waren noch nie so mein Ding. Im Augenwinkel nehme ich rechts von mir eine Bewegung wahr, sehe wie beiläufig in die Richtung, da entdecke ich Mason, der sich auf dem Flachdach der Autoreifenfabrik auf die Lauer gelegt hat. Perfektes Timing!

Er kommt wie gerufen.

Ohne mir etwas anmerken zu lassen, tue ich so, als würde ich bei einer weiteren Runde russischem Roulette mitmachen, schlussendlich richte ich den Lauf jedoch nicht auf mich, sondern auf den Bastard mit der Maschinenpistole der direkt hinter Yaro steht und in diesem Moment die größte Bedrohung darstellt, und drücke ab. Zweimal betätige ich den Abzug, dann ertönt ein lauter Knall und das Hirn von Yaros Bodyguard verteilt sich gleichmäßig auf der Mauer hinter ihm. Der Mafiaboss vor mir wirkt entsetzt, damit hat er offensichtlich nicht gerechnet. Es freut mich, dass ich ihm endlich eine Reaktion entlocken konnte.

„Das war gegen die Regeln!"

Scheiße, ist das seine einzige Sorge? Würden wir nicht in unterschiedlichen Teams spielen, könnte er mir fast sympathisch sein.

„Ich bin der Joker, schon vergessen? Der unheimliche Narr, der sich keiner Norm unterwirft, sondern sein eigenes Spiel verfolgt."

Bis jetzt war es erstaunlich ruhig, doch kaum, dass ich den Arm hebe und den Lauf meiner Halbautomatik auf Yaros Herz richte, bricht die Hölle los.

Schreie werden laut und Kugeln sirren durch die Luft. Noch bevor ich es schaffe abzudrücken, lässt Yaro sich fallen, zieht mir im Sturz ein Bein weg und katapultiert mich so auf den Boden. Wir kämpfen, die Pistole wird mir aus der Hand geschlagen, etwas Hartes trifft mich am Hinterkopf. Für einen kurzen Moment verschwimmt mein Sichtfeld, bis ich wieder klar sehen kann, ist Yaro verschwunden. Suchend drehe ich mich um, doch bis auf einen Haufen toter Italiener sehe ich nichts außer Mason, der auf dem Dach steht und mich besorgt mustert.

„Scheiße Präs! Lebst du noch?"

Blöde Frage, wenn ich es nicht tun würde, könnte ich ja wohl kaum antworten.

Das blöde Grinsen, zu dem sich seine Lippen verziehen, verrät mir, dass er beste Laune hat und ihm diese Schießerei Spaß gemacht hat. Völlig abgefuckt!

„Wo ist Yaro?"

Mein Vollstrecker zuckt mit den Schultern, was mich mit der Faust auf den Boden schlagen lässt.

Bullshit! Ich hätte mich gar nicht erst auf diesen Roulette-Schwachsinn einlassen, sondern die Gelegenheit ergreifen und den Bastard töten sollen.

Ein schmerzhafter Stich zuckt durch mein linkes Knie. Die Zähne fest aufeinanderbeißend stehe ich auf und klopfe mir den Dreck von der Kutte.

Fuck! Fuck! Fuck!

Wieder klingelt mein Handy, dieses Mal sehe ich nach, wer es ist. Zum zweiten Mal Cube! Genervt drücke ich ihn weg und gehe zu den auf der Straße liegenden Arschlöchern. Zwei leben noch, zwei Schüsse später starren sie aus leeren Augen gen Himmel. Einer von ihnen röchelt etwas, setzt sich auf und sieht mich direkt an. Aus einer Schusswunde an seinem Hals strömt Blut, viele Atemzüge bleiben ihm nicht mehr. Doch die wenigen, die er noch hat, nutzt er, um mich als Hurensohn zu bezeichnen. Ich höre ihm nicht wirklich zu, zum einen, weil er die Wahrheit sagt, meine Mutter war tatsächlich eine Nutte und zum anderen, weil mich die Worte eines Sterbenden noch nie sonderlich interessiert haben. Das ändert sich jedoch schlagartig, als er Zoe erwähnt.

„Heute magst du gewonnen haben, burlone. Aber du hast auch verloren. Während du hier stehst und meine eh schon toten Brüder abknallst, ist Yaro auf dem Weg, um sich dein Mädchen zu schnappen. Du hast beim Roulette betrogen und somit ihr Leben verspielt."

Allein dass er von Zoe weiß, löst einen fiesen Stich in meinem Magen aus. Aber dass er ihr auch noch droht, ist zu viel. Im Club ist sie in Sicherheit und so frage ich nicht nach, zögere nicht, sondern packe seinen Kopf mit beiden Händen und breche ihm mit einem kraftvollen Ruck das Genick.

Das vertraute Knacken der Knochen, beruhigt mich etwas. Nichts ist mit dem brechenden Geräusch einer Wirbelsäule zu vergleichen, nicht mal das Stöhnen einer Frau.

Mason taucht neben mir auf, betrachtet die Sauerei und nickt zufrieden.

„Scheiße, das war geil. Wenn wir jetzt noch die Uzis finden, bin ich happy."

„Sie wissen von Zoe!"

Das dämliche Grinsen rutscht ihm aus dem Gesicht.

„Was?"

„Die Cosa Nostra weiß von meinem Mädchen!"

Sein Fluch passt zu dem, was gerade in mir vorgeht. Mir ist heiß und kalt. Instinktiv weiß ich, dass der Tote nicht gelogen hat. Yaro ist ein Irrer, ein Wahnsinniger. Es heißt, dass den Italienern die Familie heilig ist, aber das gilt wohl nur für ihre eigene. Die Sizilianer sind dafür bekannt, selbst bei den Kindern und Frauen ihrer Feinde keine Gnade walten zu lassen. Ein weiterer Grund, aus dem ich nicht bereit bin, Vater zu werden. Die Welt, in der ich lebe, ist nichts für Babys ...

Ich eile zu meinem Bike, rufe Mason zu, dass wir uns im Club treffen und springe regelrecht auf den Sitz. Während ich den Motor starte, rufe ich Cube zurück. Inzwischen habe ich ein ungutes Gefühl, ich ahne, dass seine wiederholten Anrufe mit Zoe zu tun haben.

Nach dem ersten Signalton geht er ran. Er verschwendet keine Zeit für eine Begrüßung, sondern kommt sofort zur Sache.

„Zoe ist weg!“

Diese drei Worte bringen meine Welt zum Einstürzen.

„Was heißt weg?“

„Sie ist vor drei Stunden Wein kaufen gefahren und nicht wieder zurückgekommen.“

Fuck! Fuck! Fuck!

Vor Wut schlage ich mir mit der Faust auf den Oberschenkel.

„Woher weißt du, was sie vorhatte?“

Cube räuspert sich, was ich gleich höre, wird mir nicht gefallen.

„Weil sie es mir gesagt hat.“

„Du hast sie gehen lassen?“

Sein schuldbewusstes „Ja!“ geht dank dem vor Zorn immer lauter werdenden Pochen in meinen Ohren beinahe unter.

„Fick dich, Bruder. Fick dich! Wenn ihr etwas zustoßen sollte, mache ich dich höchstpersönlich dafür verantwortlich.“

Für ein paar Sekunden starre ich auf die reglosen Körper vor mir, der säuerliche Geruch von Urin steigt mir in die Nase. Die immer lauter werdenden Sirenen verraten mir, dass es hier gleich nur so vor Bullen wimmeln wird. Irgendjemand war wohl dumm genug, die Polizei über die Schießerei zu informieren.

„Yaro weiß von Zoe! Er ist in diesem Moment wahrscheinlich auf der Suche nach ihr. Vielleicht hat er auch schon vor Stunden seine Handlanger auf sie angesetzt. Wer weiß schon, was in dem Kopf dieses Bastards vorgeht? Trommel alle zusammen, schick jeden Son auf die Suche nach ihr. Durchforstet Everett. Dreht jeden Stein um – findet meine Frau! Ich bin in spätestens dreißig Minuten zurück, dann will ich Ergebnisse!“

Ich warte nicht auf seine Bestätigung, sondern beende das Gespräch und fahre los. Mason müsste mittlerweile ebenfalls schon bei seiner Maschine angekommen sein.

Zoe ist mein Mädchen – mein Lebensinhalt – meine Brüder wissen das, sie mögen Zoe, akzeptieren sie und werden alles in ihrer Macht Stehende tun, um sie ausfindig zu machen. Doch selbst diese Tatsache hilft mir nicht, mich zu beruhigen. Wut, Verzweiflung und Angst bestimmen meine Gedanken und lassen mich beinahe durchdrehen.

Bloody Hell!

Ich bin durchaus bereit, die Cosa Nostra bis auf den letzten Mann auszurotten.

Yaro ist ein toter Mann! Es war falsch, den Wichser nicht sofort abzuknallen – bleibt mir nur zu hoffen, dass Zoe nicht für meinen Fehler bezahlen muss!

Die Geschwindigkeitsbegrenzungen ignorierend, wechsle ich, um schneller voranzukommen, auf die Gegenspur, schlängle mich zwischen den Autos durch und fahre über eine rote Ampel. Ein Lastwagen kreuzt meinen Weg, um ein Haar hätte er mich unter seinem tonnenschweren Gewicht begraben.

Ich ignoriere das Hupen, die fassungslosen Menschen am Wegesrand und blende auch sonst alles um mich herum aus.

Alles, was zählt, ist Zoe.

Ich muss sie finden!

Ich muss sie retten!

Eine andere Möglichkeit steht nicht zur Debatte!

Die Vorstellung, dass Yaro sie bereits in seiner Gewalt hat, lässt mir das Blut in den Adern gefrieren. Sollte er sie anrühren, werde ich ihn bei lebendigem Leib häuten!

Gott ist mein Zeuge, wenn es um diese Frau geht, gibt es für mich keine Grenzen ...

4. Kapitel

Zoe

Lachend beiße ich auf eine der göttlich schmeckenden Oliven und lausche der witzigen Anekdote, die Timm erzählt, der Mann, mit dem ich mich seit Stunden köstlich amüsiere.

Ich habe keine Ahnung, wie viele extra trockene Martinis ich bereits getrunken habe – im Grunde genommen spielt es auch absolut keine Rolle.

Es waren auf jeden Fall genug, um mich Stans immer missbilligendere Blicke ignorieren zu lassen.

Herrgott! Ich weiß nicht, was sein verdammtes Problem ist ...

Seit wann ist es mir verboten, meinen Spaß zu haben und zu flirten?

Ja, ich bin mit Jagger zusammen, dem furchteinflößendsten, gefährlichsten und härtesten Rockerpräsidenten dieses Planeten, aber das tut nichts zur Sache.

Zum ersten Mal seit einer kleinen Ewigkeit fühle ich mich einfach nur gut.

Timm ist nett, sehr attraktiv und gebildet.

Er ist Staatsanwalt, kommt aus Washington und ist geschäftlich hier. Natürlich ist mir bewusst, dass er dank seines Berufes der natürliche Feind des *Sons of Silence Motorcycle Clubs* ist, aber das spielt im Augenblick keine Rolle.

Warum auch?

Alles, was er von mir weiß, ist mein Name. Ich bin ein schlaues Mädchen und werde es tunlichst vermeiden, auch nur ansatzweise zu erwähnen, dass ich die Freundin des Jokers und somit ein Teil des MCs bin.

Es gibt ja auch überhaupt keinen Anlass, Timm das alles zu erzählen. Wir trinken Wein und Martini, naschen Erdnüsse und machen uns einen schönen Abend.

Obwohl ich mein Handy wohlweislich ausgeschaltet habe, damit Cube nicht meinen Standpunkt orten kann, was er leider schon des Öfteren getan hat, bin ich mir sicher, dass ich Dutzende Anrufe auf meiner Voicebox habe. Doch mit dem wütenden Rocker werde ich mich erst morgen auseinandersetzen. Bis jetzt dachte ich immer, dass Staatsanwälte spießige, langweilige Bürohengste sind, die sich für nichts anderes interessieren als für Gesetze und Paragrafen.

Damit habe ich mich getäuscht. Timm ist zwar nicht annähernd so muskulös wie Jagger, aber man sieht ihm deutlich an, dass sich unter seinem schicken Anzug ein durchtrainierter Körper verbirgt. Er hat mir erzählt, dass er in seiner Freizeit ohne Sicherungsseil Berge raufklettert. Freeclimbing hat er das, glaube ich, genannt. Völlig verrückt. Als ich ihn gefragt habe, warum er sein Leben bei so einem Schwachsinn riskiert, hat er es auf den Nervenkitzel geschoben. Vielleicht braucht er diesen Extremsport als Ausgleich zu seinem sterbenslangweiligen Beruf.

Wobei sterbenslangweilig wohl ein äußerst passendes Stichwort ist. Wenn Jagger herausfindet, dass ich den Abend mit einem anderen Kerl verbracht habe, wird er ausflippen, wenn er aber auch noch erfährt, dass es sich dabei um einen Staatsanwalt handelt ... oh ... oh ...

Dann bin ich erledigt!

Mein Glas ist leer, was Timm natürlich nicht entgeht. Er bestellt mir sofort einen neuen Martini. Seine aufmerksame Art gefällt mir, genau wie seine warme Hand, die seit einigen Minuten auf meinem nackten Schenkel liegt. Sein Daumen streicht langsam hin und her, in meinem Magen prickelt es gefährlich.

Hilfe! Was mache ich hier eigentlich?

Trotz des vielen Alkohols, den ich schon zu mir genommen habe, weiß ich sehr wohl, dass es das Schlaueste wäre, jetzt aufzustehen und zu gehen. Doch ich tue es nicht.

Warum nicht? Tja! Da kann ich selber nur raten.

Vielleicht, weil es sich gut anfühlt, begehrt zu werden, weil es schön ist, einfach mal nur Zoe zu sein. Die meiste Zeit sieht die Welt nur die Freundin des Outlaws in mir. Aber jetzt, in genau diesem Moment, bin ich einfach nur ich.

Und zu einem kleinen Teil hat es auch etwas mit Rache zu tun. Es ist eine echte Genugtuung, hier zu sein und mich zu betrinken, anstatt im Club zu sitzen und auf meinen Mann zu warten, der sich mit großer Sicherheit erst das Blut seiner Feinde von den Händen waschen muss, ehe er mich begrüßen kommt.

„Lass uns etwas frische Luft schnappen."

Timm wartet gar nicht erst auf meine Zustimmung, sondern schnappt sich meine Hand, verflicht seine langen Finger mit den meinen und zieht mich vom Barhocker. Im ersten Moment, als meine Füße den Boden berühren, wanke ich etwas, fast so als wäre ich auf einem Schiff. Doch nach einigen Sekunden gewinnt mein Gleichgewichtssinn die Kontrolle zurück und es gelingt mir, Timm nach draußen vor die Tür zu folgen. Wir umrunden das Gebäude, sodass wir nicht an der Hauptstraße, sondern etwas abseits in einer Seitengasse stehen bleiben.

Keine Ahnung, wie spät es mittlerweile ist?

Elf vielleicht?

Der Himmel ist klar, nur eine einzelne Wolke verdeckt die Hälfte des sichelförmigen Mondes. Das silbrige Licht umspielt Timms Gesichtszüge, eine leichte Brise fährt mir durch die Haare. Wieder wanke ich, um mehr Halt zu finden, lehne ich mich rücklings an die Hausmauer und nehme dankend die Zigarette entgegen, die er mir anbietet. Er gibt mir Feuer, seine freie Hand streicht dabei über die empfindliche Haut an der Innenseite meines Arms.

Oha! Vielleicht sollte ich der Sache doch langsam etwas Einhalt gebieten. Es ist nicht fair, Timm Hoffnungen zu machen, wo keine sind ...

„Ich hatte mit einem langweiligen Abend in einem zweitklassigen Pub gerechnet. Nie wäre ich auf die Idee gekommen, hier auf eine Frau wie dich zu treffen."

Jep ... Jetzt stecke ich in der Klemme.

Ich erkenne den Ausdruck in seinen Augen und weiß, was er vorhat, dennoch tue ich nichts, um ihn zu stoppen.

Den Rauch der Kippe entweichen lassend, lecke ich mir über die Unterlippe.

Was macht es aus mir, wenn ich mich tatsächlich von diesem Anwalt küssen lassen will?

Bin ich ein Miststück? Eine Schlampe? Keine Ahnung!

Alles was ich weiß, ist, dass ich schon so lange nicht mehr wegen des Küssens geküsst habe. Mit rasendem Puls lasse ich zu, dass Timm mir noch näher kommt, mich mit seinem Körper von der restlichen Welt abschirmt und seine Hand unter meine Haare schiebt, um meinen Nacken zu umfassen. Der verführerische Duft seines Aftershaves benebelt zusammen mit den vielen Martinis meine Sinne.

In meinem Kopf fangen tausend Alarmlämpchen an hektisch zu blinken. Mein Verstand schreit mir laut zu, dass ich das nicht tun darf, doch meine Lippen beginnen erwartungsvoll zu prickeln. Dieser Abend ist zu einem Selbstläufer geworden, ich habe die Kontrolle verloren und darum lasse ich zu, dass sich Timms Knie zwischen meine Beine schiebt und sein Mund federleicht über meine Wange streicht. Unser Atem vermischt sich, ich seufze leise und dann passiert es – seine Lippen legen sich auf die meinen, unsere Zungen treffen sich und ich versinke in dem zartschmelzenden Kuss mit einem Mann, von dem ich nichts weiß, außer dass er Timm ist, gerne klettert und der natürliche Feind meines Freundes ist.

Hilfe! Error! Hilfe! Error!

Doch selbst jetzt stoße ich ihn nicht von mir, sondern komme seiner Zunge entgegen, kralle mich an seinen Schultern fest und koste das Abenteuer völlig aus.

Timm küsst anders als Jagger. Sanft, forschend und na ja, irgendwie brav ... Ich weiß nicht, wie ich es beschreiben soll. Aber dieser Kuss verdeutlicht mir nur, was ich tief in meinem Herzen längst wusste: *Rocker küssen besser ...*

Jetzt, in diesem Moment, wo ich in den Armen eines Fremden liege, wird mir mit voller Wucht bewusst, wie sehr ich meinen Joker liebe und dass ich ihn niemals verlassen kann.

Ich reagiere automatisch auf Timms Lippen, indem ich den Kuss erwidere, doch da ist kein Feuer, hier sind keine Funken. Timms Nähe entflammt mich nicht, wie es mein Rocker tut. Ihn zu küssen ist nett, aber nicht erregend und auch nicht beeindruckend.

Schon verrückt. Manchmal muss man erst Grenzen überschreiten und Fehler begehen, um zu erkennen, was das Richtige ist!

Ich weiß nicht, wie lange wir so dastehen, wie lange ich mich küssen lasse, ehe wir von einem lauten Knall unterbrochen werden. Etwas schlägt direkt neben meinem Kopf ein. Kleine Mauerstückchen zerkratzen mein Gesicht. Ich bin keine gute Schützin, aber ich erkenne einen Schuss!

Blitzschnell stoße ich Timm von mir und lasse mich auf die Knie sinken.

Fest davon überzeugt, dass ich von Jagger oder einem seiner Brüder erwischt wurde, suche ich die Umgebung nach einer Harley oder einem Rocker ab. Doch alles, was ich sehe, sind anzugtragende und mit Maschinenpistolen bewaffnete Italiener. Der mittlere von ihnen steht etwas näher bei mir, an seiner arroganten Haltung erkenne ich sofort, dass er der Chef sein muss. Trotz der Angst, die sich instinktiv in mir ausbreitet, bin ich doch auch irgendwie erleichtert darüber, dass ich *nur* einer Horde todbringender Sizilianer und nicht meinem Mann gegenüberstehe.

Timm, der angeblich auf Nervenkitzel steht, zittert am ganzen Leib, hebt die Hände in die Luft und wirkt wie ein verängstigter Hase.

Lächerlich! Jagger hätte sich schützend vor mich gestellt, anstatt sich vor Panik beinahe in die Hose zu machen. Da ist er wieder, dieser kleine, aber feine Unterschied, der Rocker vom Rest der Menschheit unterscheidet. Jagger ist ein Löwe, Timm eine kleine Maus.

Unsicher, ob die Mafiosi es auf mich oder den Staatsanwalt abgesehen haben – beides ist durchaus möglich, bleibe ich einfach reglos sitzen und warte ab.

„Was soll das werden?"
Timm klingt panisch. „Wisst ihr, wer ich bin?"
Echt? Das soll seine Masche sein? Seine rettende Strategie?
Wir sind verloren ...
Angewidert wische ich mir mit dem Handrücken über die Lippen und beobachte, wie der Mafiaboss fast schon gelangweilt seine rechte Hand, in der er eine schwarze Beretta hält, hebt, auf Timm zielt und ohne ein Wort abdrückt. Der Körper des Staatsanwalts zuckt und wird von der Wucht des Treffers auf den Boden befördert. Er röchelt nicht, stöhnt nicht und keucht nicht – ja, er atmet nicht mal mehr.
Er ist sofort tot!
Ach du heilige Scheiße!
Leider bin ich, was meine Frage betrifft, auf wen die Cosa Nostra es nun abgesehen hat, kein bisschen schlauer. War Timm nur ein Kollateralschaden oder das eigentliche Ziel?
Karma Baby, ganz schlechtes Karma ...
Mein angetrunkenes Unterbewusstsein ist sich sicher, dass das meine Strafe ist, weil ich einen anderen Mann geküsst habe. Ich ignoriere die Stimme in meinem Kopf, kratze all meinen Mut zusammen und stehe hocherhobenen Hauptes auf.
„Was zum Teufel wollt ihr?"
Der Italiener lässt seine Hand wieder sinken und steckt die Waffe in seinen Hosenbund.
„Bist du Zoe?"
Am liebsten würde ich nein sagen, doch ich tue es nicht.
„Ja!"
Ein zufriedenes Funkeln breitet sich in seinen braunen Augen aus.
„Dann wollen wir dich."
Seine Stimme ist ausdruckslos. Zum ersten Mal fallen mir die Schürfwunden an seinem Hals und das violette Hämatom an seinem Kiefer auf, ich ahne, dass Jagger für diese Verletzungen verantwortlich ist.
„Offensichtlich hat mein Mann einen interessanten Tag gehabt."
Ein fieses Lächeln zuckt über das Gesicht des Mafiosi, mir läuft es eiskalt den Rücken runter. Vielleicht sollte ich ab jetzt besser die Klappe halten?!
„Der Joker hat heute seinem Namen alle Ehre gemacht."
Ich bezweifle, dass das gut für mich ist.
„Was hat das zu bedeuten?"
Er antwortet mir nicht gleich, sondern kommt auf mich zu. Mir fällt auf, dass er leicht humpelt und sein rechtes Bein nicht ganz belastet.

Vielleicht sollte ich versuchen davonzulaufen? Mit Sicherheit eine blöde Idee. Die fünf Typen hinter ihm wirken ziemlich schnell. Und wer weiß, ob sie sich die Mühe machen würden, mich zu verfolgen und nicht einfach auf mich schießen?

Ich sitze wortwörtlich in der Klemme!

Plötzlich wünsche ich mir nichts sehnlicher als mein Handy und ein paar Sons herbei ...

„Es bedeutet, dass er sich nicht an die Regeln gehalten hat."

Das zu hören ist keine wirkliche Überraschung. Jagger hasst Regeln, alle außer die, die er selbst aufgestellt hat.

„Was passiert jetzt?"

Selbst mir fällt auf, wie zittrig ich klinge.

„Du wirst mich begleiten, bella ragazza."

Mein italienisch ist nicht gut. Aber ich glaube zu wissen, dass *bella ragazza* schönes Mädchen heißt und an der Art, wie er diesen Kosenamen ausgesprochen hat, erkenne ich, dass es absolut nicht gut ist, dass er mich schön findet.

„Kann ich auch nein sagen?"

Den Kopf leicht schief legend, sieht er mich eindringlich an.

„Nur wenn du so enden willst wie er."

Mit einem Nicken deutet er auf Timms Leiche.

„Das möchte ich nicht."

Das scheint den Mafiaboss zu erfreuen.

„Dann verstehen wir uns, farfalla spezzata."

Dieses Mal weiß ich nicht, was er gesagt hat. Mit einem Handzeichen gibt er einem seiner Männer zu verstehen, dass er mich packen soll. Der Griff, mit dem ich zu einem silbernen Mercedes gebracht werde, ist schmerzhaft. Ich verliere einen Schuh und schreie laut nach Hilfe. Doch niemand hört mich. Ein weiterer Anzugträger, mir fällt auf, dass sie alle gleich gekleidet sind und auch irgendwie gleich aussehen, öffnet den Kofferraum, was mir ein panisches Quietschen entlockt, dann werde ich auch schon hineingestoßen.

Mein Hinterkopf knallt gegen etwas Hartes, ich sehe Sternchen. Noch bevor ich es irgendwie verhindern kann, wird die Klappe zugeschlagen und eine bedrohliche Dunkelheit umgibt mich. *Oh Hilfe ...*

Zum ersten Mal seit ich Cube angelogen habe, um vom Gelände zu kommen, bereue ich, dass ich mir nicht einfach nur einen Wein gekauft und zurück zum Club gefahren bin.

Er hatte mich noch gewarnt, dass die Zeiten gefährlich sind, doch ich wollte ja nicht auf ihn hören. Dumpfe Stimmen dringen zu mir durch, sie unterhalten sich auf Italienisch, ich verstehe kein Wort.

Einige Minuten vergehen, dann werden Türen zugeschlagen, der Wagen wackelt und setzt sich in Bewegung.

Der Gedanke, dass der letzte Kuss, den ich vielleicht jemals bekommen habe, nicht von Jagger, sondern von irgendeinem Idioten war, lässt mich in Tränen ausbrechen.

Dieser Umstand beschäftigt mich so sehr, dass ich gar nicht dazu komme, mir wegen des Bevorstehenden Sorgen zu machen.

Keine Ahnung, ob das ein Problem oder ein Segen ist – nicht mehr lange und ich werde es wissen ...

5. Kapitel

Joker

Es vergeht eine Stunde – sechzig qualvolle Minuten – bis ich endlich auf eine Spur von Zoe stoße, ihr Auto. Es steht hinter ihrem Lieblingspub, ihr Handy liegt ausgeschaltet auf dem Beifahrersitz, was erklärt, dass wir sie weder erreichen noch orten konnten.

Als ich das sehe, könnte ich vor Wut platzen.

In der Vergangenheit habe ich ihr bestimmt tausend Mal gesagt, dass sie ihr Telefon nicht ausschalten und gefälligst immer erreichbar sein soll. *Fuck!*

Wenn sie jetzt in dieser Kneipe sitzt, flippe ich aus. Einerseits aus Erleichterung, andererseits, weil mich dieses egoistische Verhalten ankotzt. Während der ganze Club nach ihr sucht, sitzt sie an der Bar und trinkt Wein.

Cube und Mason befinden sich neben mir, beide sitzen noch auf ihren Bikes und fragen mich, wie es jetzt weitergeht.

„Ich gehe nachsehen, ob sie da ist. Wartet hier, bis ich euch Bescheid gebe. Noch keine Entwarnung!"

Beide nicken, ich mache mich auf den Weg ums Haus, doch noch bevor ich an der Vorderseite angekommen bin, entdecke ich eine am Boden liegende Leiche.

Was zum Teufel wird hier gespielt?

Fluchend eile ich zu dem Toten und betrachte den Tatort. Das Blut ist noch nicht geronnen, was bedeutet, dass erst vor kurzem geschossen wurde. Gerade als ich mich wieder aufrichte, fällt mein Blick auf etwas Rotes, das näher an der Straße liegt – ein Schuh. Zoe hat – typisch Frau – unzählige Paar Schuhe, und dieser High Heel kommt mir erschreckend bekannt vor. Mir wird schlecht, mein Magen zieht sich krampfend zusammen. Sie war also tatsächlich hier. Zoe liebt diese Heels, sie würde nie einen einfach so liegen lassen. Warum sollte sie auch? Es gibt keinen Grund, um nur mit einem Schuh unterwegs zu sein. Nachdenklich sehe ich zu dem Typen mit der Schusswunde. Was hatte er mit meinem Mädchen zu tun? Mit dem Heel in der Hand stürme ich in den Pub, suche den Gastraum nach Stan ab und stelle ihn umgehend zur Rede.

„Wo ist Zoe?"

Der alte Mann wirkt betroffen und schuldbewusst.

Das ist kein gutes Zeichen.

Als er nicht sofort reagiert, packe ich ihn am Kragen, schleudere ihn über den Tisch, auf dem mehrere Bierflaschen standen und balle die Hand drohend zur Faust. Die drei jungen Kerle, denen das Bier gehört hat, springen entsetzt auf und eilen davon.

„Sag mir, wo meine Frau ist und warum zum Teufel ich einen ihrer Schuhe draußen gefunden habe!"

Mit schmerzverzerrtem Gesicht steht er auf und hält sich den Arm.

„Dein Mädchen war hier, sie hat viel getrunken und mit einem Mann geflirtet. Die beiden sind dann verschwunden. Sie hat ihre Handtasche hier liegen gelassen, also bin ich davon ausgegangen, dass sie ... na ja ... dass sie nach einiger Zeit garantiert wieder zurückkommt."

Worauf er anspielt, gefällt mir nicht.

Eine Mischung aus Zorn und Eifersucht kriecht wie eine tödliche Schlange an meiner Wirbelsäule hoch, vergiftet meine Gedanken.

„Komm mit!"

Ich packe Stan, zerre ihn aus dem Pub, ums Haus und zu der Leiche.

„Ist das der Mann, der sich an meiner Frau vergriffen hat?"

Er braucht nur einen kurzen Blick, dann nickt er.

Plötzlich ärgert es mich, dass der Wichser schon tot ist, ich hätte ihm liebend gern beide Hände abgehackt. Fluchend lasse ich Stan wieder los, reibe mir über die Stirn und versuche, das alles zu verstehen. Was ein Bullshit! Ich komme mir vor, als würde ich vor dutzenden von Puzzleteilen stehen und einfach keine passenden Teilchen finden.

Was zur Hölle wird hier gespielt?

Mit einem kurzen Anruf gebe ich Mason zu verstehen, dass er herkommen soll. Dann starre ich in das bleiche Gesicht des Erschossenen und versuche, die Logik zu finden.

Was, wenn Zoe Cube angelogen hat, hierhergekommen ist und durch Zufall diesen Typen getroffen hat? In meinem Hirn läuft ein Kurzfilm ab, ich sehe regelrecht, wie sie sich an die Bar setzt, angesprochen wird und auf den Lackaffen anspringt. Die beiden unterhalten sich, flirten, trinken und gehen dann zusammen raus, um ungestört zu sein. Doch bevor sie sich näherkommen können, taucht Yaro auf, knallt den Typen ab und packt sich Zoe.

Dieser Schlipsträger ist genau die Art von Mann, die für ein sicheres und legales Einkommen, ein langweiliges Leben mit unzähligen Kindern und weißen Gartenzäunen steht. Also im Grunde genommen genau das, was Zoe sich wünscht. Allein die Vorstellung, dass sich mein Mädchen auf die Suche nach einem neuen Kerl gemacht hat, stellt verrückte Dinge mit mir an. *Fuck!*

Die Adern in meinem Kopf explodieren.

Am liebsten würde ich meine Waffe ziehen und alles und jeden im Umkreis von hundert Meilen abknallen. Aber da Amoklaufen keine Option ist, lasse ich die Knarre stecken und ziehe stattdessen meine Kippen aus der Tasche. Stan spürt, dass ich kurz davor bin auszurasten und schafft möglichst viel Abstand zwischen uns.

„Hör zu, Joker. Es tut mir leid! Ich hätte dich anrufen und dir sagen sollen, dass deine Frau hier ist."

So ruhig wie möglich fülle ich meine Lunge mit dem warmen Rauch.

„Ja, das hättest du."

Er nickt heftig und versucht sich erneut an einer Entschuldigung. Ich ignoriere sein Gestammel und betrachte den Schuh in meiner Hand.

Erst finde ich mein Mädchen und dann jage ich den Pub in die Luft. Wenn Stan Glück hat, lasse ich ihn am Leben. Aber das hängt ganz davon ab, in welchem Zustand ich Zoe zurückbekomme.

Hätte mich der alte Trottel gleich angerufen, als sich der Fremde an mein Eigentum rangemacht hat, dann hätte Yaro Zoe nie in die Finger bekommen ...

6. Kapitel

Zoe

Bei jedem Schlagloch zuckt ein heftiger Schmerz durch meine Wirbelsäule. Es ist eng und heiß, und ich habe Angst davor, ersticken zu müssen.

Etwas liegt bei meinen Füßen, dem Knistern nach handelt es sich dabei um eine Plastiktüte. Ich will gar nicht wissen, was sich darin befindet. Wohl eher ein abgetrennter Kopf als ein Kopfsalat. Oder vielleicht abgehackte Hände? Oder tote Hundewelpen?

Meine Fantasie geht mit mir durch – ich traue diesen Sizilianern einfach alles zu.

Was zur Hölle ist heute passiert?

Was hat Jagger getan, das diesen Yaro so verärgert hat?

Allein bei der Erinnerung, wie kaltblütig er Timm erschossen hat, dreht sich mir der Magen um. Wenn man bedenkt, dass ich mit einem Killer zusammen bin, ist das etwas scheinheilig, ich weiß. Doch zu wissen, dass Menschen sterben, ist etwas anderes, als live dabei zu sein und es mit ansehen zu müssen ...

Ob Jagger und die anderen schon auf der Suche nach mir sind?

Wahrscheinlich! Allein schon, weil ich nicht wie versprochen einfach nur schnell Wein einkaufen gefahren bin.

Aber ob sie auch schon herausgefunden haben, dass mich die verfluchte Cosa Nostra entführt hat? Hoffentlich! Keine Ahnung woher, aber ich weiß, dass mir die Zeit davonläuft. Dieser Mafiaboss ist kein Mann der leeren Worte. Ich bezweifle, dass er lange warten wird, um mich für seine Rachezwecke zu benutzen.

In einem Buch habe ich mal gelesen, dass die Mafia extrem gruselige Methoden anwendet. Das Gerücht mit den einbetonierten Füßen und dem tödlichen Tauchgang im Fluss ist leider gar kein Gerücht, sondern die bittere Realität.

Das Gute ist jedoch, dass es einige Zeit dauert, bis der Beton ausgehärtet ist. Das würde mir Zeit verschaffen. Ein Schuss in den Kopf oder ein Dolchstoß ins Herz sind hingegen genauso tödlich, jedoch viel schneller ausgeführt.

Was eine Katastrophe! Wer hätte gedacht, dass ich mich irgendwann mal in einer so verzweifelten Lage befinde, dass ich fast schon hoffe, dass meine Füße auf alte Mafiosiart in einem Eimer mit Beton übergossen werden?

Immer dickere Tränen laufen mir über das Gesicht. Irgendwie habe ich schon immer geahnt, dass mich das Leben im MC auf die ein oder andere Art und Weise umbringen wird.

Vielleicht hatte Jagger doch recht, als er behauptet hat, dass das Clubleben zu gefährlich für Kinder ist.

Zum ersten Mal seit langem bin ich echt froh darüber, nicht schwanger zu sein.

Obwohl ich nichts lieber als aus diesem Kofferraum raus will, hört mein Herz vor lauter Panik auf zu schlagen, als der Mercedes stoppt und der Motor verstummt.

Hilfe! Hilfe! Lieber Gott, so hilf mir doch ...

Ich war noch nie ein besonders gläubiger Mensch, doch jetzt fällt mir nichts anderes ein, als ein schnelles Stoßgebet zum Himmel zu schicken. Erst letzte Woche habe ich, als Marlen, die Freundin von Mason, und ich uns was vom Asiaten geholt haben, einen Glückskeks gegessen. Der Spruch, der sich im Inneren befunden hat, hat für mich überhaupt keinen Sinn ergeben, dennoch konnte ich ihn einfach nicht vergessen.

>Dein Leben wird durch ungewöhnliche Erfahrungen bereichert.<

Jetzt, wo ich entführt und in einen Kofferraum gesteckt wurde, ergibt er allerdings langsam einen Sinn. Vielleicht sollte es mich trösten, dass da *bereichert* und nicht *beendet* stand. Das macht mir irgendwie Hoffnung, dass ich aus diesem Schlamassel doch noch lebend herauskomme. *Wenn ich doch nur mein Handy hätte ...*

Wenn es mir irgendwie gelingen könnte, an ein Telefon zu kommen, könnte ich Jagger anrufen, der könnte den Anruf zurückverfolgen und mich somit aufspüren.

Zugegeben, der Plan ist nicht sonderlich gut, aber besser als keiner.

Die Kofferraumklappe wird geöffnet, ein in einem schwarzen Anzug gekleideter Typ mit neutralem Gesichtsausdruck streckt mir wortlos seine Hand entgegen. Wahrscheinlich erwartet er, dass ich sie dankbar ergreife, froh darüber, nicht länger wie ein Kartoffelsack behandelt zu werden, aber da täuscht er sich.

Lieber fresse ich Schnecken, als dass ich die Hilfe von einem dieser Arschlöcher annehme. Mit dem letzten bisschen Würde, das mir noch geblieben ist, ignoriere ich den Kerl, rapple mich auf und steige ziemlich unelegant aus dem Wagen. Mein schuhloser Fuß fühlt sich irgendwie klebrig an. Unsicher blicke ich nach unten und stoße, als ich das viele Blut entdecke, einen entsetzten Schrei aus. *Igitt!*

Da ich mir ziemlich sicher bin, dass das Blut nicht von mir ist, ich fühle mich nicht verletzt, sehe ich mich prüfend um. Unsicher schaue ich zurück in den Kofferraum und betrachte die Tüte.

Das Plastik ist verrutscht, sodass ich einen Blick in das Innere werfen kann. Ich sehe etwas Silbernes, es dauert einen Moment, bis ich kapiere, dass es sich dabei um eine Art Siegelring handelt, der auf einem Daumen steckt. Mein Magen stülpt sich um, Galle steigt mir in den Hals.

„Da sind Hände drinnen ..."

Meine Stimme ist nicht lauter als ein Flüstern, dennoch hört Yaro mich.

„Fünf Stück, um genau zu sein. Aber keine Sorge, dein Joker hat seine noch."

Wie er das *noch* betont, lässt mich hart schlucken. Ich zwinge mich, die Augen von der Tüte zu lösen und sehe den Boss der Sizilianer direkt an.

„Was hast du mit mir vor?"

„Du bist mein Köder!"

Die Art, wie er mich betrachtet, wie sein Blick an meinen nackten Schultern nach unten, über meine Brüste bis hinab zu meinen Beinen gleitet, macht mir Angst.

„Löwen lassen sich nicht ködern."

Er lacht, es klingt freudlos und grausam.

„Dieser schon."

Natürlich hoffe ich, dass Jagger mich rettet, aber ich will auf gar keinen Fall, dass er sich für mich opfert. Es muss noch einen anderen Ausweg geben.

„Warum bist du dir da so sicher?"

Er streckt den Arm nach mir aus, reibt mit seinem Zeigefinger über meine Unterlippe.

„Jeder Mann hat eine Schwäche – jeder. Du bist die des Jokers. Ich habe dich beobachtet, Zoe. Er behandelt dich wie ein Juwel, einen kostbaren Diamanten, den er am liebsten vor der Welt verstecken und in einen Safe sperren würde."

Mit einem Ruck drehe ich den Kopf nach links, seine Hand fällt herab, Yaro wirkt belustigt. „Er hätte es tun sollen. Wenn es ein Mädchen gäbe, das mir so viel bedeutet wie du ihm, dann hätte ich nicht gezögert und es in einen Käfig gesperrt."

Mein abfälliges „Wie nett!" übergeht er einfach und spricht mit neutraler Stimme weiter. „Ihr Frauen habt schon ganze Königreiche zu Fall gebracht, für euch wurden in den letzten tausend Jahren unzählige

Kriege geführt und die brutalsten Verbrechen begangen. Nichts ist gefährlicher, motivierender und zugleich schützenswerter als die Liebe einer Frau."

So pervers seine Aussage auch ist, komme ich nicht umhin eine abscheuliche Romantik darin zu entdecken.

Seelenruhig zieht er ein weißes iPhone hervor, entsperrt es mit seinem Fingerabdruck und reicht es mir.

„Ruf ihn an, sag dem Joker, dass du im Hafen auf ihn wartest. Er wird erleichtert sein, von dir zu hören."

Obwohl ein Telefon genau das war, was ich wollte, zögere ich, es zu nehmen.

Mein Plan war es, Yaro eine Falle zu stellen und nicht Jagger in eine zu locken.

„Wenn du ihn nicht anrufst, werde ich ihm eine Botschaft schicken müssen. Er wird einen Beweis dafür haben wollen, dass ich dich wirklich in meiner Gewalt habe."

Wie versteinert stehe ich da und starre das iPhone an, als wäre es ein giftiger, todbringender Skorpion.

„Ich denke dabei an einen Finger, oder vielleicht eine ganze Hand. Was meinst du, Zoe? Welches deiner Gliedmaßen sollen wir deinem Mann schicken? Worüber würde er sich am meisten freuen? Eine Titte würde mit Garantie dafür sorgen, dass er herkommt."

Das Blut rauscht mir in den Ohren, meine Knie werden weich. Ich wanke und schlüpfe aus dem einen High Heel, der mir noch geblieben ist.

Ich komme mir vor wie in einer perversen und verdammt schrägen Neuverfilmung von Aschenputtel. Dumm nur, dass ich auf keine gute Fee hoffen kann, die mir drei Wünsche erfüllt. Es besteht kein Zweifel, dass Yaro seine Drohungen wahr macht. Die Tüte im Kofferraum ist der beste Beweis dafür, dass er keine Probleme damit hat, Menschen zu zerstückeln.

Mit zitternden Fingern nehme ich das Telefon, was er mit einem „Braves Mädchen", kommentiert. Wie ferngesteuert tippe ich Jaggers Nummer ein, das alles fühlt sich völlig surreal an. Alles, was ich wollte, war ein ruhiger Abend, viele Martinis und ein eiskalter Weißwein. Stattdessen habe ich einen fremden Typen geküsst, habe dabei zugesehen, wie er erschossen wurde, und stehe nun vor dem Anführer der sizilianischen Mafia, der mit mir darüber diskutiert, welches Körperteil er mir als Erstes abschneiden soll.

Das kann nicht die Realität sein, so grausam ist das Leben nicht. Aber für einen Albtraum fühlt sich das langsam trocknende Blut an meinem Fuß einfach zu echt an.

Eine Böe bringt kalte, nach Salz schmeckende Luft zu uns. Ich erschaudere. Bis auf die vielen, identisch gekleideten Sizilianer ist der Hafen verlassen. Es ist niemand da, der mir helfen könnte. Wobei ich sowieso bezweifle, dass ein normaler Durchschnittsbürger etwas gegen die vielen Mafiosi ausrichten könnte.

Ich brauche ein Wunder! Jetzt!

In dem Moment, in dem ich auf das grüne Telefonhörersymbol drücke, besiegle ich Jaggers Schicksal. Bleibt mir nur, zu hoffen, dass die *Sons of Silence* ihrem Ruf als die gefährlichste kriminelle Organisation aller Zeiten gerecht werden.

Bis zu diesem Moment habe ich immer gehofft, dass die Presse und die Cops übertreiben und dass mein Mann und seine Brüder nicht annähernd so böse sind, wie immer alle behaupten.

Im Augenblick hingegen hoffe ich, dass sie noch viel schlimmer sind, als es sich die Gesellschaft vorstellen kann.

Zum ersten Mal in meinem Leben wünsche ich mir den Tod eines Menschen. Wollen wir hoffen, dass mein Joker in der Lage ist, mir diesen Wunsch zu erfüllen ...

7. Kapitel

Joker

Gerade als wir am Clubhaus ankommen, um die Lage zu besprechen, und unsere Möglichkeiten abzuwägen, beginnt mein Handy zu vibrieren. Mit einem Fluch ziehe ich es aus der Tasche, die auf dem Display angezeigte Nummer ist mir völlig fremd.

Wie kann das sein?

Das ist ein gesichertes Prepaid, diese Nummer haben nur meine Brüder und Zoe. *Fuck!* Mit einem Schlag wird mir klar, was das bedeutet. Für den Bruchteil einer Sekunde presse ich die Augen zusammen, halte den Atem an und prüfe, ob sich meine Vermutung bestätigt, indem ich das Telefonat annehme.

„Yeah?"

Als Erstes höre ich ein Schluchzen, dann die zittrig klingende Stimme meines Mädchens.

„Jagger?"

Sie lebt noch. Grenzenlose Erleichterung breitet sich in mir aus.

All die Wut, die ich empfunden habe, weil sie Cube abgehauen und sich mit dem fremden Typen unterhalten hat, verpufft schlagartig. Im Augenblick zählt nichts weiter als die Tatsache, dass es Zoe zumindest so gut geht, dass sie mit mir reden kann.

„Oh Baby. Verdammt! Geht es dir gut? Wo bist du? Was ist das für ein Handy, von dem du anrufst?"

Wieder schluchzt sie, mir bricht fast das Herz.

„Er will, dass du zum Hafen kommst."

Ich weiß sofort, von wem sie spricht.

„Hat Yaro dir wehgetan?"

Sie zögert, was mich beinahe durchdrehen lässt. Sollte er sie angefasst haben ... *Bloody Hell!* Dann werde ich mir eine besonders abartige Methode einfallen lassen, um ihn dafür zu bestrafen. Dann wird seit Anbeginn der Menschheit noch kein Mann vor ihm so grausam gestorben sein wie er. Das schwöre ich!

„Noch nicht. Aber er will, dass du herkommst."

Darauf kann er wetten! Aber dieses Mal werde ich nicht denselben Fehler begehen und diesen nudelfressenden Bastard unterschätzen. Dieses Mal wird der komplette Club anrücken.

Kein Roulette – keine Revolver – keine Gnade!

„Ist der Lautsprecher an?"

„Nein."

„Ich komme – wir alle kommen. Ich werde jetzt ein paar Zahlen nennen, und du sagst ja, sobald ich die Anzahl der Wichser, die gerade bei dir sind, erraten habe. Klar?“

„Okay.“

Also schön.

„Weniger als fünf? Mehr als zehn? Mehr als zwanzig?“ Ihr „Ja.“ unterbricht mich. *Verdammt!* Wenn sie zwanzig sehen kann, dann muss ich diese Anzahl mit drei multiplizieren, um an die wahrscheinliche Menge ranzukommen. Yaro mag vieles sein, aber er ist kein Idiot. Jetzt, wo er weiß, dass ich mich nicht an Regeln halte, wird er kein Risiko eingehen. Wie es scheint, ist endlich der Tag der finalen Auseinandersetzung gekommen. Das ist gut. Der Club ist vorbereitet! Seit Monaten tue ich nichts anderes, als unsere Waffenbestände aufrüsten und jeden Nomad in diesem Teil des Landes zu mobilisieren.

„Baby, versprich mir, dass du nichts tust, um diesen Bastard zu reizen. Fordere ihn nicht heraus. Halt einfach die Klappe und versuch, dir keinen Ärger einzuhandeln. Diese Typen verstehen keinen Spaß! Machst du Probleme, brechen sie dir die Knochen.“

Ich will Zoe keine Angst machen. Aber ich kenne ihr Temperament. Sie muss verstehen, wie ernst die Lage ist, in der sie sich befindet.

Das verzweifelte Geräusch, eine Art Keuchen, das sie von sich gibt, geht mir durch Mark und Bein.

„Ich gebe mein Bestes. Versprochen.“

Diese Zusicherung beruhigt mich. Bevor das Gespräch unterbrochen wird, hallt noch ein gewispertes „Ich liebe dich, Jagger“ durch den Hörer, dann ist die Leitung tot.

Vor Zorn bebend, trete ich mit voller Wucht gegen das alte Ölfass, das neben mir steht. Es fällt um, schlittert ein paar Meter weiter und der ganze Müll, der sich darin angesammelt hat, verteilt sich auf dem Asphalt.

„Was eine Scheiße!“

Landon, Cube, Mason und Jacob stehen neben mir. Sie wirken genauso entschlossen wie ich. Zoe gehört mir, sie ist Eigentum des *Sons of Silence Motorcycle Clubs*. Und niemand – absolut niemand – hat das Recht, sich an ihr zu vergreifen.

„Ruft alle an. Sorgt dafür, dass sich alle Sons auf den Weg zum Hafen machen! Es wird Zeit, die Wichser das Fürchten zu lehren.“

Mason vergeudet keine Zeit, rennt ins Clubhaus und bringt alle auf den neuesten Stand. Cube zieht sein Handy und informiert all unsere

Brüder, die sich noch immer auf der Suche nach Zoe befinden. Mein Sergeant sieht mich prüfend an.

„Du musst Ruhe bewahren, Bro. Wenn du die Kontrolle verlierst, ist deinem Mädchen nicht geholfen."

Das weiß ich. Dennoch fällt es mir gerade schwer, einen kühlen Kopf, zu behalten, was nicht nur an der Entführung liegt, sondern auch an der Tatsache, dass ich diese Frau einfach nicht verstehe. Wie kann sie sagen, dass sie mich liebt, wenn sie erst vor wenigen Stunden mit einem anderen Kerl geflirtet hat, anstatt wie befohlen sofort zum Club zurückzukommen?

Wie passt das alles zusammen, verdammt noch mal?

Jacob packt mich an der Schulter und schüttelt mich leicht.

„Reiß dich zusammen, Präsident. Hier geht es nicht nur um Zoe, sondern vor allem um den Club. Die Cosa Nostra ist ein ernst zu nehmender Gegner. Yaro und seine Familie können uns gravierend schaden. Ich habe keinen Bock, einen toten Son zu Grabe zu tragen!"

Das muss er mir nicht sagen. Der Ernst der Lage ist mir mehr als bewusst.

„Pack den Van voll, Sergeant. Lad so viele Granaten, Waffen und Munition wie nur möglich ein. Wenn wir mit den Hurensöhnen fertig sind, wird die Polizei Wochen brauchen, um ihre Überreste aus dem Hafenbecken zu fischen!"

Jacob nickt zufrieden, er hat kapiert, dass ich voll bei der Sache bin.

„Zu Befehl, Präs."

Sehr gut.

„Abfahrt in zehn Minuten!"

Zusammen eilen wir in den Club, es gilt Vorbereitungen zu treffen.

Genau elf Minuten später stehe ich zusammen mit drei Dutzend Sons auf dem Hof des Clubs, jeder von ihnen hat, auf meine Anweisung hin, eine schusssichere Weste angezogen und trägt mindestens drei Waffen am Körper. Ihre Satteltaschen sind voller Magazine, Granaten und handlichen Schnellfeuerwaffen – ich würde sagen, wir sind bereit!

Tief durchatmend, lasse ich meinen Blick über jeden Einzelnen von ihnen gleiten, der Zusammenhalt und die Loyalität, die mir jeder dieser Member entgegenbringt, erfüllen mich mit Stolz.

„Sons Forever – Forever Sons!"

Mein Brüllen schallt über den Hof, hallt von den Wänden wieder und vermischt sich mit dem zustimmenden Echo meiner Brüder.

„Lasst uns diesen Bastarden zeigen, was passiert, wenn man sich mit den *Sons of Silence* anlegt."

Geballte Fäuste werden in die Luft gereckt, Mason schießt zweimal in den dunklen Nachthimmel.

Wenige Minuten später startet der knapp vierzig Mann starke Konvoi Richtung Hafen.

An so gut wie jeder Kreuzung stößt ein weiterer Bruder zu uns – unauffällig geht anders.

Aber das ist mir egal. Sollen die Leute ruhig wissen, was passiert, wenn man sich dem Club in den Weg stellt.

An der Einfahrt zum Hafen angekommen, stoppe ich den Trupp und bespreche mich kurz mit Landon und Jacob. Wir gehen verschiedene Szenarien durch und entscheiden uns schlussendlich dafür, uns in drei unterschiedlich starke Gruppen aufzuteilen. Mason postiert sich mit fünf Männern hier, geht in Deckung und fängt, falls etwas schief gehen sollte und Yaro erneut flüchten kann, den Mafiaboss ein.

Cube legt sich mit fünfzehn Männern in der näheren Umgebung auf die Lauer, schaltet eventuell postierte Sniper aus und sichert uns den Rücken. Landon und ich machen uns zusammen mit Jacob auf die Suche nach Zoe.

Ich kann mir durchaus denken, wo sich die Bastarde aufhalten, direkt an der Anlieferzone bei den Containern. Einen Blick mit meinem Vize tauschend, ziehe ich meine Waffe, entsichere sie und fahre dann erst weiter. Wir biegen ums Eck und sehen uns schlagartig einer kleinen Armee gegenüber. Dutzende von Uzis sind auf uns gerichtet – willkommen in der Hölle.

Zoe kniet auf dem Boden, ihr kurzes Kleid ist blutverschmiert und zerrissen, wie schwer sie verletzt ist, kann ich jedoch nicht erkennen. Unsere Blicke treffen sich. Eine Mischung aus Hoffnung und Trauer blitzt in ihren Iriden auf. Dicke Tränen rinnen ihr über die Wangen.

Es ist meine Schuld, dass sie in diese Scheiße mit reingezogen wurde. Wäre sie nicht mein Mädchen – wäre sie jetzt nicht hier.

Trotz dieses Wissens und der Tatsache, dass sie mich heute hintergangen hat, bin ich nicht bereit sie freizugeben. Eher sterbe ich! Und die Wahrscheinlichkeit, dass ich das in den nächsten dreißig Minuten tun werde, ist verdammt hoch.

Yaro steht hinter ihr, seine Waffe ist auf Zoes Schläfe gerichtet. Den Finger am Abzug, grinst er mich erwartungsvoll an.

Fuck! Fuck! Fuck!

„Das sieht gar nicht gut aus, Präs."

Ich teile Cubes Einschätzung. Die Luft knistert, alle sind angespannt. Nur eine falsche Bewegung und hier herrscht ein Krieg, den keiner überleben würde.

Bei allen Sons, ich kann die Anwesenheit des Sensenmanns regelrecht spüren, gleich einem eiskalten Lufthauch. Er kann es kaum erwarten, möglichst viele Seelen mit sich in den Abgrund zu ziehen. Meine Männer reihen sich neben mir ein, ziehen blitzschnell ihre Pistolen und zielen auf die Sizilianer.

Landon stößt einen Fluch aus und sieht mich abwartend an.

„Sobald ein Schuss fällt, sind wir alle erledigt. Wenn wir diese Nacht überleben, gleicht das einem verfickten Wunder."

Allerdings.

„Ich glaube nicht an Wunder."

Er nickt.

„Ich auch nicht, Bro. Und genau darin liegt das Problem."

Noch bevor ich von meinem Bike gestiegen bin, begrüßt Yaro uns überschwänglich, es ist ihm deutlich anzusehen, dass ihm sein Auftritt gefällt. Für ihn scheint das alles nichts weiter als eine große Show zu sein. Seins und das Leben seiner Männer scheinen ihm nicht allzu wichtig zu sein – wie die Nummer mit dem Revolver heute Nachmittag bereits bewiesen hat. Wenn es hier nur um mich gehen würde, wäre ich ebenfalls um einiges entspannter. Aber das tut es nicht!

Meine Frau kniet keine zehn Meter von mir entfernt im Dreck und hat eine verdammte Waffe am Kopf!

Langsam, ohne ruckartige Bewegungen, steige ich von meiner Harley und nehme den Blick nicht von Zoe. Mein Hirn leistet Rekordarbeit. Checkt die Lage, geht verschiedene Szenarien durch und kommt doch immer wieder zu ein und demselben Ergebnis: Es ist aussichtslos.

Yaro ist unberechenbar. Wenn er jetzt beschließen würde, abzudrücken, könnte ich nichts dagegen tun.

Das Wissen, dass er bei unserer letzten Begegnung panisch davongelaufen ist, verschafft mir eine gewisse Genugtuung. Mag sein, dass sich dieser Spaghettifresser für unbesiegbar hält, aber das ist er nicht. Wenn ich mit ihm fertig bin, werden die Forensiker seine Gebissabdrücke brauchen, um ihn identifizieren zu können.

„Jetzt, wo wir alle vollzählig sind, kann das Spiel beginnen."

Sein italienischer Akzent raubt mir den letzten Nerv.

Ich hasse diesen Bastard.

Landon geht es da wie mir, mit einem Fluch steigt er von seiner Maschine und beißt die Zähne zusammen.

„Wie wär's? Du übernimmst die linke Seite und ich die rechte? In weniger als drei Minuten wären alle tot."

Ein Zischen ausstoßend sieht er zu mir.

„Klingt verführerisch. Aber ich denke, die Erfolgsquote für dieses Vorhaben ist etwas zu gering."

Damit könnte er recht haben.

„Man wird ja wohl noch träumen dürfen."

Die Sizilianer beobachten uns, Yaro scheint es nicht zu gefallen, dass wir uns unterhalten und ihm offensichtlich nicht die Aufmerksamkeit und den Respekt entgegenbringen, den er sich erhofft hat. *Pech!*

Zuerst beginnt er in seiner Landesprache, dann wechselt er ins Englische.

„... ich werde dir jetzt die Regeln erklären, Joker. Wie ich sehe, hast du einige deiner Brüder dabei, das ist gut, darauf habe ich gehofft. Siehst du die Frau vor mir? Ich denke, sie gehört dir."

Er beugt sich nach unten, streift mit seiner Nase über Zoes Haare, atmet tief ein und stöhnt leise.

„Sie riecht gut. Willst du sie wiederhaben?"

Allein für diese Scheiße will ich ihn tot sehen.

„Findest du es besonders mutig, dich hinter einem kleinen, wehrlosen Mädchen zu verstecken? Ja? Das zeugt nicht gerade von Stärke. Vielleicht habe ich mich ja getäuscht, und ihr Wichser von der Cosa Nostra seid gar keine ernst zu nehmende Konkurrenz, sondern nur kleine, verzogene und Pasta fressende Muttersöhnchen."

Mein Vize murmelt mir eine Warnung zu, ich ignoriere sie.

Yaro geht nicht auf meine Beleidigungen ein, er sieht mich einfach nur fragend an.

„Ich verstehe dich nicht, Joker. Für mich klang das so, als ob du dein Mädchen nicht wiederhaben willst. Wirklich schade! Die Kleine ist eine echte *bella donna.* Vielleicht behalte ich sie ja für mich? Als Spielzeug! Und wenn ich mit ihr fertig bin und sie mich zu langweilen beginnt, reiche ich sie an meine Männer weiter."

Obwohl ich es besser weiß und auf diese Herausforderung nicht eingehen sollte, stürme ich auf den Bastard zu, reiße den Arm nach oben und ziele direkt auf seinen Kopf.

„Wenn du es wagst sie anzurühren, schneide ich dich in Scheibchen."

Er lacht, laut und lauter, dann mit einem Mal verstummt er schlagartig.

„Sehr schön. Jetzt wo ich mir endlich deine Aufmerksamkeit gesichert habe, kommen wir zurück zu den Regeln. Das letzte Mal hast du dich nicht an sie gehalten – dieses Mal lasse ich dir keine andere Wahl!“

Jetzt, wo ich Zoe so nah bin, erkenne ich, wie groß ihre Angst ist und dass sie am ganzen Leib zittert.

„Beruhig dich, Baby. Alles wird gut.“

In ihren Augen erkenne ich, dass sie meine Lüge durchschaut.

„Es wird folgendermaßen ablaufen: Du wirst deine Männer töten, einen nach dem anderen, in der Reihenfolge, die ich dir befehle. Für jeden Son, den du am Leben lässt, verpasse ich deinem Mädchen eine Kugel. Wir werden sehen, wie viel Blei ich in den verführerischen Körper deiner Frau pumpen muss, bis ihr Herz aufhört zu schlagen.“

Bloody Hell!

Ich wusste, dass dieser Typ krank ist, aber bei allen Göttern, das gesamte Ausmaß seiner Abgefucktheit kommt erst jetzt zu Tage.

„Was, wenn ich auf dieses Spiel nicht eingehe? Ich bin der Joker, schon vergessen? Ich spiele nicht nach deinen Regeln.“

Ohne unseren Blickkontakt zu unterbrechen, holt er mit der Waffe aus und lässt den Griff mit voller Wucht auf Zoes Hinterkopf krachen. Ihr schmerzerfüllter Schrei hallt über den Hof, lässt das Blut in meinen Adern gefrieren.

Weinend sinkt sie auf den Boden, was Yaro dazu veranlasst, sie an den Haaren zurück in eine sitzende Position zu ziehen.

Ich könnte kotzen vor Wut.

„Du wirst spielen, zumindest wenn du nicht dabei zusehen willst, wie ich erst dein Mädchen und anschließend alle deine Kutten tragenden Arschlöcher hinrichten lasse!“

Was sagt es über mich aus, wenn ich tatsächlich mit dem Gedanken spiele, mich auf diesen perfiden Plan einzulassen, nur um Zoe zu retten?

Ich bin der Präsident dieses Clubs und dennoch bin ich beinahe bereit, alle meine Brüder zu töten, nur um mein Mädchen zu retten.

Bullshit! Zum ersten Mal fühle ich mich meines Leders unwürdig.

Das Problem an der Sache ist nur, dass ich keinen anderen Ausweg sehe. Einer der Sizilianer setzt sich in Bewegung, geht auf Yaro zu und bleibt direkt hinter ihm stehen. Was hat er vor?

Mein Zeigefinger zuckt gefährlich, es wäre so leicht, den Abzug zu drücken und diesen Mafiaboss für immer zum Schweigen zu bringen. Aber wie werden seine Handlanger reagieren, wenn ihr Chef tot ist? Werden sie sich ergeben, flüchten oder ihrem Familienoberhaupt willig in den Tod folgen?

Kaum dass ich diesen Gedanken zu Ende gedacht habe, sehe ich, wie der Sizilianer den Arm hebt, auf Yaros Hinterkopf zielt und ohne zu zögern abdrückt. Sein Kopf zerplatzt, Blut und Hirnmasse verteilen sich über Zoe, auf meiner Kutte und dem Asphalt um uns herum. Dank des Schalldämpfers ist nur ein leises *Plopp* zu hören. Kaum dass es verklungen ist, herrscht absolute Stille. Yaro bricht tot zusammen, liegt nun wie ein Haufen menschlicher Abfall vor meinen Füßen.

Einzig Zoes leises Wimmern ist zu hören. Perplex starre ich den Sizilianer an. Was jetzt? Soll ich dem Mörder meines Feindes meinen Dank aussprechen oder ihm ebenfalls eine Kugel in den Kopf jagen?

Eine schwere Entscheidung, die mir in dem Moment, in dem mir der Sizilianer die Hand reicht, abgenommen wird.

„Mein Name ist Melchiorre, ich bin ab sofort das neue Oberhaupt der Giurdano famiglia und ich habe vor, mit dem *Sons of Silence Motorcycle Club* Geschäfte zu machen. Ich betrachte euch Outlaws nicht als Feinde, so wie es Yaro getan hat, zumindest werde ich das solange nicht tun, wie ihr mir keinen Anlass dazu gebt."

Fuck! Das muss ich erst mal sacken lassen ...

Für eine Weile starre ich die mir dargebotene Hand an, noch habe ich sie nicht ergriffen.

„Ich bin bereit, mich auf diese neue Geschäftsbeziehung einzulassen, wenn ich die Zusicherung bekomme, dass sich die Cosa Nostra aus diesem Teil des Landes zurückzieht. Das hier ist unser Revier!"

Melchiorre nickt, ohne zu zögern.

„Dieser Teil Amerikas war mir schon immer zu kalt und zu nass. Ich werde meine Organisation in den Süden verlegen."

Wenn das nicht gut klingt! Einen prüfenden Blick über meine Schulter zu meinem Vize werfend, sehe ich, wie dieser zögerlich nickt. Ich erwidere den Handschlag des Sizilianers – damit ist es beschlossene Sache! Aus unserem größten Feind ist innerhalb weniger Minuten ein Verbündeter geworden. Wer hätte das gedacht?

Jetzt, wo alles geregelt ist und die Gefahr eines außer Kontrolle geratenen Kugelhagels deutlich minimiert wurde, wende ich mich Zoe zu, packe sie an den Schultern und helfe ihr vom Boden auf. Ich mustere sie prüfend: Ihre Beine sind blutverschmiert, sie zittert und bebt und ihr Atem komm heftig. Das sieht verdammt nach einer Panikattacke aus.

„Bist du verletzt, Baby?"

Sie schüttelt verneinend den Kopf, pure Erleichterung breitet sich in mir aus. Endlich mal gute Nachrichten. Glücklich, mein Mädchen wiederzuhaben, ziehe ich Zoe in die Arme, drücke meine Lippen gegen ihre Stirn und murmle ihr zu, dass sie sich beruhigen soll.

Es mag sein, dass für Melchiorre alles geregelt ist, für mich ist es das allerdings nicht. Mit einem Handzeichen gebe ich Landon zu verstehen, dass er mir Zoe abnehmen soll. Dann wende ich mich dem neuen Anführer der Cosa Nostra zu.

„Bevor wir jedoch damit beginnen können, unsere Zusammenarbeit zu besprechen, will ich wissen, wer meine Frau entführt hat. Solange diese Bastarde am Leben sind, ist eine geschäftliche Beziehung für mich undenkbar."

Melchiorre sieht mich abschätzend an und kommt dann zu dem Entschluss, dass ich es absolut ernst meine. Ohne sich umzudrehen, ruft er ein paar Namen, mehrere der Italiener treten vor.

„Ich hoffe für dich, dass diese Männer ersetzbar sind."

Er nickt kaum merklich.

„Das freut mich für dich."

Ich ignoriere sein ärgerliches Zischen, mache mich auf den Weg und knalle einen nach dem anderen ab. Das laute *Peng Peng* klingt wie Musik in meinen Ohren. Für meinen Geschmack ist das noch ein viel zu leichter Tod.

Wenn Zoe nicht hier wäre, würde ich mir viel mehr Zeit mit diesen Typen lassen. Ich würde sie foltern, zum Schreien bringen und ihnen, erst wenn sie schon mehr tot als lebendig wären, den Gnadenschuss gewähren.

Doch unter den gegebenen Umständen muss ich mich mit dieser schnellen Methode zufriedengeben.

Erst als alle namentlich Genannten auf dem Boden liegen und mich aus leeren Augen anstarren, gehe ich zurück zu Melchiorre.

„Lass mich eine Sache gleich von vornherein klarstellen: Zoe ist tabu – alle Frauen unseres Clubs sind das. Der Nächste, der eines unserer Mädchen auch nur zu lange ansieht, erleidet dasselbe Schicksal wie die Bastarde, die an der Entführung beteiligt waren."

Ich rede so laut, dass alle Anwesenden meine Worte gut hören können.

Melchiorres Mimik bleibt ausdruckslos, ich werte sein Schweigen als Zustimmung, wende mich von ihm ab und mache mich auf den Weg zu meiner Frau.

8. Kapitel

Zoe

Keine Ahnung, wie ich hierhergekommen bin und wann Jagger mich ausgezogen hat, aber ich stehe nackt in seinen Armen unter der Dusche. Eingehüllt von seiner Kraft und dem heißen Wasser, wird das Zittern in meinen Knien langsam immer weniger.

Das fremde Blut ist von meiner Haut gewaschen und die Todesangst, die mich die letzten Stunden fest im Griff hatte, lässt auch endlich nach. Mein Rocker hält mich fest und murmelt mir beruhigend ins Ohr, dass ich in Sicherheit bin.

Ich würde ihm nur allzu gern glauben – doch es gelingt mir nicht.

Der Schreck sitzt noch viel zu fest in meinen Knochen. Wieder und wieder streifen seine rauen Hände federleicht über meinen Rücken, es ist nur schwer zu realisieren, dass durch genau diese Hände, die so zärtlich zu mir sind, vor geschätzten dreißig Minuten mehrere Menschen gestorben sind.

Jagger ist der Joker und der Joker ist der Präsident dieses Clubs und der ist wiederum ein Killer. Das alles weiß ich natürlich nicht erst seit heute, aber heute war ich das erste Mal dabei, als mein Mann zum Mörder geworden ist.

Natürlich ist das alles ziemlich angsteinflößend und heftig, doch was mich am meisten erschreckt, ist, dass ich Jagger jetzt, wo ich seine böse und dunkle Seite kennengelernt habe, nur noch mehr liebe.

Es ist fast so, als hätte ich erst heute damit angefangen, jede Facette meines Outlaws zu akzeptieren. Leben oder sterben – töten oder getötet werden – so einfach ist das.

Mir ist klar geworden, dass ich diesen Rockerpräsidenten niemals verlassen werde. Niemals! Wie könnte ich auch? Das wäre, als würde ich einen Teil von mir selbst aufgeben. Ich habe mir selber etwas eingeredet, mir vorgemacht, dass ich stark genug bin, ohne ihn sein zu können, doch das ist alles Quatsch gewesen.

Die Liebe, die ich für Jagger empfinde, ist stärker als all unsere Differenzen.

Seufzend schlinge ich ihm meine Arme um den Nacken, stelle mich auf die Zehenspitzen und hauche ihm einen Kuss auf den geschlossenen Mund.

Jetzt, wo Yaro tot und die Gefahr gebannt ist, wird ihn nichts mehr davon abhalten, mich wegen der Sache im Pub zur Rede zu stellen.

Ich bin nicht so naiv zu glauben, dass ich an diesem Anschiss vorbeikomme. Da muss schon mehr passieren als eine Entführung, eine Schießerei und ein paar Leichen, um Jagger seine Eifersucht vergessen zu lassen.

„Ich will dich nicht küssen. Ich bin noch immer wütend auf dich, Baby."

Na also, da haben wir es auch schon ...

„Ich will aber nicht, dass du wütend auf mich bist."

Ein Knurren löst sich aus seiner Kehle, die Muskeln in seinen Armen beginnen zu zucken.

„Das hättest du dir vorher überlegen müssen."

Für diese Diskussion fehlt mir heute echt die Kraft.

„Was, wenn ich mich entschuldige? Liebst du mich dann wieder?"

Schnaubend schüttelt er den Kopf.

„Fuck Baby, ich liebe dich immer! Das weißt du."

Manchmal tue ich das nicht, aber das werde ich ihm bei seiner aktuellen Stimmung garantiert nicht auf die Nase binden.

Hoffnungsvoll suche ich seinen Blick und ertrinke in den Tiefen seiner silbergrauen Iriden.

„Es tut mir leid, wirklich sehr leid. Ich verspreche dir, dass so etwas nie wieder vorkommt. Bitte verzeih mir!"

Brummend verpasst er meinem Po einen harten Klaps und streift sich mit einer Hand durch seine nachtschwarzen Haare.

„Ich werde dir einen verdammten Chip implantieren, durch den ich dich jederzeit orten kann."

Im ersten Moment bin ich mir sicher, dass das ein schlechter Scherz sein soll. Aber seine Augen bleiben ernst – todernst, um genau zu sein.

„Und was, wenn ich das nicht will?"

„Dann hast du Pech gehabt, Baby! Ich hätte dich heute beinahe verloren. Die Stunden, in denen ich nicht wusste, wo du bist oder ob du überhaupt noch lebst, waren die Hölle! Du hast keine Ahnung, wie sehr ich dich brauche. Du bist meine Welt, Zoe! Dich zu verlieren, wäre mein Untergang. Verzeih mir also, wenn es mir scheißegal ist, ob du das willst oder nicht. Ich frage dich nicht nach deiner Erlaubnis. Warum sollte ich auch? Du bist mein Eigentum, dein Körper gehört mir! Für immer nur mir!"

Er sagt das mit so einer entschlossenen Unwiderruflichkeit, dass mein Herz aus dem Takt gerät. Jagger bemerkt, dass ich mich von ihm lösen will, festigt seinen Griff und verhindert so, dass ich etwas Abstand zwischen uns schaffen kann.

„Ich muss das tun! Ich muss! Noch so ein Tag wie heute und ich verliere den Verstand!“

Seine Stimme klingt fast schon flehend, der Ausdruck in seinen Augen ist sanfter geworden, und ich verstehe tatsächlich langsam, wie sehr er mich braucht.

„Dich auf dem Boden kniend zu sehen, mit einer Waffe am Kopf, die mein Erzfeind in seiner Hand hält, hat verrückte Dinge mit mir angestellt.“ Er haucht mir einen sanften Kuss auf die Schläfe und drückt mich so fest an sich, dass ich kaum noch atmen kann. „Erst jetzt, wo ich kurz davor war, dich zu verlieren, ist mir einiges klar geworden.“

Gespannt lausche ich seinen Worten, genieße, dass er mir diesen kleinen Einblick in sein Inneres gewährt.

„Ich will, dass du mit mir glücklich bist, Baby. Ich werde dir alles geben, was du dir wünschst. Alles. Wir werden eine Familie sein und ich werde dich so lange ficken, bis dein Bauch anschwillt und du mein Kind unter dem Herzen trägst. Aber das alles funktioniert nur unter einer Bedingung.“

Sprachlos sehe ich zu ihm hoch, ich kann mein Glück kaum fassen. Meint er das alles wirklich ernst, oder sind das nur die Nachwirkungen dieses verrückten Tages?

Nervös kämpfe ich gegen die aufsteigende Vorfreude an.

„Welche Bedingung?“

Seine Stirn legt sich in Falten, er sieht mich ernst und finster an.

„Keine anderen Männer! Keine Ausflüge in den Pub und keines deiner Spielchen. Du wirst meine Kutte tragen, meine Lady sein und mehr auf deine Sicherheit achten! Verstanden?“

Babys? Lady? Kutte?

Das ist genau das, was ich mir immer gewünscht habe – mehr wollte ich nie! Trotz der Angst, dass er es sich vielleicht anders überlegen könnte, wenn ich nachfrage, tue ich es.

„Bist du dir sicher?“

Wieder stößt er ein wildes Knurren aus. Mit dem Ellenbogen stellt er das Wasser ab, packt mich an der Taille und trägt mich aus der Dusche, aus dem Bad und direkt ins Schlafzimmer. Wir sind nass und tropfen alles voll, aber das ist uns egal.

„Ich werde dir zeigen, *wie* sicher ich mir bin!“

Er wirft mich ins Bett, legt sich auf mich und bedeckt mich mit seinem muskulösen Körper. Unsere Lippen finden sich und verschmelzen zu einem wilden, stürmischen und Herzrhythmusstörungen verursachenden Kuss. Krachend schlagen unsere Zähne aufeinander, ich kralle meine Finger in seiner Schulter fest und lasse zu, dass er mich bei lebendigem Leib verschlingt.

Oh ja, Rocker küssen definitiv besser ...

Plötzlich beendet er unser Zungenspiel und beißt sich an meinem Hals fest. Der mir nur allzu vertraute Schmerz zuckt durch meine Nervenbahnen, entlockt mir ein Stöhnen. Sein heißer Atem streift mein Gesicht, sein Blick bohrt sich tief in den meinen.

Jaggers unverkennbarer Geruch steigt mir in die Nase und vertreibt alle Zweifel. Er meint es wirklich ernst!

Ich reagiere instinktiv mit purer Lust auf diesen Rocker.

Grob und brutal presst er seine Lippen wieder auf die meinen, dringt mit seiner Zunge tief in mich ein, raubt mir die Luft zum Atmen.

Hilflos liege ich unter ihm, werde von seinem Gewicht tief in die Matratze gedrückt. Ich versuche, etwas mehr Bewegungsfreiheit zu bekommen, doch es gelingt mir nicht. Jaggers Berührungen sind nicht bittend oder zärtlich, sondern grob, fordernd und besitzergreifend. Mein Joker nimmt sich, ohne zu zögern, was er will – mich.

Nach und nach wird sein Kuss sanfter. Er verschlingt mich nicht mehr, sondern verführt mich. Seine Lippen geben die meinen frei, seine Zunge umschmeichelt mein Ohrläppchen, ehe er es sachte in den Mund saugt.

Ein lustvoller Schauer lässt mich erbeben, aus meiner Kehle löst sich ein sehnsüchtiges Wimmern. Mit rauer Stimme flüstert er mir zu, dass ich mich fallen lassen und ihm die Kontrolle überlassen soll, und dass ich bei ihm sicher bin.

Verrückterweise spüre ich bis tief in mein Inneres, dass er die Wahrheit sagt.

Das Schicksal scheint es endlich einmal gut mit mir zu meinen ...

Mein Kinn umfassend, presst er erneut seine warmen Lippen auf die meinen.

In einem verboten sinnlichen Rhythmus reibt er seinen harten Schwanz zwischen meinen Beinen auf und ab. Ein heißer Blitz zuckt durch meinen Unterleib, meine Pussy wird immer feuchter und zieht sich sehnsüchtig zusammen.

Ein verlangendes Pochen breitet sich in meinem Unterleib aus, ich verglühe regelrecht ...

Endlich schiebt er seine Hand zwischen meine Schenkel.

Als Jagger spürt, wie feucht und bereit ich für ihn bin, stößt er ein wildes Fauchen aus.

„Du bist mein Paradies, Baby!“

Ich öffne den Mund, will was sagen, doch er verhindert es, indem er mir seine Hand auf die Lippen legt.

„Sag nichts. Akzeptiere einfach, dass es ab jetzt kein Entkommen mehr für dich gibt. Ganz oder gar nicht! Das habe ich jetzt kapiert. Ich werde dich auf jede nur erdenkliche Art an mich binden. Du wirst mir gehören – nach mir riechen und mein Leder tragen!"

Langsam dringt er mit zwei seiner Finger tief in mich ein, krümmt sie leicht und trifft so direkt auf meinen G-Punkt.

Oh mein Gott ...

Ich winde mich und zerfließe regelrecht unter diesem gefährlichen Rockerpräsidenten.

Seine große Hand, die noch immer auf meinem Mund liegt, erstickt mein Stöhnen.

Hilflos hebe ich mein Becken an, komme ihm willig entgegen und flehe so stumm nach mehr. Seine silbernen Augen fixieren die meinen, langsam zieht er seine Finger aus mir heraus. Fasziniert beobachte ich, wie Jagger sie sich an die Lippen hält und an ihnen schnuppert. Nachdem er das getan hat, schiebt er sie sich in den Mund und lutscht meine Nässe ab. *Ach du Heilige!*

„Von dir werde ich nie genug bekommen."

Das will ich doch hoffen ...

Erneut greift er mir zwischen die Beine, besitzergreifend umfasst er meine Mitte. In diesem Moment fühlt sich das zwischen ihm und mir so gut und richtig an, wie schon lange nicht mehr.

Kaum dass er meinen Mund freigegeben hat, schnappe ich japsend nach Luft. Groß und beeindruckend kniet er sich zwischen meine Beine. Verschlingt mich gierig mit seinen Blicken.

„Du bist so wunderschön, Mädchen."

Bestimmend spreizt er meine Schenkel immer weiter, sodass seinen Augen nicht die geringste Kleinigkeit verborgen bleibt.

Langsam streifen seine Finger durch meine empfindlichen Falten, dringen in mich ein, rauben mir den Atem. Zitternd beobachte ich Jagger dabei, wie er den Kopf senkt und sich zu mir nach unten beugt. Quälend langsam gleitet seine Zungenspitze über meinen empfindlichen Kitzler. Züngelnd verwöhnt er meine Pussy, seine Finger ficken mich immer schneller, vor meinen Augen tanzen bunte Punkte.

„Ohhhhhhh ..."

Mein lauter Schrei hallt durch den Raum, vermischt sich mit den Geräuschen, die von draußen durch das offen stehende Fenster zu uns hereindringen.

Eine unfassbar intensive Lust baut sich in mir auf. Jeder Zentimeter meiner Haut glüht und prickelt. Ich verliere den Bezug zur Realität, alles, was ich noch wahrnehme, ist mein Rocker, der mich regelrecht auffrisst. Ungeduldig vergrabe ich die Finger in seinen Haaren, presse sein Gesicht fester auf meine Mitte.

Mein Orgasmus ist so nah, zum Greifen nah ...

Gerade als ich denke, dass er mich kommen lässt, stoppt er sein Zungenspiel.

Keuchend reibe ich mich an ihm, doch er kennt kein Erbarmen.

Frustriert öffne ich die Augen, suche seinen Blick und stelle fest, dass er mich beobachtet.

„Bitte ... Warum hörst du auf?"

„Ich genieße den Anblick."

„Mach weiter ... Ich will dich in mir. So tief wie nur irgend möglich! Also fick mich endlich!"

Über meine Ungeduld lachend, schüttelt er den Kopf und knabbert an meinem Hüftknochen. Unser nächster Kuss ist so zärtlich und sanft, dass mir die Tränen in die Augen steigen.

Es fühlt sich einfach unbeschreiblich gut an in seinen Armen zu liegen.

Sehnsüchtig kralle ich mich an ihm fest.

Unsere Blicke begegnen sich – er und ich für immer!

Meinen linken Nippel in den Mund saugend, lässt er mich seine Zähne spüren. Jagger verführt mich nicht – er verschlingt mich.

Seine Erektion drückt sich gegen die Innenseite meines Oberschenkels. Ich will ihn endlich in mir spüren. Ich brauche diesen Biker mehr als den nächsten Atemzug. Er bewegt sich leicht.

Endlich spüre ich die dicke Spitze seiner Eichel an meiner Öffnung. Und während unsere Blicke ineinander verhakt sind, schiebt er sich langsam, jedoch unglaublich tief in mich.

Das dekadente Gefühl der Dehnung und die Art wie er mich packt und auf seinen Schwanz schiebt, ist der Hammer. Stöhnend presse ich mich ihm entgegen und genieße seine Härte. Mit jedem Zentimeter, den er mich mehr ausfüllt, mit jedem geteilten Atemzug und jedem sanften Kuss wird die Bindung zwischen uns stärker. Mir ist nur allzu bewusst, dass er dieses Mal kein Kondom verwendet hat.

Sein Versprechen scheint ihm tatsächlich ernst zu sein!

Endlich rammt er sich mit einem kraftvollen Ruck bis zum Anschlag in mich. Zuerst bewegt er sich quälend langsam, dann immer schneller und schneller.

Das klatschende Geräusch unserer wieder und wieder aufeinandertreffenden Körper vermischt sich mit seinem dunklen Knurren und meinem atemlosen Wimmern.

„Mehr! Bitte. Gib mir alles!"

Fluchend hält er mich noch etwas fester, ehe er mich gnadenlos fickt. Verschwitzt und zitternd, spanne ich meinen Unterleib an, beobachte wie in Trance sein markantes Mienenspiel.

„Fuck Baby, ich liebe dich so sehr!"

Sein unfassbar perfekter Rhythmus löscht die Realität aus – alles, was jetzt noch zählt, sind er und ich und das Wissen, was wir gerade im Begriff sind zu tun.

Seufzend vergrabe ich die Finger in seinen Armen, suche verzweifelt nach Halt, während ich mich an ihn verliere.

Zuckend, bebend und laut schreiend werde ich von einem heftigen Orgasmus hinfortgerissen. Jaggers wildes Knurren wird immer lauter, sein gebrülltes „Yes!" hallt von den Wänden wider, während er sich pumpend Schub für Schub in mir ergießt.

Ich spüre seinen Samen und hoffe von ganzem Herzen, schwanger zu werden. Eine angenehme Mattigkeit breitet sich in mir aus, die letzten Stunden fordern ihren Tribut. Noch immer aufs Innigste miteinander verbunden, sehen wir uns an.

„Das brauche ich ab jetzt mehrmals täglich – am besten stündlich! Die Scheiße heute hat mir verdeutlicht, dass ich nicht mehr ohne dich sein kann! Oh Baby. Du bist nicht nur ein Teil meiner Welt – sondern du *bist* meine Welt. Ich werde dir alles geben, was du brauchst und dich und unser Kind bis zu meinem letzten Atemzug beschützen!"

Ein glückliches Lächeln zupft an meinen Mundwinkeln.

„Mehr wollte ich nie ..."

Langsam gleitet er aus mir heraus, lässt sich neben mir aufs Bett fallen und bedeckt meinen verschwitzen Bauch mit seiner großen Hand.

Mit seinem Geschmack auf meinen Lippen und seinem Sperma, das aus mir herausläuft, denke ich über die Entwicklung nach, die unsere Beziehung durch diese Entführung genommen hat.

Vielleicht muss ich Yaro auf eine schräge Art dankbar sein?

Es war schlimm und heftig und ich hatte noch nie zuvor solche Angst, aber schlussendlich hat sich dieser Albtraum zu etwas Gutem entwickelt. Wer hätte das gedacht? Es ist ein bisschen wie im Märchen. Nicht nur Aschenputtel hat sein Happy End bekommen, sondern auch ich ...

Rocker schießen schneller

1. Kapitel

Bianca

Bis auf die silbrige Sichel des Mondes ist der Nachthimmel schwarz wie Pech. Eine eiskalte Windböe fährt mir durch die Haare, streift über meine verschwitzte Haut, lässt mich erschaudern.

Ich zittere, doch das liegt nicht an den kühlen Temperaturen des Oktobers, sondern an dem unheilvollen Gefühl verfolgt zu werden. Nach jedem Schritt werfe ich einen unsicheren Blick über die Schulter, prüfe, ob ich einen dunklen Schatten hinter mir entdecke.

Wer auch immer sich an meine Fersen gehängt hat, weiß was er tut. Denn ich kann ihn weder sehen noch hören. Ich verdanke es einzig meinem Instinkt, dass ich weiß, dass ich schneller laufen muss.

Meine Absätze klackern laut und unregelmäßig auf dem unebenen Kopfsteinpflaster. Nicht zum ersten Mal gerate ich ins Straucheln. Vor Panik beginnt mein Herz zu rasen und mein Gleichgewichtssinn bekommt immer wieder Aussetzer.

Ich werde durch die engen Straßen gejagt, eile an Hintertüren vorbei und zucke erschrocken zusammen, als eine Ratte aus dem Müll gekrochen kommt und vor mir entlanghuscht. *Igitt* ...

Dass ich verfolgt werde, ist kein Zufall, sondern eine berufliche Nebenwirkung. Als Enthüllungsjournalistin gehört es zu meinem Alltag, mich unbeliebt zu machen. Auch mehr oder weniger gut versteckte Drohungen sind nichts Seltenes für mich.

Seit ich vor zwei Jahren beschlossen habe, den Untaten der Mächtigen und Reichen dieses Landes auf die Schliche zu kommen, wurde mir mehr als einmal aufgelauert. Finstere Gestalten haben versucht, mich einzuschüchtern. Auch mein Apartment ist nicht verschont geblieben und wurde schon mehrfach durchwühlt. In dem kleinen Flurschränkchen gleich neben der Eingangstüre liegt meine Beretta – wirklich dumm, dass ich es mir einfach nicht angewöhnen kann, die Waffe immer bei mir zu tragen. Das Problem ist nämlich, dass ich festgestellt habe, dass ich Pistolen unheimlich finde und dass ich es einfach nie über mich bringen würde, abzudrücken. Ich bin eine Pazifistin. Das Gefühl des Stahls in meiner Hand, das Gewicht und einfach alles ... selbst der Geruch widert mich an.

Der Typ vom Schießstand war so nett mir mitzuteilen, dass ich mit einer Waffe in der Hand eine Gefahr für mich und meine Umwelt darstelle und dass ich ein hoffnungsloser Fall bin. Wahrscheinlich hatte er mit dieser Einschätzung sogar recht, trotzdem würde ich im Augenblick absolut alles für meine Beretta geben.

Die Todesangst, die mich gerade fest im Griff hat, ist offensichtlich stärker als meine Abneigung Pistolen gegenüber.

Aber das hilft mir jetzt auch nicht.

Ein heftiger Schmerz zuckt an meinen Rippen entlang – Seitenstechen.

Mein Keuchen wird immer lauter. In den letzten Minuten bin ich so oft abgebogen, dass ich die Orientierung verloren und mich verlaufen habe. *Scheiße!*

Doch das Schlimmste ist nicht mal, dass ich verfolgt werde, sondern dass mich, falls ich heute Nacht sterbe, niemand vermissen wird. Ich bin so Single wie man als Frau nur Single sein kann. Weder habe ich eine flüchtige Internetbekanntschaft noch einen Gelegenheitsliebhaber. Was nicht daran liegt, dass ich extrem hässlich oder furchtbar kompliziert bin, sondern daran, dass es mir schon immer schwergefallen ist, mich anderen gegenüber zu öffnen und Vertrauen aufzubauen.

In meinem vorherigen Leben war ich bestimmt ein Einsiedlerkrebs, der ganz allein auf einer einsamen Insel gelebt hat.

Der einzige Mensch, dem ich wirklich nahestehe, ist meine Freundin Zoe. Sie ist mein rettender Engel und meine Seelenschwester. Trotz der Tatsache, dass sie seit vielen Jahren mit dem gefürchteten Präsidenten des *Sons of Silence Motorcycle Clubs* zusammen ist und seit kurzem auch sein Leder trägt, und ich diese Biker absolut schrecklich finde, hat unsere Freundschaft überdauert.

Zum Glück! Wenn ich Zoe verliere, bin ich verloren ...

Vielleicht ist das die Lösung, vielleicht sollte ich sie anrufen und bitten, dass sie mir zur Hilfe kommt. Keuchend renne ich immer weiter, ignoriere das fiese Stechen, das in immer kürzeren Abständen durch meinen Brustkorb zuckt und versuche, mein Handy in dem Chaos meiner Handtasche ausfindig zu machen. Gerade als es mir gelingt, gerate ich ins Stolpern, falle auf die Knie und krache mit der Stirn auf den Steinboden.

Mein entsetzter Schrei vermischt sich mit der absoluten Stille, die mich plötzlich umgibt.

Ich komme mir vor, als wäre ich in einem verdammten Horrorfilm gelandet. Bevor ich aufstehe, ziehe ich mit zitternden Fingern das Telefon hervor, checke die Anrufliste und drücke auf Wahlwiederholung.

Gerade als das erste Freizeichen ertönt, taucht wie aus dem Nichts eine große, schwarze Gestalt auf. Weder erkenne ich ein Gesicht noch genaue Details der Klamotten, was ich aber mit überdurchschnittlicher Deutlichkeit sehen kann, ist die silberne Klinge, die die schattenhafte Person in der rechten Hand hält und in der sich das aschfahle Licht des Mondes bricht.

„Bianca? Hallo?"

Zoes Stimme schallt aus meinem iPhone. Ehe ich überhaupt weiß, was ich tue, schreie ich aus voller Kehle nach Hilfe. Mehr kann ich meiner Freundin leider nicht mehr sagen, denn der schwarze Mann, tritt mir blitzschnell das Handy aus der Hand, sodass es über den Boden schlittert und erst außerhalb meiner Reichweite zum Liegen kommt.

Verfluchter Mist!

Vor Schreck bin ich wie erstarrt, meine Finger schmerzen und mein Puls überschlägt sich. Unsicher, wie ich mich verhalten soll, kratze ich all meinen Mut zusammen und presse frischen Sauerstoff in meine krampfende Lunge.

„Bitte! Nein! Tu das nicht!"

Zähne blitzen auf, lächelt mein Verfolger etwa?

„Was soll ich nicht tun?"

Er klingt ruhig, fast schon gelangweilt.

„Was auch immer du mit mir vorhast!"

Das dunkle, mitleidslose Lachen, das sich aus seiner Kehle löst, lässt all meine Hoffnungen wie Seifenblasen zerplatzen.

„Das geht nicht. Einige Personen sind bereit ein Vermögen zu bezahlen, damit ich dir diese Warnung zukommen lasse."

Warnung? Mit einem Messer? Nicht gut!

Ich weiß genau, auf welche Personen er da anspielt.

In meinem neuen Artikel geht es um zwei Senatoren, die sich von einem Pharmakonzern dafür bezahlen lassen, nicht ausreichend getestete Medikamente zu genehmigen. Ich stehe kurz vor der Fertigstellung. Meine Recherchen sind beinahe abgeschlossen, alles was mir noch fehlt, sind Beweise – hieb – und stichfeste, am besten auf Video aufgezeichnete Beweise. Bis jetzt habe ich lediglich Kontoauszüge, die belegen, dass sehr hohe Geldbeträge auf die Schweizer Konten der Senatoren überwiesen wurden. Was besonders auffällig daran ist – an dem Tag, an dem die Konzerne die Pharmazeutika für den Handel freigaben, fanden auch die Transaktionen statt. So geht das nun schon seit über zehn Jahren.

Unglaublich! Vor allem, weil die neuesten Medikamente unter dem Verdacht stehen, Herzprobleme und Nierenversagen zu verursachen. Wie gestört muss man sein, wenn man Medizin verkauft, die die Menschen nicht heilt, sondern nur noch kranker macht?

Wenn ich es schaffe, diese Informationen an die Öffentlichkeit zu bringen, würde das einen weltweiten Skandal auslösen. Köpfe würden rollen, Senatoren ihres Amtes enthoben und hunderte Klagen von geschädigten Patienten eingereicht werden. Es wundert mich also nicht, dass gewisse Leute bereit sind, ein Vermögen zu bezahlen, um mich zum Schweigen zu bringen.

„Sollst du mich nur einschüchtern oder mir gleich die Kehle aufschneiden?"

Trotz der Entfernung kann ich Zoes besorgte Stimme aus dem Lautsprecher meines Handys schallen hören. Sie ruft wieder und wieder meinen Namen. Selbst wenn ich ihr irgendwie meinen Aufenthaltsort nennen könnte, was ich nicht kann, weil ich keine Ahnung habe, wo ich bin, wäre sie wahrscheinlich nicht rechtzeitig hier, um mich zu retten.

Ich bin erledigt!

„Ein Mord kostet extra. Nur warnen."

Erleichterung breitet sich in mir aus, sie hält allerdings nur so lange an, bis mir klar wird, dass *warnen* ebenfalls ziemlich schmerzhaft sein kann.

Ich brauche eine Idee! Jetzt!

Unsicher rutsche ich ein Stückchen weiter nach hinten, schaffe etwas Abstand zwischen uns und sehe mich hektisch um. Es liegt nichts in meiner Reichweite, was ich als Waffe benutzen könnte.

„Bringen wir es hinter uns."

Der bezahlte Schläger kommt auf mich zu und hält mir die Klinge ans Gesicht. Bevor er jedoch damit beginnen kann, mir die Haut aufzuritzen, reagiere ich instinktiv, hole aus und trete mit voller Wucht gegen sein Knie.

Es knackt laut, sein Bein verdreht sich – er geht jedoch nicht zu Boden.

Sein gezischtes „Du blöde Schlampe!", klingt gepeinigt und voller Hass. Anstatt das Messer zu nehmen, holt er aus und rammt seine Faust mit voller Wucht gegen meinen Kopf. Er schlägt so hart zu, dass ich jeden Knöchel spüren kann. Trifft auf meinen Bauch, auf meine Brust und gegen meine Schulter. Mit den Armen versuche ich, seine Schläge abzuwehren und mich zu schützen, es gelingt mir nicht.

Wie auch, ich bin viel kleiner als er und liege auf dem Boden.

Gerade als ich denke, dass er endlich aufhört, landet er einen Volltreffer.

Schlagartig wird es vor meinen Augen schwarz, ich kann regelrecht spüren, wie mein Hirn aufgrund der Wucht des Schlags durch meinen Schädel geschleudert wird.

Ein heftiger Schmerz explodiert hinter meiner Stirn, dann ist es vorbei.

Alle Angst, die Verzweiflung und die Pein lösen sich in Luft auf und ich falle in ein süßes Nichts, bestehend aus gefährlicher Sorglosigkeit. Mein letzter Gedanke gilt Zoe und der Tatsache, dass es mir nie gelungen ist, meinen Stolz zu überwinden und mich für sie und ihren Rockerpräsidenten zu freuen.

Verdammt!

Ich bin eine echt schlechte Freundin.

2. Kapitel

No Name

„Bitte Landon! Oh bitte! Tu's für mich. Bianca ist in Schwierigkeiten. Sie hat angerufen und um Hilfe geschrien. Bitte fahr hin und sieh nach, was los ist!"

Genervt atme ich kurz tief durch. Ich stehe am Rand von irgendeiner Straße, habe einen verdammt langen Tag hinter mir und will jetzt einfach nur noch in eines unserer Laufhäuser, mir eine Nutte auf den Schoß setzen und ein kaltes Bier trinken.

Aber da Zoe die Old Lady von Joker, meinem Präsidenten ist, gebe ich nach.

„Wo, sagst du noch mal, hat Joker ihr Handy geortet?"

Zoes erleichtertes Seufzen dringt durch den Hörer zu mir durch.

„In der Poplar Street. Jagger hat gesagt, dass du dort in der Nähe sein müsstest."

Fuck! Damit hat Jagger alias Joker absolut recht. Wenn ich mich nicht täusche, stehe ich in der Pine Street, die sich nur vier Kreuzungen von dem vermuteten Aufenthaltsort ihrer Freundin entfernt befindet.

„Weißt du, was da los ist?"

„Nein. Sorry. Ich habe keine Ahnung."

Na gut, dann werde ich mich überraschen lassen.

„Alles klar! Ich checke das. Wenn ich sie finde, packe ich sie ein und bringe sie zum Club."

Eintausend *Danke* fliegen mir um die Ohren, ich lege auf und mache mich auf den Weg. Zoe ist nicht einfach nur Jokers Mädchen, sondern auch ein fester Teil unseres Clubs. Wenn sie mich um etwas bittet, werde ich es tun. So einfach ist das.

Seit ich direkt nach meinem Anwärter-Jahr zum Vizepräsidenten des *Sons of Silence Motorcycle Clubs* ernannt wurde, gebe ich mein Bestes, um unsere Gemeinschaft zu stärken. Der Club ist der Club und der Rest der Welt geht mir am Arsch vorbei.

Aber diese Bianca ist eine Außenstehende und somit nicht mein Problem. In der Vergangenheit sind wir uns ein-, zweimal begegnet und jedes Mal konnte ich die Verachtung in ihrem Blick erkennen. Diese Frau ist nicht nur voller Vorurteile meinem Lebensstil gegenüber, sondern auch noch Journalistin. *Kotz!*

Die widerlichen Pressefuzzis stehen für mich auf derselben Stufe wie die Bullen. Wenn Zoe mir nicht so wichtig wäre, würde ich den Teufel tun und garantiert keinen Finger für diese Bianca krümmen.

Aber da Zoe zu meiner Familie gehört und noch dazu im vierten Monat schwanger ist, werde ich nachsehen, was der Zicke passiert ist. Was bleibt mir auch anderes übrig?

In Zoes Zustand ist Stress absolut nicht gut.

Allein dafür, dass sie sich jetzt solche Sorgen macht, gehört diese Journalistin ins Hafenbecken geworfen.

Mit einem Fluch stecke ich das Handy weg, gebe Gas und mache mich auf den Weg zu der angegebenen Straße. Alles ist dunkel, das hier ist absolut kein Viertel, wo ich mich als Frau nachts alleine herumtreiben würde. Mit reduzierter Geschwindigkeit lasse ich den Blick über den Straßenrand gleiten und stoppe abrupt, als ich Zoes Freundin reglos am Boden liegen sehe.

Ihre Füße sind merkwürdig verdreht, ihre langen blonden Haare zeichnen sich als heller Schimmer gut sichtbar vom Asphalt des Gehsteigs ab.

Fuck! So wie es aussieht, kommt jede Hilfe zu spät.

Widerwillig halte ich an, steige ab und gehe neben Bianca in die Hocke.

Jemand hat sie ordentlich zugerichtet. Ein violetter Faustabdruck ziert ihre linke Gesichtshälfte, überall ist Blut. Gerade als ich mein Telefon hervorholen und Joker darüber informieren will, dass die Freundin seiner Lady tot ist, gibt die Kleine ein gequältes Stöhnen von sich und öffnet blinzelnd die Augen.

Überrascht stecke ich das Handy wieder zurück und packe sie an den Schultern, was ihr einen panischen Schrei entlockt.

„*Schhhh...* Schon gut. Alles gut. Beruhig dich. Zoe hat mich geschickt."

Biancas Blick fällt auf meine Kutte, ein Teil ihrer Angst löst sich in Luft auf.

„Wo ... wo ist er?"

Irritiert sehe ich sie an.

„Wer?"

„Der Mann mit dem Messer."

Sicherheitshalber prüfe ich die Umgebung, ich kann niemanden entdecken.

„Keine Sorge, er ist weg. Das wird auch sein Glück sein. Ich hätte gerade gute Lust, ihm ein paar Knochen zu brechen. Der Wichser hat mir meinen Ritt versaut!"

Verwirrt sieht Bianca mich an, setzt sich mit meiner Hilfe etwas aufrechter hin und tastet mit schmerzverzerrtem Gesicht ihre aufgeplatzte Lippe ab.

„Was meinst du?“

„Nichts!“ *Den Fick und die Nutte.*

Besorgt mustere ich sie.

„Du musst in ein Krankenhaus!“

Zu meinem Erstaunen schüttelt sie entschieden den Kopf.

„Nein! Keine Klinik. Dort finden sie mich sofort. Ich muss untertauchen!“

What? Wovon zur Hölle redet sie da nur?

Da ich keinen Bock habe, mit ihr mitten in der Nacht und am Boden kniend über ihre ärztliche Versorgung zu diskutieren, überlasse ich die Entscheidung ihr.

Soll sich Zoe mit der Zicke auseinandersetzen. Ich bringe sie wie versprochen zum Club und damit bin ich raus aus der Nummer.

„Kannst du aufstehen?“

Noch immer nicht ganz bei sich, sieht mich das Mädchen aus ihren großen braunen Augen an. *Bullshit!*

Jetzt wo sie mir nicht mit ihrer üblichen Arroganz begegnet, sondern völlig verängstigt, verletzt und hilflos auf dem Boden liegt, empfinde ich kein bisschen der sonst üblichen Abneigung. Im Gegenteil.

Am liebsten würde ich sie in den Arm nehmen, sie trösten und ihr versprechen, dass ich den Bastard, der ihr das angetan hat, finde und ihm das Genick breche. Entschlossen unsere alte Feindschaft aufrechtzuerhalten, beiße ich mir auf die Zunge, ziehe mein Handy hervor und tippe Zoe eine kurze Nachricht, in der ich ihr mitteile, dass ich ihre Freundin gefunden habe und nun zum Clubhaus bringe.

So wie ich Bianca einschätze, hat diese Scheiße, die ihr heute zugestoßen ist, etwas mit ihrem Job zu tun. *Tja! So läuft das ...*

Das Leben ist hart. Außerdem findet niemand es toll, wenn ein Journalist anfängt, seine Nase in Angelegenheiten zu stecken, die ihn einfach nichts angehen. Ich packe ihre Handtasche, sammle ihr Handy ein und wiederhole genervt meine Frage.

„Kannst du aufstehen?“

Anstatt zu antworten, versucht sie es zu tun. Ihre Beine sind wackelig und genau wie ihr Gesicht blutverschmiert, aber sie kippt nicht sofort wieder um, sondern schafft es, auf die Füße zu kommen.

Ein gutes Zeichen.

„Mach langsam, nicht dass dein Kreislauf schlappmacht.“

Bianca nickt und sieht sich panisch um, gleich einem Reh, das den Wolf wittert.

„Dir passiert nichts.“

Sie wirkt nicht sonderlich überzeugt.

„Er war groß und die Klinge seines Messers sehr lang.“
„Das spielt keine Rolle. Wenn er dir noch mal zu nahe kommt, bringe ich ihn um.“
Überrascht reißt sie die Augen auf und sieht mich fragend an.
„Warum?“
Irritiert runzle ich die Stirn.
„Was warum?“
„Warum würdest du das tun? Warum würdest du für mich morden?“
Woher der plötzliche Drang kommt, sie beschützen zu wollen, weiß ich selbst nicht. Trotzdem habe ich jedes Wort ernst gemeint.
„Ganz einfach, weil du Zoe wichtig bist und sie mich gebeten hat, dir zu helfen.“
Eine schlechte Ausrede, die Bianca zum Glück glaubt.
„So einfach ist das in eurer Welt?“
Nicht ganz. Aber ich werde den Teufel tun und einer Journalistin erzählen, wie es bei den Sons abläuft.
„Schaffst du es, dich auf mein Bike zu setzen?“
Überrascht, fast so, als ob sie meine Harley erst jetzt, wo ich sie erwähne, wahrnimmt, ruckt ihr Kopf Richtung Straße.
„Ich bin noch nie auf einem Motorrad gesessen.“
Na, das hat mir gerade noch gefehlt. Eine Jungfrau.
„Wie du selbst gerade so schön gesagt hast, musst du nur sitzen. Schaffst du das?“
Als weder ein ja noch ein nein kommt, lege ich stützend einen Arm um ihre Taille und führe sie zu meiner Maschine. Sie wankt und stolpert immer wieder über ihre Beine.
Der Geruch von Frau und Parfüm steigt mir in die Nase. Wer hätte gedacht, dass die blöde Zicke so gut duftet?
„Bist du dir sicher, dass du keinen Arzt brauchst?“
„Ja, bin ich. Es fühlt sich nichts gebrochen an. Das ist nicht das erste Mal, dass ich was einstecken musste.“
Eine Frau, die es gewohnt ist, verprügelt zu werden?
Scheiße! Das gefällt mir nicht!
Wir bleiben am Straßenrand stehen, ich lehne Bianca gegen mein Bike und mustere sie prüfend. Das Letzte, was ich gebrauchen kann, ist, dass sie während der Fahrt erneut das Bewusstsein verliert und vom Sozius fällt.
„Sollen wir Zoe anrufen? Die kann dich auch mit dem Auto abholen?“
Sie schüttelt entschieden den Kopf.

„Nein. Sie macht sich schon genug Sorgen um mich. Zu viel Aufregung ist nicht gut fürs Baby.“

Da sind wir ausnahmsweise mal einer Meinung.

Entschlossen Bianca möglichst schnell am Club abzuliefern, umfasse ich ihre Hüfte und hebe sie kurzerhand auf meine Maschine. Sie keucht erschrocken auf und verzieht schmerzerfüllt das Gesicht.

Erneut überkommt mich der Drang, den Typen zu finden und kaltzumachen.

Ich bin weiß Gott kein guter Mensch, aber bei Frauen und Kindern hört bei mir der Spaß auf. Ohne ein Wort zu sagen, fädle ich ihr den Riemen ihrer Handtasche über die Schulter. Biancas gewispertes „Danke“, hängt in der Luft. Und obwohl ich mir absolut nicht sicher bin, dass sie die Fahrt schafft, steige ich auf mein Bike, ärgere mich darüber, dass ich ohne Helm unterwegs bin, klappe den Ständer ein und packe sie an den Handgelenken.

„Ich bin deine einzige Sicherheit, also halt dich an mir fest. Wenn du eine Pause brauchst, klopf mir auf den Bauch und ich halte an. Kapiert?“

Sie nickt, das ist mir Zustimmung genug.

Wenige Minuten später lassen wir nicht nur den Schauplatz des Verbrechens, sondern auch die Poplar Street hinter uns.

Falls der Bastard, der ihr das angetan hat, in der Nähe war und uns beobachtet hat, dann ist ihm hoffentlich mein Leder aufgefallen. Nur ein Narr würde sich freiwillig mit den *Sons of Silence* anlegen.

Mag sein, dass Bianca im Grunde genommen kein Clubeigentum und somit logischerweise auch keine Clubangelegenheit ist, aber *fuck!*

Als ich hier angekommen bin und im ersten Moment dachte, dass sie tot sei, ist mir das nahegegangen. Bianca ist ein Miststück und ich kann sie absolut nicht ausstehen (daran ändert auch der leichte Erdbeergeruch, der sie umgibt, nichts), aber sie ist Zoes Freundin und darum werde ich nicht zulassen, dass sie erneut angegriffen wird.

Everett ist unsere Stadt – unser Revier und hier haben wir das Sagen!

3. Kapitel

Bianca

Träume ich? Das mit dem Überfall war schon heftig, aber die Tatsache, dass mir ausgerechnet Landon, der Vizepräsident der *Sons of Silence* zur Hilfe geeilt ist und somit zu meinem Retter in der Not geworden ist, ist irgendwie noch krasser und unrealistischer.

Ich meine, *verdammt* ... Dieser Biker hasst mich!

Wann immer wir uns sehen, liefern wir uns heftige Wortduelle. Und so ungern ich es auch zugebe, ist er aus diesen schon ein paar Mal als Sieger hervorgegangen.

Auf den ersten Blick wirkt dieser Rocker wie ein brutaler, gnadenloser Krimineller, der sein Leben damit verschwendet, mit Waffen zu handeln, Motorrad zu fahren, Whisky in sich reinzuschütten und billige Nutten zu ficken. Aber! Wenn man sich die Mühe für einen zweiten Blick macht, stellt man fest, dass dieser Mann für sein Alter bemerkenswert viel Verantwortung übernommen hat, und seinem Club eine tödliche Loyalität entgegenbringt.

An jedem seiner Finger steckt ein Ring, die Lederkutte, die er Tag und Nacht zu tragen scheint, kann zwar noch nicht so viele Patches aufweisen wie die von Joker, aber na ja, er hat ja auch noch Zeit.

So sehr ich seinen gesetzlosen Lebensstil auch verachte, muss ich ihm eine Sache lassen: Obwohl er nur zwei Jahre älter ist als ich, hat er im Gegensatz zu mir seinen Platz in dieser Welt gefunden.

Der Umstand, dass ich von einem Typen, den ich eigentlich als böse und gefährlich einstufe, gerettet werde, will mir irgendwie nicht in den Kopf gehen.

Keine Ahnung, wie ich Zoe dafür danken soll, dass sie mir Landon geschickt hat.

Bis jetzt ist mir noch nie ein gutes Wort über diesen Motorradclub über die Lippen gekommen, das wird sich nun wohl ändern.

Auch wenn ich es niemals zugeben werde, muss ich mir selbst gegenüber eingestehen, dass ich mich ab dem Moment, in dem Landon aufgetaucht ist, nicht mehr ganz so arg gefürchtet habe.

Landon mag vieles sein, aber gewiss nicht gefühllos. Auch wenn er der Welt immer glauben machen will, dass er kalt wie Eis ist, weiß ich, dass er Zoe verehrt. Er respektiert und beschützt meine Freundin, und das muss ich ihm, wenn auch widerstrebend, hoch anrechnen.

Einzig dem Umstand, dass Zoe Landon gebeten hat, mich zu retten, verdanke ich es, dass ich jetzt auf dieser Harley sitze und in Sicherheit bin.

Jeder Zentimeter meines Körpers schmerzt, vom Fuß bis zum Kopf tut einfach alles nur höllisch weh, sodass es mir schwerfällt, mich an dem harten Körper des Rockers festzuhalten. Dafür zu sorgen, dass ich nicht wie eine Puppe vom Motorrad geschleudert werde, verbraucht meine restlichen Kraftreserven.

Wer hätte gedacht, dass ich jemals zu einem dieser Outlaws aufs Bike steige? Also ich gewiss nicht. Die heutige Nacht kostet mich nicht nur meine Gesundheit, sondern auch einiges an Stolz.

Landon fährt schnell, selbstsicher und arrogant. Er setzt voraus, dass die anderen Verkehrsteilnehmer Platz machen, was sie verrückterweise auch tun. Die Sons sind ein fester Bestandteil dieser Stadt. Die Menschen haben nicht nur gelernt, mit diesen Rockern zu leben, sondern sie respektieren sie auch.

Landons breiter Rücken schirmt mich vorm Fahrtwind ab, dennoch ist mir fürchterlich kalt. Vor Anstrengung beginnen meine Finger zu zittern, meine Lippe pocht und die Umgebung verschwimmt mir vor den Augen.

Mir wird schlecht, ich spüre, wie sich mein Magen zusammenzieht, und klopfe hektisch auf Landons breiten Rücken. Er reagiert sofort, fährt an den Straßenrand und steigt von seinem Motorrad. Es gelingt mir gerade so ebenfalls vom Sitz zu rutschen und mich von der auf Hochglanz polierten Harley abzuwenden, ehe ich mich lautstark übergeben muss.

Wieder und wieder zieht sich meine Kehle zusammen und mein Mittagessen landet vor mir auf dem Gehsteig.

Oh Gott, ist das peinlich!

Anstatt wie erwartet auf Abstand zu gehen, kommt Landon auf mich zu, streicht mir die Haare aus dem Gesicht und hält sie mir im Nacken zusammen.

Erschöpft und mit den Kräften am Ende, lasse ich zu, dass er mich stützend hält, während ich einfach nicht mit dem Würgen aufhören kann.

„Du hast eine ordentliche Gehirnerschütterung, Mädchen. Du gehörst in eine Klinik."

Niemals! Unter keinen Umständen lege ich mich in ein Krankenhaus und warte darauf, dass die *gewissen Personen*, von denen der schwarze Mann gesprochen hat, kommen und mir den Rest geben.

Es ist mir ein Rätsel, warum der Kerl nicht sein Messer verwendet hat? Warum zum Teufel hatte er es überhaupt dabei?

Als sich mein Magen endlich wieder beruhigt hat und das Schwindelgefühl etwas nachlässt, wische ich mir mit dem Handrücken die Tränen aus den Augen, stelle mich gerade hin und drehe mich zu Landon, der mir beruhigend über den Rücken streichelt, um.

Dieses fürsorgliche, geradezu zärtliche Verhalten, das er mir entgegenbringt, irritiert mich. Ich weiß genau, dass er mich hasst. Schließlich habe ich ihm in der Vergangenheit oft genug Anlass dazu gegeben. Jetzt in diesem Moment tut es mir leid, dass ich mich ihm gegenüber wie eine arrogante Tussi verhalten habe.

„Geht es wieder?"

Nicht wirklich.

„Ja, ich denke schon."

Landon nickt.

„Danke."

Irritiert runzelt er die Stirn.

„Wofür?"

„Dafür, dass du mich nicht einfach auf der Straße liegen gelassen hast und jetzt für mich da bist."

Seine Mundwinkel zucken. Erstaunlich! Wenn er mal nicht so grimmig schaut, wie er es sonst immer tut, ist dieser Biker auf eine düstere Art verdammt sexy.

Ups... Wo kommt denn dieser Gedanke her?

Am besten schreibe ich ihn einfach der Gehirnerschütterung und dem Schock zu. Im Moment bin ich geistig definitiv nicht zurechnungsfähig.

„Kann ich dich was fragen?"

Er zögert kurz, dann nickt er wieder.

„Du bist doch einer von den Bösen." Zwischen seinen Augenbrauen bilden sich zwei tiefe Falten, doch er lässt mich weiterreden. „Wenn du jemandem mit einem Messer in der Hand auflauern würdest – aus welchem Grund würdest du es schlussendlich doch nicht verwenden?"

Ich wanke, er festigt seinen Griff.

„Rein hypothetisch oder willst du Erfahrungswerte?"

Erfahrungswerte? Oh oh ...

„Hypothetisch reicht mir, danke."

Landon zuckt mit den Schultern und denkt kurz über seine Antwort nach.

„Mehr Schein als Sein. Vielleicht wollte er dir einfach nur Angst machen, oder aber er hatte einfach nicht genug Eier, um dich in Stücke zu schneiden. Es könnte natürlich auch sein, dass er gestört wurde, bevor er sein Werk zu Ende bringen konnte.“

Alle drei Möglichkeiten sind absolut gruselig und werden mir garantiert Alpträume bereiten. Warum habe ich mit diesem Thema überhaupt angefangen?

Was bringt es mir, mich mitten in der Nacht mit einem Outlaw über Messerattacken zu unterhalten? Nichts außer Panikattacken.

„Vielleicht will ich lieber doch nicht darüber reden.“

Das scheint ihm nur recht zu sein.

„Dann lass uns weiterfahren. Zoe killt mich, wenn ich dich nicht bald zu ihr bringe.“

Noch immer beschämt, weil er mir beim Kotzen zugesehen hat, steige ich auf sein Motorrad und halte mich, sobald er sich vor mir auf die Harley geschwungen hat, an ihm fest.

Schon verrückt! Aber dieses Mal nehme ich den Geruch des Leders, die Wärme, die er ausstrahlt und das Zucken seiner Muskeln, die sich unter der Kutte bei jeder Kurve anspannen, fast schon überdeutlich wahr.

Den Rest des Weges fährt Landon nicht mehr ganz so schnell. Wofür ich ihm echt dankbar bin. Etwa zwanzig Minuten später kommen wir vorm Clubhaus der Sons an.

Das Gelände des MCs ist mit einem meterhohen Zaun, Unmengen von Stacheldraht und einer Mauer von der Außenwelt abgeschottet.

Zu meiner Überraschung ist es recht still hier, die paar Male, die ich bisher hier war, um Zoe abzuholen, war immer irgendeine Party. Laute Musik, nackte Tussis, Boxkämpfe und viel zu viel Alkohol. Wenn es diese Kutten tragenden Kerle krachen lassen, dann so richtig.

Es dauert einen Moment, bis das verschlossene Tor für uns geöffnet wird, dann fahren wir auf das Gelände und meine erste Motorradfahrt ist auch schon wieder vorbei.

Unsicher sehe ich mich um, beobachte die tanzenden Flammen des Feuers, das einsam in einem verrosteten Ölfass lodert, und schüttle fassungslos den Kopf.

In der dunkelsten Stunde meines Lebens bin ich ausgerechnet an dem Ort, den ich am meisten verabscheue.

Na klasse! Danke, liebes Schicksal. Aber zumindest liege ich nicht tot im Dreck und das verdanke ich Landon.

„Du musst mich schon loslassen, Darling.“

Von dem Kosenamen überrascht, dauert es einen Augenblick, bis ich den Sinn seiner Worte verstehe. *Darling* ... Wie kommt er dazu, mich so zu nennen? Ich meine, wir hassen uns. Oder?

Die letzte Stunde hat irgendwie alles verändert. Noch vor kurzem hätte ich ihm für die Frechheit, mich so zu nennen, eine verpasst. Jetzt hingegen sitze ich hinter ihm auf seiner Maschine, habe den Geruch seines Leders in der Nase und meine Arme um seine Mitte geschlungen.

Vielleicht gibt ihm der Umstand, dass er mich gerettet und mir, während ich mich übergeben musste, die Haare gehalten hat, das Recht dazu, sich Kosenamen für mich auszudenken?

Zögerlich löse ich meine ineinander verkrampften Finger, rutsche etwas nach hinten und steige von seinem Motorrad.

„Das habe ich ja mal echt stilecht hinbekommen. Das erste Mal auf einer Harley und dann auch noch mit dem Vize des *Sons of Silence Motorcycle Clubs.*"

Landon gibt ein Grunzen von sich und sieht mich überrascht an.

„Jep, eine echte Überraschung. Hätte nicht gedacht, dass sich die Prinzessin jemals dazu herablassen würde, zu einem dreckigen und kriminellen Biker auf's Bike zu steigen. Was Todesangst so alles bewirken kann, was?"

Bämmm!

Der Spott, der in seiner Stimme mitschwingt, trifft mich wie ein Faustschlag.

Erst nennt er mich Darling und eine Sekunde später macht er sich über mich lustig.

Der unnatürliche Frieden, der bis eben noch zwischen uns geherrscht hat, hat hiermit ein jähes Ende genommen. Es tut weh, dennoch ist es auch irgendwie fair, dass er mir meine eigenen Worte um die Ohren gehauen hat. Ich habe ihn tatsächlich einen dreckigen und kriminellen Biker genannt. Mir fehlt also das Recht, eingeschnappt zu sein.

Groß und beeindruckend steht Landon vor mir und sieht mich abwartend an.

Seine langen Beine stecken in einer ausgewaschenen Jeans, er trägt ein schwarzes Shirt unter seiner abgewetzten Kutte und, wie meistens, wenn ich ihn sehe, Turnschuhe.

Der Ausdruck in seinen grünen Augen ist unergründlich, ich habe keine Ahnung, was er wirklich von mir hält. Seine braunen Haare wirken dank der Dunkelheit schwarz, er hat etwas Dämonisches an sich.

Ich beneide ihn um seine Stärke. Landon ist ein Kämpfer. So wie er da vor mir steht, groß und muskelbepackt, wirkt er unbesiegbar.

Es muss toll sein, das gefährlichste Raubtier der Stadt zu sein. Für ihn wäre es ein Leichtes gewesen, meinen Angreifer abzuwehren.

So wie ich Landon einschätze, hätte er keine Gnade gekannt und dem Messermann einfach das Genick gebrochen. Über die Member des *Sons of Silence Motorcycle Clubs* sind unzählige Gerüchte im Umlauf und nicht wenige handeln von Landon, dem jungen, jedoch absolut tödlichen Vizepräsidenten.

Angeblich hat er schon beinahe so viele Menschen auf dem Gewissen wie Joker.

Unter anderen Umständen hätte ich längst versucht, eine Story über den Club zu schreiben, der einzige Grund, aus dem ich es nicht getan habe, ist Zoe.

Sie liebt diese Biker, liebt ihren Präsidenten und das Leben, das sie an seiner Seite führt.

Ein letztes Mal lasse ich meinen Blick über sein beeindruckendes Erscheinungsbild gleiten, dann sehe ich ihm direkt in die Augen. Es wird Zeit, über meinen Schatten zu springen und mich für mein Verhalten in der Vergangenheit zu entschuldigen.

„Das hätte ich nicht sagen sollen. Ich war mit meinem Urteil zu vorschnell, es tut mir leid."

Damit hat Landon nicht gerechnet, ihm fallen fast die Augen aus dem Kopf.

„*Fuck!* Echt jetzt ... hast du dich gerade bei mir entschuldigt?"

Ich nicke, was einen erneuten Schwindel auslöst und mich zum Wanken bringt.

Mit einem großen Schritt überwindet er die Distanz zwischen uns, umfasst meine Oberarme und stützt mich.

„Deine Verletzungen müssen schlimmer sein als gedacht. Du musst ordentlich was auf den Kopf bekommen haben, Mädchen."

Nett ...

Es war ja klar, dass er sich über meine Entschuldigung lustig macht.

„Du kannst ein echtes Arschloch sein."

Sein Lachen hallt über den Hof.

„Na also, das klingt doch schon viel eher nach dir."

Wir sind uns so nah, dass sein warmer Atem über meine Stirn streift und ich bei jedem Atemzug seinen unverkennbaren Körpergeruch inhaliere.

Für eine Weile stehen wir einfach nur so da, alleine auf dem Hof seines MCs und sehen uns an. Keiner von uns sagt etwas, keiner von uns bewegt sich.

Ich bin so auf den Biker vor mir konzentriert, dass ich Zoe nicht kommen sehe. Erst als sie direkt neben uns auftaucht und mich entsetzt ansieht, werde ich aus dem tranceartigen Zustand, in den mich Landons Nähe versetzt hat, gerissen.

Sofort lässt er mich los und verschwindet aus meiner Reichweite. Nicht sicher, was das gerade eben war, lasse ich zu, dass Zoe mich genauer unter die Lupe nimmt. Sie fängt an zu weinen, das heißt, dass ich echt scheiße aussehen muss.

Joker steht neben ihr und mustert mich grimmig, aber das muss nichts bedeuten, dieser Mann sieht einfach immer so aus, als würde er kleine Kinder zum Frühstück verspeisen.

Auch nach all den Jahren ist es mir noch immer ein Rätsel, wie sich eine aufgeschlossene und lebenslustige Frau wie Zoe in einen Kerl wie ihn verlieben konnte. Aber na ja, in Liebesdingen bin ich absolut kein Profi. Ich habe kein Recht, ein Urteil zu fällen. Schon gar nicht nach der heutigen Nacht. Ich bin mir sicher, dass Zoe Landon dazu überredet hat, mir zu helfen, aber ohne Jokers Zustimmung hätte Landon garantiert keinen Finger für mich gerührt. Also bin ich nicht nur Zoe und Landon etwas schuldig, sondern auch dem Präsidenten des Clubs.

Die Liste derer, bei denen ich mich bedanken muss, wird immer länger ...

„Oh mein Gott! Wer hat dir das nur angetan?“

Zoe tastet mich ab, ich zucke keuchend zusammen.

„Du musst zu einem Arzt. Was ist, wenn etwas gebrochen ist oder du innere Blutungen hast?“

Ich weiß, dass sie sich nur Sorgen macht und es gut meint, trotzdem lasse ich mich auch von ihr in keine Klinik bringen.

„Du musst ruhig bleiben. Stress ist nicht gut für dich und das Baby. Ich habe keine Blutungen und es ist auch nichts gebrochen. Alles, was ich brauche, ist eine Dusche, eine Packung Schmerzmittel und zwölf Stunden Schlaf.“

Zoe sieht das ganz offensichtlich anders. Gerade als sie wieder loslegen will, schaltet sich zu meinem Glück Joker ein.

„Du bleibst heute Nacht hier, Bianca. Meine Frau hat ein Zimmer für dich hergerichtet. Morgen, wenn du dich etwas erholen konntest, besprechen wir, wie es weitergeht.“

Obwohl es in meinen Augen nichts zu besprechen gibt, nicke ich einfach nur. Mir fehlt im Moment die Kraft für eine Diskussion und außerdem gefällt mir der Gedanke, fürs Erste hier im Club zu bleiben, ganz gut. Allein bei der Vorstellung, allein in meine Wohnung zu müssen, läuft es mir eiskalt den Rücken runter. Wer auch immer den Angriff auf mich befohlen hat, weiß garantiert auch, wo ich wohne.

Ein letztes Mal sehe ich in Landons Richtung, unsere Blicke begegnen sich. Dann wendet er sich abrupt ab, steigt auf sein Bike und fährt davon.

Aber wohin? Was hat er um diese Uhrzeit noch vor?

Mit der ganzen Situation überfordert, lasse ich mich von Zoe in das Innere des würfelförmigen Clubhauses und zu dem Trakt mit den Wohnungen bringen.

Erschöpft sinke ich auf ihren Küchenstuhl und schließe die Augen. Zoe huscht hin und her, holt verschiedene Sachen, unter anderem Desinfektionsmittel und Reinigungstücher. In einem der kurzen Momente, in dem wir alleine sind, ergreift Joker das Wort.

„Wie geht es dir wirklich?"

Er hat mich also durchschaut und kapiert, dass ich Zoe nicht unnötig aufregen wollte.

„Beschissen. Aber das wird wieder."

Der Präsident nickt.

„Aye, du wurdest übel zugerichtet. Hast du eine Vorstellung, wer das gewesen sein könnte?"

Ich nicke. Es war klar, dass er das alles wissen will.

„Ja, ich denke Dearing oder Shoemaker oder sogar beide."

An seiner Mimik kann ich ablesen, dass Joker mit vielem, aber nicht mir diesen zwei Namen gerechnet hat.

„Sag mir, dass wir gerade nicht von Senatoren reden, sondern von irgendwelchen Wichsern, die durch Zufall genauso heißen."

Tja, Pech gehabt.

„Das würde ich wirklich gerne, aber das kann ich nicht. Sorry!"

Der Rocker schüttelt fassungslos, jedoch wenig überrascht den Kopf, zieht eine Packung Kippen aus seiner Hosentasche, öffnet das Küchenfenster und zündet sich eine Marlboro an. Darauf bedacht, den Rauch nach draußen zu blasen, dreht er sich wieder zu mir um.

„Du machst keine halben Sachen, was?"

„Nein. Berufsrisiko. Aber das muss ich dir wohl kaum erklären."

Joker lacht, jetzt kann ich vielleicht ein winziges bisschen verstehen, warum Zoe sich in ihn verliebt hat. Schon seltsam, zum ersten Mal seit Jahren versuche ich, hinter die knallharte Fassade der Biker zu sehen und einen Blick auf die Menschen, die in den Kutten stecken, zu erhaschen. Die Zähne zusammenbeißend, stehe ich auf, ignoriere den Schmerz und humple zu ihm rüber.

„Kann ich mir eine Zigarette schnorren?"

Ohne zu zögern, reicht er mir eine, es fühlt sich fast schon kameradschaftlich an, hier neben ihm am Fenster zu stehen und zu rauchen.

Als Zoe mit einer Schale kaltem Wasser und einem Lappen bewaffnet hinter uns auftaucht, sieht sie uns amüsiert an.

„Aber sonst geht es euch gut, oder?"

„Klar, war eine Nacht wie jede andere."

Über meinen Witz kann sie nicht lachen, stattdessen befiehlt sie mir, die Kippe aus dem Fenster zu werfen und mich gefälligst hinzusetzen. Brav tue ich, wie mir befohlen, und zucke gepeinigt zusammen, als sie damit beginnt, meine Wunden zu reinigen und zu desinfizieren.

„Scheiße, das brennt höllisch."

Meine Beschwerde wird mit einem missbilligenden „tzzzzzzz" abgetan.

„Stell dich nicht so an. Wäre ja peinlich, wenn die Jungs tapferer wären als du."

Jungs? Es dauert eine Sekunde, bis ich kapiere, dass sie gerade eine Horde wilder, gut zwei Meter großer und gewaltbereiter Rocker als *Jungs* bezeichnet hat.

„Die *Jungs*", ich betone das Wort besonders, „sind es wahrscheinlich schon gewöhnt, von dir verarztet zu werden. Für mich ist dieses Vergnügen neu."

Um mich zu ärgern, benutzt sie bei der nächsten Platzwunde extra viel von dem brennenden Zeug.

„Ich will nicht hoffen, dass es zur Gewohnheit wird, dass du so zugerichtet wirst. Das halten meine Nerven nicht aus. Als du mich angerufen hast, bin ich tausend Tode gestorben."

Eine verräterische Feuchtigkeit breitet sich in ihren Augen aus. Mir wird klar, dass nicht nur ich eine echt beschissene Nacht hinter mir habe. In dem Moment, in dem Zoe zu weinen anfängt, laufen auch bei mir die Tränen über.

Schniefend fallen wir uns in die Arme.

Eine Entschuldigung nach der anderen murmelnd, drücke ich sie so fest wie möglich an mich. „Danke, dass du mich gerettet hast."

Sie schnieft, löst sich von mir und sieht mich direkt an.

„Glaube mir, nachdem wir dein Handy geortet haben, wollte ich sofort zu dir, aber Jagger hat mich nicht gelassen. Er hat gesagt, dass es für mich zu gefährlich ist und dass Landon in deiner Nähe sein müsste, also habe ich ihn angerufen und ihn angefleht, dir zu helfen."

Was? Rechtfertigt sie sich etwa, weil sie nicht persönlich losgeeilt ist?

„Ich bin dir und dem Club extrem dankbar. Ohne Landon wäre alles vielleicht noch viel schlimmer gekommen. Außerdem muss ich deinem Mann zustimmen. Es wäre viel zu gefährlich für dich gewesen."

Meine Hand auf ihren noch flachen Bauch legend, kämpfe ich gegen die erneut aufsteigende Tränenflut an.

„Dieses Baby ist wichtiger als alles andere auf der Welt und ich will nicht, dass du auch nur das geringste Risiko eingehst."

Joker, der uns beobachtet, knurrt zustimmend. Ich weiß, wie sehr Zoe sich dieses Kind gewünscht hat und wie überbeschützend dieser Biker ist, wenn es um seine Lady geht. *Zum Glück!*

Allein bei der Vorstellung, dass Zoe sich auf die Suche nach mir gemacht hätte, dreht sich mir der Magen um. Es ist durchaus wahrscheinlich, dass der Angreifer noch in der Nähe war, als Landon aufgetaucht ist. Wäre nicht er, sondern Zoe gekommen, hätte er sie vielleicht ebenfalls verletzt.

„Das heißt, du bist mir nicht böse?"

Ihre Frage haut mich beinahe um.

„Nein! Bist du irre? Dir verdanke ich, dass ich gerettet wurde."

Zoe wirkt erleichtert. Manchmal hat sie schon seltsame Ideen.

„Gut, dann setz dich wieder und lass mich deine Wunden versorgen."

Da ich weiß, dass sie das jetzt tun muss, um ihre Nerven zu beruhigen, mache ich, was sie will.

Es dauert eine gefühlte Ewigkeit, bis sie sich davon überzeugt hat, dass keine der Platzwunden genäht werden muss und sie mich endlich wieder aufstehen lässt.

Jetzt stehe ich mit einem Stapel frischer Handtücher im Badezimmer und betrachte mein Spiegelbild. Ich wusste gar nicht, dass es so viele verschiedene Violetttöne gibt. Unzählige Blutergüsse zieren mein Gesicht und meinen Hals. Meine Lippe ist aufgeplatzt und meine rechte Augenbraue geschwollen. Der Riss auf meiner linken Wange könnte eine Narbe geben, aber na ja, wenn das alles ist, was mir von diesem schrecklichen Überfall bleibt, kann ich damit leben.

Mit jedem Kleidungsstück, das ich ausziehe, entdecke ich neue Hämatome und Schürfwunden. Da mir mit jeder Minute mehr und mehr die Kraft ausgeht, drehe ich das Wasser in der Dusche auf, stelle es auf kalt und setze mich hin. Unter dem betäubenden Strahl schließe ich die Augen und lehne den Kopf an die geflieste Wand. Endlich alleine, endlich muss ich nicht mehr tapfer und stark sein, endlich kann ich es mir erlauben zusammenzubrechen ...

4. Kapitel

No Name

Das ‚*Red*' ist fast leer. Bis auf eine Gruppe junger Typen ist nichts los.
Die Blondine an der Bar, die nichts weiter als einen roten String und mit Pailletten besetzte Pasties trägt, hat längst damit angefangen aufzuräumen. Mittlerweile ist es drei Uhr morgens, ich nippe an meinem vierten Bier und habe es immer noch nicht geschafft, Zoes Freundin aus meinem Kopf zu verbannen – was äußerst frustrierend ist.
Was diesem Mädchen zugestoßen ist, ist schlimm, aber weiß Gott nicht mein Problem. Ich habe sie gerettet und in den Club gebracht und bin somit raus aus der Sache. Ab jetzt ist sie Jokers Problem.
Ob er sie dabehält oder zum Teufel schickt, liegt allein bei ihm.
Diese Journalistin ist ein Miststück der schlimmsten Sorte, zumindest dachte ich das immer. Heute Nacht hingegen war sie wie ausgewechselt. Verletzt und schutzlos hat sie mir heute eine Seite von sich gezeigt, die sie bisher ganz gut vor der Welt versteckt hat.
Obwohl ich dagegen ankämpfe, schiebt sich mir immer wieder das Bild vor Augen, wie sie reglos im Dreck gelegen hat. In einer perfekten Welt würde so etwas nicht passieren. Keine Frau sollte so zugerichtet werden. Mit einem großen Schluck leere ich die Flasche, knalle sie vor mir auf den Tisch und reibe mir über die Stirn.
Shit! Es hat sich gut angefühlt, Bianca hinter mir auf dem Bike zu haben.
Dieser eine Moment, der, in dem ich sie gestützt und wir uns einfach nur angesehen haben, will mir blöderweise nicht mehr aus dem Kopf gehen.
Was ein Bullshit!
Zum ersten Mal in all den Jahren habe ich die Frau hinter der eiskalten Fassade gesehen, und ich muss sagen, sie gefällt mir.
So blutverschmiert und verletzt Bianca heute auch gewesen sein mag, musste ich mich verdammt zusammenreißen, um sie nicht einfach zu küssen. Dieser Erdbeerduft – *fuck!* Die Frau riecht wie ein Kuchen, und ich hätte nur zu gerne einen Bissen genommen.
Äußerst irritierend, da ich Zoes Freundin bisher einfach nur scheiße fand!
Gelangweilt zünde ich mir eine Kippe an, beobachte, wie die Tänzerin auf der Bühne vor mir in die Knie geht, ihre Beine spreizt und sich auf den Rücken fallen lässt.

Sie ist nackt, die Falten ihrer Pussy öffnen sich und erlauben mir so einen Blick auf ihr rosanes Loch. Im *‚Red'* gibt es keine Tabus und keine Limits, schon gar nicht für mich, schließlich gehört der Laden dem Club, trotzdem stehe ich nicht auf, um mir die Bitch zu packen, sondern bleibe einfach sitzen, rauche meine Zigarette und bestelle mir mit einem Handzeichen ein weiteres Bier.

Mehr oder weniger interessiert beobachte ich, wie besagte Blondine auf mich zukommt, mich kokett anlächelt und die Flasche vor mir abstellt.

„Sonst noch irgendwelche Wünsche?"

Ihre Wortwahl ist eindeutig, der Blick, mit dem sie mich mustert, auch.

Vielleicht ist sie die Lösung?

Vielleicht hilft es mir dabei mich zu entspannen, wenn ich auf ihre aufgespritzten Lippen starre, während sie meinen Schwanz lutscht?

Dem Bier nicht die geringste Beachtung schenkend, lehne ich mich vor, packe einen der Pasties und zupfe ihn von ihrer prallen Titte.

Sie hat schöne Nippel, rot und dick, fast wie Kirschen.

„Komm her!"

Kaum dass sie mir nah genug ist, lege ich meine Hände auf ihren Arsch und sauge die Brustwarze in den Mund. Der süße Geschmack von Frau breitet sich auf meiner Zunge aus, weckt einen Hunger auf mehr ...

Sie keucht leise, biegt den Rücken durch und bietet sich mir an.

Ihren String nach unten ziehend, schiebe ich mit meinen Knien ihre Beine etwas weiter auseinander, hebe sie hoch und platziere sie so, dass sie auf meinen Oberschenkeln kniet. Glatt rasiert befindet sich ihre Pussy nun direkt vor meinem Mund. Die Nase gegen den weichen Hügel gedrückt, teile ich mit einer Hand ihre Schamlippen und lasse meine Zunge vorschnellen. Die unverkennbare süße Salzigkeit ihrer Muschi lässt mich hart werden. Der moschusartige Geruch benebelt meine Sinne, vertreibt die dumpfen Kopfschmerzen und die Erinnerungen an Bianca.

Wieder und wieder lecke ich über ihre Klit, sauge mich an ihr fest und vergrabe mein Gesicht zwischen ihren Schenkeln.

Sie stützt sich an meinen Schultern auf, stöhnt, zittert und wird immer feuchter. Gierig trinke ich ihre Nässe, stoße zwei meiner Finger tief in ihr Loch und krümme sie leicht.

Bämm! Blondie geht ab wie eine Rakete. Gierig beiße ich in das weiche Fleisch ihres Venushügels, entlocke ihr so einen gepeinigten Schrei und sauge mich anschließend wieder an ihrem Kitzler fest. Die

Kombination aus Schmerz und Lust lässt sie kommen. Zuckend windet sie sich, drückt sich auf meinen Mund und reitet meine Finger.

Erst als ihr Orgasmus abgeklungen ist, schubse ich sie von meinen Beinen, drücke sie vor mir auf den Boden und öffne meine Jeans.

Sie kapiert sofort, was ich will, packt sich meinen Schwanz und leckt sich gierig die Lippen. Zuerst saugt sie meine Eichel in ihren Mund, umspielt sie mit der Zunge und beginnt zu knabbern. Ihre Zähne sind scharf, der leichte Schmerz, die Hitze und die Nässe ihres Mundes sorgen dafür, dass sich meine Hoden puckernd zusammenziehen.

„Fuck yeah, das ist gut."

Langsam gleite ich immer tiefer in ihren Hals, spüre das Zucken ihrer Kehle und vergrabe meine Fäuste in ihren blonden Haaren.

Sie stöhnt, schmatzt, würgt und zieht sich zurück.

Fuck nein! So habe ich mir das nicht vorgestellt!

Entschlossen, mich bis zum Anschlag in ihr zu vergraben, drücke ich sie nach unten, lasse die Hüften kreisen und genieße das Gefühl der glitschigen Hitze, die mich umgibt.

Stöhnend lege ich den Kopf zurück, schließe die Augen und stoße wieder und wieder zu.

Ihre Gegenwehr wird immer stärker, das Krampfen ihrer Kehle ebenfalls.

„Bullshit! Bist du eine Anfängerin, oder was?"

Genervt lasse ich ihren Kopf los, sie ruckt nach oben und schnappt nach Luft.

„Dein Ding ist riesig! Wie soll ich den komplett schlucken?"

Soll das etwa eine Beschwerde sein?

„Du willst wissen wie?"

Sie nickt interessiert. Immerhin ist sie willig zu lernen.

„Leg dich auf den Tisch, lass deinen Kopf über die Kante hängen, sodass dein Hals gestreckt wird."

Sie zögert kurz, tut dann jedoch, was ich verlange.

Der Anblick, den sie mir jetzt bietet, ist absolut geil.

Ein flacher Bauch, eine feuchte Muschi und pralle Titten.

Ihre Haare hängen nach unten. Ich befehle ihr, den Mund aufzumachen, gehe leicht in die Knie und bringe mich vor ihren Lippen in Position.

„Atme tief ein."

Sie tut es, ich schiebe mich zeitgleich in ihren Mund, drücke fest zu und stoße mich tief in ihren Rachen.

Das erschrockene Gurgeln, das sie von sich gibt, verrät mir, dass sie jetzt kapiert hat, was es mit dieser Stellung auf sich hat. In dem Winkel kann ich mich bis zur Wurzel in sie stoßen. Zufrieden lege ich meine Hand auf ihre Kehle, drücke leicht zu und spüre, wie sich mein Schwanz in ihr bewegt.

What a fuck!

Ihre Brüste wackeln im Rhythmus meiner Stöße. Sie drückt ihre Hände gegen meine Beine, dieses Mal ignoriere ich ihre Gegenwehr und ficke sie ganz nach meinem Belieben. Wieder und wieder vergrabe ich mich in ihrem Rachen, spüre, wie sie würgt und versucht, nach Luft zu schnappen. Die Finger immer fester um ihre Kehle schlingend, erhöhe ich den Druck an meinem Schwanz und sehe Sterne.

Bloody Hell!

Fluchend schließe ich die Augen und konzentriere mich aufs Fühlen. Ein heißer Blitz zuckt an meinem Rückgrat entlang, schießt mir in die Eier und lässt mich abspritzen. Schub für Schub pumpe ich meinen Samen in den krampfenden Rachen der Bitch.

An sich perfekt, würde ich dabei nur nicht an Bianca und die Art, wie sich mich vorhin im Hof angesehen hat, denken.

Wütend auf mich, auf Zoe, weil sie mich dazu gebracht hat, der Zicke zu helfen, und auf die ganze Welt, ziehe ich mich, kaum dass mein Orgasmus vorbei ist, aus dem Mund der Bitch, verpasse ihrem roten Nippel einen leichten Klaps und packe meinen Schwanz wieder ein. Was ein Mist.

Unsicher, was meine plötzlich schlechte Laune ausgelöst hat, rutscht die Nutte vom Tisch und sieht mich fragend an.

„Alles klar, Vize?"

Nein! Ja! Fuck! Keine Ahnung?!

Es gefällt mir nicht, dass ich in Bianca seit dieser Nacht nicht mehr die eiskalte und berechnende Journalistin sehe, sondern eine hübsche und verletzliche Frau, die ich beschützen will.

„Mach dich wieder an die Arbeit und lass mir meine Ruhe."

Die Blondine öffnet den Mund, will etwas sagen und überlegt es sich schlussendlich doch noch mal anders. Kluges Mädchen. Für zickendes Personal habe ich heute echt keinen Nerv mehr.

An dem Bier nippend denke ich über die Ereignisse der letzten Stunden nach und komme schlussendlich zu dem unbefriedigenden Resultat, das ich keine Ahnung habe, wie ich mich zukünftig Zoes Freundin gegenüber verhalten soll.

Gerade als ich das Bier geleert und mir eine Kippe angezündet habe, taucht Mason, der Enforcer unseres Clubs, neben mir auf.

„Hey, No Name, alles klar?"

Wenn ich das nur wüsste!

Mason ist nicht der Einzige, der mich *No Name* nennt. Dieser Spitzname stammt daher, dass ich im Gegensatz zu meinen Brüdern keinen Straßennamen habe. Jagger wird Joker genannt, weil er seine Opfer immer mir einer Spielkarte verziert, auf der ein Joker abgebildet ist, seine Visitenkarte quasi. Unser Vollstrecker heißt eigentlich gar nicht Mason, er wurde von uns wegen seiner etwas brutalen Art nach David Edwin Mason benannt, einem echt krassen Serienkiller, der 1993 in der Gaskammer von San Quentin hingerichtet wurde. Seine Mum hatte ihn eigentlich Kenneth getauft. Cube, ein weiterer Member unseres Clubs, heißt wegen der Würfeltattoos, die seine beiden Handrücken zieren, so.

Fuck! Seinen bürgerlichen Namen kenne ich nicht mal, und das will was heißen.

Das mit dem *No Name* hat als Witz angefangen und hat sich dadurch irgendwie eingeschlichen, sodass ich auf diese Weise doch noch zu einem Straßennamen gekommen bin.

„Nichts ist klar. Also ist alles wie immer."

Er lacht, lässt sich in den Sessel neben mir fallen und beobachtet die Tänzerin interessiert dabei, wie sie ihre Beine hinter ihrem Nacken überkreuzt.

„Ach du Scheiße, schau dir mal das an. Die kannst du beim Sex verbiegen wie einen Donut."

Stimmt.

„Und warum sollte ich das wollen?"

Er zuckt mit den Schultern, streckt die Beine aus und macht es sich bequem.

„Keine Ahnung? Kamasutra oder so."

Nein danke. Ich bevorzuge die einfache Variante.

„Ficken soll Spaß machen und nicht allzu kompliziert sein. Wenn ich dabei nachdenken muss, verliert es an Reiz."

Blondie bringt ihm, noch bevor er was bestellen konnte, ein mit Eiswürfeln gefülltes Glas und einen original verschlossenen Wodka. In dieser Hinsicht ist unser Vollstrecker pingelig. Eine frisch gebumste Nutte ist für ihn kein Problem, ein nicht ganz sauberes Glas oder eine bereits angebrochene Flache hingegen schon.

„Stammgast was?"

„Meistens wenn ich hier bin, treffe ich auf dich. Also jep, genau wie du, Vize."

Leider hat er recht. Ich verschwende viel zu viel Zeit in diesem Schuppen.

„Vielleicht macht Joker es richtig."

Diese Aussage bringt mir einen irritierten Seitenblick ein.
„Willst du mich verarschen, Bro? Du und 'ne Lady?"
Die Ironie in seiner Stimme stört mich.
„Ja, warum nicht?"
Mason sagt nichts, schenkt sich etwas von der klaren Flüssigkeit ein und kippt sie sich, ohne zu schlucken, in den Rachen.
„Weil du DU bist."
Was für eine tiefgründige Aussage.
„Eben. Ich bin zuverlässig, loyal, brutal, selbstständig und ... ach fuck! Alles, was man eben sein muss."
Das Lachen, das aus ihm herausbricht, ist so laut, dass sich sogar die biegbare Tänzerin zu uns umdreht.
„Verdammt Bro, das klingt nach einer Vermittlungsanzeige von einem Kampfhund. Fehlt nur noch potent und zeugungsfähig."
Ich denke kurz darüber nach und muss ihm wohl oder übel recht geben.
„Hör auf Scheiße zu labern. Du weißt genau, was ich meine."
„Ja. Du bist wie ein blutrünstiger Pitbull mit zu dicken Eiern. Triebgestört und unkontrollierbar. Mädels stehen eher auf Typen wie mich oder den Präs."
Dass ist nicht lache.
„Wie dich? Echt jetzt? Wie viele hast du in den letzten sieben Tagen kaltgemacht? Drei, vier oder ein Dutzend Männer?"
Mason grinst und füllt sein Glas auf.
„Das tut nichts zur Sache."
Interessant. Ich lasse das Thema fallen. Trotzdem lässt mich seine Argumentation nicht los. Was, wenn er recht hat? Verdammt! Dann bin ich zu einem Leben, gefüllt mit billigen Nutten und gespielt stöhnenden Tussis, verdammt.
Das kann nicht sein! Niemals!
Es stört mich nicht, ein Bikergroupie nach dem anderen zu ficken, warum auch?
Aber auf ewig? *No way!* Das wäre, als müsste ich mich für den Rest meines Lebens nur noch von Fast Food ernähren.
Wieder muss ich an Bianca denken, wieder erinnere ich mich an ihren Geruch und den Ausdruck in ihren Augen, als sie mir so nah war, dass ihre Haarspitzen über meinen Hals gestrichen sind. Diese Frau ist definitiv kein lauwarmer Burger, sondern ein saftiges Filetsteak. Dumm nur, dass ich weiß, dass mir dieses Steak schwer im Magen liegen würde. So giftig, wie dieses Mädchen ist, würde sie auf Dauer

wahrscheinlich dieselben Symptome verursachen wie eine heftige Lebensmittelvergiftung.

Das Bier trinkend, lenke ich unsere Unterhaltung auf ein anderes Thema. Eine Stunde später fahren wir heim – zwei Stunden später liege ich wach im Bett und gehe in Gedanken durch, was ich mit dem Typen, der Bianca angegriffen und verletzt hat, machen werde, wenn ich ihn gefunden habe.

Die Entscheidung, dass ich mich auf die Suche nach diesem Bastard mache, ist unterbewusst gefallen. Ein Teil von mir, und ich habe leider keine Ahnung, wie groß dieser ist, hat beschlossen, die zickige Journalistin zu mögen.

Er begehrt sie sogar. Was unter Umständen problematisch werden könnte. Wäre Bianca nicht Zoes beste Freundin, wäre die Sache einfacher. Dann würde ich sie ficken und wenn sie mir doch nicht zusagt oder wenn sie zu nerven beginnt, weiterschicken.

So aber – Zoe killt mich, wenn ich irgendeine Scheiße mit Bianca abziehe. Und da sie die Old Lady des Präsidenten ist, würde ich mich nicht mal wehren, sondern einfach ruhig dastehen und darauf warten, dass sie mir das komplette Magazin in die Brust ballert.

Ich sollte mich von Bianca fernhalten, sie am besten ignorieren, wie ich es bisher getan habe. So schwer kann da ja wohl nicht sein. Oder?

Fuck off!

Das Mädchen hat mich angesehen, als wäre ich ein verdammter Held, als wäre ich Superman oder so. Das hat sich gut angefühlt.

Zum ersten Mal in meinem Leben war ich der Gute und nicht der Böse – was eine ganz neue Erfahrung für mich war.

Nach einer weiteren Stunde gelingt es mir endlich einzuschlafen.

Ich träume von blonden Haaren, braunen Augen, Sommersprossen und diesem verzweifelten Blick, mit dem sich mich angesehen hat.

5. Kapitel

Bianca

Ich sitze im Schatten, die Beine überschlagen, einen Kaffee neben mir und rauche eine Zigarette. So langsam gewöhne ich mich an die stetige Geschäftigkeit in diesem Club. Diese Rocker sind wie ein Ameisenhaufen. Perfekt organisiert, in einer strengen Hierarchie und immer am Arbeiten. Egal welcher Tag – egal welche Uhrzeit – es ist ein stetiges Kommen und Gehen.

Seit mich Landon vor vier Tagen hierhergebracht hat, habe ich mich nach und nach von dem Überfall erholt. Mittlerweile tut mir nicht mehr jeder Knochen weh und die violetten Flecken in meinem Gesicht haben sich in ein gelbliches Grün verwandelt. Auf der Seite kann ich immer noch nicht schlafen, dafür tun mir einfach noch meine Rippen zu weh, aber das wird garantiert auch bald besser.

Jagger hat darauf bestanden, dass ich das Gelände des *Sons of Silence Motorcycle Clubs* nicht verlasse und an diese Anweisung habe ich mich nur zu gern gehalten.

Dafür, dass ich diesen MC mal gehasst habe, gefällt es mir hier erstaunlich gut.

Es ist echt unglaublich, aber ich fühle mich wie vom Erdboden verschluckt. So, als wäre ich in einer Sperrzone, die völlig unabhängig von dem Rest des Planeten funktioniert.

Weder habe ich mit irgendjemandem telefoniert noch Nachrichten angesehen oder im Internet gesurft.

Was absolut untypisch für mich ist. Für gewöhnlich will ich immer wissen, was in der Welt passiert.

Der erste Tag war zugegebenermaßen sehr merkwürdig, aber mittlerweile fühle ich mich wohl.

Der Umstand, dass ich niemanden über meinen Aufenthaltsort informieren musste und dass es keinen Menschen gibt, der nach mir sucht, wenn ich so viele Tage von der Bildfläche verschwinde, ist irgendwie traurig.

Es sollte mir zu denken geben, dass ich mich im gefürchtetsten Rockerclub des Landes verstecke und absolut sicher fühle.

Vielleicht habe ich doch ein paar Schläge zu viel auf den Kopf bekommen?

Zugegebenermaßen musste ich mich erst an die raue Sprache der Biker gewöhnen. Irgendwie scheint jeder von ihnen mindestens einhundert Mal am Tag *fuck, Bullshit* oder *verdammt* zu sagen.

Mittlerweile habe ich mich selbst schon ein paar Mal dabei erwischt, wie mir das F-Wort über die Lippen gekommen ist.

Langsam, aber sicher kann ich verstehen, was Zoe an diesem Club und seinen Membern findet.

Nach den Tagen, die ich hinter der dicken Mauer, den meterhohen Zäunen und dem bewachten Tor verbracht habe, fürchte ich mich beinahe schon davor, früher oder später zurück in die normale Welt zu müssen.

Irgendwo da draußen gibt es einen mit einem Messer bewaffneten Mann, der kein Problem damit hat, mich zu töten, solange er nur dafür bezahlt wird.

Dearing und Shoemaker gehören als Senatoren mit zu den mächtigsten Männern dieses Landes. Sie haben Einfluss, Geld und sind absolut skrupellos.

Zoe und Joker wollten natürlich wissen, aus welchem Grund ich angegriffen wurde und ich habe es ihnen erzählt. Im ersten Moment wollte Zoe mir nicht glauben, dass es Medikamente gibt, die den Menschen mehr schaden als helfen. Hin und wieder ist sie echt unglaublich naiv. Für Joker hingegen war das alles nichts Neues. Dieser Rockerpräsident weiß ganz genau, was in seinem Revier passiert.

Typisch Zoe hat sie versucht, mich dazu zu überreden, dass ich meinen Artikel nicht fertig schreiben und mich harmloseren Themen wie dem Wetter oder Hundebabys widmen soll. Sie kann einfach nicht verstehen, dass ich es als meine Verpflichtung ansehe, diesen fürchterlichen Betrug aufzudecken. Ich will, dass die Allgemeinheit erfährt, was um sie herum geschieht und was die Reichen und Mächtigen dieses Landes so alles tun, um ihre Konten mit noch mehr Dollars zu füllen.

Gerade Senatoren sollten sich eigentlich um das Wohlergehen der Menschen kümmern. Sollten – also im Optimalfall zumindest. In der Realität ist das ja leider nicht so. Für viele Menschen, gerade in der Arbeiterklasse, ist eine gute medizinische Versorgung fast schon Luxus. Sie verschulden sich oder nehmen immer neue Hypotheken auf ihre Häuser auf, nur um sich im Krankheitsfall eine ärztliche Versorgung leisten zu können. Wie soll ich also wegsehen, wenn ich weiß, dass die Leute für ihr hart erarbeitetes Geld Tabletten kaufen, die sie nur noch kranker machen? Wie soll ich mir selbst in die Augen schauen und nachts ruhig schlafen können, wenn ich nichts gegen diesen Betrug unternehme?

Nachdenklich lasse ich meinen Blick über den Hof gleiten, rauche meine Zigarette fertig und denke über die Zwickmühle nach, in der ich feststecke. Ich entdecke Landons Bike neben den geöffneten Werkstatttoren, mein Herz macht einen Hüpfer und schlägt mit doppelter Geschwindigkeit weiter.

Seit er mich gerettet und hierhergebracht hat, haben wir uns nicht mehr unterhalten. Sein *Hey* und *Hi* im Vorbeigehen ausgenommen.

Es kommt mir fast so vor, als würde mir der Vizepräsident aus dem Weg gehen.

Aber warum sollte er?

Ich dachte, wir hätten so etwas wie Frieden geschlossen?

Die Möglichkeit, dass ich mich getäuscht habe, und dass er mich immer noch genauso wenig leiden kann wie vor dem Überfall, schmerzt.

Was, wenn ihm meine Entschuldigung egal ist?

Was, wenn ich ihm egal bin?

Natürlich bist du ihm egal. Warum solltest du es auch nicht sein?

Die fiese Stimme meines Unterbewusstseins ausblendend schnippe ich meinen Kippenstummel in den neben mir stehenden Mülleimer und trinke meinen Kaffee.

Nur weil ich meine Meinung über den Club und die Rocker geändert habe, bedeutet das noch lange nicht, dass es andersherum genauso ist.

Scheiße! Scheiße! Scheiße!

Dass ich seit dem Überfall jede Nacht von Landon träume, macht es mir auch nicht leichter, mit seiner abweisenden Art umzugehen.

Würde er mich anschreien, beleidigen oder auf eine andere Weise wahrnehmen, würde ich damit wahrscheinlich besser klarkommen als mit seiner Ignoranz. Er blendet mich aus, behandelt mich wie Luft und tut so, als ob ich nicht da wäre.

Für ihn bin ich wie Luft. Was er für mich ist, kann ich noch immer nicht genau definieren.

Wie auch? Einerseits jagt er mir auf instinktiver Ebene Angst ein, andererseits kann ich noch immer seine Hände auf meiner Haut spüren. Ich erinnere mich nur zu gut, wie fürsorglich er direkt nach dem Angriff war und wie er mir die Haare gehalten hat, während ich mich übergeben musste.

Dieser Biker hat zwei verschiedene Gesichter: Das eiskalte, tödliche, das er der Welt zeigt und das nette, hilfsbereite, auf das ich in besagter Nacht einen kurzen Blick erhaschen konnte. *Ach verdammt ...*

Vielleicht sollte ich meine Sachen packen und so rasch wie möglich von hier verschwinden. Je schneller ich meine Normalität wieder aufnehme, umso besser ist es wahrscheinlich. Eigentlich war ich immer stolz auf meinen Mut und meine Entschlossenheit.

Wenn ich mir diese zwei Charaktereigenschaften nehmen lasse, was bin ich dann noch? Ein verängstigtes, rückhaltloses Mädchen?!

Dann haben die Mächtigen gewonnen – das kann und werde ich nicht zulassen. Ich werden diesen Artikel zu Ende schreiben, ich werde aufdecken, was da im Verborgenen vor sich geht und mir anschließend eine Schreibpause gönnen. Die letzten Tage haben mir gezeigt, dass ich die Einsamkeit, zu der ich mich selbst verdammt habe, nicht länger dulden werde.

Zoe hat immer und dauernd Menschen um sich, die sie lieben.

Ihr Joker betet sie an. Alle Member dieses Clubs sind immer für sie da – so etwas will ich auch.

Ich will einen Mann in meinem Leben, eine richtige Beziehung mit allen Höhen und Tiefen und irgendwann vielleicht eine eigene Familie. So sehr ich Zoe auch liebe, bin ich doch ein bisschen neidisch auf ihr Glück. Für ein paar Minuten bleibe ich noch sitzen, sortiere meine Gedanken und stehe erst auf, als ich meinen Kaffee ausgetrunken habe.

Es wird Zeit, mich an die Arbeit zu machen – es wird Zeit zu gehen.

Irgendwie habe ich mir die Verabschiedung einfacher vorgestellt.

Zoe ist wütend auf mich. Warum? Keine Ahnung. Vielleicht hat sie ja gehofft, dass ich mich bis zum Ende meiner Tage bei den *Sons of Silence* verstecke und mein altes Leben komplett aufgebe.

Aber da sie mich eigentlich besser kennt, schiebe ich ihren emotionalen Ausbruch einfach auf die Schwangerschaftshormone.

Joker hingegen hat mich einfach nur gewarnt und mich gebeten, etwas besser auf mich aufzupassen. Im ersten Moment dachte ich, dass er sich vielleicht Sorgen um mich macht, aber falsch gedacht. Er will einfach nur verhindern, dass sich Zoe erneut Sorgen machen und aufregen muss. Wer hätte gedacht, dass sich dieser raubeinige und gnadenlose Rockerpräsident so auf dieses Baby freut?

Natürlich habe ich ihm gesagt, was er hören wollte, und ihm zugleich versprochen, dass ich zukünftig besser auf mich aufpassen werde.

Jetzt stehe ich seit geschätzten zehn Minuten vor dem bewachten Tor und kämpfe gegen die immer stärker werdende Panik an. Es ist lächerlich, dass ich mich nicht traue, das Clubgelände zu verlassen, aber so ist es. Dieser verdammte Überfall hat mich härter getroffen, als ich dachte. Meine Hände sind schwitzig und meine Knie zittern.

Es fühlt sich an, als wäre ein Seil um meinen Brustkorb geschlungen, das sich bei jedem Atemzug immer fester zusammenzieht. Die zwei Rocker in dem kleinen Wachhäuschen beachten mich gar nicht, sondern blättern sich durch die neue Ausgabe irgendeiner Harleyzeitschrift.

Ich komme mir vor, als würde ich an einem Abgrund stehen. An einer Klippe vor der sich ein Haifischbecken befindet. Nur noch einen Schritt, einen Meter weiter und ich falle in die Tiefe und werde bei lebendigem Leib gefressen.

Unschlüssig, was ich jetzt tun soll, beiße ich mir auf die Unterlippe und kämpfe gegen die aufsteigenden Tränen an.

Scheiße! Scheiße! Scheiße!

Wenn mich jemand beobachtet, wird er sich denken, dass ich nicht mehr alle Latten am Zaun habe. Keuchend schließe ich die Augen. Erinnerungsfetzen ploppen auf. Das ungute Gefühl verfolgt zu werden, die Dunkelheit, die tödliche Stille und dann plötzlich die schwarze Gestalt mit dem silbernen Messer.

Faustschlag für Faustschlag – ich habe nicht vergessen, wie hart der Angreifer zugeschlagen hat und wie intensiv sich der Schmerz durch meine Nervenbahnen gefressen hat. Keine Ahnung, was schlimmer war. Die Pein, die Todesangst oder die absolute Hilflosigkeit?

Wahrscheinlich ist es die Kombination der drei Dinge, die mich so nachhaltig verängstigt. *Jetzt oder nie!*

Mein Unterbewusstsein schreit mich genervt an. Ich bewege mich keinen Zentimeter, sondern bleibe weiter wie erstarrt stehen.

Jetzt oder nie! Entsetzt schüttle ich den Kopf und weiche einen Schritt zurück. Schaffe so etwas mehr Anstand zwischen mir und der restlichen Welt und stoße plötzlich gegen eine warme Mauer. Erschrocken schreie ich auf, wirble um meine eigene Achse und stehe prompt Landon gegenüber.

„He Darling, ganz cool!“

Wegen des Aufpralls gerate ich ins Wanken, er stützt mich, indem er seinen harten Arm um meine Mitte schlingt und mich näher zu sich heranzieht.

Seine plötzliche Nähe, dass Zucken seiner Muskeln und der unverkennbare Geruch, der ihn immer zu umgeben scheint, haben eine berauschende Wirkung auf mich.

„Das wird irgendwie zur Gewohnheit.“

Fragend sieht er mich an.

„Was?“

„Dass ich mich in deiner Nähe blamiere.“

Er lacht.
„Ach? Und ich dachte schon, du redest von deinem mangelhaften Gleichgewichtssinn.“
„Du hast mich erschreckt.“
Seine Mundwinkel zucken.
„Ist mir gar nicht aufgefallen.“
Sehr witzig.
Landon sieht mir tief in die Augen, plötzlich wird er ernst.
„Warum stehst du seit einer Ewigkeit hier und starrst das Tor an?“
Na klasse. Ich wurde also doch beobachtet ...
„Tue ich nicht. Ich war gerade im Begriff zu gehen. Also zumindest war ich das, bevor du dich von hinten an mich rangeschlichen hast.“
Der Ausdruck in seinen moosgrünen Augen wird eisig.
„Gehen?“
Das scheint ihn zu überraschen. Seltsam.
Ich dachte, er wäre froh, mich los zu sein.
„Ja. Zurück in meine Wohnung und zurück an die Arbeit. Der Artikel schreibt sich nicht von allein.“
Sein Arm schlingt sich noch etwas fester um mich, sodass meine Brüste gegen das raue Leder seiner Kutte gedrückt werden.
„Du willst den Artikel, wegen dem du überfallen und verprügelt wurdest, fertigstellen?“
Ungläubigkeit schwingt in seiner Stimme mit.
„Ja, natürlich. Ich lasse mich nicht einschüchtern.“
Was für eine krasse Lüge.
„Willst du sterben, Mädchen?“
Landons Frage lässt mich erschaudern.
„Nein. Aber ich will mich auch nicht kleinkriegen lassen.“
Ein Schnauben ausstoßend verdreht er die Augen.
„Manchmal ist es ein Zeichen von Intelligenz aufzugeben.“
Ach wirklich ...
„Tust du das etwa? Gibst du auf, wenn es unschön oder gefährlich wird?“
Irritiert schüttelt er den Kopf.
„Nein, natürlich nicht. Aber du kannst dich auch schlecht mit mir vergleichen, Darling.“
„Aha, und warum nicht?“
In der Mitte seiner Stirn tritt eine Ader hervor.
„Weil du winzig bist. Du bist ein Mädchen. Ihr habt euch gefälligst von Gefahren fernzuhalten! Fuck, Bianca. Die Welt ist gefährlich, hart, kalt und gnadenlos und es wäre reiner Wahnsinn, wenn du dich alleine

mit ihr anlegen willst. Vergiss den Artikel. Vergiss den ganzen Bullshit und such dir einen anderen Job, bevor du das nächste Mal abgestochen wirst!"

Seine Argumentation macht mich wütend. Ich versuche, mich von ihm loszureißen, und scheitere natürlich kläglich. Sein Arm scheint aus Eisen zu bestehen, es strengt Landon nicht mal an, mich festzuhalten. Er ignoriert meine Gegenwehr einfach und sieht mich mit hochgezogenen Augenbrauen an.

Nach wenigen Minuten gebe ich keuchend auf. Dieses Gekämpfe ist nicht gut für meinen mit Blutergüssen überzogenen Körper.

„Lass mich los."

Natürlich hört er nicht auf mich.

„Warum sollte ich?"

„Weil ich es will."

Sein „Aha!", strotzt nur so vor Arroganz.

Wir liefern uns ein heftiges Blickduell, das ich nach wenigen Atemzügen verliere.

„Bist du fertig damit, gegen mich anzukämpfen?"

Am liebsten würde ich ihm eine knallen, doch ich unterdrücke den Drang, den Vizepräsidenten der *Sons of Silence* zu schlagen und nicke stattdessen nur.

„Gut! Dann hör mir jetzt genau zu."

Wäre es kindisch, wenn ich mir jetzt die Ohren zuhalte und dabei *nanananana* singe?

Wahrscheinlich schon. *Mist!*

„Du bist klein, schutzlos, zerbrechlich und absolut nicht dazu gemacht, die Welt zu retten. Ich bin der Vize dieses Clubs. Ich töte, kämpfe und gewinne. Der Angreifer, der dich beinahe umgebracht hat, hätte gegen mich keine Chance gehabt. Ich gebe nicht auf! Niemals! Und es gibt auch nichts, was ich nicht schaffen kann. Aber das liegt nicht daran, dass ich unbesiegbar bin, sondern weil meine Brüder hinter mir stehen. Wer sich mir in den Weg stellt, stellt sich dem gesamten MC in den Weg. Und das endet unter Garantie tödlich. Wir Rocker schießen schneller ... Du kannst keinen Vergleich zwischen dir und mir ziehen, weil wir unterschiedlich sind wie Tag und Nacht. Ihr Frauen gehört beschützt, hinter Mauern versteckt und umsorgt und nicht alleine nachts in dunkle Gassen. Kapier das endlich, Darling."

Heilige Scheiße!

Das war nicht nur das Machohafteste, sondern zugleich auch das Romantischste, was ich jemals gehört habe.

Und dieses *Darling* .... *hach* ...

Die Aufrichtigkeit, mit der Landon gesprochen hat, verrät, dass er jedes Wort absolut ernst gemeint hat.

So langsam verstehe ich, warum Zoe ihr Herz an Joker verloren hat. Diese raue Rockerromantik ist der Hammer!

„Aber ich habe niemanden, der mich beschützt und es gibt keine Mauer, hinter der ich mich verstecken kann. Ich sorge für mich selbst. So einfach ist das. Außerdem verstehe ich dein Problem nicht. Seit der Nacht, in der du mich gerettet hast, hast du mich ignoriert, ja geradezu wie Luft behandelt und jetzt stört es dich, dass ich gehe. Was soll das alles, Landon? Ich dachte, du wärst froh, mich los zu sein."

Das Eingeständnis schmerzt etwas. Aber was soll's.

Landon setzt eine Art Pokerface auf. Seine Mimik ist völlig emotionslos, sodass ich keine Ahnung habe, was er gerade denkt.

Für eine gefühlte Ewigkeit sehen wir uns einfach nur an. Wir sind uns so nah, dass sein heißer Atem meine Stirn streift und ich das kraftvolle Schlagen seines Herzens unter meiner Hand, die auf seinem Brustkorb ruht, spüren kann.

Da meine Sachen völlig hinüber waren, trage ich eine von Zoes Jeans. Da sie etwas schlanker ist als ich, liegt der Denimstoff extrem eng an meinem Hintern an, was meinen Po für meinen Geschmack viel zu sehr betont. Das weiße Top ist so dünn, dass sich die Konturen des Spitzen-BHs, den ich darunter trage, deutlich abzeichnen. Ich fühle mich nackt und entblößt. Wenn Landon wollte, könnte er mich mühelos in zwei Teile zerbrechen. Es ist fast schon unfair, dass er so viel größer und stärker ist als ich.

Ein Knurren ausstoßend, atmet er tief ein, hält für einige Sekunden die Luft an und lässt sie anschließend wieder geräuschvoll entweichen.

„Willst du wissen, warum ich dich bestmöglich ignoriert habe?"

Alle Journalisten sind von Natur aus neugierig. Und obwohl ich mir nicht sicher bin, ob ich die Erklärung hören will, nicke ich.

„Weil ich dich ficken will, Darling. Ich will wissen, wie du schmeckst, wie du riechst und wie du dich anfühlst. Ich will hören, wie du schreist, wenn ich mich bis zum Anschlag in dich stoße und wie du seufzt, wenn der erste Schmerz vergeht, wenn sich deine Pussy meinem Schwanz angepasst hat und du beginnst, es gut zu finden."

Oh wow! Einfach nur wow!

Keine Ahnung, womit ich gerechnet habe, aber damit ganz bestimmt nicht!

Niemals wäre ich auf die Idee gekommen, dass Landon mich begehrt. Es war viel wahrscheinlicher, dass er mich hasst.

Mein Unglauben muss mir ins Gesicht geschrieben stehen. Denn er lacht laut auf, schüttelt den Kopf und gibt mit der Zunge ein lautes Schnalzen von sich.

„So sexy und so naiv. Eine verführerische Kombination."

Hat er mich gerade naiv genannt?

In dem Moment, in dem ich den Mund öffne, um ihm zu sagen, dass ich alles, aber gewiss nicht naiv bin, beugt er sich zu mir herab und pinnt seine Lippen auf die meinen. Überrascht zucke ich zusammen, was ihn dazu bringt, sich an meiner Unterlippe festzubeißen. Ich keuche, er stöhnt und schiebt seine raue Zunge tief in meinen Mund.

Ich erzittere, sinke gegen ihn und erwidere zögerlich seinen Kuss.

Es wäre wesentlich intelligenter, gegen diesen Rocker anzukämpfen, ihn zu schlagen und davonzulaufen. Doch ich tue es nicht, sondern stelle mich stattdessen auf die Zehenspitzen, schlinge meine Arme um seinen Nacken und vergrabe meine Finger in den weichen Strähnen seiner dunklen Haare.

Vielleicht hat Landon ja doch recht, vielleicht bin ich tatsächlich naiv. Aber was soll's? Es fühlt sich einfach so verdammt gut an, in seinen Armen zu liegen, meine Zunge um die seine zu schlingen und seine Wärme zu spüren.

Ich habe keine Ahnung, wann ich das letzte Mal geküsst wurde, es muss eine Ewigkeit her sein. In meinem Bauch prickelt es wie verrückt, meine Sinne drehen durch und meine Hormone explodieren wie Silvesterraketen. Stöhnend trinke ich seinen herben Geschmack, lasse zu, dass er mich hochhebt, und schlinge ihm instinktiv die Beine um die Taille. Wir gehen rückwärts, plötzlich spüre ich eine harte Wand an meinem Rücken. Unsere Zähne krachen aufeinander, zwischen meinen Schenkeln wird es feucht.

Himmel hilf... Was tue ich da nur?

Ich meine, dieser Biker und ich, wir mögen uns ja nicht mal.

Oder? Mögen wir uns jetzt doch? Keine Ahnung.

Irgendwo um uns herum ertönt ein Pfiff, jemand klatscht Applaus – wir haben Zuschauer. Unsicher versuche ich, mich von Landon zu lösen, versuche den Kopf wegzudrehen und erreiche damit nur, dass er mich am Kinn packt und bestimmend festhält, während er sich tief in meinen Hals bohrt und die Finger seiner anderen Hand in meinem Arsch vergräbt.

Oh mein Gott!

Mit jedem weiteren Zungenschlag wird aus diesem Kuss mehr und mehr ein wildes Vorspiel. Anstatt mich weiter gegen ihn zu wehren, presse ich mich nun immer fester an seinen harten Körper. Er stößt ein

Brummen aus, vergräbt seine Faust in meinen Haaren und reißt meinen Kopf nach links. Landon löst seine Lippen von den meinen, saugt sich an meiner Kehle fest und lässt mich seine Zähne spüren. Ich stöhne, mein Hirn ist wie leer gefegt. Bis ich kapiere, was er da eigentlich macht, ist es auch schon zu spät. Die Stelle, an der er gerade geknabbert, gesaugt und geleckt hat, pocht dumpf.

„Du hast mir gerade einen Knutschfleck verpasst."

Meine Stimme klingt so heiser, dass ich sie selbst kaum wiedererkenne.

„Nein Darling, Knutschflecke machen nur nette Jungs. Ich habe dir mein Zeichen verpasst."

Im ersten Moment kapiere ich den Unterschied nicht, doch nach und nach wird mir klar, was er da gerade gesagt hat. Landon hat mich markiert. Aber warum?

„Wieso?"

An seinen Mundwinkeln zupft ein selbstgefälliges Grinsen.

„Weil du jetzt mir gehörst."

Ich muss mich verhört haben.

„Wie bitte? Was?"

„Na, ganz einfach. Du schmeckst gut und du fühlst dich gut an. Ich habe dir gesagt, dass ich dich ficken will, und du hast mir die Zunge in den Hals geschoben. Was ich als Zustimmung interpretiere. Da du keine Bitch bist und Zoe mich killt, wenn ich dich gleich hier am Wachhaus ficke, verschieben wir das auf später. Aber das ändert nichts daran, dass du erst mal für mich reserviert bist."

Reserviert? Bitch? Zustimmung?

„Tickst du noch ganz richtig?"

Landon sieht mich spöttisch an.

„Logo."

Das bezweifle ich.

„Lass mich sofort runter."

„Nope."

Mehr sagt er nicht.

„Sofort!"

Um ihm meinen Standpunkt klarzumachen, hole ich aus und ramme meine Faust mit voller Kraft gegen seine Schulter.

Lachend zwinkert er mir zu, gibt ein gespieltes „Autsch" von sich und tackert seine Lippen erneut auf die meinen.

Dieses Mal bin ich nicht so naiv wie vorhin, lasse mich nicht auf den Kuss ein, sondern beiße ihm auf die Zunge. Überrascht ruckt er nach hinten und sieht mich mit gerunzelter Stirn an.

„Scheiße, Darling. Was soll das?“

Also, wenn er mich das fragen muss, hat er echt nichts verstanden.

„Ich mag dich gerade nicht. Also lass mich runter.“

Landon fallen fast die Augen aus dem Kopf.

„Du magst mich nicht? Ich dachte, diese Phase hätten wir hinter uns gelassen?“

Die Tatsache, dass er gerade wie ein kleines Mädchen klingt, dem man die Puppe weggenommen hat, bringt mich zum Lachen.

„Hör zu, Biker. Ich bin keine von den Tussis, mit denen du dich üblicherweise umgibst. Ich mag es nicht, markiert zu werden, ich mag es, respektiert zu werden. Und solange du den Unterschied nicht kapiert hast, ficken wir beide garantiert nicht. Klar soweit?“

Dass ihm unser kleiner Schlagabtausch Spaß macht, ist ihm an der Nasenspitze abzulesen.

„Du bist witzig. Zick mich ruhig an, Kleines. Aber wann wir ficken, entscheide immer noch ich.“

Meinem Po einen Klaps verpassend, stellt er mich ab. Mein Top ist nach unten gerutscht, sodass nur noch der durchscheinende Stoff des BHs meine Brüste verdeckt. Landon betrachtet die Aussicht, lächelt wölfisch und leckt sich die Lippen.

„Bloody Hell, Baby. Ich kann es kaum erwarten, meinen Schwanz zwischen deinen Tittchen zu reiben und dir ins Gesicht zu spritzen.“

Wie bitte? Schnell ziehe ich den Stoff wieder hoch.

Bevor ich ihm sagen kann, was für ein Rüpel er ist, packt er mich an der Hand und zerrt mich zu seinem auf der anderen Seite des Hofes stehendem Motorrad. Eine Sekunde später zieht er mir seinen Helm an, lässt den Verschluss einrasten und hebt mich auf die Harley.

„Was soll das werden?“

„Na, was wohl? Ich bring dich zu deiner Wohnung.“

Oh Shit!

„Stopp! Warte! Bevor du mich so erschreckt hast, war ich mir noch nicht im Klaren, ob ich das wirklich will.“

Landon mustert mich prüfend.

„Du fürchtest dich!“

Das war keine Frage, sondern eine Feststellung.

„Nein.“ Okay. Was für eine schlechte Lüge.

„Darling, der Killer in mir kann deine Angst wittern.“

Oha ... Erwischt!

„Na gut. Ein ganz ein kleines bisschen.“

Ich deute mit dem Daumen und dem Zeigefinger einen kleinen Spalt an.

„Du musst keine Angst haben. Ich passe auf dich auf."

Das klingt zwar süß, ist aber praktisch unmöglich. Er hat seine Arbeit und ich habe die meine. Ich lebe in meinem Apartment in der Stadtmitte und er in einer Wohnung hier im Clubhaus.

„Du weißt, dass das nicht geht. Und ich weiß, dass der Messermann wahrscheinlich keinen Finger mehr rühren wird, solange er nicht für einen nächsten Überfall bezahlt wurde."

Ich versuche, möglichst cool zu bleiben, was mir nicht wirklich gelingt, wie die Gänsehaut auf meinen Oberarmen verrät.

„Rein theoretisch kann der Wichser schon längst eine Anzahlung für den Mord an dir bekommen haben."

Mir wird schlagartig eiskalt.

„Ich dachte, du willst mich beruhigen?"

„Falsch! Ich will, dass du der Wahrheit ins Gesicht siehst. Das, was ich vorhin über die Mauern gesagt habe, war mein Ernst."

Es dauert einen Moment, bis ich kapiere, auf was er anspielt.

„Mein Apartment hat auch Mauern."

Sein lautes „Fuck!", hallt über das Gelände.

„Ja und eine unbewachte Eingangstüre, die wahrscheinlich bei dem ersten Tritt schon nachgibt."

Stimmt.

Ich schlucke schwer und will mich am liebsten in einem Loch tief in der Erde verkriechen. Landon spürt, was mit mir los ist und stößt einen Schwall Flüche aus.

„Sorry. Das Letzte, was ich will, ist dich einzuschüchtern. Aber du musst endlich kapieren, dass du dich da mit Leuten eingelassen hast, die kein finanzielles Limit und kein Gewissen haben. Die werden nie zulassen, dass du die Wahrheit ans Licht bringst! Diese Scheiße ist eine Nummer zu groß für dich, Bianca. Dein Tod bereitet denen keine schlaflosen Nächte, sondern nur Genugtuung."

Dass er recht hat, steht außer Frage. Aber das hilft mir auch nicht weiter.

„Willst du mir gerade klarmachen, dass ich in einer ausweglosen Situation feststecke?"

Er schüttelt den Kopf und umfasst meine Schultern.

„Nein, nur dass du deine Vorgehensweise ändern und kapieren musst, dass du nicht mehr alleine bist. Ich helfe dir."

Seine letzten drei Worte hallen wie ein nie zu enden scheinendes Echo in meinem Inneren nach.

„Du hilfst mir? Warum?"

„Weil ich dich ficken will. Und das kann ich nicht, wenn du tot bist."

Wie nett ...

„Arschloch!"

Meine Beleidigung einfach überhörend, nimmt er vor mir Platz.

„Wir fahren jetzt zu deiner Wohnung, holen deinen Kram und dann bringe ich dich wieder her."

Schön, dass er mich nach meiner Meinung gefragt hat.

„Das geht nicht. Ich habe Zoe schon gesagt, dass ich gehe. Außerdem will ich sie und Joker nicht länger stören."

Landon klappt den Ständer ein und startet mit einem kraftvollen Tritt den Motor.

Sein lautes Lachen übertönt das dunkle Geboller der Harley.

„Ach Darling, ich habe nicht gesagt, dass ich dich zu ihr zurückbringe."

Ich kapiere erst, was er damit gemeint hat, als wir längst das bewachte Tor hinter uns gelassen haben. Mein Herz schlägt rasend schnell. Einerseits, weil er vorhat mich mit zu sich zu nehmen – andererseits, weil er mich regelrecht über die Klippe gestürzt und so zurück in die normale Welt katapultiert hat.

Willkommen im Haifischbecken ...

Seltsam. Was für eine verrückte Welt.

Ich sitze bei dem Vizepräsidenten des *Sons of Silence Motorcycle Clubs* auf dem Bike und fühle mich so sicher wie schon lange nicht mehr. An Landons Seite habe ich viel weniger Angst vor all den Monstern, die es auf mich abgesehen haben.

Vielleicht liegt das daran, dass eines der gefährlichsten Monster dieser Stadt, wahrscheinlich sogar des Landes, versprochen hat, mich zu beschützen.

6. Kapitel

No Name

Wie ein Roboter lenke ich uns durch den Verkehr, setze den Blinker und wechsle die Straßen. Ich handle instinktiv, während mein Hirn damit beschäftigt ist zu kapieren, was ich da gerade getan habe.
Bloody Hell! Anstatt mir ein nettes, harmloses und braves Mädchen zu suchen, habe ich mir die zickige Journalistin aufs Bike gesetzt.

Fuck! Zumindest war ich schlau genug, ihr nicht den Hauptgrund zu nennen, aus dem ich ihr helfe. Dass ich sie ficken will, war nicht gelogen. Selbst als ich sie noch nicht leiden konnte, wollte ich sie schon unter mir liegen haben, und mich bis zu den Eiern in ihr versenken. Aber seitdem ich Biancas wahres Gesicht gesehen und festgestellt habe, dass hinter der kampflustigen Fassade eine empfindsame Frau steckt, will ich sie mit einer Intensität, die mich selbst überrascht.

Der Umstand, dass Joker mich vor knapp einer Stunde gebeten hat, ein Auge auf die Freundin seiner Lady zu haben, hat mir quasi in die Hände gespielt.

Zoe liebt Bianca und mein Präsident liebt Zoe – somit schließt sich der Kreis.

Es stört mich nicht, den Beschützer zu spielen. Typen, die eine Frau so zusammenschlagen, haben es nicht verdient, am Leben zu sein. Sobald ich den Angreifer gefunden habe, werde ich ihn am eigenen Leib spüren lassen, wie es ist, am Boden zu liegen und zu bluten.

Und bis es so weit ist, werde ich meine eigenen Ziele verfolgen. Während der Club denkt, dass ich an Biancas Arsch klebe, weil ich in Jokers Auftrag auf sie aufpasse, werde ich sie ficken – wieder und wieder. Ich werde herausfinden, warum mich diese Frau plötzlich so reizt und meinen Spaß mit ihr haben.

Der Erfahrung nach verliere ich jegliches Interesse an ihr, wenn ich sie erst mal gehabt habe. So läuft es immer. Keiner Frau ist es bisher gelungen, mich nachhaltig von sich zu überzeugen. An sich nicht schlimm. Zum Teufel! Ich bin noch viel zu jung, um mich auf ewig an eine Pussy zu binden. Trotzdem stört es mich, dass Mason denkt, dass ich nicht fähig bin, mir eine Lady zu nehmen.

Wie kommt er zu dieser Überzeugung? *Ach Shit!* Es sollte mir egal sein, was er denkt, schließlich läuft es mit ihm und seiner Freundin Marlen alles andere als gut.

Zwanzig Minuten nachdem wir losgefahren sind, kommen wir auch schon vor dem Gebäudekomplex, in dem Bianca wohnt, an. Das ging zu schnell. Die Fahrt hat nicht annähernd gereicht, um das Chaos in meinem Kopf zu sortieren.

Davon abgesehen fühlt es sich verdammt gut an, Bianca hinter mir auf dem Bike zu haben. Ihr warmer Körper, der sich an den meinen presst, und die schlanken Arme, die sich um meine Mitte schlingen ... *Fuck!* Ich will sie! Ich will sie so sehr, dass es schmerzt.

Tief durchatmend halte ich am Straßenrand an, stelle die Füße auf den Boden und schalte den Motor aus. Anstatt mich sofort loszulassen, hält Bianca sich weiterhin an mir fest. Ihr warmer Atem streift über meinen Hals, bringt mein Blut zum Kochen. Meine rechte Hand auf ihren Oberschenkel legend, klappe ich den Ständer aus.

„Wir sind da, Darling."

Ich spüre ihr Nicken, denn sehen kann ich es nicht.

„Ja, ich weiß."

Sie rührt sich noch immer nicht.

„Du musst mich loslassen und absteigen."

Ihre Finger schieben sich unter meine Kutte, krallen sich an meinem Hosenbund fest.

Diese einfache Berührung reicht aus, um mich hart werden zu lassen.

„Und was, wenn ich das nicht will? Was, wenn ich mich vor dem, was in meiner Wohnung vielleicht auf mich wartet, fürchte? Was dann?"

Ich kann ihre Angst verstehen, doch sie ist unbegründet.

Da Joker mir aufgetragen hat, Bianca zu beschützen, ist die Scheiße, die ihr passiert ist, zur Clubsache geworden. Was bedeutet, dass ich im Namen der *Sons of Silence* handle. Das erleichtert mir die Arbeit extrem. Falls also tatsächlich in dem Haus jemand auf sie wartet, werde ich dem Typen ein paar Knochen brechen, ihn anschließend befragen und ihm dann eine Kugel in den Kopf jagen.

Sollte er sich aber weigern zu reden, kassiere ich ihn ein und bringe ihn zum Club. Was ich dem Bastard aber nicht empfehlen würde.

Der Tod wäre der leichtere Weg.

Mir wird klar, dass ich noch nicht auf Biancas Frage reagiert habe.

„Dann setzt du dich auf die Couch und lässt mich meine Arbeit machen."

Die Tatsache, dass sie sich noch etwas fester an mich drückt, verrät mir, dass sie nicht überzeugt ist.

„Vertraust du mir?"

Sie seufzt.

„Nein und ja. Ich meine, keine Ahnung, ob ich dir trauen kann."
Zumindest ist sie ehrlich.
„Lass es mich anders formulieren. Glaubst du, dass ich in der Lage bin, dich zu beschützen?"
Sie nickt. Na wenigstens etwas.
„Gut, dann lass uns reingehen."
Zögerlich zieht sie die Arme zurück und steigt ziemlich umständlich ab. Das müssen wir definitiv noch üben!
„Es wäre mir lieber, wenn du einfach gesagt hättest, dass garantiert niemand auf mich wartet."
Prüfend sehe ich sie an.
„Wäre es dir wirklich lieber gewesen, wenn ich dich angelogen hätte?"
Sie schüttelt den Kopf.
„Nein. Natürlich nicht."
Gut. Alles andere hätte mich auch sehr überrascht.
„Hör zu. Ich weiß genauso wenig wie du, was uns erwartet, also kann ich dir nicht sagen, was du hören willst. Aber ich kann dir garantieren, dass ich ehrlich zu dir bin und dass ich auf dich aufpasse. Ich will dich ficken. Schon vergessen?"
Genau wie erwartet reagiert sie auf meine Provokation, überwindet einen Teil ihrer Angst und schlägt mir gegen die Schulter. Obwohl sie wahrscheinlich all ihre Kraft in den Punch gelegt hat, habe ich ihn kaum gespürt. Ein weiterer Beweis dafür, wie dringend sie auf meinen Schutz angewiesen ist.
„Du kannst ein echtes Schwein sein."
Na also, da ist sie wieder, die Bianca, die ich kenne.
„Bis du jetzt bereit, Mädchen?"
Sie sagt nichts, sondern fischt den Schlüssel aus ihrer Tasche und geht voran.
Ich ziehe sicherheitshalber meine Waffe und folge ihr mit etwas Abstand. Den Blick auf ihren prallen Arsch gerichtet und den Finger am Abzug.
Die Art, wie sich ihre Hüfte wiegt, und der Erdbeerduft, den sie verströmt ... Jep, es war nicht gelogen: Ich will sie ficken und ich werde für sie töten.

Im vierten Stock, in dem sich ihr Apartment befindet, angekommen, nehme ich ihr den Schlüssel ab, befehle ihr, sich hinter mich zu stellen und checke die zwei kleinen Zimmer. Es ist niemand da, keine

Einbruchspuren, nichts deutet auf ein gewaltsames Eindringen hin. Biancas Sorge war absolut unbegründet.

Vor lauter Furcht ist sie weiß wie eine Wand geworden und zittert leicht.

Die Waffe zurück in das Holster unter meiner Kutte steckend, führe ich sie zu der kleinen weißen Couch und befehle ihr, sich zu setzen.

„Siehst du, ob hier jemand etwas verändert hat?"

Prüfend lässt sie den Blick über die komplett in Weiß und Rot gehaltene Einrichtung schweifen. Der plüschige Teppich unter meinen Füßen passt perfekt zu den seltsam aussehenden Kissenbezügen. Ich komme mir vor wie in einem Puppenhaus. Alles ist sauber, farblich aufeinander abgestimmt und typisch fraulich.

„Nein, alles sieht aus wie immer, was mich überrascht. Ich war mir sicher, dass alles verwüstet wurde."

Endlich mal gute Nachrichten.

„Gut, dann pack jetzt dein Zeug. Denk dran, wir sind mit dem Bike da. Also nimm nur mit, was du wirklich brauchst."

In einer typisch weiblichen Geste verdreht sie die Augen und steht auf.

„Vielleicht sollte ich doch dableiben."

Fuck, was?

„Nein!"

Mit gerunzelter Stirn sieht sie mich an.

„Was nein?"

„Na, einfach nein."

Kampflustig verschränkt sie dir Arme vor der Brust.

„Ach, und das hast du zu entscheiden?"

Ich nicke und sehe aus zusammengekniffenen Augen auf sie herab.

„Verdammt Bianca. Du hast dir, als es darum ging, deine Wohnung zu betreten, fast in die Hose geschissen vor Angst. Also hör auf dummes Zeug zu labern, pack deine Sachen und mach dich fertig. Abfahrt in fünf Minuten!"

Schnaubend reckt sie das Kinn in die Höhe und sieht mich herausfordernd an.

Na schön, sie wollte es ja nicht anders.

Entschlossen, ihr dieses Gezicke auszutreiben, packe ich sie mir, hebe sie hoch und werfe mir das zappelnde Mädchen über die Schulter. Bianca quietscht, trommelt mit ihren Fäusten auf meinen Rücken und fordert lautstark, wieder runtergelassen zu werden.

Ich ignoriere ihre Drohungen, trage sie in das angrenzende Schlafzimmer und stoppe, als ich plötzlich in einem komplett rosanen Raum stehe.

Der Boden ist rosa, die Wand ist rosa, die Vorhänge sind rosa, die Bettwäsche ist rosa, die Kissen sind rosa – einfach verdammt noch mal alles ist rosa!

Beim kurzen Sicherheitscheck vorhin hatte ich das gar nicht richtig registriert.

„Holy Fuck!“

Mein Entsetzen bringt sie zum Kichern.

„Gefällt dir die Farbe?“

Sie klingt so belustigt und losgelöst wie noch nie zuvor.

Diese Seite kenne ich noch gar nicht an ihr. Bis jetzt hat Bianca immer so ernst gewirkt, so als würde alle Last dieser Welt auf ihren schmalen Schultern liegen.

„Nein. Ich glaube, in diesem Raum streikt mein Schwanz aus Angst sich einzufärben.“

Ihr Kichern wird immer lauter.

„Sag bloß, der große böse Rocker hat Probleme einen hochzukriegen?“

What!?

„Das hast du gerade nicht wirklich gesagt?“

„Doch!“

Ich werfe sie in die Mitte ihres Bettes, mehrere der pinken Kissen fallen auf den Boden. Eines hat sogar eine Herzform.

Hölle ... ist das zu fassen?

„Du zweifelst an meiner Potenz?“

Frech wie sie ist, nickt sie prompt.

„Mit dir werde ich allemal fertig.“

Lachend stützt sie sich auf die Ellenbogen auf, lässt ihren Blick an mir herabgleiten und stoppt an meinem Hosenbund.

„Bist du dir da sicher, Vize?“

Und wie ...

„Wenn ich mit dir fertig bin, kriechst du auf allen vieren aus diesem Bett, weil du nicht mehr laufen kannst!“

Mit der Zungenspitze leckt sie sich über die Lippen und streift sich die Schuhe von den Füßen.

„Was stehst du da noch? Worauf wartest du? Ich dachte, du willst mich ficken?“

Mehr Provokation ist nicht nötig.

Ohne die Augen von ihr abzuwenden, streife ich mir die Kutte ab, lege das Holster samt Waffe auf den Stuhl neben mir, ziehe mir das Hemd über den Kopf und öffne meinen Gürtel.

Biancas gieriger Blick verbrennt mich geradezu. Sie betrachtet das Skull-Tattoo, das mittig auf meinem Brustkorb thront.

Der Totenkopf wird von zwei Revolvern eingerahmt und ist neben dem *Sons-of-Silence*-Schriftzug, der meine Schulterblätter ziert, das einzige Tattoo. Im Gegensatz zu meinen Brüdern trage ich verdammt wenig Tinte auf der Haut. Erst als ich nackt vor ihr stehe, gleitet ihr Blick weiter nach unten und bleibt an meiner Erektion hängen.

Ihr gewispertes „Ach du heilige ...", hängt in der Luft und lässt meine Mundwinkel zucken.

„Gefällt dir, was du siehst, Darling?"

Verunsichert sieht sie mir in die Augen.

„Um ehrlich zu sein, keine Ahnung. Du bist gebaut wie ein Pferd."

Das höre ich nicht zum ersten Mal.

„Ich bin der Hengst, den du gleich reiten wirst."

Nervös kaut sie auf ihrer Unterlippe herum.

„Der wird nicht passen."

Und wie er das wird, ich lasse ihr keine andere Wahl.

„Mir der Zeit wird er das. Am Anfang wird es weh tun, aber das hältst du aus."

„Da bin ich mir nicht so sicher."

Pech gehabt ...

Ohne auf Biancas Zweifel einzugehen, knie ich mich mit einem Bein aufs Bett, packe sie am Knöchel und ziehe sie zu mir her.

„Ausziehen. Ich will wissen, wofür ich bereit bin zu töten."

Sie erschaudert, wehrt sich jedoch nicht.

„Wenn du das so sagst, klingt das echt verdammt heftig, Landon."

„Der Tod ist immer heftig."

Als Erstes ziehe ich ihr die Socken von den Füßen, mache mich dann an der Jeans zu schaffen und betrachte die nun nackten Beine und ihre, mit einem spitzenbesetzten String bedeckte Pussy. Der süße Geruch von Muschi und Frau steigt mir zu Kopf, mein Schwanz zuckt ungeduldig.

„Ich will dich, Mädchen."

Sie schluckt und versucht sich an einem zittrigen Lächeln.

„Bist du dir sicher, dass das eine gute Idee ist?"

Oh nein, ganz und gar nicht. Aber das macht nichts. Ich will sie, ich nehme sie – so einfach ist das!

Um sie zum Schweigen zu bringen, lege ich mich auf sie, drücke sie mit meinem Gewicht tief in die Matratze und erobere ihren Mund. Der Duft von Erdbeere und weiblicher Erregung erfüllt den Raum und lässt meine Sinne durchdrehen.

Ihre Fingernägel graben sich tief in meinen Arm, der leichte Schmerz hilft mir dabei, einen einigermaßen klaren Kopf zu bewahren.

Stück für Stück entkleide ich sie weiter, erst als sie völlig nackt unter mir liegt, bin ich zufrieden. Bianca ist so klein und schmal, wenn ich nicht aufpasse, zerbreche ich sie. Im Gegensatz zu den ganzen Bitches, die ich normalerweise bumse, ist sie es wahrscheinlich nicht gewohnt, hart angepackt zu werden, was bedeutet, dass ich mich kontrollieren muss. Bianca ist anders als die Frauen, mit denen ich es sonst zu tun habe, sie ist wertvoller.

Wenn es dumm läuft, wird Joker mir für das, was wir hier gerade tun, eine Kugel verpassen – das ist es mir verrückterweise wert.

Warum auch immer, aber seitdem ich sie halb tot in dieser Gasse liegen sehen und gerettet habe, lässt mich Bianca nicht mehr los.

Das alles ist verteufelt und absolut unnormal für mich.

Aber was soll's?

Jetzt bin ich hier, in ihrem Apartment, in diesem rosanen Bett und mein Schwanz drückt sich gegen die weichen Falten ihrer Mitte. Es gibt kein Zurück mehr – dafür ist es längst zu spät.

Ich werde sie jetzt ficken, mich in sie bohren und zum Schreien bringen. Anschließend setze ich sie auf mein Bike und bringe sie in meinen Club und in meine Wohnung. Und dann sehen wir weiter.

Wenn das zwischen uns klappt, behalte ich sie und wenn nicht ... Darüber mache ich mir Gedanken, wenn es so weit ist.

Ihre Zunge windet sich um die meine. Knurrend wühle ich mich durch ihren Mund, trinke ihr Stöhnen und beiße mich regelrecht an ihrer Unterlippe fest.

Mutig presst sie sich fester gegen meinen Schwanz, reibt sich an ihm und treibt mich so in den Wahnsinn. Als sie nach Luft schnappt, gebe ich ihren Mund frei, sauge mich dafür an ihrer rechten Titte fest und koste das weiche Fleisch.

Keuchend biegt sie den Rücken durch.

Der Anblick, den sie mir bietet, ist unglaublich geil.

Warum ist mir nicht schon viel früher aufgefallen, wie heiß, wild und sexy diese Frau ist?

Ich fasse zwischen ihre Beine, drücke sie auseinander und bedecke mit meiner Hand ihre feuchte Pussy.

Mit dem Daumen reibe ich immer wieder über den angeschwollenen Knubbel ihrer Klitoris, während ich immer fester an ihrem Nippel sauge. *Fuck!* Bleibt mir nur zu hoffen, dass sich der Typ, der es auf mein Mädchen abgesehen hat, nicht genau diesen Zeitpunkt aussucht, um seinen Auftrag zu Ende zu bringen.

Im Moment habe ich keine Ahnung, ob ich sein Auftauchen überhaupt bemerken würde.

7. Kapitel

Bianca

Die letzten Nächte habe ich damit verbracht, wach in Zoes Gästebett zu liegen und mir den Körper des Vizepräsidenten des *Sons of Silence Motorcycle Clubs* vorzustellen.

Ich habe meiner Vorstellungskraft freien Lauf gelassen und alle meine Wünsche in das Fantasiebild eingebaut. Aber verdammt!

Die Realität schlägt meine Fantasie um Längen. Und das meine ich nicht nur im wortwörtlichen Sinne. Landon sieht aus wie ein vom Himmel gefallener Gott mit dem Charakter und der düsteren Ausstrahlung eines Dämons. Sein Körper ist der eines Kriegers. Stahlharte Muskeln so weit das Auge reicht. Neben unzähligen Narben zieren zwei Tattoos seine Haut. Ein großer, bedrohlich wirkender Totenkopf und der Name seines Clubs. Was ungewöhnlich ist, denn die meisten Rocker sind über und über mit Tinte verziert.

Dieser Cube zum Beispiel sieht aus wie ein wandelndes Comicheft.

Manche von Landons Narben sehen älter aus und wurden nicht so präzise genäht, andere hingegen sind glatt und scheinen silbrig auf seiner braungebrannten Haut.

Und sein Penis. *Wow – wow – wow!*

Keine Ahnung, ob ich ihn anbeten oder fürchten soll. Dieser Rocker hat den längsten, dicksten und zugleich am geilsten aussehenden Schwanz, den ich jemals gesehen habe. Er ist leicht nach oben gebogen und dicke Adern winden sich über die beeindruckende Länge, ehe sie in einer violett schimmernden Eichel münden. An dem kleinen Schlitz ganz vorne perlt ein einzelner cremiger Tropfen, den ich nur allzu gerne ablecken würde.

Wie Landon wohl schmeckt? Bestimmt nach Gefahr und Abenteuer!

Süchtig nach seinen Küssen presse ich mich an ihn, reibe meine feuchte Mitte an seiner Härte und keuche lustvoll auf, als er sich an meiner Brust festsaugt.

Ich habe keine Ahnung, wie es dazu gekommen ist, dass wir jetzt hier liegen und tun was wir nun mal tun.

In der einen Sekunde sind wir noch im Wohnzimmer gestanden und haben darüber diskutiert, ob ich hierbleibe oder nicht und in der nächsten bin ich über seiner Schulter gehangen und wurde Richtung Bett getragen. Ehrlich gesagt geht mir das zu schnell, viel zu schnell sogar. Aber na ja, wenn es um Landon geht, verläuft sowieso nichts nach meinen eigentlichen Regeln.

In dem Moment, in dem er seine Hand zwischen meine Schenkel schiebt, fokussiert sich meine Welt auf den Mann über mir. Die Angst, die sich seit dem Überfall in mir festgesetzt hatte, löst sich gänzlich in Luft auf.

Alles, was im Augenblick zählt, sind er und ich und das, was wir im Begriff sind zu tun.

Seine Lippen streifen warm und hungrig über die meinen. Stöhnend öffne ich mich ihm und heiße ihn willkommen.

Unsere Zungen treffen sich erneut, umspielen einander und beginnen ein sinnliches Duell. *Bei allen Heiligen, kann dieser Biker küssen ...*

Meine Beine zittern vor Ungeduld. Obwohl ich mich vor seinem Eindringen fürchte, kann ich es irgendwie auch kaum erwarten.

Eine viel zu schnell vergehende Ewigkeit später beendet Landon langsam unseren Kuss und stöhnt dabei leise. Nach Halt suchend, kralle ich mich an seinen breiten Schultern fest, genieße die Kraft, die er ausstrahlt.

Langsam lasse ich meine Finger über die straffen Hügel seines Bauches gleiten.

Feste Muskeln, weiche Haut und ein dünner Streifen dunkler Haare, der mich auf geradem Weg zu seiner Erektion führt.

Landon knurrt ungeduldig. Noch etwas unsicher umfasse ich sein Glied, lasse meine Augen an seinem Körper nach unten gleiten und stelle fest, wie klein meine Hand neben seinem dicken Schwanz aussieht. *Der Wahnsinn!*

Die Muskeln in seinen Oberschenkeln spannen sich an und zucken ungeduldig, so als könnten sie es kaum erwarten, mit aller Kraft in mich zu stoßen.

Sachte streiche ich über die samtene Haut an seiner Eichel, verreibe den Tropfen und schlucke gierig. Ungeduldig umfasse ich die Härte und reibe mit der Hand über seinen Phallus.

„Begehen wir gerade einen Fehler?“ Ich kapiere erst, dass ich diese Frage laut ausgesprochen habe, als er entschieden den Kopf schüttelt. In seinen Iriden spiegelt sich eine unglaubliche Entschlossenheit und ich erkenne sofort, dass das, was wir tun, längst nicht mehr zu stoppen ist.

„Du kannst kein Fehler sein, Darling. Nicht für mich. Niemals!“

Bämm! Da ist sie wieder, diese herzzerreißende Rockerromantik.

Scharf wie Chili und zugleich süß wie Karamell.

Zu meiner eigenen Überraschung fürchte ich mich nicht davor, dass Landon seine körperliche Überlegenheit ausnutzen könnte, um mich zu verletzen.

Warum das so ist? Ganz einfach. Weil er sich in dem Moment, in dem er mich gerettet hat, mein uneingeschränktes Vertrauen verdient hat.

Es ist fast schon unheimlich, dass ich mich in den Armen dieses Sons so sicher fühle.

Unsere Lippen treffen sich erneut. Leise wimmernd lasse ich mich in den Kuss fallen und ertrinke in unserer Leidenschaft. Meine Taille umfassend hebt er meinen Unterleib an, sodass sich sein harter Schwanz drohend gegen meine Scheide drückt.

Während er sich aufrichtet, stößt er ein wildes Fauchen aus und verschlingt mich mit seinen Blicken. Das Zucken seines Sixpacks fasziniert mich, mit den Fingern streiche ich über seinen tintenverzierten Brustkorb.

„Deine Pussy läuft regelrecht aus, du kannst es kaum erwarten, endlich meinen Schwanz in dir zu haben.“

Das dunkle Timbre seiner Stimme hallt in meinem Unterleib nach. Landon beugt sich zu mir herab, unsere Haut berührt sich, reibt und streicht übereinander. Es fühlt sich sehr intensiv an, ihm so nah zu sein.

Bereit, mich auf diesen Biker einzulassen, schlinge ich meine Arme um seinen breiten Nacken. Einen magischen Moment sehen wir uns einfach nur an, ehe wir uns wild und stürmisch küssen.

Unsere Zähne schlagen aufeinander, seine raue Zunge stiehlt mir gekonnt den Atem.

Ich bin verloren ...

Fieberhaft gleiten meine Hände über seinen Rücken.

Meine Mitte pocht sehnsüchtig, mein Kitzler ist geschwollen und meine Brustwarzen sind extrem empfindlich. Jede Zelle meines Körpers sehnt sich danach, von diesem Rocker berührt und in Besitz genommen zu werden.

Unser Zungenspiel endet viel zu schnell, seine Nasenflügel blähen sich.

Ich will ihn anfassen, erkunden und berühren. Aber kaum dass ich das tue, fängt er meine Hände ein und presst sie über meinem Kopf in das Kissen.

„Mach langsam, Darling oder ich verliere die Kontrolle!“

Meine Nippel abwechselnd in seinen Mund saugend, lässt er mich seine Zähne spüren.

Stöhnend japse ich nach Luft, ein bittersüßer Schmerz entflammt meine Nervenbahnen und breitet sich wie ein Waldbrand aus.

„Ich will dich!“

Winzige Schweißperlen bilden sich in meinem Nacken.

Er löst seine rechte Hand von meinen Gelenken und umfasst sie nun nur noch mit der linken. Das ist meine Chance. Ich versuche mich zu befreien – vergebens.

Kein Wunder. Landon hat einfach viel mehr Kraft als ich.

Träge streicht er mit seinen Fingern durch meine Muschi, gleitet in mich, treibt mich gezielt weiter Richtung Höhepunkt.

Die Flammen der Lust lodern immer höher, meine Pussy zieht sich sehnsüchtig zusammen. Ich will, dass Landon mich endlich nimmt, mir zeigt, dass ich seiner Größe gewachsen bin.

Von einer mir völlig fremden Gier getrieben, presse ich meine Lippen wieder auf die seinen. Seine Zunge wühlt sich durch meinen Mund, wild und unbezähmbar.

Seine grünen Augen verweilen auf meinen Brüsten, an seinem Kiefer beginnt ein Muskel zu zucken.

„Du bist der Hammer, Mädchen. Wunderschön und wild und verletzlich und ... fuck! Ich kann es nicht mit Worten beschreiben."

Plötzlich verdunkelt sich seine Mimik. Innerhalb des Bruchteils einer Sekunde verwandelt Landon sich in den gefährlichen Killer, der er tief in seinem Inneren nun mal ist. Unsicher rutsche ich etwas nach unten.

„Habe ich was falsch gemacht?"

Ein dunkles Grollen löst sich aus seiner Kehle.

„Falsch? Du bist einfach viel zu richtig. Dieses eine Mal wird mir nicht reichen, Darling."

In seiner Stimme schwingt solch eine Besitzgier mit, dass ich erschaudere.

Dieser Son durchstößt die mühsam um mein Herz errichteten Schutzmauern mit erschreckender Leichtigkeit.

Ich bin viel zu lange einsam gewesen und ich habe viel zu lange von einem Mann geträumt, der mich wirklich begehrt, als dass ich Landon auch nur einen Atemzug lang widerstehen könnte. Seine raue Zunge leckt über meinen Hals, an meinem Schlüsselbein entlang, durch das Tal zwischen meinen Brüsten hinab bis zu meinem Bauchnabel.

An meinem Beckenknochen knabbernd, öffnet er mit seinen Fingern geschickt meine Schamlippen und züngelt federleicht über meine Klitoris.

„Ich will dich lecken, kosten und auffressen ..."

Er saugt sich an meiner Klit fest, setzt seine Zähne ein und beißt sachte zu.

Instinktiv will ich seinem Mund ausweichen – die Empfindungen sind einfach zu intensiv, aber dann saugt er versöhnend an dem empfindlichen Fleisch und ich verzeihe ihm.

Das zwischen diesem Rocker und mir ist völlig verrückt, zum Scheitern verurteilt und ohne die geringste Chance auf ein Happy End und trotzdem sehne ich mich danach, in seinen Armen zu liegen.

Ich will nicht länger alleine sein, ich will begehrt, geliebt und beschützt werden.

Ich will, was jedes Mädchen will – einen Mann, der es liebt.

Mit zwei seiner Finger gleitet Landon tief in mich, krümmt sie dann leicht und trifft auf diesen einen Punkt tief in meinem Inneren, der all meine Gedanken wie Luftblasen zerplatzen lässt.

„Komm für mich, Darling. Ich will, dass du für mich schreist."

Plötzlich beißt er so fest in die Innenseite meines Oberschenkels, dass ich mich aufbäume und nach Luft schnappe. Ein heftiger Schmerz vermischt sich mit meiner Lust. Der immer stärker werdende Druck, der sich in mir ausbreitet, raubt mir den Atem.

Heute Morgen bin ich aufgestanden und war der festen Überzeugung, dass Landon es kaum erwarten kann, mich loszuwerden. Und jetzt liege ich stöhnend unter ihm und muss höllisch aufpassen, dass er sich nicht in mein einsames Herz schleicht.

Meine Scheidenwände zurren sich ruckartig um seine Finger zusammen, die Erlösung ist zum Greifen nah ...

Ich stöhne immer lauter, schaffe es einfach nicht, leiser zu sein. Es fühlt sich so an, als wäre ich kurz davor zu explodieren. Landon leckt mich nicht einfach nur, er frisst mich bei lebendigem Leib auf. Nachdem er mir seine Finger entzogen hat, rammt er sie ein letztes Mal tief in mich, während er sich unermüdlich durch meinen Spalt leckt.

Der laute, fast schon verzweifelte Schrei, der sich jetzt aus meiner Kehle löst, erfüllt mein kleines Apartment.

Ohhhhh meiiinnnn Gooootttt!

Das animalische Knurren, das er von sich gibt, vibriert in seinem Brustkorb. Seufzend und kraftlos beobachte ich, wie er sich vor mir aufrichtet, ein geradezu dämonischer Ausdruck legt sich auf seine markanten Gesichtszüge.

Eine Sekunde später lässt er sich auf mich fallen und umfasst mit einem unnachgiebigen Griff meinen Kiefer.

„Du hättest mich stoppen sollen, Bianca. Jetzt ist es zu spät und ich bin süchtig nach dir. Zur Hölle! Ich will dich für mich!"

Er lacht ungläubig.

„In den vergangenen Jahren habe ich so viele Tussis gebumst, dass ich mich kaum an alle ihre Gesichter erinnere. Von den meisten wusste ich nicht mal die Namen. Jede von ihnen war nichts weiter als eine günstige Gelegenheit, um etwas Druck abzulassen. Doch bei dir ist es anders, Darling – *du* bist anders."

Nicht sicher, was er mir gerade zu sagen versucht, sehe ich ihn einfach nur an.

Seine Dominanz ist auf eine teuflische Art höllisch sexy, doch auch irgendwie einschüchternd.

Zwischen meinen Beinen pocht es sehnsüchtig, mein Puls rast und mich beschleicht das Gefühl, dass dieser Sex mein ganzes Leben verändern wird.

Sein großer Schwanz stupst gegen meine Öffnung. Unglaublich lang, dick und leicht nach oben gebogen, wartet er nur darauf, endlich zuzustoßen.

Ich sammle meinen Mut und drücke mich ihm entgegen.

Er packt mich an den Knien, reißt sie weit auseinander und legt sich auf mich. Das kratzende Geräusch, das seine über meine Schulter reibenden Bartstoppeln auslösen, lässt mich erschaudern.

Meinen Nacken mit unzähligen Küssen übersäend, vergräbt er seine Faust in meinen Haaren. Mit belegter Stimme raunt er mir ins Ohr, dass ich nach Erdbeeren rieche und dass er mich am liebsten auffressen würde. Um seinen Worten mehr Nachdruck zu verleihen, lässt er einen Schwanz durch meine Spalte gleiten und beißt mir ins Ohrläppchen. Landon verführt mich, er bringt mich dazu mich ihm völlig zu öffnen und meine gewohnte Scheu zu überwinden.

„Ich will dich, Landon."

„Und ich will dich, Darling."

Die dicke Wulst seines Gliedes drückt sich in mich, ich stöhne gequält auf. Sein Schwanz ist einfach so verdammt groß!

Allein die wenigen Zentimeter, die er in mir steckt, dehnen mich so sehr, dass ich kaum noch Luft bekomme.

„Oh Gott, du zerreißt mich!"

Keuchend versuche ich ihm auszuweichen, doch Landon hält mich bestimmend fest.

„Du schaffst das. Halt still."

Seine Muskeln zucken, seine Erektion gleitet noch ein bisschen tiefer in mich.

„Bereit?"

Er wartet nicht auf meine Antwort, sondern pinnt mir einen Kuss auf den Mund und stößt mit aller Kraft zu. Die Wucht, mit der er sich in mich rammt, lässt mein Bett knarzen und bringt mich zum Schreien.

Es fühlt sich einfach unglaublich und unbeschreiblich an, ihn komplett in mich aufgenommen zu haben. Sein Schwanz ist so lang, dass ich nicht spüren kann, wo er endet und ich anfange. Für einen kurzen Moment gelingt es ihm stillzuhalten, damit ich mich an ihn gewöhnen kann. Ich spüre deutlich, wie viel Kraft es ihn kostet, nicht sofort in einen harten und tiefen Rhythmus zu verfallen.

„Atme Baby, atme ..."

Mit seiner großen Hand bedeckt er meinen Bauch, so als würde er spüren wollen, wie tief er in mir steckt. Mein Inneres zuckt, sein raues Stöhnen übertönt mein leises Seufzen.

„Du fühlst dich unglaublich an, Darling ..."

Das Herz schlägt mir wummernd gegen die Rippen, der Schmerz wandelt sich in pure Lust, die wie Feuer in mir wütet.

„Bitte Landon ... ich will dich."

Der Ausdruck in seinen Augen verändert sich, wird dunkel und gefährlich.

Ich spanne meinen Unterleib an, fordere ihn so auf sich zu bewegen.

„Sicher, Baby?"

Keine Ahnung.

„Ja!"

Mehr Aufforderung braucht mein Rocker nicht.

Langsam zieht er sich aus mir heraus, nur um einen Atemzug später erneut in mich zu gleiten. Der Rhythmus, mit dem er mich nimmt, ist tief und gnadenlos. Bei jedem Vorstoß werde ich auf der Matratze nach oben geschoben, einzig sein bestimmender Griff hält mich an Ort und Stelle. Japsend schnappe ich nach Luft, halte mich an ihm fest und kneife die Augen zusammen. Mein Inneres ist so gedehnt, dass ich jede Ader und jede Erhebung seiner Erektion spüren kann. Keuchend komme ich ihm entgegen, werde immer aktiver und zeige ihm ihn so, dass er mich noch härter ficken soll.

Wie verbinden uns, verlieren uns ganz in dem Gefühl, eins zu sein. In meinem Unterleib beginnt ein Funkenregen, es fühlt sich an, als würde ich fliegen und zugleich explodieren wie eine Silvesterrakete. Meine Zehenspitzen rollen sich ein, meine Beine zittern.

Der Druck, der sich in meinem Bauch aufgebaut hat, entlädt sich mit einem Schlag. Der Orgasmus, der mich gleich einer Feuerwalze überrollt, lässt meine Synapsen durchbrennen. Ich schreie, presse mich ihm entgegen und fordere noch mehr.

Das ist einfach nur wow!

Völlig enthemmt stößt er sich immer fester in mich, verliert die Kontrolle und faucht bei jedem Atemzug. Ein letztes Mal rammt er sich bis zum Anschlag in mich und verharrt dann reglos in dieser Position. Landon brüllt und lässt den Kopf in den Nacken fallen. Etwas Warmes flutet mein Inneres und mir wird klar, dass wir nicht an die Verhütung gedacht haben.

Wir sehen uns an und ich versuche, das gerade eben Erlebte zu begreifen.

Keiner von uns findet die richtigen Worte, um zu beschreiben, was da gerade zwischen uns passiert ist. Ich traue mich kaum zu atmen. Ohne meinen Blick freizugeben, beugt er sich zu mir, streicht mir liebevoll eine Strähne aus dem Gesicht und küsst mich zärtlich, während er langsam aus mir gleitet.

Am liebsten hätte ich ihn noch für eine Weile in mir behalten.

„Alles okay bei dir, Darling?"

Wenn ich das nur wüsste.

Es fühlt sich so an, als hätte er meine Welt aus den Angeln gehoben – als hätte sich die Erdanziehungskraft verschoben und als wären die Pole geschmolzen.

Dieser Fick hat mich in meine Einzelteile zerlegt, und jetzt liegt es an mir, mich wieder zusammenzusetzen. Gibt es überhaupt Worte, um den Zustand, in dem ich mich gerade befinde, zu beschreiben? Als Journalistin bin ich gut darin, Dinge und Emotionen zu beschreiben, doch das, was Landon mit mir angestellt hat, ist einfach nicht in Worte zu fassen. Meine Nervenenden vibrieren noch immer vor Anspannung, mein Hirn fühlt sich an, als wäre es aus Zuckerwatte und in meinem Unterleib pulsiert und pocht es wie verrückt.

„Darling?"

Sorge spiegelt sich in den Tiefen seiner grünen Augen, mein Herz zieht sich zusammen und in meinem Brustkorb breitet sich ein verdächtiges Prickeln aus.

„Das war magisch ..."

Seine Mundwinkel zucken.

„Damit hätten wir also geklärt, dass du mit mir mitkommst."

„Also war das nur eine körperliche Fortsetzung unserer Diskussion?"

Den Kopf schüttelnd, streicht er mit seinen Lippen über meine Stirn.

„Nein Süße, das war der Anfang von etwas Neuem."

Hoffnung breitet sich in mir aus. Ich traue mich gar nicht darüber nachzudenken, was genau er damit meint. Im Grunde genommen ist es auch egal, was auch immer das zwischen ihm und mir ist, es fühlt sich unglaublich gut an und das ist alles, was im Augenblick zählt.

„Ich komme nur unter einer Voraussetzung mit dir mit.“

Siegessicher richtet er sich auf, verschränkt die Arme vor der Brust und sieht mich herausfordernd an.

„Und die wäre?“

„Dass du das wieder mit mir tust. Wieder und wieder ... und immer wieder.“

Sein raues Lachen hallt von den Wänden wider.

„Das sind aber ziemlich viele *wieder.*“

Stimmt.

„Fühlst du dich der Aufgabe etwa nicht gewachsen?“

Seine Augen blitzen belustigt.

„Zweifelst du etwa erneut an meiner Potenz?“

„Vielleicht.“

Knurrend lässt er sich auf mich fallen, küsst mich stürmisch und drückt seinen Schwanz gegen meine nasse und pulsierende Mitte. Unsere Blicke begegnen sich, ich kann spüren, wie er erneut hart wird.

„Noch mal?“

Landon nickt.

„Yeah Darling. Wieder und wieder ...“

Lachend ziehe ich ihn zu mir herab und schiebe meine Zunge tief in seinen Hals.

Ich glaube, *wieder* ist gerade zu meinem neuen Lieblingswort geworden.

8. Kapitel

No Name

Zufrieden beobachte ich Bianca dabei, wie sie aus dem Bett steigt, sich die Haare aus der Stirn streicht und mich unsicher anlächelt.

Gott, ist dieses Mädchen schön ...

Nicht zum ersten Mal frage ich mich, ob ich in den vergangenen Jahren blind gewesen bin? Wie konnte mir nicht auffallen, wie besonders Zoes Freundin ist.

Bianca unterscheidet sich zu 100 Prozent von den Frauen, mit denen ich sonst meine Zeit verbringe. Sie ist anmutig, intelligent, stur, zickig, zielstrebig und extrem sexy.

Allein die Tatsache, dass sie sich von dem Überfall nicht unterkriegen lässt, ist ein Beweis ihrer inneren Stärke und zugleich ein Problem für mich. Jetzt, wo ich sie gefickt, geküsst und in den Armen gehalten habe, will ich sie nicht einfach nur beschützen, weil Joker es mir befohlen hat, sondern weil ich Bianca für mich will.

Was das alles zu bedeuten hat und inwieweit ich mein Leben verändern muss, damit Bianca sich darin wohlfühlt, kann ich im Augenblick noch nicht abschätzen, aber das ist auch nicht nötig.

Wir haben genug Zeit, um das geregelt zu kriegen. Ich will nichts überstürzen, aber ich werde meine Süße definitiv nicht so schnell wieder frei geben.

„Du hast es geschafft, Biker. Ich werde nie wieder an deiner Standhaftigkeit zweifeln."

„Schade. Ich wäre durchaus bereit, sie dir erneut zu beweisen."

Eine leichte Röte steigt ihr in die Wangen. Kichernd dreht sie sich um und verschwindet im angrenzenden Badezimmer.

Gerade als ich aufstehen und mein Handy suchen will, zerreißt ein lauter Schrei die Stille. *Zur Hölle!* Erschrocken springe ich auf, renne zu der verschlossenen Türe und trete sie, ohne zu zögern, ein. Die Scharniere geben sofort nach, sodass ich eine Sekunde später erkennen kann, was Bianca so in Panik versetzt hat. Keine Ahnung, womit ich gerechnet habe, vielleicht damit, dass sich der Bastard, der es auf sie abgesehen hat, hinter dem Duschvorhang versteckt hat, aber garantiert nicht mit dem Anblick, der sich mir jetzt bietet. Alles ist voller Blut – Rattenblut. Es ist widerlich. Ich bin ja einiges gewohnt, aber das lässt sogar mich sauer aufstoßen. Im Waschbecken liegen mehrere der toten Nager, die Wände sind blutverschmiert und auf dem Boden liegen Dutzende abgetrennte Schwänze.

Ein abgeschnittener Rattenkopf wurde mit einem silbernen Messer an die Wand gepinnt. Und mitten in dieser Sauerei steht heulend und zitternd mein nacktes Mädchen.

Fuck! Fuck! Fuck! Die kleinen dunklen Augen des toten Nagetiers starren direkt in unsere Richtung. Wer auch immer für diese Scheiße verantwortlich ist, dafür wird er sterben.

„Siehst du das, Landon?"

Biancas Frage überrascht mich.

Wie zur Hölle sollte ich das nicht sehen?

Anstatt ihr zu antworten, befehle ich ihr, zurück ins Schlafzimmer zu gehen. Doch sie reagiert nicht, sondern steht einfach nur wie versteinert da und starrt auf den Rattenkopf. Fluchend packe ich sie mir, hebe sie hoch, schaffe sie zurück ins Schlafzimmer und setze mich mit ihr auf dem Schoß auf das Bett.

Bianca zittert am ganzen Leib, immer mehr Tränen rinnen ihr über das Gesicht. Die postkoitale Zufriedenheit, die sie eben noch ausgestrahlt hat, ist verschwunden.

Jetzt ist sie wieder genauso verängstigt und entsetzt wie in der Nacht des Angriffs.

Eine eiskalte Wut breitet sich in mir aus. Ich werde den Verantwortlichen finden und ihm höchstpersönlich den Kopf abschlagen!

Es ärgert mich, dass ich mir vorhin nicht die Mühe gemacht habe, das Bad zu checken. *Aber verdammt!* Woher hätte ich wissen sollen, dass sich der Wichser so eine kranke Scheiße einfallen lässt?

„Hast du das Messer gesehen?"

Ich nicke.

„Ja."

Sie sieht mich aus ihren großen braunen Augen an.

„Es ist dasselbe wie das, das der Angreifer in der Straße bei sich hatte."

Das dachte ich mir schon.

Mit einer Hand reibe ich beruhigend über ihren Rücken, die andere balle ich zur Faust.

Es wird Zeit, auf die Jagd zu gehen. Es wird Zeit, Informationen zu sammeln und unsere Quellen anzuzapfen. Ich finde diesen Wichser und wenn es das Letzte ist, was ich tue.

„Beruhig dich, Darling. Ich bin da und passe auf dich auf!"

Schniefend presst sie ihr Gesicht an meinen Hals und schlingt die Arme um meinen Nacken. Ihre Tränen tropfen auf meine Schulter, jede einzelne von ihnen fühlt sich an wie ein Dolchstoß. Schweigend schwöre ich mir, diese Frau mit meinem Leben zu beschützen.

„Danke, dass du nicht auf mich gehört und mich nicht alleine hiergelassen hast.“

Nicht sicher, was ich darauf erwidern soll, bleibe ich einfach sitzen, halte sie fest und plane gedanklich meinen nächsten Mord. Diese Rattenaktion hat diese Sache hier verdammt schnell verdammt persönlich werden lassen.

Es ist kein Wunder, dass Bianca so entsetzt ist, welche Frau wäre das nicht?!

Die Minuten vergehen, nach und nach beruhigt sie sich wieder etwas.

„Diese Ratten sollen eine Warnung sein, stimmt's?“

„Ja, ich denke schon.“

Ein Schauer lässt ihren schmalen Körper erbeben, ich kann regelrecht spüren, wie sie plötzlich eiskalt wird.

„Und was haben das Messer und der abgetrennte Kopf zu bedeuten? Hat er das etwa mit mir vor?“

Ihre Worte sind vor Furcht immer leiser geworden, sodass ich sie zum Schluss kaum noch verstehen kann.

„Was er vorhat, spielt keine Rolle.“

Überrascht sieht sie mich an.

„Nein?“

„Nein, Darling! Ich werde den Typen finden und kaltmachen. Wenn du willst, serviere ich dir *seinen* Kopf auf einem verdammten Silbertablett!“

Entsetzen flackert in ihren Iriden auf. Das war wohl zu deutlich. Ich darf nicht vergessen, dass Bianca nicht aus meiner Welt stammt und dass sie keine Ahnung hat, wozu meine Brüder und ich fähig sind.

„Meinst du das ernst? Also das mit dem Tablett?“

Da ich nicht will, dass sie sich auch noch vor mir fürchtet, mildere ich meine Aussage etwas ab.

„Natürlich nicht. Das war nur so eine Redewendung.“

Dank meiner Notlüge kuschelt sie sich erleichtert an mich ran.

Bullshit! Ich habe das absolut ernst gemeint, so ernst wie nur irgend möglich. Ich werde mit dem Wichser dasselbe machen, was er mit den Ratten angestellt hat: zerstückeln, den Schwanz abscheiden und den Kopf abhacken.

Bianca seufzt.

„Gott bin ich froh, dass ich meinen Laptop am Bahnhof in eines der Schließfächer gesperrt und alle meine Recherchen in der Cloud gespeichert habe. Wer auch immer da war, er hätte zwar alles zerstören, aber nicht meine Arbeit vernichten können."

Das mit ihrer Arbeit werde ich auch noch irgendwie unterbinden müssen. Die Sache, an der sie da dran ist, ist einfach zu gefährlich.

Unruhig beginnt sie auf meinen Beinen hin und her zu rutschen.

„Ich will hier weg. Kannst du mich wieder zu Zoe bringen?"

„Nein. Ich bringe dich zwar zurück zum Club, aber nicht zu Zoe, sondern zu mir. Natürlich kannst du deine Freundin treffen, aber schlafen wirst du in meinem Bett!"

Überraschung und etwas, das verdächtig nach Ärger aussieht, blitzt in ihren verheulten Augen auf.

„Du bist ein Schwein! Wie kannst du jetzt nur an Sex denken?"

An Sex? Bianca hat mich offensichtlich missverstanden!

Entschlossen, ihr klarzumachen, wie das zukünftig zwischen uns beiden ablaufen wird, packe ich sie am Kinn und zwinge sie so, mich direkt anzusehen.

„Hier geht es nicht ums Ficken. Es geht darum, welche Message ich dem Club sende. Wenn ich dich zurückbringe und du wieder bei Joker einziehst, dann bist du für den Club nichts weiter als die Freundin der First Lady. Wenn ich dich aber mit zu mir nehme, in mein Bett stecke, du auf meinem Bike sitzt und meinen Bissabdruck am Hals hast, ist klar, was da läuft. Jeder wird sofort wissen, dass du tabu bist und dass ich dich für mich beansprucht habe. Alle werden erkennen, dass du mir gehörst, dem Vizepräsidenten der Sons und dich mit dem gebührenden Respekt behandeln."

Unzählige Gefühle huschen über ihr Gesicht. Am Anfang bin ich mir nicht sicher, ob sie kapiert hat, was zur Hölle ich ihr da gerade angeboten habe, ihre nächste Frage zeigt mir jedoch, dass sie die Tragweite des Ganzen sehr wohl versteht.

„Und du bist dir sicher, dass du so weit gehen willst, Landon?"

Sicher? Fuck nein! Aber ich weiß, dass ich das tun muss. Ich weiß, dass ich Bianca will, alles andere ist nebensächlich. Joker wird mir seine Pistole auf die Brust setzen und mir befehlen, die Finger von der besten Freundin seiner Lady zu lassen, aber das kann er vergessen. Ich wollte Bianca schon, bevor ich bis zu den Eiern in ihr gesteckt bin. Aber jetzt? Jetzt will ich sie nicht nur, ich brauche sie.

Dieser Fick hat mich Dinge fühlen lassen, die mir bisher fremd waren, Dinge, die ich wieder spüren will, Dinge, die das Potential haben, mich süchtig zu machen ...

9. Kapitel

Bianca

Ich bin noch immer durcheinander. Keine Ahnung, was meine Gefühlswelt mehr auf den Kopf gestellt hat. Der Sex, die Ratten, das viele Blut, der Umstand, dass sich tatsächlich jemand in mein Apartment geschlichen hat, Landons Angebot, die Geschwindigkeit, mit der sich die Sache zwischen diesem Rocker und mir entwickelt, oder die Tatsache, dass ich alleine in der Wohnung des Vizepräsidenten des *Sons of Silence Motorcycle Clubs* sitze und auf das große Bett starre, in dem ich von nun an schlafen werde.

Lieber Gott, was passiert hier mit mir?

Es fühlt sich ein bisschen so an, als hätte irgendjemand die Kontrolle über mein Leben übernommen und würde darüber ein total irres Buch schreiben, in dem es um eine zickige Journalistin, einen gesetzlosen Outlaw Biker und ein paar böse Politiker geht, die sich an dem Leid der Gesellschaft bereichern.

An sich könnte das echt ein Besteller werden, den ich wahrscheinlich auch gerne lesen würde, aber na ja, das bedeutet noch lange nicht, dass ich damit einverstanden bin, dass ich die Hauptprotagonistin in diesem ganzen Chaos bin.

Keine Ahnung, wie lange ich hier schon sitze und versuche meine Gedanken zu ordnen. Ein paar Minuten oder vielleicht auch Stunden? Ich weiß es wirklich nicht. Was ich jedoch mit absoluter Sicherheit weiß, ist, dass die Zeiten, in denen Landon mich wie Luft behandelt hat, endgültig vorbei sind. Dieser Rocker überschüttet mich geradezu mit Aufmerksamkeit und der Sex ... *Bämm!*

Der ist der absolute Wahnsinn. Bis jetzt habe ich nicht mit vielen Kerlen geschlafen, also habe ich nicht sonderlich viele Vergleichsmöglichkeiten, trotzdem kann ich mit ziemlicher Sicherheit behaupten, dass dieser Biker ein Gott im Bett ist.

Und erst sein Schwanz. *Halleluja!* Endlich kapiere ich, wo der Begriff *‚Die einäugige Schlange'* herkommt. Seinen Penis einfach nur als Körperteil zu beschreiben, wäre eine maßlose Untertreibung.

Ihn in mir aufzunehmen war nicht leicht. Ich bin wund und trotzdem fühlt es sich gut an ...

Dank der *Warnung* in meinem Badezimmer war ich so durcheinander, dass ich nicht genug Zeit hatte, um das, was da zwischen uns passiert ist, zu analysieren. Selbst jetzt, wo ich einfach nur hier sitze und vor mich hinstarre, gelingt es mir nicht, aus dem

Passierten schlau zu werden. Vielleicht muss ich das auch gar nicht, vielleicht sollte ich endlich lernen, die Dinge einfach auf mich zukommen zu lassen.

Ein Klopfen ertönt an der Türe, da das nicht meine Wohnung ist, habe ich keine Ahnung, ob ich sie aufmachen soll. Erst als ich Zoes Stimme höre, reagiere ich und mache mich auf den Weg in den Flur.

Kaum dass ich meine Freundin reingelassen habe, zieht sie mich auch schon in eine feste Umarmung.

„Oh Gott, Süße, das tut mir alles so leid für dich!"

Zoe führt mich ins Wohnzimmer und drückt mich auf die schwarze Ledercouch.

„Wie geht es dir?"

Eine gute Frage.

„Ist es schlimm, wenn ich das nicht genau weiß?"

Sie schüttelt entschieden den Kopf und mustert mich gründlich.

„Nein, ist es nicht. Verrätst du mir trotzdem, was zwischen dir und unserem No Name abläuft?"

Mit wem?

„Von wem sprichst du?"

Lachend schlägt sie sich gegen die Stirn.

„Na, von Landon. Wusstest du nicht, dass er von den meisten hier nur No Name genannt wird?"

Das ist mir völlig neu.

„Nein, das wusste ich nicht. Warum No Name, er hat doch einen Namen?"

Zoe seufzt und setzt sich gemütlicher hin.

„Ich vergesse immer, dass du den MC die letzten Jahre gehasst hast und für dich das alles absolut neu ist."

Danke für den Seitenhieb.

„Dir ist doch sicherlich aufgefallen, dass die Member alle Straßennamen haben, also Namen, die durch bestimmte Charaktereigenschaften oder Vorfälle entstanden sind. Cube heißt wegen seiner Tattoos so, Jagger wird wegen der Spielkarte mit dem Narren Joker genannt und so weiter ... Landon hingegen hat keinen solchen Namen, und darum haben sich alle einen Spaß daraus gemacht und ihn einfach No Name genannt, und so ist mit der Zeit aus einem Witz heraus ein Straßenname entstanden."

Interessant!

„Mister No Name, irgendwie passt das sogar zu Landon."

Sie nickt.

„Ja, finde ich auch. Erzählst du mir jetzt, was da zwischen euch abgeht?"
„Was abgeht, wie du es nennst, weiß ich selber nicht. Aber ich kann dir sagen, dass wir Sex hatten. Heißen, wilden und weltenverändernden Sex."
Unsicher, wie sie reagieren wird, zucke ich überrascht zusammen, als sie auf einmal begeistert zu klatschen beginnt.
„Das wurde aber auch Zeit."
Echt?
„Ich finde, das alles passiert viel zu schnell."
„Daran musst du dich gewöhnen, Rocker sind so. Bei denen geht alles schnell. Wenn sie sich erst einmal entschieden haben, wird nicht mehr gezögert, sondern sofort gehandelt."
Gut zu wissen.
„Daran muss ich mich wohl gewöhnen."
„Du sitzt jetzt in seiner Wohnung und nicht in meiner! Und ein fetter Bissabdruck ziert deine Kehle!"
Sie grinst verschwörerisch.
„Ich könnte dir jetzt sagen, dass er dich will wie die Katze die Maus und dass du in seine Falle getappt bist. Aber das spare ich mir, weil du mir mit hundertprozentiger Sicherheit sagen würdest, dass es bei euch ganz anders ist und dass ich mich täusche, also lasse ich es und sehe gespannt dabei zu, wie es dir ganz von alleine klar wird."
Pure Schadenfreude schwingt in ihren Worten mit.
„Wie mir was klar wird?"
„Na, dass du gerade auf dem besten Weg zu einem Ladyleder bist."
Scheiße, auf gar keinen Fall!
„Nein! Oh nein! Niemals trage ich so eine hässliche Kutte, die mich als das Eigentum von irgendeinem Macho ausweist. Das kannst du vergessen."
Sie lacht, reibt sich über den Bauch und sieht mich einfach nur amüsiert an. Zoe ist sich sicher, dass sie recht hat – und ich werde ihr beweisen, dass sie ich täuscht.
Nur wie?
Irgendwie spricht alles für ihre Theorie. Mist!
„Magst du mir sagen, was in deinem Badezimmer war? Landon hat was von Ratten, Messern und Blut erzählt."
Ich erzähle es ihr, gehe auf jedes Detail ein und fange zu meinem Unmut erneut an zu heulen. Schluchzend wische ich mir die Tränen aus dem Gesicht und versuche stark zu sein.

„Du musst dir keine Sorgen machen, Süße. Landon lässt nicht zu, dass dir was passiert. Genau jetzt, in diesem Moment, sitzen unsere Männer in Jaggers Büro und besprechen ihre Vorgehensweise. Ich wette mit dir, dass in einer Woche alles vorbei ist und wir über das Geschehene lachen können."

Das glaube ich weniger.

„Keine Chance, ich brauche ja noch Wochen, bis ich den Artikel endlich fertig habe. Bis jetzt habe ich keine stichhaltigen Beweise. Solange ich nur Indizien vorzeigen kann, wird sich keine Zeitung trauen, meine Story zu drucken."

Pures Entsetzen zeichnet sich auf Zoes Gesichtszügen ab.

„Bist du bescheuert, Bianca? Willst du sterben, oder was? Hast du denn nichts aus der vergangenen Woche gelernt? Diese Senatoren – diese Geschichte ist eine Nummer zu groß für dich!"

Wütend stehe ich auf.

„Du kennst mich. Du weißt, dass ich nicht aufhören kann! Wenn ich das tue, dann haben die gewonnen. Das kann ich unter keinen Umständen zulassen!"

Zoe erhebt sich ebenfalls.

„Wenn du weitermachst, werden sie dir einen Killer auf den Hals schicken. Kapierst du das denn nicht?"

Das ist mir leider schmerzlich bewusst. Doch trotz meiner Angst kann und will ich nicht aufgeben.

„Es geht nicht um den Artikel oder um mich! Es geht darum, dass die giftigen Medikamente einfach weiterverkauft werden, wenn ich diesen Skandal nicht aufdecke. Hunderte, ja tausende Menschen könnten an den Nebenwirkungen sterben." Ich deute auf ihren Bauch. „Kinder könnten sterben. Wie soll ich mit diesem Wissen einfach weitermachen und so tun, als ob ich von nichts wüsste?"

Darauf hat selbst Zoe keine Antwort.

„Ich verstehe deine Beweggründe, aber trotzdem kann ich es nicht gutheißen, dass du dein Leben riskierst!"

Mit diesen Worten dreht sie sich um und lässt mich stehen.

Kurz bevor sie die Wohnungstür erreicht, dreht sie sich noch mal zu mir um. „Ich freue mich für dich und Landon. Ehrlich!"

Dann verschwindet sie und lässt mich allein.

Was für eine Scheiße!

Vielleicht war es ein Fehler, Landon meine Aufzeichnungen zu geben. Aber ich dachte mir, dass ich es ihm und dem Club schuldig bin, mit offenen Karten zu spielen. Außerdem hoffe ich, dass mir der MC hilft, wenn er erfahren hat, was ich bis jetzt herausgefunden habe.

Nach dem Einbruch in mein Apartment bin ich doppelt froh, dass ich alle meine Recherchen in der Cloud gespeichert und mein Notebook in einem Schließfach am Bahnhof deponiert hatte.

Erschöpft lege ich mich auf die Couch, schließe die Augen und kämpfe gegen das immer schmerzhafter werdende Pochen hinter meinen Schläfen an.

Gott, bin ich froh, wenn das alles durchgestanden ist ...

10. Kapitel

No Name

In den letzten fünf Stunden haben meine Brüder und ich Biancas komplette Aufzeichnungen gesichtet, sind alle Möglichkeiten durchgegangen und haben einstimmig beschlossen, dass wir auf gar keinen Fall zulassen können, dass sie weiterhin an dieser Story arbeitet. Die Scheiße, die da abläuft, ist heftig und sie muss gestoppt werden – aber auf unsere Art.

Ein Zeitungsartikel ist gut, wenn es um gestohlene Katzenbabys geht, aber nicht, wenn zwei Senatoren und ein Pharmakonzern gefährliche Medikamente verkaufen.

Dearing und Shoemaker sind gierige, geldgeile Wichser, die durch meine Hand sterben werden. Jetzt müssen wir nur noch unsere Vorgehensweise klären.

Mason redet die ganze Zeit davon, einfach alle in die Luft zu jagen, seine bevorzugte Problemlösung hat grundsätzlich mit jeder Menge TNT zu tun. Jacob hingegen rät uns, bedacht vorzugehen. Als unser Sergeant ist es seine Pflicht, alle Für und Wider abzuwägen und im Sinne des Clubs zu entscheiden. Joker und ich hingegen sind für eine möglichst schnelle Lösung. Es juckt mich in den Fingern loszuziehen, Dearing und Shoemaker einen Besuch abzustatten und die Bastarde einfach abzuknallen.

Ein Schuss – eine Kugel – fertig ist die Sache.

Das Problem ist nur, dass das noch immer nicht den Verkauf der dreckigen Pillen verhindert. Aber da würde die Idee unseres Enforcers perfekt passen. Wenn wir den Hauptsitz des Konzerns in die Luft jagen, würde die Produktion sicherlich fürs Erste gestoppt werden. Cube ist ein Ass, wenn es darum geht Computer zu hacken, Viren zu streuen und Informationen im Netz zu verteilen, die nicht auf ihren Ursprung zurückverfolgbar sind. Wenn er es schafft, die Ergebnisse von Biancas Arbeit an die Öffentlichkeit gelangen zu lassen, würde sich die Gefahr für mein Mädchen deutlich minimieren.

Wenn alle Bescheid wissen, gibt es keinen Grund mehr, Bianca zum Schweigen zu bringen. Das Problem an der Sache ist nur die Sache an sich. Bianca ist nicht meine Lady und die Aktion beinhaltet verdammt viele Risiken für jeden Einzelnen von uns und für den Club.

„Bist du dir sicher, dass das Mädchen diesen ganzen Ärger wert ist?"

Jacob sieht mich prüfend an, mir ist klar, dass alle Anwesenden gespannt auf meine Antwort warten. Jetzt liegt es an mir.

Je nachdem wie ich die nächsten Worte formuliere, werden sich *die First 9*, also die neun ranghöchsten Member unseres Clubs entweder für die Aktion oder gegen sie entscheiden.

„Es geht nicht nur um das Mädchen. Wobei kein Zweifel daran besteht, dass es mir gehören und somit zu einer Lady der Sons werden wird. Es geht darum, dass diese Stadt uns gehört, wir haben eine Verantwortung, die wir nicht verleugnen dürfen. Ihr alle habt Menschen, die ihr liebt, unser Präs wird Vater – jeder von uns hat viel zu verlieren. Ohne Bianca wüssten wir nichts von diesen schädlichen Medikamenten, jeder von uns hätte sie zu sich nehmen und an den Nebenwirkungen sterben können. Das hier ist eine Scheiße von unglaublichem Ausmaß und wir sind mächtig genug, das alles zu stoppen."

Meine Worte verhallen, eine tödliche Stille breitet sich in Jokers Büro aus. Mason ist der Erste, der das Wort ergreift.

„Unser No Name und eine Lady? Wer hätte das gedacht."

Es war so klar, dass er damit anfangen würde. Jacob lacht, Joker flucht und steht auf. Sogleich sehen ihn alle erwartungsvoll an. Jetzt hängt es von ihm ab. Er ist der Präsident. Als unser Anführer wiegt seine Meinung am schwersten. Nervös beobachte ich, wie er tief Luft holt, die Fäuste ballt und sich mit ihnen auf der abgewetzten Holzplatte des Tisches, an dem alle wichtigen Entscheidungen getroffen werden, abstützt.

„Lasst uns diese Bastarde kaltmachen, lasst uns den Laden in die Luft jagen!" Er macht eine kurze Pause, sieht jedem von uns der Reihe nach tief in die Augen. „Der *Sons of Silence Motorcycle Club* fürchtet sich weder vor Senatoren noch vor Konzernen. Sons Forever – Forever Sons!"

Zusammen mit meinen Brüdern springe ich auf die Füße, recke meine Fäuste in die Höhe und brülle voller Inbrunst den Slogan unseres Motorcycle Clubs: „Sons Forever – Forever Sons!"

Die Entscheidung ist gefallen, es wird Krieg geben, nur dass unsere Gegner nicht wissen, was ihnen bevorsteht und wir den Teufel tun werden, sie zu warnen. Ehe die Bastarde kapieren, wie ihnen geschieht, liegen sie tot am Boden und ihre kriminellen Machenschaften gehören der Vergangenheit an.

Bloody Hell!

Ich kann es kaum erwarten!

Die nächste Woche vergeht wie im Flug. Vorbereitungen werden getroffen, TNT bestellt und die Gewohnheiten von Dearing und Shoemaker ausgekundschaftet.

Jeder Son weiß, was er zu tun hat, erfüllt seine Aufgaben und trägt somit dazu bei, dass der finale Knall in immer greifbarere Nähe rückt.

Joker und ich haben beschlossen, unsere Frauen im Unklaren zu lassen. Sie müssen nicht wissen, was wir planen, es hat keinen Sinn, dass sie sich Sorgen um etwas machen, das unausweichlich ist.

Mit jeder weiteren Nacht, die ich mit Bianca verbringe, in der ich sie ficke und beim Einschlafen in den Armen halte, verstärkt sich mein Entschluss, ihr mein Leder anzuziehen. Diese Frau gehört mir!

Sie weiß es zwar noch nicht, aber für sie gibt es kein Entkommen mehr. Was für eine verrückte Wendung.

Die zickige Journalistin und ich – das Schicksal nimmt manchmal schon seltsame Wege.

Obwohl Cube all seine Kontakte angezapft hat, um herauszufinden, wer den Auftrag angenommen und Bianca überfallen hat, fehlt von dem Arschloch mit der Vorliebe für Ratten jede Spur. So sehr mich das auch ärgert, weiß ich, dass ich mich nur in Geduld üben muss.

Früher oder später werde ich erfahren, wer es auf mein Mädchen abgesehen hat, und dann werde ich keine Gnade kennen. Bis es so weit ist, hat Bianca die Anweisung bekommen, das Clubgelände nicht zu verlassen. Dank der Tatsache, dass sie, was unsere Pläne angeht, völlig unwissend ist, arbeitet sie täglich an ihrem Artikel, recherchiert im Internet und tippt tausende von Wörtern. Ich halte sie nicht davon ab, sondern freue mich darüber, dass sie abgelenkt und beschäftigt ist und somit nichts von dem Geschehen um sie herum mitbekommt.

Bei Zoe sieht es da anders aus, sie ahnt längst, dass da etwas im Verborgenen stattfindet. Erst nachdem ich ihr auf meine Kutte geschworen habe, dass ich nicht zulassen werde, dass Bianca sich noch mehr in Gefahr bringt, ist sie ruhiger geworden und stellt nicht mehr halb so viele Fragen wie zuvor, sondern konzentriert sich ganz darauf, sämtliche Onlineshops leer zu kaufen und Dutzende Babysachen zu bestellen. Sie nennt das *"einen natürlichen Nestbautrieb"*, was Joker nur amüsiert mit den Schultern zucken lässt.

Ihm ist es egal, wie viel Geld sie ausgibt, Hauptsache sie bleibt innerhalb der Mauer, die unseren Club vor der Außenwelt abschirmt, regt sich nicht auf und ist glücklich.

Und plötzlich, eine weitere Woche später, ist es dann so weit – der Tag der Abrechnung ist gekommen!

Mason und Cube haben gut zwei Dutzend TNT-Päckchen geschnürt, den Bauplan des Gebäudes, in dem sich der Hauptsitz des Pharmakonzerns befindet, studiert und die strategisch günstigsten Platzierungspunkte herausgesucht. Wenn alles so läuft wie geplant, werden sich die Nachrichtensender morgen vor Sensationsgier überschlagen und über eine schwere Explosion und den Tod zweier Senatoren berichten.

Es wird eine spannende und ereignisreiche Nacht werden!

Während sich Cube und Mason schon vor Stunden auf den Weg zu dem knapp 60 Meilen entfernten Konzern gemacht haben, bereiten Joker und ich uns nun ebenfalls langsam für den Aufbruch vor.

Jacob begleitet uns. Neben der Glock in meinem Hosenbund trage ich drei Messer und eine weitere Knarre am Körper.

Meine Satteltaschen sind voller Munition, der Schalldämpfer liegt obenauf. Von Bianca habe ich mich längst verabschiedet. Unser letzter Kuss war bittersüß und viel zu kurz. Obwohl ich ihr nichts gesagt habe und sie keine Ahnung hat, was ich heute Nacht tun werde, hat sie meine wachsende Unruhe gespürt und mich angefleht, vorsichtig zu sein und unversehrt zu ihr zurückzukommen.

Es ist eine völlig neue Erfahrung für mich, dass es jemanden gibt, der sich Sorgen um mich macht.

Die Anspannung in mir wächst. Auf meinem Bike sitzend, zünde ich mir eine Kippe an, beobachte Joker dabei, wie er seine letzten Vorkehrungen trifft, und unterhalte mich mit Jacob über die Route, die wie nehmen werden. Wir haben uns für diese Nacht entschieden, weil wir herausgefunden haben, dass sich Dearing und Shoemaker in wenigen Stunden auf einer Yacht im Hafen von Everett treffen.

Was wirklich sehr praktisch für uns ist.

Wie hat Mason es so treffend formuliert?

Die Beute betritt freiwillig das Revier der Jäger.

Everett gehört uns, der Hafen gehört uns und die meisten Cops stehen auf unserer Gehaltsliste. *Fuck!* Das alles ist fast schon zu leicht. Wollen wir hoffen, dass alles wirklich so unkompliziert ist, wie es den Anschein hat.

„Seid ihr fertig, Brüder?"

Jokers Frage reißt mich aus meinen Überlegungen.

„Aber so was von. Mein Zeigefinger liegt praktisch schon auf dem Abzug."

Jacob lacht, schüttelt den Kopf und startet seine Harley.

Ich tue es ihm nach, schnippe meine Kippe auf den Boden und reihe mich hinter meinem Präsidenten ein.

Von hier zum Hafen brauchen wir keine Viertelstunde.

Die Yacht, auf der das Treffen stattfinden soll, heißt ‚*Rainbow*', wir finden sie auf Anhieb. Zwischen den unzähligen kleinen Segelbooten sticht das luxuriöse Monster regelrecht hervor.

Wir parken unsere Bikes am Pier und steigen ab. Nur um sicherzugehen, checke ich nun schon zum zweiten Mal meine Waffe und warte darauf, dass Joker und Jacob ebenfalls bereit sind. Die Ungeduld in meinem Inneren erreicht einen neuen Höhepunkt.

Wenn alles nach Plan läuft, braucht es nur zwei Kugeln, um für die Sicherheit meines Mädchens und für eine bessere Welt zu sorgen.

Es geht hier nicht darum, dass ich mich als Gutmensch darstellen will, ich weiß, dass ich zu den Bösen gehöre. Aber das, was diese zwei Senatoren da treiben, ist noch mal eine ganz andere Nummer.

Wie hat Zoe es vor langer Zeit mal so treffend formuliert?

Nur das Böse kann das Böse bekämpfen.

Da kann ich ihr nur zustimmen. Nur Raubtiere fressen Raubtiere, so ist das seit Anbeginn der Zeit und so ist es auch heute Nacht.

„Yeah, endlich mal wieder Action. Fuck! Seit die Scheiße mit der Cosa Nostra erledigt ist, ist es viel zu ruhig geworden."

Amüsiert sehe ich unseren Sergeant-at-Arms an.

„Du weißt aber schon, dass das erst ein paar Monate her ist?"

Er nickt ernst.

„Ein paar Monate zu viel. Eines muss man der sizilianischen Mafia lassen, mit ihnen war es nie langweilig."

Joker lacht, entsichert seine Knarre und sieht uns abwartend an.

„Wollt ihr noch länger in Erinnerungen schwelgen oder ein paar Arschlöcher abknallen?"

Was für eine überflüssige Frage.

„Ich bin bereit, wenn ihr es seid."

Jacob stimmt mir zu – endlich geht es los!

Mit großen Schritten nähern wir uns der Yacht. Ich habe mit ein paar privaten Sicherheitsleuten gerechnet, doch selbst so weit haben Dearing und Shoemaker nicht gedacht. Die beiden sind naiver, als ich dachte. Sie ahnen nicht, welchen Feind sie sich in den letzten Wochen geschaffen haben. *Und Fuck! Das ist gut ...*

Schließlich haben wir alles in unserer Macht Stehende getan, um dafür zu sorgen, dass die Herren Senatoren nicht mitbekommen, dass die Journalistin, auf die sie es abgesehen haben, nun ein Teil unseres Clubs ist.

Ich habe dafür gesorgt, dass Bianca spurlos verschwunden ist. Jemand, der nach ihr gesucht hat, musste glauben, dass sie vom Erdboden verschluckt wurde.

Vielleicht ist das auch der Grund, aus dem sich Dearing und Shoemaker so sicher fühlen, vielleicht denken sie, dass der bezahlte Übergriff auf sie ausgereicht hat, um Bianca in die Flucht zu schlagen und zum Aufgeben zu zwingen.

Solche Idioten!

Da kennen sie mein stures und wunderschönes Mädchen aber schlecht. Einzig der Wichser, der sie überfallen hat, könnte wissen, dass sie unter dem Schutz der Sons steht, aber der wäre natürlich schön blöd, wenn er sein Versagen seinen Auftraggebern gegenüber eingestanden hätte.

„Ich sehe keine Wachen?"

Jacobs gedämpfte Stimme vermischt sich mit dem leisen Plätschern des Wassers.

„Was nicht da ist, muss nicht eliminiert werden."

Joker betritt als Erster die Yacht. Mit gezogener Waffe checkt er die Umgebung und gibt uns mit einem leisen Pfiff zu verstehen, dass wir ihm folgen sollen.

Unter meinen Füßen wankt es, ich hatte vergessen, wie sehr ich Schiffe hasse.

Im Inneren des Bootes brennt Licht. Unser Präsident geht voran, wir folgen ihm. An einer offen stehenden Türe angekommen, habe ich endlich freie Sicht auf unsere Zielpersonen. Die zwei Senatoren sitzen in hellbraunen Chesterfieldsesseln, trinken goldenen Whisky und stapeln grüne Scheine.

Sie scheinen allein zu sein.

„Ich wollte schon immer mal wissen, wie reiche Wichser ihre Zeit verbringen. Ungefähr so hatte ich mir das auch vorgestellt. Während andere Menschen an den nicht ausreichend getesteten Medikamenten sterben, sitzen diese zwei Dreckschweine da und geilen sich an ihrem Vermögen auf. Ich könnte kotzen!"

Da geht es unserem Sergeant wie mir.

„Wenn du willst, überlasse ich dir den ersten Schuss!"

„Wie überaus nett von dir, VP!"

„Tja, so bin ich halt."

Jokers amüsiertes Lachen verwandelt sich blitzschnell in einen wütenden Fluch, als Jacob ohne Absprache mit gezogener Waffe ins Innere der Yacht stürmt und Dearing ohne Vorwarnung oder überhaupt auch nur ein Wort zu sagen mehrmals in den Kopf schießt.

Das Ploppen des Schalldämpfers verhallt, Blut spritzt und jede Menge gelbliche Hirnmasse verteilt sich auf den Oberflächen des mit Tropenholz ausgestatteten Raums. Alles ist voller Knochensplitter und Haaren – selbst die tausende von Dollars, die neben einer Geldzählmaschine und Dutzenden von Gummiringen auf dem Glastisch liegen.

„Da war es nur noch einer!“

Meine Feststellung bringt mir einen ärgerlichen Blick von Joker ein.

„Warum, zum Teufel noch mal, haben wir Jacob mitgenommen?“

Hmmm...

„Weil er unser Sergeant ist?“

„Könnte sein. Irgendwie schießt mir grade das Wort *Fehlbesetzung* durch den Kopf.“

Jacob dreht sich genervt zu uns um.

„Boss, reg dich ab! Ich habe gerade die Hälfte der Arbeit erledigt. Ich finde, ein Lob wäre jetzt angemessener als diese ewige Kritik.“

Die Diskussion ausblendend, konzentriere ich mich auf das noch verbleibende Stück Scheiße, das wie erstarrt auf dem Sessel sitzt und mich aus großen fassungslos wirkenden Augen anstarrt.

„Was wollt ihr? Was soll das? Wisst ihr überhaupt, wer ich bin?“

Hach wie geil, auf diesen Satz habe ich ja schon gewartet.

„Sie sind Senator Shoemaker.“

Der fette Sack nickt zufrieden und steht, in dem verzweifelten Versuch etwas Autorität auszustrahlen, auf.

Ich erkenne den Augenblick, in dem er meine Kutte bemerkt. Pures Entsetzen zeichnet sich schlagartig auf seinen Gesichtszügen ab.

Jokers Handy klingelt, ich höre, wie er rangeht. Wenn ich seine wenigen Worte richtig deute, waren Cube und Mason erfolgreich – das läuft ja wie geschmiert.

„Was soll das? Was haben Sie auf meiner Yacht zu suchen?“

Echt jetzt? Direkt neben ihm liegt die kopflose Leiche seines Freundes und er hat keine bessere Frage zu stellen?

„Wir sind nicht hier, um etwas zu suchen, sondern um jemanden zu töten!“

Jokers Stimme klingt eiskalt und völlig gefühllos.

Er ist genau wie ich ein Killer durch und durch!

Shoemaker plustert sich auf wie ein Gockel und stemmt die Hände in die Hüften.

„Ja, das sehe ich. Für diesen Mord werde ich euren Club zerstören.“

Witzig!

Und ich dachte immer, Senatoren haben diplomatisches Geschick.

„Es ist nicht besonders schlau, einem bewaffneten Son zu drohen, schon gar nicht, wenn man selber keine Knarre in der Hand hält."
Shoemaker wendet sich Jacob zu.
„Als Senator habe ich weit bessere Waffen als einfache Pistolen."
„Und die wären?"
„Macht, Einfluss, Geld!"
Echt jetzt?
„Die helfen Ihnen in diesem Moment auch nicht."
Vor Zorn blähen sich die Nasenlöcher des Politikers.
Einer Eingebung nachgebend, ziehe ich meine zweite Knarre, entsichere sie und werfe sie Shoemaker zu. Der fängt sie überrascht auf und sieht mich irritiert an.
„Was soll das jetzt für ein Spielchen sein?"
„Kein Spiel, ich will Ihnen nur klarmachen, dass Sie nicht die geringste Chance gegen mich haben. Egal ob mit oder ohne Waffe."
Es dauert einen Moment, bis der Senator reagiert, den Finger auf den Abzug legt und auf mich zielt. Mein Puls bleibt ruhig, ich fühle nichts, als ich blitzschnell den Arm hochschnellen lasse und ihm in die Hand schieße. Schreiend lässt er die Beretta fallen und betrachtet seine am Boden liegenden Finger.
„Tja, Rocker schießen schneller ..."
Bevor der Senator sich bewegen, reagieren oder antworten kann, mischt Joker sich in das Gespräch ein.
„Schluss mit dem Bullshit, Landon, die Uhr tickt. Bring es zu Ende."
Ich nicke, genieße den Moment der Rache und sehe den noch immer völlig entsetzten Shoemaker direkt an. Er hält seine verkrüppelte Hand fest und starrt auf das viele Blut, das vor seinen Füßen eine Pfütze gebildet hat.
„Sagt Ihnen der Name Bianca Freeman etwas?"
Es dauert einen Moment, bis seine Augen verstehend aufblitzen.
„Die kleine Journalistin?"
Ich nicke zustimmend und deute mit dem Lauf meiner Glock auf den Stapel Geld.
„Sind das die Dollars, die Sie für ihre Zusammenarbeit mit Nulartis bekommen haben?"
Er zieht es vor zu schweigen, was sein gutes Recht ist.
„Was halten Sie davon, wenn ich Ihnen einen Vorschlag mache? Sie nennen mir den Namen des Wichsers, den Sie angeheuert haben, um mein Mädchen zu überfallen, und ich gewähre Ihnen das Geschenk eines schnellen Todes."

Jacob schnaubt abfällig, es war ja klar, dass ihm dieser Deal nicht gefällt. Ich würde Shoemaker auch viel lieber leiden lassen.
Doch Biancas Sicherheit steht für mich an erster Stelle. Joker versteht das, er lehnt sich geduldig an den Türrahmen und behält die Umgebung im Auge.
„Ich sage Ihnen, was Sie hören wollen, wenn Sie mich gehen lassen."
Irgendwie hat er seine Optionen nicht so ganz verstanden.
Nett wie ich bin, erläutere ich dem Herrn Senator noch mal seine Möglichkeiten.
„Das mit dem Sterben ist nicht verhandelbar. Sondern nur die Art und Weise!"
Die Tatsache, dass ihm schlagartig sämtliche Farbe aus dem Gesicht weicht, verrät mir, dass er langsam kapiert, dass er ein toter Mann ist.
„Ich habe Geld. Viel Geld! Nennen Sie mir eine Summe und ich bezahle sie. Ich mache Sie zu einem reichen Mann."
Jacob grunzt, steckt seine Waffe weg, schnappt sich das mit Körperflüssigkeiten vollgespritzte Geld und steckt es sich in die Taschen.
„Geld bedeutet mir nicht viel. Rache schon. Nennen Sie mir den Namen und es wird schnell gehen. Ich verspreche Ihnen, Sie werden die nächste Kugel nicht mal kommen sehen!"
Er beginnt sich panisch umzuschauen, sucht nach einer Fluchtmöglichkeit. Meine eh schon angespannten Nerven werden langsam aber sicher überstrapaziert. Fluchend ziele ich auf seine Kniescheibe und drücke ab. Der Schalldämpfer ploppt, der Senator schreit und Joker grinst zufrieden.
Die Sekunden verstreichen, mir fehlt immer noch der Name, die zweite Kniescheibe erleidet dasselbe Schicksal wie die erste.
„Das mit dem schnell und schmerzlos war wohl nichts für sie? Was?"
Shoemaker funkelt mich wütend an und presst entschlossen die Lippen aufeinander.
Seine Entscheidung.
Kugel für Kugel verziere ich seinen fetten Körper mit Einschusslöchern. Ich lasse mir Zeit und passe auf, dass ich weder die Lunge noch das Herz treffe. Erst als ich beim letzten Schuss angekommen bin, mache ich eine kurze Pause, atme tief ein und lasse meinen Zeigefinger ein letztes Mal zucken. Die Kugel durchschlägt seinen Schädel mühelos, trotzdem fühlt es sich nicht an wie ein Sieg, denn den Namen hat er mir nicht genannt.
„Was ein sturer Drecksack!"

Jacob spuckt auf die Leiche, boxt mir anerkennend gegen die Schulter und geht zurück zu seinem Bike.

Er ist hier fertig – ich bin es auch. Joker stellt sich neben mich, betrachtet meine Arbeit und flucht.

„Mach dir keine Gedanken, Bro. Wir finden den Typen und dann endet er wie diese zwei Arschlöcher hier."

Da ich weiß, dass er recht hat, folge ich ihm zurück an Land und zünde mir, als ich *endlich* wieder festen Boden unter den Füßen habe, eine Kippe an.

„Es ist erledigt, Brüder! Mason und Cube waren ebenfalls erfolgreich. Die Sons haben gewonnen. Wie immer!"

Obwohl es mich freut, dass unser Plan so reibungslos funktioniert hat, kann ich persönlich diese Sache erst als Sieg verbuchen, wenn der Typ, der meine Frau geschlagen hat, ebenfalls kopflos in seiner eigenen Pisse liegt.

Mehr oder weniger zufrieden, steige ich auf meine Harley und sehe zur Yacht.

Mir fällt auf, dass Jagger auf seine typische Signatur verzichtet hat.

„Heute kein Joker, Präsident?"

„Nein! Bei toten Senatoren hinterlässt man keine Visitenkarten."

Durchaus logisch. Diese Aktion wird hohe Wellen schlagen. Vor allem, wenn es uns gelungen ist, Biancas Recherchen im Netz zu verbreiten, womit wir gleich morgen anfangen werden.

Jacob startet mit einem Tritt seine Maschine, Joker und ich tun es ihm nach.

Wenige Minuten später haben wir den Hafen hinter uns gelassen und alles, woran ich noch denken kann, ist, mir mein Mädchen zu packen, es zu küssen und mich bis zu den Eiern in ihrer engen Pussy zu vergraben. Ich will Bianca spüren, schmecken und in Besitz nehmen. Wieder und wieder, es soll niemals enden!

Meine Sucht nach dieser Frau erreicht immer neue Dimensionen, wenn das so weitergeht, kann ich bald nicht mehr ohne sie leben ...

11. Kapitel

Bianca

Schlaftrunken drehe ich mich auf die Seite, winkle ein Bein an und seufze leise.

Es ist schon sehr merkwürdig.

Jahrelang habe ich alleine geschlafen, es war für mich ganz normal, allein in einem Bett zu liegen, aber jetzt, wo Landon nicht da ist, fühlt es sich schrecklich an. Ich habe zu viel Platz, mir fehlt seine Nähe und das beruhigende Geräusch seiner gleichmäßigen Atemzüge.

Ganz davon abgesehen bin ich es mittlerweile gewöhnt, in seinen Armen zu liegen. Fluchend wechsle ich zum tausendsten Mal die Position, strample mir die Decke von den Füßen, starre die Zimmerdecke an und frage mich, wo sich mein Rocker nun schon wieder rumtreibt.

Das letzte Mal, als er die ganze Nacht weg gewesen ist, kam er mit guter Laune, aber unheimlich wirkenden Augen nach Hause und als ich am nächsten Tag den Fernseher eingeschaltet habe, wurde davon berichtet, dass der Hauptsitz des Pharmakonzerns Nulartis explodiert ist. Bis jetzt wurde nur bekannt gegeben, dass Brandstiftung nicht ausgeschlossen werden kann, alles andere ist geheime Ermittlungssache.

Doch was mich fast von der Couch fallen lassen hat, war das, worüber die Nachrichtensprecherin im Anschluss geredet hat.

Die Schlagzeile, in der es darum ging, dass zwei Senatoren in einer Yacht im Hafen von Everett auf brutalste Weise ermordet wurden, hat mich sprachlos gemacht. Vor Glück, vor Staunen und vor Unglauben. Trotz aller Ermittlungen konnten noch keine Verdächtigen genannt werden. *Äußerst interessant …*

Wann immer ich Landon darauf angesprochen habe, hat er es weder zugegeben noch abgestritten, er hat mich jedes Mal einfach gepackt, mich beinahe besinnungslos geküsst und mir gesagt, dass ich endlich in Sicherheit bin. Was für mich einem Eingeständnis gleich kommt.

Da hatte das liebe Karma garantiert Hilfe von ein paar Kutten tragenden Motorradfanatikern. Ich bin nicht dumm.

Ich weiß genau, dass der *Sons of Silence Motorcycle Club* hinter den Morden und der Explosion steckt und ich weiß auch, warum der MC das alles getan hat. Um mir zu helfen und um mich aus der Schusslinie zu bekommen. Als Jagger mich am nächsten Tag zu einem Gespräch in sein Büro gerufen und mich um die Erlaubnis gebeten hat, meine

Rechercheergebnisse anonym ins Netz stellen zu dürfen, habe ich, ohne zu zögern, ja gesagt.

Zum einen, weil ich wirklich Angst vor der Veröffentlichung des Artikels hatte und zum anderen, weil ich wollte, dass die Welt auf dem schnellsten Weg erfährt, was Dearing, Shoemaker und die Bosse von Nulartis für Arschlöcher sind.

Nicht nur mein Leben hat sich in den vergangenen Wochen von Grund auf verändert, sondern auch ich bin zu einer anderen Frau geworden.

Zu einer, die es liebt, Motorrad zu fahren, die süchtig nach dem Geruch von Leder und Waffenöl geworden ist und die sich angewöhnt hat, lauthals zu fluchen.

Es hat Jahre gedauert, bis ich die Rocker und ihren Club lieben gelernt habe, aber jetzt, wo es so ist, kann ich mir nicht vorstellen, die Sons und ihren Vizepräsidenten jemals wieder zu verlassen.

Ich habe mein Herz an einen Outlaw verloren, der von seinen Brüdern No Name genannt wird und der zum Mittelpunkt meiner Welt geworden ist.

Epilog

No Name

Irgendwie enttäuscht beobachte ich einen Typen dabei, wie er im Schein der Straßenlaterne ein paar Getränkekisten auf die Ladefläche eines ziemlich abgefuckten Pick-ups hievt.

Der Mann sieht, genau wie das Auto, alt, fertig und kaputt aus.

„Bist du dir sicher, dass er das ist? Ich habe keinen Bock, den Falschen zu töten!"

Cube lacht, zündet sich eine Zigarette an und nickt.

„Aye, bin ich. Das ist Daniel Harsen, das Arschloch, das dein Mädchen verfolgt und verprügelt hat. Er ist in ihr Apartment eingebrochen und hat dort das Messer und die Ratten deponiert."

Ungläubig reibe ich mir über die Stirn.

„Jeglicher Zweifel ausgeschlossen?"

„Ja, Bro. Herrgott, wo ist dein Problem?"

Ich kann verstehen, dass er genervt ist, aber scheiße!

Irgendwie hatte ich mit einem guten Kampf und einer Herausforderung gerechnet. Den Bastard da zu erledigen, ist eine meiner leichtesten Übungen.

„Mein Problem ist, dass ich irgendwie mehr erwartet habe."

Das Wissen, dass Bianca beinahe von einem Kerl wie dem da umgebracht wurde, macht mich unsagbar wütend. Während sie keine Chance gegen ihn hatte, werde ich mich nicht mal anstrengen müssen, um seinen Kopf von den Schultern abzutrennen.

Das ist doch bescheuert!

Sobald dieser Harsen erledigt ist, werde ich meiner Lady zeigen, wie sie sich zukünftig selbst verteidigen kann. Nicht dass das irgendwie nötig ist, schließlich habe nicht vor, sie jemals wieder aus den Augen zu lassen, aber es kann definitiv nicht schaden.

„Selber schuld, VP. Erfahrungsgemäß sind Männer, die Frauen verprügeln, klein, schwach und feige. Falls du auf einen echten Gegner gehofft hast, war das schön blöd."

Ja, das erkenne ich jetzt auch.

„Hast du es dabei?"

Wortlos reicht Cube mir das Messer, mit dem der Rattenkopf in Biancas Badezimmer an der Wand befestigt war.

„Danke."

„Gern geschehen. Ich muss zugeben, es juckt mich in den Fingern, den Wichser selbst kaltzumachen."

Das kann er vergessen.
„Sorry, bei dieser halben Portion brauche ich garantiert keine Hilfe."
Er zuckt mit den Schultern.
„Macht nichts, dann fungiere ich eben als Zuschauer."
„Alles klar, dann mach dich bereit. Denn die Show beginnt in 3...2...1... Jetzt!"
Nicht bereit, noch mehr meiner kostbaren Zeit an diesen Daniel Harsen zu verschwenden, überquere ich die Straße, packe besagtes Arschloch am Genick und zerre es zurück in die Richtung, aus der ich gerade gekommen bin.
Die Straße habe ich mir bewusst ausgesucht. Sie ist dunkel, abgelegen, dreckig und voller Müll. Also der perfekte Ort, um diesen Wichser ins Jenseits zu befördern. Ich will, dass seine Leiche zwischen Ratten und Unrat gefunden wird.
Er flucht, tritt um sich und versucht, sich loszureißen, doch er hat keine Chance. Wie auch. Er ist gut einen Kopf kleiner, bedeutend älter und nicht annähernd so muskulös wie ich.
„Hey, was soll das? Lass mich sofort los!"
Seine Stimme klingt verängstigt, er riecht nach Alkohol und Pisse.
Ich tue ihm den Gefallen, lasse ihn los und befördere ihn mit einem kraftvollen Tritt vor mir auf den Boden.
Stöhnend fällt er auf die Schulter, dreht sich auf den Rücken und sieht mich entsetzt an.
„Warum tut ihr das?"
Gute Frage? Ob Bianca ihm dieselbe gestellt hat?
Während Cube gelangweilt die Augen verdreht, strecke ich die Hand mit dem Messer aus, sodass der Wichser die Chance hat, sein Eigentum zu erkennen.
„Kommt dir das bekannt vor?"
Ich kann an seinem Blick erkennen, dass er weiß, dass es seins ist.
„Äh, Nein ...Nein ... Wirklich ... Noch nie gesehen!"
Fluchend postiere ich meinen Stiefel zwischen seinen Beinen, drücke zu und quetsche so seine Eier zwischen meinem Schuh und der Straße ein. Er jault, kreischt und heult wie ein Mädchen.
„Wenn du schon dein Messer nicht erkennst, erinnerst du dich ja vielleicht zumindest an eine Frau Namens Bianca."
Panisch huschen seine Augen hin und her. Er sucht nach einer Fluchtmöglichkeit, hofft auf jemanden, der ihm zur Hilfe kommen kann.
Ich stelle mir vor, dass es Bianca ähnlich ging.

Die Wut, die daraufhin meine Adern flutet, ist mit nichts, was ich jemals empfunden habe, zu vergleichen.

Von Zorn getrieben, lasse ich den Arm vorschnellen, presse die scharfe Klinge des Messers in seine Schulter und ziehe sie nach unten.

Sein gequälter Schrei verschafft mir Genugtuung.

„Was ist, klingelt es da bei dir? Sie hat blonde Haare und ist so schön wie ein Engel."

Cube grunzt zustimmend, während sich Daniel Harsens Blut auf der Straße verteilt.

„Ja, ich erinnere mich. Sie war ein Auftrag, es war nichts Persönliches!"

Na also, ich ziehe das Messer zurück und stelle mich wieder aufrecht hin.

„Ich hab dir doch gleich gesagt, dass er es ist, Bro."

Zufrieden sehe ich zu Cube.

„Tut mir leid, dass ich an dir gezweifelt habe."

„Das sollte es auch."

Harsen versucht, sich aufzurichten, mühelos drücke ich ihn wieder nach unten. Ich erinnere mich an die Frage, die Bianca mir in der Nacht des Überfalls gestellt hat, vielleicht ist jetzt der Zeitpunkt für die Antwort gekommen.

„Als du ihr aufgelauert hast, hattest du dieses Messer dabei. Warum hast du es nicht benutzt?"

Das Arschloch sieht mich überrascht an.

Als er nichts sagt, steche ich ein weiteres Mal zu, dieses Mal in den Oberschenkel, was ihn sofort zum Reden bringt.

„Ich wollte es, aber ich bin nicht mehr dazu gekommen. Ich habe mir zu viel Zeit gelassen und die Schlampe hat mich getreten, also musste ich sie schlagen. Gerade als ich ihr das Gesicht aufritzen wollte, ist ein Motorrad in die Straße gebogen und ich bin abgehauen."

Das Motorrad war ich, und ich bin wohl gerade rechtzeitig gekommen.

Zu hören, wie dieser Wichser die Frau, die ich liebe, Schlampe nennt, wie er darüber spricht, dass er sie geschlagen hat und dass er sie mit dem Messer verletzen wollte, stellt komische Dinge mit mir an. Plötzlich ist es mir nicht mehr wichtig, ihm den Kopf abzuschneiden oder ihn möglichst lange leiden zu lassen, alles, was zählt, ist, möglichst schnell fertig zu werden und zu meiner Süßen zurückzukommen.

Das Wissen, dass sie in meiner Wohnung auf mich wartet, ist besser als alle Rache dieser Welt zusammengenommen!

„Ich will, dass du weißt, warum ich hier bin, warum ich über dir stehe und dir in weniger als zehn Sekunden die Kehle aufschneide. Ich tue das, weil die Frau, die du verletzt hast, mir gehört. Ich tue das, weil sie unter meinem Schutz steht und weil alle Bastarde, die ihr zu nahe kommen, von mir den Tod geschenkt bekommen. Ich hoffe, du hast dich anständig bezahlen lassen, ich hoffe, das war es wert ..."

Keine Ahnung, ob er es noch schafft, das Gehörte zu verstehen. Denn noch bevor meine Worte verklungen sind, rinnt mir auch schon sein Blut über die Finger. Sein Röcheln hallt von den Hausmauern wider. Ich sehe ihm die ganze Zeit über direkt in die Augen, beobachte, wie sämtliches Leben aus seinem Blick weicht und lasse das Messer auf seine ausgestreckten Beine fallen.

„Lass uns gehen, Bro. Wir sind hier fertig!"

Als Cube sich nicht bewegt, drehe ich mich um und ziehe fragend eine Augenbraue in die Höhe.

„Was ist los? Kommst du?"

Er schnippt seine Kippe auf den Boden und setzt sich in Bewegung.

„Fuck, Alter. Ich hoffe, dass du niemals auf mich wütend bist!"

„Solange du meine Lady mit Respekt behandelst, hast du nichts zu befürchten!"

Grinsend zieht er seine Mundwinkel nach oben.

„Alles klar. Ich werde es mir merken."

Das ist gut für ihn.

Das sollte sich jeder merken, denn wenn es um Bianca geht, kenne ich keine Gnade. Dieses Mädchen ist meine Sonne, sie ist mein Mond und meine Sterne und ich werde alles in meiner Macht Stehende tun, um sie zu beschützen und für immer an mich zu binden ...

Rocker kämpfen härter

1. Kapitel

Mason

Wieder und wieder schlage ich zu, ramme meine Fäuste in den Sandsack und verarbeite so einen Teil der Aggressionen, die sich in den vergangenen neun Monaten in mir aufgestaut haben.

Es war nicht das erste Mal, dass ich im Knast war, und es wird garantiert auch nicht das letzte Mal gewesen sein.

Das Leben, für das ich mich vor über zehn Jahren entschieden habe, ist hart, voller Gewalt und spielt auf der anderen Seite des Gesetzes.

Als Enforcer des *Sons of Silence Motorcycle Clubs* gehört es zu meinem Aufgabengebiet, Knochen zu brechen, Körperteile abzutrennen und zu töten.

Ich spreche keine Warnungen aus, das überlasse ich Jagger, meinem Präsidenten. Bevor ich meinen *Kunden* einen Besuch abstatte, hatten sie im Normalfall schon ein Treffen mit ihm. Es hat seinen Grund, warum er von allen nur *der Joker* genannt wird.

Stehst du auf seiner Liste, schuldest du dem Club Geld oder bist bei den Sons in Ungnade gefallen, findest du unter Garantie eine Spielkarte, auf der der Joker abgebildet ist.

Wenn das der Fall ist, bleiben dir genau zwei Möglichkeiten: Entweder du läufst um dein Leben, verwischst deine Spuren und versteckst dich in irgendeinem Erdloch jenseits der mexikanischen Grenze und lässt dich nie wieder blicken oder aber du versuchst alles, um dich mit uns wieder gut zu stellen. Die Chance, dass dir das gelingt, steht im Normalfall schlecht, aber *fuck!*

Jeder hat mal Glück. Wenn ich aber erst mal den Auftrag erhalten habe, dich zu suchen, in den Club zu bringen oder zu töten – dann gibt es kein Entkommen mehr. Das Blut, die Gewalt und die Unausweichlichkeit des Todes gehören zu meinem Alltag.

Ich brauche das alles ...

Die Dämonen in meinem Inneren sehnen sich nach den verzweifelten Schreien meiner Opfer.

Die vergangenen 275 Tage habe ich in einer 4x4 Meter großen Zelle verbracht. Mittlerweile kenne ich alle Wärter und sie kennen mich, was auch der Grund ist, warum ich in einer Einzelzelle saß und keinen Hofgang hatte. Ich habe meine Zeit damit verbracht, die verdreckten Wände anzustarren, meine Atemzüge zu zählen und mir vorzustellen, was ich, sobald ich zurück in Everett und in meinem Club bin, tun werde.

Jetzt bin ich zurück und bin seit fünf Uhr heute früh ein freier Mensch.

Man sollte meinen, diese Scheiße würde irgendwann mal zur Gewohnheit werden, aber so ist es nicht.

Die Schritte raus aus der Zelle, vorbei an den Zäunen, unter den Wachtürmen entlang bis nach draußen auf die Straße sind besser als Sex.

Nichts fühlt sich so verschissen gut an, wie den blauen Himmel anzustarren und den Staub unter meinen Füßen zu spüren. Dieses Hochgefühl hält die erste Stunde an, dann folgt das Tief.

Die Tatsache, dass die Welt nicht auf einen gewartet, sondern sich weitergedreht hat, schlägt jedes Mal wie eine Bombe ein und quetscht einem die Luft aus der Lunge. Während ich eingesessen habe, ist Jagger Vater geworden und Landon, unser Vizepräsident, hat seiner Zicke ein Ladyleder angezogen.

Bei allen meinen Brüdern geht es stetig vorwärts, nur ich trete auf der Stelle. Ich komme mir vor wie ein Hamster in einem Laufrad.

Ich renne und renne – komme jedoch nicht voran. *Fuck off!*

Wieder und wieder schlage ich zu, ignoriere meine aufgeplatzten Fingerknöchel und das Blut, das aus den Wunden läuft.

Der Schmerz in meinen Armen, das Brennen in meinen Schultern und der Schweiß, der mir über die Stirn rinnt – das alles ist egal.

Der Sandsack schwingt hin und her, er ist ein geduldiges Opfer. Fleisch und Knochen wären mir lieber, doch im Moment steht niemand auf Jokers Liste, was bedeutet, dass ich mich damit zufriedengeben muss, das Kunstleder zu bearbeiten. Der Karabinerhaken, an dem der Sack mit einem Seil befestigt ist, quietscht. Die Zähne zusammenbeißend hole ich erneut mit aller Kraft aus und schlage zu.

Meine Muskeln zucken vor Anspannung, die Aufhängung löst sich aus der Betondecke und der Boxsack knallt vor meinen Füßen auf den Boden.

Anstatt zu stoppen, beginne ich auf ihn einzutreten, stoße einen wütenden Fluch aus und verbrauche meine restlichen Energiereserven.

Fuck! Fuck! Fuck!

Mir ist bewusst, dass ich kurz vorm Durchdrehen bin, doch ich kann nichts dagegen tun. Das letzte dreiviertel Jahr war ich wie ein Tier eingesperrt – fast wie in Ketten gelegt. Die Zeit im Knast hat jedes Mal dieselbe zerstörerische Wirkung auf mich.

An jedem Tag, den ich in den Gefängnissen dieses Landes verbringe, stirbt ein Teil meiner sozialen Kompetenz.

Nicht dass ich davon jemals viel besessen habe, aber selbst das bisschen, das meine Mutter mir anerzogen hat, ist so gut wie aufgebraucht.

Ich will gar nicht daran denken, wie viele Jahre meines Lebens ich bisher inhaftiert war – zu viele.

Joker taucht neben mir auf, mit einem Bier in der Hand lehnt er sich an die Wand und mustert mich prüfend.

„He Bro, alles okay bei dir?"

Beschissene Frage.

„Logo. Siehst du das nicht?"

Er lacht, schüttelt den Kopf und nippt an der Flasche.

Joker wirkt zufrieden. Warum sollte er es auch nicht sein?

Er hat nicht nur eine wunderschöne Frau und eine süße Tochter, sondern auch das Kommando über den mächtigsten OMC (Outlaw Motorcycle Club) des Landes. Wegen des Präsidenten-Patchs, das die linke Seite seiner Kutte ziert, beneide ich ihn nicht, ich wäre kein guter Anführer, aber was den Rest angeht ...

Bullshit! Das Mädchen, das ich seit geraumer Zeit ficke, heißt Marlen. Am Anfang dachte ich wirklich, dass die Sache zwischen uns Potential hat, aber mittlerweile weiß ich es besser. Sie hat mich kein einziges Mal besucht, sondern stattdessen ihre Beine für meine Brüder gespreizt. Mag sein, dass sie wütend ist, weil ich eingefahren bin, aber *fuck*, es ist ja nicht so, dass ich das geplant hatte.

So beschissen die verlorene Zeit auch ist, es hätte viel schlimmer kommen können. Die Verurteilung wegen illegalen Waffenbesitzes war ein schlechter Witz. Im letzten Jahrzehnt habe ich Dutzende Morde begangen, für die wurde ich allerdings nie bestraft. *Mein Glück!*

Das Gesetz kennt mich als Kenneth Thompson, der Club hingegen hat mich Mason getauft. Diesen Straßennamen habe ich einem David Edwin Mason zu verdanken – einem soziopathischen Serienkiller, der 1993 in der Gaskammer von San Quentin hingerichtet wurde.

Joker und Landon sind sich sicher, dass dieser Killer und ich uns eine schwarze Seele teilen. Vielleicht haben sie mit dieser Vermutung recht. Reue habe ich noch nie gespürt und Gnade habe ich noch nie walten lassen. Das Töten macht mir nichts aus, die Schreie und das Leid meiner Opfer gehen mir nicht nahe.

In einer gerechten Welt wäre ich längst zum Tode verurteilt worden. Doch die Welt ist nicht gerecht, und darum bin ich hier, trete ein letztes Mal auf den Boxsack ein und drehe mich dann zu Jagger um.

„Hast du keine Arbeit für mich, Präs?"

Jagger schweigt, sieht mich einfach nur prüfend an und runzelt die Stirn.

„Du verlierst die Kontrolle, Mason?"

Scheiße! Auf dieses Gespräch kann ich jetzt sehr gut verzichten.

Fluchend schüttle ich die schmerzenden Hände aus, ziehe eine Schachtel Kippen aus der Hosentasche und zünde mir eine Lucky an.

„Ich bin kontrolliert."

Seine Mundwinkel zucken amüsiert, er deutet auf den am Boden liegenden Sack und trinkt erneut von seinem Bier.

„Spar dir dein Getue, Boss. Die Tatsache, dass da kein lebloser Körper, sondern nur ein Boxsack liegt, ist doch der beste Beweis dafür, dass ich mich voll im Griff habe!"

Das scheint er anders zu sehen.

„Du brauchst einen guten Fick, Schlaf, Alkohol und Zeit, um dich wieder einzugewöhnen. Du bist erst seit sechzehn Stunden draußen. Übereile nichts."

Mit einem tiefen Zug rauche ich meine Kippe bis zur Hälfte weg, lege den Kopf in den Nacken und starre an die Decke. *Schlaf*...

Keine Ahnung, wann ich das letzte Mal wirklich geschlafen habe.

Es muss Wochen her sein.

„Was soll das, Joker? Verschweigst du mir etwas? Hast du meinen Posten während meiner Abwesenheit neu besetzt?"

Allein die Vorstellung, dass es so ist, lässt mich beinahe würgen.

Die *Sons of Silence* sind meine Familie, dieser Club ist mein Zuhause – ein anderes habe ich nicht. Ich bin der Enforcer, wenn ich diesen Titel verliere, dann bin ich nichts!

„Laber keinen Schrott. Du weißt, wie es läuft. Während deiner Abwesenheit haben Landon und Jacob deine Aufgaben übernommen. Dein Platz ist dir sicher, niemand macht dir deinen Stuhl am Tisch streitig."

Gut zu wissen ...

Es gibt Dutzende von Sons, aber der enge und wichtige Kern besteht nur aus neun Membern. Die *First Nine* treffen alle wichtigen Entscheidungen und bestimmen die Richtung, die der Club einschlägt. An dem großen Tisch in Jaggers Büro gibt es genau neun Plätze und einer davon gehört mir.

Als Vollstrecker stehe ich zwar immer wieder mal Jacob, dem Sergeant-at-Arms unseres Clubs, zur Seite, doch im Grunde genommen ist es meine Hauptaufgabe, Joker den Rücken zu decken. Zusätzlich wache ich über die Clubdisziplin und fungiere als Security Chief.

Auch bin ich derjenige, der durchs Land geschickt wird, wenn eine Aufgabe anderswo erledigt werden muss.

Zumindest wenn ich nicht gerade in einer 4x4 Meter großen Zelle hocke und lauwarmen Kartoffelbrei esse.

Marlen stolziert in kniehohen Stiefeln und ohne mich eines Blickes zu würdigen, an uns vorbei. Ihre schwarzen Haare reichen ihr bis über die Schulterblätter, bevor ich verurteilt wurde, waren sie ein ganzes Stück kürzer. Der Stofffetzen, der ihr Rock sein soll, endet so knapp über ihrem Arsch, dass sie ihn genauso gut hätte weglassen können.

„Pack dir dein Mädchen und bieg das zwischen euch gerade."

„Keine Ahnung, ob sie noch mein Mädchen ist. Vielleicht war sie das nie."

Mit der Zunge schnalzend stößt er sich von der Wand ab und klopft mir aufmunternd auf die Schulter.

„Na und? Dann fick sie einfach und schick sie weiter. Pussy ist Pussy, deiner Eier müssen doch nach der langen Zeit schon blau sein."

Allerdings. Dunkelblau!

Früher hatten Marlen und ich schon so einige wilde Nächte.

Auch wenn sie eine dumme Bitch ist, ihre Lippen sind der Hammer.

Die letzten Monate habe ich etliche Nächte damit verbracht, mir einen runterzuholen und mir dabei vorzustellen, dass sie vor mir kniet und an meinem Schwanz lutscht.

„Verdammt. Du hast recht, Bro."

Ohne lang darüber nachzudenken, schnippe ich die fertig gerauchte Kippe auf den Boden und folge ihr raus auf den Hof.

Marlen steht auf der anderen Seite des Clubgeländes, direkt neben dem Wachhaus, und unterhält sich mit Sold, unserem neuen Prospect.

Bis jetzt habe ich keine fünf Wörter mit ihm gewechselt, aber er macht den Eindruck, als könnte er das Anwärterjahr tatsächlich durchstehen. Ungeduldig gehe ich zu ihr rüber, packe sie am Handgelenk und schleife sie hinter mir her. Mit einem Quietschen prallt sie gegen meine Schulter und fragt mich, was das werden soll. Anstatt ihr zu antworten, setze ich mich auf eine der freien Bänke, ziehe sie auf meinen Schoß und schiebe eine Hand zwischen ihre Schenkel. Bestimmend drücke ich ihr die Knie auseinander und reibe über die weichen Falten ihrer Muschi.

„Verdammt. Was soll das, Mason?"

Echt jetzt?

Wenn sie das fragen muss, war ich wohl tatsächlich zu lange weg.

„Du bist mein Mädchen. Ich ficke dich."

Sie ziert sich, versucht meine Hand wegzuschieben und flucht erneut, als es nicht klappt.
„Was, wenn ich nicht will?“
Ihr Blick ist herausfordernd und frech, genau dieses Temperament habe ich früher immer so anziehend gefunden, heute hingegen nervt es mich einfach nur.
„Stehst du jetzt auf Bubis? Auf kleine Jungs, die sich ihr Leder erst noch verdienen müssen?“
Ungläubig lachend, ignoriere ich ihre Gegenwehr und stoße mit zwei Fingern tief in ihr enges Loch.
„Ich stehe auf Männer, die da sind, wenn ich sie brauche.“
Fuck! Das war unfair!
„Jetzt bin ich ja da.“
„Und für wie lang? Einen Tag? Eine Woche? Einen Monat?“
Genervt ziehe ich meine Finger zurück und packe sie stattdessen am Kinn.
„Glaubst du allen Ernstes, dass du dich in der Position befindest, mir Vorwürfe zu machen? Wenn ich dem, was man so hört, Glauben schenke, hast du während meiner Abwesenheit genug Schwänze in dir gehabt.“
Marlen holt aus, will mir eine verpassen, aber ich fange ihre Hand mühelos ab.
„Du bist ein Schwein, Mason.“
„Und du eine Schlampe!“
Sie zuckt erschrocken zusammen. Bis jetzt habe ich immer versucht, sie mit Anstand zu behandeln, aber damit ist jetzt Schluss.
„Nenn mich nicht so! Dafür gibt es die Gefängnisklausel. Schon vergessen?“
Es war so klar, dass sie sich auf die beruft.
„Die ist wohl eher für Ladys gedacht. Und für den Fall, dass ihre Männer Jahre einsitzen und nicht lächerliche neun Monate.“
Wütend rammt sie ihren Fuß gegen mein Schienbein.
„Dass ich keine Lady bin, ist deine Schuld. Und jetzt mal ehrlich, deine ganzen Haftstrafen sind ja wohl Jahre, also zusammengenommen zumindest.“
Jep! Der Punkt geht an sie.
Bevor mich die Bullen einkassiert haben, hatte ich echt darüber nachgedacht, Marlen mein Leder anzubieten, aber mittlerweile graust es mich bei der Vorstellung, diese Tussi für immer am Sack zu haben.

Ich bin ein Son, ich brauche meine Freiheit. Ich lebe für fliegende Kugeln, brauche das Gefühl des drohenden Todes im Nacken, um mich so richtig lebendig zu fühlen.

Waffen, Nutten, Bikes, Kämpfe und Kriege – wenn das alles wegfällt, kann ich mir genauso gut 'nen Strick nehmen und mich am nächsten Baum aufhängen. Wenn ich mir also wirklich jemals eine Old Lady nehme, dann nur, wenn ich mir absolut sicher bin, dass diese Frau perfekt auf meine Maschine und auf meinen Schwanz passt.

Joker und Landon haben solche Frauen gefunden.

Eine Tatsache, die mich zum Nachdenken bringt.

Marlen beginnt auf mir herumzurutschen, presst ihren Arsch gegen meine Erektion und grinst fies.

„Du willst mich, Enforcer."

Falsch, ich will nicht sie, nicht das Gesamtpaket, das sie darstellt – zumindest nicht mehr. Sondern nur noch ihre Pussy und das auch nur noch heute Nacht.

Ein Abschiedsfick der guten alten Zeiten wegen.

„Zickst du jetzt die restliche Nacht oder lässt du dich bumsen?"

Sie zieht einen Schmollmund, der mich nur noch härter werden lässt. Marlen tut so, als ob sie über meine Frage erst nachdenken müsste, dabei weiß ich ganz genau, dass sie ja sagen wird. Marlen gehört zu der Art von Mädchen, die harten Sex brauchen und sich an dem Status messen, den der Kerl hat, mit dem sie ficken.

Als Vollstrecker des *Sons of Silence Motorcycle Clubs* passe ich also perfekt in ihr Schema. Marlen muss echt verzweifelt sein, wenn sie sich jetzt schon an den Prospect ranmacht.

„Aber mach es gut, Mason."

Gut? Ich werde sie so hart rannehmen, dass sie mich noch in einer Woche in sich spüren kann. Entschlossen hebe ich sie hoch, trage sie durch den großen Hauptraum des Clubs, nehme mir von der Bar eine Flasche Whisky mit und werfe Marlen in einem der Gästezimmer, die sich im Untergeschoss befinden, auf ein ungemachtes Bett.

„Zieh den Fetzen und das Top aus. Die Schuhe kannst du anlassen."

Entschlossen, den ersten Fick nach neun langen Monaten zu genießen, rücke ich mir den alten Stuhl, der neben der Tür steht, zurecht, setze mich und beobachte, wie Marlen den schwarzen Stretch-Mini nach unten zieht. Von dem Jacky trinkend, lehne ich mich entspannt zurück. Wenige Sekunden später steht sie nur noch mit String und Stiefeln vor mir.

Fuck! Was ein Anblick ...

Ich habe ganz vergessen, wie sexy diese Frau ist.

„Auf die Knie."

Sie zögert kurz, erst als ich mich warnend etwas gerader aufrichte, sinkt sie erstaunlich anmutig vor mir auf den Boden.

Ihre Beine sind leicht gespreizt, sodass ich einen Blick auf die Stelle werfen kann, an dem der rote Tanga versucht, ihre Mitte zu bedecken.

Ich will mir Zeit lassen und nichts übereilen, also gönne ich mir einen weiteren Schluck der goldenen Flüssigkeit.

„Zupf an deinen Nippeln."

Sie tut es, kneift sich in das rote Fleisch, meine Hoden ziehen sich pulsierend zusammen.

„Lass sie wackeln."

Sich in die Unterlippe beißend, beginnt sie ihre prallen Titten zu bewegen.

Marlen weiß genau, wie sehr ich es liebe, ihre Brüste zu ficken und ihr ins Gesicht zu spritzen. An dem erregten Glanz in ihren Augen kann ich erkennen, dass sie es kaum erwarten kann, dass ich sie mir packe.

„Hast du mich vermisst, Enforcer?"

Die Antwort lautet *Nein*. Ich habe es vermisst, an einer Frau zu riechen. Ich habe es vermisst, einen kleinen weichen Körper unter mir zu spüren, in den ich mich stoßen kann und ich habe die Schreie vermisst, die all die Bitches immer dann ausstoßen, wenn ich mich gehen lasse und so richtig hart zustoße. Aber Marlen an sich? Nein!

Im Gegenteil. Die Tage hinter Gittern haben mir klargemacht, dass dieses Mädchen nicht das richtige für mich ist.

„Zieh den String aus und leg dich auf die Matratze, den Arsch nach oben."

So anmutig wie mit den Stiefeln eben möglich, steht sie auf, streift den Stoff nach unten und legt sich wie befohlen auf das Bett.

„Spreiz die Beine. Zeig mir deine Muschi."

Marlen tut sofort, was ich will, ihre Schamlippen öffnen sich, mein Blick fällt auf das runzlige Loch ihres Pos und die feuchten Falten darunter.

Das Paradies ... So sieht das gottverdammte Paradies aus!

Nachdem ich noch einen großen Schluck von dem Whisky genommen habe, stelle ich die Flasche ab, gehe zu ihr und streiche mit der Hand über das feste Fleisch ihres Arschs. Sie erschaudert und ihre Atmung beschleunigt sich.

Langsam streiche ich durch den Spalt ihrer Pobacken bis hinab zu ihrer feuchten Pussy. Heiß und samtweich umfängt ihre Möse meinen

Daumen. Den Finger in sie schiebend, beiße ich die Zähne zusammen und zwinge mich dazu, ruhig zu bleiben.

Ein schneller Sekundenfick wird mir nach der langen Zeit nicht ausreichen.

Den Blick nicht von ihrer zuckenden Spalte abwendend reibe ich mir über den Schritt.

Hart und dick presst sich mein Schwanz gegen den Stoff der Jeans.

Bloody Hell!

Fluchend ziehe ich meinen Finger aus Marlen heraus, packe sie an den Haaren und drücke sie vor mir zu Boden. Sie keucht erschrocken, Unsicherheit flackert in ihren Iriden auf. Jetzt ist sie nicht mehr so vorlaut ...

Ungeduldig öffne ich meinen Gürtel.

Kaum dass ich die Hose nach unten geschoben habe, packt sie sich meine Eier und leckt sich über die Lippen.

Aye, Marlen weiß ganz genau, was ich brauche.

Geschickt massiert sie meine Latte von der Spitze bis zur Wurzel, erhöht den Druck und lässt die Daumenkuppe über den kleinen Schlitz an der Spitze kreisen. Zischend lasse ich den angehaltenen Atem entweichen. *Yeah! Genau das ist es ...*

Mit geballten Fäusten beobachte ich sie dabei, wie sie den Kopf senkt. Ihr heißer Atem streift über meine geschwollene Eichel, ehe sie die Wulst in den Mund saugt.

Nass, eng und verdammt heiß ...

Lutschend und schmatzend sorgt sie dafür, dass sich eine angenehme Leere in meinem Hirn ausbreitet und ich mich nur noch aufs Fühlen konzentriere.

Mit der Zunge spurt sie die Konturen nach, leckt über die Adern, die sich um meinen Schwanz winden. Marlen ist voll auf mich konzentriert, fast so, als könnte sie sich nichts Besseres vorstellen, als genau jetzt vor mir zu knien und mir einen zu blasen.

Sie lässt mich ihre spitzen Zähne spüren, ehe sie mich Stück für Stück in ihre enge Kehle gleiten lässt. Nach und nach erhöht sie den Druck, mit dem sie mich bearbeitet, schwarze Flecken breiten sich in meinem Sichtfeld aus.

„Oh Yes!“

Von Ungeduld getrieben, packe ich mir ihre Haare, wickle sie mir um die Faust und stoße kraftvoll zu. Marlen hatte noch nie ein Problem mit dem Deep Throat.

Sie schluckt tapfer meinen Schwanz. Die einzelne Träne, die ihr aus dem Augenwinkel rinnt, verrät mir jedoch, dass sie zu kämpfen hat.

Trotzdem scheint sie es nicht eilig zu haben. Ihre Atmung stockt, meine Hoden zucken. Die Augen auf ihren Scheitel gepinnt, ramme ich mich wieder und wieder in ihren Mund. Jedes Mal noch ein bisschen tiefer als zuvor. Ich keuche, fluche und beiße die Zähne zusammen.

Entschlossen packe ich sie an der Kehle, drücke leicht zu und spüre so genau, wie weit ich in ihrem Rachen stecke.

Dafür würde ich töten!

Ein heißer Blitz zuckt an meiner Wirbelsäule nach unten, explodiert in meinem Sack und lässt meine Knie weich werden.

Bei allen Sons! Es wird nicht mehr lange dauern, bis ich meinen Saft auf ihre Zunge spritze. Das Wissen, dass sie während meiner Abwesenheit wahrscheinlich genauso vor meinen Brüdern gekniet hat, macht mich wütend. Entschlossen drücke ich sie noch fester auf meinen Schwanz, während ich zeitgleich in einen gnadenlosen Rhythmus verfalle.

Yeah!

Sie keucht gepeinigt auf, immer mehr Speichel rinnt ihr über das Kinn.

Doch anstatt sich gegen meine Grobheit zu wehren, lässt sie sich alles gefallen, was ich mit ihr mache. Und *fuck!* Ich nehme keine Rücksicht auf die Tränen, die sie vergießt.

Der Moment ist so geil, dass ich für einen kurzen Augenblick all den Bullshit, aus dem mein Leben derzeit besteht, vergesse. Knurrend ramme ich mich wieder und wieder in Marlens Kehle und ziehe sie an den Haaren. Erst als ich befürchte, dass sie einfach umkippt, gewähre ich ihr, nett wie ich bin, ein paar Atemzüge.

„Sieh mich an, Mädchen."

Sie tut es. Ihre Wimpern sind verklebt, schwarze Mascararänder haben sich unter ihren Augen gebildet, mein Schwanz ruht auf ihrer Unterlippe.

Was! Ein! Anblick!

Jeder Muskel in mir ist angespannt, meine Beine zucken.

Ohne ihren Blick freizugeben, schiebe ich mich zurück in ihren Mund. Ihre Kehle krampft, doch sie stützt sich ergeben an meinen Oberschenkeln ab.

Fluchend schließe ich die Augen, versuche mich zurückzuhalten und es noch länger hinauszuziehen, doch es klappt nicht. Schub für Schub spritze ich meinen Saft in ihre Kehle.

Marlens Schluckbewegungen massieren alles aus mir heraus.

Für gewöhnlich fühle ich mich nach einem Blowjob entspannt und zufrieden – heute jedoch ... Dieser Kehlenfick reicht mir nicht.

Nicht nach der langen Zeit der Enthaltsamkeit. *What a fuck!*

Kaum dass ich ihre Haare losgelassen habe, weicht sie zurück und wischt sich mit dem Handrücken über die geschwollenen Lippen. Wenn sie glaubt, dass ich jetzt mir ihr fertig bin, täuscht sie sich.

Ich werde sie jetzt so lange ficken, bis ich ein für alle Mal mit ihr fertig bin.

Ungeduldig picke ich sie vom Boden und werfe sie mittig auf das Bett. Sie quietscht erschrocken und dreht sich auf den Rücken. Entschlossen, mir alles zu nehmen, was sie zu bieten hat, umfasse ich ihre Titten und knete das weiche Fleisch.

So tief einatmend, dass es sich anfühlt, als würde meine Lunge platzen, zwinge ich mich dazu, ruhig zu bleiben. Es ist nicht Marlens Schuld, dass ich ihrer überdrüssig bin. Die letzten Monate hatte ich einfach viel zu viel Zeit zum Nachdenken. Dumm nur, dass ich zu keinem endgültigen Ergebnis darüber gekommen bin, was ich nun, wo ich wieder frei bin, mit meinem Leben vorhabe.

Gierig lasse ich meine Finger über ihren Bauch, hinab zwischen ihre Schenkel gleiten. Ihre Muschi ist zwar feucht, doch noch nicht so, wie ich es bevorzuge. Ungeduldig spucke ich mir auf die Hand, schiebe meine Finger in ihre Mitte und verteile meinen Speichel. Keuchend und zuckend beißt sie sich auf die Unterlippe und sieht mich unter gesenkten Lidern an.

Was macht Marlen, wenn ich mit ihr fertig bin?

Versucht sie erneut, bei Sold zu landen, oder wird sie zur Clubhure und besorgt es jedem, der sie will? Ich weiß es nicht und bei allen sieben Höllen, es ist mir so was von scheißegal.

Sie versucht, mir die Kutte von den Schultern zu schieben, ich fange ihre Hände ein und presse sie bestimmend auf die Matratze.

„Was soll das?"

Erschrocken sieht sie mich aus weit aufgerissenen Augen an.

„Ich dachte ..."

„Falsch gedacht. Auf dieses Leder habe ich neun lange Monate verzichten müssen. Ich habe es mehr vermisst als meine Freiheit. Also lass das!"

Marlen nickt unsicher, fasst nach meinem bereits erneut hart werdenden Schwanz und lässt ihre Finger über die komplette Länge gleiten. Gierig lasse ich meinen Blick über ihre Hüfte hinab zu ihrer Mitte huschen. Sofort spreizt sie ihre Beine noch etwas weiter.

Ohne den Blick von ihrer rosa Fotze abzuwenden, fische ich ein Kondom aus der Innentasche meiner Kutte und rolle es über meine Erektion. Tief einatmend bringe ich mich zwischen ihren gespreizten

Knien in Position und stoße mit einem Ruck in ihren bebenden Körper. *Yeah! Yeah! Yeah!*

Zuckend zurrt sich ihr Unterleib um meinen Schwanz zusammen, was sich verteufelt gut anfühlt und mir ein lautes Stöhnen entlockt.

Nicht in der Lage, mich auch nur eine Sekunde länger zurückzuhalten, verliere ich die Kontrolle. Immer wieder treibe ich mich bis zum Anschlag in sie, lasse Marlen meine Kraft spüren und meiner Gewalt freien Lauf.

Ihre Schreie werden immer lauter, ihre Augen rollen nach hinten, sie zittert am ganzen Leib. Eine dünne Schweißschicht überzieht meinen Rücken – *fuck off* – das fühlt sich einfach so verflucht gut an!

Mein Sack zieht sich puckernd zusammen.

Knurrend ficke ich sie noch etwas härter, werfe den Kopf in den Nacken und schreie meine Erlösung gegen die Zimmerdecke.

Ich verkrampfe mich, spritze ab und erschaudere.

Das war nicht schlecht ... ganz und gar nicht schlecht ... verdammt!

Zufrieden ziehe ich mich aus Marlen raus, rolle den Gummi ab und lasse ihn auf den Boden fallen. Sie dreht sich auf den Bauch und sieht mich grinsend an.

„Mhhhh ... das war echt geil!“

Den Gürtel schließend zucke ich mit den Schultern.

„Das war das letzte Mal. Scheiß auf die Gefängnisklausel, du bist frei. Ich will dich nicht mehr.“

Bevor ich abhauen kann, richtet sie sich auf und packt mich am Handgelenk.

„Ich mache diese Scheiße schon zu lange, ich weiß, wie es läuft, Mason. Du bist durcheinander, kannst das jetzt nicht entscheiden. Also lass doch einfach alles beim Alten. Wir passen doch gut zusammen. Oder nicht?“

Von wegen.

„Deshalb hast du mich ja auch so oft besucht. Weil ich dir so am Herzen liege.“

Sie verdreht die Augen.

„Komm schon. So war es nie zwischen uns. Wir hatten Spaß, Gefühle waren nie inklusive.“

Damit hat sie recht. Trotzdem werde ich meine Meinung nicht mehr ändern.

„Aber die Schwänze meiner Brüder waren es schon.“

Langsam scheint sie zu kapieren, dass ich es ernst meine, verunsichert steigt sie aus dem Bett und sieht mich aus großen Augen an.

„Was, wenn ich dir verspreche, dass ich ab jetzt nur dir gehöre, Enforcer. Was dann?“

Verrückt! Dieses Versprechen verdeutlicht mir erst, wie krank unsere Beziehung in Wirklichkeit die ganze Zeit über war.

Zoe zum Beispiel, die Lady von Joker, würde nie auf die Idee kommen, mit einem anderen Typen zu ficken, geschweige denn, sich von jemand anderem als ihm auch nur berühren zu lassen. Zoe weiß, dass sie bis zu ihrem letzten Atemzug ihm gehört.

Bei Landon und Bianca ist das genauso. Selbst wenn unser Vize für zehn Jahre in den Knast müsste, würde Bianca niemals zu einem anderen Mann ins Bett steigen. Die Loyalität und die Treue dieser beiden Frauen imponieren mir. Wenn ich jemals so irre sein werde und mir eine Old Lady nehme, dann werde ich mich nicht mit weniger zufriedengeben. Wenn ich jemals dazu bereit bin, einer Frau mein Leder anzuziehen und sie zu meinem Eigentum zu ernennen, dann will ich alles.

Dieses ganze Zusammen-bis-dass-der-Tod-uns-scheidet-Ding.

Über meine seltsamen Gedanken lachend, reibe ich mir über die Stirn, murmle Marlen zu, dass es zu spät für uns ist, und gehe.

Ich höre sie schluchzen und bin überrascht, dass sie wegen etwas weint, was schon vor langer Zeit seine Bedeutung verloren hat.

2. Kapitel

Sarah

Mitternacht ist längst vorbei, die Uhr in meiner Küche zeigt kurz vor vier an, bis jetzt habe ich keine Sekunde geschlafen. Anstatt in meinem Bett zu liegen, sitze ich mit einem Glas Rotwein in der Hand auf der Fensterbank an meinem Küchenfenster und beobachte, wie sich die Dunkelheit der Nacht nach und nach auflöst und den ersten Orangetönen des neuen Tages Platz macht.

Hinter meinen Schläfen pocht es dumpf. Ich fühle mich wie gerädert und bin so erledigt, dass ich immer wieder gegen den Schlaf ankämpfen muss, der mich zu überwältigen droht.

Doch ich kann es mir nicht erlauben einzuschlafen, nicht, solange ich keine Ahnung habe, wo sich mein großer Bruder herumtreibt und in welche Schwierigkeiten er sich jetzt schon wieder gebracht hat. *Scheiße!*

David hatte schon als Kind das Talent Ärger zu machen. Im Kindergarten gab es nur Probleme, in der Schule sowieso und überhaupt ist es, je älter er geworden ist, immer schlimmer geworden. David ist zehn Jahre älter als ich und hat gefühlt fast die Hälfte seiner sechsunddreißig Lebensjahre im Gefängnis verbracht.

Die Gründe dafür sind weitreichend:

Leichte Körperverletzung – schwere Körperverletzung. Einbruch, Autodiebstahl, der Besitz und der Handel mit Betäubungsmitteln und zu guter Letzt der bewaffnete Überfall auf einen Schnapsladen, der ihn die letzten sechs Jahre seines Lebens gekostet hat. Und obwohl ich tief in meinem Inneren weiß, dass mein Bruder längst verloren ist, bringe ich es einfach nicht übers Herz, ihn aufzugeben.

Verdammt! Allein wegen ihm bin ich, wer ich bin. Nur durch ihn bin ich auf die Idee gekommen, Bewährungshelferin zu werden. Ich dachte wirklich, dass es mir auf diesem Weg vielleicht gelingt, David und Männer, die genauso ticken wie er, auf den richtigen Weg zu bringen. Ein utopischer Versuch, das ist mit längst klar geworden. Trotzdem sitze ich seit Stunden hier, mache mir Sorgen und weigere mich, ins Bett zu gehen.

Wo steckt er nur?

In den letzten sechs Jahren und neun Monaten haben wir uns genau dreimal gesehen. Was zum einen daran liegt, dass sich das *Washington State Penitentiary,* in dem er inhaftiert war, in Walla Walla befindet und die Fahrt von Everett dahin einfach knapp fünf Stunden dauert, und zum anderen, dass er mich nicht treffen wollte.

Er sagt, es sei ihm unangenehm, wenn ich ihn in seinem orangen Overall und mit Handschellen an einen Tisch gefesselt sehe.

Das kann ich verstehen, ich hasse es, ihn im Gefängnis zu besuchen. Dennoch hat diese lange Zeit dazu geführt, dass wir uns fremd geworden sind.

In Wirklichkeit habe ich keine Ahnung mehr, was mein Bruder für ein Mensch ist.

Das *Washington State Penitentiary* ist ein Männergefängnis des Washington State Department of Corrections in Walla Walla. Das riesige, von Weizenfeldern umgebene Gelände hat eine Betriebskapazität von 2.200 Häftlingen und ist somit das zweitgrößte Gefängnis des Bundesstaates. Vielleicht sollte ich einfach nur dankbar sein, dass David bis jetzt nichts getan hat, was ihn in die Todeszelle bringt. Zumindest hoffe ich das, wissen kann ich es nicht, vielleicht hatte David auch einfach nur das Glück, nicht erwischt zu werden.

Im *Washington State Penitentiary* finden immer wieder Hinrichtungen statt und wenn es mein Bruder nicht endlich schafft, seine Scheiße geregelt zu kriegen, wird er irgendwann in diesem Knast sterben. Bei diesem Gedanken wird es mir eiskalt, eine unangenehme Gänsehaut überzieht meine Arme, mir wird schlecht.

Nicht zum ersten Mal beschleicht mich die Befürchtung, dass David einfach nicht mehr zu helfen ist ...

Gegen meine Sorgentränen ankämpfend, leere ich das dickbauchige Weinglas mit wenigen Schlucken, lehne die Stirn gegen die angenehm kühle Fensterscheibe und warte. Keine Ahnung, wie lange ich so dasitze, bis ich David endlich sehe. Er ist nicht alleine, sondern in der Gesellschaft von zwei breitschultrigen Kerlen und wankt verdächtig. Ich kann ihre lauten, lallenden Stimmen bis hoch in den ersten Stock hören und weiß, dass es Ärger geben wird. Die Freunde meines Bruders sind, seit ich denken kann, zwielichtige, grobschlächtige Kerle mit einer Vorliebe für Gewalt und Diebstahl.

Mein Instinkt rät mir, schnell in mein Schlafzimmer zu eilen, die Tür zu verschließen und abzuwarten, was passiert. Mein Stolz hingegen verhindert, dass ich das tue. Das hier ist meine Wohnung – mein Zuhause. Hier bestimme ich, wer reinkommt und wer draußen bleibt. Theoretisch zumindest, denn als ein paar Minuten später lautes Gegröle durch das Treppenhaus hallt und die Wohnungstüre aufgestoßen wird, ahne ich, dass ich keine Chance gegen David und seine beiden Kumpels habe. Entsetzt sehe ich an mir hinunter. Ich trage nichts weiter als mein Yoga-Top und eine ziemlich enge weiße Leggings. Mein Bauch ist frei und ich komme mir plötzlich ziemlich nackt vor.

Unsicher streife ich mir die langen Haare nach hinten und atme tief ein.

Bloß nicht unterkriegen lassen ...

„He Alter, hast mir nicht erzählt, dass du so ein scharfes Gerät daheim sitzen hast."

David grunzt amüsiert und sieht seinen großen, ungepflegten und nach Alkohol stinkenden Freund an.

„Das ist nur Sarah, meine kleine Schwester."

Nur? Na Danke!

Der Fremde leckt sich auf eine extrem ekelige Art über die Lippen.

„Schwester? Hä? Aha! Rote Haare ... Heißt ja, dass die Roten richtige Hexen im Bett sind und ficken wie Nutten, denen man eine Knarre an den Kopf hält."

Hexen? Nutten? Waffe am Kopf? Oh Gott!

Instinktiv wird mir klar, dass ich mich doch in mein Schlafzimmer einsperren hätte sollen. Aber dafür ist es jetzt zu spät. Zwei weitere Typen tauchen in meinem Flur auf. Ich spüre ihre gierigen Blicke auf meiner nackten Haut und verschränke, in der Hoffnung mich so etwas zu bedecken, die Arme vor der Brust.

„Was soll das David? Schick deine Freude weg! Weißt du eigentlich, wie spät es ist?"

Er lacht, ignoriert mich einfach und geht an mir vorbei ins Wohnzimmer. Während er sich seufzend auf die Couch fallen lässt, fasst mir einer seiner Kumpels an den Arsch.

„Scheiße!" Wütend wirble ich herum und schlage die Hand weg. „Raus hier! Sofort!"

Keiner der Fremden hört auf mich – im Gegenteil – die Türe wird zugestoßen und ich werde ebenfalls ins Wohnzimmer geschoben.

Hilfe! Was passiert hier? Eine ungute Vorahnung breitet sich in mir aus. Entsetzt sehe ich mich nach meinem Handy um, mir fällt ein, dass es auf dem kleinen Tischchen neben meinem Bett liegt.

Dumm! Dumm! Dumm! Das Letzte, was ich will, ist, die Kerle, in mein Schlafzimmer zu lotsen. Wütend sehe ich zu meinem Bruder, seine Füße liegen auf meinem Wohnzimmertisch, eine Kippe rauchend zappt er sich gelangweilt durchs TV-Programm.

„Sag deinen Kumpels, dass sie jetzt *sofort* gehen sollen!"

Er tut es nicht. Zieht einfach nur eine Augenbraue in die Höhe und füllt seine Lunge mit Rauch.

„Ganz schön zickig, die Kleine. Vielleicht sollte ich mich um sie kümmern? Wenn ich mit ihr fertig bin, ist sie nicht mehr so vorlaut. Versprochen!"

Der Typ, der das gesagt hat, ist groß, breit wie ein Schrank und stinkt nach kaltem Rauch. Eine gezackte Narbe prangt an seiner Stirn, ein schlecht gestochener Skorpion windet sich über seinen Kehlkopf.

Ich erkenne auf den ersten Blick, dass es sich dabei um ein Knasttattoo handelt. *Wunderbar!* Dank der vielen Jahre, die ich nun schon als Bewährungshelferin arbeite, habe ich so etwas wie einen Siebten Sinn für solche Männer entwickelt und darum wird mir auch mit jeder Sekunde mehr klar, dass ich in der Klemme stecke.

„Laber keinen Bullshit, Mike, und lass meine Schwester in Ruhe. Sie ist okay."

Okay? Mehr nicht? War das alles?

Mike interessiert sich nicht für Davids Warnung, falls es denn überhaupt eine war, sondern packt mich an den Haaren und reißt mir den Kopf in den Nacken. Ich kreische erschrocken auf, ein heftiger Schmerz zuckt durch meine Wirbelsäule. Jemand lacht und zwickt mir in die Brust.

„Ich steh auf Rothaarige."

Mir wird schlecht. Die restlichen Kerle drücken sich an uns vorbei, zwei setzen sich zu David aufs Sofa, einer lässt sich in den Sessel fallen und der letzte lehnt sich an die Wand, überkreuzt die Knöchel und trinkt von der mit braunem Papier eingewickelten Flasche, die er mitgebracht hat.

David beachtet mich nicht, stoppt bei einem Porno und schaltet lauter. Das künstliche Stöhnen der Frau hallt von den Wänden wider, wirkt auf die eh schon angespannte Stimmung wie Öl, das ins Feuer gegossen wird.

„Lass mich los!"

Mike hört nicht auf mich, lässt den Gummi meiner Leggings schnalzen und beugt sich zu mir herab. Obwohl ich gegen ihn ankämpfe und versuche, ihm auszuweichen, gelingt es ihm, mit seiner Zunge über meine linke Gesichtshälfte zu lecken.

Nass saugt sich sein Mund an meinem Hals fest, während der Typ neben uns seine Hand in meine Hose schiebt und zwischen meine Beine gleiten lässt.

Oh Gott! Nein!

Vor Entsetzen und Furcht wie erstarrt, dauert es einen Moment, bis ich einen lauten Schrei loslasse.

Endlich kapiert David, was seine Kumpels machen, steht auf und flucht laut.
„Fuck! Ihr Idioten! Sie ist meine Schwester und keine Tussi aus irgendeiner Bar. Habt ihr euch vorhin nicht schon genug ausgetobt?“
Vorhin?
Die zwei Typen nehmen meinen Bruder überhaupt nicht ernst und machen einfach weiter. Die rauen Finger des Fremden schieben sich zwischen meine Schamlippen. Wenn es mir nicht sofort gelingt, von hier zu verschwinden, werde ich in meiner eigenen Wohnung vergewaltigt, während David tatenlos zusieht. Ich komme mir vor wie in einem schlechten Film. Bis jetzt habe ich über solche Vorfälle immer nur in Berichten gelesen – ich wäre nie auf die Idee gekommen, dass ich mich mal selbst in dieser Situation befinden würde.
„David, hilf mir!“
Mein wütender Schrei sorgt für Belustigung.
„Komm schon Weib. Ein Fick mit jedem von uns.“
„Niemals!“
Dieser Mike lacht.
„Das war keine Frage und auch keine Bitte!“
Wieder schreie ich. „David! Hilfe!“ Endlich scheint sein angetrunkener Verstand zu kapieren, was hier gerade passiert.
Er ballt die Fäuste und stürmt auf die zwei Männer zu, die mich festhalten. Es gelingt ihm, mehrere Treffer zu landen, ehe sich der Kerl, der bis eben an der Wand gelehnt hat, in die Sache einmischt und meinem Bruder von hinten die Flasche über den Kopf zieht.
David geht mit einem Gurgeln zu Boden und rührt sich nicht mehr.
Was jetzt?! Schreien!! Ich tue es. Nicht nur ein Mal, sondern so oft und so laut ich kann. Ich rufe nach der Polizei, nach Hilfe und nach Gott und der Welt. Etwas trifft mich ins Gesicht – es tut weh.
Immer mehr Hände greifen nach mir, meine Hose wird nach unten gezogen und ich werde neben David auf den Boden geschubst. Mein Hinterkopf knallt hart auf den dünnen Teppich, vor meinen Augen wird es kurzzeitig schwarz. Ich höre jemanden brüllen.
Ich kenne die Stimme, kann sie aber nicht sofort zuordnen.
„Verschwindet, ihr Drecksäcke!“ Niemand rührt sich. „Die Polizei ist bereits informiert!“ Kaum werden die Cops erwähnt, reagieren Davids zwielichtige Kumpels schlagartig. Einer nach dem anderen rennt quasi aus dem Wohnzimmer. Mit zitternden Fingern ziehe ich schnell meine Leggings hoch, richte mich zitternd auf und sehe nach, wer mich gerade gerettet hat. Frank, mein Nachbar aus der Wohnung unter mir, steht mit einer Schrotflinte im Flur und mustert mich besorgt.

„Alle klar bei dir, Mädchen?“
„Nicht wirklich.“
Er schaut grimmig, nimmt die Flinte runter und deutet mit einem Nicken auf David.
„Der tut dir nicht gut. Ich hab’s dir schon mal gesagt, Sarah. Jag ihn zum Teufel! Das nächste Mal bin ich vielleicht nicht rechtzeitig da.“
Ich weiß, dass er recht hat, aber was soll ich tun?
„Er ist mein Bruder.“
Was für ein klägliches Argument.
„Ach Kind ... bei uns lief das früher noch etwas anders. Damals haben wir große Brüder auf unsere kleinen Schwestern aufgepasst, anstatt sie in Gefahr zu bringen und ihnen nur Kummer zu bereiten ...“ Keine Ahnung wie alt Frank ist, sechzig mit Sicherheit. „... und ich denke, das sollte heute ebenfalls noch so sein.“
Was soll ich dazu sagen?
Es steht fest, dass er recht hat. Aber es steht ebenfalls fest, dass ich David nicht einfach auf die Straße setzen kann.
Eine seiner Bewährungsauflagen lautet, dass er einen festen Wohnsitz haben muss. Wenn ich ihn jetzt wegschicke, landet er umgehend wieder in Walla Walla in einer Zelle, um die restlichen achtzehn Monate seiner Strafe abzusitzen.
Schnaubend kommt Frank auf mich zu, reicht mir seine Hand und hilft mir auf.
„Danke. Für alles, ohne dich wäre das nicht gut ausgegangen.“
Ein *Hmpf* ausstoßend betrachtet er meinen betrunkenen, gerade wieder zu sich kommenden Bruder.
„Hätte grad gute Lust, ihm eine Ladung Schrot in den Arsch zu jagen.“
Trotz der Kopfschmerzen und der noch immer tief in mir festsitzenden Angst muss ich grinsen.
„Verdient hätte er es.“
„Soll ich ihn rausschmeißen?“
Ich zögere kurz.
„Nein. Er kann sonst nirgendwo hin.“
„Das ist nicht dein Problem, Sarah.“
Na ja, leider irgendwie schon.
Frank weiß genau, dass ich David nicht zum Teufel schicke, und reicht mir seine Flinte.
„Hier, behalt die. Wenn die Typen zurückkommen, knall sie ab.“
Anstatt nach der Waffe zu greifen, nehme ich Frank kurz in die Arme und flüstere ihm ein weiteres „vielen Dank!“ zu.

„Hast du wirklich die Cops gerufen?“

„Nein. Dafür war keine Zeit. Aber das wussten die Schweine ja nicht.“

Stimmt. Das war nicht das erste Mal, dass Frank mir den Arsch gerettet hat, und so wie ich meinen Bruder kenne, wird es auch nicht das letzte Mal gewesen sein, dass Frank meinen Ersatzschlüssel nutzt und mit seiner Schrotflinte hier auftaucht.

Es ist jedes Mal dasselbe. David wird aus der Haft entlassen, geht feiern und kommt betrunken und mit irgendwelchen Kerlen wieder.

Das muss aufhören! Das ist mir klar, aber wie?

Ein winziger, böser Teil in mir hofft, dass er das nächste Mal gleich für zwanzig Jahre einfährt, dann hätte ich für lange Zeit meinen Frieden. Aber der Großteil meines Ichs wünscht sich verzweifelt, dass er endlich die Kurve kriegt, sein Leben geregelt bekommt und sich eine Zukunft aufbaut.

Die Wahrscheinlichkeit, dass das passiert, ist gleich null, aber wie heißt es so schön? Die Hoffnung stirbt zuletzt! Mit einem mulmigen Gefühl beobachte ich Frank dabei, wie er seine Waffe neben mir an die Tür lehnt und geht.

Plötzlich mit David alleine, schnappe ich mir die Flinte, steige über meinen jammernden Bruder und sperre mich im Schlafzimmer ein.

Was für eine Scheißnacht!

Mittlerweile ist es kurz vor sechs, draußen ist es bereits taghell und ich habe in weniger als drei Stunden meinen ersten Termin.

Kenneth Thompson, ein Mitglied des *Sons of Silence Motorcycle Clubs* hat es mal wieder aus dem Knast geschafft und muss morgen – also heute – bei mir vorstellig werden. Dieser Rocker ist wie mein Bruder ein absolut hoffnungsloser Fall, wobei ich Thompson zugestehen muss, dass er im Gegensatz zu David ein Leben hat.

Wenn ich richtig informiert bin, ist er ein angesehenes Mitglied seines MCs. Was auch immer das bedeuten mag.

Dieser Biker und ich kennen uns schon, seit ich angefangen habe, als Bewährungshelferin zu arbeiten. Ich könnte ihn fast einen Stammkunden nennen.

Seufzend stelle ich mich vor den Spiegel und betrachte mein Gesicht.

Meine Haare stehen in alle Richtungen ab und auf meiner Wange bildet sich ein blauer Fleck. *Mist!*

Das war echt verflucht knapp! Wenn Frank nicht gewesen wäre ... *Stopp!*

Daran will ich gar nicht denken. Mit Tränen in den Augen und rasendem Puls steige ich ins Bett, starre verängstigt die Türe an und versuche einzuschlafen.

Es funktioniert natürlich nicht, wie sollte es auch?

Ich bin gerade ganz knapp einer Gruppenvergewaltigung entgangen.

Mit jeder Minute, die vergeht, wird mir mehr und mehr bewusst, wie heftig und knapp das gerade gewesen ist.

Weinend ziehe ich mir die Decke über den Kopf und kämpfe gegen das immer stärker werdende Zittern an, das mich regelrecht durchschüttelt.

Es muss sich etwas ändern!

So kann es nicht weitergehen ...

3. Kapitel

Mason

„Wir treffen uns heute um 10:00 Uhr im Steinbruch. Die Sizilianer habe ich um 10:30 Uhr einbestellt, so haben wir etwas Zeit, um uns in Stellung zu bringen und die Lage zu checken."

Landon nickt, Jacob nickt und Joker wirkt zufrieden. Der Einzige, der angepisst ist, bin ich. Fluchend schlage ich mit der Faust auf den Tisch.

„Das ist doch Bullshit! Ich muss um halb neun bei meiner Bewährungstussi sein. Ich schaffe es nie bis halb elf in den Steinbruch, Präs."

Joker wirkt, als wäre diese Info nichts Neues für ihn.

„Kein Thema, Bro. Ich habe dich für die Aktion eh nicht eingeplant."

What a fuck!

„Was soll das bedeuten? Nicht eingeplant? Willst du mich verarschen?"

Stille breitet sich aus. Alle Augen ruhen auf mir.

„Du warst in Walla Walla, Mason. Wir haben diese Übergabe schon vor Wochen geplant."

„Mein Entlassungstermin stand ebenfalls schon vor Wochen fest."

Mein Präsident nickt.

„Stimmt. Trotzdem. Das Risiko, einen Mann einzuplanen, bei dem ich mir nicht zu 100 Prozent sicher bin, dass er auch da ist, war mir zu groß!"

Nicht fähig, auch nur eine Sekunde länger sitzen zu bleiben, springe ich von meinem Stuhl auf und stütze mich mit geballten Fäusten auf dem Tisch ab.

„Du weißt genau, dass ich zu 100 Prozent dabei bin. Der Club ist mein Leben, verdammt!"

Mit einem Nicken lehnt Joker sich in seinem Stuhl zurück.

„Daran zweifelt auch keiner, Enforcer."

Ach nein?

„Auf mich wirkt das aber anders."

Wir starren uns an, liefern uns ein heftiges Blickduell, das erst unterbrochen wird, als Sold ins Büro gestürmt kommt.

„Auf der Straße stehen drei Streifenwagen, die aufs Gelände wollen."

Genervt steht Landon auf.

„Macht hier weiter, ich kümmere mich darum."

Kaum dass die Türe hinter ihm zufällt, lasse ich mich zurück auf meinen Platz fallen.

„Scheiße, Präs. Ich war lang genug weg. Jetzt, wo ich raus bin, will ich wieder voll einsteigen. Außerdem traue ich der Cosa Nostra nicht. Diese Spaghettifresser sind alle Wichser. Glaube mir! Der Frieden zwischen den Italienern und uns wird mit einem gewaltigen *Boom* und jeder Menge Leichen enden!"

Jacob brummt zustimmend.

Er hasst die Mafiosi genauso sehr wir ich.

„Das tut jetzt nichts zur Sache. Wir brauchen die Uzis und bis auf die Sizilianer schafft es niemand, an die Israelis ranzukommen. Du musst zu deiner Bewährungshelferin, weil du sonst sofort wieder einkassiert wirst. Und im Knast hilfst du uns gar nichts. Also reg dich ab, wir kommen schon klar ohne dich."

Ja, das weiß ich. *Trotzdem* ... Es fühlt sich beschissen an, rauszukommen und festzustellen, dass man nicht gebraucht wird.

„Vielleicht schaffe ich es, den Mist abzukürzen. Der Drogentest dauert nicht lang. Wenn sie nicht so viele Fragen stellt, müsste ich es mit ein wenig Verspätung schaffen."

Joker nickt zufrieden, Landon kommt zurück.

Mit einem gemurmelten „Das ist doch nicht zu fassen!", setzt er sich wieder zu uns.

„Was ist los, VP?"

„Die Idioten wollten sich hier mal umsehen. Solche Schwachköpfe. Ohne Beschluss geht da gar nichts!"

Das klingt nicht gut.

„Mit welcher Begründung?"

Unser Sergeant stellt die Frage, bevor ich dazu komme.

„Haben sie nicht gesagt. Mal sehen, ob sie wiederkommen. Wir sollten Vorkehrungen treffen." Er sieht zu mir. „Und du, Mason, solltest nicht hier sein."

Fuck! Fuck! Fuck!

Ich weiß, dass er recht hat, trotzdem gefällt es mir nicht, den Club schon wieder verlassen zu müssen. Mir wird nur keine andere Wahl bleiben. Ich bin Wiederholungstäter. Meine Bewährungsauflagen sind streng. Es ist mir verboten, eine Waffe und meine Kutte zu tragen. Außerdem gilt unser MC als kriminelle Vereinigung, was bedeutet, dass ich sofort zurück nach Walla Walla befördert werde, wenn mich die Bullen hier erwischen.

Wut kocht in mir hoch, meine Augenbraue beginnt zu zucken.

„Hab ich was verpasst? Was zur Hölle ist passiert, während ich weg war?"

Der Blick, den Jacob und Landon tauschen, verrät mir, dass mir nicht gefallen wird, was ich gleich erfahren werde.

Die Minuten verstreichen, keiner sagt etwas.

Ich platze gleich vor Ungeduld.

„Wäre einer von euch bitte so *nett,* mir zu erklären, was da gerade abgeht?"

Cube reibt sich mit beiden Händen über die Stirn und holt tief Luft. „Der Prospect und ich haben vor sechs Wochen einen Cop gekillt."

Bloody Hell!

„Was? Warum weiß ich nichts davon?"

„Wir wollten dich nicht beunruhigen."

Bullshit! Ich gebe ihm gleich *beunruhigen.*

„Wie ist das passiert?"

Landons Mundwinkel zucken. Ich verstehe nicht so ganz, was an einem toten Bullen so witzig sein soll. Polizisten sind lebend schon anstrengend, aber tot? *Shit!* Nichts ist nerviger als ein im Wald verscharrter Dienstwaffenträger.

„Wir waren unterwegs. Ich hab dem Kleinen ein paar Dinge erklärt, ihm gezeigt wie es bei uns so läuft, da wurden wir angehalten. Du kennst das Prozedere ja. Führerschein, Ausweis und so weiter. Während ich dazu aufgefordert wurde, mich mit den Händen am Hinterkopf auf den Boden zu legen, habe ich beobachtet, wie der Officer Sold eine Tüte Koks und ein Messer unterjubeln wollte."

Cube schüttelt den Kopf, so als könnte er immer noch nicht glauben, dass das echt passiert ist. „Mir kam das alles eh schon verdammt seltsam vor. Kein normaler Cop traut sich alleine und ohne Verstärkung zwei Sons aufzuhalten."

Ja, da ist was Wahres dran.

„Na ja! Fuck! Das Ende vom Lied war, dass ich Sold ein Zeichen gegeben habe. Respekt! Der Frischling hat keine Sekunde gezögert und den Bullen mit zwei Schüssen niedergestreckt."

Nicht schlecht. Besser kann ein Anwärter seine uneingeschränkte Loyalität dem Club gegenüber gar nicht beweisen. Nach dieser Aktion ist ihm sein Backpatch so gut wie sicher. Das erklärt auch, warum Marlen ihr Glück bei Sold versucht hat. Diese Frau will – komme was wolle – ein Ladyleder. Jetzt, wo ich ihrer überdrüssig geworden bin und Sold in absehbarer Zeit zum Full-Member wird, schmeißt sie sich garantiert an ihn ran. Mir soll es recht sein. Ich bin fertig mit der Bitch!

„Wo habt ihr den Toten vergraben?"

„Im Wald. Bevor wir das Grab zugeschaufelt haben, haben wir die Kugeln entfernt, den Wichser mit einem Kanister Benzin getauft und angezündet. Sicher ist sicher!“

Sehr schön. Ich bin ein Verfechter der Sicher-ist-Sicher-Methode.

„Wenn ihr so gründlich vorgegangen seid, wie kommt’s dann, dass die Bullen gerade vor unserer Türe gestanden sind?“

Landon zuckt mit den Schultern.

„Ich glaube nicht, dass das ein Alleingang gewesen ist. Dieser Officer muss mit jemandem zusammengearbeitet haben, oder aber er hatte einen seiner Kollegen in seinen genialen Plan eingeweiht. Keine Ahnung! Ist auch egal. Es gibt keine Spuren, keine Leiche und kein Motiv – zumindest kein offizielles. Alles ist cool, Bruder. Reg dich ab!“

Abregen? Leichter gesagt als getan. Nicht sicher, was ich von der ganzen Scheiße halten soll, werfe ich einen Blick auf die Uhr, die über dem Safe an der Wand hängt und stehe auf. Es ist 8:12 Uhr. Verdammt!

„Ich muss los.“

Joker erhebt sich ebenfalls, kommt auf mich zu und legt mir die Hand auf die Schulter.

„Tu, was nötig ist, um auf freiem Fuß zu bleiben. Wir kommen klar, ehrlich.“

Ich nicke ihm zu und mache mich auf den Weg. Es fühlt sich mies an zu gehen, während die acht übrigen *First Nine* am Tisch sitzen und besprechen, was wichtig ist.

Während der Fahrt in die Meadow Road denke ich über Sold, den toten Bullen, das Auftauchen der Cops und die Sizilianische Mafia nach. Mein Instinkt sagt mir, dass es bald so richtig knallen wird! Noch mag alles einigermaßen friedlich wirken, aber es kocht unter der Oberfläche, es brodelt und bald wird uns der ganze Bullshit um die Ohren fliegen. Wollen wir hoffen, dass ich es dieses Mal schaffe, nicht einkassiert, verurteilt und weggesperrt zu werden. Ich habe es so satt, immer hinter Gittern zu hocken und an all die Dinge zu denken, die ich verpasse.

Vor dem Haus angekommen, in dem sich das Büro meiner Anstandstussi befindet, steige ich vom Bike, ziehe mir den Helm vom Kopf und hänge ihn über den Lenker.

Tief durchatmend streife ich mir mit den Fingern durch die Haare und zwinge mich zur Ruhe. Sarah McKinley ist eine nette Frau. Sie ist klein, fast schon winzig, hat lange, rote Haare und heiße Kurven. Wäre sie nicht meine Bewährungshelferin, hätte ich längst probiert sie zu ficken – so aber bin ich auf Abstand geblieben und habe versucht, möglichst normal auf sie zu wirken. Nicht zu glauben, wie schwierig das sein kann ... Die Rollos in den Fenstern sind geschlossen, auch die Türe ist nicht wie üblich angelehnt.

Komisch. Bin ich so viel zu spät, dass sie einfach wieder gegangen ist? Ich ziehe mein Handy hervor, es ist 8:34 Uhr.

Wegen vier Minuten wird sie wohl kaum ausgeflippt sein.

Was, wenn sie zu spät ist? Das ist zwar in all den Jahren noch nie vorgekommen, aber bekanntermaßen gibt es immer ein erstes Mal. Ich beschließe zu warten, zünde mir eine Lucky an und ärgere mich über die Verzögerung. So wird es mir nie gelingen, rechtzeitig zur Waffenübergabe im Steinbruch zu sein. Die Minuten addieren sich, es dauert drei Kippen und über eine Viertelstunde, bis sie endlich auftaucht. Obwohl ich direkt am Straßenrand stehe und auf meinem Bike wohl kaum zu übersehen bin, würdigt sie mich keines Blickes, sondern eilt direkt zur Türe. Sie braucht drei Anläufe, um den Schlüssel ins Schloss zu stecken, und sieht sich dabei immer wieder prüfend um. Doch selbst dabei scheint sie mich nicht zu bemerken.

Äußerst merkwürdig!

Sie verhält sich, als ob sie Angst hätte, so als ob sie damit rechnen würde, dass sie jederzeit angegriffen werden könnte. Ich gebe ihr ein paar Minuten Zeit, warte, bis sie im Inneren des Gebäudes verschwunden ist und schalte mein Mobiltelefon aus, ehe ich ihr folge.

Sie steht mit dem Rücken zur Türe, starrt auf die Unterlagen auf ihrem Schreibtisch und reibt sich dabei über die Arme.

Ganz klar! Irgendetwas stimmt nicht.

In den vergangenen Jahren habe ich mir ein gutes Bild von dieser Frau machen können. So wie heute hat sie sich noch nie verhalten.

„Mrs. McKinley?“

Ein Keuchen ausstoßend zuckt sie erschrocken zusammen, wirbelt um ihre eigene Achse und sieht mich aus weit aufgerissenen Augen an.

„Thompson ähm ... ja genau. Wir haben einen Termin. Kommen Sie rein und nehmen Sie bitte Platz.“

Fahrig streift sie sich mit den Händen durch die Haare, dunkle Augenringe zeichnen sich unter ihrer hellen Haut ab. Ein bläulicher Schatten ziert ihre Gesichtshälfte. Das ist nicht gut. Natürlich könnte es sein, dass sie einfach gestürzt ist oder sich sonst irgendwie verletzt hat. Aber wenn ich ihr seltsames Verhalten mit dem Hämatom kombiniere, komme ich zu dem simplen Ergebnis, dass sie jemand verletzt hat.

Ich setze mich auf einen der weißen Plastikstühle und fluche leise, als ich bemerke, dass ich vor lauter Hektik vergessen habe, meine Waffe abzulegen und die Kutte auszuziehen.

Fuck! Zwei Verstöße gegen meine Bewährungsauflagen gleich am ersten Tag. Das sieht nicht gut für mich aus.

Sarah setzt sich auf die andere Seite ihres Schreibtischs, versucht sich an einem künstlichen Lächeln und scheitert kläglich.

„Es tut mir leid, dass ich mich verspätet habe."

„Nicht der Rede wert."

Sie nickt dankend und durchsucht die Unterlagen vor sich nach meiner Akte.

Dieses zerstreute und unorganisierte Verhalten passt so gar nicht zu ihr. Bis jetzt war sie immer auf unsere Treffen vorbereitet.

Für einen Moment lehne ich mich zurück und beobachte, wie sie versucht, die Fassung zu bewahren.

„Mrs. McKinley? Was halten Sie davon, wenn wir dieses Treffen einfach verschieben. Auf morgen zum Beispiel?"

Draußen werden Stimmen laut, zwei Männer gehen an ihrem Büro vorbei. Sofort ruckt ihr Kopf nach oben und sie sieht prüfend zur Türe.

„Nein, ich meine ... ähm ... na ja ... Wenn es Ihnen nichts ausmachen würde?"

Soll das ein Witz sein?

Allein die Tatsache, dass sie noch kein Wort zu meiner Kutte gesagt hat, verrät mir, dass sie absolut nicht bei der Sache ist.

„Nein, ganz und gar nicht. Lassen Sie uns einfach so tun, als hätte dieses Treffen nie stattgefunden."

Sie nickt zustimmend, wirkt fast schon erleichtert.

„Ja, das klingt gut. Passt Ihnen morgen gegen 17:00 Uhr?"

Ich denke kurz nach und nehme den Vorschlag an.

„Sehr schön. Danke, Thompson!"

Mir ist klar, dass sie mich damit entlassen hat, dass ich aufstehen und gehen sollte, doch ich tue es nicht. Anstatt mich darüber zu freuen, keine Probleme wegen meines Leders bekommen zu haben, bleibe ich sitzen und verfluche mich selbst dafür, dass ich nicht sofort zu meinen Brüdern eile, um die dreckigen Sizilianer im Auge zu behalten.

Ach Scheiße! Diese Frau versucht seit Jahren, meinen Arsch auf die richtige Spur zu bringen. Klar, ihre Versuche sind absolut zwecklos, ich werde niemals für fünf Dollar die Stunde zwölf Stunden am Tag in irgendeiner Küche stehen und Teller abwaschen, ich bin ein Killer, verdammt! Ein *Son of Silence*! Der Tag, an dem ich zulasse, dass mir jemand die Kutte nimmt, wird mein Todestag sein. Aber Sarah versucht es. Sie versucht mir auf ihre Art und Weise zu helfen, und das rechne ich ihr hoch an. Und jetzt, wo nach all den vielen Jahren der Zeitpunkt gekommen ist, an dem ich ihr auf meine Art helfen kann, muss ich es tun. Das verlangt mein Ehrgefühl von mir.

So einfach ist das ...

Sarah ist so durch den Wind, dass sie sich nicht mal darüber wundert, dass ich keine Anstalten mache zu gehen.

„Offiziell bin ich nicht mehr da. Sehe ich das richtig?"

Unsicher runzelt sie die Stirn.

„Richtig. Unser Termin hat sich ja auf morgen verschoben."

Sehr schön.

„Gut."

Ich stehe auf, umrunde den Schreibtisch und stelle mich neben sie.

„Warum oder besser gesagt – *vor wem* fürchten Sie sich?"

Ihr überraschtes Nach-Luft-Schnappen bestätigt meinen Verdacht.

„Wovon reden Sie da, Thompson?"

Bedächtig und langsam strecke ich den Arm aus und reibe mit dem Daumen über den bläulichen Fleck auf ihrer Wange.

„Sie wissen genau, was ich meine! Kommen Sie schon, Sarah", das ist das erste Mal, dass ich sie mit ihrem Vornamen anspreche. „Im Augenblick sind Sie nicht meine Bewährungshelferin, sondern einfach nur eine Frau, die mir hier und jetzt einen Namen nennen und dann ihre Angst vergessen kann! Wer auch immer Sie verletzt hat, ist ein toter Mann, wenn Sie das wollen."

Ihre Augen blitzen überrascht auf. Es dauert ein paar Sekunden, bis sie kapiert, was ich ihr da gerade angeboten habe.

„Für diesen Satz kann ich Sie sofort zurück nach Walla Walla schicken."

„Richtig. Aber das werden Sie nicht."

Ihre Lippen zucken.

„Und warum sind Sie sich da so sicher?"

„Weil Sie ein kluges Mädchen sind."

Sarah kneift die Augen zusammen und zieht die Nase kraus.

„Keine Ahnung, ob ich das als Kompliment, als Drohung oder als eine Beleidigung auffassen soll. Tatsache ist aber, dass Sie jetzt gehen sollten. Sofort!"

Kann es sein, dass ich mich getäuscht habe?

„Sicher?"

Ihr kurzes Zögern verrät mir, dass ich mit meiner Vermutung doch richtig liege.

„Ja."

Also schön.

Bevor ich bei der Türe angekommen bin, ergreift sie erneut das Wort.

„Morgen dann ohne Kutte und ohne Waffe. Okay?“

Meine Mundwinkel zucken.

„Logo.“

Interessant! Sie hat es also doch bemerkt.

Ich verlasse das Büro, steige auf meine Harley und setze mir den Helm auf.

Was, bei allen Sons, habe ich da gerade getan?

4. Kapitel

Sarah

War das jetzt besonders dämlich oder besonders intelligent?

Was war das *überhaupt* gerade?

Heilige Scheiße!

Kenneth Thompson ist nicht nur einer der gefährlichsten Männer, mit denen ich jemals zu tun hatte, sondern auch einer der attraktivsten.

Er ist Ende dreißig, wird am 10. März vierzig und hat einen Tick zu lange blonde Haare. Seine blauen Augen wirken tief, bedrohlich und geheimnisvoll wie das Meer und immer, wenn ich mich in ihnen verliere, beginnt mein Herz zu rasen.

In den vergangenen Jahren haben wir einige Zeit miteinander verbracht und sind dabei mehr oder weniger gut miteinander ausgekommen. Was zum einen daran liegt, dass ich kein Interesse daran habe, meine Schützlinge wegen eines kleinen Regelverstoßes zurück in Haft zu schicken und zum anderen, dass Thompson ganz genau weiß, wie es läuft.

Dass er seine Kutte heute angelassen hat, passt gar nicht zu ihm. Außerdem bin ich mir sicher, dass er bewaffnet war. Ich bin nicht naiv, ich weiß, dass ich diesen Biker niemals ändern kann, aber ich muss es trotzdem versuchen. Das ist mein Job.

Dieses Angebot gerade war krass – genau genommen war es das Heftigste, was mir während meiner Zeit als Bewährungshelferin jemals passiert ist. Sexuelle Angebote habe ich Dutzende bekommen, so viele, dass ich irgendwann aufgehört habe, sie zu zählen, aber das eben ... *Halleluja!* Mir fehlen die Worte!

Ich zweifle keine Sekunde daran, dass Thompson seine Worte ernst gemeint hat. Hätte ich ihm einen Namen genannt, hätte dieser in absehbarer Zeit auf einem Grabstein gestanden.

Keine Ahnung, was sich dieser Rocker dabei gedacht hat, aber hey, er hat Kopf und Kragen riskiert, um mir zu helfen. Das ist mehr, als mein Bruder letzte Nacht getan hat. Dieser Rocker ist ein großes Risiko eingegangen. Schließlich wäre es durchaus möglich gewesen, dass ich die Polizei rufe und ihn wieder einsperren lasse.

Verrückt!

Warum hat er für mich seine Freiheit aufs Spiel gesetzt?

Warum hat er mir dieses Angebot gemacht?

Ungläubig starre ich auf die Türe, höre das dunkle Geboller seines Motorrads – dann ist er weg. Immer noch perplex setze ich mich wieder auf meinen Stuhl, ziehe Thompsons Akte hervor und betrachte das sepiafarbene Fahndungsfoto. Ich habe schon immer geahnt, dass dieser Biker ein Mörder ist, heute habe ich die Bestätigung erhalten.

Seltsamerweise bleibt meine Panik aus.

Ich fürchte mich nicht davor, diesen Outlaw morgen wiederzusehen, im Gegenteil, ich kann es auf eine unerklärliche Art und Weise kaum erwarten. Heute habe ich ihn zum ersten Mal in seiner Rockerkluft gesehen. Das schwarze Leder und die vielen Aufnäher stehen ihm.

Dank seines Fehlers weiß ich auch endlich, welchen Rang er in seinem Club bekleidet. Er ist der Vollstrecker. Das *Enforcer-Patch* war nicht zu übersehen. Kenneth Thompson ist ein großes, muskelbepacktes, tödliches und verdammt attraktives Rätsel.

Er wird niemals ein gesetzestreuer Bürger und niemals ein braves Mitglied unserer Gesellschaft werden. Da mache ich mir nichts vor. Die Zeiten, in denen ich an Wunder geglaubt habe, sind längst vorbei. Alles, was ich schaffen muss, ist, ihn durch seine Bewährungszeit zu bringen.

Da Thompson nun morgen kommt, bleibt mir eine gute Stunde bis zu meinem nächsten Termin. Schnell suche ich die Akte raus, bevor ich jedoch einen Blick hineinwerfen kann, taucht David auf.
Er sieht – gelinde gesagt – so beschissen aus, wie ich mich fühle.

„Hey, Schwesterherz."

Für einen Moment spiele ich mit dem Gedanken, ihn einfach zu ignorieren, aber das kann ich ja wohl schlecht auf Dauer machen. Durch Ignoranz lösen sich keine Probleme – dadurch entstehen sie.

„Nenn mich nicht so. Nicht nach letzter Nacht."

David zuckt mit den Schultern und lässt sich auf den Stuhl fallen, auf dem vor wenigen Minuten noch der Enforcer des *Sons of Silence Motorcycle Clubs* gesessen hat.

Der Unterschied zwischen den beiden Männern ist frappierend. Während der Biker so gewirkt hat, als wäre er der Meister dieses Planeten, sieht mein Bruder aus wie ein Loser, der heute Morgen sogar damit überfordert war, frische Klamotten anzuziehen.

Da er mich besucht, warte ich, bis er zu reden anfängt.

Eine Entschuldigung wäre angemessen. Doch er sagt nichts, zündet sich stattdessen ungefragt eine Zigarette an und bläst mir den warmen Rauch ins Gesicht. Eine bittere Enttäuschung breitet sich in mir aus. Ich habe keine Ahnung mehr, was für ein Mensch mein Bruder eigentlich ist. Wir sind uns fremd geworden, das Einzige, das uns noch verbindet, ist das Blut in unseren Adern.

„Wir müssen über das, was letzte Nacht passiert ist, reden."

„Stimmt. Dein Nachbar ist irre, ich dachte schon, er knallt uns alle ab."

Waaasss? Echt jetzt?

„Frank hat mich davor bewahrt, von deinen Kumpels vergewaltigt zu werden. Du bist irre, David, du und deine Psycho-Freunde – Ihr habt völlig den Verstand verloren."

Wütend stehe ich auf, nehme ihm die Kippe weg und schmeiße sie raus auf die Straße.

„Hey, was soll das? Spinnst du?"

Ich spinne?

„Hast du sonst nichts zu sagen?"

Zumindest hat er genug Anstand, ein klein wenig beschämt zu wirken.

Die Beule auf seinem Hinterkopf und der kleine blutige Riss sind neben meinen Verletzungen stille Zeugen, wie verdammt knapp das vergangene Nacht war.

„Es stimmt schon, das alles ist ein bisschen außer Kontrolle geraten. Kommt nicht wieder vor."

Allein die Tatsache, dass er den Angriff auf mich so abtut, zeigt mir, dass es zu spät für ihn ist.

„Du wurdest mit einer Flasche niedergeschlagen, während ich mit heruntergezogener Hose auf dem Boden lag. Und das nennst du *ein bisschen außer Kontrolle*? Was ist nur los mit dir, David? Was geht in deinem Kopf vor?"

So schwer es mir fällt, aber mir wird immer bewusster, dass mein Bruder verloren ist. Justitia und ich sind gescheitert. Es spielt keine Rolle, wie oft er noch für seine Taten verurteilt wird und wie viele Jahre er noch in den Gefängnissen dieses Landes verbringt – David wird sich nie ändern. Im Gegenteil, ich befürchte, dass er immer weiter abrutschen und immer empathieloser seinen Mitmenschen gegenüber werden wird. Mein Bruder ist eine verlorene Seele!

Ich gebe ihm maximal noch drei Jahre, bis er entweder in einem dreckigen Hinterhof erschossen oder im Knast abgestochen wird.

Mir fehlt die Kraft, weiter gegen seine selbstzerstörerische Art anzukämpfen. Jetzt, nach all den Jahren, bin ich bereit, David aufzugeben. Ich muss es tun, um mich selbst zu retten.

Kraftlos setze ich mich hin, und reibe mir über den Nacken.

„Ich will, dass du gehst. Verschwinde!"

Nickend steht er auf.

„Gut, dann sehen wir uns später in deiner Wohnung."

Anscheinend habe ich mich nicht deutlich genug ausgedrückt.

„Nein! Ich will, dass du aus meiner Wohnung und aus meinem Leben verschwindest.“

Überrascht reißt er die Augen auf und starrt mich finster an.

„Das kannst du nicht tun, Sarah.“

Und wie ich das kann.

„Doch! Ich will, dass du deine Sachen packst und dich endlich selber um deine Scheiße kümmerst. Krieg dein Leben geregelt. Dein Mist ist nicht länger mein Problem!“

Fassungslosigkeit spiegelt sich in seinem Gesicht.

„Wo soll ich denn hin?“

„Ist mir egal. Du hast doch so *nette* Freunde, bei einem von denen ist bestimmt Platz für dich.“

Nervös beobachte ich, wie sich seine Hände zu Fäusten ballen. Früher wäre ich mir sicher gewesen, dass er mich nie schlagen wird. Heute hingegen?

„Aber du bist meine Schwester. Familie muss zusammenhalten.“

Es war klar, dass er wieder mit dieser alten Leier anfängt.

Wir haben nur uns. Unsere Eltern hatten noch nie besonders großes Interesse an uns beiden. Seit sie vor einiger Zeit nach Europa ausgewandert sind, ist der Kontakt endgültig abgebrochen.

Aber das stört mich nicht, wir standen uns nie sonderlich nahe.

„Letzte Nacht hast du einen Scheiß getan, um mir zu helfen. Du hast mich in Gefahr gebracht, David. Du hast eine Grenze überschritten und jetzt gibt es kein Zurück mehr. Ich habe die Schnauze voll von deinem Mist. Verschwinde und komm erst zurück, wenn du dich im Griff hast.“

Fluchend springt er regelrecht vom Stuhl, baut sich vor mir zu seiner vollen Größe auf und beißt die Zähne zusammen.

„Auf dich ist kein Verlass.“

Auf mich? Dass ich nicht lache.

Neben all dem Zorn erkenne ich, dass er auch enttäuscht und traurig ist. Für einen Moment befürchte ich einzuknicken und nachzugeben. Doch ich halte seinem zornigen Blick stand, schaffe es stark zu sein und an meinem Entschluss festzuhalten. Ein Zittern durchläuft ihn. Gerade als ich denke, dass er mich seine Fäuste spüren lässt, wendet er sich abrupt von mir ab, schlägt mit voller Wucht in die Wand, sodass Putz auf den Boden rieselt und stürmt dann davon.

Es kostet mich einiges an Beherrschung, dass ich David nicht folge, sondern einfach nur stehen bleibe und ihn seinen eigenen Weg gehen lasse. *Was für ein beschissener Tag!*

Die oberste Schublade meines Schreibtischs öffnend, hole ich eine Tafel Schokolade heraus und schiebe mir ein großes Stück davon in den Mund.

Ein Glas Rotwein wäre mir zwar lieber, aber na ja ... der muss noch ein paar Stunden warten. Wieder muss ich an den Biker, seine Kutte und sein unglaubliches Angebot denken.

Eigentlich wäre es die Pflicht meines Bruders, mich zu beschützen und für meine Sicherheit zu Sorgen. Doch der hat sich weder für meine Verletzungen interessiert noch dafür, die Typen für das, was sie mir angetan haben, zu bestrafen. Der einzige Mensch, der für David wichtig ist, ist David. So war das schon immer und daran wird sich auch nie etwas ändern.

Es fühlt sich seltsam an, einen Schlussstrich gezogen zu haben.

Frank ist sicherlich stolz auf mich. Keine Ahnung, wie ich das alles finden soll, aber ich werde meine Meinung nicht noch mal ändern. Vielleicht hilft es meinem Bruder ja, ab jetzt alleine dazustehen. Vielleicht war das genau der Schubser, den er braucht.

Da es mir verboten ist, die Bewährungshelferin meines eigenen Bruders zu sein, habe ich früher immer noch bei dem Kollegen, der für ihn verantwortlich war, ein gutes Wort eingelegt. Damit bin ich so oft auf die Nase gefallen, dass ich das längst nicht mehr mache.

Bleibt mir nur zu hoffen, dass David zu seinen Terminen geht und sich an die Auflagen hält. Wenn er das nicht tut, tja ...

Dann ist er schneller wieder in Walla Walla, als er seinen eigenen Namen buchstabieren kann.

Eine leise Stimme in meinem Kopf flüstert mir traurig zu, dass das auch genau der Ort ist, an den David gehört. Ich kann ihr leider nicht widersprechen. David ist zu einem Mann geworden, dem ich als Frau nicht alleine in einer dunklen Gasse begegnen wollte. Es tut echt weh, mir das einzugestehen, aber so ist es nun mal.

Der restliche Tag vergeht zum Glück ohne weitere Katastrophen. Alle meine Kunden kommen pünktlich, haben zum Teil schon eine Arbeit gefunden und können einen festen Wohnsitz vorweisen. Was absolut nicht selbstverständlich ist. Die Gesellschaft ist hart und vergisst nichts. Es ist ziemlich schwer für Leute, die vorbestraft sind, einen Job und jemanden zu finden, den es nicht stört, an einen Exknacki zu vermieten. Selbst die routinemäßigen Drogentests waren allesamt negativ. Es tut gut zu sehen, dass es eben auch Menschen gibt, die erkannt haben, dass sie auf die falsche Bahn geraten sind und die bemüht sind, alles geregelt zu kriegen. Wenn die es schaffen, dann schafft David es auch. Zumindest wenn er es will ...

Als ich zuhause angekommen bin, weiß ich, dass David tatsächlich verschwunden ist. Die Wohnung fühlt sich leer und kalt an. Um ein besseres Gefühl zu haben, sperre ich die Türe hinter mir zu. Wer weiß, auf was für gestörte Ideen die Kerle von gestern kommen.
Um auf Nummer sicher zu gehen, sehe ich dennoch nach. Sein Schlüssel liegt auf dem Tisch. Der alte Seesack und die zwei Tüten, in denen sich Davids gesamtes Hab und Gut befunden hat, sind weg.

Das Wissen, dass alles, was er besitzt, in einen Einkaufswagen vom nächsten Supermarkt passt, ist hart. Mein Mitleid ist trotzdem nicht angebracht. David hat es sich selbst zuzuschreiben, dass er weder ein gemütliches Bett noch ein Dach über dem Kopf hat.

Nicht! Mein! Problem!

Diese drei Worte wie ein nie endendes Mantra wiederholend, gehe ich in die Küche, hole ein Glas und eine Flasche Wein raus und lasse mir anschließend eine heiße Badewanne ein.

5. Kapitel

Mason

Entspannt lehne ich mich an die Hauswand, nippe an meinem Bier und beobachte, wie sich Marlen auf Solds Schoß setzt und ihre Titten an ihm reibt.

Die Tatsache, dass ich nicht den geringsten Hauch von Eifersucht verspüre, sondern eigentlich nur Mitleid mit Sold habe, ist das beste Zeichen dafür, dass es die richtige Entscheidung war, die Tussi abzuschießen.

Neben mir stehen drei Holzkisten voller Uzis. Joker hatte recht, die israelischen Maschinenpistolen sind 1 A-Ware und jedes Risiko wert. Wenn die Sizilianer sich an die Vereinbarung halten und der Frieden Bestand hat, werden wir uns an diesen Dingern dumm und dämlich verdienen. Ich für meinen Teil kann das Geld gut brauchen.

Während meiner Zeit in Walla Walla habe ich nichts verdient, was bedeutet, dass mein Bankschließfach langsam, aber sicher eine Finanzspritze gebrauchen könnte. Landon und Bianca gehen an mir vorbei. Unser Vize ist so auf seine Lady konzentriert, dass er mich nicht mal bemerkt. Ich stehe mit Absicht etwas abseits, beobachte das wilde Treiben und denke über die Zukunft nach.

Mein Plan ist denkbar unkompliziert. Kein Knast mehr. Ein süßes Mädchen auf dem Schoß und in meinem Bett und ein einfaches, unkompliziertes Leben.

Für so manchen Son mag das zu langweilig sein, für mich ist es ausreichend. Ich habe in den letzten zwanzig Jahren genug Bullshit, Action und Stress gehabt. Ich habe mich hochgearbeitet, mir meinen Posten als Enforcer verdient und auf diesem werde ich mich ausruhen. Hin und wieder ein paar Tote reichen mir völlig aus. Und wenn ich mich austoben will, gehe ich in einen unserer Fight Clubs und prügle irgendeiner armen Seele die Scheiße aus dem Leib. Allein bei der Vorstellung, mich mal wieder so richtig auszupowern, beginnen meine Finger vor Ungeduld zu kribbeln.

Vielleicht sollte ich das tun – jetzt!

Ich werde mir eine Runde im Käfig gönnen, ein paar Wetten abschließen und mir anschließend eine Bitch schnappen. Am besten eine mit roten Haaren ...

Mit einem Pfiff mache ich Sold auf mich aufmerksam, befehle ihm, die Waffen wegzuräumen, und schwinge mich auf mein Bike.

Das ‚Bloodys', mein favorisierter Fight Club, befindet sich in einer leerstehenden Halle direkt neben der alten Flugzeugfabrik am Stadtrand.

Als ich den Motor ausgeschaltet habe, dröhnen die lauten Schreie zu mir nach draußen. Das dumpfe Klatschen von Fäusten, die auf Fleisch treffen und der Gong, der alle sechzig Sekunden eine neue Runde ankündigt, schallt aus dem Gebäude.

Dutzende Bikes, Autos und Nutten tummeln sich auf dem Parkplatz. Manche der Schlampen sehen alt und verbraucht aus. Ihre Augen sind stumpf und ihre Gesichter eingefallen. Andere hingegen, gerade die osteuropäischen Mädchen, locken Typen wie mich mit ihren jungen Körpern. Manche von ihnen lächeln kokett, andere wirken ängstlich. Es ist kein Geheimnis, dass die Russen ihre Kohle nicht nur mit Koks, sondern auch mit Zwangsprostitution verdienen.

Es liegt nicht an mir, über ihr Business zu urteilen, trotzdem vermeide ich es, Mädchen zu ficken, die noch nicht mal volljährig sind, und mich, schon bevor ich sie überhaupt angefasst habe, anflehen, sie nicht zu töten.

Bei so etwas vergeht mir die Lust. Ich bevorzuge Bitches, die wissen, was Sache ist, und die kein Problem damit haben, wenn es auch mal härter zugeht. Mir den Skullbandana vom Gesicht ziehend, steige ich ab und biege den Rücken durch.

Anscheinend bin ich nicht der einzige Son, der die Idee hatte, sich die Nacht um die Ohren zu schlagen. Links entdecke ich Cube, sehe zu, wie er eine kleine Asiatin gegen die Mauer presst und sich in einem schnellen Rhythmus wieder und wieder in sie stößt. Die Kleine schreit, drückt ihm ihren Arsch entgegen und fordert ihn mit piepsiger Stimme auf, sie härter zu ficken. *Läuft bei ihm ...*

Im Inneren der Halle angekommen, bleibe ich kurz stehen und atme tief ein. Die Mischung aus Muschi, Schweiß, Blut und Rauch, die mir entgegenschlägt, hat mir echt gefehlt.

„Yeah Alter, was geht ab? Schön, dich zu sehen. Ich dachte, du sitzt noch immer deine Zeit in Walla Walla ab?"

Pierce, ein ehemaliger Member unseres Clubs, boxt mir gegen die Schulter.

Er ist so winzig, dass ich ihn in der Menge glatt übersehen habe.

Vor fünf Jahren ist er an Hodenkrebs erkrankt, soweit ich informiert bin, hat er sich von seinem Gehänge getrennt und ist so dem Tod von der Schippe gesprungen. Damals ging es ihm für lange Zeit echt dreckig, sodass er Joker gebeten hat, sein Leder ablegen zu dürfen. *Voll krass!* Kutte und Eier gegen das Leben. Keine Ahnung, ob ich mich auch so entschieden hätte. Jetzt ist er *out in good standing*, was bedeutet, dass er sich im Guten von Club getrennt hat und immer noch ein guter Freund der Sons ist. Kaum dass Pierce sich gesundheitlich erholt hatte, hat der MC beschlossen, den Fight Club zu eröffnen. Seitdem schmeißt Pierce den Laden, nimmt die Wetten entgegen und ist auf diesem Weg doch wieder zu einem Teil des *Sons of Silence Motorcycle Clubs* geworden.

Wie sagt Zoe immer?

Am Ende findet zusammen, was zusammengehört. Klingt zwar ziemlich schnulzig, ist aber ein schöner Gedanke.

„Walla Walla und ich machen gerade Pause."

Er lacht.

„Bewährung?"

Ich nicke.

„Ein Wunder, dass ein Wiederholungstäter wie du überhaupt noch die Chance bekommt, sich zu bewähren."

Mein geknurrtes „Halt's Maul, alter Mann!", überhört er einfach.

„Bist du zum Spaß hier oder willst du in den Cage?"

Das *oder* verstehe ich nicht ganz.

„Gerade wegen des Spaßes will ich in den Käfig."

Ich ziehe fünf Benjamins hervor und stopfe sie ihm in die Hemdtasche.

„Auf wen setzt du?"

Blöde Frage.

„Auf mich natürlich!"

Einen Pfiff ausstoßend, wirft er einen Blick auf das Klemmbrett, das er immer bei sich trägt.

„Erst noch ficken oder gleich kämpfen?"

Mit den Schultern rollend deute ich auf den Cage, in dem gerade zwei Typen wie wild aufeinander einschlagen. Der graue Betonboden ist rot vor Blut.

„Scheint etwas Persönliches zu sein."

„Ich glaube, es geht um 'ne Pussy."

Das würde die Scheiße, die da abläuft, erklären.

„Alles klar, sobald die Hampelmänner fertig sind, bin ich dran. Kapiert?"

Zufrieden sehe ich dabei zu, wie Pierce einen Namen streicht und durch meinen ersetzt.

An der Bar setze ich mich auf einen der Holzhocker, bestelle ein Bier und zünde mir eine Kippe an.

Der Typ neben mir stinkt nach Pisse und prahlt damit, wie er vergangene Nacht beinahe die Schwester von irgendeinem Kerl vergewaltigt hätte. Dank seiner Lautstärke komme ich nicht umhin, ihm zuzuhören. „Winzig klein, die Tusse. Hat rote Haare wie ein Fuchs. Ist 'ne echte Hexe, das Weib." Lachend fasst er sich in den Schritt. „Heut Nacht pack ich sie mir. Wär doch gelacht, wenn ich mir die entgehen lassen würde."

Die Tatsache, dass die Beschreibung perfekt auf meine Bewährungshelferin passt, lässt mich hellhörig werden. Seine Kumpels stimmen ihm zu und schlagen ihm vor, was er mit der Bitch alles machen soll. Nach mehreren Ideen kommen die Idioten zu dem Entschluss, dass sie sich die Hexe teilen wollen. *Fuck!*

Zwei der Arschlöcher geben ebenfalls ihre Erinnerung an den Vorfall zum Besten und reden davon, was sie mit dem Mädchen anstellen werden, wenn sie an der Reihe sind. Eine Verabredung zu einer Gruppenvergewaltigung!

Wie ich solche Typen hasse.

Doppel Fuck!

Ich wünsche mir fast, dass Pierce mir das Arschloch in den Käfig schickt. Wenn ich mit ihm fertig bin, wird er so schnell nicht mehr in der Lage sein, eine Frau anzufassen. Die Lucky fertig rauchend, beobachte ich den Fight. Zumindest tue ich das solange, bis ein Name fällt, der mir die Haare zu Berge stehen lässt.

„Die Fotze heißt Kinly oder so. Nein, Quatsch ... da war ein Mc davor! McKinley war es, glaub ich. Der Loser von ihrem Bruder wird uns nicht in die Quere kommen, da bin ich mir sicher. Sie hat ihn rausgeschmissen, der ist echt wütend auf die Bitch."

Klar gibt es Dutzende von Frauen mit dem Namen McKinley. Aber wie viele von ihnen werden rote Haare haben und überdurchschnittlich klein sein?

Das Mädchen, das der Typ gerade beschrieben hat, ist Sarah unheimlich ähnlich. Zufall? Wohl kaum! Wenn er wirklich versucht hat, sie letzte Nacht zu vergewaltigen, würde das auch ihr panisches Verhalten von heute Morgen und den blauen Schatten in ihrem Gesicht erklären. Eine unheimliche Kälte breitet sich in mir aus.

Noch bevor ich den Wichser packen und mit dem Kopf so oft gegen die Bar knallen kann, dass ihn, wenn ich mit ihm fertig wäre, nicht mal seine eigene Mutter wiedererkennen würde, läuft Pierce an mir vorbei. Ich nutze die sich mir bietende Gelegenheit und stoppe ihn.

„Was los, Mason?"

„Der Typ da“, ich deute auf den Bastard, der gerade plant, meine Bewährungshelferin zu missbrauchen.

„Hat der sich für einen Kampf eingetragen?“

Pierce fragt gar nicht erst, warum ich das wissen will, mustert den Wichser und wirft einen Blick auf sein Klemmbrett.

„Jep, der ist später dran. Will in den Käfig, genau wie du.“

Sehr schön.

„Alles klar, dann will ich ihn.“

Pierce lacht.

„Echt jetzt?“

„So was von echt.“

Wieder zückt er seinen Bleistift, wieder bekomme ich meinen Willen.

„Alles klar, dann mach dich bereit. Ich kenne den Kerl, der kann gut einstecken und gut austeilen. Der wird nicht leicht zu knacken sein, Bro. Vielleicht sollte ich auch 500 Flocken setzen – aber nicht auf dich. Wegen der Spannung. Du verstehst?“

Eine weitere Kippe rauchend, koste ich die Vorfreude aus, die sich in mir ausbreitet.

„Tu dir keinen Zwang an. Setz, auf wen du willst, aber beschwer dich nicht, wenn du dein Geld verlierst!“

Der Gong ertönt dreimal hintereinander. Ich werfe einen prüfenden Blick in den Cage und stelle fest, dass einer der Kontrahenten reglos auf dem Boden liegt. Die Zuschauer jubeln und grölen. Recken die Fäuste in die Höhe und eilen zu ihren Buchmachern, um sich ihre Gewinne abzuholen.

„Wenn das so weitergeht, hat die Hölle bis morgen Früh wegen Überfüllung geschlossen.“

Kaum dass Pierces Worte verhallt sind, tauchen auch schon zwei junge Männer auf, die die dicke, eiserne Gliederkette, die den Eingang zum Käfig verschlossen hat, aufsperren. Einer von ihnen hat tatsächlich eine Schubkarre, gefüllt mit Sägespänen, dabei. Blitzschnell wird eine rote Plane ausgebreitet, der Tote draufgerollt und das Blut mit den Spänen aufgesaugt und zusammengekehrt. Die zwei Jungs arbeiten schnell und routiniert. Innerhalb weniger Minuten ist der Cage sauber und bereit für den nächsten Kampf – meinen Kampf.

Ich leere mein Bier, gehe in die Kabine, die eigens für uns Sons reserviert ist, und mache mich bereit. Im Gegensatz zu den meisten Kämpfern ziehe ich meine Stiefel aus und verzichte darauf, mir die Hände bandagieren zu lassen. Ich muss den Boden unter den Füßen und den Körper meines Gegners an meinen Fäusten spüren. Die Kutte samt der Waffe lege ich ab und beginne damit, mich warm zu machen.

Zehn Minuten später mache ich mich auf den Weg zum Käfig. Pierce steht bereits hinter den dicken Eisenstangen, durch ein Mikro kündigt er die nächsten Fighter an. Kaum dass er bekanntgegeben hat, dass heute ein *Son of Silence* im Ring steht, toben die Zuschauer und die Buchmacher werden überrannt.

Es ist kein Geheimnis, dass wir keine Gnade kennen und niemals, absolut niemals verlieren.

Ich höre meinen Namen durch die Halle schallen.

„Und jetzt, Ladys und Gentlemen, präsentiere ich euch Mason, den Enforcer des *Sons of Silence Motorcycle Clubs* und seinen Herausforderer Kitt."

Kitt? Echt jetzt? *Wie Kitty? Wie ein Kätzchen? Fuck!*

Was für ein beeindruckender und furchteinflößender Name. Und was heißt da eigentlich Herausforderer?

Ich war derjenige, der mir diesen Wichser ausgesucht hat.

Scheiß drauf! Es spielt keine Rolle, wer hier wen herausfordert. Das Einzige, was zählt, ist, wessen Blut am Ende des Fights den Boden bedeckt. Soll Pierce ruhig seine Show abziehen, je wilder die Menge ist, umso mehr Spaß macht es.

Das Kätzchen betritt den Käfig. Kitts Vorbereitungen haben wohl darin bestanden, sich volllaufen zu lassen und die Ärmel hochzukrempeln. Das wird lachhaft! *Shit!*

Eigentlich hatte ich auf einen würdigen Gegner gehofft. Meine Fäuste zucken, wollen unbedingt in sein Gesicht.

Pierce rattert die Regeln runter, erklärt noch mal, dass der Käfig so lange versperrt ist, bis ein Sieger feststeht, und dass es keine Regeln gibt und keine Gnade erwartet werden darf. Bei diesem Satz sieht er mich bedeutungsvoll an. Ob er wirklich so blöd war, gegen mich zu setzen? Als er den Cage verlässt, boxt er mir gegen die Schulter und wackelt dabei mit den Augenbrauen. Er weiß genau, dass ich den Typen zu Hackfleisch verarbeiten werde.

Der Gong ertönt, der Fight beginnt und ich lande innerhalb der ersten Sekunden zwei gute Treffer. Kitt grinst blöd, wischt sich mit dem Handrücken das Blut aus den Augen und beginnt schwerfällig auf und ab zu hüpfen, was echt lächerlich aussieht. Dass dieser Typ kein erfahrener Kämpfer ist, ist leicht zu sehen. Ein klarer Fall von maßloser Selbstüberschätzung. „Ich werde dich fertigmachen, Biker."

Ach ja?

„Witzig. Dasselbe wollte ich gerade zu dir sagen. Erst prügle ich dir die Scheiße aus dem Leib, dann lasse ich dich für das büßen, was du Sarah angetan hast, und schlussendlich breche ich dir das Genick."

„Sarah?“ Er wirkt irritiert. „Wer soll das sein?“ Der Umstand, dass er nicht mal ihren Vornamen kennt, macht mich seltsamerweise noch wütender. „Die Hexe mit den roten Haaren, der du heute keinen Besuch mehr abstatten wirst.“ Seine Pupillen weiten sich überrascht.

„Was geht dich das an? Bist du ihr Kerl oder was?“

„Nein! Der bin ich nicht. Leider. Aber ich bin der Mann, der sie beschützen wird.“

Dass Kitt nicht kapiert, warum ich das tue, verstehe ich.

Mir geht es da nicht anders.

Warum auch immer, aber das Wissen, dass dieser Bastard sie bereits angefasst hat und vorhatte, es erneut zu tun, weckt den Killer in mir.

Diese Frau versucht seit Jahren mir zu helfen. Okay. Ihre Maßnahmen und Mittel sind nicht sonderlich erfolgversprechend – zumindest nicht bei mir – aber dennoch gibt sie ihr Bestes. Klar ist es ihr Job. Aber Scheiße! Ich kenne viele Bewährungshelfer und darum weiß ich, dass sie mehr tut, als sie müsste. Viele ihrer Kollegen lassen sich am Arsch lecken. Sarah hingegen kämpft mit einer unzerstörbaren Zuversicht für das, woran sie glaubt. Und das bewundere ich ...

„Bist du irre, Son?“

Bis zu einem gewissen Grad bin ich das garantiert.

„Nenn mir deinen richtigen Namen. Oder hat dich deine Mama wirklich Kitt genannt?“

Er versucht einen Schlag, ich weiche ihm mühelos aus, was ihm einen Fluch entlockt.

„Du willst wissen, wer dich töten wird, Arschloch?“

Um die Sache abzukürzen, nicke ich einfach nur. Was bringt es, mit Idioten zu diskutieren? Spätestens wenn er an seinem eigenen Blut erstickt, wird er kapieren, dass er derjenige von uns beiden ist, der diesen Käfig mit den Füßen voraus verlassen wird. „Kendrick!“

„Kendrick? Na also ...“

Wieder hole ich aus, dieses Mal verpasse ich ihm einen kraftvollen Hieb in die Rippen. Ich spüre, wie seine Knochen brechen, seinem Schrei nach muss es höllisch weh tun.

Stolpernd fällt er gegen die Eisenstangen, hält sich die Mitte und kämpft darum, auf den Füßen zu bleiben. Lächelnd sehe ich ihn an und fordere ihn mit einem Winken auf, weiterzumachen.

Mit schmerzverzerrtem Gesicht greift er sich hinten in die Hose, zieht ein Butterfly hervor und lässt es durch die Luft wirbeln. Die Klinge in meine Richtung reckend, grinst er fies.

Süß! Denkt er wirklich, dass ihn das retten wird?

Lachend hole ich mit dem Fuß aus, kicke das Messer aus seiner Hand und fange es geschickt auf. Erschrocken reißt er die Augen auf, Panik spiegelt sich in seinem Blick.

Um ihm zu zeigen, was ich von dieser Scheiße halte, steche ich ihm in den Oberarm und lasse die Klinge durch sein Fleisch gleiten. Blut fließt auf den Boden, tropft auf seine Füße. Die Menge jubelt, immer mehr Dollars landen in den Taschen der Buchmacher. Mittlerweile geht es in den Wetten nicht mehr darum, ob ich gewinne, sondern wie viele Runden Kitt noch durchsteht.

Ich tobe mich aus. Platziere meine Fäuste immer schneller und ärgere mich, als ich feststelle, dass Kitt kaum noch versucht auszuweichen. Seine Atemzüge kommen rasselnd und abgehackt, er weiß, dass er verloren hat. Ich rechne damit, dass er mich um sein Leben anflehen wird – falsch gedacht.

„Diese Sarah wird trotzdem schreien. Meine Kumpels sind garantiert schon auf dem Weg zu ihr."

Mein Kopf ruckt in Richtung Bar, tatsächlich ist von den Wichsern, mit denen er sich vorhin unterhalten hat, keiner zu sehen.

„Bullshit! Die würden doch nicht ohne dich gehen."

Er spuckt Blut, grinst höhnisch.

„Ach nein? Warum sollten sie mir beim Verlieren zusehen, wenn in der Stadt eine fuchsige Pussy darauf wartet, gefickt zu werden?"

Gute Frage ...

„Ihr seid Freunde."

„Nein, sind wir nicht. Wir kennen uns noch keine 48 Stunden."

Fuck off! Das ändert alles.

„Dein Glück. Das bedeutet, dass ich los muss und dein Leiden hiermit ein Ende hat."

Hoffnung wallt in seiner Mimik auf, er denkt tatsächlich, dass ich mich umdrehe und gehe, ohne ihm vorher den Rest zu geben. Unter anderen Umständen, wenn er einfach nur irgendein Loser wäre und nicht der Bastard, der Sarah verletzt hat, hätte ich das vielleicht sogar getan.

So aber? Never!

Ich schüttle die Hände aus, meine Wirbelsäule prickelt und meine Sinne schärfen sich.

„Steh auf, wenn du wie ein Mann sterben willst."

Verwirrung spiegelt sich in seinem Blick.

„Was? Nein! Bitte ..."

Na also, jetzt fleht er ja doch.

„Hast du echt gedacht, du könntest gegen mich gewinnen?"

Er nickt. Ich lache.

„Rocker kämpfen härter ... Gegen uns hat keiner eine Chance. Seit der Gründung dieses Fight Clubs hat noch nie ein Son verloren!"

Der Gong ertönt, wieder eine Runde vorbei. Keine Ahnung, die wievielte das jetzt schon ist, es spielt auch keine Rolle.

„Los jetzt, steh auf. Mir bleibt nicht viel Zeit."

Kitt regt sich nicht, sondern bleibt einfach liegen, entweder aus Furcht oder vor Erschöpfung. Einen letzten Blick über die Zuschauer schweifen lassend, mache ich allen Anwesenden klar, was jetzt passiert. Die Stimmen verstummen, innerhalb von wenigen Sekunden herrscht eine unheimliche Stille. Es ist so leise, dass ich meinen rasenden Puls überdeutlich wahrnehme. Die blutrünstige Menge will es hören, das Knacken der Knochen – Kitts brechendes Genick.

Ein Zittern durchläuft ihn, rote Flecken zieren seine Haut.

Angst – roh und hart – schlägt mir entgegen.

„Was denkst du? Hat Sarah sich letzte Nacht auch so gefühlt? Hat sie dieselbe Panik verspürt wie du gerade?"

Langsam umfasse ich seinen Kopf, drücke meine Finger fest zusammen und sehe Kitt unverwandt in die Augen, während ich seinen Kopf mit einem Ruck nach rechts drehe.

Das unverkennbare Geräusch seiner brechenden Halswirbelsäule lässt mich erschaudern. Die Menge tobt, ich löse meine Hände und richte mich auf.

Pierce kommt klatschend auf den Käfig zu, wartet, bis die zwei Jungs die Kette gelöst haben und hängt sie mir wie eine Trophäe um den Hals. Ich warte, bis der ganze Zirkus vorbei ist. Dann lege ich die Kette ab, eile aus dem Cage und rufe Pierce zu, dass er meinen Gewinn bis zum nächsten Mal für mich verwahren soll. Wie üblich warten gut ein Dutzend Nutten in meiner Kabine. Pierce weiß genau, dass ich nach dem Kämpfen ficken muss, um mich abzureagieren. Manche der Mädels wären definitiv eine Nacht wert ... Aber *fuck!* Heute bleibt mir keine Zeit, das Hoch des Sieges auszukosten!

Mit einer Handbewegung schicke ich sie weg, ziehe mich an und stürme zu meinem Bike.

Bleibt mir nur zu hoffen, dass ich nicht zu spät bin ...

6. Kapitel

Sarah

Der Rotwein leert sich mit erschreckender Geschwindigkeit, der Schaum um mich herum knistert, und in dem Buch, das ich gerade lese, geht es heftig zur Sache.

Um mich abzulenken, habe ich mir einen neuen Roman auf meinen Kindle gezogen und – was soll ich sagen – in der Geschichte geht es um einen gefährlichen Rockerclub, Schießereien, taffe Old Ladys und verdammt viel Sex.

Natürlich weiß ich, dass der Inhalt des eBooks fiktiv ist und keine wahre Begebenheit darstellt. Trotzdem erwische ich mich immer wieder dabei, wie meine Gedanken zu Kenneth Thompson gleiten, dem Vollstrecker des *Sons of Silence Motorcycle Clubs,* der heute Kopf und Kragen riskiert hat, nur um mich zu beschützen. Ich stelle mir vor, wie sein Leben wohl aussieht, was er so alles macht und wie er mit seiner Kutte bekleidet auf seiner Harley sitzt und gen Sonnenuntergang fährt. In meinem Tagtraum befinde ich mich hinter ihm auf dem Sozius, die Arme um seine Mitte geschlungen und den Geruch von Mann und Abenteuer in der Nase. Eine warme Blase steigt in mir auf, zerplatzt in meinem Brustkorb und hinterlässt ein angenehmes Prickeln.

Huiuiuiuiuiui....

Ich sollte wirklich aufhören, in meiner Fantasie in den Armen dieses Bikers zu liegen. Das ist nicht gut – gar nicht gut! Weder für mein Seelenheil noch um meine Professionalität aufrechtzuerhalten. *Trotzdem! Trotzdem! Trotzdem* fällt es mir verdammt schwer, ihn aus meinen Gedanken zu verbannen. Und diese Biker-Romance mit ihren heißen Erotikszenen hilft mir auch nicht gerade dabei, mein Kopfkino etwas zu bremsen.

Ich wandle die Handlung des Buches ab, füge mich und meine Erinnerung mit hinein und gestalte mir so meine eigene Biker-Geschichte.

„Warum oder besser gesagt – vor wem fürchten Sie sich?"

Dieser Satz in Kombination mit dem Ausdruck in seinen zeitlos wirkenden Augen ... *Hach ... Ich schmelze dahin ...*

Das alles hat schon etwas Romantisches. Ein großer starker Mann, der eine kleine Frau beschützen will. Kitschig? Ja! Klischeehaft?

Keine Frage! Aber dennoch so mega romantisch ...

„Im Augenblick sind Sie nicht meine Bewährungshelferin, sondern einfach nur eine Frau, die mir hier und jetzt einen Namen nennen und dann ihre Angst vergessen kann! Wer auch immer Sie verletzt hat, ist ein toter Mann, wenn Sie das wollen.“

In meiner Fantasie packt er mich an den Armen, zieht mich zu sich, sodass ich von seiner Kraft und seiner Wärme umgeben bin, und küsst mich stürmisch.

Ich stelle mir vor, dass er nach Leder, Schießpulver und Mann riecht, und dass die Muskeln in seinen Armen verlangend zucken, während ich mich schutzsuchend an ihn presse und zulasse, dass sich seine raue Zunge durch meinen Mund wühlt.

Ach du heilige Scheiße!

Entsetzt von der Tatsache, dass ich mich gedanklich gerade einem vorbestraften Kriminellen hingegeben habe, dessen Vorstrafenregister so lang ist wie meine sechs seitige Telefonrechnung, richte ich mich ruckartig auf, sodass etwas Rotwein in mein Badewasser schwappt und schüttle von mir selbst überrascht den Kopf.

Ist der Wein schlecht? Prüfend drehe ich die Flasche und suche das Etikett nach dem Mindesthaltbarkeitsdatum ab. Da steht keins.

Aber ich hätte doch geschmeckt, wenn der Wein gekippt wäre. Oder?

Vielleicht ist auch einfach die bereits von mir konsumierte Menge des Merlots in Kombination mit dem heißen Badewasser schuld.

So oder so muss ich aufhören, mir meinen eigenen Rockerporno zusammenzureimen. So etwas gehört sich nicht.

Kenneth Thompson ist heiß, böse, groß und gefährlich und absolut der falsche Mann für mich. Oder? Na ja, vielleicht wäre ich auch genau die richtige Frau für ihn? Immerhin bin ich dank meiner Ausbildung dazu in der Lage, ihm dabei zu helfen, auf die richtige Seite des Gesetzes zu kommen ...

Ich kichere über die Abwegigkeit meiner Überlegungen.

Das ist absolut lachhaft. Dieser Biker ist der Enforcer der Sons.

Neugierig wie ich bin, habe ich längst das Internet nach Informationen über das Aufgabengebiet eines Vollstreckers in einem Rockerclub abgesucht und was ich gelesen habe, war echt heftig. Dennoch muss ich zugeben, dass mich diese düstere und von Gewalt geprägte Welt der Biker fasziniert. Diese Leute leben nach ihren eigenen Regeln und haben ihre ganz eigenen Gesetze. Für die normale Gesellschaft interessieren sich diese Outlaws einen Scheiß.

Thompson ist alles andere als harmlos und garantiert nicht weich und plüschig. An ihm würde ich mir alle zehn Finger verbrennen.

Trotzdem! In den letzten Jahren habe ich diesen Biker öfter getroffen als meine Eltern. Ich habe ein Gefühl für diesen Mann bekommen und bilde mir ein, dass er mir nicht mehr allzu fremd ist. Weder fürchte ich mich vor ihm noch finde ich sein wildes Äußeres abstoßend.

Im Gegenteil! Heiß, heißer, *Son of Silence*!

Schon verrückt. Ausgerechnet ich, die nette und eher spießig wirkende Bewährungshelferin, stehe auf Bad Boys.

Ob das für meinen Chef ein ausreichender Kündigungsgrund wäre?

Herausfinden will ich es lieber nicht.

Vielleicht reagiere ich auch nur so stark auf diesen Rocker, weil ich einfach schon viel zu lange alleine bin. Mein Singledasein ist zum Dauerzustand geworden. Keine Ahnung, wann ich das letzte Mal geküsst oder gevögelt worden bin?

Eigentlich liebe ich es, in den Armen eines Mannes einzuschlafen, zu kuscheln und einfach nicht alleine zu sein.

Dumm nur, dass mir meine Arbeit ziemlich wenig Freizeit lässt und dass ich irgendwie nie dazu komme, mal auszugehen. Andere Frauen haben die Chance, durch ihren Beruf Typen kennenzulernen, ich hingegen ... *Öhm* ... *Ja* ... Da wären wir also wieder beim Thema!

Seufzend genehmige ich mir einen großen Schluck meines Weins, lehne mich wieder in den knisternden Schaum und lese weiter.

Natürlich! Hat die Protagonistin in meinem Buch in dem nächsten Kapitel mehrmals harten, schmutzigen und multiple Orgasmen bescherenden Sex. Und *natürlich* stelle ich mir verträumt vor, wie es wohl wäre, mit ihr zu tauschen.

Die Zeit verstreicht, das Wasser wird kälter und in meinem Buch sirren Kugeln, Blut spritzt und Feinde werden getötet. Ich bin mitten drinnen in der Welt des Rockerclubs, fliege nur so durch die Seiten.

Zumindest bis mich ein lautes Knacken aus der Romanwelt reißt. Irritiert lege ich den Kindle beiseite und lausche in die Stille. Da ist nichts, habe ich mir das vielleicht nur eingebildet? Gerade als ich mich wieder meinem Roman widmen will, knackt es erneut. Es klingt so, als würde sich jemand an meiner Wohnungstüre zu schaffen machen.

Ob das David ist? Was, wenn er nirgendwo anders untergekommen ist?

Fluchend steige ich aus der Wanne, wickle mich in ein Handtuch und gehe zur Türe.

Vor 24 Stunden hätte ich nicht gezögert und sie einfach aufgemacht. Jetzt hingegen ...

Der Schrecken von letzter Nacht steckt mir noch immer in den Knochen. Also versichere ich mich erst, dass tatsächlich mein Bruder auf der anderen Seite steht und keiner von seinen brutalen Kumpels.

„David, bist du das? Bist du allein?“

Stille.

„David?“

Ein mulmiges Gefühl breitet sich in meinem Bauch aus.

„Mach die Tür auf, Hexe!“

Ohhhh Verdammmt!

Anstatt zu tun, was die fremde Männerstimme verlangt, drehe ich den Schlüssel sicherheitshalber ein weiteres Mal im Schloss um und weiche einen großen Schritt zurück.

Mist! Was nun? Ich muss die Cops rufen!

Noch bevor ich los eilen und mein Telefon suchen kann, tönt ein dumpfes Geräusch zu mir hinein. Es klingt nach einem Schlag.

Ein leises Knacken, dann scheppert etwas und ein Schrei ertönt.

Wie erstarrt stehe ich da und lausche dem Tumult im Flur. Ein gepeinigtes „Bitte nicht!“, wird von mehreren dumpfen Schlägen abgelöst. Was zur Hölle passiert da draußen? *Herrgott!* Warum war ich bisher immer zu geizig, mir so einen Spion in die Türe machen zu lassen! Wieder und wieder knallt es. Ein Rasseln ist zu hören, dann das Geräusch von Stiefeln, die auf Fliesen treffen. Da rennt jemand weg.

Was ist, wenn David gekommen ist, um mir zu helfen? Oder wenn Frank mich retten wollte und jetzt brutal geschlagen wird?

Ich bin hin- und hergerissen ... Meine Angst überwindend, eile ich schlussendlich in die Küche, hole ein Messer und reiße mit einem Ruck die Türe auf.

Keine Ahnung, womit ich gerechnet habe, irgendwie mit allem, aber doch nicht mit dem Rocker, der mir schwer atmend gegenübersteht, einen Mann am Kragen gepackt hält und die Faust zum Schlag erhoben hat. Er stoppt die Bewegung und sieht amüsiert auf das Brotmesser in meiner Hand.

„He Mädchen, was soll das werden?“

Mein Hirn ist überfordert. *Thompson?* Vor mir steht niemand Geringerer als der Enforcer der Sons. Wobei *stehen* nicht ganz stimmt, schließlich ist er damit beschäftigt einem von den Arschlöchern, die mich letzte Nacht angegriffen haben, die Zähne auszuschlagen.

Die Aufregung, die Angst und der viele Alkohol sind einfach zu viel für meinen Kreislauf. Mir wird schwindelig und ich gerate ins Wanken. Thompson reagiert blitzschnell, schlägt seine Faust in das Gesicht des Mannes und lässt ihn anschließend los, sodass der mit blutüberströmtem Gesicht zu Boden fällt. Dann streckt der Biker seinen Arm nach mir aus, um mich zu stützen. Geschickt entwindet er mir das Messer und murmelt irgendetwas über Zahnstocher und verrückte Frauen.

„Passiert das gerade wirklich oder bin ich in der Badewanne eingeschlafen und gebe mich weiter meinen Rockerfantasien hin?"

Erst als sein raues Lachen durch das Haus dröhnt, wird mir klar, dass ich die Frage tatsächlich laut ausgesprochen habe.

Oh Scheiße! Das ist peinlich!

„Es passiert wirklich. Und ich will definitiv mehr über Ihre Fantasien erfahren, Sarah."

Er zwinkert mir zu, was mein armes Herz aus dem Takt bringt.

Diese Szene könnte gut aus dem Buch stammen, das im Badezimmer liegt und darauf wartet, von mir fertig gelesen zu werden.

Anstatt mich gegen seinen festen Griff zu wehren, lasse ich zu, dass Thompson mich fest an seine mit Leder bekleidete Brust drückt.

Er dreht sich zu dem am Boden liegenden Typen um und verpasst ihm einen harten Tritt.

„Wenn ihr leben wollt, lasst ihr euch hier nie wieder blicken. Denn wenn ihr diese Frau jemals wieder auch nur anseht, töte ich euch!"

Die Endgültigkeit, die in dieser Warnung mitschwingt, lässt mir die Haare zu Berge stehen. Erst jetzt wird mir bewusst, dass ich nackt und nass bin und nur ein Handtuch meinen Körper verhüllt.

Der Verletzte nickt so heftig, dass sein Blut gegen die Wand spritzt, dann krabbelt er davon, steht umständlich auf und läuft, so schnell er kann, die Treppen runter.

Thompsons „Das wäre ein für alle Mal geklärt", klingt zufrieden.

Noch bevor ich ihm danken oder fragen kann, was er hier zu suchen hat, taucht Frank auf. Natürlich hat er seine Schrotflinte bei sich. Als er mich in den Armen des kuttentragenden Rockers sieht, nimmt er zu meinem Erstaunen die Flinte runter und brummt etwas Unverständliches. Die beiden Männer scheinen sich zu kennen, denn mein Nachbar grüßt Thompson mit einem Nicken.

„Frank, alles klar?"

Der Biker deutet auf die Waffe.

„Freut mich, dich zu sehen, Mason. Wird Zeit, dass sich das Mädel endlich mal 'nen anständigen Kerl gesucht hat."

Wie bitte? Was? Anständig? Der Rocker und anständig? Alles klar! Und warum eigentlich *Mason*? Ich dachte, er heißt Kenneth.

„Dieses Mal muss ich dir die Flinte nicht dalassen, was Kleines?" Mit einem Nicken deutet er auf Thompson. „Bei ihm hier bist du in Sicherheit."

In Sicherheit? Bei dem Vollstrecker des *Sons of Silence Motorcycle Clubs*? Interessant!

„Danke, dass du hochgekommen bist, mal wieder. Ich hoffe, das wird nicht zur Gewohnheit."

Frank hebt zur Verabschiedung die Hand, geht dann wieder die Treppe runter und lässt mich mit dem Rocker alleine.

Unsicher, was jetzt passiert oder wie ich mich verhalten soll, versuche ich, mich aus Thompsons festem Griff zu lösen – vergeblich.

„Alles klar bei Ihnen?"

Ich spüre seinen eindringlichen Blick auf meinem Gesicht und sehe ihn an.

„Um ehrlich zu sein, weiß ich das gerade nicht so wirklich."

Ganz Herr der Lage, bringt er mich in die Wohnung, schließt die Türe hinter uns und führt mich in mein Wohnzimmer, direkt zu dem Sofa.

„Setzen Sie sich."

Da sich meine Knie anfühlen, als würden sie jederzeit einfach ihren Dienst verweigern, tue ich, was er verlangt und zupfe nervös mein Handtuch zurecht. Thompson legt das Messer auf den Couchtisch und mustert mich besorgt.

Als er feststellt, dass mir nichts fehlt, verwandelt sich die Besorgnis in seinem Blick in etwas anderes, etwas Wildes, das mich an Sex und zerwühlte Laken denken lässt. Sofort werde ich mir meiner Schutzlosigkeit mehr und mehr bewusst. *Hilfe!*

Ich bin alleine mit einem der gefährlichsten Männer dieses Landes in meiner Wohnung und trage nichts weiter als ein viel zu knappes Handtuch, unter dem ich völlig nackt bin.

„Was machen Sie hier?"

Nicht gerade die intelligenteste Frage, aber ich muss das wissen.

„Ihren Arsch retten."

Oh ja, das hat er allerdings.

„Woher wussten Sie, dass die Typen heute Nacht wiederkommen würden?"

„Zufall."

Zufall? Echt jetzt? Das kaufe ich ihm nicht ab.

Wenn einem das Marmeladenbrot auf den Boden fällt und es ausnahmsweise mal nicht auf der beschmierten Seite landet, dann ist das Zufall. Aber einfach mal so, mitten in der Nacht bei seiner Bewährungshelferin aufzutauchen und sie vor einer Bande brutaler Vergewaltiger zu retten, ist kein Zufall.

Ich überwinde meine Nervosität und betrachte Thompson etwas genauer.

Er sieht wild aus, brutal und gefährlich. Seine dunklen, meeresblauen Iriden glänzen, das Blond seiner Haare schimmert golden und seine schwarze Kutte passt perfekt zu der abgewetzten Jeans und den schweren Bikerstiefeln an seinen Füßen. Eine silberne Gliederkette baumelt an seinem Gürtel und verschwindet in der Hosentasche.

Ich wette, dass sie an seinem Portmonee befestigt ist. Irgendwie witzig. Wer ist denn bitte so verrückt und klaut einem bewaffneten Rocker seinen Geldbeutel? Er trägt ein schwarzes Shirt, eine silberne Halskette und unzählige Ringe. Mir fällt auf, dass seine Hände schlimm aussehen. Blutig, mit aufgeplatzten Knöcheln.

Er wirkt stark und unbezwingbar und einfach viel zu groß für mein Wohnzimmer.

„Sie sind verletzt!"

Irritiert runzelt er die Stirn.

„Wo?"

Wie kann es sein, dass er den Schmerz nicht spürt?

Mit zittrigen Beinen stehe ich auf, gehe zu ihm und nehme mir seine rechte Hand. Sanft lasse ich meine Finger über seine Wunden gleiten.

Plötzlich sind wir uns so nah, dass ich seinen Duft einatme und die Wärme, die er ausstrahlt, spüren kann.

„Das ist nichts. Nur etwas abgeschürfte Haut."

„Das sehe ich anders. Sie hätten vorsichtiger sein sollen, Thompson. Ich habe zwar keine Ahnung, wie viele von den Kerlen vor meiner Türe standen, aber den Geräuschen nach garantiert mehr als zwei. Was, wenn die Arschlöcher Sie angegriffen hätten? Das hätte echt schlimm ausgehen können."

Seine Mundwinkel zucken amüsiert. Lacht er mich etwa gerade aus?

„Es waren vier und nein, es war nicht gefährlich. Zumindest nicht für mich. Wir Rocker kämpfen härter! Die Bastarde hatten keine Chance und können froh sein, dass sie mit ein paar gebrochenen Knochen davongekommen sind. Dass Sie aber nur mit diesem Tuch bekleidet und mit einem Messer bewaffnet die Türe aufgemacht haben ...

Fuck, Sarah! Das war gefährlich, gefährlich und verdammt leichtsinnig und ich verbiete Ihnen, so etwas noch mal zu tun!"

Oha! Er verbietet es mir? Na so was!

Unsicher, was ich sagen soll, nutze ich die Gelegenheit und betrachte die vielen Patches, die seine Kutte zieren. Manche sind rund, andere rautenförmig und wieder andere sind schwarz-weiß. Dank meiner Internetrecherche und dem Buch, das ich lese, weiß ich, dass jeder Aufnäher etwas anderes zu bedeuten hat. Sie erzählen quasi eine Geschichte über den Rocker, der sie trägt.

Ich bemerke erst, dass er sich zu mir herabgebeugt hat, als sein warmer Atem über meine Stirn streift. Erschrocken lasse ich seine Hand los und weiche zurück.

„Das Badezimmer ist den Flur lang und dann links. Waschen Sie sich das Blut ab, ich hole meinen Erste-Hilfe-Kasten."

Er will mir widersprechen, also schüttle ich entschieden den Kopf, was ihn zum Schmunzeln bringt.

„Sie haben mich gerettet, also lassen Sie mich jetzt zumindest Ihre Wunden versorgen. Bitte, Thompson."

Nach kurzem Zögern macht er sich auf den Weg, ich sehe ihm nach und kann immer noch nicht fassen, was da eigentlich gerade passiert ist. Während mein Hirn alles zu verstehen versucht, eile ich ins Schlafzimmer und ziehe mir schnell ein Top und eine Hose an.

Der Vollstrecker ist in meiner Wohnung!!!

Und obwohl ich es eigentlich besser wissen sollte, bleibe ich kurz vor dem Spiegel stehen und betrachte mein Äußeres.

In der Nähe dieses Bikers fühle ich mich extrem lebendig und fraulich, keine Ahnung, woran das liegt, aber ich mag das Gefühl ...

7. Kapitel

Mason

Das Blut in meinen Adern kocht. Erst der Fight im Cage und dann die Nummer mit den Wichsern vor Sarahs Tür. Ich bin so vollgepumpt mit Adrenalin, dass es kein Wunder wäre, wenn meine Augen die Farbe wechseln würden. Wie üblich nach einem Kampf schreit mein Körper nach Sex! Hartem, wildem Sex! Die Tatsache, dass Sarah süß, sexy und halb nackt ist, macht es mir nicht leichter, meine Begierden zu kontrollieren.

Ich will diese Frau! Ich will sie unter mir liegen haben, mich bis zum Anschlag in sie stoßen und so lange, so hart ficken, bis sie das ganze Haus zusammenschreit.

Doch statt sie zu packen und meinen Dank einzufordern, lasse ich mich wie ein kleiner Junge ins Bad schicken, damit ich mir die Hände wasche. *Fuck off!*

Der kleine fensterlose Raum riecht nach Jasmin, was meinen Schwanz sofort dazu bringt, noch härter zu werden. Ich nehme mir einen Moment Zeit, um mich zu beruhigen und mir selbst einzureden, dass ich auf gar keinen Fall meine Bewährungshelferin ficken darf. Aber warum eigentlich nicht? Verdammt! Was spricht dagegen? Fluchend schlage ich mir mit der Faust gegen die Stirn, atme tief ein und fülle meine Lungenflügel so mit dem Wohlgeruch, der in der Luft hängt. Eine leere Flasche Rotwein liegt auf dem flauschigen Teppich, daneben steht, an die Wand gelehnt, ein ebook-Reader.

Neugierig schnappe ich ihn mir, wische mit dem Zeigefinger über den Bildschirm, sodass das Ding zum Leben erwacht und stelle fest, dass manche Sätze farbig markiert wurden. Die Wörter Sex, Pussy, Harley und Motorcycle Club stechen mir sofort ins Auge.

Interessant! Da scheint jemand neugierig zu sein ...

Ich lese die markierten Stellen durch und muss mir ein Lachen verkneifen, als ich feststelle, dass es sich dabei um Erotikszenen handelt.

Ja leck mich doch ...

Die Autorin versteht ihr Handwerk, der Sex ist dreckig und gut beschrieben und hart, verdammt hart. Das ist kein Blümchenquatsch, sondern ein echter Fick, zu dem ich jetzt auch nicht nein sagen würde.

Die Tatsache, dass Sarah solche Bücher liest, anscheinend auf harten Sex steht und sich für die Welt der Motorcycle Clubs interessiert, überrascht mich. Ich hätte die Kleine eher als brav und anständig eingestuft.

Nachdem ich den Reader wieder abgestellt habe, wasche ich meine Hände, schrubbe mir das getrocknete Blut von der Haut und spritze mir etwas kaltes Wasser ins Gesicht.

Gerade als ich das Licht ausschalten und zurück ins Wohnzimmer gehen will, entdecke ich einen pinken Stofffetzen, der vor der Türe am Boden liegt.

Ich bücke mich, hebe ihn auf und betrachte den knappen String. *Sexy ...*

Ohne lang darüber nachzudenken, drücke ich mir das Teil ins Gesicht, atme tief ein und inhaliere den Duft von Frau und Muschi.

Mmmhh... Erst nachdem ich das Ding in die Innentasche meiner Kutte gesteckt habe, gehe ich zurück zu Sarah und setze mich auf einen der roten Ohrenbackensessel.

Ihr Zuhause ist genauso, wie ich es mir vorgestellt habe.

Gemütlich und voller unnützem Kram wie Kissen, Kerzen und so 'nem Weiberscheiß. Zoe und Bianca würden sich hier garantiert wohlfühlen.

Sarah taucht neben mir auf, sie trägt jetzt Klamotten, was ich nicht so gut finde.

Die Jeans sitzt eng an ihrem kurvigen Arsch und das Top endet knapp unter ihrem Bauchnabel. Es juckt mich in den Fingern, die Hand auszustrecken, sie auf meinen Schoß zu ziehen und ihr zu zeigen, was ihre Nähe mit mir anstellt und welche Wirkung sie auf mich hat.

Ein unsicheres Lächeln huscht über ihr Gesicht, meine Eier ziehen sich pochend zusammen. Eine rote Tasche in der einen und zwei Dosen Coke in der anderen Hand kommt sie auf mich zu, setzt sich auf den Wohnzimmertisch und knabbert auf ihrer Unterlippe herum.

Mein Blick fällt auf das Messer, mit dem sie sich selbst verteidigen wollte – die Wut in mir kocht erneut hoch.

„Das war verflucht gefährlich. Das wissen Sie hoffentlich."

Sie folgt meinem Blick und hat genug Anstand zu erröten.

„Was hätte ich sonst tun sollen? Was, wenn die Männer Frank angegriffen hätten? Ich musste einfach nachsehen, was vor meiner Tür los war."

Frauen und ihre Neugierde ...

„Frank kann sich gut selbst verteidigen. Glauben Sie mir – es war naiv zu denken, dass diese Klinge Ihnen auch nur im Entferntesten hätte helfen können. Scheiße Sarah! Sie zu entwaffnen ist ein Kinderspiel."

Ihre grauen Augen blitzen auf.
„Ich bin gefährlicher, als ich aussehe."
Scheiße, ist sie süß!
„Ach ja ...? Wie groß sind sie? 1,40 Meter?"
„Falsch! 1,52 Meter."
„Als ob diese zwölf Zentimeter einen Unterschied machen würden."
Eine ihrer perfekt gezupften Augenbrauen wandert nach oben. Sie sagt nichts, aber grinst mich frech an.
Ich kapiere *sofort,* worauf sie anspielt.
„Keine Ahnung, wie Sie das sehen, Thompson. Aber ja, für mich machen in manchen Situationen zwölf Zentimeter verdammt viel aus."
Wenn Sarah wüsste, wie hart meine Zentimeter sind, wäre sie nicht so vorlaut. Diese verspielte, kecke Seite an ihr kannte ich bis jetzt nicht – aber sie gefällt mir. Sehr sogar!
„Okay. 1:0 für Sie."
Sarah räuspert sich, holt ein Desinfektionsspray aus der Tasche und sucht meinen Blick.
„Das könnte jetzt leicht brennen."
Wenn sie wüsste, dass die Hände, die sie gleich verarzten wird, vor weniger als zwei Stunden das Genick eines Mannes gebrochen haben, wäre sie mit Sicherheit nicht mehr so sehr um mein Wohlbefinden besorgt.
„Machen Sie sich keine Gedanken. Mein Schmerzempfinden ist anders als bei den meisten Menschen."
Sie schluckt, hat ihr diese Aussage Angst gemacht?
Es scheint fast so.
„Hören Sie, Thompson. Das ist eine sehr merkwürdige Situation für mich. Und ich habe keine Ahnung, wie ich mich Ihnen gegenüber verhalten soll. Aber es fühlt sich schräg an, dass Sie mich, obwohl Sie mir gerade den Arsch gerettet haben, siezen. Also wie wäre es mit einer etwas weniger förmlichen Anrede?"
Wenn sie wüsste, was ich mit ihrem Arsch noch so alles anstellen will, würde sie mich kurzerhand rausschmeißen! Wobei? Vielleicht auch nicht? Der Literatur in ihrem Badezimmer nach, scheint sie Rockern und hartem Sex gegenüber nicht abgeneigt zu sein ...
Aber da sie es nicht weiß, ergreife ich ihre dargebotene Hand und stelle mich ihr als Mason vor, was sie irritiert die Stirn runzeln lässt.
„Aber in deiner Akte steht, dass du Kenneth heißt."
Was da wohl noch so alles vermerkt ist?
„Mason ist mein Clubname. Alle nennen mich so."
Sarah nickt, so als wäre sie damit einverstanden.

„Gut, dann eben Mason!“

Ich halte noch immer ihre Finger fest, streiche mit dem Daumen über die Stelle an ihrem Gelenk, an dem sich ihr Puls regelrecht überschlägt.

„Danke noch mal. Ohne Sie ... ähm ... ohne dich wäre ich aufgeschmissen gewesen.“

Wenn Sarah wüsste, was ich heute noch alles für sie getan habe, wäre sie garantiert entsetzt. Ich habe für diese Frau getötet und das, obwohl sie weder zum Club noch in mein Bett gehört. *Bloody Hell!*

Ich habe für eine Außenstehende gemordet – immer mal was Neues!

„Kein Thema, ehrlich. Wie gesagt, es war Zufall, dass ich herausgefunden habe, was die Wichser vorhatten.“

Und das ist nicht mal gelogen ...

Sie wendet sich meinen Händen zu, sprüht die aufgeplatzte Haut mit dem Spray ein und lässt dieses einziehen.

„Seltsam, dafür dass da so viel Blut war, sind die Verletzungen ziemlich gering.“

„Das liegt daran, dass das meiste Blut nicht von mir war.“

Sarah hält abrupt in ihrer Bewegung inne und erschaudert. Doch sie fängt sich schnell wieder und lächelt mich schüchtern an.

„Gut zu wissen, dass Sie sich verteidigen können.“

Verteidigen muss ich mich eher selten, aber das sage ich ihr nicht. Sie ist auch so schon ziemlich verunsichert.

Erst nachdem sie meine Wunden versorgt hat, was in meinen Augen völlig überflüssig gewesen ist, steht sie auf und nimmt auf dem Sofa mir gegenüber Platz. Sie öffnet die Dose Coke und trinkt einen großen Schluck.

Ihre langen roten Haare sind feucht und kringeln sich an ihren Schultern, der Duft, den sie verströmt macht mich schier wahnsinnig und das Rosa ihrer Lippen fesselt meine Aufmerksamkeit.

Dass ich Sarah auf meinem Schwanz will, steht außer Frage, aber wie soll ich eine brave Bewährungshelferin dazu bekommen, sich auf einen Fick mit einem mehrfach verurteilten Straftäter einzulassen?

Ich denke an das Buch, das sie gerade liest und an die markierten Stellen, nehme mir meine Coca Cola und leere die Dose in einem Zug.

Die Minuten ziehen sich, keiner von uns sagt ein Wort.

Wir starren uns einfach nur an, ich genieße ihre wachsende Nervosität. Ich erinnere mich an ihre merkwürdige Aussage kurz nachdem ich sie entwaffnet habe, mal sehen, was es damit auf sich hat.

„Wie war das eigentlich noch mal mit deinen Rockerfantasien?“

Die zarte Röte, die sich nicht nur auf ihren Wangen, sondern auch auf ihrem Dekolleté ausbreitet, verrät mir, dass es ihr peinlich ist, das gesagt zu haben.

„Vergiss, was ich da geredet habe, das lag am Schock oder am Rotwein – vielleicht auch an beidem. Was weiß ich!"

Natürlich ist der liebe Alkohol schuld.

„Und was ist mit dem Buch, das du gerade liest und den markierten Stellen?"

Vor Überraschung, dass ich darüber Bescheid weiß, fallen ihr fast die Augen aus dem Kopf.

„Du hast geschnüffelt."

Yeah, an deinem Slip ...

„Nein. Ich habe mich nur umgesehen."

Ein „Scheiße!" murmelnd steht sie auf und streicht sich durch die Haare, was eine Duftwelle zu mir rüberweht und meinen Schwanz zucken lässt.

„Das war nur Recherche ..."

Ja genau, und ich bin der Weihnachtsmann.

„Wofür recherchierst du denn?"

Sarah umrundet den Couchtisch, doch bevor sie aus meiner Reichweite verschwinden kann, bekomme ich ihr Handgelenk zu fassen.

„Ich will, dass du jetzt gehst, Mason oder Kenneth oder wie auch immer du heißen magst."

Mit einem Ruck ziehe ich sie näher zu mir, streiche mit dem Daumen über den winzigen Spalt Haut zwischen Top und Hose und beobachte wie sich die Härchen auf ihren Armen aufstellen. *So empfindsam ...*

„Bist du dir sicher, dass ich gehen soll? Oder willst du nicht lieber am eigenen Leib erfahren, wie es ist, von einem Rocker gefickt zu werden, anstatt nur darüber zu lesen?"

Sie wirkt erschrocken aber auch neugierig, was mir verrät, dass sie nicht abgeneigt ist.

„Sei nicht so vulgär ..."

Echt jetzt? Das ist alles, was sie zu sagen hat?

Unter anderen Umständen, wenn sie nicht solche Bücher lesen und ich vom Fight nicht so aufgeputscht wäre, würde ich sie wahrscheinlich frei geben, aufstehen und gehen. So aber ziehe ich sie auf meinen Schoß, schiebe ihre noch immer feuchten Haare beiseite und streiche mit meiner Nase an ihrem Hals entlang.

Fuck, riecht dieses Mädchen lecker!

Mir läuft das Wasser im Mund zusammen. Ihr leises Seufzen als Einverständnis wertend, sauge ich mich an ihrem Schlüsselbein fest und schiebe eine Hand unter den dünnen Stoff ihres Oberteils.

Sie trägt keinen BH, ihre Haut ist weich wie Samt und es fühlt sich, verdammt noch mal, viel zu gut an, sie in den Armen zu halten.

Bei allen Sons ...

Die Geschehnisse dieser Nacht und dieses Mädchen könnten mich umgehend zurück nach Walla Walla schicken und dieses Mal ohne Wiederkehr. Trotzdem höre ich nicht auf, gehe das Risiko ein und umfasse das weiche Fleisch ihrer linken Titte.

Der Preis, den ich gewillt bin zu bezahlen, ist hoch, so mancher würde sagen zu hoch. Wollen wir hoffen, dass die nächsten Stunden ihn wert sind.

8. Kapitel

Sarah

Oh ... Oh ...

Mein Verstand schreit laut *stopp*, meine Sinne wollen mehr und mein Herz wispert zufrieden, dass sich die Realität viel besser anfühlt als die Fantasie.

Ich muss ihm recht geben, auf Masons Schoß zu sitzen, zu fühlen, wie er an meinem Schlüsselbein knabbert und seine Finger unter meinem Top zu spüren, ist der Hammer! Endlich kann ich verstehen, warum die Frau in meinem Buch all die Risiken für ihren Rocker in Kauf nimmt. Es ist das gefährliche Prickeln, der Geschmack von Abenteuer und zugleich das Gefühl der Sicherheit, das sich dank seiner Gewaltbereitschaft in mir ausbreitet. Der Wein, der sich wie eine Schutzschicht um mein Denkvermögen gelegt hat, lässt zu, dass ich einfach sitzen bleibe, den Rücken durchbiege und leise seufze.

Masons raue Finger gleiten über meine Taille, streichen über meinen Rippenbogen und umfassen meine Brust. Sein Körper umgibt mich, groß und warm schirmt er mich von der Realität ab, sodass ich mich auf dieses Abenteuer einlasse.

Ich spüre die Härte, die sich durch den Stoff unserer Klamotten gegen meinen Po drückt und weiß, dass das hier nicht beim Fummeln bleibt.

Verrückterweise fürchte ich mich nicht davor, von all diesen Muskeln überwältigt zu werden. Erregt presse ich mich seiner Hand entgegen. Er zupft an meinem Nippel, zieht leicht an ihm und zwickt zu. Der bittersüße Schmerz zuckt durch mein Nervensystem und schlägt wie ein Blitz in meinem Unterleib ein.

Halleluja!

Mein Slip wird feucht und mein Kitzler pocht.

Von einer mir völlig fremden Gier getrieben, warte ich nicht, bis er mich küsst, sondern ergreife die Initiative, schlinge meine Arme um seinen Nacken und pinne meine Lippen auf die seinen. Warm und weich wühlt sich seine Zunge durch meinen Mund, kostet mich und duelliert sich mit der meinen. Dieser Rocker schmeckt nach Rauch, Mann und Abenteuer und ich kann nicht genug davon bekommen. Stöhnend reibe ich mich an seinem Oberschenkel, kralle mich in seinen Haaren fest und trinke das Knurren, das sich aus seiner Kehle löst.

Plötzlich dreht er so abrupt den Kopf weg, dass ich ins Wanken gerate.

„Zur Hölle, Weib. Mach langsam, wenn du nicht bereit bist, in drei Sekunden auf dem Boden zu liegen und meinen Schwanz in dir zu haben."

Seltsamerweise bin ich dafür bereit.

Mit mehr Mut als wahrscheinlich gut für mich ist, knabbere ich an seinem eckigen Kiefer, genieße das kratzige Gefühl seiner Bartstoppeln und lasse meine Hände über das Leder seiner Kutte streichen. Rau und zugleich weich – es fühlt sich faszinierend an, all die vielen Patches zu spüren. Das hier ist echt. Es ist keine Geschichte aus einem Buch oder ein verrückter Tagtraum, sondern die geilste Realität aller Zeiten.

Meine Erkundungstour fortsetzend, beginne ich rückwärts zu zählen.

„Drei ..."

Ein Ruck geht durch seinen Körper, die Muskeln seines Sixpacks beginnen zu zucken. Grinsend schiebe ich meine Finger nun unter das Leder, zupfe an seinem Shirt und berühre die beeindruckenden Wölbungen seiner Bauchmuskulatur.

„Zwei ..."

Mason stöhnt, flucht und beißt die Zähne so fest zusammen, dass es knackt.

„Sag eins und es gibt kein Zurück mehr, Mädchen."

Kichernd kratze ich eine Spur bis zu seinem Hosenbund und mache mich an seiner Gürtelschnalle zu schaffen. Keine Ahnung, wo ich die Kühnheit für mein Verhalten hernehme. Vielleicht liegt es an der Einsamkeit oder an dem Wein, vielleicht an dem Roman oder an dem Mann – es spielt keine Rolle. Zum ersten Mal in meinem Leben tue ich etwas Wildes, Verdorbenes und Unvorstellbares und es fühlt sich so verflucht gut an, dass ich es am liebsten in die ganze Welt hinausschreien würde!

Tief einatmend, inhaliere ich seinen herben Geruch, sehe ihm in die Augen und flüstere leise „eins!". Mehr Ermutigung braucht Mason nicht. In der einen Sekunde sitze ich noch auf ihm, in der nächsten werde ich durch die Luft gewirbelt und lande einen Atemzug später auf dem Boden.

Oh, ich stehe auf Männer, die ihr Wort halten ...

Bestimmend schiebt er mir die Beine auseinander, drückt sich dazwischen, fängt meine Hände ein und pinnt sie neben meinem Kopf fest, sodass ich seine Gefangene bin, und starrt mich aus dunklen Augen verlangend an.

„Was machst du nur mit mir, Sarah?"

„Die Frage sollte ich wohl eher dir stellen, schließlich bist du derjenige, der mich unter sich festgenagelt hat und seine Erektion an meiner Mitte reibt."

Angespannt beobachte ich, wie sich seine Nasenlöcher blähen und er für einen Moment die Augen schließt.

„Wenn du ein kluges Mädchen bist, dann stopp mich! Schick mich weg und verriegle die Tür."

Ich muss zugeben, seine Warnung und der raue Klang, den seine Stimme angenommen hat, verunsichern mich etwas. Meine Angst herunterschluckend, sammle ich all meinen Mut und spreche aus, was ich mir wünsche.

„Fick mich. Fick mich hart. Zeig mir, wie es ist, unter einem *Son of Silence* zu liegen. Beweis mir, dass die Realität besser ist als ein Buch."

Masons Mundwinkel zucken, der finstere Ausdruck weicht aus seinen Gesichtszügen, er sieht lachend auf mich herab.

„Wenn ich gewusst hätte, dass du tief in deinem Inneren ein echtes Luder bist, hätte ich schon viel eher vor deiner Türe gestanden."

So so so ...

„Vielleicht hätte ich mich auch schon viel eher auf dieses Abenteuer eingelassen. Wer weiß?"

Kreisend drückt sich seine Hüfte gegen meine Mitte, er lässt mich seine Härte spüren, sorgt dafür, dass sich mein Inneres verlangend zusammenzieht.

Ein heißer Schauer lässt mich erbeben, ich stöhne leise. Mit rauer, heiserer Stimme flüstert er mir ins Ohr, dass er keine Gnade kennen und mich zum Schreien bringen wird.

Eine Minute später hat er mir das Top über den Kopf geschoben, und die Hose samt Höschen ist ebenfalls verschwunden.

Nackt liege ich unter ihm, reibe meine Brüste an seinem Leder und beiße mir auf die Unterlippe. Mason umfasst meine Brust und zwirbelt meinen empfindlichen Nippel.

„Ich will dich, Baby."

Ein Schwall heiße Feuchtigkeit strömt aus meinem Inneren, mein Kitzler schwillt an.

Ungeduldig öffne ich seine Jeans, ziehe sie nach unten und schiebe meine Hand in seine Shorts. *Bei allen Heiligen ...* Das, was ich da fühle, ist beeindruckend dick und ziemlich lang. Seinen harten Schwanz umfassend reibe ich mit dem Daumen über den Schlitz an der Spitze und werde prompt mit den ersten Tropfen belohnt.

„Mach langsam, Frau!"

Bestimmend zieht er meine Hand zurück und nagelt sie erneut neben meinem Kopf auf den Boden. „... erst bin ich dran."

Mit seinen langen Fingern bedeckt er meine Scham, reibt über meine Klit und teilt meine Schamlippen, sodass zwei seiner Finger direkt auf meiner zuckenden Öffnung liegen. Als er spürt, wie feucht und bereit ich für ihn bin, stöhnt er laut auf.

„Deine Pussy tropft vor lauter Geilheit!"

Langsam gleiten seine Finger in mich, tief in mir krümmt er sie leicht und touchiert so meinen G-Punkt. *Oh Gottt jaaaa!*

Vor Lust getrieben hebe ich das Becken an und komme ihm willig entgegen.

Mason fängt meinen Blick ein, fesselt ihn an den seinen und richtet sich zwischen meinen Beinen kniend zu seiner vollen Größe auf.

Fasziniert beobachte ich, wie er seine Finger aus mir herauszieht, an seine Lippen hält und an ihnen schnuppert.

Nachdem er das getan hat, lässt er seine Zunge vorschnellen und leckt die cremige Feuchtigkeit ab.

Fassungslos, dass er das wirklich getan hat, schüttle ich den Kopf.

„Du bist verrückt, Rocker."

Er nickt.

„Wenn ich es nicht wäre, wüsste ich jetzt nicht, dass deine Pussy nach Sahnebonbon schmeckt. Absolut süchtig machend."

Das ist mit Abstand das tollste und zugleich schrägste Kompliment, das ich je bekommen habe. Erneut gleitet seine Hand zwischen meine Beine. Besitzergreifend umfasst er meinen Venushügel, während er seinen Daumen träge über meinen Kitzler kreisen lässt.

Wieder und wieder, er macht das so lange, bis meine Beine zu zucken beginnen und sich meine Zehen einrollen. Das Gefühl ist zu intensiv, ich versuche, seine Hand wegzuschlagen, aber er lässt es nicht zu und macht immer weiter.

Mein letzter Orgasmus ist schon so lange her, dass ich ganz vergessen habe, wie schnell und stark sich der Druck in meinem Inneren aufbaut, ehe er mit Wucht explodiert.

Ich schreie, japse nach Luft und zerfließe regelrecht an seiner Hand.

Mason beobachtet mich die ganze Zeit über, erst als meine Muschi aufhört zu krampfen, nimmt er seine Hand fort, steht auf und beginnt, sich auszuziehen.

Erst die Stiefel, dann seine eh schon an den Knien hängende Jeans und anschließend die Kutte. Entsetzt und dennoch fasziniert starre ich die Waffe an, die sich in einem schwarzen Holster unter seinem Leder befunden hat.

„Trägst du die immer bei dir?“

„Ja, immer.“

Oha ... Durch und durch böse und gefährlich!

„Dir ist klar, dass du damit gegen deine Bewährungsauflagen verstößt. Alleine wegen deiner Kutte könnte ich dich zurück nach Walla Walla bringen lassen.“

Seine Augen blitzen belustigt auf.

Er weiß genau, dass ich es nicht tun werde.

„Wie wäre es, wenn ich dich stattdessen nach Walhalla bumse?“

„Klingt nach einer guten Idee!“

Mit gierigen Augen mustert er jeden Zentimeter von mir und spreizt meine Beine noch etwas weiter, sodass seinem eindringlichen Blick nicht die geringste Kleinigkeit verborgen bleibt.

„Dachte ich mir schon, dass dir das gefällt!“

Endlich zieht er sich komplett aus, sodass ich die vielen Narben und Tattoos, die seine Haut zieren, betrachten kann. Schlangen winden sich um seine Mitte und ein Revolver zielt auf eine mit Stacheldraht eingewickelte Rose, die sich direkt auf seinem Herzen befindet. Alles an diesem Rocker ist auf eine düstere und sehr harte Art wunderschön.

Muskeln, so weit das Auge reicht – mehr Kraft, als ein einzelner Mann haben sollte.

Mason ist ein Killer, trotzdem fürchte ich mich nicht vor ihm. Im Gegenteil, in seiner Nähe fühle ich mich so sicher, wie schon lange nicht mehr!

Süchtig nach seinen Berührungen, strecke ich die Arme nach ihm aus, er kommt zu mir, legt sich auf mich und presst mich fest auf den harten Boden.

Träge wühlen sich seine schwieligen Finger durch meine weichen Falten, dringen in mich ein, entlocken mir ein lustvolles Stöhnen.

Unter halb gesenkten Lidern heraus beobachte ich Mason dabei, wie er den Kopf senkt und quälend langsam über meinen Kitzler züngelt. Er verwöhnt meine Spalte, leckt mich, während mich seine Finger immer schneller ficken.

Schwarze Punkte zerplatzen vor meinen Augen, meine Synapsen fangen Feuer. Alles, was ich noch wahrnehme, ist die Hitze seines Mundes und das raue Gefühl seiner zuckenden Zunge.

„Mehr! Gib mir mehr ...“

Mein lauter Schrei hallt von den Wänden wider. Wellen der Lust bauen sich in mir auf, jeder Zentimeter meiner Haut glüht und prickelt. Eine dünne Schweißschicht überzieht meinen Nacken. Gerade als ich denke, dass er mich erneut kommen lässt, zieht er seine Finger aus mir heraus und verpasst meiner Spalte einen harten Klaps.

Wie um mich zu foltern, bläst er gegen meine pochende Scham. Nicht bereit, auch nur eine Sekunde länger auf seine Zunge zu warten, packe ihn an den Haaren und versuche, ihn wieder dazu zu bringen, mich zu lecken. Es klappt nicht.

Ich bettle und flehe, doch Mason kennt kein Erbarmen.

„Versprich mir, dass du ab jetzt mit keinem anderen Kerl mehr fickst und ich lasse dich kommen."

An sich wäre das kein Problem, schließlich weiß ich überhaupt nicht mehr, wann ich das letzte Mal Sex hatte. Trotzdem will ich ihn nicht so leicht gewinnen lassen.

„Das ist unfair. Das ist Erpressung, Enforcer."

Seine Lippen verziehen sich zu einem Killerlächeln.

„Tja ... Ich bin ein Outlaw, Baby. Ich scheiß auf fair."

Was hat diese Exklusivität, die er da gerade fordert, zu bedeuten?

Dass das heute keine einmalige Nummer ist?

Dass er mehr will? Eine Fickbeziehung oder wie man das nennt?

„Was, wenn ich ja sage?"

Er legt den Kopf schief und gibt ein Schnalzen von sich.

„Dann lasse ich dich jetzt, später und für die nächste Zeit so oft kommen, wie du willst."

Also, wenn das kein gutes Angebot ist, weiß ich auch nicht ...

Der Moment ist so intensiv, dass mein Herzschlag völlig aus dem Takt gerät. Was soll ich denn nur tun?

Ich atme so tief es geht ein, fülle meine Lunge mit frischem Sauerstoff und schließe für einen kurzen Moment die Augen. Herz und Kopf fechten einen harten Kampf aus. Kopf verliert – ich will ja sagen.

Lieber Gott steh mir bei ...

Es gibt Momente im Leben einer Frau, in denen sie all ihren Mut zusammenkratzen und ein Wagnis eingehen muss. Für mich ist dieser Moment jetzt gekommen.

„Und was ist mit meiner Arbeit? Ich bin für dich verantwortlich."

Sein Lachen ist so laut, dass ich erschrocken zusammenzucke.

„Oh Baby! Du bist so verdammt süß!"

Er bewegt sich. Nun sind sich unsere Gesichter so nah, dass sich unsere Nasenspitzen beinahe berühren.

„Ich beschütze dich. Nicht umgekehrt!"

Da ist was Wahres dran.

Seit einer Ewigkeit wünsche ich mir jemanden, bei dem ich mich anlehnen kann – jemanden, der mir Kraft gibt und der auf mich aufpasst.

Bis jetzt war immer ich diejenige, die stark und tapfer sein musste, es wäre schön, endlich mal die Rollen tauschen zu können.

Unglaublich sanft spurt er die Konturen meiner Lippen nach, knabbert an meinem Mundwinkel und küsst mich tief und langsam.

„Sag ja."

Ich spüre die Wulst seines dicken Schwanzes an meinem Eingang und presse mich ihm instinktiv entgegen.

All meine Bedenken ausblendend flüstere ich ein leises „ja".

Kaum dass es mir über die Lippen gekommen ist, verändert sich Masons Stimmung.

Die Sehnen an seinem Hals treten deutlich hervor, an seinem Kiefer zuckt ein Muskel. Seine dunklen Augen nehmen einen teuflischen Glanz an. Plötzlich wirkt alles an diesem Biker hart, einschüchternd und tödlich. Umso erstaunter bin ich, als mich seine Lippen zu einem sanften Kuss verführen.

Gierig und von der Intensität dieses Mannes überwältigt, kralle ich mich an seinen Schultern fest.

Seine große Handfläche bedeckt meinen Bauch, ich erschaudere.

„Jetzt, wo wir das geklärt haben, bist du bereit, gefickt zu werden?"

„Oh ja und wie ich das bin."

Ein tiefes Lachen rumpelt in seinem Brustkorb.

„Ich werde dafür sorgen, dass du das komplette Haus zusammenschreist, Baby!"

Mit einem Ruck zieht er mich nach unten, umfasst meine pochende Scham und schiebt seine Finger in mich. Gleichzeitig beißt er mir in einen meiner Nippel und sein hartes Glied presst sich gegen die Innenseite meines Schenkels.

Dieser Rocker verführt mich nicht einfach nur – er verschlingt mich, überfällt mich regelrecht. Endlich schiebt er seinen Schwanz ein paar Zentimeter tief in mich hinein und vertreibt so das unangenehme Gefühl der Leere.

Sein Glied ist so dick, dass es leicht schmerzt. Mason nimmt mich in Besitz und lässt mich erzittern. Das göttliche Gefühl der Dehnung, seine heiße Haut, die über die meine reibt und seine rauen Hände, die sich besitzergreifend um meine Taille schlingen ...

Ich liege auf dem harten Boden und komme mir dennoch vor wie auf Wolken.

Keuchend presse ich mich ihm entgegen und fordere ihn so auf, mir alles zu geben.

Mit jedem Zentimeter, den er in mich gleitet und mich ausfüllt, verwandelt sich der Druck in meinem Inneren mehr und mehr zu einem lodernden Feuerball.

Nachdem er uns beide genug gequält hat, rammt er sich endlich mit einem kraftvollen Stoß bis zum Anschlag in mich. Mason hat sein Wort gehalten, mein Schrei durchbricht die Stille. Erst bewegt er sich kontrolliert und langsam, dann immer schneller und schneller. Das klatschende Geräusch unserer aufeinandertreffenden Körper vermischt sich mit seinem wilden Knurren.

„Mehr! Bitte, Mason. Härter!"

Fluchend vergräbt er seine Finger noch fester in meinem Hintern, ehe er mich gnadenlos rannimmt. Verschwitzt und atemlos reibe ich mich an ihm, spanne meinen Unterleib an und beobachte das verführerische Spiel seiner Muskeln. Zumindest tue ich das so lange, bis mein Sichtfeld verschwimmt. Der Orgasmus, der wie ein Wirbelsturm über mich hinwegfegt, ist so kraftvoll, dass ich vergesse zu atmen und mein Herz zu rasen beginnt. Zuckend stürze ich über die Klippe und verliere mich in unserer Lust. Masons gebrummtes „Holy Fuck!", vermischt sich mit meinem wilden Schrei, ehe er abspritzt.

Ein unglaublich gutes Gefühl breitet sich in mir aus. Es fühlt sich an, als würde ich schweben, als wäre ich von all meinen Problemen und Sorgen losgelöst, als könnte mir der Rest der Welt nichts mehr anhaben.

Unter dem Rocker begraben, lasse ich meine Fingerspitzen über sein vor Schweiß glänzendes Sixpack gleiten. *Hot as hell!*

Während er sich langsam aus mir herauszieht, drückt er mir einen Kuss auf die Stirn und lässt sich neben mir auf den Boden fallen. Zufrieden seufzend bette ich meinen Kopf in seine Armbeuge und inhaliere die nach Sex riechende Luft. Zum ersten Mal seit einer Ewigkeit fühle ich mich rundum sicher und geborgen. Keine Ahnung, wie das passiert ist, oder was sich das Schicksal dabei gedacht hat, aber plötzlich stecke ich in meiner ganz eigenen Rockergeschichte, ich lese dieses Abenteuer nicht nur, sondern bin mittendrin.

Und völlig egal, was die Zukunft auch für mich bereithalten mag, ich kann es kaum erwarten ...

Rocker treiben's wilder

Prolog – vor etlichen Jahren ...

Cube

Sie schiebt meine Hand beiseite, kämpft gegen mich an und versucht zu entkommen. Ihre Gegenwehr erregt mich. Der schwache Duft von Whisky und Vanille, der sie umgibt, steigt mir in die Nase, lässt mich noch härter werden.

Das Monster in mir fletscht die Zähne, fordert mich auf, Madison einfach zu packen, auf den Boden zu werfen und so lange, so hart zu ficken, bis sie endlich kapiert, dass es mich einen Dreck interessiert, wer ihr Vater ist.

Dieses Mädchen ist wild, sexy, jung und wunderschön. Sie kennt das Clubleben, weiß, worauf es ankommt, wird beim Anblick einer Waffe nicht nervös, und bei einer Schießerei nicht panisch. Falsche Alibis sind für sie kein Problem, ebenso wenig wie Knochenbrüche und hysterische Huren. Ich würde mein Bike darauf verwetten, dass Madison schießen gelernt hat, bevor sie lesen konnte – sie ist die geborene Biker-Prinzessin und ich will verdammt sein, wenn ich mich heute Nacht nicht bis zum Anschlag in ihrer Pussy versenke.

Lex, ihr Vater, ist der Präsident des *Hell Riders Motorcycle Clubs*, bei dem wir seit einer Woche zu Gast sind.

Madison hat recht, wenn ihr Dad mich mit ihr erwischt, fange ich mir ein paar Kugeln ein. Wahrscheinlich wird nicht nur Lex ausflippen, sondern auch Jagger, der Präsident meines Clubs.

Holy Fuck! Die *Hell Riders* und die *Sons of Silence* verbindet eine lange Geschichte. Unsere MCs sind seit jeher befreundet. Wäre Madison keine siebzehn, sondern älter, und wäre ich kein Prospect mehr, sondern würde ein höheres Amt bekleiden, wäre die Scheiße einfacher. So aber spiele ich mit dem Feuer ...

Seit ich vor zehn Monaten das Leder angelegt habe, tue ich absolut alles, um mir mein Back Patch zu verdienen. Ich treibe Schutzgeld ein, entsorge Leichen, transportiere Waffen durchs halbe Land und töte unsere Feinde. Seit ich die Kutte trage, habe ich Dutzende von Gräbern ausgehoben.

Es gibt keine Grenzen für mich und auch keine Gesetze – nicht mehr zumindest. Wenn ich ein vollwertiges Mitglied des *Sons of Silence Motorcycle Clubs* werden will, muss ich tun, was mir befohlen wird.

Aber das bedeutet noch lange nicht, dass ich mir dieses Mädchen entgehen lassen werde ...

Madison ist heiß!

So heiß, dass ich seit einer verfickten Woche mit einer Dauererektion durch die Gegend renne, was weiß Gott nicht angenehm ist.

„Mein Vater wird dich kaltmachen, wenn er herausfindet, dass du mich angefasst hast."

Während sie mich warnt und von meinem baldigen Ableben spricht, stellt sie ihre Gegenwehr plötzlich ein, schiebt ihre Hand in meine Hose und packt mich an den Eiern.

Uffff ... Was ein Miststück!

„Dann sorg besser dafür, dass es diese Nacht wert ist, dafür zu sterben!"

Sie grinst, massiert mir den Schwanz und leckt sich die Lippen.

Mittlerweile bin ich an dem Punkt angekommen, an dem ich sie so dringend nehmen muss, dass ich mich sogar mit dem Teufel höchstpersönlich anlegen würde, nur um an ihre Pussy zu kommen.

Seit unserer Ankunft – seit ich Madison das erste Mal gesehen habe, kann ich an nichts anderes denken, als daran, mich bis zum Anschlag in ihrem zierlichen Körper zu versenken.

Ich bin dreiundzwanzig, sie ist siebzehn. Der Altersunterschied von sechs Jahren ist mir so was von egal.

„Du willst mich?"

Wollen ist nicht der richtige Ausdruck für das, was ich empfinde.

„Yeah! Auf dem Rücken und mit weit gespreizten Beinen!"

Kichernd zieht sie ihre Hand zurück, öffnet ihre weiße Bluse und lässt mich so einen Blick auf ihre weiche Haut und die festen Titten, die in einem roten BH stecken, werfen.

Oh yes!

Mir brennen die Sicherungen durch. Blitzschnell zerreiße ich den BH, packe sie anschließend an den Haaren und ziehe sie wieder zu mir her, was ihr ein erschrockenes Keuchen entlockt.

„Schluss mit den Spielchen ..." Es kostet mich kaum Kraft, sie zu überwältigen, auf den Boden zu pinnen und unter mir zu begraben.

Sie erschaudert, etwas, das nach Furcht aussieht, blitzt in ihren blauen Augen auf. Entschlossen ziehe ich meine Hose nach unten, klappe ihren Rock hoch und drücke mit meinen Beinen ihre Knie auseinander.

„Warte Cube, warte ... Das geht zu schnell."

Soll das ein Witz sein?

„Schnell? So lange wie auf dich, habe ich noch auf kein Mädchen gewartet."

Und das ist nicht gelogen. All die vielen Bitches, die sich zu jeder Tages- und Nachtzeit in unserem Clubhaus, in Everett, herumtreiben, nehme ich mir, ohne lang zu zögern.

Sie sind nichts weiter als Muschis auf zwei Beinen. Schnell genommen – schnell vergessen. Bei Madison wird das anders sein, das weiß ich jetzt schon. Sie ist viel zu perfekt, um mir nach einer schnellen Nummer aus dem Kopf zu gehen.

Ich mache mir nicht die Mühe, ein Kondom aus der Tasche zu holen, sondern bringe mich direkt vor ihr in Position und betrachte ihr wunderschönes Gesicht, das sich im silbernen Schein des Mondlichts hell vom schwarzen Asphalt abzeichnet.

Es fängt an zu regnen – ich nehme es kaum wahr. Wir befinden uns auf der Rückseite des Clubs, sodass die Musik nur gedämpft zu uns herüberschallt.

Dunkle Stimmen, lautes Lachen und das Knallen von Schüssen ...

Die Partys bei den *Hell Riders* sind legendär. Der Alkohol fließt in Strömen, Nutten ohne Ende. Der unverkennbare Geruch von Schießpulver liegt in der Luft, vermischt sich mit dem Duft des Mädchens, dessen Finger sich in meine Arme krallen.

„Ich will dich, Baby!"

Mit den Fingern wühle ich mich durch ihre Pussy. Sie ist nicht so nass, wie ich es mir wünschen würde, aber feucht genug, um genommen werden zu können. Für einen schnellen Fick wird es reichen. Ein scheues Lächeln zupft an ihren Mundwinkeln. Die Unsicherheit, die sich immer deutlicher auf ihrer Mimik abzeichnet, entlockt mir ein zufriedenes Knurren. Endlich ist sie mal nicht die arrogante Bikertochter, nicht das verzogene Prinzesschen, das alle Wünsche erfüllt bekommt und nur mit dem Finger schnippen muss, um Daddys Aufmerksamkeit auf sich zu lenken, sondern einfach nur ein Mädchen, das auf der Straße liegt und darauf wartet, gebumst zu werden.

Grob drücke ich meinen Mund auf den ihren, schiebe meine Zunge tief in ihren Hals und küsse sie so lange, bis mir schwindlig wird. Madison keucht, bewegt sich etwas und sorgt so dafür, dass sich mein Schwanz durch ihre glitschigen Falten schiebt. Vor meinen Augen wird es schwarz. Alles, was ich noch wahrnehme, sind ihre laut kommenden Atemzüge, die Hitze zwischen ihren Beinen und ihre nackten Brüste, die sich direkt vor meiner Nase befinden.

„Cube, ich muss dir noch was sagen."

Wie kommt Madison darauf, dass ich mich *jetzt* unterhalten will?

Seit einer Woche warte ich darauf, genauso auf ihr zu liegen, und sie denkt, dass ich reden will?

Weiber ... Nicht bereit auch nur eine Sekunde länger zu warten, bewege ich meine Hüfte, bringe mich vor ihr in Stellung und stoße zu.

Fuck! Sie ist so verdammt eng, dass ich nur ein winziges Stück in sie gleite. Ich schwitze, ihr gellender Schrei hallt mir in den Ohren. An sich mag ich es, wenn Frauen beim Sex laut sind, doch heute Nacht ist das zu riskant.

Ich habe keinen Bock, von ihrem Vater ein paar in den Rücken geballert zu bekommen, nur weil sie eine Show abziehen muss. Fluchend schüttle ich den Kopf. Befehle Madison, gefälligst leiser zu sein, und halte ihr den Mund zu.

Sie keucht, bockt und stöhnt. Ihre ruckartigen Bewegungen lassen mich beinahe kommen. *Zu früh ... viel zu früh ...* Ich habe viel zu lange auf diesen Moment gewartet, um es jetzt schon enden zu lassen.

Entschlossen länger durchzuhalten, dränge ich mich immer tiefer in ihre zuckende Pussy. Dieses Mädchen ist so verflucht eng – so was habe ich noch nie erlebt! Ihr heißer Atem streift über meine Handfläche, ich spüre ihre Zähne in meiner Haut und die Straße an meinen Knien.

Knurrend ziehe ich mich kurz zurück, spanne die Muskeln an und stoße zu. Dieses Mal fester, ich will ... ich muss endlich in ihr sein. Stück für Stück dringe ich mehr und mehr in sie ein, ich spüre einen kleinen Widerstand, doch selbst der kann mich nicht bremsen. Madison schreit gegen meine Hand, reißt ihre Augen auf und sieht mich gequält an. Von ihrer feuchten Hitze und der Heftigkeit des Moments abgelenkt, kapiere ich nicht gleich, was da gerade geschehen ist.

Erst als ich eine echt krasse Nässe an meinem Schwanz spüre und Madison dicke Tränen aus den Augen quellen, beginnt mein Verstand zu arbeiten.

Entsetzt ziehe ich mich zurück, nehme die Hand von ihrem Mund und sehe an mir herab.

Blut bedeckt meine Erektion, rinnt ihr über die Beine und verteilt sich auf dem Asphalt. Es ist nicht so viel wie bei einer Schusswunde, aber dennoch genug, um beachtet zu werden. In meinem Kopf überschlägt sich alles, mir wird schlecht, während das Mädchen unter mir immer heftiger schluchzt.

Scheiße! Scheiße! Scheiße! Scheiße!

„Verdammt! Warum hast du nichts gesagt?“

Mir ist klar, dass ich sie anschreie und dass der Fehler prinzipiell bei mir liegt, aber fuck!

Das ist Jungfrauenblut!

Eine unerklärliche Wut baut sich in mir auf.

Sie wirkt überfordert und nicht ganz bei sich.

„Ich wollte es ja, aber da warst du auch schon in mir.“

Als ob ... Seit sieben Tagen kämpfe ich darum, in ihre Pussy zu dürfen. Sieben verdammt lange Tage in denen sie einfach hätte sagen können:

„Hey Cube. Na wie geht's? Was ich dir noch sagen wollte, bevor du mich auf der Straße vögelst, ich hatte noch nie einen Schwanz in mir.“

Mein Hirn platzt gleich, meine Arme beginnen zu zittern.

In den letzten Monaten habe ich so viel Blut vergossen, ich hätte ganze Flüsse damit einfärben können. Aber dieses bisschen, das jetzt aus ihrer Muschi tropft, wird mir das Genick brechen!

Fluchend kneife ich die Augen zusammen, wäge meine Möglichkeiten ab und stelle fest, dass ich so oder so erledigt bin.

Egal ob ich jetzt aufhöre oder weitermache und mir diese Jungfrau gönne, es macht keinen Unterschied. Wenn ich schon dafür zahlen muss, die Tochter von einem der gefährlichsten Männer dieses Landes entjungfert zu haben, dann will ich, verflucht noch mal, auch abspritzen.

So katastrophal die Entdeckung auch ist, so geil macht sie mich auch.

Das Wissen, dass ich der erste Mann bin, der diesen Körper für sich beansprucht, vertreibt den Schock und macht mich erneut hart.

Ohne lang darüber nachzudenken, stoße ich mich wieder in Madisons zitternden Körper, genieße die glitschige Wärme und ihr gepeinigtes Keuchen.

Ich sollte Mitleid mit ihr haben, aufhören, sie in die Arme nehmen und trösten, doch dafür bin ich einfach zu wütend auf sie. Zärtlich war noch nie mein Ding. Hart, gnadenlos und mit voller Wucht hingegen schon.

Den Blick auf ihre zum Schreien geöffneten Lippen gepinnt, stoße ich wieder und wieder zu. Erleichtert stelle ich fest, dass ihre Tränen versiegen und die Geräusche aus ihrem Mund sich nach und nach mehr nach Lust als nach Schmerz anhören. Die Minuten verstreichen, ich küsse sie wild, zwicke sie in die Nippel und werde mit einem lustvollen Keuchen belohnt. Madison windet sich auf meinem Schwanz, reitet ihn und beginnt den Fick zu genießen. Die Luft um uns herum flirrt, es regnet noch immer und vor meinen Augen platzen rote Punkte.

Wenn sie doch nur nicht so verteufelt eng wäre ...

Entschlossen mich so tief in sie zu stoßen wie nur irgend möglich, falle ich in einen gnadenlosen Rhythmus, der ihr spitze Schreie entlockt.

Wieder landet meine Hand auf ihrem Mund und wieder beißt sie mich.

Fluchend verliere ich mich in den Zuckungen ihres Unterleibs – verliere mich in dem Anblick, den sie mir bietet, und in der Lust, die in mir brodelt.

Hier im Dreck, in der Muschi einer Jungfrau und mit dem Blut eines Mädchens bedeckt, das mich so hart macht, dass es schmerzt, verspüre ich zum ersten Mal so etwas wie Reue.

Für den Bruchteil einer Sekunde ... für einen winzigen Moment, einen Moment, der sich verflüchtigt hat, bevor ich ihn festhalten konnte, wird mir klar, dass Madison etwas Besseres verdient hat.

Doch als das Arschloch, das ich nun mal bin, stoppe ich die Sache nicht, sondern packe ihre rechte Titte, zwirble den rosa Nippel und spüre, wie sich ihre inneren Muskeln immer fester um mich herum zusammenziehen. Vor meinen Augen wird es schwarz, meine Eier puckern, klatschen gegen ihren Damm, während ich Schub für Schub meinen Samen in die Prinzessin der *Hell Riders* pumpe.

Oh Fuck! Bloody holy Fuck!

Das war hart, tief und falsch und dennoch so verflucht gut, dass ich noch, bevor ich mich aus Madison herausziehe, weiß, dass ich so etwas nie wieder erleben werde.

„Oh Mädchen, das war ein gottverdammter Seelenfick."

Bämm .... Bämm ....

Das Letzte was ich sehe, bevor es sich so anfühlt, als würde ich bei lebendigem Leib zerfetzt werden, ist, wie sich ihre roten Lippen zu einem panischen Schrei verziehen.

„Das war dein gottverdammtes Todesurteil, du verkommener Bastard einer Hure."

Ich breche zusammen, werde von Madison gerissen und mit einem Tritt auf die regennasse Straße katapultiert. *Bämm ...*

Noch eine Kugel trifft mich, dieses Mal in den Arm.

Ich bin nicht sonderlich überrascht, als ich Madisons Vater mit einer Fratze aus Wut und Hass über mir stehen sehe. In seiner Hand hält er eine von den Knarren, die ich zusammen mit meinen Brüdern von Everett über die Grenze nach Vancouver gebracht habe. Der Schmerz, der in mir wütet, ist so krass, dass ich die genauen Einschusslöcher nicht bestimmen kann. Alles brennt und pocht. Wieder ertönt ein *Bämm ...* Die Kugel surrt so nah an meinem Kopf vorbei, dass sie meine Haare versenkt. Der brenzlige Geruch steigt mir in die Nase. Madison schreit, ich versuche, zu ihr zu sehen, kann mich jedoch aus irgendeinem Grund nicht bewegen.

Erstarrt und entsetzt sehe ich, wie Jagger auftaucht, die Situation mit einem Blick erfasst und den Kopf schüttelt.

Sein gebrummtes „Ach verdammt!“, drückt so viel Enttäuschung aus, dass ich mir tatsächlich wünsche, sterben zu dürfen.

Lex dreht sich zu meinem Präsidenten um.

„Dafür stirbt der Wichser. Das ist dir doch klar, Bro.“

Das Rauschen in meinen Ohren wird immer lauter. Ich beobachte, wie Madison aufsteht und notdürftig ihre Blöße bedeckt. Ihre Lippen bewegen sich, aber ich kann nicht hören, was sie sagt.

Es fühlt sich an, als würden meine Füße einfrieren, die Kälte breitet sich in meinen Beinen aus, schleicht an meiner Wirbelsäule nach oben und ergreift von mir Besitz. Alles dreht sich, alles wird dunkler und dunkler und dunkler, bis meine Welt nur noch aus Schwärze besteht!

So fühlt es sich also an, zu sterben ...

Der letzte Gedanke, zu dem ich fähig bin, gilt dem Mädchen, das ich gerade auf einer Straße und im Regen entjungfert habe.

Fuck! Ich bin ein Arschloch! Ich verdiene den Tod ...

1. Kapitel – Heute ...

Cube

Gelangweilt rauche ich eine Kippe, starre auf die Würfel-Tattoos, die meine Handrücken zieren und denen ich meinen Straßennamen verdanke, und warte darauf, dass Jagger und Landon zum nächsten Thema kommen.

Unser Präsident erkundigt sich nach den Einnahmen der Laufhäuser, der genauen Anzahl der Nutten, die für uns arbeiten und, und, und ... Es will einfach kein Ende nehmen. Die Schlampenabteilung geht mir gehörig auf die Nerven.

Mag sein, dass das Rotlichtgewerbe mit am gewinnbringendsten ist, aber all die Dollars können locker mit Bullshit aufgewogen werden.

Meiner Erfahrung nach steckt in jeder Hure eine Dramaqueen, die einmal am Tag zum Vorschein kommen muss ...

So gern ich all diese Mädchen auch ficke, habe ich es bisher tunlichst vermieden, mir eines dieser *Red-Light-Crew* Patches andrehen zu lassen.

Ich verstehe Frauen einfach nicht.

Ich mag sie, klar, welcher Mann tut das nicht?

Nichts geht über Muschis! Aber ich habe verdammt noch mal keine Ahnung, wie sie ticken. Zoe zum Beispiel, die First Lady unseres Clubs, ist der Hammer, ich vergöttere diese Frau, und liebe Samantha, die sechs Monate alte Tochter der beiden, als wäre sie mein eigen Fleisch und Blut. Trotzdem weiß ich ganz genau, dass ich Zoe, würde sie mein Leder tragen, unglücklich machen würde. Mittlerweile gibt es in unserem Chapter hier in Everett drei Ladys.

Bianca, die Frau unseres Vizes, ist mit Vorsicht zu genießen. Sie kann sehr nett sein, hat aber Haare auf den Zähnen und einen verteufelten linken Haken. *Scheiße!* Ich mag dieses Weib, hab aber echten Respekt von ihr und würde sie nie Baby oder Sugar nennen, wie ich es bei Zoe tue.

Sarah ist noch recht neu in unserem Club. Sie ist die Lady unseres Vollstreckers und hat bis vor Kurzem ihr Geld als Bewährungshelferin verdient. Da keiner von uns so viel Zeit im Knast verbracht hat wie Mason, wundert es mich nicht, dass die beiden nach all den Jahren zusammengekommen sind. Er war ja quasi Stammkunde bei ihr, falls man das so nennen kann ... Der Club ändert sich, was voll okay ist. Die Old Ladys tun uns gut, sie erinnern uns daran, auf was es im Leben wirklich ankommt – die Familie.

Und so gern ich den Babygeruch von Samantha auch inhaliere, werde ich wohl niemals selber Vater werden. Nicht weil ich keine Kinder will, sondern weil es einfach niemals so weit kommen wird.

Vor langer Zeit, in einer regnerischen Nacht, habe ich dem einzigen Mädchen, das mich jemals wirklich interessiert hat, unrecht getan.

Seitdem liegt ein Fluch auf mir. Egal wie viele Tussis ich auch ficke, keine von ihnen interessiert mich – keine schafft es, die Erinnerungen aus meinem Kopf zu bekommen. *Madison ...*

Ich habe sie behandelt wie eine Nutte, obwohl sie eine Jungfrau war. *Fuck!* Wann immer ich an jene Nacht denke, wird mein Schwanz hart wie Stein, während sich gleichzeitig eine bittere Reue in mir ausbreitet.

Wegen dieses Mädchens habe ich mir drei Kugeln eingefangen.

Es war knapp, aber es ist mir gelungen, dem Tod von der Schippe zu springen.

Ich behaupte nicht, dass ich diese Kugeln nicht verdient habe, bin Jagger jedoch sehr dankbar, dass er sich für mich eingesetzt und mich schlussendlich auch gerettet hat.

Damals vor sieben Jahren war meine Kutte noch neu und leer. Ich war ein Prospect, der sich erst noch beweisen musste, und der seinen Präsidenten enttäuscht hat. Als ich nach etlichen Monaten aus der Klinik entlassen wurde, schwor ich mir, dem Club nie wieder zu schaden und alles in meiner Macht Stehende zu tun, um die *Sons of Silence* zu beschützen. Jagger ist ein loyaler Mann, der die Seinen nicht so schnell aufgibt. Er ist hart, aber gerecht und ich weiß, dass ich es dieser Nacht zu verdanken habe, dass ich mittlerweile zwar zu den *First Nine*, also den neun wichtigsten Membern unseres MCs gehöre, bis jetzt jedoch keinen bedeutenden Posten übernommen habe.

Jacob ist der Sergeant at Arms, Mason der Enforcer, Landon der Vize und Tribble unser Kassenwart. Ich helfe, wo ich kann, unterstütze meine Brüder und bin immer da, wenn ich gebraucht werde – aber das war es dann auch schon. Vor sieben Jahren habe ich den Club enttäuscht und zahle noch immer einen hohen Preis dafür. Umso verrückter ist es, dass ich, selbst im Nachhinein, wo ich weiß, was mich dieser eine Fick alles gekostet hat, nicht bereue, was ich getan habe. Ich würde mir dieses Mädchen erneut packen – trotz des Wissens um die Konsequenzen.

Allerdings würde ich rückblickend anders vorgehen. Madison hatte ein weiches Bett verdient, sanfte Küsse, mehr Zeit und Rücksicht. Es ärgert mich, dass ich ihre Unschuld nicht in vollen Zügen ausgekostet habe. Eine Jungfrau! *Fuck!* Ich hätte langsamer zustoßen, intensiver fühlen und jeden Moment genießen sollen. Ich hatte nur diese eine

Chance und habe sie mit Karacho an die Wand gefahren. Dennoch kann mir keiner die Erinnerung nehmen. Ich weiß noch immer, wie sich ihre enge Pussy angefühlt hat und wie heiß das Blut war, das meinen Schwanz geflutet hat, während dicke kalte Regentropfen über meinen Nacken gelaufen sind. Die Nacht war scheiße und zugleich absolut perfekt! Seit diesem Vorfall habe ich Madison nie wiedergesehen oder einen Fuß auf kanadischen Boden gesetzt.

Ich habe meinem Präsidenten geschworen, dieses Mädchen nie auch nur wieder anzusehen! Es war ein notwendiger Schwur, den ich leisten musste, um meinen Kopf auf den Schultern zu behalten und mein Back Patch zu bekommen. Lex hasst mich. Selbst nach all den Jahren kann er es kaum erwarten, mir den Schwanz abzuschneiden und das Genick zu brechen.

Was kaum verwunderlich ist, schließlich habe ich seine minderjährige Tochter wie eine Nutte auf der Straße entjungfert ... Wenn ich jemals wieder auch nur in die Nähe der *Hell Riders* komme oder ihr Revier betrete, bin ich ein toter Mann.

Einzig dem Umstand, dass die *Hell Riders* auf die Geschäfte mit den *Sons* angewiesen sind, und Jagger sich für mich verbürgt hat, verdanke ich es, noch am Leben zu sein.

Lex mag ebenfalls ein Präsident sein, aber er ist Jagger nicht gewachsen.

Als Oberhaupt des *Sons of Silence Motorcycle Clubs*, dem mächtigsten Motorradclub des Landes, lässt Jagger sich von niemandem vorschreiben, wann einer seiner Brüder zu sterben hat. In unserer Welt ist er nur als der Joker bekannt. Und niemand, absolut niemand, ist so verrückt, sich mit diesem anzulegen, nicht mal der Boss der *Hell Riders*.

„Hey Cube? Bist du bei uns, oder was?“

Landons Stimme reißt mich aus meinen Überlegungen.

Ich versuche mir nicht anmerken zu lassen, dass ich für keine Ahnung wie lange nicht mitbekommen habe, worüber gesprochen wurde, und sehe zu meinem VP.

„Voll dabei!“

Joker lacht, verdreht die Augen und lehnt sich in seinem Sessel zurück.

„Ach ja? Wer’s glaubt. Worüber haben wir gesprochen?“

Oh Shit ...

„Über Nutten.“

Jacob, der neben mir sitzt, boxt mir gegen die Schulter und steht auf.

„Denkst du eigentlich nur ans Ficken, Bro?“

Okay. Anscheinend habe ich den Themenwechsel verpasst.
„Du etwa nicht?"
„Nicht nur. Manchmal auch ans Essen und Schlafen."
Mit einem blöden Grinsen im Gesicht verlässt er Jokers Büro. Mason und die anderen tun es ihm nach. Was läuft hier?
Habe ich etwa alles verpasst? *Fuck!*
Irritiert sehe ich zu Joker und stelle fest, dass er mich prüfend mustert.
Landon macht keine Anstalten zu gehen, er legt die Füße hoch, trinkt von seinem Bier und zieht sein vibrierendes Handy aus der Tasche. Die Hände auf der Armlehne abstützend, will ich ebenfalls aufstehen, doch Joker hält mich mit einem Kopfschütteln zurück.
„Bleib. Es gibt da etwas, das du erfahren solltest."
Das klingt nicht gut.
„Was?"
„Es geht um die *Hell Riders.*"
Mein gezischtes „Fuck!", bringt Landon zum Schmunzeln. Joker, der wohl zum Punkt kommen will, lehnt sich vor, sodass seine Arme die Tischplatte berühren, und sieht mich an. „Lex ist tot." Zwar habe ich die Worte gehört, aber verdammt, es dauert, bis die Bedeutung in mein Hirn einsickert.
„Was meinst du mit tot?"
Seine Stirn runzelt sich.
„Gib es verschiedene Definitionen von tot?"
Nein wohl eher nicht.
„Wie?"
„Zwei Kugeln im Rücken, eine im Hinterkopf."
Eine unschöne Art zu sterben.
Typen, die ihre Feinde von hinten abknallen, sind für mich der letzte Abschaum. Entweder bin ich Manns genug, meinem Opfer in die Augen zu schauen, während ich ihm die Lichter ausknipse, oder ich lasse es bleiben! So einfach ist das ...
Gut, Lex hat mir damals auch in den Rücken geschossen. Aber das war was völlig anderes, immerhin hat er mich dabei erwischt, wie ich seine Prinzessin gefickt habe ...
„Wer war's?"
Joker zuckt mit den Schultern.
„Keine Ahnung. Ist schwer zu sagen. Die *Hell Riders* haben viele Feinde. Vielleicht jemand von außen, der noch eine Rechnung mit ihm offen hatte. Vielleicht jemand von seinen Jungs. Es gibt immer

jemanden, der denkt, dass das *Präs-Patch* an seinem Leder besser aussehen würde."

Er reibt er sich über das Kinn und schnalzt mit der Zunge.

„Für uns spielt es keine Rolle, wer Lex den Rest gegeben hat. Das Einzige, was jetzt wichtig ist, ist, dass wir uns mit seinem Nachfolger in Verbindung setzen. Die Geschäfte müssen weiterlaufen. Ein Stopp der Verkäufe würde uns Tausende von Dollars kosten."

Das verstehe ich, trotzdem würde ich gerne wissen, wer dem alten Sack das Leder durchlöchert hat.

„Wer ist sein Nachfolger?"

Landon grunzt. „Chilly, der Wichser, der sich ihr Vize schimpft, ist zu blöd zum Scheißen. Wenn der die Führung übernimmt, geht es in Vancouver endgültig den Bach runter. Dieser zusammengewürfelte Haufen von Bastarden braucht eine strenge Hand."

Joker stimmt Landon zu.

„Das heißt, dass noch nicht abgestimmt wurde?"

„Richtig. Laut meinen Infos findet die Wahl morgen Nacht statt. Aber das ist im Grunde genommen alles nur Theater. Lex Tochter ist im Club hoch angesehen, sie hat sich in den letzten Jahren den Respekt der Männer verdient. Wäre sie ein Kerl, würde sie die Führung übernehmen, da bin ich sicher. Aber sie ist 'ne Pussy, was ein Pech ..." Landon steht auf, lehnt sich an die Wand und zündet sich eine Marlboro an, ehe er weiterspricht. „Das Prinzesschen hat vorgesorgt. Wenn die Gerüchte stimmen, und das tun sie eigentlich immer, dann ist sie jetzt mit einem Kerl namens Rob zusammen. Ich habe mich über ihn erkundigt und wow ..." Landon stößt einen anerkennenden Pfiff aus. „... Der sollte nicht unterschätzt werden. Er war Sniper, hat im Irak gedient und ist nach seinem letzten Einsatz nach Kanada gegangen. Er ist den *Hell Riders* vor fünf Jahren beigetreten und hat sich seitdem schnell und stetig nach oben gearbeitet. Dieser Typ ist brutal, zielstrebig und geht über Leichen. Durchaus möglich, dass er Lex gekillt hat. Wäre einleuchtend. Erst packt er sich die Tochter, und sichert sich so die Loyalität des Clubs, und anschließend setzt er sich auf den Thron und füllt seine Taschen mit Geld. Ganz nach dem Motto: Der König ist tot – hoch lebe der König."

Lachend sieht er zu Joker.

„Nicht der schlechteste Plan, vielleicht sollte ich das auch mal versuchen." Joker nimmt ihn gar nicht ernst, sondern verdreht nur genervt die Augen.

„Spar dir deine Witze und bleib beim Thema, VP. Die Sache ist zu ernst, um auf die leichte Schulter genommen zu werden."

Landon sieht zu mir und nimmt den Faden wieder auf.

„Wenn dieser Rob Präsident wird, haben wir ein Problem. Er wird bessere Konditionen verlangen oder zur Konkurrenz wechseln. Dieser Bastard ist schlecht fürs Geschäft ..."

Auch ohne, dass er den Satz vollendet, weiß ich, was das bedeutet, nämlich, dass wir dafür sorgen werden, dass dieser Rob nicht Lex Nachfolger wird.

Soll mir recht sein.

Ich habe kein Problem damit, diesen Wichser kaltzumachen.

Scheiße! Er fickt das Mädchen, das ich will, er fickt Madison, ohne sich dafür ein paar Kugeln einzufangen ... Vielleicht hätte ich dasselbe tun sollen, nur halt vor sieben Jahren. Meine Gedanken sind unlogisch und mein Besitzanspruch diesem Mädchen gegenüber sind absolut nicht gerechtfertigt. *Aber verdammt!*

Ich hatte sie zuerst. Ich war der Mann, dessen Schwanz ihre Muschi zum Bluten gebracht hat, und es gefällt mir gar nicht, dass sich jetzt ein anderer nimmt, was mich seit Jahren in den Wahnsinn treibt!

Ihre rosa Titten, ihre blauen Augen und ihre enge Pussy gehören seit dem Augenblick, in dem ich ihr Jungfernhäutchen zerfetzt habe und sie mich aus weit aufgerissenen Augen angesehen hat, mir. Diesen Moment werde ich nie, niemals vergessen.

Warum auch immer, aber ich bin besessen von diesem Mädchen. Wenn es um Madison geht, tickt mein Hirn anders, es funktioniert nicht richtig, schaltet ab und überlässt meinem Urinstinkt die Kontrolle.

Und wohin das führt, weiß ich genau – direkt in die Hölle.

Ich bin kein Idiot. Mir war klar, dass Madison keine Nonne ist und garantiert nicht enthaltsam lebt. Aber zu hören, dass sie sich für einen anderen Mann entschieden hat, stellt seltsame Dinge mit mir an ...

„Wenn ich deinen Gesichtsausdruck richtig deute, hast du verstanden, was ich von dir will und bist bereit, es durchzuziehen."

So was von bereit.

„Unter einer Bedingung."

Joker und Landon tauschen einen kurzen Blick.

„Welcher?"

„Mir ist klar, dass ich damals Scheiße gebaut habe. Aber Fuck! Seit sieben Jahren reiße ich mir für diesen Club den Arsch auf. Ich habe genug für diese Nacht bezahlt. Es reicht. Ich will aufsteigen ... Das nächste Patch, das frei wird, gehört mir."

Die Mundwinkel meines Präsidenten ziehen sich nach oben.

„Abgemacht."

Wie, das war's?
„So einfach?"
Landon klopft mir auf den Rücken.
„Jepp, so einfach. Damals in der Nacht, in der du seine Tochter gefickt hast, nachdem er dich angeschossen hat und du das Bewusstsein verloren hattest, habe ich alles getan, um ihn davon abzuhalten, dich kaltzumachen. Und glaub mir, Bro, das war gar nicht so einfach. Eine seiner Bedingungen lautete, dass du kein hohes Amt bekleiden darfst. Ich habe zugestimmt, was blieb mir auch anders übrig? Du hattest Scheiße gebaut und sein Finger lag am Abzug ... Jetzt, wo er tot ist, hat sich das eh erledigt. Aber Fuck! Ich sag es dir ehrlich, wenn ich an seiner Stelle gewesen wäre und du dir meine Tochter gepackt hättest ... Ich hätte mich nicht davon abbringen lassen, dich vom Sack bis zur Nasenspitze aufzuschlitzen. Du kennst mich, Cube." Er deutet auf das *Expect No Mercy* – Patch auf seiner Kutte. „Für dich bricht jetzt ein neues Zeitalter an, mein Freund. Die Schatten der Vergangenheit sind mit Lex gestorben. Aber wenn du noch einmal mein Vertrauen missbrauchst, töte ich dich."
Er hat langsam und ruhig gesprochen. Der letzte Satz war mehr eine Tatsache, als eine Drohung, dennoch komme ich nicht umhin, dass meine Faust in sein Gesicht will. Da ich aber weiß, dass ich diese Ansage verdient habe, beherrsche ich mich und bleibe ruhig.
„Du kannst dich auf mich verlassen, Präs."
Er sieht mir tief in die Augen und reicht mir seine Hand.
„Genau das wollte ich hören."
Ohne zu zögern, schlage ich ein. Es fühlt sich gut an, diesen Vorfall von vor sieben Jahren endgültig abschließen zu können.
Die nächsten zwei Stunden tüfteln wir an einem Plan, überlegen uns, wie wir am besten vorgehen können, und tragen Informationen zusammen. Landon zeigt mir ein Bild von diesem Rob, der Bastard sieht mir verteufelt ähnlich.
Was hat das zu bedeuten?
Ob Madison hin und wieder an mich denkt?
Das muss sie wohl. Ich kann mir nicht vorstellen, dass eine Frau ihr erstes Mal vergisst, schon gar nicht, wenn es auf diese Art und Weise stattgefunden hat.
Erst als die Sonne längst untergegangen ist, steht es endlich fest. Ich werde nach Vancouver fahren, Madison treffen und ihren Liebhaber töten.
Fuck!

Ich habe keine Ahnung, warum Joker ausgerechnet mir diesen Auftrag gegeben hat. Es ist durchaus möglich, dass das ein Test ist. Vielleicht will er auf diesem Weg herausfinden, ob er mir trauen kann, oder aber es soll eine letzte Strafe für mein Vergehen von vor sieben Jahren sein. Ich weiß es nicht.

So wie ich Joker kenne, kann es auch sein, dass er mir eine Freude machen will, indem er mich auf den Mann ansetzt, der das Mädchen bumst, dessen Pussy mich verflucht hat. *Doppel Fuck!*

Manchmal hat unser Präsident schon einen makabren Sinn für Humor. Was auch immer die Beweggründe für sein Handeln waren, ich werde ihn und den Club nicht enttäuschen!

Morgen nach Sonnenaufgang werde ich mich auf den Weg nach Kanada machen.

Ich werde den Typen töten, herausfinden, was bei den *Hell Riders* los ist, und Joker Bericht erstatten. Und wenn das getan ist – wenn meine Pflicht erledigt ist, dann werde ich mir Madison packen und das aufgestaute Verlangen der vergangenen Jahre an ihr auslassen.

Ich will, dass sie noch ein Mal für mich schreit – ich will noch ein Mal sehen, wie sie erst leidet und schlussendlich doch Lust empfindet.

Erst dann kann ich mit ihr abschließen!

2. Kapitel

Madison

Keuchend biege ich den Rücken durch, schließe die Augen und presse mich den harten Stößen entgegen. Ein leichter Schmerz zuckt durch meinen Unterleib, schießt in meinen Bauch und lässt mich beinahe kommen.

Der Orgasmus ist zum Greifen nah, mein Körper ist bereit, aber mein Kopf spielt nicht mit. Anstatt zu genießen, was Rob mit mir macht, spielt mir mein Hirn wieder und wieder dieselbe Fantasie vor.

Ich stelle mir vor, dass Cube auf und in mir ist, dass es seine Bartstoppeln sind, die über mein Schlüsselbein kratzen und dass es seine dunkle Stimme ist, die mir „Oh Baby!“ ins Ohr flüstert.

Scharfe Zähne finden mein Ohrläppchen, ein dicker Schwanz hämmert sich in einem wilden Galopp in meinen Unterleib.

Rob fickt gut und hart, aber es reicht trotzdem nicht aus, um mir das zu geben, wonach ich mich instinktiv sehne. Der Mann auf mir stößt kraftvoll zu, weil ich ihn anflehe, es zu tun.

Sein Griff ist bestimmend, aber nicht dominant ...

Für manche mag es da keinen Unterschied geben, für mich schon.

Rob will mich, er begehrt mich und er sorgt sich um mich. Er denkt immer darüber nach, ob er mir wehtun könnte und ob er zu grob ist. Die meisten Frauen würden das zu schätzen wissen, ich hingegen hasse ihn für seine Vorsicht und wünsche mir, dass er endlich wie das Monster, das er der restlichen Welt gegenüber ist, über mich herfällt, anstatt viel zu sanft meine Brüste zu kneten.

Rob ist wie mein Vater und wie eigentlich alle Kerle, mit denen ich aufgewachsen bin, ein Killer. Er ist grob, brutal und gnadenlos. Er tötet, ohne zu zögern, und kämpft für das, was ihm wichtig ist. Genau diese Charaktereigenschaften waren es, die mich dazu gebracht haben, in sein Bett zu steigen und mich auf sein Bike zu setzen.

Viele haben versucht, mich für sich zu gewinnen, aber keinem ist es gelungen.

Mein Männergeschmack ist exklusiv und ziemlich speziell.

Ich war nie auf der Suche nach der wahren Liebe, sondern immer nur nach Abenteuern und Befriedigung. Erst als ich gespürt habe, dass mein Dad immer schwächer geworden ist und die Kontrolle über die *Hell Riders* verloren hat, habe ich beschlossen, mir einen neuen Beschützer zu suchen. Es war absehbar, dass mein Vater ermordet wird. Die Jungs haben ihren Respekt vor ihm verloren.

Ich habe seinen Tod kommen sehen. In unserer Welt herrschen die Starken und sterben die Schwachen. Das Alter hat ihn weich werden lassen. Ich habe Dad gewarnt, ihm gesagt, dass er kämpfen und härter durchgreifen muss, aber er wollte nicht hören.

Für mich als seine Tochter hat seine schwindende Macht ein gewaltiges Risiko dargestellt. Die Entscheidung, mich unter Robs Schutz zu begeben, war wichtig.

Der Club respektiert und fürchtet ihn – als seine Lady wird es mir gut gehen.

Rob vergöttert mich, er behandelt mich wie eine zerbrechliche Blume und nicht wie eine Frau, die es mag, unterworfen zu werden.

Die Brutalität, die er den anderen zukommen lässt, ist das absolute Gegenteil von dem, wie er mich behandelt. Das Problem ist nur, dass ich nicht angebetet, sondern gefickt werden will. *Zur Hölle!*

Nicht zum ersten Mal verfluche ich Cube dafür, dass er mich auf ewig auf sich geprägt hat. Mein erstes Mal war nicht sanft und nett, sondern schmerzhaft und dreckig.

Am Anfang dachte ich, ich muss sterben, doch dann hat sich die Pein in etwas Unglaubliches verwandelt. Cube hat mir gezeigt, wie es ist, gefickt zu werden.

Wir hatten keinen Sex, sondern etwas viel Animalischeres.

Nach ihm hatte ich einige Männer zwischen den Beinen. Ich hatte Kuschelsex, Gruppensex, Sex mit einer Frau, betrunkenen Sex und was weiß ich nicht noch alles ...

In dem verzweifelten Versuch, den *Son of Silence* mit den faszinierenden Augen zu vergessen, habe ich mich auf alles eingelassen, funktioniert hat es nicht.

Seufzend verscheuche ich Cube aus meinem Kopf, konzentriere mich auf Rob und flehe ihn an, mich härter zu nehmen.

Er flucht, richtet sich auf und sieht aus zusammengekniffenen Augen auf mich herab.

„Wie viel härter?“

„Gib mir alles, die komplette Dunkelheit, die in dir lauert und darauf wartet, hervorzubrechen.“

An seinem Kiefer beginnt ein Muskel zu zucken, die Sehnen an seinem Hals treten deutlich hervor.

„Das würdest du nicht aushalten.“

Ach nein ...

„Probier es aus.“

Seine Zweifel stehen ihm ins Gesicht geschrieben.

„Ich werde dir wehtun.“

„Ich will, dass du deine Spuren auf mir hinterlässt. Ich will, dass alle Welt sehen kann, was du mit mir gemacht hast, und dass ich dein Eigentum bin. Ich will, dass du mir wehtust!“

Auf seiner Stirn tritt eine Ader deutlich hervor, sie pocht und verrät mir, dass ihm die Vorstellung sehr wohl gefällt.

„Wenn ich das tue, wenn ich mich darauf einlasse, trägst du ab morgen mein Leder.“

Bis jetzt habe ich mich geweigert, seine Kutte zu tragen. Warum hätte ich das auch tun sollen. Dieser MC ist mein Zuhause. Ich bin hier aufgewachsen – jeder weiß, wer ich bin. Ich brauche kein Leder, um meine Clubzugehörigkeit unter Beweis zu stellen. Für ihn hingegen ist es wichtig, dass ein *Property of Rob* meinen Rücken ziert.

Das ist durchaus verständlich, ich würde an seiner Stelle ebenfalls darauf beharren, dass mein Mädchen meine Kutte trägt. Dass er genau jetzt darauf zu sprechen kommt, verdeutlicht mir, dass er endlich kapiert hat, was genau ich von ihm will.

Sein tief in mir steckender Schwanz zuckt, entlockt mir ein Keuchen.

„Wenn ich dich so hart rannehme, dass meine Handabdrücke deinen Körper zieren, dann will ich, dass das zwischen uns endgültig ist. Ich kenne dich, Madison. Du bist wild und willst nicht eingefangen werden. Aber deine Freiheit endet genau jetzt. Du kannst nicht alles fordern und nichts zurückgeben.“

Wer sagt das?

„Wenn du es schaffst, mir zu geben, was ich brauche, stimme ich zu und werde ab morgen deine Kutte tragen.“

Das Fauchen, das sich nun aus seiner Kehle löst, lässt mich erschaudern. Bevor ich kapiere, was los ist, packt er mich an der Taille, zieht sich aus mir heraus und dreht mich um. Ich lande auf dem Bauch, werde tief in die Matratze gedrückt, während Rob meinem Arsch ein paar harte Schläge verpasst. Der Schmerz ist heftig, setzt meine Haut in Brand und hallt in meinem Unterleib nach. Tränen schießen mir in die Augen, mein Wimmern vermischt sich mit seinen rau kommenden Atemzügen. Noch bevor ich mich von dem Spanking erholen konnte, vergräbt er seine Faust in meinen Haaren, reißt meinen Kopf nach hinten und reibt mit seinem Schwanz durch meine Pobacken. Ich erzittere, was ihm ein Lachen entlockt.

„Angst vor der eigenen Courage, Baby?“

Bevor ich antworten kann, spüre ich seine dicke Eichel an meinem Anus. Rob ist gut gebaut, sein Penis ist lang und dick. Mein letzter Analsex ist verdammt lange her. Etwas das sich nach Furcht anfühlt, breitet sich in mit aus. Ich genieße das Gefühl, sauge es in mich auf und stöhne zufrieden.

Ja das ist es ... genau das brauche ich ...

Er zieht noch fester an meinen Haaren und rammt sich mit einem gnadenlosen Stoß bis zur Wurzel in meinen Hintern. Ich schreie, zucke zusammen und biege den Rücken durch. Es fühlt sich an, als hätte er mich in zwei Teile gerissen. Rob gibt mir keine Sekunde, um mich an die plötzliche Fülle zu gewöhnen, sondern verfällt in einen kraftvollen und tiefen Rhythmus. Tränen steigen mir in die Augen, seine Eier klatschen gegen meine Schamlippen und seine Finger schlingen sich um meine Kehle.

Ich keuche, japse nach Luft und genieße, was er mir antut.

„Das ist es, was du willst, Madison? Benutzt zu werden wie eine billige Hure?“

Wenn ich könnte, würde ich laut Ja schreien, aber ich bringe nur ein heiseres Wimmern hervor. Er lacht, drückt seine Finger tiefer in meinen Hals und seinen Schwanz noch etwas weiter in meinen Po. Die Dehnung, der Schmerz und die Tatsache, dass ich ihm jetzt tatsächlich ausgeliefert bin, dass ich Rob endlich dazu gebracht habe, mich zu unterwerfen, erregt mich so sehr, dass meine Beine zu zittern anfangen.

„Wenn es das ist, was du willst, Baby, dann kannst du es haben. Ich werde dich so hart rannehmen, dass du endlich aufhörst, arschwackelnd durch den Club zu spazieren.“

Das nächste Mal, als er bis zum Anschlag in mir steckt, holt er aus und schlägt mir mit voller Wucht auf die Arschbacke. Mehr brauche ich nicht ...

Ich schreie, zucke und kralle mich am Bettlaken fest. Mein Muskel zurrt sich um seinen Schwanz zusammen, vor meinen Augen wird es schwarz. Der Orgasmus kommt wellenartig, wird wieder schwächer, nur um sich erneut aufzubauen und mir den Atem zu rauben.

Rob lacht, zieht sich aus mir zurück und dreht mich wieder auf den Rücken. Ich fühle mich, als wäre ich in tausend Teile zersprungen. Blinzelnd versuche ich, mein Sichtfeld zu klären, es gelingt mir nicht. Die schwarzen Punkte, die vor meinen Augen flirren, gehen nicht weg. Rob legt zwei seiner Finger auf meine Lippen, befiehlt mir, den Mund aufzumachen, und schiebt sie mir in den Hals.

„Saug an ihnen.“

Ich tue es, während er sich tief in meine Pussy schiebt.

„Das nächste Mal hast du meinen Schwanz in deinem Arsch und einen dicken Dildo in deiner Muschi. Ich werde dich ausfüllen, dich so weit bringen, dass du mich anbettelst, aufzuhören.“

Darauf kann er lange warten. Wenn es um Sex geht, ticke ich nicht ganz richtig. Zärtliche Berührungen erregen mich nicht. Ich brauche es hart, dreckig und heftig, um kommen zu können. Erst wenn ich am liebsten Stopp schreien würde, wenn es sich so anfühlt, als wäre es unerträglich, dann ist mein Körper zufrieden.

Daran ist Cube schuld. Mein erstes Mal hat mich geprägt, mich versaut und für immer auf die dunkle Seite katapultiert.

Noch immer an seinen Fingern saugend, zucke ich stöhnend zusammen, als er an meinem Kitzler zupft, ihn zwickt und meinen empfindlichen Falten einen Klaps verpasst.

Erneut baut sich dieser brennende Druck in meinem Unterleib auf, Rob hat endlich kapiert, wonach ich mich sehne. Das gefährliche Funkeln in seinen Augen lässt mich auf mehr hoffen und meinen Puls in die Höhe schnellen. Der Moment ist so intensiv, dass sich Tränen in meinen Augen bilden und schlussendlich über meine Wangen tropfen.

Knurrend beugt er sich zu mir herab, leckt die salzige Flüssigkeit ab und lacht zufrieden.

„Fuck Baby! Fuck! Dir werde ich zeigen, wie es ist, mich herauszufordern!“

Er bewegt sich immer schneller und sein Schwanz hämmert sich regelrecht in meinen zuckenden Kanal. Ich versuche zu schreien, doch seine Finger in meinem Mund lassen das nicht zu. Mit einem Ruck richtet er sich wieder auf, presst seine Hand auf meine Lippen und grinst böse auf mich herab. *Damit hat er mich, das hat Cube damals in jener Nacht auch getan ...* Mit einem Mal entzieht er mir seine Härte, spankt meine Pussy und raubt mir den Atem. Ich zucke, zittere und ziehe fast schon panisch etwas Luft durch meine halb bedeckten Nasenlöcher. Erst als der Schmerz beinahe unerträglich ist, hat Rob Erbarmen und beginnt mich wieder zu ficken. Das klatschende Geräusch unserer aufeinander knallenden Körper hallt in meinen Ohren nach. Die Dunkelheit streckt ihre Fänge nach mir aus, will mich in ihre verlockende Tiefe ziehen. Erst als ich wirklich kurz davor bin, das Bewusstsein zu verlieren, nimmt Rob seine Hand weg, lässt sich auf mich fallen und bedeckt mich mit seinem Gewicht. Seine Zähne graben sich in meine Brust, beißen zu und entlocken mir einen Schrei. Er beißt mich wieder und wieder in den Hals, ins Ohr und in die Schulter ... Der Druck in meinem Bauch explodiert, ich bebe so heftig, dass meine Sinne durchdrehen. Mit wird heiß und kalt. Ich rufe unverständliche Worte, kralle mich an seinen Schultern fest und erlebe den heftigsten Orgasmus seit sieben langen Jahren.

Rob hat das Unmögliche geschafft, er hat Cubes allgegenwärtigen Geist vertrieben und meinen Körper für sich beansprucht ...

Es dauert lange, bis ich wieder klar denken und normal atmen kann. Mein Herz schlägt so heftig gegen die Rippen, dass es sich so anfühlt, als würde es am liebsten vor dem Mann neben mir flüchten. Für eine geraume Zeit liege ich reglos da, spüre, wie Robs Schweiß auf meiner Haut trocknet und wie das dumpfe Pochen zwischen meinen Beinen nachlässt. Robs kraftvolle Stöße haben mich etwas aufgerissen, ich bin wund und empfindlich – genauso, wie ich mich fühlen will.

Die Bisswunden an meinem Hals brennen leicht, zaubern mir ein debiles Grinsen auf die Lippen.

Rob bewegt sich etwas, richtet sich auf einen Ellenbogen auf und sieht mit grimmiger Miene auf mich herab.

„So willst du es, Baby? Grenzwertig und gnadenlos?"

Nach der Nummer gerade ist leugnen wohl zwecklos.

„Ja. Ich will dich noch spüren, selbst wenn du längst nicht mehr in mir bist."

Das war wohl die richtige Antwort, denn seine schmalen Lippen verziehen sich zu einem zufriedenen Grinsen. Mit dem Daumen reibt er über die Rillen, die seine Zähne an meiner Schulter hinterlassen haben.

„Fuck, Madison! Ich kann nicht glauben, dass du mich so weit gebracht hast."

Es schwingt nicht der Hauch von Reue in seiner Stimme mit. Was bedeutet, dass er den Fick gerade genauso gut fand wie ich. Hoffnung wallt in mir auf, vielleicht ist Rob tatsächlich der richtige Mann für mich.

„Ich will, dass es jetzt immer so zwischen uns ist."

Mein Eingeständnis entlockt ihm ein animalisches Knurren.

„Du bist verrückt, Mädchen. Meine Fingerabdrücke zeichnen sich dunkel auf deiner weißen Haut ab, zeigen die Stellen, an denen ich dich am Hals gepackt und zugedrückt habe. Und du willst das wieder?"

Leicht nervös lecke ich mir über die Lippen. Rob ist kein Kerl, den man leichtfertig reizen oder um etwas bitten sollte. Das, was er eben mit mir gemacht hat, war gut – verdammt gut sogar, aber das war nicht alles, wozu er fähig ist. In diesem Biker steckt eine tief verwurzelte Dunkelheit, die mir, jetzt, wo ich sie hervorgelockt habe, tatsächlich gefährlich werden könnte.

„Ich will dich wieder – alles von dir. Mein Körper gehört jetzt dir, Rob."

Ihm tief in die Augen sehend, richte ich mich auf, knabbere an seinem Kiefer und lege seine Hand auf meine linke Brust. „Hat es dir denn nicht gefallen, mich zu dominieren?“

Seine Nasenflügel blähen sich, er muss gar nichts sagen. Der gierige Glanz, den seine Iriden annehmen, ist mir Antwort genug.

„Was, wenn ich dich verletze? Du bist so viel kleiner als ich.“

„Das wirst du nicht tun. Ich vertraue dir ...“

Er entspannt sich sichtlich und verpasst mir einen Schubser, sodass ich auf dem Bett lande.

„Auf die Knie. Beine auseinander, ich will sehen, wie wund du bist.“

Der dunkle Klang seines Befehls erregt mich und das, obwohl mein Körper noch immer brennt und schmerzt. Langsam, um ihn zu reizen, tue ich, was er verlangt, strecke ihm meinen Po entgegen und öffne die Knie, sodass ihm nichts verborgen bleibt.

Prüfend reibt er mit seinem Daumen über meinen Anus, was mich keuchend zusammenzucken lässt. Es wird einige Zeit dauern, bis ich wieder richtig sitzen können werde. Seine Finger teilen meine Schamlippen und tauchen in meine Öffnung ein.

Stöhnend beiße ich die Zähne zusammen und kämpfe gegen den Drang an, der Penetrierung auszuweichen. Rob kniet sich hinter mich, treibt seiner Finger so tief wie möglich in mich und flucht laut, als er sein Sperma an den Fingerspitzen spürt.

„Du bist voll von mir. Deine Pussy ist rot und geschwollen und verdammt ... ich will dich wieder. Ich brauche dich, Madison.“

Sein Eingeständnis ist nicht nur auf den Sex bezogen, sondern auf unsere Zukunft.

„Du hast mich, Rob.“

„Ach ja?“

Seine Hände umfassen meine Taille, ich spüre seinen erneut hart werdenden Schwanz an meiner Öffnung und stöhne gequält auf.

Ein Zittern durchläuft mich, er sieht es und knurrt zufrieden.

Seine Hand landet auf meinen Schamlippen, ich schreie, was ihm ein zufriedenes Brummen entlockt.

„Was, wenn ich dich jetzt wieder nehme, härter und tiefer als zuvor. Wird es mir dann endlich gelingen, den Wichser aus Everett aus deinem hübschen Kopf zu bekommen? Was muss ich tun, um dich ihn vergessen zu lassen, Baby?“

Oh .... Woher weiß er von meiner Sehnsucht und den Fantasien?

Rob wartet nicht auf meine Antwort, sondern stößt sich bis zum Anschlag in mich hinein. Durch die Wucht werde ich nach vorne geschoben, mein Kopf knallt beinahe gegen das Bettgestell.

Mein jetziger Schrei ist so laut, dass er garantiert im ganzen Clubhaus zu hören ist.

„Ist das gut? Ja? Ist es das, was du willst, Madison?"

So unglaublich es auch sein mag, aber das ist es tatsächlich.

Ich hauche ein leises „Ja ..." dann legt sich seine Hand auf meinen Mund. Ich presse mich seinen Stößen entgegen, laufe regelrecht aus und überlasse mich seiner Führung.

Der bittere Schmerz, der mangelnde Sauerstoff und seine zuckenden Muskeln, all das reicht aus, um mich erneut über die Klippe zu schicken.

Zuckend, schwitzend, weinend und kraftlos breche ich zusammen und werde von einem allumfassenden Höhepunkt durchgeschüttelt.

Rob zerbricht mich, nimmt keine Rücksicht und fesselt mich so unwiderruflich an sich.

Er hat es geschafft!

Sobald die Sonne aufgeht, werde ich sein Leder tragen, seine Old Lady sein und für immer ihm gehören ...

Der Sex hat mich emotional ziemlich aufgewühlt. Es hat lange gedauert, bis ich endlich einschlafen konnte, und als es mir kurz vor dem Morgengrauen gelungen ist, war der Traum, in dem ich mich wiedergefunden habe, ziemlich verstörend.

Es war dunkel, aber diese Dunkelheit hatte nichts Beruhigendes, sondern etwas Verstörendes. Ich stand auf einer Straße, der Himmel war schwarz und tot – kein Stern war zu sehen. Es hat geregnet, dicke eiskalte Tropfen, die mit so einer Wucht vom Himmel gefallen sind, dass sie blaue Flecken auf meinem Körper hinterlassen haben.

Hinter mir waren Schatten, sie haben sich bewegt, sind auf mich zugekommen und wollten mich verschlingen. Ich hatte Angst – bin gerannt, so schnell ich konnte, und habe mich trotzdem keinen Millimeter von der Stelle bewegt, sodass mich die Schatten eingeholt haben. Während sie mir immer näher gekommen sind, haben sie ihre Form verändert. Aus den Schatten wurden finstere Gestalten mit blutroten Augen und weißen Fangzähnen. Sie haben nach mir gelechzt, ihre knochigen Finger nach mir ausgestreckt und in einer unheimlich klingenden Sprache auf mich eingeredet.

Erst als sie mir so nah waren, dass ich die Kälte spüren konnte, die sie ausgestrahlt haben, konnte ich ihre Gesichter erkennen. Das eine war mir schmerzlich vertraut, das andere glich einem Bild aus meiner Erinnerung. Die Schatten haben sich nach und nach in die beiden Männer verwandelt, die es geschafft haben, mich an sich zu binden.

Ich wollte nach Cubes schemenhafter Gestalt greifen, ihn anfassen und zu mir ziehen, doch es ging nicht. Meine Finger sind wieder und wieder durch die rauchartige Beschaffenheit seiner Erscheinung gestrichen, konnten nichts fassen. Robs Schatten wurde immer dunkler und größer. Der Rauch hat sich verflüchtigt, sodass er plötzlich in seiner ganzen Menschlichkeit vor mir stand, mich gepackt und auf die Straße geworfen hat.

Wie ein Wolf knurrend, ist er auf mich gestiegen, hat sich in mich gestoßen und mich gefickt. Die Gestalt mit Cubes Gesicht hat eine Weile zugesehen, mir zugeraunt, dass ich nicht so laut schreien soll, und sich dann in Luft aufgelöst ...

Ich muss wohl nicht erst erwähnen, dass mich dieser Traum völlig aus der Bahn geworfen hat. Nach dem Aufwachen bin ich eine Ewigkeit einfach nur dagelegen, habe die Zimmerdecke angestarrt und war froh darüber, dass Rob längst aufgestanden ist und ich alleine war.

Es heißt ja immer, dass unsere Träume nichts weiter als Projektionen unseres Unterbewusstseins sind, in denen wir uns mit unseren Wünschen, Ängsten und Hoffnungen auseinandersetzen.

Wenn das tatsächlich so ist, muss ich mir echt Sorgen um meinen Geisteszustand machen.

Als ich mich gegen Mittag tatsächlich dazu aufraffen konnte, aus dem Bett zu steigen, habe ich mich vor das Fenster gestellt und auf den Hof raus gesehen.

Die Wohnung, in der ich vor seinem Tod zusammen mit meinem Vater gewohnt habe, liegt im zweiten Stock des Clubhauses des *Hell Riders Motorcycle Clubs*. Von hier oben kann ich über das gesamte Gelände blicken. Es überrascht mich nicht, dass ich Rob zusammen mit Chilly im Hof stehen sehe. Der Mann, dessen Leder ich ab heute tragen werde, ist ehrgeizig und fest entschlossen, in Dads Fußstapfen zu treten. Er will das Präsidentenamt übernehmen und das frei gewordene Patch auf seiner Kutte festnähen.

Ich unterstütze ihn in seinem Vorhaben, nicht nur, weil es mir gefallen würde, die Lady des Präsidenten zu sein, sondern auch, weil ich fest davon überzeugt bin, dass Rob stark genug ist, den MC wieder auf die richtige Spur zu bringen. Mein Vater hat die letzten Jahre einiges schleifen lassen, er hat den Überblick verloren und seinen Männern zu viel freie Hand gelassen, sodass sie sich zusätzlich zu den Clubangelegenheiten Jobs gesucht und kriminelle Dinger gedreht haben. So etwas geht gar nicht ... Entweder ist man ein Hell Rider, dann arbeitet man für den Club, oder man ist keiner, dann kann man seine eigenen Dinger drehen – beides geht nicht.

Doch damit Rob sein Ziel erreicht, muss Chilly erst verschwinden. Er ist seit einigen Jahren unser Vize und genauso unfähig, wie es mein Vater zum Schluss war. Der ganze Alkohol, das Koks und die Pillen, die er sich zu jeder Tages- und Nachtzeit einwirft, haben sein Hirn weich und dumm gemacht. Seit Lex Tod führt er den Club, zumindest sollte er es ...

Aber stattdessen sitzt er einfach nur da und säuft und kifft.

Ich verachte unfähige Kerle wie ihn. Leider ist es mir als Frau verboten, mich für dieses Amt zu bewerben, aber wenn es das nicht wäre, würde ich den Club in goldene Zeiten führen. Ein Grund mehr, Rob dabei zu unterstützen, der Boss zu werden. Ich bin die Einzige, die bis zu einem gewissen Grad Einfluss auf ihn hat, als seine Lady kann ich vielleicht mitbestimmen, in welche Richtung sich unser MC entwickelt.

Chilly muss sterben. So wie ich Rob kenne, ist er längst dabei, den Tod unseres Vizes zu planen. Es würde mich nicht mal wundern, wenn ich letzte Nacht den Mörder meines Vaters angefleht habe, mich härter zu ficken. Rob und Dad hassten sich! Dad mochte Rob nicht, weil er wusste, dass ich mit ihm schlafe, und Rob hat Dad für seine Schwäche verachtet.

Jetzt ist mein Vater tot, Rob lebt und ich gehöre ihm ...

Seufzend wende ich den Blick ab, steige unter eine kalte Dusche und spüle anschließend, nachdem ich mich angezogen und geschminkt habe, zwei Aspirin mit einem Glas Wasser runter. Mein Kopf hämmert wie verrückt, die Bisswunden brennen und zwischen meinen Beinen pocht es schmerzhaft. Über meinen geschundenen Hintern will ich gar nicht reden. Nicht nur, dass sich Robs Handabdruck auf meiner linken Pobacke abzeichnet, auch mein Inneres fühlt sich roh und aufgerissen an. Die letzte Nacht war krass und heftig und genauso, wie ich es brauche.

Dank des kurzen Rocks, den ich trage, sind die Bissspuren an der Innenseite meines Oberschenkels gut sichtbar, genau wie die restlichen Zeichen, die Rob auf mir hinterlassen hat. Ich habe auch davon abgesehen, die Male an meinem Hals mit Make-up zu überdecken. Es ist mir egal, was alle denken, ich trage Robs bläulich schimmernde Fingerabdrücke mit Stolz. Ab heute werden keine Zweifel mehr daran bestehen, wessen Mädchen ich bin.

Ich binde meine langen, schwarzen Haare zu einem Knoten zusammen und mache mich auf den Weg nach unten

Kaum dass ich den Hof betreten habe, taucht auch schon Rob vor mir auf. Etwas unsicher bleibe ich stehen, zünde mir eine Kippe an und grinse verlegen, als er seine Augen langsam und gründlich über mich gleiten lässt.

Er betrachtet meine Beine, den knappen Rock und starrt auf meine Brüste. Ich weiß, dass er es liebt, wenn die Spitzen meines BHs zu sehen sind, also habe ich ein knappes, eng anliegendes Top angezogen.

Seine Augen verweilen auf den Bissabdrücken und den Hämatomen an meiner Kehle.

Er schluckt hart und bedenkt mich mit seinem Killerlächeln, während er sich in den Schritt fasst und seinen Schwanz anders ausrichtet. Es erregt ihn, seine Male an mir zu sehen.

„Auch schon aufgestanden, Baby?"

Ich nicke.

„Ja. Es war 'ne harte Nacht."

Seine Mundwinkel zucken.

„Zu hart?"

Hmmm ...

„Grenzwertig, aber noch lange nicht böse genug."

Ungläubig schüttelt er den Kopf, überwindet die Distanz zwischen uns und packt mich an den Haaren. Seine Hand gleitet unter meinen Rock, schiebt sich unter meinen Slip und legt sich auf meine empfindlichen Falten. Ich zucke keuchend zusammen, Rob lacht zufrieden auf.

„Seit ich wach bin, denke ich an nichts anderes, als an die Dinge, die ich heute Nacht mit dir anstellen werde. Du bist zu meiner Sucht geworden, Baby. Das Wissen, dass du gerne leidest, eröffnet uns ganz neue Möglichkeiten."

Ich erschaudere, presse mich seiner Hand entgegen und lege den Kopf leicht schief, sodass er die Stellen an meiner Kehle besser sehen kann.

„Erregt es dich, mich so zu sehen?"

Die Antwort kann ich in seinen Augen ablesen.

Einen seiner Finger in mein Inneres schiebend, kneift er mir in den Kitzler. Ich keuche gepeinigt auf – Gott bin ich wund.

„Tatsächlich tut es das. Damit habe ich nicht gerechnet ..."

Das freut mich.

„Was steht bei dir heute auf dem Plan?"

Er lacht.

„Als Erstes werde ich einen Dildo kaufen, der dich beinahe zerreißen wird. Anschließend töte ich den Vize des Clubs und danach ... danach

... tja! Danach werde ich mich um dich kümmern. Heute Nacht wirst du mich nicht anflehen, härter zu dir zu sein. Du wirst um Gnade winseln ..."

Das klingt vielversprechend.

„Wirst du sie mir gewähren?"

Rob überlegt.

„Nein. Ich werde nur noch fester zupacken."

Mein Puls schnellt in die Höhe, mein Atem kommt immer schneller.

Allein darüber zu reden, erregt mich. Rob merkt es, dreht mich um und presst mich mit dem Gesicht an die Mauer. Ich lasse die Zigarette fallen, stütze mich an der Wand ab und drücke ihm meinen Po entgegen.

„Bist du wirklich schon bereit, erneut genommen zu werden?"

Ich nicke. Die Vorstellung, hier Sex zu haben und seinen Schwanz in mich aufzunehmen, während uns alle sehen können, lässt mich feucht werden.

„Sicher?"

Ich spüre, wie er den Gürtel öffnet und seinen Schwanz rausholt.

„Nein, ganz und gar nicht. Ich kann kaum laufen."

Er lacht, schiebt meinen Rock hoch und zerreißt meinen Slip.

Einen Augenblick später spüre ich auch schon seine Eichel an meinem Eingang.

Rob reibt über meine zuckende Öffnung, durch den Spalt bis zu meinem Anus. Ein Wimmern entweicht mir, alleine diese Berührung ist beinahe schon zu viel.

„Wo willst du mich?"

„In mir."

Sein Gesicht neben das meine bringend, beißt er mir in den Hals. Seine Bartstoppeln reiben über meine Wange.

„Wo in dir?"

Ich zögere und schlucke, meine Knie drohen nachzugeben.

„Antworte mir, Baby."

„Überall! Ich will dich in jeder meiner Öffnung spüren."

Knurrend bringt er sich an meinem Po in Stellung und schiebt sich tief und langsam in mich. Ich keuche, kneife die Augen zusammen und kämpfe gegen den Schrei an, der in mir aufsteigt. Rob spürt es, lacht und rammt sich komplett in mich.

Das halte ich nicht aus ...

Der Schrei entweicht mir, hallt über den Hof und sorgt dafür, dass sämtliche Blicke auf uns liegen. Seine Hand legt sich auf meinen Mund und gleitet über mein Gesicht. Seine Finger schieben sich zwischen meine Lippen, ich umspiele sie mit der Zunge und schnappe nach Atem.

„Wie viel hältst du noch aus?"

Mir ist klar, dass ich auf meine Gesundheit achten und den Killer hinter mir nicht noch weiter reizen sollte.

Doch ich kann nicht anders ...

„Wie viel kannst du mir noch geben?"

Fauchend schiebt er sich so heftig in mich, dass es sich so anfühlt, als würde er mich zerreißen.

„Ist das genug, Mädchen?"

Nicht fähig zu reden, nicke ich einfach nur und verliere mich in meiner Lust und dem bittersüßen, süchtig machenden Schmerz.

Umgeben von seiner Kraft, den zuckenden Muskeln und zwischen seinem großen Körper und der Hauswand gefangen, verliere ich die Fähigkeit, zu stehen. Ich knicke ein, werde nur noch von seinem bestimmenden Griff aufrecht gehalten. Er ist so tief in mir, dass ich nicht mehr spüren kann, wo er endet und ich anfange. Meine Pussy zuckt eifersüchtig, so als würde sie sich beschweren wollen, dass nicht sie gefickt wird.

Ich muss an den Dildo denken, den er kaufen will, und kann es plötzlich kaum noch erwarten.

„Du gehörst mir, Madison. Nur mir! Wenn es sein muss, schließe ich einen Pakt mit dem Teufel ab, nur um dich besitzen zu können!"

Seine dunklen, beinahe schon geknurrten Worte hallen in meinem Herzen wider, und geben mir den Rest. Keuchend drücke ich meinen Po fester gegen seinen Schwanz, stöhne und schreie. Mein Höhepunkt ist so heftig, dass ich Rob mitreiße und er sich pumpend in mir ergießt. Sein heiser klingendes „Oh Mädchen!" entlockt mir ein zufriedenes Grinsen.

Für einen Moment bleiben wir einfach so stehen, aufs Intimste miteinander verbunden und ganz auf uns konzentriert. Erst als das Dröhnen von Motoren über den Hof schallt, zieht Rob sich aus mir heraus, was mir Tränen in die Augen schießen lässt.

Autsch! Wund ist kein Ausdruck mehr für das, was ich bin ...

„Kannst du stehen, Baby?"

Ich versuche es, es klappt aber nicht.

„Nein, sorry. Du hast mir den Rest gegeben."

Lachend zupft er meinen Rock zurecht, hebt mich auf seine Arme und drückt mich besitzergreifend an seine Brust. Diese Mischung aus hart und gnadenlos, aus fürsorgend und beschützend, ist genau das, was mich an ihm so fasziniert.

Das zwischen uns hat nichts mit Liebe zu tun, sondern nur mit Lust, meinem Bedürfnis, mich zu unterwerfen und seinem Drang, mich zu besitzen.

„Soll ich dich wieder ins Bett bringen?"

Seine Augen funkeln belustigt. Während ich so erschöpft bin, dass ich kaum den Kopf aufrecht halten kann, wirkt Rob unbesiegbar und mächtig.

„Nein, trag mich zu der Bank da drüben, ich brauche eine Pause und einen Kaffee."

„Das Wissen, dass mein Samen jetzt, in diesem Augenblick, in dir ist und wahrscheinlich demnächst aus dir heraustropfen wird, macht mich schon wieder hart."

An der Bank angekommen, lässt er mich nicht sofort runter, sondern pinnt seine Lippen auf die meinen, wühlt sich mit der Zunge durch meinen Mund und knurrt zufrieden. Als er mich wieder freigibt, dreht sich in meinem Kopf alles.

Rob beobachtet mich, seine Iriden wirken hart wie Stein.

„Eines Tages werde ich dich dazu bringen, mich zu lieben."

Was?? Wow!! Wo kommt das denn her?

Für eine Weile starren wir uns an. Da mir die Worte fehlen, schweige ich einfach nur, was ihm einen Fluch entlockt und ihn dazu bringt, mich abzustellen. Er beobachtet, wie ich mit meinem Gleichgewicht kämpfe. Ich wanke, setze mich hin und zucke schmerzerfüllt zusammen. *Oh Gott ...*

„Es gefällt mir, dass du wund bist und es gefällt mir, dass du so erschöpft bist, dass du nicht mehr vor mir davonlaufen kannst."

Er spielt auf die vergangenen Wochen an, in denen er um mich gekämpft hat. Rob wollte mich, er hat alles getan, um mich zu kriegen – jetzt hat er mich.

Ich bin seine Trophäe. Mich zu besitzen, bringt ihn seinem Ziel, Präsident zu werden, einen guten Schritt näher.

„Wenn du mich jetzt immer so fickst, will ich gar nicht mehr davonlaufen."

Seine Augen verengen sich zu Schlitzen.

„Bist du dir da sicher, Baby? Jetzt wo das Monster in mir Blut geleckt hat, will es vielleicht Dinge von dir, zu denen du nicht bereit bist."

Das kann ich mir kaum vorstellen.

„Was für Dinge?"

„Böse Dinge. Dinge, die ein Mann eigentlich nicht wollen sollte."

Hilflos stolpert mein Herz in meinem Brustkorb umher. Seine Worte verängstigen und erregen mich gleichermaßen.

Rob wittert meine Furcht, beugt sich zu mir herab und packt mich am Kinn.

„Bist du dir sicher, dass du im Augenblick nicht mehr laufen kannst?"

„Ja, du hast mich völlig aufgearbeitet."

Er nickt.

„Sehr schön. Dann wirst du jetzt ein braves Mädchen sein und zusehen, wie ich unseren Besuch begrüße."

Nicht sicher, von wem er spricht, höre ich, wie das Brummen der Motoren erlischt. Stimmt. Da sind ja gerade ein paar Biker auf den Hof gefahren.

Mir einen Kuss auf die Stirn drückend, richtet er sich auf, wendet sich von mir ab und lässt mich alleine sitzen. Das Zittern in meinen Beinen wird nicht weniger. Ich versuche, mich anders hinzusetzen, sodass der Schmerz in meinem Unterleib erträglicher wird, erstarre aber schlagartig, als sich einer der zwei Neuankömmlinge den schwarzen Helm vom Kopf zieht. *Oh verflucht ...*

Mein postkoitales Hirn muss mir einen Streich spielen. Es ist unmöglich, dass ausgerechnet heute, ausgerechnet jetzt, wo ich beschlossen habe, mich Rob zu überlassen, der Mann nach Vancouver kommt, der sich seit sieben verdammt langen Jahren nicht mehr bei den *Hell Riders* hat blicken lassen. Ungläubig kneife ich die Augen zusammen, reiße sie wieder auf und starre direkt in Cubes Gesicht.

Oh lieber Gott steh mir bei!

Er hat sich verändert, wirkt kälter, abweisender und härter. Soweit ich mich erinnern kann, ist er sechs Jahre älter als ich, also muss er jetzt dreißig sein. Als Erstes fällt mir die schwarze Träne unter seinem linken Auge auf, dann entdecke ich das große Kreuz-Tattoo auf seinem Kehlkopf. Seine braunen Haare sind dunkler, als ich sie in Erinnerung hatte und militärisch kurz geschnitten. Der Zug um seinen Mund ist angespannt, seine Fäuste sind geballt. Genau wie früher trägt er ein schwarzes T-Shirt, eine ausgewaschene Jeans und schwere Bikerstiefel. Einige Patches zieren sein Leder, nicht so viele wie Rob trägt, aber genug, um mir zu verraten, zu was für eine Art Kerl er geworden ist. Cube ist ein Ex-Knacki, er hat für seinen Club getötet und macht auch vor Cops keinen Halt. Er ist loyal, gehört zu den *First Nine* und ist ein Menschenhasser ... *Heilige Scheiße.*

Unter dem *Everett* Abzeichen, das den Standort seines Chapters verrät, befindet sich ein Patch, das ich außergewöhnlich finde. Es ist quadratisch, auf einem weißen Hintergrund steht in großen, schwarzen Lettern *MISANTHROP* geschrieben.

Der Blick, mit dem er mich mustert, ist eindringlich, wütend und zugleich verzweifelt, was mir sagt, dass er mich ebenfalls nicht vergessen hat.

Für einen Moment verschwimmt mein Sichtfeld, mein Hirn drückt auf Play und spielt mir die Erinnerung an diese eine, verehrende Nacht, in der er beinahe gestorben ist, wie einen Kurzfilm ab. Als er vorbei ist, bilde ich mir ein, den Knall der Schüsse in meinen Inneren nachhallen zu hören, den kühlen Regen auf meiner Haut zu spüren und seinen unverkennbaren Geschmack auf meinen Lippen zu schmecken ...

Ich wanke, keuche und streiche mir mit den Fingerspitzen über den Mund.

Perplex beobachte ich, wie Rob bei Cube ankommt, ihm die Hand reicht und wie sich die beiden begrüßen. Alles in mir will aufstehen, zu ihm rennen und ... keine Ahnung was dann ... einfach nur prüfen, ob er immer noch dieselbe verzehrende Wirkung auf mich hat.

Doch ich bleibe sitzen, spüre, wie das Zittern immer stärker wird, und kämpfe um meine Fassung. Rob muss gewusst haben, dass Cube heute kommt. Er hat es gewusst und alles in seiner Macht Stehende getan, um mich auszuknocken.

Endlich kapiere ich, warum er sich nach all den Wochen auf mein Flehen eingelassen und mich richtig hart angepackt hat. Er wollte, dass mein Körper von seinen Spuren übersät ist und dass ich außerstande bin, mich Cube zu nähern.

Das alles war geplant und durch und durch durchdacht.

Selbst die Nummer an der Hauswand hat Rob in die Hände gespielt. Wer weiß, wie viel Cube beobachtet hat. Alles wahrscheinlich. Er ist auf den Hof gefahren, als Rob noch in mir war, und er war längst auf dem Gelände, als Rob mich zu dieser Bank getragen hat.

Still verfluche ich mich dafür, dass ich keine lange Hose angezogen habe. Mein Körper ist über und über von Robs Zeichen übersät. Es bestehen also nicht die geringsten Zweifel, zu wem ich gehöre ...

Scheiße! Scheiße! Scheiße!

Rob hat meine Sehnsucht nach Unterwerfung ausgenutzt, um seine Pläne voranzutreiben. Er hat mich benutzt, um sein Ziel zu verfolgen, und ich habe es genossen.

Seit sieben langen Jahren warte ich auf Cubes Rückkehr, und jetzt, wo er endlich da ist, bin ich hoffnungslos verloren ...

3. Kapitel

Cube

Nach all der Zeit hat es sich komisch angefühlt, die Strecke nach Vancouver zu fahren. Obwohl ich keine Ahnung hatte, was mich bei den *Hell Riders* erwartet, bin ich mit dem Vorsatz zu töten in diesen Motorcycle Club gekommen.

Ich bin hier, um meinem Präsidenten zu beweisen, dass ich aus meinen Fehlern gelernt habe, und dass er sich auf mich verlassen kann.

Doch anstatt einen kühlen Kopf und einen klaren Verstand zu bewahren, stehe ich hier und koche innerlich.

Willkommen in der Hölle ...

Einzig die Tatsache, dass dieser Rob so gut wie tot ist, hält mich davon ab, durchzudrehen und Amok zu laufen. Es kostet mich einiges an Beherrschung, die dargebotene Hand einfach nur zu ergreifen und nicht zu brechen.

Auf dem Bild ist mir die Ähnlichkeit zwischen uns beiden schon aufgefallen, aber jetzt, wo ich direkt vor dem Wichser stehe, der vor wenigen Augenblicken noch das Mädchen gefickt hat, das ich seit sieben langen Jahren begehre, wird mir erst klar, wie ähnlich wir uns tatsächlich sind. *Zufall? Fuck! Ich glaube nicht an Zufälle!*

Während ich mir gedanklich wieder und wieder vorstelle, wie ich den Bastard auf eintausend verschiedene Arten kastriere und anschließend kille, ertrage ich das wissende Grinsen, mit dem er von mir zu Madison und wieder zurück zu mir sieht.

„Ich habe schon gehört, dass du und meine Lady eine gemeinsame Vergangenheit habt. Ich will dich warnen, Son. Solltest du ihr zu nahe kommen, breche ich dir sämtliche Knochen, dann ficke ich sie vor deinen Augen und anschließend schneide ich dir so langsam die Kehle durch, dass du an deinem eigenen Blut erstickst."

Nett!

Zu seinem Pech beeindruckt mich seine Warnung nicht im Geringsten. Die Mundwinkel nach unten ziehend, sehe ich betont desinteressiert zu Madison.

Fuck ist sie schön ...

„Sie scheint ihre Kutte vergessen zu haben." Auf Robs Stirn tritt eine Ader hervor. „Ist sie gut im Bett? Ich denke schon! Schließlich habe ich sie gründlich eingeritten."

Zufrieden beobachte ich, wie seine Gesichtsfarbe einen dunklen Rotton annimmt, wende mich von ihm ab und drehe mich zu Sold um.

Joker wollte, dass ich den Prospect mitnehme, für mich kein Problem. Chilly, der Vizepräsident der *Hell Riders*, taucht rechts von uns auf.

Nach einer kurzen Begrüßung gehen wir ins Clubhaus, direkt in Lex ehemaliges Büro und setzen uns ... Noch bevor ich mir eine Kippe anzünden konnte, steht auch schon ein kaltes Bier vor meiner Nase. Sold setzt sich auf den Platz am anderen Ende des Tisches, seine Hand ruht auf der Lederscheide an seinem Oberschenkel.

Er traut der Sache nicht – kluger Mann.

„Joker hat uns gesagt, dass du kommst, aber nicht aus welchem Grund. Also, was wollt ihr hier?"

Chilly ist misstrauisch, das kann ich verstehen, immerhin wurde sein Präsident hinterrücks erschossen. Ich an seiner Stelle würde regelmäßig über meine Schulter sehen ...

„Wir sind hier, um zu prüfen, was abgeht. Die Sons und die Riders haben einige wichtige Geschäfte am Laufen. Lex Tod wirft Fragen auf. Das beunruhigt uns. Ich bin hier, um zu checken, ob du alles im Griff hast."

Er flucht, setzt sich aufrechter hin und starrt mich finster an.

„Was soll das, Alter? Willst du mir ans Bein pissen?"

Wohl eher das Bein brechen, falls das nötig sein sollte.

„Unsere Clubs verbindet eine lange Freundschaft, Chilly. Sieh mich nicht als Feind, sondern als Unterstützung. Wenn es etwas gibt, was ich tun kann, damit das Business nicht gestört wird, sag es."

Mit finsterer Miene zieht er ein Feuerzeug aus der Tasche, öffnet damit sein Bier und leert es bis zur Hälfte. Es ist ihm deutlich anzusehen, dass er mir misstraut.

„Seht euch um und dann verschwindet."

„Willst du uns loswerden, bevor heute Nacht darüber abgestimmt wird, wer sich Lex Patch an die Brust nähen darf?"

Überrascht reißt er die Augen auf.

„Bullshit! Woher wisst ihr davon?"

Echt jetzt? Ist die Frage ernst gemeint?

„Wir wissen alles! Daher ist uns natürlich auch bekannt, dass deine Chancen, Lex Nachfolger zu werden, trotz deines Postens als VP schlecht stehen. Du wirst unterwandert, verlierst an Einfluss und an Macht."

Mit einem Brüllen springt er von seinem Stuhl auf, stürmt auf mich zu und zieht seine Waffe.

Während Sold blitzschnell reagiert und ebenfalls seine Knarre zieht, bleibe ich ruhig sitzen und sehe den vor Wut zitternden Rider abwartend an.

„Was soll das werden? Willst du mir ein paar Kugeln verpassen? Willst du beenden, was dein Präs vor sieben Jahren angefangen hat?"

Chilly löst die Sicherung und legt den Finger auf den Abzug. Dicke Schweißperlen rinnen ihm über die Stirn. Wenn er abdrückt, ist er eine Sekunde später ebenfalls ein toter Mann.

Sold zielt längst auf seinen Kopf.

„Für das, was du mit Maddie gemacht hast, ist dir ein Platz in der Hölle sicher."

Ach ja?

„Warum, weil ich sie gefickt habe?"

Grunzend nimmt er die Waffe wieder runter und reibt sich über das Kinn.

„Nein, weil du Bastard sie zerstört hast. Das Mädchen war gut und rein. Nachdem du mit ihr fertig warst, hat sie sich verändert. Fast so, als ob du sie gebrochen hättest." Er macht eine Pause und setzt sich wieder, was Sold dazu veranlasst, seine Glock ebenfalls runter zu nehmen. Chillys Worte gefallen mir nicht. Ganz und gar nicht!

„Was meinst du damit, verdammt. Erklär dich gefälligst."

Ein schmerzhaftes Ziehen breitet sich in meinem Bauch aus. Ich ahne, dass mir nicht gefallen wird, was ich gleich hören werde.

„Du willst eine Erklärung, Son? Dann steh auf und sieh dir ihren Körper an, dann weißt du, wovon ich rede ... Dieser Rob wird sie endgültig zerstören, ihre Seele ist am Zerbrechen, das kann ich in ihren Augen erkennen. Nicht mehr lange und die Welt, in der sie aufgewachsen ist, wird sie ein für alle Mal verschlucken."

Fuck! Fuck! Fuck!

Ich sollte sitzen bleiben, mit ihm über die Abstimmung reden und sicherstellen, dass die Geschäfte reibungslos weiterlaufen. Doch ich kann nicht. Nicht nachdem, was ich gerade gehört habe. Ich muss wissen, was mit Madison ist, mit eigenen Augen sehen, was da für eine kranke Scheiße abläuft. „Verdammt noch mal!"

Ich stehe auf, gebe Sold mit einem Handzeichen zu verstehen, dass er mir nicht folgen soll, und mache mich auf die Suche nach dem Mädchen, das mir Nacht für Nacht in meinen Träumen begegnet.

Meine Suche dauert nicht lange an, Madison sitzt an derselben Stelle wie zuvor. Eine Tasse Kaffee steht vor ihr, eine Kippe klemmt zwischen ihren Fingern. Sie trägt die Haare nun länger als früher, die Spitzen reichen ihr bis mittig in den Rücken. Noch bevor ich bei ihr ankomme, fällt mir auf, wie blass sie ist, ihre Haut wirkt weiß wie Porzellan, und mindestens genauso zerbrechlich. Bei meiner Ankunft hatte ich keine Möglichkeit, sie aus der Nähe zu betrachten – jetzt hingegen ...

Mit jedem Schritt, mit dem ich die Distanz zwischen uns überwinde, kann ich mehr und mehr Details erkennen. Die unglaublich langen Wimpern, die ihre eisblauen Augen umrahmen, das Rosa ihrer Lippen und die blauen Flecken, die sich an ihrem zarten Hals abzeichnen. Bei dem Tisch, an dem sie sitzt, angekommen, stoppe ich, lasse meinen Blick langsam und prüfend über sie gleiten.

Bloody hell!

Jetzt verstehe ich, wovon Chilly gesprochen hat.

Madisons Arme, ihre Kehle, die Schultern, das Schlüsselbein und ihre Oberschenkel sind von Bisswunden übersät.

Unterschiedlich große Blutergüsse zieren ihre Gliedmaßen, manche sind unförmig, andere hingegen erinnern an Fingerabdrücke. Mir wird schlecht, mein Magen dreht sich auf links und mein Puls beginnt zu rasen.

Der Zorn, der sich wie ein Flächenbrand in mir ausbreitet, ist so heftig, dass ich kaum mehr atmen kann. „Was zur Hölle!“

Bis jetzt hat das Mädchen auf ihre Tasse gestarrt, nun sieht es mich direkt an.

„Hallo Cube.“

Der Klang ihrer Stimme geht mir durch Mark und Bein.

Bei allen Höllen ... Ihr unvergleichlicher Duft steigt mir in die Nase, lässt mich die Fäuste ballen.

„Wer war das?“

Dank Chilly kenne ich den Namen schon, aber ich muss ihn aus Madisons Mund hören, muss sehen, wie sich ihre Lippen formen, um ihn auszusprechen.

„Ist das wichtig?“

Genau wie damals kann sie mir nicht einfach antworten, sondern muss, verdammt noch mal, alles verkomplizieren.

„Ist es das nicht?“

Fragend ziehe ich eine Augenbraue nach oben und starre auf sie herab.

„Für dich nicht, würde ich sagen.“

Ach nein?

„Für wen zum Teufel dann?“

Für eine Weile schweigen wir. Dann steht sie wackelig auf und verzieht gepeinigt das Gesicht.

Töten! Töten! T.Ö.T.E.N.

Ich kann an nichts anderes denken, als daran, Rob leiden zu lassen, ich will ihm den Puls nehmen und seinen letzten Atemzug aus ihm herausschneiden.

„Warum bist du hier, Son of Silence?“

Sie will vom Thema ablenken. Als ob das möglich wäre ...

„Clubangelegenheiten!“

„Echt? Du willst mich mit der Standardantwort abfertigen?“

Was ich will, tut nichts zur Sache. Dennoch stehe ich hier und kann an nichts anderes denken, als daran, die Bisswunden dieses Kerls unter welchen von mir zu verdecken.

Alles in mir schreit danach zu T.Ö.T.E.N.

An ihrer Zigarette ziehend, lehnt sie sich an die Wand, ihr Rock rutscht nach oben und entblößt so ein paar mehr Zentimeter ihres Beins.

Noch mehr blaue Flecken – noch mehr Bissabdrücke – noch mehr Gründe auszuflippen!

Ich kämpfe mit mir selbst, zwinge mich zur Räson und verliere gegen die Stimmen in meinem Kopf.

Bevor mir überhaupt bewusst ist, was ich tue, habe ich Madison auch schon gepackt, gegen die Hauswand gedrückt und ihren Kiefer zwischen meinen Fingern eingeklemmt.

„Sag mir den Namen, Baby!“

Ihr gezischtes „Nenn mich nicht so.“, prallt einfach an mir ab.

Ich war der erste Mann, der sich in ihren Körper gestoßen hat, der erste, der jemals in ihr war, und der erste, der ihre Pussy mit seinem Samen gefüllt hat. *Fuck!* Ich habe jedes verdammte Recht, sie Baby zu nennen. *JEDES!*

Mein geknurrtes „Rede!“ lässt sie verängstigt zusammenzucken.

„Der Name spielt keine Rolle, Cube. Ich wollte es so, ich will hart angefasst werden – brauche diese Spuren, um mich lebendig zu fühlen.“

What a Fuck! Das will mir nicht ins Hirn gehen.

„Du willst vergewaltigt werden?“

„Ich wurde nicht vergewaltigt, Rob hat mich nur gefickt.“

Eine gefährliche Mischung bestehend aus Wut, Hass, Eifersucht und Unglauben flutet meine Venen.

„Ist er dein Mann? Bist du seine Lady?“

Sie zögert – das ist mir Antwort genug.

Ich will sie loslassen und mich auf die Suche nach dem Bastard machen, doch sie schnappt sich meine Hand.

„Nicht Cube. Bitte. Ich habe ihn angefleht, mich so zu behandeln. Es ist nicht seine Schuld.“

Und wie es das ist!

„Als dein Mann ist es seine Aufgabe, dich zu schützen, dich zu umsorgen und auf dich aufzupassen, Madison. Dein Wohlergehen hat über dem seinen zustehen. Egal ob du ihn angefleht hast – er hätte das niemals mit dir tun dürfen.“

Tränen schwimmen in ihren Augen, drohen überzulaufen.

„So einfach ist das nicht. Du verstehst das nicht, Cube.“

„Oh, ich verstehe es sehr wohl.“ *Shit!* Meine Faust landet keinen Zentimeter von ihrem Gesicht entfernt in der Mauer. Sie zuckt zusammen, keucht erschrocken und beißt sich unsicher auf die Unterlippe. *Das hat sie früher schon immer getan ...*

„Selbst wenn du mich erpresst und mir eine Waffe an den Kopf gehalten hättest, hätte ich dich niemals so zugerichtet. Fuck, Mädchen. Du kannst kaum stehen.“

Ihre Iriden blitzen auf.

„Als du vor einigen Jahren mit mir fertig warst, konnte ich es auch nicht mehr. Mein Dad hat mich damals von der Straße gehoben und reingetragen. Nach der Nacht, in der du mich auf der Straße entjungfert hast, sah ich viel schlimmer aus als jetzt. Ich war voller Blut, Schürfwunden und Hämatomen ... Es war hart und tat weh, und trotzdem bin ich für dich gekommen. Was sagt dir das? Hmm? Was sagt das über mich aus?“

Sie macht eine kurze Pause, jedes ihrer Worte hat sich wie ein Messerstich angefühlt.

„Du warst es, der mir gezeigt hat, dass harter Sex gut ist. Du hast mich auf Schmerz geprägt und mir eine Welt gezeigt, von der ich besser nie erfahren hätte. Was Rob mit mir macht, ist nur das, was ich will. Ich muss leiden, um Lust empfinden zu können, und daran bist du schuld! Wenn du also jemanden für all das ...“, Madison zeigt auf ihren geschundenen Körper, „die Schuld geben willst, dann sieh in den Spiegel!“

Eine Welle Selbsthass schlägt über mir zusammen – was habe ich nur getan?!

Ich lasse sie los, meine Hände fallen kraftlos herab und ich trete einen Schritt zurück.

Anstatt vor mir zu flüchten, kommt sie mir näher, streicht mit ihren Fingern über meine Wange, reibt über die tätowierte Träne und sieht mich aus traurigen Augen an.

„Das Schlimme sind nicht die Male auf meiner Haut, das Schlimmste ist, dass ich mir, wann immer ich die Augen schließe, vorstelle, dass du es bist, der auf mir und in mir ist. Ich wünsche mir, dass du der Mann bist, der mich aufs Bett pinnt und seine Zähne tief in meiner Haut vergräbt, während er mich gnadenlos fickt."

Ein wehmütiges Lächeln huscht über ihre Lippen, dann lässt sie mich einfach stehen und geht ... Ihr Eingeständnis hallt wie ein nie endendes Echo in mir nach, macht mich sprachlos und zwingt mich beinahe in die Knie. *Hilfe.*

Diese verheerende Wirkung hat Madison früher schon auf mich gehabt. In der Nähe dieser Frau kann ich nicht denken ...

Nicht atmen ...

Das Bild, das ihre Beichte in meinem Kopf entstehen lassen hat, brennt sich in mein Hirn. Mein Schwanz zuckt und meine Eier sind so dick, dass es schmerzt.

Fuck! Was ist nur los mit mir?

Einerseits will ich diesen Rob für das, was er mit Madison gemacht hat, killen. Andererseits hingegen will ich dasselbe mit ihr tun – dasselbe und viel mehr ...

Es ist scheinheilig, wenn ich mir einrede, dass ich aus Beschützerinstinkt handeln will, wenn es in Wirklichkeit ein viel primitiverer Grund ist. Was mich antreibt, ist eine bittere, tödliche und alles verzehrende Eifersucht.

Reglos und mit geballten Fäusten bleibe ich noch für einen Moment stehen, fechte einen heftigen Krieg mit mir selbst aus und verpasse der Wand einen Tritt.

Bei allen Sons ...

Dieses Mädchen wird mein Untergang sein. Vor sieben Jahren habe ich schon mal alles riskiert, um sie besitzen zu können, und jetzt stehe ich schon wieder kurz davor, eine Riesendummheit zu machen. Einzig der Umstand, dass mein Auftrag lautet, diesen Rob zu töten, rettet mir das Leben. Wenn Jokers Anweisung gelautet hätte, den Bastard zu stärken und zu unterstützen, wäre ich erledigt.

Denn das könnte ich niemals tun.

Vielleicht macht es mich zu einem Judas, vielleicht auch nur zu einem gigantischen Arschloch, aber ich kann und werde nicht dabei zusehen, wie ein anderer Mann das Mädchen fickt und verletzt, das ich ficken und besitzen möchte ...

4. Kapitel

Madison

Ich zittere so heftig, dass meine Zähne klappern. Mit letzter Kraft eile ich in meine Wohnung, schließe die Türe hinter mir und sperre mich im Badezimmer ein.

Cube nach so langer Zeit wieder so nah zu sein, hat mich völlig aus der Bahn geworfen. Das Gefühlschaos, das seine Nähe in mir ausgelöst hat, hat mich dazu gebracht, ihm zu verraten, dass ich mich selbst betrüge und meine bisherigen Sexualpartner hintergehe, indem ich mir jedes verdammte Mal vorstelle, dass er der Mann ist, der mich gerade fickt. Ich habe Cube eingestanden, dass ich ihn nie vergessen habe, und dass ich, um einen Orgasmus bekommen zu können, Schmerz empfinden muss.

Was um alles in der Welt habe ich nur getan?!

Das mit uns ist eine Ewigkeit her ... Wir beide haben uns verändert, sind andere Menschen geworden und kennen uns eigentlich gar nicht mehr.

Trotzdem sehne ich mich nach seinen Berührungen, will herausfinden, welche Tätowierungen noch seinen Körper zieren und alles über ihn erfahren. Ich will testen, ob seine Küsse wirklich so süchtig machend sind, wie ich sie in Erinnerung habe, mit den Händen über sein Leder streichen und hinter ihm aufs Bike steigen.

Die Sehnsucht, die seit sieben Jahren in mir schlummert, ist zu neuem Leben erwacht und will endlich gestillt werden ...

Das Geräusch von Schritten reißt mich aus meiner Gedankenwelt. Rob! Mir war klar, dass er mich beobachtet hat, schließlich lässt er mich nie wirklich aus den Augen.

Zuerst höre ich seine Faust gegen die verschlossene Badezimmertüre knallen, dann seine wütende Stimme. Er fordert mich auf, herauszukommen. Er will wissen, was ich mit Cube zu besprechen hatte, und warum zur Hölle ich zugelassen habe, dass er mich berührt hat. *Scheiße!* Das werde ich ihm garantiert nicht erzählen. Ich kenne Rob, weiß, wie dringend er mich besitzen will, und wozu er fähig ist.

Wieder donnert seine Faust gegen die Türe, wieder zucke ich erschrocken zusammen.

„Mach auf, Madison. Sofort!"

„Gleich!"

Oh Gott! Wenn er mitbekommt, wie sehr mich das Wiedersehen mit Cube durcheinandergebracht hat, flippt er garantiert aus. Mehrmals tief durchatmend, werfe ich einen prüfenden Blick in den Spiegel, stelle fest, dass ich einigermaßen gefasst aussehe, und drehe den Schlüssel um. Noch bevor ich die Türe öffnen kann, wird sie auch schon aufgestoßen. Schnell weiche ich aus, sodass sie mit einem *Wumm* gegen die Wand kracht und ich plötzlich einem extrem wütend aussehenden Rob gegenüberstehe. *Scheiße!*

„Was soll das werden, Mädchen? Warum versteckst du dich vor mir?"

„Tue ich nicht. Ich war nur im Bad."

Er flucht, mein Magen zieht sich zusammen. In dieser Stimmung ist Rob unkontrollierbar.

„Du hast dich von ihm anfassen lassen. Du hast dem dreckigen Son erlaubt, dich zu berühren, und das, obwohl du mir gehörst. Was sollte das, Baby?"

Baby ... Vor ein paar Minuten hat Cube mich so genannt, und in meinem Bauch sind Tausende Schmetterlinge zum Leben erwacht. Jetzt, wo Rob mich so nennt, passiert nichts. Nicht ein einziger Flattermann dreht seine Runden, nicht mal eine Motte.

Das ist der Unterschied zwischen den zwei Bikern.

Das war immer der Unterschied ...

Nur der *Son of Silence* mit dem *Misanthrop-Patch* schafft es, mich wirklich zu faszinieren.

„Es war nichts. Du weißt, dass wir uns kennen. Er hat nur Hallo gesagt. Das war alles."

Sein freudloses Lachen hallt von den gefliesten Wänden, lässt die Härchen in meinem Nacken zu Berge stehen.

„Kennen nennst du das also? Interessant."

Es war mir klar, dass er auf die Sache mit dem Sex auf der Straße anspielt. Also übergehe ich seinen letzten Satz einfach, überwinde meine Furcht und lehne mich an ihn.

Langsam streiche ich mit dem Zeigefinger über seinen Bartschatten, an seinem Kiefer entlang und vergrabe meine Hand schlussendlich in seinen Haaren.

„Reg dich nicht auf, Schatz. Schau mich an ... Jeder Zentimeter meines Körpers ist mit deinen Spuren bedeckt. Ich rieche nach dir, bin voll von dir – gehöre dir. Es gibt keinen Grund für dich, wütend zu sein."

Es gelingt mir scheinbar, ihn milde zustimmen, der mörderische Glanz in seinen Iriden lässt etwas nach.

„Ich mag es, wenn du mich zu manipulieren versuchst. Da zeigst du endlich mal deine süße Seite."

Oh, erwischt ...

Bevor ich mich wieder von ihm lösen kann, vergräbt er seine Faust in meinen Haaren und hält mich so an Ort und Stelle.

„Verkauf mich nicht für dumm, Mädchen. Mir ist durchaus bewusst, dass du nur bei mir bist, weil dein Vater alt und schwach wurde und du einen neuen Beschützer gebraucht hast. Ich weiß, dass du mich sofort für diesen Wichser verlassen würdest ... Der einzige Grund, aus dem du noch bei mir bist, ist der, dass er dir kein Angebot gemacht hat. Und ich werde auch nicht zulassen, dass es so weit kommt, dafür habe ich schon viel zu hart für meine Ziele gearbeitet. Sollte ich dich noch mal in der Nähe dieses Mannes sehen, werde ich dich zerbrechen. Ich werde dich packen, auf die Straße werfen und so lange nehmen, bis du diesen Bastard ein für alle Mal vergessen hast. Entweder du verbannst ihn aus deinem hübschen Köpfchen oder du stirbst. So einfach!"

Eine unangenehme Kälte breitet sich in mir aus, schleicht an meinem Rückgrat nach oben und lässt mich erstarren. Ich schlucke und realisiere zum ersten Mal, *wie weit* Rob gehen würde, nur um Präsident zu werden.

„Du drohst mir?"

Den Kopf schüttelnd, haucht er mir einen trügerisch zärtlichen Kuss auf die Stirn.

„Nein Baby, ich erkläre dir, was Sache ist. Eine Drohung tritt nur mit geringer Wahrscheinlichkeit ein, das, was ich dir gerade gesagt habe, wird zu 100 Prozent passieren, wenn du nicht auf mich hörst."

Er stößt mich grob von sich, ich stolpere nach hinten und knalle mit dem Kopf gegen den Schrank.

„Schluss mit den Spielchen, Madison. Ab jetzt tust du, was immer ich verlange."

Noch bevor ich kapiere, was los ist, verpasst er mir einen so harten Schlag, dass mein Kopf nach rechts geschleudert wird. Er beugt mich grob über den Rand der Badewanne, einen Atemzug später stößt er sich auch schon in mich.

Tränen schießen mir in die Augen. Ich fühle mich gedemütigt, entblößt und benutzt. Anstatt mich zu wehren, lasse ich es einfach über mich ergehen.

Was für eine Ironie! Ausgerechnet ich, die es mag, unterworfen zu werden, fühle mich gerade, als ob ich vergewaltigt werden würde. Vielleicht habe ich diese Behandlung ja verdient? Vielleicht habe ich selber auf diesen Vorfall hingearbeitet?

Ich wusste von vornherein, was für ein Mann Rob ist, und trotzdem habe ich mich auf ihn eingelassen und ihn Nacht für Nacht aufgefordert, mich härter zu nehmen.

Jetzt bekomme ich die Quittung für mein Verhalten und was soll ich sagen? Sie ist ziemlich bitter!

Das alles dauert nur wenige Minuten, noch bevor ich überhaupt weiß, was los ist, flutet sein heißer Samen meinen Unterleib.

Einen harten Schlag auf meine Pobacke später bin ich alleine.

Zitternd und heulend sinke ich auf den Boden, winkle die Knie an und schlinge die Arme darum. Nicht zum ersten Mal kommt mir der Gedanke, dass es vielleicht das Beste für mich wäre, Vancouver und den *Hell Riders Motorcycle Club* zu verlassen.

Aber was dann?

Ich kenne nur dieses Leben. Ich bin in diesem Rockerclub aufgewachsen, das ist meine Welt. Ohne die Bikes, den Geruch von Schießpulver und das alles könnte ich nie glücklich werden ...

Wobei das mit dem Glück so eine Sache ist, schließlich weiß ich nicht, wann ich das letzte Mal wirklich glücklich war! Für eine Weile bleibe ich einfach sitzen, sortiere meine Gedanken und wäge alle meine Möglichkeiten ab. Letzteres geht schnell, schließlich habe ich nicht viele.

Entweder ich bleibe und mache das Beste aus der Situation oder ich gehe und ... ja genau ... und was dann? Ich habe keinen Schulabschluss, keinen Beruf und nicht besonders viel Geld. Keine besonders rosigen Aussichten! Das Leben ist nun mal kein Wunschkonzert. Man bekommt nicht, was man will, sondern was man verdient ...

Irgendwann gelingt es mir, mich aufzurappeln. Mit einem warmen Waschlappen und etwas Seife mache ich mich sauber, dann gehe ich ins Schlafzimmer und lasse mich ins Bett fallen. Rob gehe ich die nächsten Stunden lieber aus dem Weg. Und Cube?

Keine Ahnung, ob ich jemals wieder bereit bin, dem *Son of Silence* unter die Augen zu treten. Das, was ich ihm da vorhin gestanden habe, war verdammt intim und persönlich. Jetzt wo er weiß, wie es in mir aussieht, macht mich das verletzlich und angreifbar. Ich bereue, dass ich nicht einfach meine Klappe gehalten habe. Aber sein plötzliches Auftauchen hat mich einfach viel zu sehr durcheinandergebracht. Es war, als wäre ich auf einmal einem Geist gegenübergestanden.

Einem erschreckend realen, großen, warmen, kraftvollen und verflucht wütenden Geist.

Ich stelle mir sein markantes Gesicht vor, rufe mir den silbrigen Grauton seiner Iriden in Erinnerung und schlafe ein.

Dieses Mal träume ich nichts, sondern falle Gott sei Dank nur in einen tiefen Schlaf.

5. Kapitel

Cube

Ich musste raus, einfach nur weg. Also habe ich mir mein Bike geschnappt und bin zwei Stunden durch die Gegend rund um Vancouver gefahren.

Die Berge, die Wälder und das Wasser ...

Vancouver liegt an der Westküste in British Columbia und ist eine von Kanadas dicht besiedeltsten Städten. Der geschäftige Seehafen erleichtert uns den Transport der Waffen und sorgt so dafür, dass unsere Geschäfte beinahe reibungslos ablaufen.

Die Betonung liegt auf beinahe ...

Wäre da nicht der ganze Bullshit drum herum, der uns das Leben verkompliziert.

Der Fahrtwind hat mir den Kopf freigeblasen und mir dabei geholfen, die Dinge im rechten Licht zu sehen. Im Grunde genommen muss ich den ganzen Mist einfach ausblenden und mich um das kümmern, was ausschlaggebend ist.

Ich werde Rob töten, Chilly meine Unterstützung zusichern und so dafür sorgen, dass Joker sich keine Sorgen um das Business zu machen braucht. Wenn es nötig ist, werde ich für einige Zeit hierbleiben, zumindest so lange, bis die *Hell Riders* ihre Scheiße geregelt haben und alles wieder in normalen Bahnen läuft. Lex Tod war ein harter Schlag für den Club. Es wird noch ein paar Wochen dauern, bis es seinem Nachfolger gelungen ist, alles wieder ins Lot zu bringen.

Fuck! Wenn ich ehrlich bin, stört es mich nicht, länger in Vancouver zu bleiben, so kann ich ein Auge auf Madison haben und sicherstellen, dass es ihr gut geht.

Dieses Mädchen hat eine selbstzerstörerische Ader.

Das, was sie da vorhin zu mir gesagt hat, war krass. *Verdammt krass!*

„... Nach der Nacht, in der du mich auf der Straße entjungfert hast, sah ich viel schlimmer aus als jetzt. Ich war voller Blut, Schürfwunden und Hämatomen ... Es war hart und tat weh, und trotzdem bin ich für dich gekommen. Was sagt dir das? Hmm? Was sagt das über mich aus?"

Um ehrlich zu sein, habe ich keine Ahnung, was es über Madison aussagt, dass sie damals gekommen ist. Aber ich weiß, was es aus mir macht – ein Arschloch!

Das, was ich ihr angetan habe, war falsch, abartig und pervers. Ich hatte es absolut verdient, von ihrem Vater niedergeschossen zu werden.

Ihr Eingeständnis, dass ich sie auf Schmerz geprägt habe, macht mir zu schaffen. Das war nie meine Absicht.

„... Ich muss leiden, um Lust empfinden zu können, und daran bist du schuld!“

Dieser eine Satz stellt seltsame Dinge mit mir an. Eine schöne Frau wie sie sollte Sex genießen können. Sie sollte gestreichelt, verwöhnt, geküsst und umsorgt und nicht verletzt werden.

Was ich Madison angetan habe, ist unentschuldbar und ich habe keine Ahnung, wie ich es jemals wiedergutmachen soll.

Die Tatsache, dass ich den Drang verspüre, sie ebenfalls zu beißen, sagt schon einiges über mich aus. Das Dunkle in mir will diese Frau zeichnen und so Robs Spuren auslöschen. *Ja verdammt ...*

Ich ficke gerne hart. Wir Rocker treiben's wilder als der Rest der Welt. Aber trotzdem bin ich der Überzeugung, dass es Grenzen geben muss.

Wir Männer sind für unsere Frauen verantwortlich.

Und wenn das bedeutet, dass wir sie vor uns selbst beschützen müssen, dann ist das unsere verdammte Pflicht. Meine Sehnsüchte und meine Begierden sind böse und an manchen Tagen definitiv grenzwertig. Trotzdem bin ich stark genug, diese zu zügeln. Zugegeben, damals vor sieben Jahren war ich das nicht. Aber heute bin ich es, ich habe gelernt, mich zu kontrollieren. Jetzt wäre ich stark genug, dem Drang zu widerstehen. Ich würde sie nie wieder auf eine Straße werfen und mich wie ein Monster in sie stoßen. Zumindest rede ich mir das alles ein ...

Ich will einfach nicht wahrhaben, dass dieses Mädchen mein Kryptonit ist. Madison lässt mich sämtliche Regeln vergessen und bringt den Teil meines Ichs zum Vorschein, gegen den ich die meiste Zeit ankämpfe.

Für sie wäre es sicherlich besser, wenn ich diesen Rob einfach abknalle und mich dann sofort auf den Heimweg mache. Ich stelle eine viel größere Gefahr für sie da, als Rob, der Club und alle Männer dieser Welt zusammengenommen. Einzig das Wissen, dass ich Joker dieses Mal nicht enttäuschen darf, hält mich auf der richtigen Spur.

Mit zusammengebissenen Zähnen passiere ich das unbewachte Tor und fluche leise. So eine Nachlässigkeit gibt es bei uns in Everett nicht.

Wer anfängt, nach außen hin schwach zu wirken, wird schwach. Nur die Starken überleben – so will es die Natur.

Sold sitzt auf der Bank, auf der vorhin noch Madison gesessen hat.

Er starrt mich grimmig an und fischt eine Kippe aus der Hosentasche.

Ich parke direkt neben ihm, ziehe mir den Helm vom Kopf und suche das Gelände nach Rob oder Madison ab. Von beiden fehlt jede Spur. *Hölle!* Allein die Vorstellung, dass er sie jetzt in genau diesem Moment erneut leiden lassen könnte, macht mich wütend.

„Für was schleppst du mich nach fucking Vancouver, wenn du mich dann alleine hier hocken lässt und dich ohne ein Wort verpisst?"

Jepp, der Prospect ist sauer.

„Erstens wollte Joker, dass ich dich mitnehme und zweitens habe ich dich hiergelassen, damit du alles im Blick behältst. Ich traue diesen Wichsern nicht."

Sein zustimmendes Nicken verrät mir, dass er meine Einschätzung teilt.

„Die sehen mich alle so an, als würden sie mir die Kehle durchschneiden wollen!"

Was will er? Mitleid?

„Du kannst dich wehren."

Grunzend zieht er an seiner Zigarette.

„Richtig, und das ist das Problem. Unser Präsident wird ausflippen, wenn ich hier ein Blutbad anrichte. Dann kann ich mein *Back Patch* vergessen!"

Okay, er will Mitleid.

„Deine Kehle sieht gut aus und auch sonst kann ich keine Leichen entdecken. Also reg dich ab, Bro!"

Ich tue es ihm nach, setze mich und rauche eine.

„Die Abstimmung wurde auf 17:00 Uhr vorverlegt. Die Bastarde haben es eilig."

Nach einem Blick auf mein Handy weiß ich, dass es mittlerweile kurz nach drei ist.

Was bedeutet, dass uns nur noch knapp zwei Stunden bleiben, um diesen Rob kaltzumachen.

„Dann sollten wir keine Zeit verschwenden."

Sold nickt.

„Nope, sollten wir nicht. Wie magst du es machen? Öffentlich als Warnung oder eher privat? Ich denke, es könnte nicht schaden, ihn vor all seinen Brüdern abzuknallen, dann wissen die Drecksäcke zumindest gleich, dass mit den Sons nicht zu spaßen ist. Außerdem hast du noch drei Kugeln gut."

Sein letzter Satz sollte wohl ein Witz sein, über ihn lachen kann ich jedoch nicht.

Jetzt, wo ich weiß, welche Auswirkungen der Fick auf der Straße auf Madison hatte, bin ich eher der Meinung, dass ich ein paar Kugeln zu wenig kassiert habe.

„Die größtmögliche Wirkung erzielen wir, wenn wir ihn vor dem gesamten Club direkt während der Abstimmung kaltmachen. Allerdings birgt so eine zur Schau gestellte Hinrichtung auch einige Gefahren. Jemand könnte auf die dumme Idee kommen, Rob zu rächen."

Das Lachen des Prospects klingt freudlos.

„Die Leute respektieren diesen Mann nicht, sie fürchten ihn. Wahrscheinlich werden sie sich bei uns dafür bedanken, dass wir sie von diesem Teufel erlöst haben. Hast du dir mal seine Frau angesehen? Fuck! Sie sieht schlimm aus. Echt übel. Vorhin kam sie über den Hof, ihre Augen waren verheult und sie hat verängstigt gewirkt. Irgendetwas stimmt da nicht, Cube."

Seine Frau? Niemals!

„Ja, ich habe sie gesehen. Da stimmt eine ganze Menge nicht!"

Den Rauch durch die Nase entweichen lassend, sieht er mich an.

„Das Mädchen ist hübsch. Sie könnte schön sein, wenn sie nicht aussehen würde, als würde sie jederzeit einfach umkippen."

Ich will, dass alles nicht hören.

„Zurück zum Risiko. Bist du bereit, es einzugehen?"

Er zögert, denkt kurz darüber nach und nickt.

„Yeah, das bin ich. Machen wir diesen Idioten ein für alle Mal klar, dass sie unter uns stehen. Der *Sons of Silence Motorcycle Club* sagt, wo's langgeht und niemand sonst!"

Gut gesprochen. Sold gefällt mir immer besser. Wird echt Zeit, dass er zum Full Member ernannt wird! Wir rauchen unsere Kippen fertig, dann stehe ich auf und rufe Joker an.

Es kann nicht schaden, wenn ich ihn auf dem Laufenden halte. Mal sehen, was er von unserem Plan hält ...

Die Zeit vergeht schleppend. Um mich zu beschäftigen, habe ich meine und Solds Waffe gereinigt, mit Joker und Landon telefoniert und, genau wie erwartet, deren *Okay* für die anstehende Aktion erhalten.

Rob ist ein toter Mann – er weiß es nur noch nicht.

Madison habe ich nur noch einmal kurz zu Gesicht bekommen. Sold hat recht, sie wirkt anders als heute Vormittag, irgendwie gehetzter.

Seit unserer letzten Begegnung muss irgendetwas vorgefallen sein, etwas, das sie verängstigt hat.

Um kurz vor fünf betreten wir zusammen mit den *Hell Riders* das Büro des zukünftigen Präsidenten. Vom Prinzip her müsste Chilly die besten Chancen haben, aber das bezweifle ich. Rob hat es geschafft sich den Club unter den Nagel zu reißen. Arrogant wie er ist, lässt er sich auf Lex Sessel am Kopfende des Tisches fallen, lehnt sich in einer selbstsicheren Geste zurück und verschränkt siegessicher die Arme.

Es fällt mir schwer, mich zu beherrschen, als er dann aber einem seiner Männer ein Zeichen gibt und der daraufhin eine heulende Madison in den Raum führt, beginnen die Muskeln in meinen Armen ungeduldig zu zucken.

Meine Faust will unbedingt in sein Gesicht.

Als ich dann auch noch feststelle, dass sie nun tatsächlich Robs Leder trägt, das sie als sein Eigentum kennzeichnet, sehe ich rot.

Einzig das Wissen, das seine Atemzüge gezählt sind, hält mich davon ab, auszuflippen. Das Gewicht meiner Glock drückt sich beruhigend gegen meine Rippen. Sold flucht, reibt sich mit der Hand über die Stirn und mustert mich prüfend. Er befürchtet wohl, dass ich gleich durchdrehe, meine Knarre ziehe und jeden der anwesenden *Hell Riders* kaltmache. Eine verlockende Fantasie, der ich leider nicht nachgeben kann. Rob zieht sich das weinende Mädchen auf den Schoß, streicht die rabenschwarzen Haare beiseite und legt seine Hand bestimmend um ihre Kehle.

Madison erstarrt, eine Gänsehaut überzieht ihre Arme, sie sieht alles andere als glücklich aus. Was zur Hölle ist während meiner Abwesenheit passiert? Bei unserem letzten Gespräch hat sie diesen Bastard noch verteidigt, so wie es aussieht, würde sie das jetzt nicht mehr tun. Sold beugt sich zu mir und raunt mir leise etwas zu.

„Wenn es sich einrichten lässt, Cube, tu mir einen Gefallen und jag ihm ein paar in die Kniescheiben, ehe du ihm den finalen Schuss verpasst. Dieses Schwein hat es verdient, zu leiden."

Da kann ich nur zustimmen.

„Ich werde mein Bestes geben."

Sold nickt zufrieden, richtet sich auf, schiebt die Hand unauffällig unter seine Kutte und umfasst seine Waffe. Dann lehnt er sich an die Wand und wartet ab.

„Wir sind zusammengekommen, um Lex Nachfolger zu wählen. Wie ihr alle wisst, war ich ein paar Jahre bei der Army, bevor ich dem Club beigetreten bin. Ein *Hell Rider* zu sein, bedeutet mir alles. Lex war wie ein Vater für mich, umso stolzer bin ich, euch mitteilen zu können, dass seine wunderschöne Tochter Madison endlich zugestimmt hat, mein Leder zu tragen.“ Er macht eine bedeutungsvolle Pause, niemand sagt etwas, keine Glückwünsche – alle schweigen. Jeder der anwesenden Rider betrachtet das weinende, und am ganzen Körper mit Hämatomen und Bisswunden gezeichnete Mädchen. Die Tatsache, dass Madison dicke Tränen über die Wangen tropfen, verlockt ebenfalls nicht gerade zu Jubelrufen. Es herrscht eine drückende Stimmung, fast wie bei einer Beerdigung. Nur das heute niemand zu Grabe getragen wird, sondern die Wahl zum nächsten Präsidenten stattfinden soll. *Fuck! Fuck! Fuck!*

Mit jeder Sekunde, die ich länger dabei zusehen muss, wie Rob seine Finger warnend um Maddies Hals geschlungen hat, werde ich wütender. Ein heftiges Zittern breitet sich in mir aus, es kostet mich all meine Kraft, wenigstens noch für ein paar Augenblicke ruhig stehen zu bleiben. Ich kenne dieses Prozedere, weiß, wie es abläuft, und habe mich längst für den Moment, in dem ich einschreiten werde, entschieden.

„Unter anderen Umständen würden wir heute alle unseren Vize zum Präsidenten wählen, aber der Mord an Lex wirft doch einige Fragen auf.“ Das sehe ich anders, ich würde meine Hand dafür ins Feuer legen, dass Rob Madisons Vater hinterrücks erschossen hat.

„Der *Hell Riders Motorcycle Club* steht an einem Scheidepunkt. Wir müssen in eine andere Richtung denken, neue Wege gehen und uns von alten Geschäftspartnern trennen, um neue zu gewinnen.“

Bei diesem Satz sieht er zu mir, seine Mundwinkel zucken siegessicher. Madison hingegen vermeidet es, mich anzuschauen, sie sieht niemanden an, sondern starrt einfach nur auf den Boden. Sie sitzt so reglos da, dass ich schon befürchte, dass sie zu atmen aufgehört hat und tot umkippen wird. Ich verachte alle Männer in diesem Raum, denn keiner unternimmt etwas, um das Mädchen zu retten. Keiner von ihnen hat genug Eier, um Lex Tochter aus den Händen dieses Psychopaten zu reißen. Sie stehen einfach nur da wie Schafe, die dem Wolf zuhören, wie er ihren sicheren Tod plant.

Ich verhalte mich ruhig, halte meine Mimik ausdruckslos und warte auf den richtigen Moment. Fassungslos sehe ich dabei zu, wie er Madison etwas ins Ohr flüstert. Sie bewegt sich, legt ihre Hand auf den Tisch und öffnet die geballte Faust. Zwischen ihren Fingern liegt das *Präsidenten-Patch*, das ganz offensichtlich von der Kutte ihres Vaters herausgeschnitten wurde. Ein verzweifeltes Schluchzen entweicht ihrer Kehle. Rob fletscht zornig die Zähne, verstärkt den Griff um ihren Hals und beginnt, ihr die Luft abzuschnüren. „Hiermit ernenne ich mich zum neuen Präsidenten der *Hell Riders*. Schwört mir die Treue und ich werde euch in goldene Zeiten führen." Einige der Typen nicken zustimmend, die anderen vermeiden es tunlichst, sich ihre Abneigung anmerken zu lassen. *Alles feige Arschlöcher ...*

„Wenn jemand Einspruch erheben will, so soll er es jetzt tun oder für immer schweigen."

Das ist mein Stichwort.

Scheinbar entspannt stoße ich mich von der Wand ab, ziehe meine Waffe und löse die Sicherung. Mit dem Finger am Abzug gehe ich auf Rob zu, hebe den Arm und presse den Lauf meiner Knarre direkt an seine Schläfe.

„Lass das Mädchen los oder ich drücke ab und sorge so dafür, dass dein Kopf zerplatzt wie ein Luftballon."

Rob lacht, ich höre wie sich jemand hinter mir bewegt und hoffe, dass Sold mir den Rücken sichert. Er tut es, was Rob das Lachen aus dem Gesicht rutschen lässt.

Die anderen Rider stehen einfach nur da, beobachten das Geschehen und tun so, als würde es hier nicht um ihren Club gehen, als wäre das alles kein riesiger Haufen Scheiße!

„Nimm deine Finger von ihr. Sofort!"

Endlich hört er auf mich. Ich packe mir das heulende Mädchen, ziehe es in meine Arme und lasse meine Hand nach unten rucken. Eine Sekunde später hallt ein lauter Knall gemischt mir Robs Schmerzensschrei durch das Büro. Die Kugel hat sein rechtes Knie zerschmettert. Sold grinst zufrieden und nickt dankend.

„Hast du wirklich gedacht, dass ich dabei zusehe, wie du die einzige Frau, die ich jemals für mich wollte, misshandelst und verletzt?"

Ich schüttle ungläubig den Kopf, ziele auf das andere Bein und drücke wieder ab. Erneut knallt es, erneut schreit er. Die Anspannung, die sich bei meiner Ankunft in Vancouver in mir ausgebreitet hat, zieht sich nach und nach zurück ...

Das Arschloch, das sich vor wenigen Minuten noch selbst zum Präsident ernennen wollte, kippt nach vorne, fällt vom Sessel und landet schlussendlich direkt vor meinen Füßen auf dem Boden. Ich bücke mich, ziehe die Waffe, die hinten in seinem Hosenbund gesteckt hat, heraus und werfe sie Sold zu. Dieser fängt sie auf und steckt sie ein. Erst jetzt, wo Rob keine Gefahr mehr für mich darstellt, drehe ich mich zu den versammelten Männern um.

„Was zum Teufel ist nur los mit euch? Ihr seid Outlaws, verdammt. Das *1%-Patch,* das eure Kutten ziert, ist doch keine Dekoration, es hat etwas zu bedeuten. Das hier ist euer Club, eure Familie und euer

Leben. Kämpft um das, was ihr habt! Fangt endlich an, euch in den Griff zu kriegen ... Wählt einen Präsidenten, der es wert ist, ihm zu folgen, oder ihr seid verloren. Die *Sons of Silence* geben euch eine letzte Chance. Wenn ihr es im nächsten halben Jahr nicht auf die Reihe bekommt, euren Club neu zu strukturieren, werden wir ihn in die Luft jagen und diesem Bullshit hier ein Ende setzen. Ihr seid uns vertraglich verpflichtet, vergesst das nicht!"

Ich mache eine dramaturgische Pause, sehe jedem der Wichser für den Bruchteil einer Sekunde in die Augen und wende mich anschließend dem am Boden liegenden Rob zu. Der Bastard liegt in seinem eigenen Blut, Knochensplitter benetzen seine Hose, er krümmt sich vor Schmerzen.

„Madison ist die Tochter eures ermordeten Präsidenten. Sie ist eine Frau eures Clubs und ihr habt tatenlos dabei zugesehen, wie sie bedroht, verletzt und missbraucht wurde. Keiner von euch ist die Luft, die er atmet, wert. Um euch klarzumachen, wie ernst es den Sons ist, werde ich sie als Pfand mitnehmen. Blut von eurem Blut! Solltet ihr mich und meinen Präsidenten enttäuschen, ist das nicht nur ihr, sondern auch euer Todesurteil!"

Um die Ernsthaftigkeit meiner Worte zu unterstreichen, drücke ich, kaum dass meine Stimme verhallt ist, ab und setze so Robs Leben ein Ende.

Sein Kopf zerplatzt wie angekündigt, gelbliche Hirnmasse verteilt sich an den Stuhlbeinen. Es ist schlagartig so still, dass ich meinen eigenen Herzschlag hören kann. Einzig Madisons panisches Wimmern erfüllt das Büro. Sold sieht mich überrascht an, ich zucke nur mit den Schultern. Es war nicht abgesprochen, dass ich das Mädchen mit nach Everett nehme. *Bullshit!* Es war auch nicht geplant. Aber die Vorstellung, auch nur einen Tag länger als notwendig an diesem gottverdammten Ort zu bleiben, hat mich angewidert. Gleichzeitig habe ich es aber auch nicht über mich gebracht, Madison aufzugeben und alleine hier zu lassen. Ich schulde dieser Frau etwas. Indem ich sie in Sicherheit bringe, kann ich meine Fehler aus der Vergangenheit vielleicht wiedergutmachen. Entschlossen die Sache hier ein Ende finden zu lassen, nehme ich das *Präsidenten-Patch* vom Tisch und reiche es Chilly.

„Stimmt endlich ab, macht die Sauerei hier weg und teilt mir später das Ergebnis mit."

Er nickt perplex, nimmt den Aufnäher entgegen und sieht mich unsicher an.

Solche Pussys ...

Ich führe Madison aus dem Büro, raus auf den Hof und befehle ihr, sich zu setzen.
„Bleib genau hier. Beweg dich nicht und warte, bis ich dich holen komme. Verstanden?“
Sie nuschelt ein „Ja“ und wirkt völlig geistesabwesend. Das muss der Schock sein.
Sold und ich entfernen uns etwas von ihr, sodass wir uns ungestört unterhalten können.
„Bist du des Wahnsinns, Bro? Seit wann nehmen wir Frauen als Pfand?“
Er reibt sich über die Stirn und schüttelt fassungslos den Kopf.
„Seit heute! Das war eine Ermessensentscheidung. Hättest du es besser gefunden, wenn ich sie bei diesen Arschlöchern gelassen hätte? Oder wärst du gerne für ein paar Wochen in Kanada geblieben, um für die Riders den Babysitter zu spielen?“
Fluchend sieht er mich an.
„Weder das eine noch das andere. Trotzdem wird Joker ausflippen, wenn er davon erfährt.“
Einen Blick auf Madison werfend, atme ich tief ein.
„Das glaube ich nicht. Seit Samanthas Geburt sieht er viele Dinge anders. Wahrscheinlich wird er es sogar gutheißen, dass wir Lex Tochter nicht den Wölfen überlassen haben.“
Sold brummt etwas Unverständliches und zündet sich dann eine Zigarette an.
„Damit könntest du eventuell recht haben. Ruf ihn an, dann wissen wir mehr.“
Das werde ich tun, aber erst nach der Abstimmung.
„Später, jetzt werde ich mich erst mal um Madison kümmern.“
Ein raues Lachen ausstoßend, boxt er mir gegen die Schulter und wünscht mir viel Glück. *Fuck!* Das kann ich wahrlich gut gebrauchen.

6. Kapitel

Madison

Erst war ich die Begehrte, wurde zur Geliebten und anschließend zur Gefangenen. Aber was bin ich jetzt? Eine Gerettete oder eine Geisel? Das Opfer vielleicht?

Es ist skurril, aber ich habe wirklich keine Ahnung.

Hat Cube wirklich vor, mich als Druckmittel zu verwenden?

Wenn ja, wird ihm das nichts bringen.

Man hat doch gerade gesehen, wie viel ich den Männern, unter denen ich aufgewachsen bin, bedeute – nichts! Keiner von ihnen hat mich gefragt, ob ich Hilfe brauche.

Scheiße! Sie haben mich nicht mal angesehen, haben meinen Blick gemieden wie der Teufel das Weihwasser. Furcht und Unsicherheit standen den ach so harten Bikern ins Gesicht geschrieben. Wie lachhaft.

Unser einst so starker und erfolgreicher Club hat sich in einen Haufen Weicheier verwandelt. Der einzige Mann, der genug Rückgrat hatte, etwas zu unternehmen, war kein Hell Rider, sondern ein *Son of Silence.*

Wenn mein Vater das wüsste, würde er sich im Grabe umdrehen. In seinen guten Zeiten wäre es niemals so weit gekommen.

Zitternd, erschöpft und völlig fertig sitze ich auf der Bank, beobachte, wie Cube und der Prospect sich unterhalten, und überlege mir, wie es wohl weitergehen wird.

Erstaunlicherweise kann ich es kaum erwarten, von hier wegzukommen! Die Vorstellung, auch nur einen Tag länger hierzubleiben, lässt mich würgen.

Ich bin nicht naiv. Ich weiß, dass ich an der Situation, in der ich mich befinde, zu 100 Prozent selbst schuld bin, und dass mich nie auf Rob hätte einlassen sollen, aber na ja ...

Im Nachhinein ist man eben immer schlauer. Sold boxt Cube gegen die Schulter, das Gespräch scheint beendet zu sein. Bei jedem Schritt, den Cube mir näher kommt, beginnt mein Herz mehr und mehr zu rasen. Bei mir angekommen geht er in die Hocke, sodass wir uns auf Augenhöhe befinden, und sieht mich prüfend an.

„Alles okay bei dir, Mädchen?“

Seltsam. Ich kann mich nicht erinnern, wann sich das letzte Mal jemand ernsthaft dafür interessiert hat, wie es mir geht.

„Um ehrlich zu sein, nein.“

Er nickt, so als ob er mit dieser Antwort gerechnet hätte.
„Was ist seit heute Mittag passiert?“
„Wie kommst du darauf, dass etwas war?“
Stöhnend verdreht er die Augen und presst die Lippen zusammen.
„Mag sein, dass wir uns eine lange Zeit nicht mehr gesehen haben, aber ich kenne dich. Zumindest habe ich das mal ... Erinnerst du dich? Wir waren uns mal so nah, dass du mir vertraut hast. Du hast mir dein erstes Mal geschenkt ...“
Geschenkt? Was für eine seltsame Wortwahl.
Aber er hat recht, in dieser einen Woche vor vielen Jahren sind wir uns nahegekommen. So nah wie sich ein Mann und eine Frau nur kommen können. Diese Zeit hat mein Leben für immer verändert.
„In der Vergangenheit habe ich mich oft gefragt, was wohl aus uns geworden wäre, wenn mein Dad uns in jener Nacht nicht erwischt hätte.“
Seine Mundwinkel zucken.
„Wahrscheinlich wäre ich öfters nach Vancouver gekommen, hätte dich besucht, das Anwärterjahr hinter mich gebracht und dich anschließend auf mein Bike gesetzt. Fuck Baby! Ich wollte dich so sehr, ich hätte dich zu meiner Old Lady gemacht und dich für immer an mich gebunden.“
Genau das habe ich immer gewollt ...
So viel verlorene Zeit – so viele verlorene Chancen.
Tränen steigen mir in die Augen, verschleiern mir die Sicht.
„Hey Mädchen, *schhh* ... beruhig dich. Es gibt keinen Grund zum Weinen. Der Bastard ist tot, dein Club wählt einen neuen Präsidenten und du bleibst die nächste Zeit erst mal bei mir.“
Wenn er das sagt, klingt alles so unkompliziert. Aber ich weiß, dass es das nicht ist.
„Du hast ein Mitglied aus einem anderen MC getötet. Die verbleibenden Member bedroht und die Tochter des verstorbenen Präs als dein Druckmittel einkassiert. Also ich finde, das sind genug Gründe, um durchzudrehen. Meinst du nicht auch?“
Er lacht.
„Du bist nicht nur schön, sondern auch klug – eine teuflische Kombination.“
Mit einem Zwinkern steht er auf, zieht mich ebenfalls nach oben und reißt mir Robs Kutte von den Schultern.
Achtlos wirft er das Leder auf den Asphalt, packt mich am Arm und zieht mich wieder ins Innere des Clubhauses.

„Pack deine Sachen. Aber nur so viel, wie in einen Rucksack passt. Sobald die Abstimmung vorbei ist, brechen wir auf.“

Chilly kommt auf uns zu. Cube hebt fragend eine Augenbraue an.

„Und wie sieht es aus, VP?“

„Du kannst mich ab sofort Präsident nennen, Son.“

Dann steht es also fest, der Stuhl meines Vaters hat einen neuen Besitzer. Die Welt dreht sich weiter und die Toten geraten in Vergessenheit.

That's the way of life ...

„Glückwunsch. Dann mach dich an die Arbeit. Bring den Club auf Kurs. Du hast sechs Monate. Die Geschäfte dürfen unter dem Mist, der hier abgeht, nicht leiden, sonst vergesse ich das Ultimatum ...“

Die Drohung hängt schwer in der Luft.

Da ich nicht noch mehr von dem ganzen Bullshit wissen will, mache ich mich daran, meine Sachen zu packen. Sechs Monate – 183 Tage, die ich dazu nutzen werde, mein Leben zu sortieren und neu anzufangen. Und wer weiß, vielleicht komme ich gar nicht mehr zurück nach Kanada, sondern bleibe drüben bei den *Sons of Silence.* Hier hält mich nichts, zumindest nicht mehr!

Ich brauche keine dreißig Minuten um alles, was ich brauche, in eine Tasche zu stopfen. Klamotten nehme ich nur wenig mit, aber dafür meine verbliebenen Bargeldbestände.

Alles, was ich besitze, ist ersetzbar, alles außer den Fotos von meinem Dad und mir.

Es ist schon erschreckend, dass mein ganzes Leben aus Nichtigkeiten besteht, auf die ich problemlos verzichten kann.

Ich bin jetzt vierundzwanzig Jahre alt, fange komplett bei null an und vertraue einem Biker, der vor wenigen Augenblicken, ohne zu zögern, einen Menschen getötet hat.

Cube ist ein Killer.

Die Kaltblütigkeit, mit der er vorgegangen ist, verrät mir so einiges über den Mann, der mich für das nächste halbe Jahr an sich gebunden hat ...

7. Kapitel

Cube

Von den 190 Meilen, die zwischen Vancouver und Everett liegen, haben wir die Hälfte bereits hinter uns. Die erste Zeit war das Mädchen hinter mir ziemlich unruhig. Obwohl Madison kein Wort gesagt hat, weiß ich, dass sie Schmerzen hat und dass es ihr schwerfällt, auf dem harten Sozius zu sitzen. Aber da muss sie jetzt durch.

Die letzte halbe Stunde hat sie einigermaßen stillgehalten. Ihren kleinen Körper an dem meinen zu spüren, fühlt sich verteufelt gut an und bringt mich auf gefährliche Gedanken. Mir ist klar, dass ich die Fahrt dazu nutzen sollte, zu analysieren, was für Beweggründe mich wirklich dazu gebracht haben, Lex Tochter zu den Sons mitzunehmen.

Sind es tatsächlich nur Schuldgefühle in Kombination mit einem fehlgeleiteten Beschützerinstinkt? *Fuck off!* Ich habe keine Ahnung! Was ich aber definitiv weiß, ist, dass es sich verteufelt gut anfühlt, sie nach all den Jahren wieder auf meinem Bike zu haben und ihre Arme an meiner Mitte zu spüren.

In Burlington machen wir einen Tankstopp. Ich wechsle ein paar Worte mit Sold und kaufe Madison eine Dose Coke. Mir fällt auf, wie blass und erschöpft sie wirkt, ignoriere meine Besorgnis jedoch und rauche eine Kippe, ehe es weiter in Richtung nach Hause geht.

Die verbleibenden dreißig Meilen haben wir vierzig Minuten später ebenfalls hinter uns gebracht. Ich fluche, als ich die Party sehe.

Das hat mir gerade noch gefehlt ...

Im Gegensatz zu den *Hell Riders* haben wir vierundzwanzig Stunden am Tag Wachen am Tor. Ungeduldig warte ich, bis es geöffnet wird und schimpfe laut, als wir uns einen Weg durch die feiernde Menge bahnen müssen.

Kaum dass ich meine Harley abgestellt habe, tauchen auch schon Joker und Landon auf. Die Schultern rollen lassend, steige ich ab und helfe Madison vom Sozius.

„Geht es dir gut, Kleines?“

Sie nickt, wankt leicht und hält sich instinktiv an mir fest. Ich zögere nicht, schlinge meinen Arm um ihre Taille und ziehe sie näher zu mir heran, sodass ich sie mit meinem Körper stütze und zugleich von der Party abschirme. Joker beobachtet uns, seine Mimik bleibt ausdruckslos, doch ich spüre, dass er mit mir reden will. Das wird kein angenehmes Gespräch werden.

„Bring die Frau hoch. Treffpunkt in meinem Büro in fünf Minuten.“

Landons sagt nichts, betrachtet Madison mit einem prüfenden Blick und grinst dann blöd. Zumindest hat einer von uns seinen Spaß ...

Ich nehme Madison den Rucksack ab, führe sie rauf in meine Wohnung und bringe sie ins Wohnzimmer.

„Ist dieser Joker immer so schlecht gelaunt oder liegt das an mir?"

Sie lässt sich auf die Couch plumpsen und wirkt dabei ziemlich verloren.

Bei allen Höllen ... Es fühlt sich seltsam an sie *endlich* hier zu haben.

In den vergangenen Jahren habe ich mir Dutzende Male vorgestellt, wie es wäre, auf meine Maschine zu steigen, nach Kanada zu fahren und das Mädchen einfach zu packen und zu entführen.

Jetzt ist Madison hier, sieht mich aus großen Augen an und kaut nervös auf ihrer Unterlippe herum. *Fuck!*

Wie gern würde ich ebenfalls in dieses weiche Fleisch beißen, ihren Geschmack kosten und mich dabei bis zu den Eiern in ihrer zuckenden Pussy versenken.

Ob sie immer noch so eng ist?

Ob sie immer noch diese spitzen Schreie ausstößt, kurz bevor sie kommt?

Mir über die Stirn reibend, verdränge ich die unpassenden Gedanken und zwinge mich zur Konzentration.

„Lass Joker meine Sorge sein, fühl dich wie zu Hause und leg dich schlafen. Bei mir wird es spät werden. Wir unterhalten uns morgen früh."

Ich kann ihr nicht ansehen, ob sie froh darüber ist, dass ich sie alleine lasse, oder ob sie mich gerne in ihrer Nähe hätte. Ihr leises „Okay." verrät mir nicht viel.

Am liebsten würde ich sie in die Arme ziehen, meine Nase an ihrem Hals vergraben und tief einatmen. Doch ich wende mich zur Türe. Bevor ich meine Wohnung verlasse, drehe ich mich ein letztes Mal zu ihr um.

„In der Küche auf der Theke liegt eine Packung Schmerztabletten. Nimm welche, am besten gleich zwei und dann geh schlafen. Du bist hier sicher, das schwöre ich dir!"

Ich werfe die Türe hinter mir ins Schloss, lehne mich an die Wand daneben und beiße die Zähne zusammen. Es hat mich einiges an Beherrschung gekostet, einfach nur zu gehen, Madison nicht zu berühren, zu küssen oder gar zu ficken.

Der Umstand, dass die Spuren eines anderen Mannes ihren Körper zieren, mindert mein Verlangen nicht im Geringsten. Im Gegenteil ... All die Bisswunden und Hämatome fordern mich geradezu heraus, verhöhnen mich und schreien danach, von neuen Spuren – Spuren, die ich ihr zufügen werde, bedeckt zu werden.

Bloody Hell! Ich bin ein krankes Arschloch!

Das Mädchen hat nun wirklich genug mitgemacht. Sie hat eine Pause verdient. Das Letzte, was sie gebrauchen kann, ist ein weiterer Mann, der sich an ihr austobt, sie verletzt und unterwirft.

Aber genau das wäre passiert, wenn ich auch nur eine Sekunde länger allein mit ihr gewesen wäre.

Vielleicht wäre es das Beste, heute Nacht woanders zu schlafen.

Ich kenne mich.

Wenn es um Madison geht, habe ich mich nicht im Griff!

Fluchend mache ich mich auf den Weg zu Joker. Es wird wissen wollen, wie die Dinge im *Hell Riders Motorcycle Clubs* jetzt stehen und was ich mit Madison vorhabe.

Die erste Frage ist leicht zu beantworten, die zweite hingegen ...

Erschöpft lasse ich mich auf meinen Stuhl fallen, strecke die Beine aus und zünde mir eine Lucky an. Mich zurücklehnend, begegne ich Jokers fragendem Blick.

Landon wirkt, im Gegensatz zu meinem Präsidenten, einfach nur belustigt.

„Scheiße Bro. Die letzten Jahre habe ich mich immer wieder gefragt, was diese kanadische Pussy an sich haben muss, dass du wegen einem lächerlichen Fick so viel Ärger in Kauf genommen hast. Aber verdammt ... Jetzt wo ich sie gesehen habe, verstehe ich es. Die Kleine ist heiß! Echt verschärft heiß!"

Danke für dieses Urteil ...

Joker schnalzt mit der Zunge, lehnt sich vor und gibt mir mit einem Handzeichen zu verstehen, dass ich reden soll.

Na dann mal los ...

„Der Auftrag ist erledigt. Dieser Rob ist tot und unseren Standpunkt habe ich unmissverständlich klargemacht. Chilly ist der neue Präsident. Er weiß, dass ihm nur sechs Monate bleiben, um seinen Club wieder auf die richtige Spur zu bringen und das seine oberste Priorität die sein sollte, sich mit uns gut zu stellen und das Business am Laufen zu halten." Meine Lunge mit dem warmen Rauch füllend, mache ich eine kurze Pause. „Sold war klasse, der Junge hat sein *Back Patch* verdient. Ich zweifle nicht daran, dass er mal groß rauskommen wird. Er bringt alles mit, was ein guter Son haben muss."

Landon stimmt mir zu, Joker nickt ebenfalls.

„Hast du nicht eine Sache vergessen, Bro?"

Ich zucke mit den Schultern.

„Wüsste nicht, was."

Joker zieht die Mundwinkel nach unten und tippt mit den Fingern auf die Holzplatte des Tisches.

„Ach nein? Und was ist mit dem Mädchen in deiner Wohnung. Ist das nicht erwähnenswert?"

Ein Versuch war es wert ...

„Madison ist Blutpfand, zumindest offiziell. Inoffiziell habe ich keine Ahnung, was sie für mich ist. Alles was ich weiß, ist, dass ich sie nicht in diesem Drecksloch zurücklassen konnte. Verpass mir 'ne Kugel, wenn es sein muss. Aber ich werde sie nicht zurückbringen."

Landon flucht, steht auf und schenkt sich einen Whisky ein.

„Das Mädel wurde übel zugerichtet."

„Allerdings. Wie schlimm weiß ich noch nicht. Irgendetwas ist heute passiert, etwas, das ihr fürchterliche Angst eingejagt hat. Ich bin es ihr schuldig, auf sie aufzupassen. Fuck! Vor sieben Jahren bin ich wie ein Monster über sie hergefallen und habe sie im Regen auf der Straße entjungfert ..."

Da dieses Thema jetzt nicht hier her gehört, breche ich ab und bringe den Satz nicht zu Ende. Joker und Landon wissen auch so, worauf ich hinauswill.

Für eine Weile sieht mein Präsident mich abwägend an, dann runzelt er die Stirn, zieht seine Waffe und legt sie vor mir auf den Tisch.

„Ich bin einverstanden, dass dein Mädchen bei uns bleibt. Aber wenn du sie schlecht behandelst, kriegst du es mit mir zu tun. Klar?"

Ich nicke erleichtert.

Mir fällt natürlich auf, dass er nicht *ein*, sondern *dein* Mädchen gesagt hat. Das gefällt mir. Es ist klares Indiz dafür, dass Joker längst kapiert hat, wie es um mich steht.

„Absolut klar."

Landon füllt noch ein Glas mit Whisky und stellt es mir vor die Nase.

„Du siehst aus, als könntest du den brauchen, Alter."

Ich kippe mir die rauchig schmeckende Flüssigkeit in die Kehle.

„Sind wir hier fertig?"

Joker nickt.

„Gut."

Mit Schwung stehe ich auf, verlasse das Büro und mische mich unter die Party.

Die Musik ist zu laut, die Frauen zu billig und es stinkt nach Muschi und Bier. Trotzdem setze ich mich an die Bar, anstatt in meine Wohnung zu gehen.

Es wäre nicht gut in meiner derzeitigen Verfassung, mit Madison alleine zu sein. Keine Ahnung, ob ich mich kontrollieren könnte?

Ich will es gar nicht erst herausfinden.

Das Letzte, was sie braucht, ist ein weiterer harter Fick auf dem Boden, das Letzte, was sie braucht, ist ein weiterer Biker, der sich, ohne zu fragen, nimmt, was er will!

„... Ich muss leiden, um Lust empfinden zu können, und daran bist du schuld!"

Wieder hallen ihre Worte durch mein Hirn.

Dieser Satz kommt einem Freifahrtschein gleich, den ich nicht einlösen werde! Sie ist so klein, ich müsste mich nicht mal anstrengen, um sie zu überwältigen ...

Mit einem Handzeichen bestelle ich mir bei der Bitch, die heute hinter der Theke arbeitet, ein Bier. Ich halte mich an der Flasche fest, starre die Wand an und zwinge mich dazu, einfach nur sitzen zu bleiben.

Die Stunden verstreichen, nicht mehr lange und die Sonne geht auf. Erst als ich mir absolut sicher bin, dass ich mich im Griff habe, stehe ich auf und beschließe, nach Madison zu sehen. Sie liegt zusammengerollt auf der Couch. Ihre Haare sind nass, was bedeutet, dass sie geduscht haben muss. Ich stelle mich neben das Sofa, beuge mich zu ihr herab und inhaliere den verführerischen Duft von Frau und Vanille.

Mir ist klar, dass es klüger wäre, sie einfach liegen zu lassen, in mein Bett zu gehen und ihre Gegenwart zu ignorieren. Aber wem mache ich da eigentlich etwas vor ...

Ich konnte dieses Mädchen noch nie ignorieren – das wäre, als würde ich zu atmen aufhören. Mit einem Fluch auf den Lippen fahre ich mit meinen Armen unter ihren Körper, hebe sie vorsichtig auf und trage sie ins Schlafzimmer. Dort lege ich sie auf die linke Matratze, ziehe meine Schuhe aus und steige zu ihr ins Bett.

Am Anfang bin ich fest entschlossen, etwas Abstand zwischen uns zu lassen, nach genau zehn Atemzügen gebe ich jedoch auf, ziehe sie fester an mich und drücke mein Gesicht gegen ihren Hals. Sie regt sich etwas, seufzt und presst ihren Arsch nach hinten, direkt gegen meinen Schwanz. *Fuck!*

Madison so nah zu sein und sie dennoch nicht zu ficken, ist hart – wortwörtlich. Es ist der Himmel und zugleich die Hölle. Doch es gelingt mir, mich zu beherrschen. Mit ihrem Duft in der Nase schlafe ich mit dem Mädchen im Arm, dass mein Untergang sein wird, ein.

In der Löffelchenstellung ...

Unglaublich, aber wahr!

Gefühlt drei Sekunden später klingelt mein Handy. Müde reibe ich mir über die Augen, betrachte die schlafende Frau in meinen Armen und zwinge mich, aufzustehen.

Madison erwacht nicht, sie schläft so fest, dass ich mich aus dem Schlafzimmer schleiche und den Anruf von Sold einfach wegdrücke. Egal was er von mir will, egal was für ein Problem es gibt – es kann zehn Minuten warten.

Seit ich eingeschlafen bin, sind gerade mal vier Stunden vergangen. Ich fühle mich beschissen und mein Schwanz schmerzt dank der Dauererektion, die einfach nicht mehr weggehen will, seit sich Madison in meiner Nähe aufhält. Noch dazu habe ich höllische Kopfschmerzen.

Ich glaube, ich werde langsam zu alt für den ganzen Bullshit ...

Nach einer schnellen Dusche, einer Tasse Kaffee im Stehen und einer Kippe mache ich mich auf die Suche nach dem Prospect und lasse Madison alleine.

Vielleicht sollte ich Zoe oder Bianca bitten, mal nach Madison zu sehen. Ich denke, etwas weibliche Gesellschaft könnte ihr ganz guttun.

8. Kapitel

Madison

Der erste Tag im *Son of Silence Motorcycle Club* ist, um es vorsichtig auszudrücken, merkwürdig. Der zweite auch und am dritten beginnt diese Merkwürdigkeit langsam, aber sicher, normal zu werden. Nach einer Woche will ich, um ehrlich zu sein, gar nicht mehr von hier weg ... Meine Verletzungen heilen – die psychischen ebenso wie die physischen. Die vielen Bisswunden sind kaum noch zu sehen und auch die verschiedenen Violetttöne der Hämatome verblassen nach und nach.

Zoe, die First Lady des MCs, ist eine tolle Frau, ihre kleine Tochter ist ein Engel und ihr Mann, der berüchtigte Joker ... nun ja ... er ist ziemlich furchteinflößend, aber auch sehr nett zu mir. Bianca die Lady des VP's ist cool, sie flucht schlimmer als die meisten Männer, die ich kenne, nimmt nie ein Blatt vor den Mund und lacht eigentlich den ganzen Tag über ihre eigenen Witze. Am Anfang war sie mir etwas unsympathisch, aber nach den letzten Tagen weiß ich, dass sich hinter ihrer rauen Schale ein weicher Kern verbirgt, der zumeist nur zum Vorschein kommt, wenn Landon in ihrer Nähe ist.

Als ich erfahren habe, dass Sarah, die Lady des Enforcers, vor Kurzem noch als Bewährungshelferin gearbeitet hat, musste ich lachen.

Diese Rocker machen aber auch vor nichts und niemanden halt.

Fehlt nur noch, dass sich der nächste eine Polizistin einfängt ...

Ich kann durchaus verstehen, warum all die Frauen den bösen Bikern erliegen. Die *Sons of Silence* unterscheiden sich zu 100 Prozent von den Hell Riders. Diese Rocker hier in Everett sind ganz bestimmt keine Gutmenschen. Sie leben in einer Schattenwelt, die hauptsächlich aus Blut, Gewalt und dem Tod besteht. Aber genau die krasse Scheiße, die sie jeden Tag erleben, schweißt sie auch zusammen.

Dieser Club ist wie eine große, wilde Familie und zu meiner Überraschung fühle ich mich hier sehr wohl. Wer hätte gedacht, dass es sich so gut anfühlt, als Blutpfand einkassiert zu werden?

Mason, Jacob, Sold und wie sie auch alle heißen, arbeiten viel und sind ständig unterwegs. Trotzdem haben die Kerle, die ein Mädchen besitzen, immer ein Auge auf sie. Diese Jungs passen auf ihre Frauen auf, sie beschützen sie mit ihrem Leben und zeigen in aller Öffentlichkeit, wie sehr sie sie lieben.

Das ist neu für mich. Selbst der harte Präsident hat kein Problem damit, händchenhaltend mit seiner Lady über den Hof zu laufen, seine bezaubernde Tochter zu küssen und einfach glücklich zu sein.

Ich beneide die Menschen hier, so war es bei uns in Vancouver nie.

Selbst als mein Dad noch gelebt hat, gab es nie dieses Zusammengehörigkeitsgefühl, das die *Sons of Silence* ausmacht.

Mit jedem Tag, den ich länger hier verbringe, wird mir bewusster, was ich in den letzten sieben Jahren alles hätte haben können, wäre diese eine Nacht nur anders verlaufen ...

Das macht mich traurig.

Cube und ich haben so verdammt viel Zeit verloren – Zeit, die wir nie wieder zurückbekommen werden. Doch anstatt endlich damit zu beginnen, herauszufinden, was das zwischen uns wirklich ist, gehen wir uns aus dem Weg.

Zwar spüre ich, wann immer er sich im Club aufhält, seine Blicke auf mir, aber wir wechseln kaum ein Wort miteinander. Was völlig crazy ist, wenn man bedenkt, dass ich jede Nacht in seinen Armen schlafe. In der ersten Nacht, in der er mich hierhergebracht hat, habe ich mich auf die Couch gelegt. Doch da war ich nicht lange, denn Cube hat mich dort entdeckt, laut geflucht und kurzerhand in sein Bett getragen.

Ich war wach, habe aber so getan, als wäre ich es nicht. Bin reglos dagelegen und habe gespannt abgewartet, was geschieht. Und was dann passiert ist, hat mich völlig aus der Bahn geworfen. Der harte, tödliche und bis an die Zähne bewaffnete Outlaw hat mich einfach nur an sich gezogen, mich gehalten und mir den Schutz und den Trost gespendet, den ich so dringend gebraucht habe.

Von seiner Kraft und seiner Wärme umgeben, hat mein Herz angefangen zu heilen. Zum ersten Mal in meinem Leben habe ich zugelassen, dass jemand zärtlich zu mir war.

Eine wunderschöne Erfahrung, für die ich Cube sehr dankbar bin.

Das Wissen, dass er seiner eigenen Lust, die ich hart und dick an meinem Po gespürt habe, aus Rücksicht zu mir nicht nachgegangen ist, hat mich geradezu berauscht.

Es wäre ein Leichtes für ihn gewesen, mich auf das Bett zu drücken und mich zu vergewaltigen. *Doch er tat es nicht* ... Er hat einfach nur an mir geschnuppert, seine große Hand auf meinen Bauch gelegt und ist so eingeschlafen.

Das war so unglaublich schön ...

Dieses Spiel treiben wir seitdem jede Nacht. Ich lege mich auf die Couch, dort findet er mich, murmelt etwas über sture Mädchen und trägt mich in sein Bett, wo ich eng an ihn gekuschelt schlafe.

Cubes Selbstbeherrschung ist beachtlich. Ich gebe dem armen Mann noch eine Woche, bis sein Schwanz blau anläuft und platzt.

Trotz des Vorfalls mit Rob begehre ich Cube. Ich sehne mich nach seinen Lippen, seinen Küssen und danach, ihn in mir aufzunehmen. Trotzdem habe ich mich bisher nicht getraut, den ersten Schritt zu unternehmen. Vielleicht sollte ich mich heute mal nicht schlafend stellen, sondern mich zu ihm umdrehen und sehen, was passiert ...

Seufzend atme ich tief ein, genieße den Babygeruch und hauche Samantha einen sanften Kuss auf die pfirsichweiche Haut. Dieses Mädchen ist so süß, brav und weich, dass ich gar nicht genug bekommen kann. Zoe lacht nur, weil ich mich den ganzen Tag mit ihrer Tochter beschäftige. Sie sagt, dass sie froh darüber ist, ein wenig mehr Zeit für sich zu haben. Erst gestern hat sie zusammen mit Joker eine Ausfahrt gemacht, während ich auf Samantha aufgepasst habe.

Die beiden waren den ganzen Nachmittag unterwegs. Als sie nach Stunden wiedergekommen sind, hatte sie nicht nur dieses ganz bestimmte Funkeln in den Augen, sondern auch einen dicken Knutschfleck am Hals.

Dass Joker mir seine Tochter anvertraut, ist für mich ein gutes Zeichen. Es bedeutet, dass er mir vertraut und kein Problem damit hat, dass ich hier bin.

„Geht es dir gut, Madison?"

Sarahs Frage reißt mich aus meinen Überlegungen.

Sie sitzt auf Masons Schoß und beobachtet mich nachdenklich. Die Arme ihres Rockers liegen besitzergreifend auf ihrer Taille, seine Hände sind unter ihrem Shirt verschwunden.

„Ja, warum fragst du?"

Sie zuckt mit den Schultern und lächelt mich an.

„Du hast Samantha gerade so verträumt angesehen."

„Ist das ein Wunder? Sie ist einfach zu niedlich."

Mason lacht und schüttelt den Kopf.

„Ihr Weiber seid alle gleich."

Für diesen Satz verpasst ihm seine Lady einen Schlag aufs Bein.

„Was soll das heißen?"

Noch immer lachend, pinnt er ihr einen Kuss auf die Wange und zwinkert mir frech zu.

„Sobald ihr an dem Baby schnuppert, springt euer Paarungsmodus an. Versteht mich nicht falsch, ich beschwere mich nicht darüber. Trotzdem ist es lustig euch dabei zu beobachten. Ihr Frauen seid schon faszinierende Geschöpfe."

Sarah verdreht die Augen, dreht sich zu ihrem Rocker um und sieht ihn herausfordernd an.
„Und was machst du, wenn ich jetzt an Samantha schnuppere? Wenn ich mich zu ihr vorbeuge und diesen unverkennbaren Duft von Baby inhaliere? Was, wenn ich dann auch so eine süße kleine Tochter will? Bist du bereit dafür, *Son of Silence*?"
Sein Gesichtsausdruck wird schlagartig ernst, ich höre das Knurren, das er ausstößt und spüre, wie es zwischen den beiden knistert.
„Finde es doch heraus ..."
Die Herausforderung, die in seinen Worten mitschwingt, lässt mich erschaudern.
Langsam und bedacht wendet Sarah sich von Mason ab, beugt sich zu Samantha und haucht ihr einen sanften Kuss auf die Stirn, dann atmet sie tief ein.
Was dann passiert, geschieht so schnell, dass weder sie noch ich es kommen sehen. In der einen Sekunde befindet sie sich noch vor mir, in der nächsten wird sie durch die Luft gewirbelt und hängt plötzlich kopfüber über Masons Schulter.
Sie quietscht, was ihr einen Klaps auf den Po einbringt.
„Hey, was soll das werden?"
Ihr glückliches Lachen hallt über den Hof.
„Ich zeige dir, wie verdammt bereit ich bin, dir ein Kind zu machen, Weib."
Schmunzelnd sehe ich den beiden zu, wie sie im Inneren des Clubs verschwinden. Das war eine beeindruckende Demonstration davon, wie unkompliziert eine Familienplanung sein kann, wenn man einem Member des *Sons of Silence Motorcycle Clubs* gehört.
„Wie es aussieht, gibt es bald ein weiteres Clubbaby."
Cubes raue Stimme lässt mich den Kopf hochreißen. Beeindruckend groß, stark und muskelbepackt steht er vor mir. Das abgewetzte Leder seiner Kutte steht im starken Kontrast zu dem weißen Shirt, das er darunter trägt und durch das die dunklen Konturen seiner Tattoos hindurchschimmern.
Seine langen Beine stecken wie gewohnt in ausgewaschenen Jeans, zu meiner Überraschung trägt er mal nicht seine schweren Stiefel, sondern schwarze Nike's.
Erstaunt darüber, dass er mich tatsächlich mal anspricht, die meiste Zeit habe ich das Gefühl, dass er mir tagsüber aus dem Weg geht, sehe ich ihn direkt an.
Da es mir irgendwie unangenehm ist, mich mit ihm über Babys zu unterhalten, wechsle ich einfach das Thema.

„Bist du gar nicht unterwegs?"

Argh ... Was für eine blöde Frage, wenn er es wäre, könnte er ja wohl kaum hier stehen.

Also beantwortet seine Anwesenheit meine Frage ja schon. Gedanklich schlage ich mir selbst gegen die Stirn.

„Offensichtlich nicht. Der Tag heute ist ruhig, also dachte ich, sehe ich nach, was du so treibst."

Irgendwie nett von ihm. Denke ich zumindest ...

Er setzt sich unaufgefordert neben mich, seine Kutte klappt dabei nach hinten und entblößt die Waffe, die er immer bei sich trägt und mit der er Rob erschossen hat. Die Härchen auf meinen Armen richten sich auf, schlagartig wird mir trotz der warmen Julisonne kalt. Cube bemerkt es natürlich und sieht mich besorgt an.

„Alles okay bei dir, Mädchen?"

Ich zwinge mich zu einem Lächeln.

Es fällt mir noch immer schwer, zu glauben, dass der Outlaw, der mich Nacht für Nacht beschützend in den Armen hält, derselbe Mann ist, der, ohne zu zögern, Menschen hinrichtet.

„Natürlich."

Samantha gurgelt etwas und streckt ihre speckigen Arme nach Cube aus. Der zögert nicht, nimmt sich das Baby von meinem Schoß und hält es liebevoll an sich gedrückt.

Noch eine Seite von ihm, die ich nie für möglich gehalten hätte.

„Na Prinzessin, alles klar bei dir?"

Samantha zieht ihn an den Haaren, befingert seine Kutte und sabbert ihn an.

Cube stört das alles nicht.

„Der perfekte Vater."

Bevor ich es verhindern kann, sind mir die Worte auch schon über die Lippen gekommen. Sein Kopf zuckt zu mir, unsere Blicke begegnen sich, mein Herz gerät aus dem Takt.

„Warum hast du noch keine Kinder, Madison?"

Mit dieser Frage überrumpelt er mich.

Soll ich die Wahrheit sagen oder lügen? Ich entscheide mich dazu, ehrlich zu sein, auch wenn es mir schwerfällt.

„Weil der einzige Mann, der mir je etwas bedeutet hat, in unserer ersten gemeinsamen Nacht von meinem Vater angeschossen und dabei lebensbedrohlich verletzt wurde ..."

Das Grau seiner Augen verdunkelt sich. Nervös beobachte ich, wie sich die Sehnen an seinem Hals immer deutlicher abzeichnen. „... Ich habe meinen Dad um dein Leben angefleht. Habe ihm geschworen, dass ich es auch wollte und dass du dich mir nicht aufgedrängt hast, aber es hat nichts geholfen. Erst Joker ist es gelungen, ihn davon zu überzeugen, dich nicht zu töten. Dann kamst du in die Klinik und ich stand unter Beobachtung. Ich wollte dich immer im Krankenhaus besuchen, sehen wie es dir geht und mich für meinen Vater entschuldigen, aber ich konnte das Clubgelände nicht verlassen ...“ Ich seufze leise, senke den Blick und betrachte meine ineinander verschlungenen Finger. „Für eine lange Zeit habe ich auf dich gewartet, habe gehofft, dass du kommen und mich holen würdest, aber das bist du nicht. Irgendwann habe ich dann die Hoffnung aufgegeben und bin in ein tiefes Loch gefallen, aus dem ich seitdem nicht mehr rausgekommen bin. Zu viel Alkohol, Drogen und die falschen Männer ergeben eine schlechte Kombination.“

Cubes Blick ruht auf meinem Gesicht.

„Du hast auf mich gewartet?“

Er klingt ungläubig.

„Ja.“ Ein trauriges Lächeln umspielt meine Lippen.

„Das wusste ich nicht, Baby ... Das mit den Drogen, dem Alk und den anderen Kerlen hingegen schon. Ich habe mir meinen Teil gedacht und mich dazu gezwungen, dich zu vergessen. Funktioniert hat das allerdings nie.“

Der letzte Satz lässt neue Hoffnung in mir aufsteigen.

„Schon seltsam, das ist unser erstes richtiges Gespräch seit dem Vorfall von damals.“

Er verlagert Samanthas Gewicht, und greift sich meine Hand. Fasziniert beobachte ich, wie meine kleinen Finger in den seinen verschwinden und starre das Würfel-Tattoo auf seinem Handrücken an. All meinen Mut zusammenkratzend, zwinge ich mich dazu, ihn wieder anzusehen.

„Ist es zu spät für uns?“

Sein Kiefer zuckt, mein Herz pocht wie verrückt.

„Willst du denn, dass es ein *Uns* gibt, Baby?“

Da ist sie, die alles entscheidende Frage ...

Verrückt, trotz des ganzen Bullshits, der in der Vergangenheit passiert ist, will ich diesen Mann mehr als jemals zuvor.

„Ich will dich, seit ich siebzehn war. Ich wollte immer nur dich, Cube.“

Einen Fluch ausstoßend, kneift er die Augen zusammen, schüttelt den Kopf und sieht mich wieder an.

„Wenn du dich jetzt auf mich einlässt, dann für immer! Ich dulde keine anderen Männer, verbiete dir, Drogen zu nehmen, und werde nicht zulassen, dass du mich jemals wieder verlässt. Überleg dir das gut, Madison. Wenn ich dich jetzt nehme, dann ist das endgültig. Dann gehörst du mir! Unwiderruflich!"

Der Griff, mit dem er meine Finger festhält, verstärkt sich, an seiner Stirn tritt eine Ader hervor und seine Mimik wirkt finster und entschlossen.

Auweia!

Von einer Probezeit scheint er offensichtlich nichts zu halten.

Sieben verflixt lange Jahre haben wir uns nicht gesehen, und dennoch will ich mein Ja so laut in die Welt hinausschreien, dass es alle hören können. Das zwischen ihm und mir hat noch nie in irgendeine Norm gepasst und war von Anfang an außergewöhnlich.

Ganz davon abgesehen, was habe ich schon zu verlieren?

„Unwiderruflich?"

„Aye Baby. Absolut endgültig."

Klingt gut.

Da mir die Worte fehlen, lehne ich mich zu ihm rüber, atme zittrig ein und streiche mit meinen Lippen federleicht über die seinen. Ein Ruck geht durch seinen Körper, er knurrt und flucht.

„Vergiss diese Spielchen. Sag Ja. Ich muss es aus deinem Mund hören, Mädchen."

Er ist also fest entschlossen mir kein Schlupfloch zu lassen.

„Ja, ich will dir gehören, Cube."

Mit einem Schlag weicht sämtliche Anspannung aus seinem Körper. Ich beobachte, wie seine Iriden den harten Ausdruck verlieren und wie Diamanten zu funkeln beginnen.

„Versteh ich das jetzt richtig? Du gehörst ab sofort und für immer mir?"

Ich nicke, was ihm ein lautes „Fuck! Na endlich!" entlockt.

Seine Lippen pressen sich hart auf die meinen und stehlen mir den Atem. Wild und gierig wühlt sich seine Zunge durch meinen Mund, ich keuche und schnappe nach Luft, was ihn dazu bringt, seine Zähne in meiner Unterlippe zu vergraben.

Stöhnend revanchiere ich mich und werde mit einem dunklen Brummen belohnt,

Samantha, die zwischen uns beiden liegt, quietscht.

„Stopp!"

Erschrocken zucke ich zurück. Joker steht direkt vor uns und sieht mich finster an.

Ohhh ... Oh ...

Was wenn er etwas dagegen hat, dass ich, die Tochter eines Hell Riders, etwas mit einem Son anfange?

„Freut mich ja, dass ihr beiden endlich kapiert habt, dass ihr zusammengehört. Aber meine Tochter muss das nicht unbedingt miterleben!"

Überraschend gut gelaunt zwinkert er mir zu und nimmt sich sein Baby.

Wie immer bin ich erstaunt, wie sicher und selbstverständlich dieser große Mann mit dem winzigen Mädchen umgeht. Cube beachtet seinen Präsidenten gar nicht weiter, sondern steht auf und zieht mich mit sich nach oben.

„Komm mit, Mädchen."

Irritiert sehe ich ihn an.

„Wohin?"

„In mein Bett. Dieses Mal werde ich dich garantiert nicht auf der Straße nehmen."

Waasss?

„Du willst jetzt Sex haben."

Seine Stirn runzelt sich.

„Zum Teufel, was denkst du denn? Seit Jahren will ich dich! Egal wie viele Frauen ich gebumst habe, jede habe ich mit dir verglichen. Alles was ich wollte, warst du, Madison! Ich warte seit endlos scheinenden Jahren darauf, endlich wieder in dir sein zu können. Also ja. Fuck! Ja! Jetzt! Wenn ich nicht sofort in dir sein kann, drehe ich durch. Die letzten Nächte habe ich mir fast die Zähne ausgebissen, es war die Hölle, dir so nah zu sein und mich nicht in dich stoßen zu können."

Wow! Er meint das echt ernst ...

Meine Überforderung muss mir ins Gesicht geschrieben stehen.

„Hast du Zweifel, Mädchen? Willst du einen Rückzieher machen?"

„Nein natürlich nicht!"

Er nickt.

„Gut! Denn das hätte ich auch nicht zugelassen. Und jetzt komm! Oder du landest doch wieder auf dem Asphalt."

Cube geht mit großen Schritten voran. Weil er noch immer meine Hand gefangen hält, renne ich regelrecht an seiner Seite hinein ins Clubhaus. Ich stolpere und knalle gegen ihn, was ihn dazu veranlasst, mich kurzerhand hochzuheben und den Rest des Weges zu tragen.

Ich starre auf seinen markanten Kiefer, betrachte die dunklen Bartstoppeln und spüre, wie sich Tausende von Schmetterlingen in meinem Bauch ausbreiten.

Willkommen zurück, meine Freunde ...

Noch bevor ich es realisiere, sind wir auch schon in seinem Schlafzimmer angekommen. Direkt vor seinem Bett stoppt er, hält mich fest an seine Brust gedrückt und sucht meinen Blick.

„Wenn das nur ein Traum ist, will ich nicht mehr aufwachen."

An seinen Mundwinkeln zupft ein Lächeln.

„Kein Traum, Baby. Die harte Realität. Wie hart, zeige ich dir gleich!"

Vorfreude, Unsicherheit und Furcht pulsieren durch meine Venen.

Einerseits kann ich es kaum erwarten, ihn endlich in mir zu spüren, andererseits hingegen fürchte ich mich vor den Konsequenzen.

Wobei das unnötig ist, schließlich hat er schon lautstark verkündet, dass ich ihm gehöre und er mich nie wieder freigeben wird.

Wir küssen uns, unsere Lippen verschmelzen und meine Sinne fangen Feuer.

Mit jedem Zungenschlag wächst der Feuerball in meinem Inneren weiter an, es fehlt nicht mehr viel und ich explodiere.

9. Kapitel

Cube

Sie ist mein!

Sie ist hier!

Niemand kann sie mir mehr nehmen!

Madison ...

Es fühlt sich surreal an, sie in den Armen zu halten und mit meiner Zunge durch ihren Mund zu kreisen. Viel zu oft habe ich mir gewünscht, dass es passiert und jetzt, wo es endlich so weit ist, kann ich mein Glück kaum fassen.

Es gibt Momente im Leben eines Mannes, in denen es nicht um richtig oder falsch geht, nicht um gut oder böse – sondern nur darum, wie verflucht tief man sich in der Frau, die man mehr als alles andere begehrt, vergraben kann!

Und ganz genau jetzt, in diesem Augenblick, ist einer dieser Momente, in denen nichts weiter zählt als die Frau in meinen Armen und das Wissen, dass mir dieses Mal niemand in den Rücken schießen wird, nur weil ich bis zu den Eiern in ihrer engen Pussy stecke.

Madison gehört ab jetzt mir. Ich habe den Wichser, der bereits Anspruch auf sie erhoben hatte, getötet. Und ich würde es wieder und wieder tun.

Wenn es um dieses Mädchen geht, gibt es für mich keine Grenzen.

Dieses Mal – jetzt und hier – beginnt unsere Zukunft.

Auf gewisse Weise ist das unser erstes Mal und darum werde ich alles in meiner Macht Stehende tun, um es heute richtig zu machen.

Ich werde meinem Mädchen zeigen, wie schön es sein kann, geliebt zu werden, und dass Lust nicht unbedingt mit Leid einhergehen muss.

Madison denkt, dass ich sie auf Schmerz geprägt habe, aber damit liegt sie falsch – ich habe sie auf mich geprägt!

Das Blau ihrer Augen schimmert sanft im fahlen Tageslicht, das zu uns durchdringt. Mein ungeduldiges Brummen vermischt sich mit ihrem süßen Keuchen. Besitzergreifend erkunde ich ihren Mund, spüre das Erbeben ihres Körpers und presse sie noch fester an den meinen.

Sie gehört verdammt noch mal nur mir ...

10. Kapitel

Madison

Mein lautes Stöhnen durchbricht die Stille, mutig erwidere ich seinen Blick. In den sturmgrauen Abgründen seiner Iriden erkenne ich deutlich, dass sich in den letzten Minuten etwas in ihm verändert hat, dass Cube mich nicht nur will, sondern dass seine Besitzgier um einiges stärker geworden ist.

Aber was ist der Auslöser für diese Veränderung?

Dass ich zugestimmt habe, ihm zu gehören? Wahrscheinlich!

Langsam stellt er mich ab, nicht bereit, auf seine Nähe zu verzichten, lehne ich mich an ihn. Jetzt, in diesem Augenblick, geht es nicht nur um Sex oder um die Sehnsucht, die ich empfinde, sondern darum, dass mich dieser Mann so dringend besitzen will, dass ich kaum mehr atmen kann. Vertrauensvoll schließe ich die Augen, als er mit seinen Fingerspitzen über meine Wange streicht.

Sein Daumen legt sich auf meine Unterlippe, während sich seine Hand um mein Gesicht legt. Die Tatsache, dass mein komplettes Leben auf dem Kopf steht, rückt, sobald ich mich in seine Handfläche schmiege, in den Hintergrund.

Mir ist klar, dass ich mich eigentlich gegen diese unglaubliche Anziehungskraft wehren sollte, doch das will ich gar nicht. Viel zu lange habe ich auf diesen Moment gewartet.

„Ab jetzt bist du mein und ich verspreche dir, dass ich dich beschützen werde!“

Mit rasendem Puls erwidere ich seinen eindringlichen Blick.

Meine Unsicherheit überwindend, beginne ich langsam damit, mich auszuziehen.

Stück für Stück lasse ich meine Klamotten auf den Boden fallen.

Nervös fülle ich meine Lunge mit Sauerstoff, steige aus meinem String und stehe nun komplett nackt vor ihm.

Ohne seinen Blick freizugeben, lege ich mich auf das Bett.

Ich höre seinen leisen Fluch, lache, als er die Götter um Beistand anfleht.

Ein animalisches Knurren ausstoßend, reißt er sich seine Sachen vom Leib und kniet sich vor mir auf die Matratze.

Das sexy Spiel seiner Muskeln, das sich unter seiner braunen Haut abzeichnet, sorgt dafür, dass es zwischen meinen Schenkeln zu pochen beginnt.

Ich will spüren, wie mich dieser Körper überwältigt, aufs Bett drückt und in Besitz nimmt. Forsch lässt er seine Finger über meinen Bauch gleiten, umkreist meinen Nabel und züngelt verspielt über die empfindliche Haut an meinem Schlüsselbein.

Hungrig saugt er meine Brustwarze zwischen seine Zähne, liebkost sie, ehe er sachte zubeißt. Der Schmerz ist zum Greifen nah, doch er schenkt ihn mir nicht ...

„Cube, bitte ...

Er weiß ganz genau, was ich brauche. Ich will nicht sanft verführt, sondern genommen, gefickt und unterworfen werden.

Doch er ignoriert mein Flehen, erkundet weiterhin auf viel zu sanfte Weise meine erogenen Zonen. Zärtlich zeichnen seine Fingerspitzen unsichtbare Kreise auf meinem Arm, was mich leise stöhnen lässt.

Groß und unwahrscheinlich kraftvoll, spüre ich seinen muskulösen Körper auf dem meinen, jeder seiner Muskeln ist vor Erregung angespannt. Dennoch kontrolliert und beherrscht er sich.

Aber warum?

Zitternd schließe ich die Augen, lasse mich fallen und gebe mich ihm hin.

Das Gefühl seiner rauen Zunge an meiner Kehle lässt mich erbeben.

Hinter meinen geschlossenen Lidern tanzen grelle Punkte.

Obwohl ich es nicht gewohnt bin, so zärtlich verführt zu werden, verfehlen seine Berührungen nicht ihre Wirkung.

Er packt mich an der Taille, seine Finger graben sich in mein Fleisch, ziehen mich fester an ihn heran. Roh, fast schon grob, presst er seinen Mund auf den meinen. Unser Kuss ist feucht, wild und gierig. Das Krachen unserer aufeinanderschlagenden Zähne vermischt sich mit seinem lauten Stöhnen. Provozierend umfasse ich seinen harten Schwanz und massiere ihn pumpend.

Mehr als zufrieden spüre ich, wie er zwischen meinen Fingern immer dicker wird und weiter anschwillt. Cube zwirbelt meine Brustwarzen, zwickt zu, schickt einen bittersüßen Schmerz durch meine Venen – endlich!

Cubes herber Geruch bringt mich um den Verstand.

Schwer atmend und verdammt hart liegt mein Rocker auf mir.

Sein angespannter Kiefer und das heftige Zucken seiner Wangenmuskulatur verraten mir, dass er kurz davor ist, die Kontrolle zu verlieren.

Süchtig nach seinem Geschmack sauge ich mich an seinem Hals fest, knabbere an seinem Ohrläppchen und lasse meine Zunge über die kratzigen Bartstoppeln an seiner Wange gleiten.

„Oh fuck, Baby! Endlich habe ich dich bei mir!“

Meine Nerven vibrieren, glühen regelrecht vor ungestillter Begierde und mein Herz donnert mir nur so gegen die Rippen.

„Ab jetzt werde ich für dich sorgen ...“

Sein Schwur klingt mehr nach dem wilden Fauchen eines Tieres, anstatt nach der Stimme eines Mannes. Erkundend lässt er seine Finger über meinen Venushügel und durch meine geschwollene Pussy gleiten. Kreisend bearbeitet er meinen Kitzler, zupft an ihm und entlockt mir einen lustvollen Schrei.

Fieberhaft presse ich mich seiner Hand entgegen.

Mein Unterleib beginnt zu pulsieren, meine Beine zittern.

Wimmernd kralle ich mich an seinen Schultern fest, kratze mit den Nägeln über seinen Rücken und versuche verzweifelt, nicht den Verstand zu verlieren.

Erneut saugt er sich an meinem Nippel fest, beißt sachte zu und verwöhnt züngelnd das gepeinigte Fleisch.

„Das hier“, seine Hand legt sich besitzergreifend auf meine Mitte, „gehört ab jetzt und für immer nur mir!“ Mit jedem seiner eindringlichen Blicke, mit jedem verzehrenden Kuss und jeder sanften Berührung zeigt er mir, wie sehr er mich begehrt und dass er seine Worte absolut ernst meint.

„Ich bin bereit zu töten, nur um dich mein Eigen nennen zu können.“

Ungeduldig vergrabe ich die Finger in seinem vollen Haar und ziehe ihn zu mir herunter, unsere Münder treffen sich, seine Lippen tackern sich auf die meinen, rauben mir den Atem. Mit jedem Herzschlag und jedem geteilten Kuss wird unsere Bindung stärker. Cube fesselt mich an sich, stiehlt sich mit dieser ungewöhnlichen Zärtlichkeit mein Herz und meine Seele.

Wer hätte gedacht, dass langsamer Sex so schön sein kann?

Wie in Trance beobachte ich Cube dabei, wie er sich zwischen meine gespreizten Schenkel kniet und seinen Blick über meine geschwollenen Falten gleiten lässt.

Er betrachtet mich, schiebt zwei Finger in mich und entlockt mir ein Keuchen. Ein dünner Schweißfilm überzieht meine Haut, während seine Finger immer tiefer in mich stoßen.

Erregt winde ich mich unter ihm und ertrinke in dem unglaublich schönen Gefühl, das er mir schenkt.

„Du bist so wunderschön, Mädchen.“

Knurrend beugt er sich über mich, seine Zunge umkreist meine Nippel. Züngelnd und knabbernd foltert er mich so lange, bis ich laut kreische.

Keuchend schließe ich die Augen, seine Hand umschließt meine Kehle, drückt leicht zu, lässt mich fühlen, wie wehrlos ich bin.
Hilflos kralle ich mich an seinem Handgelenk fest.
„Spürst du das? Ich muss dir keinen Schmerz zufügen und dich nicht verletzen, nur um dich zu dominieren."
Wieder und wieder dringt er mit seinen Fingern in mich ein, touchiert meinen G-Punkt und treibt meine Lust in ungeahnte Höhen.
„Schau mich an, Madison! Ich will, dass du genau siehst, zu wem du ab jetzt gehörst!"
Atemlos befolge ich seinen Befehl – ertrinke in den silbernen Tiefen seiner Augen.
Kraftvoll dringt er in mich ein, massiert meinen empfindlichen Kitzler, krümmt tief in mir seine Finger, macht mich wehrlos.
Cube hat recht, ich gehöre unwiderruflich zu ihm!
Zuckend zurrt sich mein Inneres zusammen, es fehlt nicht mehr viel und ich falle über die Klippe, an die er mich geführt hat.
Der immer stärker werdende Druck in meiner Mitte ergreift nun auch von meinem restlichen Körper Besitz.
Blind erwidere ich seinen Blick, ehe ich von einem gigantischen Orgasmus hinfort gerissen werde.
Ahhhh ... Jaaaa ...
Heiße Wellen branden durch mein Nervensystem, das Blut in meinen Adern prickelt, so als würde es kochen. Meine Pussy zieht sich krampfend um seine Finger zusammen. Die Kontraktionen sind so stark, dass ich kaum noch Luft bekomme.
Die Welt hört auf sich zu drehen, Funken zerplatzen hinter meinen geschlossenen Lidern, während es sich anfühlt, als würde ich zu den Sternen fliegen.
Brummend leckt er über meinen Bauchnabel, kleine Bisse und feuchte Küsse lassen mich erneut erbeben ... Seine schwielige Daumenkuppe legt sich auf meinen hypersensiblen Kitzler, liebkost ihn sanft.
„Yeah, Baby! Ich liebe es, wie du auf mich reagierst!"
Der Klang seiner vor Lust dunklen Stimme dringt wie durch einen dichten Nebel zu mir.
Ich versuche meinen Arm zu bewegen, will ihn berühren, doch es gelingt mir nicht, ich fühle mich völlig verausgabt, und dabei hatte ich noch nicht mal seinen Schwanz in mir. Bevor ich auch nur erahnen kann, was er vorhat, kniet er sich zwischen meine Beine, inhaliert meinen Duft und leckt mit seiner rauen Zungenspitze über meine geschwollenen Schamlippen. Gierig saugt er an meinem Kitzler,

knabbert an ihm und schiebt zeitgleich zwei seiner Finger in meine noch immer zuckende Mitte.

Ich zittere und stöhne. Das ist zu viel, viel zu viel ...

Obwohl ich weiß, wie hart er ist, hat er keine Eile, selbst zum Zug zu kommen, sondern leckt sich träge durch meine Scheide, saugt sich immer wieder an meinem Kitzler fest, und schiebt dann seine Zunge tief in mein Loch.

Er quält mich so lange, bis ich erneut kurz davor bin, abzuheben.

Ich glühe, es fühlt sich so an, als würden tanzende Flammen über meine Haut züngeln. Sein eindringlicher Blick lässt meine Synapsen zerplatzen und sorgt dafür, dass sich die Schmetterlinge in meinem Bauch in Sternschnuppen verwandeln.

Bebend beobachte ich, wie er ein Kondom aus dem Nachtkästchen holt, es sich über den Schwanz zieht und sich dann langsam auf mich legt.

Die dicke Wulst seiner Eichel drückt sich auf meinen Spalt, gleitet durch meine feuchten Falten und dringt dann wenige Zentimeter in mich ein ... ich bin verloren!

Zitternd halte ich mich an ihm fest und presse meinen Unterleib seinem harten Schwanz entgegen.

Mit zusammengebissenen Zähnen dringt er langsam immer tiefer in mich ein, dehnt meine Pussy und nimmt mich endlich vollständig in Besitz.

Schweißperlen rinnen ihm über die Stirn, die Wölbungen seines Sixpacks zucken ungeduldig.

„Du gehörst mir, Baby! Für immer mir. Das hier hätte unser erstes Mal sein sollen. Du hattest mehr verdient als eine regennasse Straße. Ab jetzt werde ich dich wie eine Königin behandeln.“

Sein eindringlicher Blick, das süße Versprechen und meine verwirrenden Emotionen – das alles ist zu viel ... Ich verliere mich in diesem Moment und in dem Gefühl, von ihm ausgefüllt zu sein.

Das beinahe schmerzhafte Ziehen in meinen Beinen kündigt einen erneuten Höhepunkt an. Cubes Stöße werden härter, er vergräbt sich so tief in mir, dass ich nicht mehr weiß, wo er aufhört und ich anfange.

Doch ich empfinde keinen Schmerz, ich brauche ihn auch nicht mehr, denn Cube hat mir gezeigt, wie es ist, zu vertrauen, zu begehren und zu lieben.

„Zur Hölle, Baby …“

Er verändert den Winkel, mit dem er in mich eindringt, und trifft so bei jedem harten Vorstoß den empfindlichen Punkt in mir, der mir laute Schreie entlockt.

Zitternd presse ich den Kopf auf das Kissen und komme ihm entgegen.

Wir finden den perfekten Rhythmus, der so alt wie die Zeit ist und für uns doch völlig neu. Das heftige Zucken seiner angespannten Oberschenkel verrät mir, dass er sich trotz der Heftigkeit, mit der er mich fickt, noch immer zurückhält.

Vorstoß – Rückzug – Vorstoß – Rückzug.

Gnadenlos und kraftvoll nimmt er mich mit jedem erneuten Eindringen etwas mehr in Besitz. Macht mich zu der Seinen und verdeutlicht mir, dass wir schon immer füreinander bestimmt waren.

Er ruckt nach oben, sein Bauch wird steinhart und sein Knurren verwandelt sich in ein wildes Brüllen. Meine Zehenspitzen krümmen sich und meine Atmung stoppt.

Der über mir hereinbrechende Orgasmus ist so heftig, dass mir für einen kurzen Moment schwarz vor Augen wird.

Cube stößt noch ein paar Mal zu, er hämmert sich regelrecht in mich, ehe sein heißer Samen mein Inneres flutet. Selbstvergessen fällt sein Kopf in den Nacken, seine Mimik verzieht sich zu einer wilden Grimasse, während er mich an der Taille packt und tief in die Matratze drückt.

Japsend schnappe ich nach Luft und versuche, mich nicht vollends an diesen *Son of Silence* zu verlieren.

Erschöpft schlinge ich meine Beine um seine Mitte und ziehe ihn noch ein köstliches Stückchen tiefer in mich hinein.

Zufrieden lecke ich mir über die Lippen und atme die mit unseren Gerüchen geschwängerte Luft ein.

Wir schweigen, unsere Blicke begegnen sich und unsere Herzen beginnen im Gleichklang zu schlagen.

So hätte es immer sein müssen ...

Er und ich – zusammen.

„Ab Morgen wirst du mein Leder tragen, dann bist du offiziell eine Old Lady des *Sons of Silence Motorcycle Clubs.*"

Noch immer aufs Innigste verbunden, treffen sich unsere Lippen zu einem sanften, alles verschlingenden Kuss.

Es hat lange gedauert, das Schicksal hat uns viele Hürden überwinden lassen und trotzdem haben wir zueinandergefunden.

Ohne Cube kamen mir die letzten sieben Jahre wie eine schier endlos scheinende Nacht vor. Finster, kalt und einsam. Erst jetzt, wo ich in seinen Armen liege, kann ich die Sterne sehen, die in der Schwärze der Dunkelheit auf mich gewartet haben.

Mit meiner Nase streife ich über seine Wange, knabbere an seiner Schulter und stöhne zufrieden.
„Sag mir, dass es für immer ist."
Ein Lachen rumpelt in seinem Brustkorb.
„Habe ich das nicht schon? Mehrfach sogar?"
Ja das hat er, aber es reicht noch lange nicht aus, um es mich auch wirklich glauben zu lassen.
„Bitte ..."
Er seufzt und bringt seinen Mund ganz dicht an mein Ohr.
„Du und ich – für immer. Das schwöre ich dir auf mein Leder!"
Ich nicke, küsse ihn und spüre, wie er sich langsam aus mir herauszieht.
Das Kondom auf den Boden werfend, lässt er sich neben mir ins Bett sinken.
Um mir zu versichern, dass das alles auch wirklich echt und kein verrückter Traum ist, setze ich mich auf und betrachte den wunderschönen und gefährlichen Biker, zu dem ich ab jetzt gehöre.
Das Kreuz an seiner Kehle, die Träne unter seinem Auge und die Narben der Einschusslöcher, die auf das Konto meines Vaters gehen ... Ich küsse jede von Ihnen und fange dabei zum Weinen an.
„Es tut mir so leid, was passiert ist."
Er umfasst meine Schultern und zieht mich über sich, sodass ich nun rittlings auf ihm sitze.
„*Schhh* Baby, das muss es nicht."
„Aber du wärst fast gestorben."
Ein winziges Lächeln umspielt seine Mundwinkel.
„Das war es wert. Ehrlich. Ich würde das alles ohne zu zögern wieder auf mich nehmen, nur um dich jetzt und hier mein Eigen nennen zu können ..."
Schluchzend kuschle ich mich an ihn. Cube versucht mich zu trösten, und es gelingt ihm. Der letzte Tropfen, der sich aus meinen Augenwinkeln löst, ist eine Träne des Glücks ...
So hart und schmerzhaft unsere Geschichte auch sein mag, eine Sache habe ich aus ihr gelernt.
Sterne sieht man nur im Dunkeln ...

Epilog

Cube

„Shit, Bro. Ich kann nicht glauben, dass du das getan hast."

Landon stößt mir seinen Ellenbogen in die Rippen und sieht dabei zu, wie sich Madison aufgeregt auf ihr neues Spielzeug setzt.

Eine silberne, mit Airbrush verzierte Deuce.

„Wir haben Jahrestag, was blieb mir anderes übrig?"

Er schüttelt lachend den Kopf.

„Rosen, Alter. Du hättest ihr einfach einen Strauß Blumen schenken können. Das hätte auch gereicht. Jetzt sind Mason und ich im Zugzwang. Unsere Ladys werden ausflippen und auf blöde Ideen kommen. Und das haben wir nur dir zu verdanken."

Das ist durchaus möglich. Bianca redet schon länger davon, ein eigenes Bike haben zu wollen, Sarah ebenfalls. Nur Zoe ist absolut damit zufrieden, hinter Joker zu sitzen. Die pinke Krone, die den Tank der Harley ziert, habe ich erst vor zwei Nächten fertig bekommen. Die Feinheiten haben mich mehr Zeit gekostet, als gedacht. Aber verflucht, ich wollte, dass alles perfekt ist ...

Madison ist keine gewöhnliche Lady, sie ist ein echtes Bikergirl – eine geborene Clubprinzessin. Ihre Mutter war eine Clubmaus, die noch vor Maddies erstem Geburtstag abgehauen ist und ihr Vater war über Jahrzehnte der Präsident der Hell Riders.

Dieser Frau verdanke ich es, dass ich seit zwölf verdammt geilen Monaten der glücklichste Mann auf diesem Planeten bin. Madison ist meine Bestimmung – der Grund meiner Existenz. Unsere Vergangenheit ist nicht so schön, wie sie es hätte sein können, aber das ist okay. Das Leben ist nun mal kein Ponyhof.

Und genau wegen des ganzen Bullshits, den sie durchstehen musste, sehe ich es jetzt, wo sie endlich mein Leder trägt, als meine gottverdammte Pflicht an, diese Frau so glücklich wie nur irgend möglich zu machen. Und wenn das bedeutet, dass ich ihr ein eigenes Motorrad mit einer dicken Schleife verpackt und einem glitzernden Krönchen auf dem Tank schenken muss, dann tue ich das. So einfach! Sollen meine Brüder sich ruhig das Maul zerreißen, es ist mir egal. Ich habe noch nie etwas Schärferes gesehen, als mein Mädchen, mit meinem Leder bekleidet, in der engen Jeans, die sie so gerne trägt, breitbeinig auf ihrer eigenen Harley sitzend.

„Fuck sieh sie dir an. Ich bin so hart, dass es schmerzt!"

Mein VP grunzt amüsiert, zündet sich eine Kippe an und nickt.

„Yeah, der Anblick ist nicht schlecht, das stimmt."

Als ich feststelle, dass er Madison auf den Arsch starrt, boxe ich ihm in den Magen.

„Augen weg von meinem Mädchen."

In einer beschwichtigenden Geste hebt er die Hände und spuckt vor seinen Stiefeln auf den Boden.

„Schon gut, Alter. Reg dich ab."

Entschlossen mich nicht noch mehr ärgern zu lassen, lasse ich ihn einfach stehen und gehe zu meiner Old Lady. Zoe, Sarah und Bianca bewundern das Airbrush, stellen Madison tausend Fragen und freuen sich für ihre Freundin.

Rosen, von wegen ...

Es ist abends, die Sonne steht hoch im Westen und meine Süße setzt sich mit einem breiten Grinsen den Helm auf.

„Wie sieht es aus, Großer. Lust auf einen Ritt?"

Allerdings. Und das in vielerlei Hinsicht!

„Du willst dem Sonnenuntergang entgegen?"

Sie jauchzt mir ein „Ja, was denkst du denn" zu und vibriert dabei regelrecht vor Freude und Ungeduld. Ich verpasse ihr einen tiefen Kuss, murmle ihr zu, wie sehr ich sie liebe, gehe zu meinem Bike und starte den Motor.

Wir fahren zusammen los, ich lasse ihr, ganz Gentleman, die Vorfahrt und reihe mich hinter ihr ein. Den Blick auf meine Frau gepinnt, folge ich ihr durch die Straßen Everetts, immer der Zukunft entgegen ...

Jeder Atemzug, jeden meiner Herzschläge und jeden verdammten Tag in meinem Leben widme ich meiner Lady.

Dieses Mädchen, durch dessen Vater ich beinahe gestorben wäre, hat mir gezeigt, wie es ist, wirklich zu leben.

Egal wie übel unsere Geschichte auch begonnen haben mag, sie ist unsere und sie kann uns niemand nehmen ...

Rocker leben gefährlicher

Prolog

Sold

Der Geruch von feuchtem Laub, Müll und billigem Aftershave steigt mir in die Nase. Es ist kalt, der Wind pfeift durch den Hafen, reißt an meiner Kutte und lässt mich erschaudern.

Mit der Waffe in der Hand und dem Finger am Abzug lehne ich mich an die verrostete Stahlwand des Schiffcontainers und atme tief durch.

Diese Scheiße ist völlig außer Kontrolle geraten ...

Verdammte Chinesen!

Das hätte eine einfache Übergabe werden sollen: Geld gegen Sprengstoff.

Doch anstatt der bestellten Ware hat uns eine Falle erwartet. Das Rattern von Maschinengewehren hallt über das Wasser, dröhnt in meinem Kopf und zerrt an meinen Nerven. *Diese Wichser!*

Um einen Menschen zu töten, braucht man genau *eine* gut platzierte Kugel. *Eine!* Doch diese Stümper ballern nun schon seit einer geschlagenen Viertelstunde wie verrückt um sich, unzählige goldene Patronenhülsen liegen auf dem Boden, doch getroffen wurde zum Glück weder ich noch mein Bruder.

Das Rattern verstummt. Ich nutze die Chance, riskiere einen Blick um die Ecke und sehe, wie das Schlitzauge nachlädt – das ist meine Gelegenheit!

Ohne zu zögern, reiße ich den Arm hoch, ziele auf seine Stirn und drücke ab. Treffer. Der Schädel zerplatzt, der Wichser kippt um und ist auf der Stelle tot.

„Eine Kugel ist oft zielführender als Hunderte. Doch das werden diese Typen nie kapieren.

„Guter Schuss, Bro."

Landon, der Vizepräsident des *Sons of Silence Motorcycle Clubs,* dem ich vor knapp einem Jahr beigetreten bin, nickt anerkennend.

Seit elf Monaten reiße ich mir für diesen Club den Arsch auf, befolge Befehle, breche Knochen und töte unsere Feinde. Ich tue alles, absolut alles, um mich zu bewähren, und ich denke, meine Chancen, in einem Monat mein *Back Patch* überreicht zu bekommen, das mich zum Full Member macht, stehen gut.

Dieser MC ist mein Leben und zugleich meine Familie. Landon ist einer meiner Vorbilder. Er hat es damals geschafft, direkt nach seinem Anwärterjahr zum Vize gewählt zu werden, was äußerst beeindruckend ist. Unzählige Patches zieren sein Leder. Er hat eine schöne Old Lady und genießt großen Respekt. Er zögert nicht, wenn es darum geht, die Drecksarbeit zu erledigen, ist loyal und unerschrocken.

Während mir der Schweiß über die Stirn rinnt, ist er völlig cool.

„Wie viele hast du ausgeschaltet?“

Gedanklich lasse ich die letzten Minuten Revue passieren.

„Zehn, mit dem letzten elf.“

Ein Grunzen ausstoßend, betrachtet er den reglosen Körper des Chinesen.

„Gut. Ich müsste ungefähr auf dieselbe Zahl kommen. Keine Ahnung wie viele von den Bastarden noch hier rumlaufen. Die sind wie verfluchte Ameisen ...“

Keiner von uns ist auf die Idee gekommen, dass wir in einen Hinterhalt geraten, also sind wir nur zu zweit angerückt. Ein Fehler, mit dem wir jetzt leben müssen.

„Denkst du, sie haben den Sprengstoff überhaupt dabei?“

Er schüttelt den Kopf. „Nein!“

Scheiße!

„Wo ist unser Geld?“

Einen Fluch ausstoßend, verpasst er dem Container, hinter dem wir Deckung gesucht haben, einen Tritt.

„Längst über alle Berge.“

Verfluchte Scheiße!

„Ich versteh das nicht. Warum legen sich die Chinesen mit dem Club an? Was versprechen sie sich von dieser Kriegserklärung?“

Bevor Landon mir antworten kann, streift eine Kugel meine Wange und schlägt direkt neben meinem Kopf ein. In meinem Ohr klingelt es. Ein schriller Pfeifton hallt durch mein Hirn, lässt mich vor Schmerzen würgen.

Erst als der Lärm in meinem Schädel nachlässt, spüre ich das Brennen in meinem Gesicht. Ich wurde getroffen – ein Streifschuss.

Bevor ich realisieren kann, was da gerade passiert ist, packt Landon mich an der Schulter und reißt mich zu Boden. Wir schlagen hart auf, mehrere Projektile bohren sich, an genau der Stelle, an der ich noch vor einer Sekunde gestanden bin, in den Stahl.

„Fuck, das war knapp!“

Immer mehr Kugeln schlagen direkt in unserer Nähe ein. Asphaltbrocken fliegen durch die Luft. Kriechend robben wir ums Eck, suchen neue Deckung und rennen in gebückter Haltung quer über den Hafen.

Etwas Warmes tropft mir über das Gesicht, es dauert einen Moment, bis mir klar wird, dass es das Blut ist, das aus der Wunde des Streifschusses rinnt.

Wenn ich einen Zentimeter weiter rechts gestanden hätte, wäre ich jetzt tot.

Wut kocht in mir hoch, verdrängt den Schmerz und lässt mich handeln.

Ohne zu zögern, marschiere ich wieder um den Container, suche die Dunkelheit nach dem Schützen ab, ziele und feure.

Sofort verstummt das Rattern des Gewehrs, ein klares Indiz dafür, dass ich getroffen habe. Zwei Kugeln, zwei Leichen – kein schlechter Schnitt. Die Stille, die uns plötzlich umgibt, hat etwas Unheimliches. Landon kommt auf mich zu, sieht sich prüfend um und klopft mir auf die Schulter.

„Gut gemacht, Alter."

Vorsichtig sehen wir uns um, steigen über Leichen, töten die Verletzten und sammeln die Knarren auf. Als wir sichergestellt haben, dass tatsächlich alle Chinesen tot sind, liegt ein ordentlicher Stapel von Uzis, AK's und kleinerer Handfeuerwaffen vor uns.

„Das gleicht unsere Verluste aus."

Ich stecke meine Glock weg, wische mir mit der Hand über das Gesicht und entferne so einen Teil des Bluts.

Erst nach und nach wird mir klar, dass es einem Wunder gleicht, das ich hier stehe und nicht dasselbe Schicksal erlitten habe, wie all die Schlitzaugen, die überall auf dem Hafengelände verteilt liegen.

„Fuck! Das war wie eine Runde *Call of Duty*."

Landon schüttelt lachend den Kopf. Zusammen bringen wir die eingesammelten Waffen zu dem Van, mit dem ich hergefahren bin. Wir laden sie ein, ich ziehe die Seitentüre zu und drehe mich zu ihm um.

„Danke Mann, du hast mir den Arsch gerettet. Hättest du mich nicht nach unten gezogen, wäre ich game over. Ich schulde dir was ..."

Er winkt ab, steigt auf sein Bike und sieht mich an.

„Nicht der Rede wert. Lass uns zum Club zurückfahren. Du brauchst einen Arzt, und Joker muss erfahren, was passiert ist. Diese Scheiße war eine Kriegserklärung!"

Ich steige in den Van, starte den Motor und zünde mir eine Kippe an. Immer mehr Blut rinnt an meinem Hals entlang und tropft auf meine Kutte. Genervt gebe ich Gas, fülle meine Lunge mit Rauch und folge meinem Vize zurück zum Clubhaus.

Die Chinesen wissen es vielleicht noch nicht, aber ihre Tage sind gezählt ...

In der Vergangenheit haben viele versucht, den *Sons of Silence* zu schaden. Geschafft hat es keiner!

Der MC lässt sich mit einem Phönix vergleichen.

Egal wie viel Feuer – egal wie viel Tod.

Die Sons sind noch immer aus der Asche emporgestiegen – zumeist stärker und mächtiger als zuvor.

1. Kapitel

Sold

Zähneknirschend betrachte ich mein Spiegelbild, reibe mit dem Daumen über die wulstige Erhebung auf der Höhe meines Jochbeins, die meine linke Gesichtshälfte durchzieht und wünsche alle Chinesen zum Teufel. Das tote Gewebe ist weiß und sticht deutlich hervor.

Vier Monate sind seit der Schießerei im Hafen vergangen. Seitdem ist viel passiert. Es ist uns gelungen die *Chung Ying Lee's,* oder wie auch immer sich diese Stäbchenfresser schimpfen, in ihre Schranken zu verweisen. Mehr als die Hälfte der Bastarde haben wir kaltgemacht, der Rest der Schlitzaugen hat die Flucht ergriffen.

Raus aus Everett – raus aus unserem Revier!

Die vergangenen Wochen waren hart, blutig und genau nach meinem Geschmack.

Im Gegensatz zu Joker, unserem Präsidenten, mag ich die ruhigen Zeiten nicht.

Fliegende Kugeln, Bomben und jede Menge Leichen lassen mich gut schlafen.

Am liebsten ist es mir, wenn ich am Ende des Tages so erschöpft bin, dass ich in mein Bett falle und, noch bevor ich auf die Idee komme, mir die Stiefel auszuziehen, einschlafe. Vor zwei Monaten hat mein Anwärterjahr sein Ende gefunden. Endlich bin ich ein Full Member, endlich trage ich ein *Back Patch*. Der Death Skull, dessen Mund mit einem dicken Faden zugenäht wurde und der das Colour der Sons ist, prangt nun auf meinem Rücken. Dank der vielen toten Chinesen und dem Bullen, den ich gleich im ersten Monat als Prospect gekillt habe, zieren auch schon einige Aufnäher mein Leder. Der nächste Schritt ist, dass ich mir den schweigenden Totenkopf in die Haut stechen lasse. Alle Sons tragen ihn auf ihrem Körper, ich werde da keine Ausnahme sein.

Ein Klopfen ertönt, Jacob, unser Sergeant at Arms, betritt unaufgefordert meine Wohnung und taucht hinter mir auf.

„Yeah Bro, Landon will dich sprechen."

Ich schalte das Licht im Bad aus und drehe mich zu ihm um.

„Alles klar, ich komme gleich."

Er nickt und verschwindet wieder.

Das Gelände unseres MCs ist groß und von der Außenwelt komplett abgeschirmt. Das Gebäude, in dem sich unser Clubhaus befindet, ist ein würfelförmiger Betonklotz, auf dessen Rückseite sich einige Wohnungen und Gästezimmer befinden.

In einer dieser Wohnungen lebe ich. Das hat Vor- und Nachteile, wobei die Vorteile überwiegen. Ich stecke meine Waffe ein, schnappe mir mein Handy und mache mich auf die Suche nach Landon.

Wie zu erwarten, finde ich ihn in seinem Büro, das sich direkt neben dem von Joker befindet.

Er sitzt an seinem Schreibtisch, hackt mit zwei Fingern auf die Tastatur seines Notebooks ein und schimpft lauthals über die Technik.

„Du wolltest mich sehen?"

Er nickt, ohne aufzuschauen.

„Aye, setz dich, Joker müsste auch gleich da sein."

Eine Unterredung mit dem Präs und dem VP?

Das könnte interessant werden.

Ich lasse mich auf einen der zwei Stühle fallen, die Landon gegenüberstehen, strecke die Beine aus und zünde mir ein Zigarillo an.

Der würzige Rauch füllt binnen weniger Sekunden den Raum, was Landon zum Husten bringt.

„Fuck! Du und dein Scheiß! Das Zeug stinkt wie die Hölle."

Sein Gemotze ignorierend, fülle ich meine Lunge mit dem Nikotin und warte auf Joker.

Als der endlich kommt, geht er als Erstes zu einem der Fenster und reißt es weit auf.

„Shit, Sold. Wenn ich gewusst hätte, dass du dir so einen stinkenden Mist angewöhnst, hätte ich dich nie zum Member gemacht."

Da mir klar ist, dass er nur einen Scherz macht, lasse ich mich nicht provozieren und setze mich, gespannt, was die beiden von mir wollen, etwas aufrechter hin.

Landon klappt endlich den Laptop zu und sieht zu mir rüber.

„Was soll das werden?"

Meine Frage hängt schwer im Raum.

„Wir haben einen Auftrag für dich."

Fuck! Ich ahne sofort, dass mir nicht gefallen wird, was ich gleich hören werde.

„Was für einen?"

Joker lehnt sich neben mir an die Tischplatte und ergreift das Wort.

„Du hast dich verdient gemacht, Sold. Du bist loyal, unerschrocken und gnadenlos. Du zögerst nicht, sondern tust, was getan werden muss. Das gefällt mir. Als ich in deinem Alter war, kurz nach meiner Anwärterzeit, bin ich durchs Land gefahren und habe einige Jahre auf der Straße und in den verschiedenen Chaptern der Sons verbracht. Es war eine gute Zeit, mit die beste meines Lebens."

Wenn er denkt, dass ich mich dazu überreden lasse, ein Nomad zu werden, täuscht er sich. Dieses ständige Unterwegs-Sein, ist nichts für mich.

„Komm auf den Punkt, Präs."

Er und Landon tauschen einen kurzen Blick.

„Wir wollen, dass du für einige Zeit in das Chapter in Valmy Nevada wechselst."

Fuck! Nun ist es also raus ...

Ich kenne Joker, ich weiß, dass hinter seinem Handeln immer ein Plan steckt.

„Aus welchem Grund?"

Seine Mundwinkel ziehen sich nach unten, er schnalzt mit der Zunge und zündet sich eine Lucky an.

„In Valmy läuft derselbe Bullshit mit den Chinesen, den wir hinter uns haben. Aber die Sons im Süden sind nicht so gut aufgestellt wie wir im Norden. Frankie, ihren Prospect, und drei weitere Member hat's erwischt. Das Nevada Chapter ist klein, vier tote Sons können nicht so einfach weggesteckt werden. Selbst für uns wäre das hart. Die Jungs brauchen Verstärkung. Und da haben Landon und ich sofort an dich gedacht. Du bist jung, willst dir einen Ruf schaffen, dir weitere Patches verdienen und aufsteigen. Du bist ehrgeizig, Sold. Das gefällt uns. Doch hier in Everett sind alle Posten belegt."

Ich weiß auch so, worauf er hinauswill. Der Tisch der *First Nine* (der neun wichtigsten Clubmitglieder) ist voll. Wenn ich hierbleibe, wird sich an meinem Status so schnell nichts verändern. Joker kennt mich, er weiß längst, dass ich mehr will.

„Wir schicken dich nicht weg, Bruder. Wir bieten dir nur eine Möglichkeit. Das ist alles. In Valmy finden gerade diverse Umstrukturierungen statt. Mehrere Aufgabengebiete sind frei geworden. Denk darüber nach und gib uns bis heute Abend Bescheid, wie du dich entschieden hast."

Im Grunde genommen will ich nicht aus Everett weg. Ich habe eine Wohnung und fühle mich gut hier. Dennoch kapiere ich sofort, welche Chance sich mir gerade bietet.

Die Entscheidung sollte mir leichtfallen, doch das tut sie nicht.

Fuck! Fuck! Fuck!

Ein letztes Mal an meinem Zigarillo ziehend, sehe ich meinen Präsidenten direkt an.

„Ihr könnt meine Antwort sofort haben."

Seine Stirn legt sich in Falten.
„Bist du dir sicher? Überdenk das gut.“
Ein neuer Bundesstaat, eine neue Stadt, ein neues Chapter und neue Möglichkeiten.
„Ich werde nach Nevada gehen.“
Die Worte hängen schwer in der Luft, Landon brummt, steht auf und stützt sich mit geballten Fäusten auf seinem Schreibtisch ab.
„Verdammt! Ich würde an deiner Stelle auch gehen. Trotzdem will ich, dass du weißt, dass du, egal wie lange du weg bist, immer ein Son aus Everett sein wirst. Selbst wenn du dich dazu entscheidest, einen Posten in Valmy zu übernehmen ... Du gehörst zu uns!“
Verflucht!
Ich bin echt kein besonders emotionaler Mensch, aber das geht sogar mir nah.
„Danke, Bro. Das weiß ich zu schätzen.“
Joker hält mir seine Hand entgegen, ich ergreife sie, stehe auf und klopfe ihm auf die Schulter.
„Wann willst du fahren?“
Landon reicht mir ebenfalls die Hand.
„Ich breche heute noch auf. Wenn ich mich nicht täusche, liegen knapp 800 Meilen vor mir. Mal sehen, wie weit ich komme. Irgendwo wird sich schon ein Motel finden, in dem ich einchecken kann, wenn ich eine Pause brauche.“
Landon nickt.
„Jepp, so würde ich es auch machen.“
Er und ich sind uns in vielerlei Hinsicht ähnlich.
„Bist du dir sicher, dass du das durchziehen willst?“
Joker sieht mich skeptisch an.
„Habe ich jemals eine meiner Entscheidungen revidiert?“
„Nein, hast du nicht.“
So sieht es aus.
„Eben. Ich werde jetzt nicht damit anfangen.“
Landon geht zum Safe, öffnet ihn, zieht vier dicke Dollarbündel hervor und legt sie vor mir auf den Tisch.
„Vierzigtausend Flocken. Dein Anteil aus den abgeschlossenen und zum Teil noch laufenden Geschäften.“
Die Tatsache, dass er das Geld bereits abgezählt und bereitgelegt hat, verrät mir, dass die beiden bereits geahnt haben, wie ich mich entscheiden werde.
„Danke.“

Ich nehme mir die Bündel, verlasse das Büro und mache mich daran, meine Sachen zu packen. Jetzt, wo ich weiß, dass ein neues Ziel vor mir liegt, werde ich keine Zeit verschwenden und mich auf den Weg machen.

Everett hat mir den Einstieg in den *Sons of Silence Motorcycle Club* ermöglicht, ich werde mit diesem Chapter stets verbunden sein.

Aber in Valmy wartet eine neue Herausforderung.

Ich kann es kaum erwarten, herauszufinden, welche Möglichkeiten sich mir dort bieten ...

Eine Stunde später lasse ich die Stadtgrenze hinter mir. Meine Satteltaschen sind voll, ebenso der Seesack, den ich hinter mir auf mein Bike geschnallt habe. Es hat mich nie gestört, wenig zu besitzen. Dennoch ist es ein seltsames Gefühl, wenn man sein gesamtes Hab und Gut mit einem Bike von A nach B transportieren kann.

Der Moment des Abschieds hat einen bitteren Nachgeschmack hinterlassen. Es war komisch, sich von den Männern zu trennen, für die man bis vor ein paar Stunden noch in den Tod gegangen wäre.

Ich folge dem Broadway bis zur Hewitt Ave und biege einige Meilen später auf die Interstate ab. Vor mir liegen knapp 800 Meilen, das sind geschätzte zwölf Stunden Fahrtzeit. Ich drehe am Gas, spüre, wie mir der kalte Fahrtwind ins Gesicht bläst und meine Gedanken klärt.

Bei 150 Sachen beginnt die Umgebung zu verschwimmen, alles, was ich noch wahrnehme, ist die Straße, das Brummen der Harley und mein eigener Herzschlag.

2. Kapitel

Alice

Hoch konzentriert beende ich das letzte Blütenblatt der Rose, die sich die Kundschaft auf das rechte Schulterblatt stechen lässt. Ein ziemlich klischeehaftes Motiv, aber mir kann das egal sein. Für manche Menschen sind Tattoos nichts weiter als dauerhafte Deko-Objekte, die sich in die Haut stechen lassen. Für andere hingegen bedeuten sie etwas, erzählen zum Beispiel einen Teil der eigenen Lebensgeschichte. Einige meiner Kunden verarbeiten damit auch Erlebnisse, die sie schwer getroffen haben. Heute hingegen habe ich einem Mann schon das Geburtsdatum seiner Tochter auf den Unterarm verewigt, einer Frau ein Einhorn auf die Pobacke gestochen und einen Schmetterling auf den Rippenbogen eines Mädchens, das gerade erst volljährig geworden ist.

Im Prinzip ist es mir egal, welches Motiv mir als Vorlage dient, trotzdem muss ich zugeben, dass mir außergewöhnliche Wünsche bedeutend besser gefallen. Diese Arschgeweihe kann ich nicht mehr sehen, genau wie diese furchtbaren chinesischen Zeichen, die angeblich Glück und Freude bedeuten sollen und wahrscheinlich nichts anderes sind, als die Nummern einer Asia-Speisekarte.

Das Wichtigste ist, dass ich am Ende des Tages genug Geld verdient habe, um meinen Lebensunterhalt bestreiten zu können.

Als ich mir vor einem Jahr meinen großen Traum erfüllt und mein eigenes Tattoo-Studio eröffnet habe, lief alles bestens. Hier in Valmy, im Revier des *Sons of Silence Motorcycle Clubs,* gibt es genug Leute, die Tinte unter ihrer Haut haben wollen. Die breitschultrigen Kuttenträger haben dafür gesorgt, dass die Straßen sicher sind. Doch seit einiger Zeit hat sich das geändert, wie meine zerstörte Eingangstür und der dicke Riss in der Fensterscheibe beweisen.

Hier in Nevada herrscht ein heftiger Bandenkrieg, unter dem auch die Bevölkerung leidet. Die Chinesen überschwemmen die Straßen, immer mehr Drogenküchen werden in heruntergekommenen Hinterhöfen eingerichtet und das darin hergestellte Gift an so ziemlich jeder Ecke verkauft.

Die Männer der *Chung-Ying-Lee*-Gruppierung versuchen mit allen Mitteln, ihre Macht auszubauen. Ich habe ebenfalls schon so einige Male Bekanntschaft mit ihnen gemacht.

Am Anfang habe ich mich noch geweigert, die tausend Dollar, die sie monatlich von mir gefordert haben, zu bezahlen – schlussendlich habe ich nachgegeben, als die Renovierungsarbeiten teurer wurden als die Summe, die die Chinesen von mir gefordert haben. Das ist nun schon die zweite zerstörte Türe und die dritte gesprungene Glasscheibe. Selbst vor der Inneneinrichtung haben die Arschlöcher keinen Halt gemacht. Ohnmächtig habe ich dabei zugesehen, wie viel Schaden zwei kleine Chinesen mit zwei Baseballschlägern anrichten können.

Natürlich war ich schon bei der Polizei, doch die sind machtlos. Wenn einer der Schlitzaugen verhaftet wird, tauchen wie aus dem Nichts drei neue auf.

Es ist fast wie bei einem dieser billigen Taschenspielertricks ...

Nur dass der Schaden, den sie anrichten, echt ist, und keine Illusion. Die Menschen in der Stadt fürchten sich. Viele der kleinen Läden haben bereits geschlossen, sie sind unter den horrend hohen Schutzgeldbeträgen pleitegegangen. Direkt neben mir hatte der alte Ben seit über zehn Jahren ein Zigarrengeschäft, nach dem die *Chung Ying Lee's* ihm beide Beine gebrochen haben, weil er sich geweigert hat, zu bezahlen, hat er geschlossen.

Soweit ich weiß, hatte er nicht mal eine Krankenversicherung ...

Die Zeiten sind schlecht und die Zukunftsaussichten finster. Ich hätte es niemals für möglich gehalten, die Sons verlieren zu sehen – aber so ist es. Der Club verliert an Macht, Einfluss und Boden. Selbst ich als Außenstehende kapiere, dass das Revier der Biker Tag für Tag kleiner wird.

Aus der Zeitung weiß ich, dass bei den vielen Schießereien, die fast täglich stattfinden, vier der Outlaws getötet wurden.

Bis jetzt hatte ich zwar nie viel Kontakt zu den Rockern, trotzdem tat es mir um die Opfer leid. Die Sons gehören seit jeher in diese Stadt, sie sind ein Teil unserer Gesellschaft und sie untergehen zu sehen, fühlt sich falsch an.

Bisher hatte ich vielleicht ein oder zwei Mal einen von Ihnen vor mir auf dem Tisch liegen. Sie wollten Kleinigkeiten, nichts Besonderes. Ich warte auf den Tag, an dem ich endlich mal die Gelegenheit dazu bekomme, einem der Rocker den berühmten Skull der Sons in die Haut stechen zu dürfen. Dieser komplexe Totenkopf, mit den verschiedenen Grauschattierungen und den eingearbeiteten Schatten wäre eine echte Herausforderung.

Doch so wie es aussieht, wird es wohl nicht mehr dazu kommen ...

Die Frau unter meiner Nadel keucht kurz auf und zuckt leicht, dann hält sie sofort wieder still. Wer schön sein will, muss leiden – dieses Sprichwort könnte ich fast als Motto verwenden.

Das gleichmäßige Summen der Maschine beruhigt meine Nerven. Ich forme den Stiel der Rose, wische über die Blume und nicke zufrieden.

Geschafft! Wieder einhundert Dollar verdient, die ich im Prinzip direkt an die Chinesen weitergeben kann.

So geht das nicht weiter ...

Auch meine finanzielle Schmerzgrenze ist längst überschritten. Ich bin schon vor Wochen an meine Ersparnisse gegangen – lange halte ich das nicht mehr durch. Wenn es die Sons nicht bald schaffen, diesem Spuk ein Ende zu setzen, werde ich meinen Laden schließen und von hier wegziehen müssen.

Aber noch kämpfe ich, noch bin ich nicht bereit, aufzugeben.

Nachdem ich das Tattoo desinfiziert, eingecremt und mit einer Folie versehen habe, kassiere ich die Kundin ab, lehne mich an die Theke und starre entsetzt auf die Uhr an der Wand.

Es ist der erste Freitag im Monat, kurz vor 20:00 Uhr. Erfahrungsgemäß dauert es nur noch ein paar Minuten, bis die Baseballschläger tragenden Schlitzaugen auftauchen und meine Kasse leerräumen.

Selbst wenn ich das Geld rausnehme und verstecke, hilft mir das nicht weiter.

Entweder habe ich die tausend Dollar oder mein Laden wird zerstört. Wobei sie mir bei ihrem letzten Besuch deutlich klargemacht haben, dass sie sich das nächste Mal, wenn ich nicht genug Geld habe, nicht mehr damit zufriedengeben werden, die Einrichtung zu zerschlagen. Die Drohung war unmissverständlich. Allein bei der Erinnerung läuft es mir eiskalt den Rücken runter. Früher, als die Sons noch die Kontrolle über die Stadt hatten, hätten sich die Chinesen das nicht getraut. Wenn doch, hätte ich mich an den Club gewandt und ihn um Hilfe gebeten. Aber das kann ich leider vergessen ...

So wie es aussieht, steht ein Machtwechsel bevor.

Nervös beobachte ich, wie der Zeiger tickt, kalter Schweiß bedeckt meinen Nacken, mein Herz beginnt zu rasen.

Lieber Gott steh mir bei!

Unruhig beginne ich, auf und ab zu gehen. Eigentlich habe ich keinen Grund, Angst zu haben, die zehn Einhundert-Dollar-Scheine liegen abgezählt in der Schublade. Es ist mir gelungen, einen weiteren Monat genug Geld auf die Seite zu legen. Es war verdammt knapp! Letzte Woche habe ich drei Mal Nudeln gegessen und nur das Nötigste eingekauft ... Eigentlich wollte ich ins Kino gehen und mir den neuesten Film mit Keanu Reeves ansehen, aber das war leider nicht mehr drin. Das ist keine Art zu leben.

Immer in Angst, immer gehetzt und immer pleite, obwohl mein Laden eigentlich genug Umsatz macht. Wenn nicht bald ein Wunder geschieht, bin ich geliefert. Dann kann ich die Miete nicht mehr bezahlen und verliere meine Existenzgrundlage.

Allein bei der Vorstellung zieht sich mein Magen schmerzhaft zusammen und mir wird schlecht.

Die Zeit verhöhnt mich, tickt extra langsam und springt dann mit einem lauten *Klack* auf die Acht. *Oh oh ...*

Entsetzt beobachte ich durch die zerstörte Fensterscheibe, wie die drei schwarzen SUV's, vor deren Auftauchen ich mich seit Tagen fürchte, vorfahren und sechs Chinesen aussteigen. Sie alle tragen Jeans und sind leger wie Touristen gekleidet. Aber der Eindruck täuscht, diese Männer sind alles, nur nicht harmlos. Der etwas dicke geht wie gewohnt voran, dann kommen zwei kleinere, anschließend ein großer und die restlichen beiden Typen, die, wie jedes Mal, mit Baseballschlägern bewaffnet sind. Die Härchen auf meinen Armen stellen sich auf, am liebsten würde ich mich umdrehen und davonlaufen. Aber was würde das bringen? Nichts! Im Gegenteil! Dann würden diese Kerle mein Studio zerstören, wahrscheinlich sogar anzünden und ich wäre auf einen Schlag am Ende.

Die zum Himmel schreiende Ungerechtigkeit, mit der ich mich seit Monaten auseinandersetzen muss, lässt mich vor Wut die Fäuste ballen.

Vielleicht sollte ich das Geld der nächsten vier Wochen nicht den Chinesen geben, sondern mir davon eine Waffe kaufen und die Arschlöcher einfach abknallen.

Alice has got a gun ... Klingt fast nach einem Western.

Das Problem an der Sache ist nur, dass ich absolut kein gewalttätiger Mensch bin und niemals dazu imstande wäre, abzudrücken. So sehr es diese sechs Schlitzaugen auch verdient hätten, zu sterben – ich könnte niemals einen Menschen töten.

Und genau diese Schwäche, vielleicht zeugt es auch von charakterlicher Stärke, ist der Grund dafür, dass ich jetzt hier stehe, vor Angst am ganzen Leib zittere und gegen die Tränen ankämpfe.

Die Ohnmacht, die ich empfinde, ist so heftig, dass ich tatsächlich vor Zorn und Verzweiflung zu weinen anfange.

Schniefend reibe ich mir über die Augen, höre, wie das Messingglöckchen über der Türe bimmelt und weiß, dass es jetzt wieder losgeht.

Einer der Baseballschläger weist Reste von getrocknetem Blut auf, irgendeine arme Sau hat es offensichtlich nicht geschafft, das geforderte Schutzgeld zusammenzubekommen.

Meine Knie werden weich, mein Magen stülpt sich um.

Nicht bereit klein beizugeben, starre ich in die sechs tätowierten Gesichter und hoffe, dass alles schnell und vor allem schmerzlos abläuft.

Diese Kerle sind unberechenbar ...

Von den Chinesen spricht immer nur der kleine Dicke, die anderen flankieren ihn nur, starren mich finster an und bringen ihre Baseballschläger zur Geltung.

„Hast du mein Geld?“

Sein Geld? Dass ich nicht lache.

Der helle Klang seiner Stimme vermischt sich mit dem unüberhörbaren Akzent zu einem lächerlich klingenden Sing-Sang. Mit meinen 1,70 Metern bin ich weder sonderlich klein noch überdurchschnittlich groß, dennoch überrage ich das Schlitzauge um einige Zentimeter. Tief einatmend, sammle ich all meinen Mut und trete einen Schritt nach vorne.

„Ich kann nicht zahlen. Das muss aufhören. Ihr ruiniert mein Geschäft. Wenn ihr weiterhin Geld von mir fordert, muss ich das Studio schließen.“

Die schmalen Augen zusammenkneifend, legt er den Kopf leicht schief und sieht mich direkt an.

Er geht nicht auf meine Worte ein, sondern wiederholt einfach nur seine Frage.

„Hast du mein Geld?“

Wenn ich jetzt Nein sage, brechen sie mir, genau wie dem alten Ben, beide Beine.

Mein Zögern veranlasst den Dicken, mit den Fingern zu schnippen, sodass die Schläger nach vorne kommen und sich neben ihm in Position bringen.

Die Warnung ist unmissverständlich ...

Fluchend gehe ich hinter den Empfangstresen, hole das Geld und gebe es ihm.

Ein fieses Lächeln umspielt seine Mundwinkel, ihm scheint das alles verdammt viel Spaß zu machen.

„Nächsten Monat 1500 Dollar. Du wolltest mich betrügen. Das ist deine Strafe!“

Mir entweicht ein entsetztes Keuchen.

„So viel Geld habe ich nicht. Die 1000 waren schon schwer zusammenzubekommen. Ich steche Tattoos und handle nicht mit Gold. Mein Umsatz ist nicht so hoch.“

Gelangweilt dreht er sich zu dem Typen neben ihm um und spricht etwas in seiner Landessprache, was seinen Freund dazu bringt, den Baseballschläger auf die Theke, hinter der ich stehe, krachen zu lassen. Das Holz knackst, die Glasscheibe bricht und unzählige kleine Splitter surren durch die Luft. Eine der Scherben trifft mich am Bein und bleibt in meiner Haut stecken.

Panisch stolpere ich zurück und betrachte das Ausmaß der Zerstörung.

„1500 Dollar oder das nächste Mal sind deine Kniescheiben dran.“

Ich erkenne sofort, dass das keine leere Drohung war.

Entweder ich zahle, oder meine Kniescheiben erleiden dasselbe Schicksal wie die die Glasplatte ... Mir läuft es eiskalt den Rücken runter, eine entsetzliche Angst breitet sich in mir aus, lähmt mich beinahe.

„Hast du das verstanden, Schlampe?“

„Ja, verstanden.“

Er wirkt zufrieden, dreht sich um und geht. Die Scherben knarzen unter seinen Schuhen.

Schweigend folgen ihm seine fünf Kollegen und lassen mich allein und zitternd zurück.

Ich bin so was von erledigt ...

Wenn ich bleibe, werden mich die *Chung Ying Lee's* zerstören. Ihre Forderungen werden immer höher und irgendwann wird es dann tatsächlich so weit sein, dass ich nicht zahlen kann. Wenn ich aber aufgebe und gehe, stehe ich mit nichts da.

Keine Ersparnisse und keine Arbeit ...

Es muss etwas passieren! Sofort!

Nicht zum ersten Mal bedauere ich, dass es keine Superhelden gibt.

Ein Batman, ein Superman oder sogar ein Iron Man wäre jetzt super. Ich brauche einen Helden. Und dabei ist es mir egal ob er ein Cape, Fledermausohren oder einen rot-goldenen Helm trägt. Alles was ich will, ist, dass er hier auftaucht, erkennt, in welcher misslichen Lage ich mich befinde, und mir hilft.

Ja ich weiß ... Das ist ein ziemlich unrealistischer Wunsch und die Wahrscheinlichkeit, dass er in Erfüllung geht, ist gleich null.

Trotzdem! Wenn es so etwas wie Gerechtigkeit auf dieser Welt gibt, dann schickt mir das Schicksal jemanden, der mich rettet.

Ansonsten sieht es nämlich ziemlich düster für mich aus.

Schniefend und auf wackeligen Beinen mache ich mich daran, einen Besen zu holen und die Scherben zusammenzufegen. Ich räume den zerstörten Tresen weg und ersetze ihn durch den alten Holztisch, den ich hinten im Büro stehen hatte.

Erst nachdem ich die Kasse und alles neu aufgestellt habe, erlaube ich mir eine Verschnaufpause.

Es dauert fast zwei Stunden, bis ich alles wieder so weit habe, dass ich morgen weiterarbeiten kann. Und ich muss arbeiten, so viel wie nur irgend möglich, schließlich brauche ich in vier Wochen 1500 Dollar, zumindest wenn ich meine Kniescheiben behalten will.

Völlig erschöpft sperre ich das Studio zu und gehe rauf in den ersten Stock, in dem sich praktischerweise mein kleines Zwei-Zimmer-Apartment befindet, ich mache mir nicht die Mühe, das Licht anzuschalten, sondern gehe durch die Dunkelheit direkt ins Bad.

Das laute Stöhnen meiner Nachbarin schallt durch die dünne Wand zu mir durch und lässt mich schmunzeln. Tina ist vor ein paar Wochen ins Telefonsexgewerbe eingestiegen. Sie behauptet, dass es eine angenehme und einfache Methode ist, Geld zu verdienen, vor allem, weil sie dabei ihrem liebsten Hobby nachgehen kann – dem Stricken. Auch wenn ich keine Erfahrung mit Telefonsex habe, muss ich ihr zugestehen, dass sie sehr überzeugend klingt. Ich bin mir sicher, dass keiner ihrer Anrufer auf die Idee kommt, dass die Femme fatale, die sie drei Dollar die Minute kostet, Ende vierzig ist, knapp einhundert Kilo wiegt und eigentlich nur in Jogginghosen durch die Gegend rennt.

Wenn das mit den Chinesen so weitergeht, muss ich mir ebenfalls einen Zweit-Job suchen ... Vielleicht sollte ich ebenfalls in ein Telefon stöhnen, das könnte ich sogar tun, während ich Tattoos steche.

Zwei Fliegen mit einer Klappe. Die Frage ist nur, wie meine Kunden darauf reagieren, wenn ich keuchend und wimmernd vor ihnen sitze. Die Männer könnten es mit Humor nehmen, die Frauen hingegen …?

Nein das geht nicht! Außerdem habe ich schon so lange keinen Sex mehr gehabt, dass ich gar nicht mehr weiß, wie sich ein Orgasmus anfühlt, wie sollte ich da also glaubhaft einen vorspielen?

Die Klammer aus meinen lila Haaren ziehend, streife ich mir mit den Fingern durch die Strähnen, nehme anschließend meine Armreifen ab und ziehe mich aus. Unzählige Tattoos zieren meinen Körper. Einhörner, Totenköpfe, Blumen, Muster und unzählige andere Motive ergeben zusammen ein buntes Bild.

Das ist wohl eine Art Berufskrankheit.

Prüfend betrachte ich mein Spiegelbild. Gerade Brauen, eine kleine Nase, volle Lippen und dunkelbraune Augen. Meine letzte Beziehung ist ein gutes Jahr her, seitdem habe ich mich gar nicht mehr auf die Suche nach einem Mann gemacht.

Wozu auch?

Mir fehlt nichts, ich bin gerne Single.

Manchen Frauen fällt es schwer, alleine zu sein, mich stört das nicht. Ein guter Film, etwas zu naschen und meine Ruhe entsprechen meiner Idealvorstellung von einem perfekten Abend. Und genau den werde ich mir jetzt gönnen.

Aber bevor ich Netflix anmache, brauche ich eine heiße Dusche.

Und während der ganzen Zeit, die ich mein Gesicht in den Wasserstrahl halte, hoffe ich, dass sich gerade von irgendwo auf dieser Welt ein Held auf den Weg nach Nevada, genauer gesagt nach Valmy, macht und sich unsere Wege kreuzen.

3. Kapitel

Sold

In der ersten Nacht bin ich bis Mitternacht gefahren, ehe ich in einem billigen Motel einen Zwischenstopp gemacht und ein paar Stunden geschlafen habe.

Ruhelos habe ich mich kurz nach Sonnenaufgang auf mein Bike geschwungen und bin jetzt, um kurz nach elf Uhr nachts, endlich in Valmy angekommen.

Trotz der Dunkelheit kann ich ausreichend erkennen, um festzustellen, dass es mir in Everett besser gefallen hat.

Der Boden ist braun und trocken. Es gibt keine grünen Wiesen, keine Bäume, sondern nur karge Landschaft und Wüste. Die Häuser sind klein und alt, die Farben sind verblichen und die Gärten von der Sonne vertrocknet. Es gibt hier keine Hotels und somit auch keine Touristen. Die Straßen sind leer wie in einer Geisterstadt.

Ich fahre an verschiedenen Läden vorbei. Einige sehen aus, als ob sie für immer geschlossen hätten, bei manchen sind die Scheiben eingeschlagen.

Neonpinke Buchstaben *Tattoos by Alice* verraten mir, dass es hier ein Tattoo-Studio gibt. Cool. Zumindest etwas. Vielleicht werde ich da morgen mal vorbeifahren und mir das genauer ansehen. Nur weil ich jetzt nicht mehr in Everett bin, bedeutet das noch lange nicht, dass ich meinen Plan, mir den Skull der Sons stechen zu lassen, aufgegeben habe. Eine auf Rot umschaltende Ampel zwingt mich dazu, an einer menschenleeren Kreuzung anzuhalten. Ich bleibe stehen, sehe mich genauer um und lasse die Schultern kreisen. Die unzähligen Stunden auf dem Sattel haben ihre Spuren hinterlassen. Sobald ich am Clubhaus angekommen bin, brauche ich einen doppelten Whisky on the rocks, eine Bitch und ein sauberes Bett. Die ersten beiden Dinge werden kein Problem darstellen, letzteres hingegen ... *Fuck!*

Wenn das Nevada Chapter der Sons genauso heruntergekommen ist wie diese Stadt, dann wird das schwer werden.

In meiner Hosentasche vibriert es, ich mache mir nicht die Mühe nachzusehen, wer es ist, sondern gebe, als das Licht auf Grün wechselt, Gas. Bis zum Club dürften es nur noch ein paar Minuten sein ...

Das Zufahrtstor hängt schief, ist verrostet, weder bewacht noch verschlossen.

Ich kann unbehelligt auf das Gelände fahren und niemand nimmt meine Ankunft zur Kenntnis. In ruhigen, friedlichen Zeiten mag ich mir so einen Bullshit vielleicht noch erklären können – wobei selbst dann nicht. Die Sicherheit darf niemals auf die leichte Schulter genommen werden! Aber wir haben gerade keine ruhigen Zeiten. Es herrscht Krieg und nicht Frieden!

Dieses Chapter hat innerhalb der letzten Monate mehrere Männer verloren.

Wut kocht in mir hoch! So nicht!

Ich parke direkt vor der Eingangstüre, ziehe mir den Helm vom Kopf, hänge ihn über den Lenker und steige ab.

Mein Nacken knackst und meine Wirbelsäule fühlt sich steif an. Ich ignoriere den Schmerz, marschiere in den Club und sehe mich um.

Bis auf eine junge Frau, die völlig weggetreten auf einem verdreckten Sofa liegt, ist niemand zu sehen. Zwischen ihren Beinen klemmt eine Bierdose, ihre Haare sind fettig und ihr Make-up ist verschmiert. Es stinkt nach Schweiß, Muschi und abgestandenem Rauch, mir dreht's den Magen um.

Na dann, willkommen in Valmy ...

Was für eine Scheiße läuft hier?

Die Chinesen hätten jetzt ganz einfach und ungestört hier eindringen und alles und jeden kaltmachen können. Nach der langen Anreise habe ich echt keinen Bock, mich auf die Suche nach dem Verantwortlichen zu machen.

Also bleibe ich einfach stehen, zünde mir ein Zigarillo an und lasse einen lauten Schrei los.

„Wo zur Hölle ist der Präsident von diesem Saftladen?"

Meine Stimme verhallt, gerade als ich befürchte, dass mich niemand gehört hat, taucht ein grauhaariger Typ auf und mustert mich skeptisch.

Dank seiner Kutte erkenne ich, dass er ein Son ist, allerdings nicht der gerufene Präsident.

„Wer bist du, Junge?"

Ich gehe auf ihn zu und reiche ihm die Hand. Erst als er sie ergreift, antworte ich.

„Nenn mich Sold."

Er stellt sich mir als Henry vor, nickt und runzelt die Stirn.

„Was machst du hier, Junge?"

Da er mindestens dreimal so alt ist wie ich, lasse ich ihm das *Junge* durchgehen.

„Ich komme aus Everett, um euch zu unterstützen. Wo ist dein Präs?"

Seine Mundwinkel ziehen sich nach unten, er deutet auf die Schachtel in meiner Hand und schnorrt sich ein eine Kippe, ehe er mir antwortet.

„Einige Meter unter der Erde. Ihn hat es als Letztes erwischt. Drei in den Bauch eine in die Lunge – er war sofort tot.“

Fuck!

„Und was ist mit eurem Vize?“

„Auch tot, genau wie der Sergeant. Wir sind momentan führerlos.“

Doppel Fuck!

„Und warum beruft ihr keine Versammlung ein? Ihr müsst Nachfolger ernennen.“

Seine Lippen zucken, mir ist klar, dass ich ihm da nichts Neues erzähle.

„Es stellt sich keiner zur Verfügung. Niemand will das Amt und den Vorsitz.“

Was?

„Sorry wiederhol das, ich glaub, ich hab dich falsch verstanden.“

So etwas habe ich ja auch noch nie erlebt. Ungläubig schnippe ich mein Zigarillo auf den Boden und stoße einen Fluch aus.

„Du hast schon richtig gehört. Niemand will den Boss machen.“

„Aber dieses Chapter muss von einem Präsidenten geführt werden. So was darf es einfach nicht geben! Was ein Bullshit! Das Tor war nicht bewacht und das trotz der *Chung Ying Lee's*. Der Club ist völlig heruntergekommen. So läuft das nicht! Nicht in einem Chapter der *Sons of Silence.*“

Von meinem wachsenden Zorn völlig unbeeindruckt, geht er zu dem Sofa, verpasst der schlafenden Bitch einen Schups, sodass sie auf dem Boden landet und setzt sich.

Die Tussi blinzelt irritiert, streckt sich dann und pennt einfach weiter. Der Dreck um sie herum scheint sie nicht zu stören. Wahrscheinlich ist sie so zugedröhnt, dass sie kaum was von dem, was um sie herum geschieht, wahrnimmt.

„Valmy war noch nie ein bedeutendes Chapter. Wir haben die Waffen immer nur gelagert oder weitertransportiert, aber nie gekauft oder verkauft. Hier gibt es nichts außer Wüste.“

Das sehe ich anders.

Jedes Chapter hat die Möglichkeit, Money zu machen, zumindest wenn es will. Dieser Standpunkt ist aufgrund vieler Kriterien durchaus geschäftsfähig. Dieses verschlafene Städtchen ist gerade mal sechs Stunden von Las Vegas entfernt. Zugegeben das ist kein Katzensprung, aber an einem Tag zu schaffen. Waffen, Falschgeld, Nutten und, und, und ...

Sich in das Polster lehnend, mustert er mich prüfend, betrachtet die Aufnäher, die meine Kutte zieren und beginnt dann, langsam zu nicken.

„Wie lange hast du dein Leder schon?“

„Das *Back Patch* trage ich seit neun Wochen.“

Grunzend stützt er die Arme auf den Knien ab.

„Du hast keine Zeit verschwendet, was?“

Er deutet auf das *Dequiallo* Abzeichen auf meiner Brust und steht dann wieder auf.

Mit dem Zeigefinger tippt er auf den TCB –Aufnäher direkt darunter.

Die drei Buchstaben stehen für *taking care of business*, was bedeutet, dass ich mich zuverlässig und ohne zu zögern um all die Dinge kümmere, die nun mal anfallen – ganz egal wie blutig, unangenehm oder riskant sie auch sein mögen.

Für mich steht der Club an erster Stelle, und die wenigen Patches, die ich trage, bestätigen das.

„Mach du den Präsidenten. Du hast alles, was ein Anführer braucht und du scheinst nicht auf den Kopf gefallen zu sein. Übernimm die Führung und zeig den Schwanzlutschern, aus denen dieses Chapter mittlerweile zu bestehen scheint, worauf es verdammt noch mal ankommt.“

What a fuck!

„Ich?“

„Klar du! Wer sonst?“

Eine merkwürdige Gegenfrage.

„Vielleicht jemand, der dieses Chapter und seine Member kennt.“

Das Lachen, das er ausstößt, klingt freudlos.

„Von denen hat keiner genug Eier.“

„Und was ist mir dir?“

Er schüttelt den Kopf und sieht mich an. Ich sehe die Resignation in seinem Blick.

„Früher hätte ich meine rechte Hand dafür gegeben, Präsident zu sein. Jetzt bin ich zu alt. Die Jungen sind dran. Männer wie du. Männer mit Visionen, Kraft und dem Drang, sich zu beweisen.“

Träume ich? Scheiße! Seit ich denken kann, will ich Präsident werden und jetzt wird mir dieses Amt einfach so zugeworfen.

Ob Landon wusste, was mich hier erwartet? War er darüber informiert, dass unter den toten Sons die drei wichtigsten Mitglieder waren.

Fuck!

So wie ich ihn kenne, war er das ...
Dieser Bastard hat mich ohne Vorwarnung nach Valmy geschickt.
Mir kommt da so eine Eingebung.
„Warum vertraust du mir? Wieso bist du dir so sicher, dass ich der Richtige bin? Hast du mit Joker und Landon gesprochen?“
An der Art, wie seine Augen aufblitzen, erkenne ich, dass ich mit dieser Vermutung richtig liege.
Bei allen Höllen!
Bis jetzt war ich Everett schon verdammt viel schuldig, aber jetzt?!
Joker und Landon haben mich einfach mal so zum Präsidenten gemacht. Diese Drecksäcke sitzen bestimmt in genau diesem Moment an der Bar und lachen sich tot.
Es ist immer wieder erstaunlich, wie viel Macht Joker hat. Ihm ist es gelungen, mich in einem über siebenhundert Meilen weit entfernten Chapter des *Sons of Silence Motorcycle Clubs* ohne Abstimmung zum Präsidenten zu ernennen. Respekt!
Wobei ich mir, wenn ich mich hier so umsehe, noch nicht ganz sicher bin, ob das hier eine Strafe oder der verdammte Jackpot ist.
Das wird erst die Zeit zeigen ...
Was jedoch feststeht, ist, dass ich alles, absolut alles in meiner Macht Stehende tun werde, um Valmy an die Spitze zu führen. Die nächsten Tage werde ich mich genauer umsehen, einen Blick in die Bücher werfen und herausfinden, was zum Teufel in diesem Club so schrecklich falsch läuft, und dann werden ein paar Umstrukturierungen stattfinden.
„Also wie sieht es aus, Junge? Bist du bereit für all das hier?“
In einer übertrieben theatralischen Geste streckt er den Arm aus und deutet auf den abgefuckten Hauptraum des MCs. Die Bitch liegt noch immer auf dem Boden, etwas Spucke rinnt ihr aus dem Mundwinkel.
Ich nicke, ohne zu zögern.
„Mehr als bereit!“
Henry packt mich an der Schulter, zieht mich zu sich und klopft mir hart auf den Rücken.
„Na dann ... Willkommen zu Hause, Sold.“
Oh ja ... willkommen ...

Kaum dass ich zugestimmt habe, das Amt zu übernehmen, führt Henry mich über das Gelände, zeigt mir die einzelnen Büros und die sich in einem Extra-Gebäude befindenden Wohnungen
„Von denen erst vor Kurzem welche frei geworden sind.“
Den Satz fand ich etwas makaber, aber was soll’s?

Er hat wohl beschlossen, dass er das Chaos mit Galgenhumor nehmen will.

Jetzt sitze ich auf einem durchgelegenen Bett, halte das *Präsidenten-Patch* in der Hand und starre die schwarzen Lettern an.

So ganz kann ich immer noch nicht fassen, was da gerade passiert ist.

Während der vielen Stunden, die ich auf dem Weg hierher auf der Straße verbracht habe, habe ich mich natürlich gefragt, was mich in Nevada erwartet, aber auf *das* wäre ich nie gekommen!

Jetzt, wo ich mit eigenen Augen gesehen habe, welche Zustände hier herrschen, wundert es mich nicht, dass die Chinesen immer mehr Boden gewinnen und die Sons an Macht verlieren.

Mal sehen, was ich dagegen tun kann!

Morgen muss ich mir erst mal die Member ansehen und prüfen, aus welchem Holz sie geschnitzt sind.

Je nachdem werde ich, wenn es dumm läuft, die Nomads um Hilfe bitten müssen.

Erfahrungsgemäß ist es das Beste, sofort hart durchzugreifen und so ein Zeichen zu setzen. Valmy gehört uns – halb Nevada gehört uns! Wird Zeit, dass wir die Menschen das wieder wissen und spüren lassen!

Ein Klopfen ertönt, die Türe zu meinem Schlafzimmer geht auf und eine hübsche Rothaarige kommt auf mich zu. Und dass ich auf die Haarfarbe geachtet habe, ist ein Wunder, denn die Frau ist nackt, absolut und komplett nackt – abgesehen von den schwarzen, auf Hochglanz polierten High Heels, in denen ihre schlanken Füße stecken. Lange, schlanke Beine, eine glatt rasierte Pussy, eine schmale Taille und ein flacher Bauch .... Ein paar schwarze Sterne tanzen um ihren Nabel, weisen mir den Weg nach oben zu zwei prallen Titten mit roten Nippeln. *Holy Shit!* Die Tussi ist braun gebrannt – nahtlose Bräune – und hat so volle Lippen, dass ich sofort daran denken muss, wie es sich wohl anfühlt, wenn sich dieser Mund um meinen, gerade hart werdenden Schwanz schließt.

„Die Wohnungstüre stand offen und da dachte ich mir, gehe ich doch mal unseren neuen Präs begrüßen."

Das mit dem Präsidenten hat sich ja schnell rumgesprochen. Henry scheint keine Zeit zu verlieren, die Nachricht zu verbreiten.

„Es gefällt mir, wie du denkst."

Sie lächelt zufrieden. Ich beobachte, wie ihre rosa Zungenspitze vorschnellt, als sie sich verführerisch über die Unterlippe leckt.

Oh ja! Dieser Mund ist zum Blasen geschaffen!

Meine Eier ziehen sich pochend zusammen.

Mit wiegenden Hüften kommt sie auf mich zu, setzt sich breitbeinig auf meinen Schoß und drückt mir ihre Titten direkt ins Gesicht.

Den Blick auf die Stelle zwischen ihren Schenkeln gepinnt, atme ich tief ein.

Die Kleine ist nicht schüchtern, packt sich meine Hand, führt sie an ihre Pussy und sieht mich dabei herausfordernd an. Weich, heiß und feucht spüre ich ihre Schamlippen an meinen Fingerspitzen. Ich zögere nicht, schiebe meinen Daumen in ihr zuckendes Loch und werde mit einem lustvollen Stöhnen belohnt.

Sie biegt den Rücken durch, meine Lippen schließen sich um einen ihrer Nippel. Ich beiße zu, koste das samtene Fleisch und spüre, wie die Anspannung nach und nach von mir abfällt. Was gibt es Besseres nach einem langen Tag als ein williges Mädchen mit feuchter Muschi?!

Die Kleine reitet meinen Finger, lässt den Kopf in den Nacken fallen und wölbt mir ihren Unterleib entgegen. Zuckend und wie flüssige Lava spannt sie ihre inneren Muskeln an und demonstriert mir, wie verdammt eng sie ist. Mein Schwanz zuckt, ein Schauer rieselt an meinem Rückgrat hinab.

Eine Hand in ihren Haaren vergrabend, packe ich ihren Kopf und pinne meinen Mund auf den ihren. Sie küsst mich wild und stürmisch. Ich bin nicht blöd.

Die Frau hier ist nicht die Mutter Theresa der Clubnutten und auch kein nettes Mädchen, das mir einen Dienst erweisen will, indem es mir ihren Körper anbietet.

Sie ist berechnend und verliert keine Zeit, um sich beim neuen Präsidenten gut zu stellen.

Ein kluger Schachzug. Ich bin durchaus bereit, ihr ein paar Privilegien anzubieten, wenn es ihr gelingt, mir den Saft aus den Eiern zu lutschen.

„Ich will dich auf den Knien, mit offenem Mund und meinem Schwanz tief in deinem Rachen."

Sie gibt ein schnurrendes Geräusch von sich und grinst mich siegessicher an.

„Du brauchst einen Kehlenfick?"

„Ich habe die letzten 800 Meilen darüber nachgedacht, mich zwischen weichen Lippen zu vergraben."

Den Daumen aus ihr herausziehend, wühle ich mich durch ihre immer nasser werdende Mitte, verpasse ihrer Klit einen Klaps und knurre zufrieden, als sie leicht zusammenzuckt und ein weiterer Schwall Feuchtigkeit aus ihr heraustropft.

Mit einem Ruck ziehe ich sie von meinen Beinen, drücke sie zwischen meinen Knien auf den Boden und befehle ihr, den Gürtel zu öffnen. Sie tut es, ohne zu zögern, öffnet die Jeans und holt meinen Schwanz hervor.

Keuchend leckt sie sich die Lippen, umfasst meine Härte und drückt fest zu.

Schweißperlen bilden sich auf meiner Stirn – genau das ist es ...

Ungeduldig drücke ich ihren Kopf an meinen Unterleib.

„Mund auf!"

Brav macht sie, was ich will.

Ihre Lippen umschließen meine Eichel. Geschickt nimmt sie die geschwollene Wulst in den Mund und beginnt, wie verrückt zu saugen.

Heiß und nass – weich und so verdammt perfekt ...

Wieder und wieder rotiert ihre raue Zunge um meine Härte, sie lässt mich kurz die Zähne spüren, der leichte Schmerz wirkt auf mich wie ein Benzinkanister, der in ein Feuer gekippt wird.

Sämtliches Blut rauscht von meinem Hirn hinab in meinen Schwanz. Vor meinen Augen wird es schwarz, wie immer, wenn ich den Mund einer Bitch ficke, breitet sich diese gefährliche Sucht nach mehr aus, die mich schon so oft meine Kontrolle gekostet hat. Ungeduldig drücke ich ihren Kopf auf mein Glied, stoße zu und ramme mich bis zum Anschlag in ihre Kehle.

Sie zuckt, schluckt und würgt. Das Krampfen in ihrem Rachen lässt mich beinahe abspritzen. *Bloody Hell ...*

Sie versucht sich abzustützen und kämpft gegen mich an, sodass ich meinen Griff festige und mich, entschlossen, ihr zu zeigen, wer hier das Sagen hat, noch tiefer in sie schiebe.

Tränen rinnen ihr über die Wangen und etwas Speichel tropft aus ihrem Mundwinkel.

Die Nässe rinnt über meine Eier, intensiviert das Erlebnis um ein Vielfaches.

„Hör auf, dich zu wehren, und überlass mir die Kontrolle!"

Es dauert ein paar Sekunden, bis sie auf mich hört, die Hände auf meinen Oberschenkeln ruhen lässt und sich mir ergibt.

„Gutes Mädchen."

Ich denke nicht daran, mich zurückzuziehen, sondern verharre tief in ihr, lasse die Hüfte kreisen und bohre mich so bis zum letzten Millimeter in ihren Rachen. Ihre Nase stößt gegen das Leder meiner Kutte. Den Blick auf ihren Hinterkopf gepinnt, zähle ich langsam bis dreißig, ehe ich mich ohne Eile aus ihr herausziehe und ihr so erlaube,

Luft zu schnappen. Keuchend japst sie nach Atem und sieht mich mit funkelnden Augen an.

Ihr Mascara ist verschmiert und ihre Lippen sind geschwollen. Was für ein verfickt geiler Anblick.

„Bereust du schon, dass du hergekommen bist?“

Mit glasigem Blick schüttelt sie den Kopf.

„Nein, Präsident. Ich mag es, benutzt zu werden. Fick meinen Mund, fick ihn tief und hart. Halt dich nicht zurück und gib mir alles.“

What a fuck?! Ist sie irre?

Für einen Moment zögere ich, dann zucke ich mit den Schultern und nehme ihr Angebot an. Sie will es böse und gnadenlos?

Da ist sie bei mir genau richtig!

„Atme tief ein, die nächste Zeit wirst du nicht viele Gelegenheiten dazu bekommen.“

Unsicherheit blitzt in ihren Iriden auf, dann tut sie, was ich ihr befohlen habe. Kaum dass sie den Mund aufmacht, drücke ich mich bis zu den Eiern in ihre Kehle, reibe mich an ihrer Zunge und vergrabe meine Hände in ihren Haaren.

Die Kleine gibt alles, wehrt sich nicht und überlässt mir die Führung.

„Fuck! Tiefer! Mehr!“

Mein Knurren vermischt sich mit ihrem Schmatzen.

Geschickt lutscht sie meinen Schwanz, packt mich am Sack und lässt ihn in ihren Fingern kreisen. *Yeah! Das ist es!*

Wieder und wieder gleitet ihre geschickte Zunge über meinen Schaft.

Entschlossen mir alles zu nehmen, was sie zu bieten hat, bohre ich mich noch etwas weiter in ihren Rachen. Sie zuckt zurück, ich drücke sie noch etwas fester zu mir. Feucht und eng spüre ich ihre Kehle an meiner Eichel. Sie würgt, was mich beinahe abspritzen lässt. Mit einer Hand ihren Hals umfassend, drücke ich leicht zu und spüre so genau, wie weit ich in ihr stecke.

Die Kleine gibt ein ersticktes Keuchen von sich, als ich mich mit einem kraftvollen Stoß bis zur Wurzel in ihren Rachen stoße und damit beginne, sie gnadenlos zu ficken.

Das Krampfen ihres Gaumens und die Nässe ihres Speichels sorgen dafür, dass der Ärger der vergangenen Stunden langsam von mir abfällt. Den Blick auf ihr Gesicht gepinnt, beobachte ich jede ihrer Regungen. Als sie zu lutschen beginnt und sich ihre Wangen nach innen wölben, stöhne ich zufrieden. Keuchend atme ich mehrmals tief ein und aus und falle in einen langsamen, jedoch tiefen Rhythmus. Jedes Mal, wenn ich bis zum Anschlag in ihren Hals gleite, spüre ich, wie sie zu würgen anfängt und gegen den Drang ankämpfen muss, sich von mir zu stoßen.

„Schau zu mir hoch!"

Sie tut es. Immer mehr Tränen tropfen über ihr Gesicht, ihre Lippen sind gewölbt und ihr Mund aufs Äußerste gedehnt.

Bei allen Sons ... Was gibt es Geileres?

Fauchend ziehe ich mich zurück, lasse meine Eichel auf ihrer Unterlippe ruhen und beobachte zufrieden, wie ihre Zunge vorschnellt und den Schlitz an der Spitze bespielt.

Schwer atmend packt sie sich meinen Schwanz und massiert die komplette Länge, sodass ich noch etwas härter werde. Pumpend reibt sie vom Schaft bis zur Wurzel, erhöht stetig den Druck und lässt ihre Daumenkuppe federleicht über das Frenulum gleiten.

Mit fest zusammengebissenen Zähnen beobachte ich sie dabei, wie sie den Kopf senkt. Ihr heißer Atem streift über meine Haut, ehe sie meinen Schwanz wieder tief in ihren Mund gleiten lässt.

Verdammt! Das ist soooo gut!

Saugend, leckend, knabbernd und lutschend sorgt sie dafür, dass es mir nicht mehr möglich ist, auch nur einen klaren Gedanken zu fassen.

Spitze Zähne knabbern an meinem Schaft, meine Knie werden weich. Die Bitch, deren Name ich nicht kenne, saugt sich an mir fest und lässt mich langsam tief und tiefer in ihren Rachen gleiten.

Wimmernd erhöht sie den Druck, umspielt mit der Zunge die Unterseite meiner Erektion und beginnt mit einem Mal mit aller Kraft zu saugen.

Einen Fluch ausstoßend, packe ich mir eine Handvoll ihrer Haare, wickle sie mir um die Faust und drücke mich noch fester in sie hinein.

In der Vergangenheit hatte ich so einige Tussis vor mir knien, diese hier gehört mit zu den Besten ... Sie beginnt meine Hoden zu kneten und fährt anschließend mit ihren scharfen Fingernägeln über die empfindliche Haut meines Damms und streift herausfordernd über meinen Anus.

Obwohl sie sich am Anfang etwas gewehrt hatte, lässt sie sich jetzt Zeit und tut so, als könnte sie sich nichts Besseres vorstellen, als mir einen zu blasen.

Vor Anspannung vibrierend, sauge ich ihren Anblick in mich auf und beobachte, wie meine komplette Länger immer wieder zwischen ihren perfekten Lippen verschwindet.

Ihr heißer Atem, der über meine Beine streift, und das schmatzende Geräusch, das sie von sich gibt, geben mir beinahe den Rest.

So verflucht gut ...

Ein heißer Blitz zuckt an meiner Wirbelsäule entlang, das Puckern in meinem Unterleib erreicht einen neuen Höhepunkt.

Nur noch ein paar Sekunden .... Nicht in der Lage, mich auch nur einen Atemzug länger zurückzuhalten, umfasse ich ihren Kopf, während ich meine Hüfte nach vorne drücke und ihre Kehle ficke. Ihre Atmung stockt schlagartig, während sich ihre Fingernägel tief in meine Beine graben.

Anstatt zurückzuweichen, bleibt sie ganz locker, sieht aus verschleierten Augen zu mir herauf und kommt meinen Stößen sogar noch entgegen.

Die Gier nach der Erlösung, die mein Hirn lähmt, ist so heftig, dass es mir den Atem verschlägt. Fluchend ramme ich mich in ihren Mund, wühle mich durch ihre Haare und ziehe mich ein letztes Mal zurück.

„Bist du bereit?“

Sie röchelt ein kaum verständliches „Ja“.

Die Muskeln in meinen Beinen beginnen zu beben.

Ohne ihren Blick freizugeben, schiebe ich mich langsam und bis zum Anschlag in ihren zuckenden Rachen. Das Letzte, was ich sehe, ist, wie sie, dank meiner kraftvollen Stöße, das Gesicht verzieht, dann verliere ich die Kontrolle. Ein lautes „Fuck!“ ausstoßend, pumpe ich Schub für Schub mein Sperma auf ihre Zunge.

Gekonnt beginnt sie zu saugen, schluckt und quetscht bis auf den letzten Tropfen alles aus mir heraus. Dieser Kehlenfick war mehr, als ich erwartet hatte und so was von nötig. Erst nachdem sie mich sauber geleckt hat, lasse ich zu, dass sie sich zurückzieht und mein Schwanz aus ihrem Mund gleitet.

„Das war gut, Präs.“

Echt jetzt? Respekt!

Die meisten Frauen würden heulend das Weite suchen.

Zittrig steht sie auf, legt mir die Hände auf die Schultern und nimmt auf mir Platz. Ihre Titten pressen sich gegen mein Leder, ich spüre ihre feuchte Pussy auf meinem Glied.

„Ich will dich in mir, Sold. Meine Muschi will genauso hart gefickt werden wie meine Kehle.“

Es dauert einen Moment bis mein ausgeknocktes Gehirn kapiert, was sie will.

„Du hast noch immer nicht genug?“

„Noch lange nicht ...“

Die Nacht wird immer besser.

„Mach ihn steif und ich werde dich im Gegenzug so hart ficken, dass du morgen kaum noch laufen kannst.“

Sie grinst zufrieden und leckt sich über die geschwollenen Lippen.

Aufreizend reibt sie sich an mir, presst meinen Schwanz an ihr zuckendes Loch und drückt mir ihre prallen Brüste ins Gesicht. Es dauert nicht lange, bis ich wieder einsatzbereit bin.

Erst als sich mein Glied zuckend gegen ihre Falten drückt, stehe ich mit ihr in den Armen auf, werfe sie auf das Bett und drücke sie bäuchlings auf die Matratze.

Herausfordernd spreizt sie die Beine und öffnet sich so meinem Blick.

Rosa Schamlippen rahmen ihre tropfende Pussy ein, ihr Po ist prall und das runzelige Loch zwischen ihren Pobacken verführerisch klein.

Heute ficke ich sie normal, aber morgen werde ich mich in ihrem Arsch austoben.

Das Kondom, das ich immer in der Innentasche meiner Kutte bei mir trage, herausziehend, reiße ich die Verpackung auf und rolle die dünne Latexmembran über meine Erektion. Ungeduldig bringe ich mich vor ihrer Pussy in Position und lasse meine Eichel ein paar Mal durch ihre Nässe gleiten.

Mein Schwanz badet in ihrer Geilheit, wird härter und immer härter.

Ich packe sie am Nacken, drücke sie auf das Bett und stoße mich mit einem kraftvollen Ruck in ihr enges Loch. Sie kreischt laut und presst sich mir entgegen.

Gekonnt spannt sie ihren Unterleib an, die Reibung ist der Hammer.

Stoß für Stoß ramme ich mich tiefer in sie hinein, verpasse ihrer Rückseite ein paar harte Schläge und genieße ihre gepeinigten Schreie, die die Stille durchbrechen und von den leeren Wänden des Raums widerhallen.

Süchtig nach mehr wickle ich mir ihre feuerroten Haare um die Faust, reiße ihren Kopf nach hinten, fahre mit der Nase an der samtenen Haut ihres Nackens entlang und inhaliere den moschusartigen und unverkennbaren Geruch, den Frauen beim Sex verströmen.

All meine Kraft dazu aufwendend, mich immer wieder in ihren zitternden Körper zu vergraben, schließe ich die Augen und konzentriere mich ganz aufs Fühlen.

Die Tussi bockt und keucht, das Blut in meinen Adern beginnt zu kochen und vor meinen Augen tanzen rote Striche.

Entschlossen, so weit wie irgend möglich in sie einzudringen, umfasse ich ihre schmale Taille und stoße noch fester zu.

Ihr schluchzendes Keuchen, das Zucken in ihrer Pussy und das Gefühl ihrer prallen Arschbacken, die sich gegen meine Lenden drücken – what a fuck!

Das Paradies ist nichts, was nach dem Tod auf einen wartet, sondern es liegt zwischen den Schenkeln einer Frau ...

Die Bitch stöhnt, ihr Unterleib bebt und sie wirft den Kopf wild hin und her.

Der Höhepunkt, der über sie hinwegfegt, lässt ihre inneren Muskeln wie verrückt zucken. Ihre Muschi massiert meine Härte, melkt mich so lange, bis ich abspritze und erschöpft auf ihr zusammenbreche.

Unsere schweißnassen Körper kleben aneinander fest, ihre Haare kitzeln mich an der Nase und ihr Duft steigt mir ins Hirn.

Perfekt – absolut perfekt!

Dafür schulde ich Henry meinen Dank. Noch immer bis zum Anschlag in ihrer Möse steckend, schließe ich die Augen und genieße die Ruhe, die sich immer nach einem guten Fick in mir ausbreitet.

Vielleicht ist es hier in Valmy doch nicht so schlecht, wie befürchtet.

Der Mund dieser Frau, ihr Rachen und ihre Pussy ...

Diese Bitch ist leidensfähig, hat einen geilen Körper und ein enges Fötzchen.

Als Präsident werde ich sie mir jetzt jede Nacht ins Bett holen.

P-R-Ä-S-I-D-E-N-T! Bei allen Göttern!

Wer hätte gedacht, dass keine drei Monate, nachdem ich mein Anwärterjahr hinter mich gebracht habe, das geilste Patch ever meine Kutte zieren wird?

Aye, dieses Chapter ist völlig im Arsch und heruntergekommen. Aber das hat nicht nur Nachteile, sondern birgt auch einige Vorteile. Denn ich kann es genauso, wie ich es will wieder aufbauen. Dieses Clubhaus braucht eine Generalüberholung.

Das Thema Geld und die Sicherheit sind die wichtigsten Punkte, die ich gleich morgen angehen werde.

Außerdem will ich zu diesem Tattoo-Studio.

Jetzt wo ich Präsident bin, muss der Skull der Sons so schnell wie möglich in meine Haut gestochen werden!

Ich fasse nach unten, halte den Gummi fest und ziehe mich aus der Bitch.

Sie keucht, ich knurre zufrieden, rolle das Kondom ab und lasse es neben dem Bett auf den Boden fallen, dann werfe mich auf die freie Bettseite und starre auf den für ewig zum Schweigen gebrachten Totenkopf, den jemand ziemlich detailgetreu an die Zimmerdecke gezeichnet hat. Die schwarzen Augenhöhlen und die vertrauten Konturen sorgen dafür, dass ich mich in dieser Wohnung nicht mehr allzu fremd fühle.

„Ich heiße übrigens Amanda."

Fuck! Das Mädchen neben mir hatte ich tatsächlich für den Bruchteil einer Sekunde vergessen.

„Schön für dich, und jetzt verschwinde!"

Ein Schnauben ausstoßend, stützt sie sich auf die Ellenbogen und sieht mich verwirrt an.

„Was?"

„Bist du schwer von Begriff? Ich will, dass du gehst. Jetzt!"

Ihre Augenbrauen ziehen sich in die Höhe.

„Warum? Wir hatten doch Spaß, oder nicht?"

Hält die Kleine mich etwa für bescheuert?

Nur weil ich im Amt des Präsidenten neu bin, bedeutet das noch lange nicht, dass ich nicht weiß, wie die Sache läuft. Wenn ich ihr erlaube, die Nacht in meinem Bett zu verbringen, kommt das einem Statement gleich, dass ich garantiert nicht abzugeben gewillt bin. Amanda bedeutet mir nichts, sie ist einfach nur eine Nutte, die geile Lippen hat und deren Pussy sich verdammt gut an meinem Schwanz anfühlt. Weder bevorzuge ich sie, noch beanspruche ich sie für mich, noch will ich, dass sie denkt, dass ich mich für sie verantwortlich fühle.

„Du weißt warum, und jetzt verschwinde, bevor ich dich aus dem Clubhaus verbanne."

Erschrocken zuckt sie zusammen.

Blitzschnell steigt sie aus dem Bett und sucht ihre Schuhe.

„Sei nicht wütend, du hättest an meiner Stelle genau dasselbe versucht."

Der trotzige Klang, den ihre Stimme angenommen hat, und das freche Lächeln bringen mich zum Grinsen.

„Stimmt, wahrscheinlich hätte ich das. Trotzdem lasse ich mich nicht gerne verarschen. Kapiert?"

Sie nickt.

„Auch auf die Gefahr hin, dass du gleich ausflippst. Ich frage trotzdem. Morgen selbe Zeit, selber Ort?"

Ich antworte nicht sofort, sondern lasse sie kurz zappeln.

„Du auf den Knien und anschließend ich in deinem Arsch."

Sie nickt.

„Alles klar, dann darfst du morgen wieder kommen."

Sie murmelt ein „Danke", das mich zum Lachen bringt.

Witzig! Eine Bitch, die sich dafür bedankt, dass ich sie erst hart in die Kehle und anschließend noch härter in den Arsch ficke.

Das hat es ja auch noch nie gegeben.

Hier in Nevada scheint einiges anders zu sein wie in Everett.

Ich beobachte, wie sie mit königlicher Anmut in ihre Heels schlüpft und aus dem Schlafzimmer stolziert.

Oh ja, es wird Spaß machen, mich morgen bis zum Anschlag zwischen diesen prallen Backen zu versenken!

4. Kapitel

Alice

Die Tage vergehen schleichend.

Der Schrecken vom letzten Freitag sitzt mir, auch jetzt, eine Woche später, noch immer tief in den Knochen. Und der so dringend benötigte Superheld hat sich leider auch noch nicht blicken lassen.

Also muss ich selbst zusehen, wie ich klarkomme.

Um die 1500 Dollar schnellstmöglich zusammenzubekommen, habe ich mir eine Aktion einfallen lassen. Jeder der sich nicht nur ein Tattoo, sondern gleich zwei stechen lässt, bekommt das kleinere zum halben Preis.

Zu meinem Glück funktioniert das Angebot echt gut ...

Zwar hat sich mein Stundenlohn dadurch deutlich verringert, aber mein Umsatz ist gestiegen, und nur darauf kommt es an.

Zeit habe ich genug – Geld nicht!

Auch in der Stadt tut sich etwas, die Gerüchteküche kocht. Angeblich sollen die Sons einen neuen Präsidenten haben, und angeblich soll er verdammt jung und extrem heftig drauf sein. Er hat nicht nur die Hälfte der Mitglieder rausgeschmissen, sondern auch einige neue Rocker nach Valmy gerufen. Wenn es stimmt, was sich so erzählt wird, dann hat dieser Typ, ich glaube, sie nennen ihn Sold, in der letzten Woche fast ein Dutzend Chinesen umgebracht und die Leichen überall in der Stadt verteilt. Das ist gut, falls man so etwas wie Serienmord überhaupt gut nennen darf. Wenn ich Glück habe, waren unter diesen Opfern auch die Schutzgelderpresser, die mir das Leben schwer machen. Zwar habe ich schon versucht, das herauszufinden, aber das ist nicht so leicht. Schließlich gibt es keine Liste, auf der die Toten mit Bild und Namen aufgelistet werden.

Das kraftvolle Geboller mehrerer Harleys hallt über die Straßen und dringt durch die offen stehende Türe zu mir herein. Ich sehe nach draußen, beobachte, wie drei schwere Motorräder an meinem Laden vorbeifahren. Die Biker treten, seit der neue Präsident im Amt ist, nur noch in Gruppen auf und sind endlich wieder mehr präsent.

Es fühlt sich beinahe wieder an wie früher. Etwas, worauf ich schon lange nicht mehr gehofft hatte. Vielleicht ... Ganz vielleicht schafft es der *Sons of Silence Motorcycle Club* eventuell ja doch, über die *Chung Ying Lee's* zu siegen.

Für mich wäre es optimal, wenn das vielleicht auch noch vor dem nächsten Zahltag passieren würde ...

Erschöpft reibe ich mir über die Augen, atme tief durch und konzentriere mich wieder auf den Mann vor mir, der sich einen schwarzen Drachen mit roten Augen auf den linken Arm stechen lässt. Ich werde noch mehrere Stunden brauchen, bis er fertig ist – Stunden, in denen ich mir den Kopf über die Dinge zerbrechen kann, die ich über diesen neuen Präsidenten gehört habe.

Dieser Outlaw ist ein gnadenloser und entschlossener Killer, der fest entschlossen ist, seinen Club zu retten.

Wollen wir hoffen, dass seine Blutrünstigkeit nachlässt, wenn er mit den Schlitzaugen fertig ist.

Die Bewohner dieser Stadt haben schon genug gelitten, wir brauchen keinen weiteren Tyrannen, der uns das Leben zur Hölle macht ...

5. Kapitel

Sold

What a fuck!

Fluchend starre ich die Wand auf der anderen Seite meines Büros an, tippe mit dem Feuerzeug auf den Tisch und frage mich, wie viel Bullshit mir heute noch um die Ohren fliegt?

Seit ich vor einer Woche in Nevada angekommen bin, hat sich viel getan. Einige unschöne Entscheidungen mussten getroffen und mein Standpunkt klargemacht werden. Genau wie erwartet wurde ich nicht von allen Membern dieses Chapters mit offenen Armen empfangen. Aber das war okay, denn so konnte ich gleich mal ein paar der Vollidioten, die keinen Bock hatten, sich an meine Regeln zu halten, aussortieren.

Dabei verlange ich nichts Besonderes:

1. Keine Drogen
2. Keine Geschäfte außerhalb des Clubs
3. Das Tor wird bewacht
4. Keine Partys, solange Krieg herrscht
5. Absolute Kuttenpflicht

Diese fünf Punkte sollten eigentlich eine Selbstverständlichkeit sein, zumindest waren sie das in Everett. Die letzten zwei Tage habe ich damit verbracht, alle Mitglieder der *Chung Ying Lee's* nach Rang aufzulisten und sämtliche Informationen zusammenzutragen.

Es war wichtig, dass ich mir ein Bild über unsere Feinde mache und gleich mal damit beginne, die Straßen von diesem Abschaum zu säubern. Dank der Nomads, die ich mir zur Hilfe gerufen habe, hat das wunderbar funktioniert.

Anstatt die vielen toten Chinesen verschwinden zu lassen, haben wir sie an den Orten, an denen wir weitere Schlitzaugen vermuten, als Warnung postiert. Diese Bastarde sollen ruhig wissen, dass ihre Tage gezählt sind.

Jasper, einer der Nomads, hat sich bereit erklärt, für längere Zeit in Valmy zu bleiben. Meine Hoffnung ist, dass er sich eventuell dazu entscheidet, dem Chapter beizutreten.

Joker und Landon waren nicht sonderlich überrascht, als ich sie darüber informiert habe, dass ich nun das *Präsidenten-Patch* trage.

Die beiden haben mir gratuliert und mir ihre Unterstützung angeboten.
Bis jetzt habe ich nicht auf ihre Hilfe zurückgegriffen. Das hier ist jetzt mein Club, ich will es alleine schaffen, mich beweisen und mir so den Respekt meiner Männer verdienen.
Doch das ist nicht so leicht. Mangelnde Disziplin und heimlicher Drogenkonsum sind nur zwei Probleme, mit denen ich mich rumschlagen muss.
Das Einzige, was mir dabei hilft, etwas Druck abzubauen, sind die Nächte mit Amanda. Diese Bitch ist gut zu ficken und mehr als entschlossen, sich ein Ladyleder zu angeln.
An mir wird sie sich jedoch die Zähne ausbeißen, eine Old Lady ist momentan das Letzte, was ich brauche. Außerdem würde ich nie auf die abstruse Idee kommen, mir eine Schlampe als Frau zu nehmen. Falls ich mich jemals für ein Mädchen entscheide, dann gewiss nicht für eins, das schon der halbe Club gebumst hat.
„Hey Präs, wir haben ein Problem!“
Jasper taucht im Türrahnem auf, seine Mimik ist ernst.
„Was für eins?“
„Drei Cops am Tor.“
Verdammt!
Bis jetzt konnte ich noch nicht herausfinden, wie die Bullen hier in Valmy zu den Sons stehen.
„Was wollen Sie?“
Er lacht und verschränkt die Arme vor der Brust.
„Na, was wohl? Mit dem Boss sprechen.“
Eine Sache habe ich ziemlich schnell gelernt, das Präsident-Sein ist alles, aber gewiss nicht spaßig.
Vielleicht mag dieser Posten Spaß machen, wenn der Club gut läuft und ein paar Geschäfte am Laufen hat ... Aber solange dieses Chapter ein undisziplinierter Sauhaufen ist, ist es harte Arbeit, das Kommando zu haben. Bis jetzt habe ich Tausende Dollars meines privaten Gelds in den Wiederaufbau und in neue Sicherheitskameras gesteckt. Bleibt mir nur zu hoffen, dass das eine gewinnbringende Investition ist.
„Was denkst du? Wollen Sie die Hand aufhalten oder sich über die vielen toten Stäbchenfresser beschweren?“
Er zuckt mit den Schultern und zündet sich eine Kippe an.
„Keine Ahnung, aber da sie kein Sondereinsatzkommando dabeihaben, denke ich nicht, dass sie dich einkassieren wollen.“
Na, wie beruhigend.
„Wie viele, hast du gesagt, sind es?“

„Drei."
Genervt stehe ich auf, hole drei von den bereits vorbereiteten Umschlägen aus dem Safe und mache mich auf den Weg, um unseren Besuch zu begrüßen.
Jasper folgt mir. Am Tor angekommen sehe ich die drei Einsatzfahrzeuge am Straßenrand stehen. Von den drei Bullen hat sich nur einer die Mühe gemacht, auszusteigen, das kann ich dann wohl als ein gutes Zeichen werten.
Entschlossen mich mit den Cops hier in der Gegend gut zu stellen, begrüße ich den Polizisten mit einem Handschlag.
„Officer?"
Der Mann mittleren Alters nickt und mustert Japser skeptisch. Ich kann es ihm nicht verdenken, der Nomad sieht alles, aber ganz bestimmt nicht vertrauenserweckend aus.
Zwei dicke Narben durchziehen sein Gesicht, wie die Krallen eines Tigers es getan hätten. Die linke Augenbraue ist kaum noch existent, das Auge ist leicht schief und sein Mundwinkel wird zu einem unnatürlichen Grinsen nach oben gezogen. Er erinnert mich ein bisschen an den Joker aus dem Batman-Film. Seine langen blonden Haare hat er meist zu einem unordentlichen Pferdeschwanz zusammengebunden. An seinem Hals prangt eine dicke, schwarze Kreuzspinne, die in einem großen Netz sitzt. Das Tattoo wurde so detailgetreu gestochen, dass das Tier aussieht, als würde es aus seinem Netz heraus und unter seine Kutte krabbeln wollen. Ich habe ja echt kein Problem mit diesen Viechern, aber selbst ich empfinde dieses Exemplar als besonders ekelhaft.
Jasper legt in einer herausfordernden Geste den Kopf schief, was den Officer dazu bringt, den Blick abzuwenden und seine Aufmerksamkeit wieder mir zu widmen.
Er ignoriert meine dargebotene Hand und schiebt die seinen in die Hosentaschen. *Interessant!* Wenn dieser Wichser Ärger möchte, kann er gerne welchen haben.
Seine verwaschen aussehenden, grauen Augen bleiben an dem Dequiallo-Abzeichen, das mein Leder ziert, hängen.
„Nur verprügelt oder gleich getötet?"
Es ist nur natürlich, dass ihn das interessiert, es ist aber auch klar, dass ich ihm keine Antwort geben werde. Der tote Cop, dem ich dieses Patch zu verdanken habe, wurde nie gefunden, er gilt als vermisst und nicht als ermordet. Und so soll es auch möglichst lange bleiben.

Ich ziehe meine Hand zurück, zünde mir ein Zigarillo an und inhaliere den würzigen Rauch. Der Bulle mustert mich schweigend, falls er mich damit nervös machen will, muss ich ihn enttäuschen.

Die Zeiten, in denen es einem Polizisten gelungen ist, mich mit seiner bloßen Anwesenheit aus der Ruhe zu bringen, sind längst vorbei.

„Was kann ich für Sie tun, Officer?"

Meine Stimme ist trügerisch, geradezu freundlich, ich blase ihm den eben inhalierten Rauch direkt ins Gesicht. Er beginnt zu husten, Jasper lacht.

„Als Gesetzeshüter dieser Stadt ist es meine Pflicht, zu sehen, wer der neue Präsident dieses kriminellen Schandflecks ist."

Oha!

Damit wäre dann schon mal geklärt, wie die Cops zum Club stehen.

Verachtung schwingt in seinen Worten mit. Ich bleibe völlig ruhig, sehe ihm direkt in die Augen und warte, bis er weiterspricht.

„Seit Ihrer Ankunft wurden einige Mordfälle gemeldet. Die Leichen der Chinesen wurden an verschiedenen Stellen abgelegt, positioniert könnte man fast schon sagen."

Ach wirklich?

Freut mich, dass er unsere Arbeit bemerkt hat. Es liegen ein paar blutige Tage hinter uns. Es hat sich gut angefühlt, all diesen Wichsern die Knochen zu brechen und Kugeln zu verpassen.

Soll mich der Teufel holen!

Aber dieser verschissene Bulle schuldet mir seinen Dank. Was er und seine Kollegen in Monaten nicht geschafft haben, ist mir mithilfe der Nomads in wenigen Tagen gelungen. Wenn unsere Erfolgsquote so hoch bleibt, haben wir in vier Wochen die *Chung Ying Lee's* aus unserem Revier vertrieben.

„Worauf wollen Sie hinaus, Officer?"

Der Zug um seinen Mund verhärtet sich.

„Hier in Nevada erwartet Mörder die Todesstrafe."

Und hier in Valmy, bin ich für die Ausführung von Hinrichtungen zuständig.

„Danke für die Information, aber was soll ich nun mit dieser anfangen? Werfen Sie mir etwas vor?"

Die Augen zusammenkneifend kommt er noch ein Stückchen auf mich zu, Jasper bewegt sich hinter mir, was den Cop dazu veranlasst den Druckknopf, mit dem seine Dienstwaffe im Holster befestigt ist, zu lösen und die Hand auf dem Griff ruhen zu lassen.

Amüsiert ziehe ich eine Augenbraue nach oben, meine Mundwinkel zucken vor Belustigung.

„Nervös?"
„Ich werde Sie drankriegen."
Mit dieser Drohung wendet er sich von mir ab und geht zurück zu der offen stehenden Fahrertüre seines Streifenwagens. Obwohl ich mir auf die Zunge beiße, kann ich mir einen letzten Kommentar nicht verkneifen.
„Ungefähr so etwas Ähnliches habe ich zu meinen Freunden, den Chinesen, auch gesagt, ehe sie auf mysteriöse Weise ums Leben gekommen sind. Passen Sie also gut auf sich auf Officer, für gewisse Leute scheint Valmy gefährlich geworden zu sein."
Zufrieden beobachte ich, wie sich seine Pupillen weiten, ehe er schnell einsteigt und die Türe zuzieht.
Jasper lacht, klopft mir auf die Schulter und schüttelt zeitgleich den Kopf.
„Fuck, Sold. Bisher mochte ich dich nur, aber langsam fange ich an, dich zu lieben!"
Zusammen gehen wir wieder rein, ich nicke den zwei Wachen am Tor zu und freue mich darüber, dass sich endlich alles in die richtige Richtung entwickelt.
„Dann bleib in Nevada und ich mache dich zu meinem Vize. Ich brauche eine rechte Hand, der ich vertrauen kann."
Unverhohlenes Interesse blitzt in seinen blauen Iriden auf.
„Meinst du das ernst?"
Mit einem Nicken gehe ich zu meinem Bike, er folgt mir.
„Ich bin kein Fan von unbedachten Aussagen. Wenn ich etwas sage, meine ich es auch so. Lass dir das Angebot durch den Kopf gehen."
Entschlossen mir eine Pause zu gönnen, steige ich auf meine Harley und setze den Helm auf. Ich mache mir nicht die Mühe, die Riemen zu schließen, sondern starte mit einem kraftvollen Tritt den Motor.
„Was hast du vor, Präs?"
Anstatt einer Antwort bekommt er eine Gegenfrage.
„Tust du mir einen Gefallen?"
„Jeden!"
Sehr schön, genau das wollte ich hören.
„Pass auf den Club auf, während ich weg bin."
Sein gemurmeltes „Natürlich!", ist das Letzte, was ich höre, während ich längst vom Hof fahre.
Der Umstand, dass er mich nicht gefragt hat, wohin ich will oder wie lange ich fort sein werde, ist der beste Beweis dafür, dass er der perfekte Kandidat für die Stelle des VP's ist. Ich vertraue Jasper, selbst wenn ich nicht vorhätte, nur für ein paar Stunden weg zu sein, sondern

ein paar Wochen unterwegs wäre, würde er dafür sorgen, dass im Club alles so weiterläuft, wie ich es will.

Ich hoffe, dass er ernsthaft darüber nachdenkt, sich das *Vize-Patch* auf die Kutte zu nähen.

Bevor ich, wie geplant, zu dem Tattoo-Studio fahre, drehe ich eine Runde durch die Stadt, prüfe die Straßen und halte sofort an, als ich zwei Dealer in einer Unterführung stehen sehe. Fluchend steige ich vom Motorrad, ziehe meine Waffe und stelle, als ich näher komme, fest, dass die zwei Verdächtigen nicht nur Schlitzaugen sind, sondern auch das Zeichen der *Chung Ying Lee's* auf ihren Handrücken tätowiert haben.

Als sie mich kommen sehen, ergreifen sie nicht etwa die Flucht, sondern ziehen zwei Messer und nähern sich mir.

Und wieder zwei suizidgefährdete Arschlöcher ...

Schon seltsam, die Chinesen in Everett hatten eher eine Vorliebe für Maschinenpistolen, hier in Valmy tragen sie Klappmesser und flüchten nicht, sondern bevorzugen den direkten Angriff. Was ich äußerst unterhaltsam finde, denn ihre Erfolgschancen sind gleich null.

„He Biker."

Was für eine originelle Anrede.

„He Wichser."

Zugegeben, meine ist auch nicht viel besser ...

Die beiden rufen sich etwas Unverständliches zu, dann trennen sie sich, sodass sich mir einer von links und einer von rechts nähert. Es wäre ein Leichtes, die zwei einfach abzuknallen, darum warte ich noch ab und sehe, was sie vorhaben. Die silbernen Klingen in ihren Händen blitzen kurz auf, entlocken mir ein müdes Gähnen.

„Wir schlitzen dich auf. Von oben bis unten!"

Wie nett.

„Wo genau willst du damit anfangen und wo hörst du auf?"

Einen irritierten Blick später, bleibt er stehen und lässt das Messer in den Fingern kreisen.

„Ich fange an deiner Kehle an, Biker, arbeite mich nach unten vor und schneide dir dann den Bauch auf."

Von wegen ...

„Und das alles mit dieser winzigen Klinge? Äußerst unwahrscheinlich!"

Gelangweilt ziehe ich den Dolch aus der ledernen Scheide an meinem Oberschenkel, wäge das Gewicht in meiner Hand ab und grinse zufrieden.

„Mit diesem guten Stück hier kann ich deinen Plan problemlos umsetzen. Und obwohl du nichts weiter als ein kleiner dreckiger Dealer bist, weißt du, dass ich recht habe. Dein Kinderspielzeug ist ein Witz."

Der Chinese lacht, versucht die Angst, die ihm nun ins Gesicht geschrieben steht, zu verbergen. Es gelingt ihm nicht. Der Killer in mir hat seine Furcht längst gewittert und fletscht vorfreudig die Zähne.

Der Typ links von mir macht einen Ausfallschritt und versucht, mir sein Klappmesser in den Arm zu rammen, reflexartig weiche ich ihm aus und schüttle tadelnd den Kopf.

„Tss ... Tss ... Tss ..."

„Zu langsam, viel zu langsam. Komm, probiere es noch mal!"

Überrascht weicht er zurück. Was mich verächtlich grinsen lässt.

„Ihr zwei seid keine Mörder, sondern harmlose Handlanger. Sagt mir, was ich wissen will, sagt mir, wo sich die Drogenküchen befinden, in denen der Stoff, den ihr verkauft, hergestellt wird, und ich lasse euch laufen."

Anstatt die Chance zu nutzen, spuckt er mir direkt vor die Füße. Sein Glück, dass er meine Stiefel nicht getroffen hat, sonst würde er längst reglos und mit durchgeschnittener Kehle auf dem Boden liegen und ausbluten.

Wieder wechseln die beiden ein paar Worte, dann versucht der Bastard einen neuen Angriff, den ich mit Leichtigkeit abwehre. Blitzschnell ziele ich auf seinen Oberschenkel, spüre, wie sich der Dolch durch die Hautschichten und das Muskelgewebe arbeitet und auf Knochen trifft. Einen entsetzten Schrei ausstoßend, sackt er zusammen, was mir ein zufriedenes Brummen entlockt. Sein Kollege weicht panisch zurück, stößt mit dem Rücken an die Betonwand hinter sich und hebt die Hand mit dem winzigen Messer.

„Wo sind eure Produktionsstätten?"

„Fick dich, Son!"

Wenn das seine Antwort ist, ist unser Gespräch hiermit beendet. Ich habe heute noch was Besseres zu tun, als meine Zeit mit diesen Wichsern zu verschwenden.

„Wie war das noch mal? Vom Hals runter zum Bauch?"

Vor Furcht reißt er die Augen auf und stottert etwas, das ich nicht verstehen kann, weil sein Kollege hinter mir vor Schmerzen noch immer jault und schreit.

„Nicht ... Bitte! Ich sage dir alles!"

Ich stelle mich direkt vor ihn, ritze an seiner Wange entlang und beobachte, wie einzelne Blutstropfen hervorquellen. Es kostet mich einiges an Beherrschung, dass ich die Klinge nicht tiefer in seine Haut stoße, sondern ihn nur verletze und nicht augenblicklich töte.

„Wo?"

„Außerhalb der Stadt. In einer Lagerhalle i..."

Weiter kommt er nicht, ehe es *Bämm* macht, ein Schuss ertönt und der Dealer mit einem Loch im Kopf zusammenbricht. Erschrocken wirble ich herum und entdecke einen schwarzen SUV, der mit quietschenden Reifen davonrast.

Das nenne ich mal effektiv zum Schweigen gebracht.

Verdammt! Ich war so knapp davor, die so dringend benötigten Informationen zu erhalten.

Genervt drehe ich mich zu dem Chinesen auf dem Boden um und muss feststellen, dass er ebenfalls das Zeitliche gesegnet hat. *Fuck!*

Ich muss die Hauptschlagader getroffen haben. Schnaubend wische ich die blutverschmierte Klinge an der Hose des Toten ab, stecke sie zurück in die Scheide an meinem Oberschenkel und gehe zurück zu meinem Bike. Gerade als ich aufsteigen will, entdecke ich die rostbraunen Spritzer auf meiner Jeans.

Verfluchte Schusswunden!

Bei dieser Art von Verletzung spritzt das Blut in alle Richtungen – ziemlich nervig.

Das immer lauter werdende Geheule sich nähernder Sirenen lässt mich Gas geben. Das Letzte, was ich jetzt gebrauchen kann, ist, diesen bescheuerten Officer von vorhin wieder zu treffen.

Sollte er tatsächlich so irre sein, mich verhaften zu wollen, gehen bald zwei tote Cops auf mein Konto.

Auf dem Weg zum Tattoo-Studio gehe ich die wenigen Informationen, die ich erhalten habe, gedanklich noch mal durch.

Ich weiß, dass sich die Giftküche außerhalb der Stadt in einer Lagerhalle befinden soll. Das ist zumindest schon mal etwas ...

Wie viele in Frage kommende Hallen kann es im Umkreis von Valmy schon geben?

An meinem Zielort angekommen, lasse ich den Blick prüfend über die Umgebung gleiten und steige erst, als ich mir sicher bin, dass von dem SUV nichts mehr zu sehen ist, ab.

Wenn ich an der Stelle der Chinesen wäre, hätte ich nicht nur den verräterischen Dealer, sondern auch gleich mich, den Feind, abgeknallt. Es ist also nur logisch, dass ich mich darüber wundere, dass nicht mal versucht wurde, mir eine Kugel zu verpassen. Es wurde genau ein Schuss abgefeuert – ein einziger!

Vielleicht dachten die Idioten, dass ich nicht allein unterwegs bin, und befürchteten, ebenfalls unter Beschuss zu geraten. Es muss fast so sein, alles andere ergibt absolut keinen Sinn. Ich setze den Helm ab, platziere ihn auf dem Sozius und streiche mir mit beiden Händen durch die Haare.

Jetzt, wo ich nicht einfach nur daran vorbeifahre, sondern mir das erste Mal die Zeit nehme, die Gegend genauer zu betrachten, stelle ich fest, dass dieses Viertel ziemlich heruntergekommen ist.

Nicht nur bei dem Studio ist eine der Glasscheiben zerbrochen, sondern auch bei fast allen anderen Geschäften. Zufall? Wohl kaum.

Einige der Läden haben längst aufgegeben. Die mit Zeitungspapier zugeklebten Schaufenster verstärken meinen Verdacht, dass hier etwas nicht stimmt.

Angst liegt in der Luft ...

Ich lasse mir Zeit, betrachte alles genau, zünde mir ein Zigarillo an und lehne mich an mein Bike. Die Gehsteige sind verwaist und die parkenden Autos alt und verrostet. Die wenigen Menschen, die hier unterwegs sind, mustern mich abschätzend und mit unverhohlener Wut. Laut Henry waren die Bewohner von Valmy dem *Sons of Silence Motorcycle Club* mal wohlgesinnt und sind es, seit sich die Chinesen hier ausgebreitet und für Probleme gesorgt haben, nicht mehr. So wie ich das sehe, sind die Einwohner wütend auf den MC, und dass völlig zu Recht. Sie haben sich darauf verlassen, dass der Club für Ordnung und Sicherheit sorgt und wurden bitter enttäuscht.

In dieser Stadt gibt es so einige Probleme, mit denen ich mich nach und nach befassen muss. Aber bevor es so weit ist, werde ich prüfen, wie es um das Talent des Tätowierers steht, wenn er gut ist, bekommt er die Ehre, mir den Silent Skull der Sons in die Haut zu stechen.

Das nur zur Hälfte gerauchte Zigarillo auf den Boden schnippend, stoße ich mich von der Harley ab und betrete das Studio.

Wollen wir doch mal sehen ...

6. Kapitel

Alice

Nervös beobachte ich den Rocker, der vor meinem Studio draußen auf der Straße steht. Selbstsicher lehnt er an seiner schwarzen Harley, raucht und sieht sich neugierig um.

Was will er hier?

Warum steht er direkt vor meiner Türe?

Diesen Son habe ich bisher noch nie gesehen, was mich vermuten lässt, dass er der Neue ist, der aus Everett hierherkam und sofort zum Präsidenten ernannt wurde.

Nicht zum ersten Mal stelle ich mir die Frage, was er wohl tun musste, um so schnell befördert zu werden?

In einer Hinsicht stimmen die Gerüchte schon mal, er ist jung, jünger als ich erwartet habe. Wenn ich raten müsste, würde ich sagen, dass er nur ein oder zwei Jahre älter ist als ich. Das war dann aber auch schon die einzige Ähnlichkeit zwischen uns. Dieser Biker wirkt hart, kalt und gnadenlos. Allein schon die Art, wie sein Blick über die Umgebung schweift, erinnert mich an einen Löwen bei der Jagd.

Er trägt schwarze Stiefel, eine alte ausgewaschene Jeans und ein schwarzes Shirt, das sich unter seiner ledernen Kutte verbirgt. Dieser Mann ist groß, fast zwei Meter, und muskelbepackt. Die Arme hat er vor der Brust verschränkt, sodass seine Bizepse deutlich hervortreten. Seine Haare sind kurz und strohblond und bilden einen perfekten Kontrast zu seiner sonnengebräunten Haut. Er hat eine Narbe im Gesicht, die ihn auf eine sexy Art und Weise verwegen und gefährlich aussehen lässt. Seine Kutte weist einige Patches auf, allerdings kann ich nicht erkennen, wie sie aussehen.

Mag sein, dass es ein Vorurteil ist, schließlich sehe ich ihn heute das erste Mal und habe noch kein Wort mit ihm gewechselt, aber mein Instinkt verrät mir, dass dieser Kerl niemand ist, mit dem man sich anlegen sollte.

Mir ist klar, dass ich ihn nicht noch länger anstarren sollte, doch aus irgendeinem Grund fällt es mir schwer, wegzusehen.

Dieser Rocker hat etwas an sich, das mich verschreckt, verängstigt und zugleich auch fasziniert. Vielleicht ist es die Macht, die er ausstrahlt oder diese natürliche Arroganz, die ihn wie zäher Nebel umgibt. Alles an seiner Körperhaltung strahlt Überlegenheit aus.

Er steht da, als wäre er unbesiegbar, als könnte ihn nichts und niemand etwas anhaben. *Scheiße!*

Das macht mich wütend, richtig verdammt wütend.

Während er einen auf mutigen Outlaw-Präsidenten macht, kämpfe ich seit einer Ewigkeit ums Überleben und muss mich jeden Monat mit den Chinesen auseinandersetzen. Mir wird angedroht, dass mir die Kniescheiben zertrümmert werden, wenn ich nicht genug Geld zusammen habe, und er steht da und genießt den Sonnenschein.

Einzig die vielen und äußerst brutalen Gerüchte, die über ihn im Umlauf sind, halten mich davon ab, zu ihm rauszugehen und ihn zur Rede zu stellen.

Wie gerne würde ich tauschen, wie gerne wäre ich an seiner Stelle ... Es muss ein tolles Gefühl sein, zu wissen, dass man es mit allem und jedem aufnehmen kann.

Für diesen Rocker wäre es mit Sicherheit ein Leichtes, die sechs Chinesen, die meine Existenz bedrohen, fertigzumachen.

Vielleicht sollte ich ihm sagen, was Sache ist, und ihm erklären, dass ich Hilfe brauche?!

Aber was dann? Er sieht nicht so aus, als würde er sich einfach so ohne jegliche Gegenleistung für mich einsetzen.

Verflucht! Dieser Biker ist der Präsident der *Sons of Silence*. Ihm ist es gelungen sich innerhalb von kürzester Zeit zum Chefrocker ernennen zu lassen. Wahrscheinlich frisst er kleine Hundewelpen zum Frühstück und ernährt sich nur von dem Blut und dem Fleisch seiner Opfer. Er ist garantiert nicht der Superheld, den ich mir vom Universum gewünscht habe. *Schade eigentlich ...*

In dem Moment, in dem er sich von seiner Harley abstößt und die Kippe auf den Boden schnippt, wende ich mich schnell ab und kümmere mich wieder um die Arbeit. Das Letzte, was ich gebrauchen kann, ist, dass er mich dabei erwischt, wie ich ihn anstarre. Keine Ahnung wie ich mich verhalten soll, wenn er auf einmal in mein Studio kommt.

Allein bei der Vorstellung, mit ihm allein sein zu müssen, stellen sich mir die Härchen im Nacken auf. Die Chinesen reichen mir völlig, ich brauche nicht auch noch Ärger mit dem Motorcycle Club ...

Kaum dass ich diesen Gedanken zu Ende gedacht habe, ertönt auch schon das vertraute Gebimmel des Glöckchens.

Noch bevor ich mich umdrehe, um zu prüfen, wer gekommen ist, verrät mir die Gänsehaut auf meinen Armen, dass es der Rocker sein muss.

Langsam, wie eine Gazelle, die von einem Löwen anvisiert wird, und auf gar keinen Fall seinen Jagdinstinkt reizen will, drehe ich mich einmal um die eigene Achse und erstarre, als ich *tatsächlich* niemand

Geringeren als dem neuen Präsidenten der *Sons of Silence* gegenüberstehe.

Hilfe ...

Jetzt, wo ich mich ihm direkt vis-à-vis befinde, stelle ich fest, dass er um einiges größer ist, als zuerst angenommen. Er ist nicht nur fast zwei Meter groß, sondern hat auch extrem breite Schultern und riesig wirkende Hände. Er sagt nichts, steht einfach nur da und mustert mich interessiert. Ich kenne diesen Blick ... So sehen Männer Frauen nur an, wenn sie sie gerade gedanklich ausziehen.

Noch mehr Hilfe ...

Jetzt wäre wirklich der passende Moment für das spontane Auftauchen meines beim Universum bestellten Superhelden gekommen. Blöderweise passiert nichts ...

Entschlossen mich nicht wie ein verängstigtes Schaf zu benehmen, sammle ich all meinen Mut, stemme die Hände in die Hüfte und erwidere seinen eindringlichen Blick. Anscheinend hat er bemerkt, dass ich ihn vorhin durch die Scheibe über längere Zeit hinweg beobachtet habe.

Ganz toll Alice ...

„Was willst du hier?“

Noch bevor meine Worte verhallt sind, stelle ich fest, wie unhöflich meine Begrüßung ist. Dumm nur, dass ich einfach keinen Bock habe, freundlich zu diesem Biker zu sein. Ich habe es so satt, unter den Bandenkriegen, die in dieser Stadt ausgefochten werden, zu leiden.

Spöttisch ziehen sich seine Mundwinkel nach oben.

„Na, was werde ich wohl wollen?“

Echt jetzt? Soll das ein Witz sein?

„Ich mag keine Menschen, die Fragen mit Gegenfragen beantworten.“

Das nimmt er nickend zur Kenntnis.

„Und ich mag keine Frauen, die ihre Mitmenschen bei der ersten Begegnung anzicken.“

Chapeau! Gut gekontert.

„Eine erste Begegnung findet zumeist zwischen Personen statt, die nichts voneinander wissen und völlig unbefangen sind. Aber das trifft auf diese Situation nicht zu!“

Oh Mist! Ich rede mich gerade um Kopf und Kragen. Es ist gewiss nicht schlau, diesen Son zu reizen. Trotzdem will ich auch nicht die Klappe halten. *Er* steht schließlich in *meinem* Studio!

Es reicht schon, dass ich bei den *Chung Ying Lee's* nicht aussprechen kann, was mir auf der Zunge liegt.

Die Ablehnung, mit der ich ihm begegne, bringt den Outlaw nicht aus der Ruhe.

„Also ich bin unbefangen. Und wenn du dir schon eine Meinung über mich gebildet hast, obwohl wir uns nicht kennen, zeugt das von extremer Überheblichkeit gepaart mit großer Arroganz und grenzenloser Naivität."

Rums! Das hat gesessen ...

Schlagfertig ist er ja, das muss ich ihm lassen.

„Kommen wir zu meiner ersten Frage zurück. Was willst du hier?"

Anstatt sich umzudrehen und zu gehen, kommt er noch ein paar Schritte auf mich zu. Jetzt sind wir uns so nah, dass ich ihn riechen kann.

Eine Mischung aus Tabak, Leder, Mann, Seife, Schweiß und Schießpulver umgibt ihn. Instinktiv beuge ich mich etwas weiter in seine Richtung und atme tief ein.

„Ich bin auf der Suche nach einem guten Tätowierer."

Eigentlich logisch, trotzdem habe ich mit diesem ziemlich naheliegenden Grund nicht gerechnet. Nach dem, was ich in den letzten Monaten durchgemacht habe, bin ich logischerweise vom Schlimmsten ausgegangen.

„Welches Motiv möchtest du dir stechen lassen und vor allem wohin?"

Für eine Sekunde zögert er, dann fasst er in die hintere Hosentasche, zieht einen zusammengefalteten Zettel hervor und hält ihn mir entgegen. Ich nehme ihn, unsere Finger berühren sich und eine Art Kribbeln durchfährt mich. Fast so, als ob wir beide elektrisch aufgeladen wären. Eine *nette* Erklärung für die Wirkung, die dieser Biker auf mich hat, wenn nicht plötzlich Tausende blöder Schmetterlinge in meinem Bauch umherschwirren würden.

Sterbt, ihr blöden Viecher. Sterbt jetzt sofort!

Entsetzt weiche ich ein Stückchen zurück, und schaffe so den dringend benötigten Abstand.

Falls ihn meine Reaktion verwundert, lässt er es sich nicht anmerken. Neugierig falte ich das zerknitterte Papier auseinander und betrachte den mir nur allzu vertrauten Skull. Die Zeichnung ist gut, wenn nicht sogar hervorragend. Gerade Striche, bis ins Detail ausgearbeitet, mit düsteren Schatten, die ihn beinahe real aussehen lassen.

„Du willst, dass ich dir das Colour deines Clubs steche?"

„Wenn du gut bist, dann ja."

Ich bin die Beste im Umkreis von über hundert Meilen.

Aber darum geht es nicht. Seit einer Ewigkeit hoffe ich, dass ein Son hier reinkommt und mich darum bittet, den schweigenden Totenkopf zu stechen. Und jetzt steht nicht einfach nur irgendein Rocker vor mir, sondern der Präsident höchstpersönlich.

Das ist die beste Werbung, die ich kriegen kann ... Zumindest, wenn ich mich auf dieses Geschäft einlasse. Mir kommt da eine Idee.

Sein Club ist schuld, dass ich mich noch immer mit den Chinesen auseinandersetzen muss, also soll auch er für das Schutzgeld aufkommen, das ich Monat für Monat zahlen muss.

„Das dauert mehrere Stunden, das geht nicht mal schnell an einem Tag."

„Das ist mir bewusst. Worauf willst du hinaus, Mädchen?"

Oh Gott!

„Auf den Preis."

Ein Lächeln zupft an seinen Lippen, seine rechte Augenbraue wandert nach oben.

„Gut. Sag mir, was es kostet."

Bevor ich lang zögere oder einen einigermaßen passablen Satz formuliere, platze ich einfach mit dem raus, was mir auf der Zunge liegt.

Sechs Monate Schutzgeld ... Das sind, ich muss kurz rechnen ...

„9000 Dollar."

Der Biker grinst, er denkt wohl, dass ich einen Scherz gemacht habe, aber damit liegt er falsch. Ich meine das absolut ernst! Er und seine Brüder haben versagt. Ihnen ist es nicht gelungen, die Chinesen zu vertreiben, darum ist es nur fair, wenn es jetzt an sein Geld geht.

„Willst du mich verarschen, Mädchen?"

Nicht bereit, mich von seinem heroischen Äußeren einschüchtern zu lassen, bleibe ich standhaft.

„Du kannst verdammt froh sein, dass ich dir nicht auch noch die kaputte Fensterscheibe, meinen zerschlagenen Tresen und die zerstörte Ladentür berechne."

Irritiert runzelt er die Stirn.

„Bullshit! Wovon redest du da eigentlich, Weib? Bist du verrückt?"

Verrückt wohl kaum, eher verzweifelt.

„Ich rede von dem Schutzgeld, das ich monatlich an die *Chung Ying Lee's* bezahle. So wie ich das sehe, ist dein Club schuld, dass sich die Chinesen wie eine Heuschreckenplage in Nevada ausgebreitet haben. Also ist es nur fair, wenn du mich für meine Arbeit so gut bezahlst, dass ich das Geld zusammenbekomme und mir nicht die Kniescheiben gebrochen werden wie dem alten Ben."

Auf die Reaktion meiner ehrlichen Worte muss ich nicht lange warten. Seine Mimik verdüstert sich schlagartig. Von der Belustigung, die bis eben noch in den Augen des Rockers gestanden hat, ist nichts mehr zu sehen. Seine blauen Iriden werden hart und dunkel, gleichen nun dem Pazifik vor einem heftigen Sturm. Er knirscht mit den Zähnen.

Ich versuche, das Gesagte abzumildern.

„Außerdem habe ich gerade eine tolle Aktion laufen. Wenn du dir ein zweites, kleineres Tattoo stechen lässt, bekommst du das zum halben Preis."

Sein Blick bohrt sich tief in den meinen, mein Herz gerät aus dem Takt und mein Blutdruck fällt vor Angst ins Bodenlose.

War es falsch, diesen Biker zu reizen?

Was passiert jetzt?

Gespannt starre ich ihn an, lecke mir über die plötzlich staubtrockenen Lippen und warte ab was jetzt geschieht.

Mehrere Sekunden vergehen, die bedrohliche Stille zieht sich in die Länge, macht mich schrecklich nervös.

„Du zahlst Schutzgeld an die Bastarde?"

Der Rockerpräsident klingt ungläubig, so, als hätte er davon nichts gewusst.

„Jeden Monat. Und wenn ich die geforderte Summe nicht zusammen habe, zerstören sie die Einrichtung. Wobei ihnen das nicht mehr reicht, als Nächstes werden sie ihre Baseballschläger benutzen, um mir die Beine zu brechen."

Ich mache eine kurze Pause, atme zittrig ein und kämpfe gegen die erneut aufwallende Verzweiflung an.

„So wie ich das sehe, habt ihr Sons versagt ... Die letzten Jahrzehnte gab es eine stillschweigende Vereinbarung zwischen den Menschen dieser Stadt und euch Rockern. Wir haben über eure Machenschaften hinweggesehen, haben die Bullen außen vorgelassen und euch akzeptiert. Im Gegenzug habt ihr dafür gesorgt, dass Valmy sicher ist. Es gab keine Drogen, keine Leichen, keine Schießereien und keine Vergewaltigungen innerhalb der Stadtgrenzen ... Aber seit fast einem Jahr verstößt ihr gegen diese Vereinbarung. Ihr habt uns im Stich gelassen!"

Gespannt warte ich ab, wie er auf meinen Vorwurf reagieren wird. Alles ist möglich. Dass er mich anschreit, ausflippt, mich verletzt oder sich einfach umdreht und geht. Doch er tut nichts davon, sondern steht einfach nur da und sieht mich an.

Sein Schweigen beunruhigt mich. *Silence ... Stille ...*

Mit einem Ruck setzt er sich in Bewegung, macht einen großen Schritt auf mich zu und packt mich am Kinn.

„Haben dich diese Dreckschweine angerührt? Dich irgendwie verletzt?"

Wie bitte?

„Nein, sie haben mich nicht angefasst. Bis jetzt zumindest!"

Er nickt zufrieden. Anstatt mich loszulassen, reibt er mit seiner schwieligen Daumenkuppe langsam über meine Unterlippe.

Die so mühsam ermordeten Schmetterlinge erwachen wieder zum Leben. Verflucht!

„Du und ich, wir schließen ein Geschäft ab."

Ich schlucke hart. Seine Nähe hat eine fatale Wirkung auf mich. Dieser Rocker löst nicht nur Furcht in mir aus, sondern auch ganz andere Dinge – Dinge, die absolut nicht gut und total unangemessen sind ...

Und während sein Finger wieder und wieder über meinen Mund streicht, lasse ich erneut einen Schmetterling nach dem anderen sterben.

„Was für ein Geschäft?"

Hoffentlich fällt ihm nicht auf, wie zittrig meine Stimme klingt.

„Du stichst mir den Skull und stehst dafür ab sofort unter meinem Schutz. Kein Schutzgeld mehr und keine weiteren Schäden an deinem Studio. Du brauchst keine Angst mehr davor zu haben, dass dir jemand die Beine bricht, denn ich werde persönlich dafür sorgen, dass du in Sicherheit bist."

Wie bitte? Soll das ein Scherz sein?

Mit einem Ruck löse ich mich aus seinem festen Griff, seine Hand fällt nach unten, meine Lippen prickeln wie verrückt.

„Echt jetzt? Ich soll meine Sicherheit in deine Hände legen und darauf vertrauen, dass du mich beschützt? Bist du verrückt? Die letzten Monate haben mir bewiesen, dass der Club diesen Krieg nicht gewinnen kann."

Ich schüttle den Kopf, reibe mir über den Arm.

„Außerdem kenne ich dich nicht, du bist mir fremd und es steht viel zu viel auf dem Spiel."

Unsicher beobachte ich, wie eine Ader auf seiner Stirn hervortritt, immer dicker wird und leicht pocht.

Oh, oh, war ich zu ehrlich?

Habe ich es zu weit getrieben?

Wahrscheinlich wäre es besser gewesen, wenn ich einfach meine Klappe gehalten hätte, aber das konnte ich nicht. Nicht mehr ...

Dafür bin ich viel zu wütend auf diese Biker.

„Du zweifelst an mir, Mädchen?"

Seine Frage hallt leise durch die Stille, macht mich nervös.

„Hör auf, mich so zu nennen, mein Name ist Alice. Du bist ein Fremder für mich. Alles was ich über dich weiß, stammt aus den unzähligen Gerüchten, die seit deiner Ankunft im Umlauf sind. Die Menschen fürchten dich, Präsident."

Ein freudloses Lächeln huscht über sein markantes Gesicht.

„Für die Bewohner dieser Stadt gibt es keinen Grund, Angst zu haben. Einzig die Feinde meines MCs müssen um ihr Leben bangen."

Ich schlucke schwer. Meine Augen huschen hinab zu seinen geballten Fäusten. Unzählige, bräunlich schimmernde Flecken befinden sich auf seinem Leder.

Dank meines Jobs erkenne ich getrocknetes Blut, wenn ich welches sehe, und die Kutte dieses Bikers ist voll davon.

Warum ist mir das nicht schon früher aufgefallen?

„Woher soll ich wissen, dass du in der Lage bist, Valmy zu retten?"

„Du hast die Gerüchte selbst erwähnt. Also sag mir, was wird sich über mich erzählt?"

Zuerst zögere ich, es fühlt sich komisch an, die brutalen Geschichten, die über diesen Präsidenten im Umlauf sind, laut auszusprechen. Doch dann tue ich es, ich meine, was habe ich schon zu verlieren?

„Es heißt, dass du ein gnadenloser Killer bist. Dass du, ohne zu zögern, tötest, wenn es sein muss auch mit bloßen Händen. Die Leute erzählen sich, dass du sofort nach deiner Ankunft zum Präsidenten gewählt wurdest und dass du seitdem mehr Chinesen getötet hast, als alle deine Brüder in den letzten Monaten zusammengenommen."

Ich habe auch gehört, dass er auf harten Sex steht und dass er sich eine der Nutten aus seinem Club jede Nacht vornimmt. Aber *das* werde ich garantiert nicht zur Sprache bringen. Mit wem er vögelt, geht mich nichts an. Trotzdem würde mich interessieren, ob es stimmt und wie es wohl ist, mit einem Mann wie ihm zu schlafen?!

Diese Macht, diese Muskeln und die Entschlossenheit am eigenen Leib zu spüren, muss unglaublich sein ... *Scheiße!*

Ich spüre, wie ich rot anlaufe, der Rocker bemerkt es und zieht fragend eine Augenbraue nach oben.

„Willst du wissen, ob das alles stimmt?"

Zögerlich nicke ich, was seine Iriden zufrieden aufblitzen lässt.

„Ich bin nach Valmy gekommen, ohne zu wissen, was genau mich erwartet. Was ich vorgefunden habe, hat mich entsetzt! Diese Stadt und dieses Chapter sind am Ende. Trotzdem bin ich geblieben. Ich habe die Herausforderung angenommen und bin der Präsident der Nevada Sons geworden. Seitdem haben meine Tage siebzehn Stunden – seitdem habe ich täglich gemordet und sogar einen Teil meiner eigenen Brüder aus dem Club verbannt. Diese Stadt gehört jetzt mir – sie ist zu meinem Territorium geworden und ich werde vor nichts, absolut nichts zurückschrecken, um die Ordnung wieder herzustellen. Es ist mir egal, wie viel Blut noch fließen wird und wie viele Knochen ich noch brechen muss, aber ich werde erst ruhen, wenn ich jeden Chinesen, der zu den *Chung Ying Lee's* gehört, ausgeschaltet habe!"

Er macht eine Pause, kommt auf mich zu und beugt sich zu mir herab. Jetzt sind wir uns so nah, dass sein heißer Atem über meine Stirn streift und meine Sinne verrücktspielen.

Um Gotteswillen, was ist nur los mit mir?

Dieser Biker hat mir gerade gestanden, dass er ein Serienkiller ist, und dass er vorhat, noch unzählige Männer zu töten, und trotzdem ziehen sich meine Brustwarzen zusammen, trotzdem reagiere ich so heftig auf ihn, dass die Schmetterlinge in meinem Bauch einfach nicht tot bleiben wollen.

Zur Hölle! Ich dachte, nur Katzen haben sieben Leben?

„Du hast also die Wahl, Mädchen. Entweder du kassierst die 9000 Dollar und wir sind quitt, oder aber du begibst dich unter meinen Schutz. Ich gebe dir 24 Stunden. Dann will ich deine Entscheidung wissen."

Ein Zittern durchläuft mich, über meine Reaktion lachend, bringt er seine Nase an meine Schläfe, schnuppert kurz, richtet sich dann auf und wendet sich von mir ab.

Ich bin so perplex, dass ich mich nicht rühren kann. Wie erstarrt sehe ich dabei zu, wie er zur Türe geht, mir einen letzten Blick über die Schulter zuwirft, und mir sagt, dass ich ihn Sold nennen soll, dann ist er weg. Genau dreizehn Atemzüge später höre ich das kraftvolle Geboller seiner Harley durch die Straßenschluchten hallen.

Er ist weg, ich rühre mich dennoch nicht, sondern stehe einfach nur da, bilde mir ein, seinen Geruch noch immer einzuatmen, und denke tatsächlich darüber nach, auf das Geld zu verzichten und mich auf diesen Outlaw einzulassen.

Das allein verrät ja eigentlich schon, wie sehr mich diese Begegnung durcheinandergebracht hat.

7. Kapitel

Sold

Lila Locken ... *Fuck!*
Der Ausdruck in ihren braunen Augen war eine Mischung aus Angst, Verzweiflung und Aufmüpfigkeit. Alice ist der Hammer! Der absolute Hammer! Ihre sahneweiße Haut, die als Hintergrund für unzählige Tattoos dient, riecht nach Blumen und ist so weich wie Seide. Ganz anders als die meine, die dank der harten Arbeit rau geworden ist. Trotz ihrer geringen Größe hat sie perfekte Rundungen und mehr Mut, als gut für sie ist.

Sie hat ihre Furcht überwunden und sich für ihre Stadt und deren Bewohner eingesetzt. Das imponiert mir.

Ich bewundere es, wenn Menschen genug Rückgrat haben, um auszusprechen, was sie denken. Ehrlichkeit ist in der heutigen Zeit zu einem seltenen Gut geworden.

Vielleicht war es falsch von mir, ihr zu sagen, dass ich einfach alles und jeden töte, der sich mir oder dem Club in den Weg stellt, aber was soll's ... Den Gerüchten nach haben die Leute längst verstanden, was für eine Art Präsident ich sein werde.

Und das ist gut. Ich will nicht gemocht, sondern gefürchtet und respektiert werden!

Der Umstand, dass Alice und offensichtlich auch die anderen Ladenbesitzer von den Chinesen erpresst werden, ist mir neu und ärgert mich maßlos. Diese Bastarde haben ihre Klauen schon viel zu tief in unser Revier geschlagen. Es wird schwerer als gedacht werden, die Schlitzaugen wie Unkraut rauszureißen und für immer zu entfernen.

Angespannt drehe ich am Gas, rase über die rote Ampel und verfluche mich selbst dafür, dass ich dem Mädchen 24 Stunden Zeit gegeben habe. Ich hätte gleich auf ihre Entscheidung bestehen und sie dazu drängen sollen, sich mir anzuvertrauen.

Shit! Ich will Alice nicht einfach nur schützen, ich will sie ficken. Ich will mit ihr dieselben Dinge tun, wie mit Amanda, nur um herauszufinden, wie viel das Mädchen ertragen kann. Die Bitch zu bumsen ist gut, wirklich gut, aber nicht das, was ich wirklich will. Zumindest denke ich das. *Fuck!* Keine Ahnung!

Was will ich eigentlich? Eine Lady ist zu krass, aber eine Frau, die mir gehört, die kein anderer anfassen darf und die ich als mein Eigentum bezeichnen kann, wäre genau das Richtige.

Ich brauche keine Nutte und will niemandem mein Leder anziehen, irgendetwas dazwischen wäre also perfekt.

Dank der vielen Arbeit, die tagtäglich auf mich wartet, komme ich kaum aus dem Club und wenn, dann nur, um Blut zu vergießen.

Aber Alice gefällt mir, sie ist taff, nicht auf den Mund gefallen und höllisch sexy. Ganz egal, wie sie sich entscheidet, ich kann es kaum erwarten, dass sie mir den Skull sticht und ich ihre kleinen Finger auf mir spüre.

Allein bei der Vorstellung werde ich schon hart!

Zurück im Club mache ich mich sofort auf die Suche nach Jasper, er muss hören, was ich erfahren habe.

Jetzt, wo ich weiß, dass sich die Speedküche der Chinesen außerhalb der Stadtgrenze in einer alten Fabrikhalle befindet, wird es Zeit, dass wir uns auf die Suche machen und das Drecksloch in die Luft jagen.

Bei allem was mir heilig ist, wir Sons sind weiß Gott keine Chorknaben, aber wenn es um Drogen geht, sind wir raus.

Dieses Zeug tötet mehr Kinder und Frauen als alle Waffen, die ich jemals verkauft habe, zusammengenommen. Als Präsident ist es meine Aufgabe, zu entscheiden, welchen Geschäftszweigen die Nevada Sons nachgehen und was wir in unserem Territorium dulden.

Drogen gehören definitiv nicht dazu ...

Ich finde Jasper, genau wie erwartet, in der Werkstatt unter seinem Bike liegend vor.

„He Präs, du bist schneller zurück als gedacht. Hab fast schon befürchtet, dass du es dir anders überlegt und dich verpisst hast."

Ein verlockender Gedanken, aber nein.

„Wenn ich etwas anfange, bringe ich es zu Ende."

Er nickt, wischt sich die ölverschmierten Hände an der Hose ab und lehnt sich rücklings an den Betonpfeiler.

„Um noch mal auf dein Angebot zurückzukommen. Wenn es noch gilt, nehme ich es an. Wird vielleicht tatsächlich mal Zeit, sesshaft zu werden."

Endlich mal gute Nachrichten.

„Na dann, willkommen zu Hause, Vizepräsident."

Jasper grunzt zufrieden und zündet sich eine Kippe an. Das Thema wäre schon mal erledigt, kommen wir zum nächsten.

„Ich hatte eine kurze Unterredung mit zwei Dealern. Es ist mir gelungen, einen zum Reden zu bringen. Leider wurde er, bevor er ins Detail gehen konnte, zum Schweigen gebracht. Bis ihn die Kugel getroffen hat, konnte er mir sagen, dass die Drogen außerhalb von Valmy in einer alten Halle hergestellt werden."

Die Stirn meines Vizes legt sich in Falten.

„Etwas genauer geht es nicht? Einen ungefähren Umkreis oder eine Himmelsrichtung?"

„Nope! Das ist alles, was ich über den Standort weiß. Dafür kann ich dir sagen, dass wir ein weiteres Problem haben. Die *Chung Ying Lee's* erpressen von den kleinen Geschäften in der Hellway Street Schutzgeld."

Den Rauch aus der Nase entweichen lassend, stößt er einen lauten Fluch aus und steht auf.

„Scheiße Bro. Du hast anscheinend einen interessanten Ausflug hinter dir. Noch etwas, das ich wissen sollte?"

Allerdings.

„Jepp. Das lilahaarige Mädchen aus dem Tattoo-Studio gehört mir. Sorg dafür, dass sie niemand anrührt."

Lachend verschluckt er sich an dem Rauch seiner Lucky, den er gerade auf Lunge gezogen hat.

„Shit! Echt jetzt?"

„Mehr als echt!"

Grunzend schlägt er sich mit der Faust auf den Brustkorb.

„Du bist ja geil unterwegs. Kaum angekommen hast du dir schon zwei Pussys reserviert. Oder gibst du Amanda frei? Wenn ja, werde ich mir die Bitch schnappen. Ihr Arsch wäre ein paar Nächte wert!"

Ich denke kurz darüber nach, ihm die Hure zu überlassen, entscheide mich dann aber dagegen. Es ist durchaus möglich, dass Alice sich für das Geld entscheidet. Und selbst wenn sie meinen Schutz wählt, bedeutet das noch lange nicht, dass sie sich ficken lässt. Dieses Mädchen hat Krallen.

„Such dir 'ne eigene Nutte."

Er lacht, flucht und folgt mir ins Büro, wo wir einige Landkarten und Stadtpläne ausbreiten und die Begebenheiten prüfen. Nach einer Stunde haben wir drei Locations ins Visier genommen. Diesen drei Hallen werden wir zuerst einen Besuch abstatten.

Das Wichtigste ist, dass wir den Chinesen die Einnahmen nehmen und sie so schwächen. Keine Produktionsstätten bedeutet keine Drogen, kein Geld – keine neuen Waffen.

Im Krieg geht es nicht nur ums Töten, sondern auch um Strategie und Taktik.

Dieses blutige Spiel liegt mir, um ehrlich zu sein, finde ich fast schon Gefallen daran ...

„Das Gute ist, dass die Drogenküchen dank der vielen Chemikalien brennen wie die Sau." Jasper klingt vorfreudig. „Wir können es also so richtig krachen lassen. Ich bereite die Molotowcocktails vor, wir treffen uns in zehn Minuten draußen im Hof."

Die Koordinaten notierend, rolle ich die Karten ein und sehe ihn an.

„Du willst sie in die Luft jagen?"

„Klar, was denkst du denn?"

Fuck, keine Ahnung.

„Wahrscheinlich hätte ich die Arschlöcher einfach ganz Old School abgeknallt."

„Munition verschwenden? Das muss nicht sein. Wir verriegeln die Türen, werfen die Brennbomben und den Rest erledigen die Flammen."

Ich muss zugeben, die Denkweise meines neuen VPs gefällt mir.

„Alles klar. Wir erledigen es auf deine Art."

Zufrieden nickend, macht er sich an die Arbeit.

Für einen Moment bleibe ich noch sitzen, denke an Alice, rufe mir den Lilaton ihrer Haare in Erinnerung und frage mich, wie sie sich wohl entscheiden wird?

Wenn sie das Geld wählt, ist das auch okay.

Aber dann ist sie bis zu dem Tag, ab dem wir die *Chung Ying Lee's* endgültig aus Valmy vertrieben haben, selbst für sich verantwortlich!

8. Kapitel

Alice

Wie so oft in letzter Zeit starre ich nervös auf die Uhr. Doch dieses Mal warte ich nicht auf die Baseballschläger schwingenden Chinesen, sondern auf einen Harley fahrenden und Kutten tragenden Rockerpräsidenten.

Ich habe eine Achterbahnfahrt der Gefühle hinter mir. Woher soll ich wissen, wie ich mich entscheiden soll? Was, wenn Sold nicht zuverlässig ist, wenn ich ihm das Tattoo kostenlos steche und er sein Wort bricht? Dann stehe ich mit nichts da.

Diese 9000 Dollar könnten mein Leben verändern, sie würden mir den Druck nehmen und ich könnte vielleicht endlich mal wieder eine Nacht durchschlafen, anstatt stundenlang wach im Bett zu liegen und mir Sorgen zu machen.

Was, wenn ich das Geld nehme und es den Sons trotzdem gelingt, die Chinesen zu eliminieren, dann bin ich doppelte Gewinnerin.

Aber was, wenn nicht?

Es liegt durchaus im Bereich des Möglichen, dass der Präsident getötet wird und dann habe ich kein Geld und keinen Schutz. Eine beängstigende Möglichkeit, an die ich gar nicht erst denken will. Sold ist mit Abstand der gefährlichste Mann im Umkreis von Hunderten von Meilen, es könnte sicherlich nicht schaden, sich mit dem Killer zu verbünden, anstatt ihm sein Geld abzunehmen.

Fluchend hole ich mir ein Bier aus dem Kühlschrank in meinem Büro, setze ich mich auf die einzelne Stufe vor der Türe meines Ladens, zünde mir eine Zigarette an und warte auf den Biker mit den unglaublich blauen Augen.

Allein bei der Vorstellung, ihn gleich wiederzusehen, erwachen die Flattermänner in meinem Bauch erneut zum Leben. Diese blöden Viecher wollen einfach nicht tot bleiben.

Das Letzte, was ich gebrauchen kann, sind romantische Gefühle – für diesen Schwachsinn habe ich jetzt wirklich keine Zeit.

Trotzdem habe ich letzte Nacht an den Rockerpräsidenten gedacht, als ich es mir selbst besorgt habe. Und was soll ich sagen, ich bin so hart gekommen wie schon lange nicht mehr. In meiner Vorstellung war es nicht mein Dildo, sondern sein Schwanz, der in mich eingedrungen ist. Ich habe mir eingebildet, seine rauen Finger zu spüren, das kratzende Gefühl seiner Bartstoppeln auf meinen Brüsten und die Reibung des weichen Leders ...

Was sagt es über mich aus, wenn ich Sold in meiner Selbstbefriedigungsfantasie gebeten habe, seine Kutte anzulassen?

Wahrscheinlich, dass ich ziemlich versaut, extrem verzweifelt und absolut untervögelt bin! Das Dumme ist nur, dass mich schon lange kein Kerl mehr so gereizt hat wie dieser *Son of Silence.*

Gedankenverloren sauge ich den warmen Rauch auf Lunge, behalte ihn dort für eine Weile und lasse ihn dann langsam entweichen. Das Nikotin beruhigt mich, das kalte Bier ebenfalls. Ich bin fest entschlossen, zu verhandeln, warum sollte ich es ihm auch leicht machen und auf sein erstes Angebot eingehen?

Ich werde diesem Rocker einen neuen Deal vorschlagen, einen, der mir einen Teil des Geldes einbringt und mich trotzdem seinen Schutz genießen lässt.

Jemand, der einfach mal so zig tausend Dollar für ein Tattoo bezahlen kann, hat genug Geld, um flexibel zu sein.

Das kraftvolle Dröhnen eines sich nähernden Motorrads schallt durch die Luft, lässt meinen Puls in die Höhe schnellen. *Er kommt ...*

Nervös nippe ich an dem Bier, zupfe den Ausschnitt meines Tops nach unten und streiche mir kurz durch die Haare.

Heute Morgen habe ich mich für einen kurzen Jeansminirock entschieden, und den ganzen Tag über habe ich mir eingeredet, dass ich nicht nur wegen des Bikers dieses sexy Outfit angezogen habe, aber mein jetziges Verhalten verrät mir, dass ich mir da nur etwas vorgemacht habe.

Valmy ist keine große Stadt, hier gibt es maximal 2000 Einwohner. Wenn mir also nach einer gefühlten Ewigkeit endlich mal wieder ein interessantes und muskelbepacktes Exemplar der Gattung Mann über den Weg läuft, ist es wohl kaum verwunderlich, dass ich möchte, dass er mich als Frau wahrnimmt.

Dass Sold ein Killer – ein gesetzesloser Outlaw und zugleich der Präsident der Sons ist, stört mich nicht. Im Gegenteil!

Ich bin in dieser Stadt voller Biker aufgewachsen. Als junges Mädchen, mit sechzehn oder so, habe ich genau wie alle meine Freundinnen diese Harley fahrenden Bad Boys angehimmelt. Außerdem weiß ich dank der Chinesen wie es ist, unter Angst und Hilflosigkeit zu leiden. Ich bin mir sicher, dass Sold niemals zulassen würde, dass seine Frau bedroht und erpresst wird. Dieser Rocker ist knallhart, er gehört definitiv zu der Kategorie Mann, die über Leichen geht, nur um die Sicherheit seiner Familie zu gewährleisten.

Das imponiert mir! Ehrlich!

Jetzt wo ich ihm schon mal begegnet bin und weiß, dass die Gerüchte stimmen, zweifle ich keine Sekunde daran, dass Sold in der Lage ist, den verloren geglaubten MC zu retten.

Gegen die Schmetterlinge in meinem Magen ankämpfend, bleibe ich ruhig sitzen, beobachte, wie er an der gleichen Stelle wie gestern an den Straßenrand fährt, die langen Beine ausstreckt und stehen bleibt.

Das schwarz-weiße Skullbandana, das die untere Hälfte seines Gesichts verdeckt, verstärkt den Eindruck des wilden und gefährlichen Outlaws nur noch. Der Motor verstummt. Sold zupft den Stoff nach unten, setzt den Helm ab und streift sich anschließend mit beiden Händen durch die Haare. Dabei klappt seine Kutte auseinander und lässt mich einen Blick auf die silberne Waffe werfen, die sich darunter verbirgt.

Ich genieße die Show, rauche meine Zigarette fertig und schnippe dann den Stummel auf die Straße, sodass der glühende Rest meiner Gauloises direkt vor seinem Stiefel landet.

Unsere Blicke begegnen sich, meine Lippen beginnen zu kribbeln.

Verräterische Hormone ...

So sexy dieser Biker auch sein mag, darf ich nicht vergessen, dass für mich alles, absolut alles auf dem Spiel steht!

„Hey Mädchen."

Eigentlich sollte ich es nicht mögen, dass er mich so nennt, dummerweise tue ich es doch.

„Für den Fall, dass du meinen Namen schon wieder vergessen hast", ich deute mit einer Hand über mich, wo sich die pinke Leuchtreklame befindet, „ich heiße Alice!"

Ein dunkles Lachen rumpelt in seinem Brustkorb. Sold schwingt sich in einer fließenden Bewegung von seiner Harley und kommt auf mich zu. Seine Augen pinnen sich an meinem Mund fest, gleiten dann langsam nach unten, verweilen an meinem extra in Szene gesetzten Dekolleté und bleiben dann an meinen Beinen hängen.

Als er an den pinken Chucks ankommt, bilden sich zwei Grübchen unter den dunklen Bartstoppeln.

„Du bist der Inbegriff eines Mädchens, Baby. Also gewöhn dich daran, dass ich dich so nenne!"

Der Inbegriff? Interessant ...

Ich tue es ihm nach, mustere jeden Zentimeter seines Körpers und sauge jedes Detail in mich auf. In echt ist er noch mal eine Schippe heißer als in meiner Dildofantasie.

„Und du bist der Inbegriff eines Rockers, bedeutet das, dass ich dich ab jetzt auch nur noch Rocker nennen soll?"

Nonchalant mit den Schultern zuckend, lehnt er sich direkt neben mir an die Wand.

„Nenn mich, wie du willst, ich schäme mich nicht für das, was ich bin."

Unsicher was ich darauf erwidern soll, bleibe ich einfach still und betrachte sein wunderschönes Motorrad. Es ist echt peinlich, aber ich bin noch nie auf einem gesessen, geschweige denn mitgefahren.

Für eine Weile schweigen wir, aber die Wortlosigkeit fühlt sich nicht schlecht an, sondern angenehm. Zwei Sons fahren an uns vorbei, sie entdecken ihren Präsidenten und heben die Hand zum Gruß.

Erst als das Knurren ihrer Motoren verstummt, sieht Sold auf mich herab.

„Die Zeit ist abgelaufen, Alice. Wie hast du dich entschieden?"

Oh, oh ... Jetzt wird es ernst ...

Da ich für dieses Gespräch zumindest beinahe auf Augenhöhe mit ihm sein will, stehe ich auf und beiße die Zähne zusammen als ich ihm nicht mal bis zur Schulter reiche. Für einen Moment spiele ich mit dem Gedanken, mich auf die Stufe zu stellen, verwerfe ihn aber schnell wieder. Das wäre einfach zu kindisch. Sold dreht sich zu mir um, lehnt sich mit der Schulter an die Mauer und sieht aus finsteren Iriden auf mich herab. Wir sind uns so nah, dass ich mit meiner Nase an seiner Kinnlinie entlangstreifen könnte, wenn ich mich auf die Zehenspitzen stellen würde. Seinen unverkennbaren Körpergeruch inhalierend, zähle ich innerlich bis drei und kratze all meinen Mut zusammen.

Es geht um alles oder nichts ...

„Ich habe beschlossen, dir ein Gegenangebot zu machen."

Zwischen seinen Brauen bilden sich zwei steile Falten.

„Das war nicht abgemacht, Mädchen."

„Willst du dir nicht erst anhören was ich zu sagen habe, Rocker?"

Er greift nach mir, schnappt sich eine meiner Haarsträhnen und verreibt diese zwischen seinen Fingern.

„Gut, sag mir, was du zu sagen hast."

„Der Deal, den du vorgeschlagen hast, beinhaltet mir zu viele Risiken. Ich brauche mehr Sicherheiten. Das musst du verstehen. Ich bin bereit, auf die Hälfte des Geldes zu verzichten, wenn du mir dafür deinen Schutz anbietest."

An seinen Lippen zupft ein Lächeln, es erinnert mich daran, wie jung dieser Rockerpräsident eigentlich erst ist. Das kann man dank seines zumeist grimmigen Gesichtsausdrucks leicht vergessen. Sold wirkt viel älter, abgehärteter und erfahrener als die meisten Männer in seinem Alter.

Das wird wohl an dem Lebensstil liegen, für den er sich entschieden hat.
„Typisch Mädchen, du willst alles ... Aber was bist du im Gegensatz dazu bereit, mir anzubieten. Immerhin willst du 4500 Dollar mehr, als ich dir angeboten habe."
Die Tatsache, dass er nicht sofort Nein gesagt hat, werte ich als ein gutes Zeichen.
„Wie wäre es mit einem weiteren Tattoo?"
Träge schüttelt er den Kopf.
„Nein Baby. Denk scharf nach, dann fällt dir bestimmt etwas Besseres ein."
Sold lässt meine Haare los, streift mit seinen rauen Fingerkuppen an meiner Kehle entlang hinab zu dem Spalt zwischen meinen Brüsten.
Die Reaktion meines verräterischen Körpers lässt nicht lange auf sich warten.
Meine Brustspitzen ziehen sich zusammen und werden hart, mein Herz erleidet Rhythmusstörungen und mir entweicht ein leises Seufzen.
Da ich noch nie jemand war, der lange drum herumgeredet hat, bringe ich es auf den Punkt.
„Du willst Sex?"
Seine Lippen verziehen sich zu einem wölfischen Grinsen.
„Du etwa nicht?"
Wenn er wüsste, dass ich es mir letzte Nacht selbst gemacht und dabei an ihn gedacht habe, würde er die Frage nicht stellen. Völlig egal, wie scharf dieser Biker auch sein mag, ich bin nicht bereit, es ihm so leicht zu machen, dafür ist diese Sache einfach zu wichtig für mich.
„In erster Linie brauche ich Schutz, Sicherheit und Geld! Diese Chinesen machen keine leeren Drohungen. Wenn ich den Betrag nicht zusammen habe, brechen sie mir die Beine!"
Sold stößt einen derben Fluch aus, stößt sich von der Wand ab und packt mich blitzschnell an den Schultern. Seine Finger graben sich tief in mein Fleisch, es schmerzt, aber da seine Mimik plötzlich extrem beängstigend aussieht, beschwere ich mich nicht, sondern ertrage es schweigend.
„Fuck Alice! Für wen hältst du mich eigentlich? Denkst du allen Ernstes, dass ich dich ficke, ausnutze, und anschließend dabei zusehe, wie dir diese Bastarde die Knie zertrümmern?"
Das hatte ich eigentlich nicht damit sagen wollen ...

„Diese Stadt steht unter meinem Schutz, und dir habe ich, nachdem ich von deinen Problemen erfahren habe, noch etwas mehr davon angeboten. Für diesen Deal ist Vertrauen notwendig. Ich kann verstehen, dass du einen Teil des Geldes willst, aber dann musst du mir etwas anbieten. Ich bin kein Heiliger, Baby. Du bist eine wunderschöne Frau und ich bin auch nur ein Mann. Natürlich will ich dich ficken. Warum sollte ich das abstreiten? Wenn du aber nicht bereit bist, deinen Körper ins Spiel zu bringen, verstehe ich das. Dann nimm das komplette Geld, verpass mir das Tattoo und wir sind quitt."

Die Worte: wunderschön, Heiliger, ficken und Geld wirbeln wie vom Wind getriebene Blätter durch meinen Kopf.

Zumindest kann man Sold nicht vorwerfen, dass er nicht direkt ist.

„Okay, lass mich das zusammenfassen. Du bist bereit, mich unter deinen Schutz zu stellen und mir 4500 Dollar zu zahlen, wenn ich dich tätowiere und mit dir schlafe."

Er nickt ernst, seine Nasenflügel blähen sich und die blöden Schmetterlinge in meinem Bauch verwandeln sich in explodierende Silvesterraketen.

Macht es mich zur Hure, wenn ich mich darauf einlasse, oder einfach nur zu einer gewieften Geschäftsfrau? Ist es überhaupt wichtig, zu was es mich macht, wenn ich durch diesen Pakt all meine Sorgen mit einem Schlag lösen kann?

Wohl eher nicht.

4500 Dollar sind verdammt viel Geld. Zur Not, falls Sold etwas passiert, kann ich damit drei Monate lang die Chinesen bezahlen. Zusätzlich habe ich mir den Schutz dieses Rockers gesichert und ich muss mich nicht mehr mit meinem Dildo vergnügen, sondern bekomme diesen Outlaw zwischen die Schenkel.

Muskeln und warme Haut statt Plastik. Ich würde sagen, das ist eine Win-Win-Win-Situation. Oder übersehe ich da etwa ein Detail?

Jetzt muss ich nur noch *Ja* sagen, aber irgendwie wollen mir diese zwei Buchstaben nicht über die Lippen kommen. Sold lockert seinen festen Griff, das Blut in meinen Armen beginnt wieder zu zirkulieren, es kribbelt wie verrückt.

Einmal muss ich mich einfach noch versichern, dass er kapiert hat, wie ernst die Lage ist.

„Und du schützt mich vor den Chinesen?"

„Ja, verdammt."

Er klingt genervt.

„Aber wie? Sie kommen immer zu sechst."

Seine Augen blitzen vor Belustigung auf.

„Denkst du etwa, dass sechs Stäbchenfresser ein Problem für mich darstellen? Süß! Du musst noch viel lernen, Alice."

Anscheinend.

„Und wie willst du sie dazu bringen, mich künftig in Ruhe zu lassen?"

Sold sucht meinen Blick.

„In dem ich sie töte! Einen nach dem anderen, bis keiner mehr übrig ist."

Ach du heilige Scheiße!

„Aber sie sind zu sechst."

„Ja, das sagtest du bereits, Mädchen. Ich versichere dir, dass diese Wichser kein Problem für mich darstellen!"

Wollen wir es hoffen!

„Aber das ist gefährlich. Was, wenn dir etwas passiert?"

Nachsichtig schüttelt er den Kopf und murmelt etwas Unverständliches über Zivilisten.

„Rocker leben gefährlicher ... Außerdem habe ich gestern mindestens ein Dutzend dieser Bastarde gekillt. Einem habe ich die Hauptschlagader aufgeschlitzt und die anderen sind zusammen mit ihren Drogen lebendig verbrannt. Wenn du Glück hast, sind die Typen, die dich erpressen, also längst tot. Und wenn nicht, werden sie es spätestens dann sein, wenn sie hier auftauchen, um das Geld einzukassieren. Mach dir keinen Kopf, Alice."

Schon seltsam, während für mich diese sechs Chinesen eine tödliche Bedrohung dargestellt haben, sind sie für Sold nicht mal eine Herausforderung.

Es ist schockierend, wie selbstverständlich Sold darüber spricht, wie viele Menschen er innerhalb eines Tages umgebracht hat. Und es ist noch *viiieeelll* schockierender, dass ich es beruhigend finde, zu hören, dass er weiß wovon er spricht.

„Sie kommen immer am ersten Freitag eines jeden Monats um Punkt acht Uhr abends."

„Gut zu wissen. Das heißt, dass du für die kommenden drei, nein, sagen wir sicherheitshalber lieber vier Wochen, unter meinem persönlichen Schutz stehst. Genug Zeit also, um den Skull auf meine Haut zu bekommen und um dich ordentlich durchzuficken. Nach Ablauf dieser Frist erhältst du von mir das Geld und unsere Vereinbarung erlischt."

Das alles klingt so leicht und unkompliziert, aber ich ahne, dass es das nicht sein wird.

„Alles was noch fehlt, ist meine Zustimmung."

Er nickt.

„So sieht es aus."

Für die Dauer einiger Herzschläge schließe ich die Augen, strecke die Hand nach ihm aus und streife mit den Fingern über seine Kutte und die sich darauf befindenden Patches.

Lieber Gott steh mir bei ...

Ich kenne diesen Rocker nicht, ich weiß nichts über ihn und trotzdem sagt mir mein Instinkt, dass ich es tun soll, dass ich mich auf dieses Abenteuer, diesen Deal und diesen Mann einlassen soll.

Als ich die Augen wieder öffne, sind all meine Zweifel verschwunden und ich wispere ihm ein leises „Ja" zu, was dem Rockerpräsidenten, dem ich nun für die kommenden vier Wochen gehöre, ein wildes Knurren entlockt.

Das Geräusch ist so animalisch, dass sich mein Unterleib sehnsüchtig zusammenzieht.

Was auch immer der kommende Monat für mich bereithält, ich kann es kaum erwarten, es herauszufinden ...

9. Kapitel

Sold

Lila Haare, rote Lippen, weiße Haut und bunte Tattoos. Dieses Mädchen hat etwas an sich, das mich fasziniert und zugleich erregt.

Alice ... Ihr Name ist eine Verheißung und der unsichere Blick, mit dem sie mich beobachtet, ein verführerisches Versprechen.

Die Mischung aus Furcht, Mut und Erregung, die sie ausstrahlt, lässt mich hart werden.

Für die nächsten Wochen gehört dieser Körper mir, ich kann mein Glück kaum fassen.

Je länger ich hier in Nevada bin, umso sicherer bin ich mir, dass es meine Bestimmung war, nach Valmy zu kommen.

Es kommt mir fast so vor, als hätte hier einfach alles, was ich jemals wollte, auf mich gewartet: Die Chance mich zu beweisen, eine willige Bitch, ein wunderschönes Mädchen und mein eigener Club. Besser geht es nicht.

„Ab wann beginnt unsere Vereinbarung?"

Alice Stimme klingt zittrig, Unsicherheit und Erwartung liegt in ihrer Frage.

„Ab jetzt!"

Sie öffnet den Mund, will etwas sagen und kommt allerdings nicht mehr dazu, denn ich packe sie an der Taille, hebe sie hoch und pinne sie mit dem Rücken gegen die Wand.

Sie keucht erschrocken auf, ich presse den Mund auf den ihren und schiebe meine Zunge tief in ihren Hals.

Ein Ruck geht durch ihren Körper, sie erschaudert, hält zuerst ganz still, ehe sie endlich reagiert und ihre langen Beine um meine Taille schlingt.

Der kurze Stoff ihres Rocks rutscht nach oben. Ich unterbreche den Kuss, genieße die Aussicht und danke Gott dafür, dass ihr String nur aus Spitze besteht und so nicht viel von ihrer rasierten Pussy vor meinen Blicken verborgen bleibt.

Bunte Konturen blitzen durch den Stoff hindurch, machen mich neugierig. Zwischen ihre Schenkel fassend, schiebe ich den Tanga beiseite und entblöße ein buntes Einhorntattoo, das von drei pinken Sternen eingerahmt wird, auf ihrem Schamhügel.

„Fuck Mädchen, Fuck! Ich hätte nicht gedacht, dass ich Einhörner jemals so sexy finden würde."

Sie lacht und leckt sich die Lippen.

Ich tue es ihr nach, spure mit der Zunge die Konturen ihres Mundes nach, beiße in das weiche Fleisch und dringe mit einem Finger tief in ihre enge Muschi ein.

Alice keucht, biegt den Rücken durch, sieht mir direkt in die Augen.

„Hast du vor, mich hier an der Straße, vor meinem Studio zu ficken, oder was soll das werden, Rocker?"

Verdammt! Widerwillig stelle ich sie ab, beobachte, wie sie den Rock nach unten zupft und sich fahrig die Locken aus dem Gesicht streift.

Dieses Mädchen wird eine Umstellung für mich. Seit über einem Jahr bumse ich nur Clubnutten, denen ist es egal, wo und vor wie vielen Zuschauern ich es ihnen besorge. Alice ist jedoch keine Bitch, sie ist eine starke und unabhängige Frau, und so werde ich sie auch behandeln. Zufrieden beobachte ich, wie sie auf wackeligen Beinen zurück in ihr Studio geht und auf die Liege deutet, die mit einem sterilen weißen Papier abgedeckt wurde.

„Okay. Zieh dich aus und leg dich auf den Bauch."

Überrascht sehe ich sie an.

„Du willst heute noch mit dem Tattoo anfangen?"

Ich hatte da ja eigentlich etwas anderes im Sinn.

„Ja, will ich. Es ist mir lieber, wenn du zuerst ein paar Körperflüssigkeiten verlierst."

Sie zwinkert mir frech zu, zieht sich ein paar schwarze Latexhandschuhe über und setzt sich auf den rollbaren Hocker.

„Du zögerst es hinaus."

Betont unschuldig sieht sie zu mir hoch.

„Schon möglich."

Es gefällt mir, dass sie Hemmungen hat, es gefällt mir gut. Das zeigt mir, dass sie sich bedeutend von den Frauen, die ich bisher gefickt habe, unterscheidet.

„Dir ist klar, dass du mir nicht mehr entkommen kannst?"

Ein unsicheres Lächeln huscht über ihr schönes Gesicht.

„Ja, das ist mir bewusst. Aber dir großer, böser Rockerpräsident sollte auch klar sein, dass du mir gleich ausgeliefert bist. Und wenn du mich weiterhin aufziehst, werde ich dir ein gigantisches, pummeliges und Muffin fressendes Einhorn anstatt deinem gewünschten Skull auf den Rücken tätowieren. Also benimm dich. Halt die Klappe und zieh dich aus."

Ungläubig starre ich sie an.

Was? Hat sie das gerade wirklich gesagt?

„Du drohst mir mit einem übergewichtigen, Kuchen fressendem Einhorn?"

Sie nickt und gluckst amüsiert.
„So sieht es aus."
Scheiße, ist dieses Mädchen süß!
Ich kann mich nicht erinnern, wann das letzte Mal jemand so lebensmüde war, mir zu drohen.
Es muss lange her sein, verdammt lange!
Aber was ich garantiert weiß, ist, dass mir noch nie jemand mit einem Unicorn gedroht hat. *Für alles gibt es immer ein erstes Mal ...*
Der Duft ihrer Pussy hängt noch immer an meinem Finger, treibt mich schier in den Wahnsinn. Mein Schwanz ist hart und mein Blut kocht. Dennoch akzeptiere ich, dass Alice diesen Aufschub braucht, und beginne damit, mich auszuziehen.
Als Erstes lege ich die Kutte ab, dann meine Waffe samt Holster und schlussendlich mein Shirt. Sie beobachtet mich, rutscht immer unruhiger hin und her und knabbert auf ihrer Lippe herum.
„Nicht schlecht, Sold. Wirklich nicht schlecht ... Es ist mir eine Ehre, mich auf diesem Körper zu verewigen."
Freut mich, dass ihr gefällt, was sie sieht.
„Warte nur ab, bis dich dieser Körper überwältigt, aufs Bett pinnt und so hart fickt, dass du um Gnade winselst ..."
Ihr Mund klappt auf, damit hat sie nicht gerechnet.
„Tja, Baby. Und eines sollte dir klar sein, das war keine Drohung, sondern eine Tatsache!"
Alice blinzelt ein paar Mal und schluckt hart. Ich reiche ihr die Skizze, die ich angefertigt habe und bespreche mit ihr die Details und worauf es mir besonders ankommt. Sie versteht schnell und hat tolle Ideen.
Ich höre gleich heraus, dass ihr der Totenkopf der Sons vertraut ist.

Das Surren der Maschine lullt mich ein. Ich spüre kaum Schmerz, das habe ich noch nie, wirklich. Die kleine Nadel, die sich wieder und wieder in meine Haut sticht, ist nichts im Vergleich zu dem, was ich schon alles aushalten musste. Das Gefühl, Alice so nah bei mir zu haben, ihr Geruch und die Spitzen ihrer bunten Haare, die ab und an über meinen Arm streichen, treiben mich in den Wahnsinn.
Es kostet mich einiges meiner Selbstbeherrschung, dass ich ruhig liegen bleibe und sie mir nicht einfach packe und mich bis zu den Eiern in ihr versenke.
Aber sie braucht Zeit, also werde ich versuchen, geduldig zu sein ...

10. Kapitel

Alice

Wie üblich, wenn ich arbeite, vergesse ich alles um mich herum. Die Sorgen, die Chinesen und das Geld ... nichts ist mehr von Bedeutung für mich, nichts außer dem Rocker, der vor mir liegt und mich aus seinen eisblauen Augen anstarrt. Die Wölbungen in seinen Schultern und Armen sind äußerst beeindruckend. Er liegt völlig ruhig da, zuckt nicht zusammen und sieht mich einfach nur an, was mich zugegebenermaßen ziemlich nervös macht. Sold erinnert mich an ein Raubtier, das auf der Lauer liegt – ich bin die Beute.

Fraglich ist nur, wann er zum tödlichen Sprung ansetzt.

Jetzt? Gleich? In einer Stunde oder erst morgen ...

Mir ist klar, dass ich dem Sex nicht ewig ausweichen kann, das will ich auch gar nicht, ehrlich. Aber ich brauche einfach etwas Zeit, um mich an den Gedanken zu gewöhnen.

Dass unser Deal so eine Richtung einschlägt, war für mich nicht vorhersehbar, und dass ich mich auf diesen Wahnsinn eingelassen habe, erst recht nicht.

Verdammt!

Ich fürchte mich nicht davor, mit diesem Son zu vögeln, sondern eher vor den Konsequenzen, die es mit sich bringen wird. Männer wie dieser Rockerpräsident sind anders. Sie leben nach ihren eigenen Gesetzen, töten ihre Feinde und nehmen sich, was sie wollen. Und aus irgendeinem unerfindlichen Grund will Sold mich!

Mein Glück! Hoffe ich zumindest.

So bekomme ich Schutz, Geld und Sex.

In meinem Kopf überschlägt sich das Gedankenkarussell nur so. Die Minuten verstreichen, werden plötzlich zu zwei vollen Stunden.

Für heute wollte ich nur mit den Konturen anfangen. Mein Plan ist es, den Skull in drei Sitzungen zu stechen, zwischen denen jeweils eine Woche Pause liegt, sodass die gereizte Haut heilen und sich beruhigen kann. Mit dem Anfang zufrieden, lege ich die Maschine weg, tupfe das Blut auf und desinfiziere seinen Rücken, sodass auf keinen Fall eine Entzündung entstehen kann. Solds Blick ruht noch immer auf mir.

Ich werde immer nervöser, das Prickeln in meinem Bauch erreicht einen neuen Höhepunkt und zwischen meinen Beinen wird es feucht.

Während der letzten Stunden haben wir kein Wort miteinander gewechselt, doch jetzt, wo ich das Schweigen brechen will, fällt mir nichts ein, was ich sagen könnte.

Das zwischen ihm und mir ist komisch, gegen jede Norm.
Ich meine, wir kennen uns noch gar nicht und trotzdem steht fest, dass wir Sex haben werden ...
„Wenn du mich weiterhin so ansiehst, kannst du das mit deinem Aufschub vergessen."
Seine dunkle Stimme klingt mehr nach dem Knurren eines Bären und nicht nach einem Mann.
„Wie sehe ich dich denn an?"
Ich trage eine dünne Schicht Creme auf die frisch gestochene Tinte auf. Die Muskeln in seinen Armen zucken, sein Rücken spannt sich, als ich sanft darüberstreiche, an.
„Tut es weh?"
Ein raues Lachen ausstoßend schüttelt er den Kopf.
„Nicht so, wie du denkst, Mädchen."
Irritiert runzle ich die Stirn.
„Was meinst du?"
Er wirkt zu gleichen Teilen gequält und belustigt.
„Muss ich dir das echt erklären?"
Ich nicke, da ich leider wirklich keine Ahnung habe, was er meint.
Ein Fehler, wie sich herausstellt, denn anstatt einer Erklärung setzt er sich einfach auf, packt mich an den Schultern und zieht mich auf seinen Schoß.
Huiuiui ...
Dick und hart presst sich seine Erektion durch den Stoff unserer Klamotten gegen meinen Po. Sein Schwanz fühlt sich riesig an und zuckt ungeduldig.
„Ich will dich so dringend ficken, dass es schmerzt, ich will mich in dich stoßen, dich zum Kreischen bringen und herausfinden, wie verflucht schön du bist, während du für mich kommst!"
Mein geflüstertes „Oh" lässt ihn nur den Kopf schütteln.
„Fuck Alice. Du hast keine Ahnung, welche Wirkung du auf mich hast. Dich so nah bei mir zu haben, dich einzuatmen, und deine Berührungen zu spüren, war die reinste Qual.
Während er spricht, umfasst er meine rechte Brust, knetet sie sanft und sieht mir dabei direkt in die Augen.
„Ich will dich. Ich will dich jetzt!"
Während mein Kopf noch immer analysiert, ob Sold eine gute Entscheidung war, hat sich mein Körper längst entschieden. Es fühlt sich so an, als würde meine Haut glühen – als würde ich verglühen. Langsam vergrabe ich meine Finger in seinen Haaren, ziehe ihn ein Stückchen zu mir heran und komme ihm gleichzeitig entgegen. Sachte

streife ich mit den Lippen über die seinen, sorge dafür, dass unsere Münder verschmelzen, und küsse ihn träge. Mit der Zunge teile ich seine Lippen, stoße dann auf die seine und keuche leise. Sold überlässt mir genau zehn Sekunden lang die Führung, ehe er sie wieder an sich reißt und meinen Mund so stürmisch in Besitz nimmt, dass unsere Zähne aufeinanderschlagen. Mit jedem Herzschlag werden wir wilder und unser Kuss intensiver. Mein Herz rast und schlägt mir wummernd gegen die Rippen. Instinktiv reibe ich mich an ihm – wir sind beide verloren ... Seine Hand gleitet unter meinen Rock, legt sich auf meine Scham und reibt über die geschwollenen Falten. Mein Becken zuckt nach vorne, seinen in mich gleitenden Fingern entgegen.

In dem Moment, in dem er in mich eindringt, explodiert etwas in mir. Der ganze aufgestaute Druck der vergangenen Monate zerplatzt, löst sich auf und hinterlässt eine angenehme Leere.

Jetzt, in diesem Augenblick, zählen nur wir zwei.

Die Furcht, die mich, seit dem ersten Auftauchen der Chinesen, fest im Griff hatte, verliert an Bedeutung. Seltsamerweise fühle ich mich in den Armen dieses Rockers absolut sicher. Was verrückt ist, denn dieser Mann ist alles, aber gewiss nicht ungefährlich.

„Ich muss in dir sein, Baby!“

Sein Geständnis, lässt mich erschaudern.

„Jetzt? Hier?“

Er nickt.

„Sofort!“

Zitternd richte ich mich auf die Knie auf, sodass er an den Verschluss seiner Jeans herankommt. Ich höre das Klimpern der Gürtelschnalle und das Ratschen des Reißverschlusses. Einen Moment später drückt sich die Wulst seiner Eichel dick gegen meine Öffnung.

„In der Innentasche meiner Kutte befindet sich ein Kondom. Hol es heraus.“

Ich tue es, reiße die Verpackung auf und suche seinen Blick.

„Bist du dir sicher, dass wir das jetzt tun sollten?“

Knurrend pinnt er seinen Mund erneut auf den meinen.

„Ganz sicher!“

Sold nimmt mir den Gummi ab, rollt ihn sich über den Schwanz und presst mich auf sein hartes Glied. Ich lasse mich von ihm führen, spüre, wie er mich fester und fester auf sich drückt und wie sich sein harter Schwanz immer mehr in mich bohrt. Tiefer und tiefer dringt er in mich ein. Ich kreische und zapple, das intensive Gefühl der Dehnung ist beinahe zu viel. Sein Glied ist groß, zu groß, um es schmerzfrei in mir aufnehmen zu können. Tapfer beiße ich mir auf die Lippe, stütze mich an seinen Schultern ab und lasse mich mit einem Ruck auf ihn sinken. Mein gequälter Schrei vermischt sich mit seinem Stöhnen. „Fuck Alice! Fuck! Fuck! Fuck! Fühlst du dich gut an!"

Sold steckt so tief in mir, dass ich nicht mehr spüren kann, wo ich aufhöre und wo er anfängt. Ich fühle mich wie gepfählt. Das heftige Brennen wird weniger und ich beginne, mich etwas zu entspannen. „Dein Ding ist verdammt groß."

Sold grinst zufrieden, leckt an meinem Hals entlang und saugt sich an meiner Kehle fest.

„Deine Pussy ist verdammt klein. Es wundert mich, dass du nicht zum Heulen angefangen hast. Shit! Es hat sich angefühlt, als würde ich dich zerreißen. Der Hammer! So was Geiles habe ich noch nie erlebt."

Ich bewege mich testend, prüfe, wie aufgerissen ich bin, und entlocke ihm so ein wildes Brummen.

„Mach das noch mal und ich ficke dich. Hart!"

Da sich die Pein mit jedem Atemzug mehr und mehr in Lust verwandelt, nehme ich die Herausforderung an, und beginne mit dem Unterleib zu kreisen, während ich meine inneren Muskeln anspanne. Sold stößt einen Fluch aus, springt von der Liege und drückt mich eine Sekunde später mit dem Rücken gegen die Wand.

„Halt dich an mir fest."

Noch bevor ich es tue, verfällt er in einen schnellen, tiefen und verflucht guten Rhythmus. Sein Schwanz hämmert sich in mich, entlockt mir gellende Schreie und setzt mich in Flammen. Meine Mitte passt sich seiner Härte an, wird immer feuchter und sensibler. Sold berührt mich, foltert mich und fickt mich!

Mit jedem erneuten Vorstoß trifft er auf meinen G-Punkt, stupst ihn an und löst so heftige Zuckungen in mir aus.

Tränen schießen mir in die Augen, ich presse den Kopf an die Wand und meinen Schoß gegen seinen Schwanz.

Der Griff, mit dem Sold mich hält, ist besitzergreifend und gnadenlos. Morgen werde ich bestimmt blaue Flecken an den Stellen haben, an denen sich seine Finger in mich bohren.

Meine Gedanken verstummen, ich japse nach Luft und beobachte unter halb gesenkten Lidern, wie mein Rockerpräsident die Zähne zusammenbeißt. Sein Gesicht ist zu einer Fratze verzogen, die Hügel seines Sixpacks spannen sich bei jedem Vorstoß an, genau wie die Muskeln in seinen Armen.

„Yeah Baby! In dir zu sein, fühlt sich unglaublich an!"

Ich will etwas sagen, bringe aber nur ein Wimmern zustande, weil er sich erneut in mich rammt. Das Pochen in meinem Bauch wird stärker und gewinnt an Intensität.

Schwarze Punkte flirren am Rand meines Sichtfelds. Ich kann nicht mehr atmen, nichts mehr sehen, sondern nur noch fühlen.

Der Orgasmus, der sich in mir aufbaut, gleicht einem Vulkan, der in dem Moment, in dem Sold mir durch mein Top hindurch in den Nippel beißt, ausbricht.

Schreiend sinke ich gegen ihn. Die Kontraktionen in meinem Unterleib sind so stark, dass Sold zu fluchen beginnt und mir wenige Stöße später über die Klippe der Erlösung folgt.

Erschöpft und von dem eben Passierten überwältigt, berge ich mein Gesicht an seinem verschwitzten Hals, schließe die Augen und inhaliere seinen herben Duft.

Ich spüre, wie er mir seine Arme um die Mitte schlingt, mich zu der Liege trägt und darauf absetzt. Wir sind noch immer miteinander verbunden, was die Intimität dieses Augenblicks in schwindelige Höhen schnellen lässt. Erstaunlich sanft streicht er mir eine Locke aus der Stirn und sieht mich besorgt an.

„Alles okay bei dir, Mädchen?“

Wenn ich das nur wüsste.

„Das war hart ... hart, aber gut.“

Ein Lachen rumpelt in seinem Brustkorb.

„Gut? Nope! Das war der Hammer. Deine Pussy ist unglaublich. Eng und heiß und absolut süchtig machend. Das brauche ich jetzt jeden Tag! Am liebsten würde ich mich sofort wieder in dich rammen und einfach in dir bleiben.“

Das bringt mich zum Kichern.

„In mir bleiben? Das geht nicht.“

„Ach nein?“

Um mir zu beweisen wie ernst es ihm ist, zieht er sich nicht aus mir heraus, sondern drückt sich wieder bis zum Anschlag in mich hinein.

„Die nächsten Wochen gehörst du mir, Alice. Vergiss das nicht.“

Jegliche Leichtigkeit ist aus seiner Stimme verschwunden. Jetzt klingt er wieder wie der gefährliche Rockerpräsident, der er nun mal ist. Ich stemme meine Hände gegen seine Schultern, will ihn wegdrücken und scheitere.

„Verdammt, Sold. Was soll das?“

„Ich verdeutliche dir, wie ernst es mir ist!“

Und das tut er, mit beeindruckender Nachdrücklichkeit ...

11. Kapitel

Sold

„Seit zehn Tagen habe ich kein Schlitzauge mehr gesehen. Gar keins! Nicht einen einzigen!“

Jasper klingt traurig, was mich zum Lachen bringt.

„Das ist ein gutes Zeichen. Wir haben gewonnen, freu dich.“

Er murmelt etwas, flucht und streckt die Beine aus.

Das *Vize-Patch*, das seine Kutte seit den letzten drei Wochen ziert, macht sich gut an seiner Brust. Jasper ist die beste Besetzung für den Job. Mit ihm an meiner Seite und Tausenden von Dollars aus meiner eigenen Tasche ist es mir gelungen, das Chapter auf Vordermann zu bringen. Morgen bekommen die Sons in Valmy das erste Mal eine Lieferung Uzis für den direkten Weiterverkauf. Die israelischen Maschinengewehre sind derzeit die gefragteste Hardware und werden uns auf dem Schwarzmarkt regelrecht aus den Händen gerissen, was bedeutet, dass sich unsere Kassen füllen.

Bis auf die Stelle des Sergeants sind alle Posten besetzt. Und bis auf Jasper sind die Nomads wieder abgereist. Es läuft gut, würde ich sagen. Der Geruch von frischer Farbe und Putzmitteln weht durch das Clubhaus. In wenigen Stunden wird auch unser großer Hauptraum fertig sein.

„Warum freuen? Wenn wir niemanden mehr haben, auf den wir Jagd machen können, wird es langweilig.“

Früher habe ich das auch so gesehen. Jetzt, als Präsident, hingegen liegt mein Fokus nicht mehr ausschließlich auf dem Töten unserer Feinde, sondern auf der Sicherheit und den Geschäften des Clubs.

„Keine Sorge, wenn das Business erst mal richtig angelaufen ist, haben wir genug Arbeit.“

Schnaubend zündet er sich eine Kippe an und verdreht die Augen.

„Die letzten sechs Stäbchenfresser hast du letzten Freitag alleine kaltgemacht. Du hättest mir zumindest einen übrig lassen können.“

Bullshit!

„Das ging nicht, das war etwas Privates und das weißt du genau.“

Er nickt, inhaliert den ersten Zug und lässt den silbernen Deckel seines Zippos immer wieder auf- und zuschnappen.

„Ja weiß ich. Ich kann verstehen, dass du die Wichser, die Alice bedroht haben, allein fertigmachen wolltest. Trotzdem! Ich brauche was zu tun, sonst drehe ich durch. Nicht jeder hat eine sexy Maus mit lila Haaren, an der er sich austoben kann.“

Aye, ich bin ein verdammter Glückspilz!

Nevada hat es äußerst gut mit mir gemeint. Das Patch auf meiner Kutte, Alice und auch sonst alles ...

Ich habe mehr, als ich mir jemals erträumt habe.

„Beschwer dich nicht, ich habe dir Amanda überlassen."

„Du hast mir deine ausgediente Bitch rüber geschupst, während du dir den Hauptgewinn gesichert hast. Alice ist klasse. Sie hat etwas Besseres als dich verdient, Bro."

Das ist mir durchaus bewusst!

Trotzdem habe ich nicht vor, dieses Mädchen jemals wieder freizugeben. Die vereinbarten vier Wochen laufen heute Nacht ab, aber es fühlt sich nicht so an, als wären wir beide am Ende angekommen. Eher ist das genaue Gegenteil der Fall, wir stehen direkt am Anfang unserer Geschichte.

Das Ladyleder, das in der obersten Schublade meines Schreibtisches bereit liegt, verhöhnt mich regelrecht. Es macht mir klar, wie sehr ich mich innerhalb kürzester Zeit verändert habe.

Seit meiner Ankunft in Valmy ist viel passiert.

Meine Prioritäten haben sich geändert – Alice hat mich verändert.

Das Tattoo auf meinem Rücken ist so gut wie fertig, es fehlen nur noch ein paar Feinheiten, die heute eingefügt werden sollen.

Und sobald das passiert ist, mache ich aus der schönsten, verrücktesten und zugleich mutigsten Frau, die mir jemals begegnet ist, die erste Old Lady des Nevada Chapters des *Sons of Silence Motorcycle Clubs.*

12. Kapitel

Alice

Wie so oft in den letzten Wochen sitze ich auf der Stufe vor meinem Studio, rauche eine und warte auf meinen Rocker.

Auch nach all der Zeit und dem vielen Sex beginnt mein Herz noch immer wie verrückt zu schlagen, sobald ich das Dröhnen seiner Harley höre.

In dem Geschäft neben mir sind die Renovierungsarbeiten im vollen Gange. Samuel, der Sohn von Ben, hat beschlossen, zusammen mit seinem Dad den Zigarrenladen neu zu eröffnen. Dem neuen Präsidenten der Sons ist das Unmögliche gelungen. Er hat es geschafft die *Chung Ying Lee's* aus Nevada zu vertreiben.

Unsere Stadt gehört wieder uns, die Menschen hier sind sicher – Hoffnung liegt in der Luft.

Die Biker cruisen wieder mehr durch die Straßen, fahren ihre Runden und sorgen für Sicherheit. Die vielen Dealer und mit ihnen die Drogen sind verschwunden, dafür sieht man wieder Kinder mit den Fahrrädern auf den Gehwegen und ältere Frauen, die im Schatten der Bäume sitzen und das rege Treiben beobachten.

Unser Städtchen hat überlebt – ich habe überlebt, und das habe ich nur dem Outlaw mit den blauen Augen zu verdanken ...

Wehmut breitet sich in mir aus. Heute ist unsere letzte Nacht, dann ist unsere Vereinbarung erledigt und unsere Zeit sprichwörtlich abgelaufen.

Ich sollte froh sein, dass alles so gut geklappt hat, doch ich bin es nicht ...

In den letzten Wochen habe ich einen riesigen Fehler begangen und mich in Sold verliebt. Ich bin süchtig nach seinen Küssen, sehne mich danach, in seinen Armen zu liegen oder hinter ihm auf dem Bike zu sitzen und den Fahrtwind im Gesicht zu spüren.

An der Seite dieses Mannes habe ich eine ganz neue Welt kennengelernt.

Sold hat mir seinen geliebten Club gezeigt, stundenlange Ausfahrten mit mir gemacht und mir nachts, wenn wir erschöpft, verschwitzt und befriedigt im Bett gelegen sind, von seinen Visionen erzählt. Es ist unglaublich, welche Pläne er für die Sons hat, seine Energie scheint unerschöpflich zu sein ...

Seufzend beobachte ich, wie es dunkel wird. Wir haben jetzt Mitte November, trotzdem ist es nicht wirklich kalt. Der Winter meint es gut mit uns – die ganze Welt scheint es gerade gut mit uns zu meinen ...

Das Knurren eines Motorrads ertönt, eine Minute später biegt Sold auch schon um die Kurve und kommt auf mich zu.

Wie üblich hält er an genau derselben Stelle, an der er auch bei unserer ersten Begegnung geparkt hat. Es kommt mir beinahe vor wie ein Déjà-vu. Nur dass wir heute keinen Fremden mehr sind, sondern Geliebte.

Er zieht sich den Helm vom Kopf, fährt sich mit den Fingern durch die Haare und bedenkt mich mit seinem Killerlächeln, das jedes Mal von Neuem die Schmetterlinge in meinem Bauch zum Leben erweckt. Ich habe längst aufgehört, sie sterben zu lassen, sondern heiße sie und meinen Outlaw mit einem Lächeln willkommen.

„Hey Mädchen."

„Hey Rocker."

Allein dass die Möglichkeit besteht, dass wir uns heute das letzte Mal auf diese Weise begrüßen, lässt mir die Tränen in die Augen steigen.

Sold bemerkt meine Traurigkeit, steigt geschwind ab und setzt sich neben mir auf die Stufe. „Scheiße, Baby. Was ist los?"

Der große böse Biker klingt so besorgt, dass sich mein Herz vor lauter Liebe zusammenzieht.

„Nichts. Ich freue mich nur, dich zu sehen."

Ein Knurren ausstoßend, legt er den Kopf schief, packt mich am Kinn und sieht mir tief in die Augen.

„Du bist eine schlechte Lügnerin, Süße."

Ich muss grinsen, während mir zugleich dicke, salzige Tropfen über die Wangen rinnen.

Er hebt mich kurzerhand hoch und platziert mich auf seinem Schoß.

Zärtlich streicht er mit seinen Lippen über meine Stirn und schlingt seine Arme um meine Taille.

„Sag mir, was dich bedrückt."

Ich schniefe und kämpfe gegen die Tränen an.

„Das ist unsere letzte Nacht ..."

Solds Mundwinkel zucken.

„Deshalb weinst du?"

Ja zum Teufel! Warum denn sonst ...

Aus Angst, dass mir über die Lippen kommt, dass ich mich verliebt habe, beiße ich mir auf die Zunge und nicke einfach nur.

„Oh Alice. Denkst du wirklich, dass ich dich einfach so aufgebe? Dass ich dich heute noch mal ficke und dann vergesse?"

Keine Ahnung! Gott bin ich verwirrt ...

Als ich nichts sage, sondern ihn nur schweigend ansehe, schüttelt er aufgebracht den Kopf, stößt einen Fluch aus und drückt seinen Mund so fest auf den meinen, dass es mir den Atem verschlägt. Sein Kuss ist wild, hart, leidenschaftlich und viel zu kurz.

„Du gehörst mir, Baby. Du stehst unter meinem Schutz, für jetzt und für immer. Scheiß auf den Deal, das Geld, die Chinesen und den ganzen anderen Mist. Alles was ich will, bist du. Ich will das Recht haben, dich zu packen, das Recht, dich zu besitzen und das Recht, dich nie wieder loszulassen. Du gehst mir unter die Haut, Mädchen."

Hoffnung wallt in mir auf.

„Das heißt, du willst mich?"

Er lacht.

„Habe ich je einen Zweifel daran gelassen?"

Nein, eigentlich nicht. Trotzdem ...

Mit seinem Zeigefinger stupst er mir auf die Nase, haucht mir einen sanften Kuss auf die Stirn, fasst sich unter die Kutte und zieht ein braunes, ziemlich verknittertes Päckchen hervor.

„Was ist das?"

„Mach auf und sieh es dir an."

Täusche ich mich oder wirkt der sonst so selbstsichere und unerschütterliche Outlaw plötzlich etwas nervös. Neugierig löse ich die Klebestellen und falte das Papier auf. Glattes, schwarzes Leder kommt zum Vorschein, mein Mund klappt auf und meine Gedanken überschlagen sich.

Das schwarz-weiße Patch, auf dem *Property of Sold* steht, sticht mir als allererstes ins Auge.

„Erweise mir die Ehre und werde meine Old Lady, Alice. Ich brauche dich, dringender als den nächsten Atemzug. Mach meine Welt perfekt und werde zu meinem Eigentum."

Sprachlos lausche ich seinen Worten, streiche über den rauen Aufnäher und fange erneut an zu weinen. Doch dieses Mal sind es Tränen des Glücks ...

Ich will Ja sagen, doch ich bin so überwältigt, dass ich diese eine Silbe nicht über die Lippen bekomme. Sold denkt wohl, dass ich Zweifel habe, seine Mimik verdüstert sich.

„Ich brauche das elementare Recht, dich beschützen zu dürfen. Ich brauche dich, Alice. Sag Ja und ich schwöre dir bei meinem Leben, dass du es niemals bereuen wirst!"

Während wir so dasitzen, wird mir schlagartig bewusst, dass das Schicksal meinen Wunsch tatsächlich erhört und mir meinen ganz persönlichen Helden geschickt hat.

Das Mädchen mit den lila Haaren und der gefürchtete Rockerpräsident ...

„Ja, ja ich will deine Lady sein."

Der plötzliche Freudenschrei, den er ausstößt, sorgt dafür, dass sich alle Menschen zu uns umdrehen. Nun stehen wir im Zentrum der Aufmerksamkeit. Jeder beobachtet uns, jeder will wissen, was hier passiert. Neugierig sehen sie dabei zu, wie er meine Kutte aus der Verpackung holt und mir über die Schultern legt. Es dauert einen Moment bis die Menge kapiert hat, was da gerade passiert ist, dann werden Jubelrufe laut.

Einige klatschen, zwei Jugendliche, die gerade mit ihren Skateboards vorbeifahren wollten, stoßen Pfiffe aus. Sold lässt sich davon nicht beirren, sondern umfasst mein Gesicht, raunt mir leise zu, wie sehr er mich will, und küsst mich tief und langsam.

Dick und hart presst sich seine Erektion gegen meinen Po, ich heiße seine forsche Zunge willkommen und sinke seufzend an seine Brust.

Ich fühle mich wie eine Prinzessin, die nach langer Suche endlich ihren Prinzen gefunden hat ...

Bleibt mir nur zu hoffen, dass derselbe Schlusssatz, der unter meinem Lieblingsmärchen stand, auch auf uns zutrifft ...

Und sie lebten glücklich, bis ans Ende ihrer Tage.

Rocker lieben endlos

Prolog

Jasper

Der Tag war lang – *ach Bullshit* – die letzten Wochen waren lang.

Seit ich beschlossen habe, in Valmy zu bleiben und das *Vize-Patch* auf meine Kutte zu nähen, stehe ich immer unter Strom.

Es gibt viel zu tun, so viel, dass ich kaum zum Schlafen komme, und das ist gut, sehr gut sogar. Ich mag den Stress, ich brauche immer etwas Adrenalin in meinen Venen, um mich lebendig zu fühlen.

Früher habe ich die meisten Nächte in der engen Pussy irgendeiner Bitch verbracht, doch das ganze Geficke reizt mich nicht mehr, zumindest nicht mehr so wie früher. Das hindert mich natürlich nicht daran, mir einmal am Tag Amanda zu packen und meinen Stress in ihrem engen Loch abzuarbeiten. Die kleine Nutte ist irgendwie süß und hat etwas Wildes an sich, aber sie ist leider auch berechnend und das lässt mich auf Abstand gehen. Seit sich mein Präsident dazu durchgerungen hat, Alice, seinem Mädchen, ein Ladyleder anzuziehen, beobachte ich, wie er von Tag zu Tag immer glücklicher wird.

Das dämliche Grinsen, das er ununterbrochen zur Schau stellt, geht mir gehörig auf den Sack.

Bis jetzt habe ich mich nie dazu durchringen können, für längere Zeit an ein und demselben Ort zu bleiben.

Aber jetzt, wo es so weit ist, spiele ich mit dem Gedanken, mir eine Frau zu suchen, eine, die mein Bett warm hält, die auf mich wartet und die mir etwas bedeuten kann.

Ein netter Gedanke, der mir nicht zum ersten Mal durch den Kopf zuckt.

Dumm nur, dass ich keine Ahnung habe, wo ich so ein Mädchen finden soll.

Die Tussis, mit denen ich zu tun habe, kommen nicht infrage.

Wenn ich mich schon auf das Abenteuer einer Beziehung einlasse, dann muss es etwas Echtes sein.

Fluchend reibe ich mir über die Stirn, stoppe an der roten Ampel und lasse meinen Blick über die nähere Umgebung schweifen.

Alle ist ruhig – alles ist friedlich.

Links von mir springt eine Lampe an, beleuchtet den bis eben noch im Dunkeln gelegenen Hinterhof eines Restaurants. Neugierig beobachte ich, wie sich die leicht schief hängende Türe öffnet und eine kleine Gestalt zum Vorschein kommt.

Eine junge Frau überquert den Hinterhof, sie hat eine Flasche Wein in der Hand, setzt sich auf eine umgekippte Holzkiste und zündet sich eine Zigarette an. Mit einer Hand streift sie sich durch die langen Haare, der glühende Punkt ihrer Kippe bewegt sich wie ein oranges Glühwürmchen durch die Luft.

Ich kann es nicht hören, aber ich stelle mir vor, wie sie ein erleichtertes Seufzen ausstößt, als sie sich den ersten Schluck des Weines gönnt.

Die Ampel schaltet auf Grün, ich ignoriere den Farbwechsel, bleibe einfach stehen und beobachte die Fremde dabei, wie sie rauchend den Kopf in den Nacken legt und die Sterne betrachtet. Der Lichtkegel erhellt ihre ebenmäßigen Gesichtszüge. Selbst von hier aus kann ich erkennen, dass sie eine echte Schönheit ist ...

Sie bemerkt mich, unsere Blicke begegnen sich und ein freches Lächeln zupft an ihren vollen Lippen. Ich spüre ihre Augen auf mir, sie checkt mich ab, was mich amüsiert, genau das Gleiche habe ich eben bei ihr gemacht.

Was sie wohl denkt?

Ich muss ein merkwürdiges Bild abgeben. Allein an der Kreuzung auf meinem Bike sitzend, direkt vor einer grünen Ampel.

Für einen kurzen Moment zögert das Mädchen, dann steht es auf und kommt, an der Flasche nippend, auf mich zu.

„Hey Son of Silence."

Ihre Begrüßung bringt mich zum Schmunzeln.

„Hey Mädchen."

Sie blickt sich um, betrachtet die verlassene Straße und zieht an ihrer Kippe.

„Ist dir heute zu viel Verkehr?"

Bevor ich antworten kann, hält sie mir den Wein entgegen.

Ohne groß darüber nachzudenken, nehme ich ihn, trinke einen großen Schluck und schalte den Motor aus. Die plötzlich eintretende Stille ist ohrenbetäubend.

„Aye, diese Rushhour hier in Valmy ist unerträglich."

Ihr Lachen hallt in meinem Brustkorb wider. Mit funkelnden Augen nimmt sie mir die Flasche wieder ab, trinkt und streift mit einem Finger der Hand, in der sie ihre Zigarette hält, über den Tank meiner Harley.

„Ein schönes Teil."

Ein roter Weintropfen perlt an ihrer Lippe, es kostet mich einiges an Beherrschung, dass ich mich nicht vorbeuge, meine Faust in ihren dunklen Locken vergrabe und ihn ablecke.

„Lust auf eine Spritztour?“

Sie zögert, was nur verständlich ist, schließlich kennen wir uns keine fünf Minuten.

Wieder führt sie den Wein an ihren Mund, betrachtet neugierig meine Kutte und nickt wissend, als sie das Vize-Patch auf dem Leder entdeckt.

„Du bist der Neue, Jasper. Stimmt's?“

Es wundert mich nicht, dass sie von mir gehört hat, in dieser Stadt verbreiten sich Neuigkeiten schnell. Vor allem die, in denen es um den Club geht.

„Stimmt.“

„Hast du keine Lady? Oder warum treibst du dich nachts alleine herum?“

Neugieriges kleines Biest.

„Vielleicht bin ich noch auf der Suche.“

Einen letzten Zug von ihrer Zigarette nehmend, inhaliert sie geräuschvoll den warmen Rauch, ehe sie den Filter mitten auf die leere Kreuzung schnippt.

Ich nutze den Moment, betrachte sie etwas genauer und präge mir jedes Detail genau ein. Lange Wimpern, europäische Gesichtszüge, die gut zu ihrem italienischen Akzent passen, hohe Wangenknochen, volle Lippen, eine schmale Taille und pralle Titten.

Das schwarze, ausgefranste Top hat einen tiefen Ausschnitt. Darüber trägt sie eine Art Strickjacke, dazu eine enge, hellblaue Jeans. Die Kombination aus all dem ist überraschenderweise ziemlich sexy.

„Ja, das kenne ich.“

Gut zu wissen. Die Tatsache, dass sie keinen Kerl hat, gefällt mir.

Mein Angebot hängt noch immer zwischen uns, ich bin gespannt, ob sie mutig genug ist, sich zu mir, dem gefürchteten Vizepräsidenten des *Sons of Silence Motorcycle Clubs,* auf das Motorrad zu setzen. Für eine Weile sehen wir uns einfach nur an, dann murmelt sie etwas in ihrer Muttersprache, das ich nicht verstehe, stellt die Weinflasche mitten auf der Straße ab, und nickt entschlossen.

„Das mit der Tour geht klar, aber nur, wenn du mich anschließend gleich nach Hause bringst.“

Ich lasse mir meine Überraschung nicht anmerken.

„Geht klar, Baby.“

Sie kichert, beißt sich in die Unterlippe, zieht die Nase kraus und schüttelt den Kopf.

„Baby? Echt jetzt? Das ist fast schon zu abgedroschen für einen Outlaw wie dich.“

Etwas unbeholfen steigt sie hinter mir auf den Sozius, rutscht umher und versucht, möglichst viel Abstand zwischen uns zu lassen. Das kann sie vergessen.

Bestimmend fasse ich nach hinten, packe sie an den Knien und ziehe sie mit einem Ruck zu mir, sodass sich ihre Schenkel an meine Beine pressen und ich die weichen Wölbungen ihrer Brüste am Rücken spüre. Ihr überraschtes Quietschen ignoriere ich.

„Wenn du nicht Baby genannt werden willst, musst du mir deinen Namen verraten."

„Viola."

„Sehr schön Viola, dann leg mir jetzt deine Arme um die Mitte und krall dich an mir fest, als wäre der Leibhaftige höchstpersönlich hinter uns her."

Zögerlich tut sie es, verflicht die Finger vor meiner Gürtelschnalle und lehnt sich an mich.

„Hinter uns her? Wenn alles, was ich über dich gehört habe, stimmt, dann sitzt der Leibhaftige vor mir auf dem Bike."

Interessant.

„Du denkst, du hast dich auf den Teufel eingelassen?"

Ich kann ihr Nicken zwar nicht sehen, aber dafür spüren.

„Und du bist trotzdem aufgestiegen?"

Wieder nickt sie.

„Warum?"

„Weil ich schon immer gern verrückte Dinge getan habe. Langweilig ist nichts für mich."

Bämm ... Das war die beste Antwort – genau das wollte ich hören.

„Bereit für einen Tanz mit dem Teufel?"

„Aber so was von."

Mit einem Tritt starte ich den Motor, spüre, wie Viola ihren Griff festigt, und gebe Gas.

Wir rasen über die leere Kreuzung, ich biege in die nächste Querstraße ein und lege die Harley tief in die Kurve. Das Mädchen hinter mir quietscht begeistert und krallt sich an meinem Hosenbund fest. Die nächste halbe Stunde machen wir Valmy unsicher, fahren am Clubhaus vorbei und lassen die Stadtgrenzen hinter uns. Das Gefühl ihres kleinen, warmen Körpers, der sich an mich drückt, ihre Finger an meinem Bauch und ihre Schenkel an meinen Beinen – es fühlt sich perfekt an – so, als wäre Viola nur für mich geschaffen worden. Dieses Mädchen werde ich so schnell nicht mehr aus den Augen verlieren. Der Jäger in mir hat eine neue Beute gefunden, es wird Spaß machen, sie zu erlegen ...

1. Kapitel

Viola

Wir sitzen seit einer Stunde in dem kleinen Restaurant meines Onkels, trinken Wein und unterhalten uns. Wobei, wenn man es genau nimmt, trinke nur ich Wein, der Rocker mir gegenüber, der aussieht, als wäre er gerade aus einem Horrorfilm gesprungen, kippt ein Glas Whisky nach dem anderen in seine Kehle und ist verrückterweise immer noch nüchterner als ich. *Wie macht er das?*

Ich trinke einen weiteren Schluck des Merlots, lecke mir einen Tropfen von der Lippe und beobachte, wie sich seine Pupillen weiten.

Die Luft zwischen uns knistert, in meinem Bauch kribbelt es wie verrückt und meine Fantasie ist, seit wir uns gesetzt haben, damit beschäftigt, mir das heißeste Kopfkino aller Zeiten zu bescheren. Während der letzten sechzig Minuten habe ich mir erlaubt, mich gedanklich von diesem Outlaw auf mindestens ein Dutzend Arten ficken zu lassen. Und was soll ich sagen? *Halleluja ...*

Jasper ist verteufelt sexy und zugleich verteufelt angsteinflößend. Überhaupt ist einfach alles an ihm VERTEUFELT!

Das Verteufeltste jedoch ist, dass ich ihn will.

Seit wir uns vor einer Woche über den Weg gelaufen sind, frage ich mich, wie es sich wohl anfühlt, mit ihm Sex zu haben. Dank unseren vielen Gesprächen und dem Patch, das sich auf der linken Seite seiner ledernen Kutte befindet, weiß ich, dass er der Vizepräsident des *Sons of Silence Motorcycle Clubs* ist. Was ich ziemlich beeindruckend finde.

Ich stehe auf Männer in Führungspositionen. Was gibt es attraktiveres, als einen mächtigen Mann, der ganz genau weiß, was er will, und kein Problem damit hat, es sich zu nehmen? Eben, nichts!

Er hat mir erzählt, dass er bis vor Kurzem noch ein Nomad war, also ein heimatloser Rocker, der im Auftrag seines Clubs auf den Highways dieses Landes unterwegs war und *gewisse Dinge*, wie er es nennt, erledigt hat.

Wahrscheinlich sollte ich dankbar sein, dass er nicht weiter ins Detail gegangen ist, trotzdem bin ich neugierig.

Mehr als einmal lag mir die Frage, was für *gewisse Dinge* das denn genau waren, auf der Zunge. Aber ich habe mich nicht getraut, sie zu stellen. Manchmal ist etwas Unwissenheit gar nicht so verkehrt.

Was auch immer das zwischen mir und diesem Rocker ist, es fühlt sich gut an.

Als Köchin habe ich keine geregelten Arbeitszeiten. Während andere abends oder an den Wochenenden frei haben, stehe ich in der Küche und arbeite.

Für die meisten Männer, die ich bisher kennengelernt habe, war das immer ein Problem. Jasper hingegen kommt gut damit klar.

Vorgestern, als ich um kurz nach elf Uhr nachts endlich Feierabend hatte, stand er draußen auf der Straße und hat auf mich gewartet. Seine Arme hatte er vor der Brust verschränkt, sodass die Muskelberge, die sich unter seinem Shirt befinden, besonders gut zur Geltung gekommen sind. Allein bei der Erinnerung wird es zwischen meinen Schenkeln verräterisch feucht.

Alles war dunkel, einzig der Lichtkegel der Straßenlaterne hat sich in dem Chrom seiner Harley gebrochen. Er saß beinahe reglos da, die langen Beine ausgestreckt, das Bike lässig ausbalanciert.

Groß, stark und düster stand er da, und hat auf mich gewartet. Jede andere Frau hätte sicherlich einen Schrecken bekommen, wenn ihr einer der gefürchteten *Sons of Silence* in der Dunkelheit aufgelauert hätte, ich hingegen bin ohne zu zögern hinter ihm auf's Bike gestiegen, habe zugelassen, dass er meine Arme um seine Mitte gezogen und mir zugeraunt hat, dass ich mich an ihm festhalten soll.

Was für ein Erlebnis ...

Wir sind durch die Stadt gerast, haben erst in der Wüste Nevadas angehalten und es uns auf der Decke, die er dabeihatte, gemütlich gemacht.

Eine Dose Bier, Kippen und der Sternenhimmel, die perfekte Kombi.

Wir haben die Sternschnuppen beobachtet und uns über Gott und die Welt unterhalten.

Es war magisch, absolut magisch.

Jasper hat es nicht nötig, mit Geld um sich zu werfen oder mir seine Kraft zu demonstrieren. Er ist einfach er selbst und fängt mich damit immer mehr ein.

Bis auf ein paar Küsse ist zwischen uns noch nichts passiert, das wundert mich, denn ich kann das Verlangen in seinen Augen sehen.

Wieder nippe ich an meinem Wein, betrachte sein Äußeres und versuche zu verstehen, warum dieser Biker so eine intensive Wirkung auf mich hat.

Zwei dicke Narben durchziehen sein Gesicht, sie wirken, als wären sie von den Krallen eines Tigers ... Jaspers linke Braue ist kaum noch existent, das Auge ist leicht schief und sein Mundwinkel wird zu einem unnatürlichen Grinsen nach oben gezogen. Seine Mimik ist völlig der Symmetrie beraubt. Seine langen blonden Haare hat er meistens, wenn wir uns sehen, mit einem Lederband zu einem unordentlichen Pferdeschwanz zusammengebunden. An seinem virilen Hals prangt eine dicke, schwarze Kreuzspinne, die so echt wirkt, dass es mich in den Fingern juckt, die Hand nach ihr auszustrecken, um darüberzustreichen, nur um mich zu vergewissern, dass sie tatsächlich nur ein Tattoo ist.

Mir ist klar, dass dieser Rocker nicht zu den Guten gehört, dass er wahrscheinlich schon jede Menge böser Dinge getan hat und das ich den Kontakt zu ihm besser gestern als heute abbrechen sollte. Doch ich tue es nicht ...

Mein Instinkt verrät mir, dass dieser Mann keine Gefahr für mich darstellt. Was schon seltsam ist, denn ich bin mir sicher, dass es als Vize der Sons zu seinem Aufgabengebiet gehört, Knochen zu brechen und Blut zu vergießen.

Die Gerüchte, die über diesen MC im Umlauf sind, können einem schon Albträume bescheren. Mord und Totschlag, Waffenhandel, Glücksspiel und Nutten. Kurzgefasst, Jasper ist auf der anderen Seite des Gesetzes unterwegs.

Aber dafür verurteile ich ihn nicht, dazu habe ich kein Recht.

Ich bin hier in Valmy, einer kleinen Stadt im Humboldt County – Nevada, aufgewachsen. Unser Städtchen ist nicht berühmt, sondern eher ein kleiner unbedeutender Punkt auf der Landkarte. Es ist die Heimat des großen Lone-Tree-Goldbergbaukomplexes von Newmont Mining. Früher gab es bei uns noch einen Bergbau, aber der wurde 2007 eingestellt, obwohl noch immer ein paar Goldressourcen vorhanden sind.

Ich weiß nicht, wann oder warum der *Sons of Silence Motorcycle Club* beschlossen hat, sich hier niederzulassen, aber er ist, seit ich denken kann, ein Teil unserer Gesellschaft.

Als kleines Mädchen habe ich es geliebt, die vielen Harleys zu beobachten. Es ist kein Geheimnis, dass die Rocker schwere Zeiten hinter sich haben – Valmy hat mit ihnen gelitten.

Es ist wie ein Naturgesetz:

Geht es dem MC gut, geht es der Stadt gut.

Geht es dem MC schlecht ... na ja ... was soll ich sagen?!

Die Chinesen, genauer gesagt die *Chung Ying Lee's*, haben etwas über ein Jahr versucht, sich in das Revier der Rocker zu drängen und ihre Geschäfte zu übernehmen. Es ist ihnen auch fast gelungen.

Wie die meisten Geschäfte musste auch mein Onkel Schutzgeld an diese Schlitzaugen bezahlen. Um ehrlich zu sein, war das Restaurant kurz davor, pleite zu gehen. Erst als Sold, der neue Präsident der Sons, und Jasper aus heiterem Himmel in Valmy aufgetaucht sind, ging es endlich wieder bergauf.

Ich bin kein kleines Mädchen mit einem Märchenkomplex. Mir ist bewusst, dass Jasper mehr der Drache als der Prinz ist, trotzdem hat er es zusammen mit Sold geschafft, die Chinesen zu verdrängen und dafür werde ich ihm ewig dankbar sein.

Seine schwarze, kriminelle Seite hat unser kleines Städtchen, seine Bewohner, mich und meine Familie gerettet, und das rechne ich ihm hoch an.

Ich zweifle keine Sekunde daran, dass er ein Killer ist, aber na ja, auch die gehören nun mal in diese Welt.

Das Gute kann nur in einer Koexistenz mit dem Bösen bestehen. Und auch wenn die Sons in den Augen der Polizisten allesamt eingesperrt gehören, bin ich froh darüber, jetzt, in diesem Moment, hier zu sein und Jaspers Gesellschaft zu genießen.

Vielleicht ist es berufsbedingt, aber ich vergleiche Männer gern mit italienischem Essen. Manche sind scharf, andere hingegen eher cremig oder mild. Es gibt Typen, die wirken so vielversprechend, dass man sie sofort probieren muss, und wenn man es dann getan hat, spuckt man sie enttäuscht wieder aus und braucht ein Glas Wasser gegen den bitteren Nachgeschmack.

Einige meiner Ex-Lover musste ich öfters kosten, nach dem ersten Lecken waren sie noch uninteressant, ihr volles Aroma hat sich erst nach gewisser Zeit entfaltet. Jasper hingegen verspricht äußerst dekadent, scharf und vollmundig zu sein.

An diesem Biker werde ich mir höchstwahrscheinlich die Zunge verbrennen ... Seltsamerweise kann ich es kaum erwarten!

Er beobachtet mich auf eine unheimlich intensive Art, es ist nicht so, dass er mich anstarrt, trotzdem bin ich mir sicher, dass ihm keine meiner Regungen entgeht.

Jasper ist der Jäger und ich bin die Beute, stellt sich mir nur die Frage, wann er seine Falle zuschnappen lässt.

Unsere Teller sind leer, die Flasche Wein ist es ebenfalls.

Die rote Kerze in dem silbernen Ständer ist bis zur Hälfte runtergebrannt, die orange Flamme wiegt sich leicht, taucht Jaspers vom Leben gezeichnete Gesichtszüge in einen teuflischen Schein.

„Möchtest du noch eine Nachspeise? Etwas Süßes vielleicht?“

Seine Frage reißt mich aus meinen Gedanken.

Was mir vorschwebt, hat mehr mit zerwühlten Laken und feuchten Küssen zu tun.

Ohne meinen Blick freizugeben, legt er seine Hand auf die meine, bedeckt sie so vollständig und beginnt mit seiner rauen Daumenkuppe über die Stelle an meinem Handgelenk zu reiben, an der sich mein Puls regelrecht überschlägt.

Ich schlucke schwer und mein Herz gerät aus dem Takt.

Jasper scheint die eintretenden Unregelmäßigkeiten an seinem Finger zu spüren, denn er bedenkt mich mit einem wölfischen Lächeln.

So sehr ich unsere Treffen und die Zeit mit ihm auch genieße, frage ich mich trotzdem, was er für ein Spiel mit mir spielt.

Ich meine, warum hat er noch nicht versucht, mich flachzulegen? Warum führt er mich zu einem romantischen Candle-Light-Dinner aus, wenn sein eigentliches Ziel kein wilder Sex ist?

Was will er von mir? Wieso sind wir hier?

Hatte er einfach nur Lust auf Pizza?

Verflixt!

Outlaws wie er sind eigentlich nicht dafür bekannt, bei Kerzenschein in einem Restaurant zu sitzen und sich stundenlang zu unterhalten.

Das alles passt irgendwie nicht zusammen, und das macht mich ganz verrückt.

Ich bin so was von bereit, gebumst zu werden, also warum geht er nicht auf meine Signale ein, zerrt mich raus auf den Hinterhof und pinnt mich gegen die nächste Wand, um es mir hart und heftig zu besorgen?

Warum? Warum zum Teufel!

Um den ersten Schritt zu tun, bin ich zu schüchtern.

Ich weiß, dass wir im einundzwanzigsten Jahrhundert leben und dass wir Frauen durchaus die Initiative ergreifen können, ohne gleich als Nutte abgestempelt zu werden. Aber das will ich gar nicht.

Als Italienerin mag ich es altmodisch, ich lege nicht nur beim Pizzabacken wert auf die traditionelle Vorgehensweise.

So sehr ich die Romantik auch zu schätzen weiß, gehöre ich jedoch auch zu der Kategorie Mädchen, die nichts gegen dreckigen Sex einzuwenden hat.

Eigentlich war ich mir sicher, dass das kurze schwarze, eng anliegende Minikleid, das ich trage, keine Zweifel daran lässt, dass ich heute Nacht flachgelegt werden will. Und falls doch, sollten meine High Heels und der rote Lippenstift für sich sprechen.

„Darling? Wie sieht es jetzt mit dem Dessert aus?"

Mist! Ich habe total vergessen, ihm zu antworten ...

Ich richte mich auf, beuge mich näher zu ihm vor und erlaube ihm so einen Blick in mein tief ausgeschnittenes Dekolleté. Genau wie erwartet zuckt sein Blick auf die runden Ansätze meiner Brüste. Der Griff um mein Handgelenk festigt sich, an seinem Kiefer beginnt ein Muskel zu zucken.

„Was hältst du davon, wenn wir noch auf einen Kaffee zu mir gehen?“

Also wenn das kein eindeutiges Angebot ist, dann weiß ich auch nicht ... Jasper zögert, was mich innerlich laut fluchen lässt.

Was zur Hölle stimmt mit diesem Kerl nicht?

Den Kopf leicht schief legend, hebe ich meinen Fuß an, streiche unter dem Tisch an seinem Bein nach oben und grinse frech.

Bitte, bitte fick mich endlich ...

Das Knurren, das sich als Reaktion auf mein unmissverständliches Angebot aus seiner Kehle löst, lässt mich erschaudern und sorgt dafür, dass sich meine Nippel erregt zusammenziehen und sich nun deutlich unter dem dünnen Stoff abzeichnen.

Genau das, die wilde und rohe Seite dieses Bikers, reizt mich so.

Dieser Mann muss ein Tier im Bett sein, ich kann es kaum erwarten, endlich von diesem muskelbepackten Körper überwältigt und aufs Bett gedrückt zu werden. Ich will es nicht sanft und langsam, sondern tief, hart und gnadenlos ...

Wenn ich eine schnulzige Cinderella-Story gewollt hätte, dann hätte ich mich ja wohl kaum auf diesen Son mit der Waffe unter der Kutte, dem langen Dolch am Bein und dem von Narben durchzogenen Gesicht eingelassen.

Ich will es nicht langsam, nett und harmlos, sondern schnell, böse und gefährlich!

„Du willst mich mit zu dir nehmen?“

Ist er schwer von Begriff?

Ich will von dir gefickt werden ...

„Ja, will ich.“

Seine Augen verengen sich zu Schlitzen, das Blau seiner Iriden wird dunkel, beinahe schwarz.

„Bist du dir da sicher, Darling?“

Warum zur Hölle bietet Jasper mir immer ein Schlupfloch an?

Warum habe ich immer das Gefühl, dass er mich vor sich selbst beschützen will?

„Wenn ich es nicht wäre, würde ich es nicht sagen!“

Das heisere Lachen, das ihm meine Worte entlocken, lässt die Härchen in meinem Nacken aufstehen.

„Ihr Frauen seid komplizierte Wesen, euch zu durchschauen ist mir noch nie gelungen.“

Da geht es ihm wohl wie den meisten Männern.

Mit einem Handzeichen gibt er Alessandro, dem Kellner, zu verstehen, dass er zahlen will.

Dieser eilt blitzschnell zu uns, aber bevor er dazu kommt, die Rechnung auf den Tisch zu legen, drückt Jasper ihm zwei Hundertdollarscheine in die Hand.

Das Geld ist viel zu viel, ich arbeite hier, also kenne ich die Preise.

Mit einem gelangweilten „Stimmt so“ erhebt der Rocker sich, schält sich aus dem für ihn viel zu klein wirkenden Holzstuhl, umrundet den Tisch und kommt auf mich zu. Jasper hat Alessandro nicht eines Blickes gewürdigt, sondern mich die ganze Zeit über unverhohlen angestarrt.

Ganz gentlemanlike zieht er meinen Stuhl zurück, legt mir seine große, warme Hand zwischen die Schulterblätter und hilft mir in meinen Mantel.

Der Februar ist besonders mild dieses Jahr, trotz der Tatsache, dass wir weit nach 22:00 Uhr haben, ist es nicht sonderlich kalt.

Er führt mich zu seiner Harley, die am Straßenrand steht, packt mich an der Taille und zieht mich eng an sich heran. Unsere Beine berühren sich und seine Gürtelschnalle drückt sich in meinen Bauch. Wir sind uns so nah, dass mir der Geruch von Mann, Leder und Motoröl in die Nase steigt, der ihn einfach immer zu umgeben scheint.

Ich gehe Jasper nicht mal bis zur Schulter, also lege ich den Kopf in den Nacken, sehe zu ihm hoch und fülle meine Lunge mit Sauerstoff.

„Du bist so wunderschön, Viola. Viel zu schön für ein Monster wie mich.“

Das sehe ich anders ... Für manche mag sein Gesicht entstellt sein, ich hingegen finde es auf eine düstere, außergewöhnliche Weise extrem attraktiv.

Gerade diese Unperfektheit, in Kombination mit seiner abgewetzten Kutte und den vielen Muskeln, zieht mich wie magisch an.

„Küss mich, Outlaw.“

Er schüttelt den Kopf, seine Mundwinkel zucken.

Sein gemurmeltes „Oh Mädchen, du spielst mit dem Feuer ...“, lässt meine Sinne verrücktspielen.

Nicht bereit auch nur eine Sekunde länger auf das Gefühl seiner warmen Lippen zu warten, stelle ich mich auf die Zehenspitzen und schlinge meine Arme um seinen breiten Nacken. Jasper knurrt, hebt mich hoch, setzt mich auf sein Bike, vergräbt seine langen Finger in meinen Locken und zieht bestimmend meinen Kopf zur Seite.

Ich spüre seinen heißen Atem an meiner Kehle, seine Bartstoppeln kratzen über meine empfindliche Haut, während seine heiße Zunge träge Spuren zieht. Knabbernd saugt er mein Ohrläppchen in seinen feuchten Mund, entlockt mir ein sehnsüchtiges Stöhnen.

Unsere Blicke verfangen sich, ich ertrinke in dem Verlangen, das sich in seinen Pupillen spiegelt, drücke mich fester gegen seinen Oberschenkel und reibe mich, in der Hoffnung auf Erleichterung, wie eine rollige Katze an seinem Bein. Jaspers Nasenflügel blähen sich, an seiner Stirn tritt eine Ader deutlich hervor.

„Du bist viel zu gut für mich. Viel zu lebendig und zu kostbar. Ich habe dich nicht verdient, Darling. Wenn ich ein besserer Mensch wäre, würde ich dich in Ruhe lassen, mich auf mein Bike schwingen und für immer aus Valmy verschwinden. Aber ich tue es nicht, sondern kralle mich immer mehr an dir fest, ziehe dich in meine Dunkelheit und gehe das Risiko ein, dich zu zerstören. Dafür werde ich in der Hölle schmoren. Aber das ist okay, das ist es wert. Du bist es wert ..."

Mein vor Lust benebeltes Hirn ignoriert die Bedeutung seiner Worte und blendet die Warnung meines Unterbewusstseins aus.

Es besteht kein Zweifel daran, dass Jasper böse ist, aber genau dieses Böse zieht mich wie magisch an. Es ist der Reiz der Gefahr, der mich so süchtig macht.

Entschlossen endlich seinen Mund auf dem meinen zu spüren, packe ich ihn an dem Zopf in seinem Nacken, fange ihn so ein und streife mit den meinen über seine Lippen.

Mit einem Stöhnen lässt er seinen Atem entweichen, schlingt seinen zuckenden Arm um meine Mitte und küsst mich so stürmisch, dass die ganze Welt, in der Sekunde, in der unsere Zungen aufeinandertreffen, zu existieren aufhört.

Alles was in diesem Augenblick noch zählt – alles was wichtig ist, sind seine Hände, die mich bestimmend halten, sein Geschmack, der auf meiner Zunge explodiert, und die Wärme seines Körpers, die mich einlullt und süchtig macht.

Ich knabbere an ihm, genieße, wie er sich durch meinen Mund wühlt, und kralle mich an seiner Kutte fest. Instinktiv reibe ich mich immer fester an seinem Bein, presse mich gegen ihn und spüre, wie der Druck in meinem Unterleib immer stärker wird.

Unseren Kuss vertiefend, fasst er zwischen uns herab, öffnet meine Hose und schiebt seine langen Finger in meinen Slip.

In dem Moment, in dem er auf meinen Kitzler trifft, zucke ich keuchend zusammen.

Als er spürt, wie feucht und geschwollen ich bin, löst er seine Lippen von mir, flucht laut und tritt einen Schritt zurück, sodass er mehr Platz hat, um seine Hand noch tiefer zwischen meine Schamlippen zu schieben. Er hat nicht viel Bewegungsfreiheit, trotzdem gelingt es ihm, mit zwei seiner Finger durch meinen Spalt zu fahren und langsam in mich zu gleiten.

Ich erschaudere, spüre, wie sich mein Inneres zuckend zusammenzieht, und beiße die Zähne zusammen, um nicht laut loszuschreien.

Oh Scheiße!

Wir befinden uns am Straßenrand, direkt vor dem Restaurant meines Onkels, jeder, der hier vorbeikommt, sieht uns und ich …?

Oh Gott! Ich bin kurz davor auf der Hand des Vizepräsidenten des *Sons of Silence Motorcycle Clubs* zu kommen.

„Du bist so heiß, nass und eng. Fuck Baby. Fuck! Wenn es schon so geil ist, dich zu fingern, wie unglaublich muss es dann erst sein, dich zu ficken?“

Wieder und wieder stößt er zu, massiert meine Klit mit seinem Handballen und entlockt mir so ein leises Wimmern. Ich kippe nach vorne, presse mich seiner Hand entgegen und lehne mich mit der Stirn an sein Leder.

Der Feuerball in meinem Bauch wird größer und größer, meine Beine beginnen zu zucken und mein leiser Schrei hallt durch die Dunkelheit. Jasper vergräbt seine linke Hand in meinen Haaren, ballt eine Faust und reißt meinen Kopf nach hinten, so, dass er mich betrachten kann.

Unsere Blicke verfangen sich und meine Mitte zurrt sich immer fester und fester um seine Finger zusammen. Immer hemmungsloser reite ich seine Hand, meine Schreie werden lauter und ich verliere die Kontrolle.

„Komm für mich, Kleines. Lass mich spüren, wie dringend du meinen Schwanz in deiner Pussy willst.“

Jaspers schmutzige Worte schicken mich über die Klippe und lassen mich hoch zum sternenklaren Himmel fliegen. Ich zucke, schreie und sinke dann kraftlos zusammen. Einzig sein Arm hält mich aufrecht.

„Das war unglaublich, Süße.“

Nach und nach löst sich die Lust auf, mein Hirn beginnt langsam wieder zu funktionieren und ich kapiere, was um alles in der Welt ich gerade getan habe.

Halleluja!

Das wölfische Grinsen, mit dem er mich betrachtet, und das Gefühl seiner immer noch in mir steckenden Finger sind zu viel für mich.

Eine Welle bestehend aus Scham und Unsicherheit schlägt über mir zusammen. Am liebsten würde ich mich in Luft auflösen.

Jasper kapiert sofort, was los ist, sein Lachen hallt über die Straße.

„Shit, echt jetzt Baby? Erst fickst du meine Finger und dann wirst du rot wie eine Jungfrau?"

Anscheinend ...

„Wie schön, dass zumindest einer von uns seinen Spaß hat."

Noch immer lachend, zieht er zuerst seine Hand aus meiner Muschi und anschließend aus meiner Hose.

„Ich denke, den größeren Spaß hast du gehabt. Fuck! Ich bin so hart, dass es schmerzt."

Zitternd schließe ich den Knopf meiner Jeans, spüre, wie nass mein Slip ist und wie wackelig sich meine Beine anfühlen.

Jasper, der mich ganz genau beobachtet, hält sich seine Hand vor das Gesicht und atmet tief ein. *Ohhhh* ...

„Du riechst gut, Baby. Ich bin gespannt, ob du auch so fantastisch schmeckst!?"

Mein postkoitaler Verstand ist mit der Situation völlig überfordert, sodass ich einfach reglos dasitze, als er mir den Helm über den Kopf stülpt, sich vor mir auf die Harley schwingt und meine Arme um seinen Bauch zieht.

„Halt dich fest!"

Erst als er mit einem kraftvollen Tritt den Motor startet und das Motorrad mit einem Ruck nach vorne schießt, kralle ich mich mit aller Kraft an seinem Hosenbund fest.

Ich verstecke mich hinter seinem breiten Rücken vor dem Fahrtwind und versuche, meine Gedanken zu sortieren.

Die Häuser und Menschen fliegen links und rechts nur so an uns vorbei. Jasper fährt viel zu schnell, trotzdem erkenne ich, dass wir auf dem Weg zu meiner Wohnung sind.

Obwohl ich diejenige war, die die Initiative ergriffen und ihn heute Nacht zu mir eingeladen hat, bekomme ich jetzt, wo es tatsächlich ernst wird, erste Zweifel. Einerseits kann ich es kaum erwarten, endlich unter ihm zu liegen und von ihm genommen zu werden. Andererseits hingegen ... ja was eigentlich ... verdammt! Keine Ahnung!

Gibt es überhaupt ein andererseits? Vielleicht nicht.

Mit rasendem Puls, flatternden Nerven und Dutzenden von Schmetterlingen im Bauch, schließe ich die Augen und zwinge mich zur Ruhe.

Dieser Rocker, auf dessen Bike ich gerade sitze, ist unglaublich ...

Ich komme mir ein bisschen vor wie ein Reh, das den bösen Wolf erst gereizt und herausgefordert hat, und jetzt, wo der Wolf endlich zubeißen will, doch am liebsten davonlaufen würde.

Er lenkt uns an den Straßenrand und balanciert das Gewicht mit seinen Beinen aus, der Motor erlischt. Die plötzliche Ruhe wird nur von meinen viel zu schnell kommenden Atemzügen unterbrochen.

Als ich keine Anstalten mache, abzusteigen, legt er seine Hand auf meinen rechten Schenkel.

„Alles okay bei dir, Darling?“

Keine Ahnung.

Ich will das, was jetzt gleich zwischen uns passiert, unbedingt. So unbedingt, dass ich mich auch irgendwie davor fürchte. Aber es ist nicht der Sex, der mir Angst macht, sondern eher die Wirkung, die der körperliche Akt auf uns haben wird.

Sex hat die dumme Angewohnheit, die Dinge zu intensivieren. Er wirkt auf Beziehungen wie Brandbeschleuniger auf ein Lagerfeuer.

Das zwischen Jasper und mir ist noch einigermaßen unverfänglich. Aber nach dieser Nacht wird alles anders sein. Und genau dieses undefinierbare *anders* lässt mich hart schlucken ...

Seine Hand beginnt über mein Bein zu streichen, sofort zieht sich meine Scham erregt zusammen. Jaspers Finger waren gut, verdammt gut – aber noch lange nicht ausreichend! Ich will einfach alles von diesem Biker! Ich will, dass er sich so tief in mich rammt wie nur irgend möglich, mich überwältigt und zum Schreien bringt ...

„Ja, es ist alles gut.“

Mit zittrigen Knien steige ich ab, löse die Riemen des Helms und reiche ihn Jasper.

„Dank fürs Ausleihen.“

Er zwinkert mir frech zu, klappt den Ständer aus und schwingt sich von der Harley.

„Kein Thema, Baby. Wird Zeit, dass wir dir einen eigenen besorgen.“

Mein eigener Motorradhelm. *Wow!* Da ich noch nie einen Rocker gedatet habe, weiß ich nicht, ob dieser Satz etwas Tieferes zu bedeuten hat?

Ich meine, ist das der Schritt kurz vor dem Haustürschlüsseltausch oder bevor man offiziell die Eltern des anderen kennenlernt?

Keine Ahnung ...

Vielleicht bedeutet es ja auch gar nichts und hat einfach nur praktische Gründe?

Typisch Mädchen, wahrscheinlich zerbreche ich mir gerade wegen einer Nichtigkeit den Kopf.

„Darf ich dich was fragen?"

Seine Hände gleiten unter meinen Mantel, zupfen an meiner Bluse und legen sich auf meine Haut. Diese eigentlich harmlose Berührung stellt verrückte Sachen mit mir an.

„Alles."

Na dann mal los ...

„Fahren viele Frauen auf deinem Motorrad mit?"

Jasper schmunzelt.

„Nope! Nur du. Du bist die erste Frau, der ich dieses Recht eingeräumt habe, und wenn es nach mir geht, bleibt es auch dabei."

Halleluja!

„Ich wusste nicht, dass das so eine große Sache ist."

Mit den Kanten seiner Fingernägel streift er über meinen Rippenbogen, mein armes Herz gerät völlig aus dem Takt und stolpert hilflos und desorientiert in meinem Brustkorb umher.

„Du weißt so einige Dinge nicht, Mädchen. Aber mit der Zeit wirst du sie lernen ..."

Jetzt streift er über den Stoff meines BHs, an dem Bügel an der Unterseite meiner Brüste entlang und hält mich schlussendlich ganz fest.

Mit Leichtigkeit hebt er mich hoch, trägt mich zu der Stufe vor dem Mehrparteienhaus, in dem sich meine Wohnung befindet, und stellt mich auf ihr ab. Nun befinden wir uns fast auf Augenhöhe. Unser Atem vermischt sich, ich ertrinke in seinem Blick.

„Jasper ..."

„Hmmmm ...?"

Sein Mund streift über den meinen. Erst federleicht, dann fordernder. Gierig teilt seine Zunge meine Lippen, stiehlt mir den Atem und fordert mich auf, es ihm nachzutun. Leise seufzend, lasse ich mich gegen ihn fallen, wühle mich durch die heiße Höhle seines Mundes und spüre, wie die Lust in meinem Unterleib von Neuem anschwillt.

Knurrend zieht er mich mit einem Ruck noch fester gegen sich. Ich lege den Kopf schief, kralle mich an dem Leder seiner Kutte fest und vertiefe unser dekadentes Zungenspiel.

Zuerst spüre ich nur das Vibrieren des Handys in seiner Hosentasche, dann dringt sein Klingelton zu mir durch.

Unser Kuss endet. Mit einem Fluch löst er sich von mir, ich gerate ins Wanken und lehne mich nach Halt suchend an die Hauswand.

Träge und mit prickelnden Lippen beobachte ich, wie er sein Mobiltelefon aus der Jeans zieht, einen Blick auf das Display wirft und mich entschuldigend ansieht, ehe er den Anruf annimmt.

„Yeah Präs?"

Einen Moment Pause, dann folgt ein weiterer Fluch.

„Bin unterwegs."

Er legt auf, steckt das Handy weg und reibt sich mit der rechten Hand über die Stirn.

Nur Männer schaffen es, ein Vier-Wörter-Gespräch zu führen.

„Du musst los?"

Sein Nicken bestätigt meine Vermutung.

„Sorry Baby."

Ach verdammt ...

„Und unsere Nacht?"

„Die holen wir nach. Versprochen!"

Mit einem großen Schritt überwindet er die Distanz zwischen uns, umfasst zärtlich mein Gesicht und küsst mich tief und langsam. Jasper lässt mich all sein Verlangen spüren, was mir ein zittriges Keuchen entlockt.

„Glaube mir Baby, ich könnte mir selbst ins Knie schießen. Aber fuck! Ich muss los."

Ich kann das Bedauern in seiner Stimme hören.

Da es absolut keinen Grund gibt, es Jasper leicht zu machen, fasse ich ihm in den Schritt, massiere durch den Denimstoff hindurch die harte Ausbeulung und grinse fies.

„Du hast ja keine Ahnung, was du verpasst, *Son of Silence.*"

Seine Augen funkeln, er beißt die Zähne so fest zusammen, dass es knackt, und kneift sich mit zwei Fingern in den Nasenrücken.

„Mach es mir nicht noch schwerer, Mädchen."

Ein letztes Mal pinnt er seine Lippen auf die meinen, dann dreht er sich ruckartig um, eilt zu seiner Maschine und startet mit einem kraftvollen Tritt sein Bike.

Der Motor erwacht zum Leben und mein Rocker rast davon – lässt mich alleine, erregt und von meinen Gefühlen überwältigt zurück.

Ich bleibe stehen und sehe ihm noch solange nach, bis sein Rücklicht an der nächsten Kreuzung verschwindet ...

2. Kapitel

Jasper

Fuck! Fuck! Fuck!

Wütend rase ich die Straßen entlang, lege mich in die Kurven und verfluche Sold für sein beschissenes Timing.

Viola ist der Hammer! Seit ich ihr vor einer Woche durch Zufall begegnet bin, lasse ich sie nicht mehr aus den Augen.

Diese kleine Italienerin ist zu gleichen Teilen süß und sexy. Sie ist klein, hat perfekte Rundungen, einen trockenen Humor und saugt mir bei jedem Kuss mehr und mehr die Seele aus dem Leib.

Diese Frau hat etwas an sich, das mir gefällt – sehr gut gefällt.

Seit ich mich vor einigen Monaten dazu entschieden habe, Solds Angebot anzunehmen und sein Vize zu werden, hat sich mein Leben von Grund auf geändert.

Die letzten zehn Jahre habe ich als Nomad den Sons gedient. Ich war immer unterwegs wie ein Getriebener, immer auf der Jagd nach dem nächsten Auftrag, dem nächsten Abenteuer. Ich habe mir nie etwas vorgemacht, die Lebenserwartung eines Nomads ist nicht die höchste. Männer wie ich haben die Angewohnheit, blutig zu sterben.

Das war für mich okay – ich hatte nie vor, alt zu werden.

Live fast – play dirty – die bloody!

Aber jetzt, wo ich mich in Valmy niedergelassen habe, stelle ich fest, dass es mir gefällt, zu wissen, wo ich aufwache und einen Plan davon zu haben, was die nächsten Monate auf mich zukommt.

Ich finde es gut, ein eigenes Bett, ja sogar eine eigene Wohnung zu besitzen und nicht mehr aus den Satteltaschen meiner Harley zu leben.

Zu meiner Überraschung will ich nun, wo ich meine Wurzeln in diesem kleinen Städtchen in Nevada geschlagen habe, das gesamte Paket. Von der Altersvorsorge über eine elektrische Zahnbürste bis hin zur Old Lady. *Verdammt!*

Das klingt alles so verrückt, dass ich selbst nicht weiß, was mit mir los ist ...

Viola ist mir also im rechten Moment im wahrsten Sinne des Wortes vors Bike gestolpert. Seit unserer ersten Begegnung habe ich sie beobachtet, ich habe ihr aufgelauert, ihren Alltag studiert und mich ihr so nachdrücklich in den Weg gestellt, dass sie mich nicht ignorieren konnte. Dieses Mädchen ist tough genug, sich mit mir zu treffen, auf mein Bike zu steigen und sich auf mich einzulassen. Das imponiert mir, denn wir unterscheiden uns wie Tag und Nacht. Sie ist jung und bezaubernd, lebenslustig und erinnert mich an einen wunderschönen Schmetterling. Ich bin mit meinen vierunddreißig nicht nur zehn Jahre älter als sie, sondern auch ein Killer. Während Viola ein Geschöpf des Lichts ist, gehöre ich in die Dunkelheit.

In unserer Geschichte stelle ich den Käfig dar, und wenn es mir erst mal gelungen ist, meinen süßen Schmetterling einzufangen, werde ich ihn nicht mehr freigeben.

Mit jedem Mal, wo wir uns treffen, wird der Drang, sie besitzen zu wollen, stärker.

Ich will meine Zähne in ihre samtene Haut graben, mich bis zu den Eiern in ihre enge Pussy rammen und sie zum Schreien bringen.

Die Stimmen in meinem Kopf brüllen mich an, endlich zuzuschlagen, sie zu packen und zu ficken. Bis jetzt ist es mir gelungen, mich zu kontrollieren.

Mein Amt als Vizepräsident des *Sons of Silence Motorcycle Clubs* stellt einen Neuanfang für mich dar. In Nevada warten ganz neue Möglichkeiten auf mich und die will ich nutzen.

Viola ist das erste Mädchen, das mich wirklich interessiert, in ihrer Nähe breitet sich ein seltsames, warmes Gefühl in mir aus, nach dem ich längst süchtig geworden bin. Bei ihr will ich alles richtig machen. Zum ersten Mal in meinem Leben bin ich bereit, richtig um eine Frau zu werben ...

Soweit ich weiß, dauert so etwas im Normalfall Monate, typisch ich, habe ich die Sache jedoch abgekürzt. Die vergangenen sieben Tage habe ich Viola täglich gesehen. Ihr Job als Köchin spielt mir in die Hände. Sie arbeitet viel, oft bis nach Mitternacht, genau wie ich. Trotzdem haben wir genug Zeit gefunden, um uns zu sehen – genauer gesagt habe ich ihr keine andere Wahl gelassen. Geduldig habe ich mich auf die Pirsch gelegt, sie abgepasst und auf mein Bike gesetzt. Wir haben Ausfahrten gemacht, nächtliche Picknicks in der Wüste und sind in die Nachtvorstellung des kleinen Kinos gegangen.

Es ist mir sogar gelungen, sie nach ihrer morgendlichen Joggingrunde auf ein Frühstück einzuladen.

Das zwischen uns mag unkonventionell sein, aber dafür ist es echt und gut, und das ist mehr, als die meisten Menschen von sich und ihren Beziehungen behaupten können.

Das romantische Dinner heute Abend war der Hammer. Ich hätte nicht gedacht, dass es mir gefallen würde, ein Mädchen zum Essen auszuführen, in ein richtiges Restaurant mit Tischdecken, Kerzen, Stoffservietten und dem ganzen anderen Scheiß.

Aber Fuck!

Es war schön, wirklich schön.
Diese ganze Normalität beginnt mir echt zu gefallen.
Damit habe ich, um ehrlich zu sein, nicht gerechnet!
Bis jetzt habe ich mich extrem zurückgehalten. Was mir verdammt schwergefallen ist. Von den Clubbitches, die ich mir normalerweise gönne, kenne ich zum Teil nicht mal die Namen. Und wenn sie mir sie sagen, mache ich mir nicht die Mühe, sie mir zu merken.
Wozu auch?
Es geht nur ums Ficken. Schnell, hart und unkompliziert.
Bei Viola hingegen will ich alles richtig machen, ich will sie nicht genauso wie die Schlampen behandeln, sondern mit Respekt.
Sie soll wissen, dass ich sie will und dass es mir ernst mit ihr ist.
Für die meisten Menschen mag eine Woche keine lange Zeit sein, für mich, der die meisten Tussis noch in derselben Nacht fickt, in der er sie das erste Mal gesehen hat, sind diese sieben Tage jedoch eine Ewigkeit. Bis auf ein paar Küsse und etwas Gefummel ist nichts zwischen uns gelaufen – das hat mich beinahe umgebracht!
Heute, nach dem Dinner, wollte ich die Falle endlich zuschnappen lassen, ich wollte mir das Mädchen packen, es einfangen und ficken. Mein Plan war es, Viola spüren zu lassen, wie sehr ich sie will, ich wollte sie unter mir begraben, mich tief in ihr versenken und den Schmetterling in den Käfig locken ...
Doch anstatt sie endlich für mich zu beanspruchen, folge ich dem Ruf meines Präsidenten, zerbreche mir den Kopf über das, was hätte sein können, und verfluche das Schicksal und sein beschissenes Timing.
Allein das Wissen, das ich genau jetzt, in dieser Sekunde, bis zum Anschlag in dem Mädchen stecken könnte, das ich dringender will als den nächsten Atemzug, lässt mich die Zähne fletschen.
Seit der Nummer vor dem Restaurant, seit ich meine Finger in Viola geschoben habe und sie auf meiner Hand gekommen ist, bin ich so hart, dass es schmerzt ... Ich bilde mir ein, den moschusartigen Duft ihrer Pussy immer noch riechen zu können ...
Violas Geruch hat sich für immer in mein Hirn gebrannt!
Ein lautes Hupen reißt mich aus meinen Überlegungen.
Oh holy Shit! Ich war so abgelenkt, dass ich nicht mal bemerkt habe, dass ich in den Gegenverkehr geraten bin.
Der silberne Volvo, auf den ich zusteuere, legt eine Vollbremsung hin – Reifen quietschen. Instinktiv reiße ich den Lenker nach rechts, weiche in letzter Sekunde aus und gerate ins Schlingern. Fluchend kämpfe ich darum, wieder die Kontrolle zu erlangen, und schaffe es gerade noch so.

Bullshit! Das war knapp! Mehr als knapp!

Es hätte nicht mehr viel gefehlt, und ich wäre unter diesem verdammten Volvo gelandet.

Mit rasendem Puls riskiere ich einen Blick über die Schulter, sehe, wie das Auto sich langsam wieder in Bewegung setzt, und seufze erleichtert.

Das ist gerade noch mal so gut gegangen ...

Unglaublich! Was zum Teufel ist nur los mit mir?

Viola und ihre süße Pussy haben mir das Gehirn vernebelt.

Meine Eier sind so dick, dass ich kaum noch klar denken kann.

Wenn ich diese kleine Italienerin nicht bald unter mir liegen habe, drehe ich noch durch. *Scheiße!*

Ich will für Sold hoffen, dass es einen guten Grund dafür gibt, dass er mich von Viola weggerufen und zum Clubhaus bestellt hat.

Wenn nicht, flippe ich aus!

Fünf Minuten nach meiner Ankunft auf dem Gelände des Clubs stehe ich mit meinem Dolch in der Hand in einem der Kellerräume und spüre, wie eine unbeschreibliche Wut durch meine Adern pulsiert.

Alex, einer der Member, die schon vor meiner oder Solds Ankunft zu dem Chapter in Valmy gehört haben, hat uns offensichtlich verraten.

Es fehlen nicht nur 5000 Dollar aus dem Safe, sondern auch sechs der frisch montierten Uzis. Natürlich hätte jeder diesen Diebstahl begangen haben können, wir hätten ihn Alex nie nachweisen können ...

Dieser Club war ein Drecksloch. Misstrauen und Betrug standen auf der Tagesordnung. Sold war klug genug, sein Büro kurz nach seiner Ernennung zum Präsidenten mit zwei versteckten Kameras auszustatten.

Wie heißt es so schön? Vertrauen ist gut – Kontrolle ist besser.

Diese Vorsichtsmaßnahme zahlt sich nun aus ...

Sold steht neben mir, der würzige Rauch seines Zigarillos durchzieht den kleinen, fensterlosen Raum.

„Bitte ... Kommt schon! Bitte! Ich habe das Geld für meine kranke Mutter gebraucht."

Alex unaufhörliches Gejammer geht mir auf die Nerven.

Sold scheint es da nicht anders zu gehen, er verpasst dem Verräter einen Tritt in die Rippen.

„Du hast keine kranke Mutter, du verlogener Bastard."

Keine Ahnung ob wegen des Schmerzes oder aus dem Grund, dass das erhoffte Mitleid ausbleibt, aber Alex weicht sämtliche Farbe aus dem Gesicht. Hustend hält er sich den Brustkorb, kippt zur Seite und schnappt nach Luft.

„Ich habe gewusst, dass mich einer von euch Pissern verraten wird, ich habe es von Anfang an gewusst. Fuck! Es fühlt sich beschissen an, recht zu haben."

Die silberne Klinge durch meine Finger gleiten lassend, zünde ich mir ebenfalls eine Kippe an.

Dass Alex uns bestohlen hat, ist krass, aber dass er der Grund ist, aus dem ich jetzt hier stehe, anstatt in Violas Bett zu liegen, ist unentschuldbar!

„Was machen wir jetzt mit ihm?"

Sold flucht, schüttelt den Kopf und zieht die Mundwinkel nach unten.

„Seit ich diesen Club übernommen habe, reiße ich mir den Arsch auf. Ich habe sogar mein privates Geld in den Wiederaufbau gesteckt. Und wofür? Was ist der Dank? Verrat! Ich könnte kotzen!"

Tief einatmend, fülle ich meine Lunge mit Rauch.

„Früher hat man Dieben die Hand abgehackt."

Meine Worte hallen von den nackten Wänden wider, entlocken Sold ein fieses Grinsen.

Der Wichser vor uns richtet sich mit gequälter Miene auf und sieht panisch zwischen uns hin und her.

„Was habt ihr denn gedacht? Hä? Verdammt! Ihr seid nach Valmy gekommen, habt euch unser Chapter unter den Nagel gerissen und mir und meinen Brüdern verboten unseren eigenen Geschäften nachzugehen. Scheiße! So läuft das nicht. Nicht bei uns in Nevada! Ihr seid schuld, dass mir meine Einnahmen fehlen, also ist es nur fair, wenn ihr für meinen Verlust aufkommt."

Ich muss nicht erst zu Sold rübersehen, um zu wissen, dass er kurz davor ist, zu explodieren. Mit genau kalkulierten Bewegungen und geballten Fäusten, beugt Sold sich zu der Ratte nach unten, sieht ihr tief in die Augen und bläst Alex eine Ladung Rauch ins Gesicht, ehe er mit trügerisch leiser Stimme zu reden anfängt.

Ich kenne Sold noch nicht so lange, aber eines habe ich schnell über ihn gelernt. Solange er schreit und tobt, ist alles okay. Sobald er aber leise und immer leiser wird, sollte man, so schnell es geht, die Flucht ergreifen. Unser Präsident ist ein wahrer *Son of Silence.* Den Trick mit der tödlichen Stille beherrscht er perfekt!

„Weder habe ich mir den Club unter den Nagel gerissen noch sonst irgendwelche Tricks versucht. Schon in meiner ersten Nacht hier in Nevada wurde ich gebeten mir diesen Aufnäher", er deutet auf das *Präsidenten-Patch* auf seiner Kutte, „an mein Leder zu nähen. Zuerst habe ich gezögert, aber dann habe ich die Aufgabe und das Amt übernommen und seitdem tue ich nichts anderes, als diesem Club dabei zu helfen, aus dem Loch rauszukommen, in das ihr ihn über viele Jahre hinweg manövriert habt. Du und deine nichtsnutzigen Brüder standet kurz davor, euch von den Chinesen vernichten zu lassen. Der einzige Grund, aus dem es die Sons in Valmy noch gibt, sind Jasper und ich. Also halt dein verlogenes Maul oder ich reiße dir die Zunge raus!"

Sold vibriert regelrecht vor Zorn, seine Stimme ist mittlerweile so leise geworden, dass ich sie kaum noch hören kann.

„Ohne Loyalität und Zusammenhalt kann kein Motorradclub bestehen. Männer wie du, Männer, die ihre eigenen Interessen über das ihres MCs stellen, sind eine Krankheit. Gleichzusetzen mit einem fauligen Ekzem, das herausgeschnitten werden muss, bevor es sich unkontrolliert ausbreitet!"

Ohne sich umzudrehen, streckt Sold seine Hand nach mir aus, ich verstehe sofort, was er will und reiche ihm meinen Dolch. Gerade als er die Klinge an Alex Kehle ansetzen will, öffnet sich die Türe und Alice, Solds Old Lady, stolpert herein. Ihre lila Locken wirbeln durch die Luft, sie taumelt und versucht vergeblich, ihr Gleichgewicht wiederzufinden – es gelingt ihr nicht. Kurz bevor sie laut kichernd und hicksend auf dem Boden landet, strecke ich einen Arm nach ihr aus und fange sie auf.

Sie lacht, lehnt sich an mich und legt mir die Arme um den Nacken.

Oh, oh ... das ist nicht gut!

Unser Präsident ist dafür bekannt, höllisch eifersüchtig zu sein.

Ich versuche ihre Hände zu lösen, was sie dazu bringt, mich lallend danach zu fragen, wo Sold ist. *Tja ...* Da ich Alice so hingedreht habe, dass sie ihrem Mann den Rücken zuwendet, kann sie natürlich nicht sehen, wie er den Dolch vom Hals des Verräters nimmt, das Messer auf den Stuhl neben ihm legt, genervt die Augen verdreht und aufsteht. Alex hat schon ordentlich Prügel bezogen. Seine Nase ist gebrochen, er ist blutverschmiert und sein rechtes Auge schwillt immer mehr zu.

Meiner Meinung nach muss Alice nicht unbedingt mitbekommen, was hier gerade abläuft. Also sorge ich dafür, dass sie sich nicht suchend umsieht, sondern umfasse ihr Kinn, halte so ihren Kopf bestimmend fest und warte, bis Sold mir sein betrunkenes Mädchen abnimmt.

Ein „Danke, Bro!", murmelnd, schnappt Sold sich sein wankendes Mädchen und führt es raus in den Gang, weg von Alex und der Scheiße, die hier abläuft. Amüsiert beobachte ich, wie Alice sich an seinem Hals festsaugt, ihre Hand in seine Hose schiebt und ihm zuflüstert, dass sie jetzt unbedingt und ganz dringend gevögelt werden will. Es ist Sold deutlich anzusehen, dass er hin- und hergerissen ist. Einerseits will er sich um seine Lady kümmern, andererseits verlangt sein Pflichtbewusstsein, dass er den Dreck hier zu Ende bringt.

Nett wie ich bin, nehme ich ihm die Entscheidung ab.

„Gib du deinem Mädchen, was es braucht, ich kümmere mich um den Wichser und lasse ihn anschließend verschwinden!"

Damit beschäftigt, Alice Hand von seinem Schwanz zu lösen, stößt er einen lauten Fluch aus.

„Sicher, Bro?"

Ich nicke.

„Ja klar. Kein Thema. Hab du deinen Spaß."

„Okay. Und versuch in Erfahrung zu bringen, wo er das Geld und die Waffen versteckt hat."

Wieder nicke ich.

„Super, danke Jasper. Ich schulde dir was."

Das sehe ich auch so.

Die beiden verschwinden, Alice Lachen wird leiser, ehe es komplett verstummt.

Gerade in der Sekunde, in der ich die Türe wieder schließen will, sehe ich im Augenwinkel eine Bewegung. Instinktiv weiche ich nach links aus und spüre einen scharfen Schmerz an meinem Arm. Das schwache Licht der Leuchtstoffröhre über unseren Köpfen bricht sich in dem Dolch, den Alex sich von dem Stuhl genommen haben muss, auf dem Sold ihn abgelegt hatte. *Fuck!*

Mein Präsident war so damit beschäftigt, Alice hier rauszubringen, dass er unvorsichtig gewesen ist.

Aufgrund der Prügel bewegt Alex sich langsam und schwerfällig.

Es gibt ein Handgemenge, es gelingt ihm erneut, mich zu verletzen. Wütend ramme ich ihm meine Faust auf die bereits gebrochene Nase, es knackt, er jault und lässt vor Schmerz die Klinge fallen. Nicht in der Lage, mich zu bremsen, verpasse ich ihm noch ein paar weitere Hiebe, ehe ich die stark blutende Wunde an meinem Arm betrachte. Der Cut ist nicht sonderlich tief – zum Glück.

„Du bist tot. Wichser. Absolut tot!"

Der Verräter spuckt Blut, wischt sich mit dem Handrücken über das Gesicht und lacht freudlos.

„Das bin ich längst!"

Wie recht er doch hat.

„Zwischen sterben und sterben gibt es gewaltige Unterschiede."

Sein höhnisches Grinsen wird ihm schon noch vergehen – dafür sorge ich.

„Ach ja? Das Ergebnis ist immer das gleiche. Also laber keinen Scheiß, VP und bring es hinter dich."

Alex Todeswunsch muss verdammt stark ausgeprägt sein, anders kann ich mir sein Verhalten nicht erklären.

„Sag mir, wo die Waffen sind und wo du das Geld versteckt hast, und ich verspreche dir, dass es schnell gehen wird."

Wieder spuckt er etwas Blut auf den Boden.

„Warum sollte ich es dir leicht machen, Jasper?"

Eine dumme Frage.

„Weil ich es dir im Gegenzug auch leicht machen werde."

Entweder er will oder er kann es einfach nicht verstehen.

Was schlussendlich zutrifft, ist mir egal. Der Tod kann eine qualvolle Angelegenheit sein, bald wird Alex wissen, wie qualvoll ...

„Du bist ein Psycho, Alter. Keine Ahnung wo du herkommst, aber hier in Valmy wirst du nie glücklich werden. Du hast hier keine Zukunft. Bastarde wie du ziehen das Pech magisch an."

Wie bittere Säure ätzen sich seine Worte durch meinen Gehörgang, fressen sich in meinen Verstand und wecken die uralten Zweifel, die ich, seit meiner Ankunft, zu ignorieren versucht habe. Was, wenn er recht hat? Wenn ich mir nur etwas vormache und ich einfach nicht in der Lage bin, sesshaft zu werden?

Ein echtes Zuhause, eine Frau wie Viola und ein Chapter, zu dem ich gehöre ... *Fuck!*

Entschlossen schüttle ich den Kopf, fokussiere mich auf das Wesentliche und ziehe meine Waffe.

„Im Gegensatz zu dir habe ich wenigstens eine Zukunft."

Verächtlich grunzend schiebt er sich mit dem Rücken an der Wand nach oben und kämpft sich in eine stehende Position.

„Gib mir eine Knarre. Oder hast du Angst, dass du mich in einem fairen Kampf nicht besiegen könntest?"

Wie witzig, dass ausgerechnet er, der uns bestohlen und hintergangen hat, von Fairness spricht.

„Du scheinst es einfach nicht zu kapieren. Das hier ist kein Kampf, sondern deine Exekution. Sag mir, wo die Sachen sind, die du gestohlen hast, und ich schwöre dir, dass ich nur eine Kugel verwenden werde."

Angst blitzt in seinen Augen auf. Immer mehr Blut rinnt mir über den Arm, versaut mir die Kutte und tropft neben meinen Stiefeln auf den Boden. Die Wunde wird genäht werden müssen.

„Ich werde dir einen Dreck verraten, Arschloch.“

Na wunderbar ...

Genervt ziele ich auf seine linke Schulter und drücke ab.

Der Knall hallt von den Wänden wider, vermischt sich mit seinem lauten Geschrei. Emotionslos sehe ich dabei zu, wie Alex nach vorne kippt und sich gerade noch so auf den Beinen halten kann.

Sein gezischtes „Scheiße tut das weh“, verschafft mir keine Genugtuung. Es macht mir keinen Spaß, einen Mann zu töten, der zum eigenen Club gehört, einen Mann, von dem ich Loyalität erwartet habe – einen *Son of Silence*!

Zur Hölle! Alex hat es nicht verdient, in seiner Kutte zu sterben.

Mit einem Fluch gehe ich auf ihn zu, packe mir sein Leder und reiße es ihn von den Armen. Das hat er nicht kommen sehen. Er versucht noch, seine Kutte festzuhalten, schafft es aber aufgrund der vielen Verletzungen nicht mehr.

Ich schleudere das Leder auf der anderen Seite des Zimmers ins Eck.

„Wo sind die Waffen? Wo ist das Geld?“

Wieder bekomme ich nur eine Beleidigung zur Antwort, wieder drücke ich ab.

Dieses Mal ziele ich auf sein Bein: Knochensplitter, Fleisch und Blut.

Was für eine Sauerei. Anstatt hier zu stehen und diesen Bastard kaltzumachen, könnte ich in genau diesem Augenblick bis zum Anschlag in der kleinen Italienerin stecken, mich an ihrem Hals festsaugen und abspritzen. Doch stattdessen stehe ich hier, sehe dabei zu, wie Alex sich anpisst, und jage ihm die nächste Kugel in den Bauch.

Seine Schreie haben sich längst in undefinierbare Geräusche verwandelt. Viel hält er nicht mehr aus. *Verdammt!*

Ich muss ihn endlich zum Reden bringen ...

Um gegen den widerlichen Gestank anzukämpfen, zünde ich mir ein Zigarillo an und gehe vor Alex in die Hocke.

„Warum zum Teufel hast du es dir nur so schwer gemacht?“

Verständnislos schüttle ich den Kopf und tippe mit dem Lauf meiner Waffe gegen seine Stirn.

„Sag mir, was ich wissen will, und ich erlöse dich.“

In seinen Augen erkenne ich, dass er am Ende angekommen ist. Sein Nicken bestätigt mir, das er endlich bereit ist, zu reden.

„Gib mir meine Kutte zurück und ich sage es dir. Lass mich als Son sterben.“

Ich zögere, erst sein geheultes „Bitte“, lässt mich nachgeben. Genervt stehe ich auf, hol das Leder und werfe es ihm zu. Alex hat nicht mehr die Kraft sich die Kutte anzuziehen, darum legt er sie sich einfach nur über den Bauch, betrachtet den Skull und streicht mit zittrigen Fingern über das *Back Patch.*

„Hinter dem Post Office unter der Brücke. Das Geld und die Knarren sind in einer schwarzen Tüte eingewickelt."

Was für ein beschissenes Versteck ...

„Wieso hast du das getan?"

Er sagt nichts, starrt einfach nur sein Leder an und schließt dann die Augen.

Das ist mein Zeichen. Wieder drücke ich ab, dieses Mal jage ich ihm die Kugel direkt zwischen den Augenbrauen in den Schädel. Es ist vorbei, Alex Hinterkopf verteilt sich an der Wand, das Röcheln seiner Atemzüge ist verstummt. Für eine Weile betrachte ich den Toten und verfluche ihn dafür, dass er mich gezwungen hat, seinen Tod in die Länge zu ziehen. Wütend auf ihn, auf mich, auf Sold und auf die ganze verdammte Welt, schlage ich mit der Faust gegen die verschlossene Türe.

Wieder und wieder platziere ich meine Fingerknöchel auf dem harten Holz. Solange, bis die Wut und der Schmerz in meinem Inneren erloschen sind und nichts weiter bleibt als Resignation.

Ohne einen Blick zurück, verlasse ich den Raum, drehe den Schlüssel herum und stecke ihn ein. Wer weiß, auf was für seltsame Ideen Alice noch kommt. Das Letzte, was ich gebrauchen kann, ist, dass die First Lady des Clubs das blutige Ergebnis meiner Arbeit zu Gesicht bekommt und einen Nervenzusammenbruch erleidet.

Hysterische Frauen sind etwas, mit dem ich absolut nicht klarkomme ...

Eine Stunde später sitze ich, frisch zusammengeflickt, auf meinem Bike und mache mich auf den Weg zur Post. Es ist ein Uhr morgens, dank der zwei Schmerztabletten, die ich mit einem Glas Whisky runtergespült habe, spüre ich nur ein dumpfes Pochen.

Das ist nicht das erste Mal, dass jemand versucht hat, mich abzustechen, und es wird auch nicht das letzte Mal gewesen sein.

Eine weitere Narbe, die meine Haut ziert, ein weiterer Beweis dafür, dass meine Zeit auf dieser Welt noch nicht abgelaufen ist ...

Wie hat Needle, unser Clubarzt, es gerade eben noch so schön genannt? Ach ja, Berufsrisiko. Im Gegensatz zu Alex ist Needle verdammt froh, dass Sold und ich uns des Nevada Chapters angenommen haben.

Es ist schon verrückt, wie viel Kraft und Energie notwendig sind, um einen aus der Bahn geratenen Club wieder in den Griff zu kriegen.

Um sicherzugehen, dass so ein Bullshit wie mit Alex so schnell nicht wieder vorkommt, habe ich Becks und Toto, zwei weitere Sons, die nicht glücklich darüber sind, dass Sold und ich das Kommando übernommen haben, dazu verdonnert, die Sauerei im Keller aufzuräumen und die Leiche in der Wüste verschwinden zu lassen.

Es kann nicht schaden, wenn die beiden sehen, was mit Typen passiert, die meinen, den Club bestehlen und hintergehen zu müssen.

Ich habe ihnen sozusagen ihr eigenes Schicksal vor Augen geführt, wollen wir hoffen, dass es eine abschreckende Wirkung hat, zu sehen, was mit einem passiert, wenn man zur Ratte wird.

Um den Lärm in meinem Kopf zum Verstummen zu bringen, gebe ich Gas, rase viel zu schnell durch die verlassenen Straßen und genieße die Dunkelheit, die sich über Valmy gelegt hat. Hier in der Wüste Nevadas kommen einem die Sterne viel heller und größer vor. In manchen Nächten wirken sie so nah, als müsste man nur die Hand nach ihnen ausstrecken, um sie vom Firmament zu pflücken.

Der direkte Weg vom Club zur Post hätte keine fünf Minuten gedauert, doch ich lasse mir Zeit, sodass ich erst knapp eine Stunde später an der Brücke stehe, und die in die Tüten verpackten Waffen aus dem vertrockneten Gebüsch ziehe.

Ich zähle die Uzis und das Geld, packe beides in meine Satteltaschen und mache mich auf den Weg zurück zum Club.

What a fuck!

Zumindest wäre diese Scheiße erledigt ...

Es fällt mir noch immer schwer, zu glauben, dass Alex so weit gegangen ist. Was hat er sich durch den Betrug erhofft? Geld?

Ging es wirklich nur um finanzielle Belange oder steckte da mehr dahinter. Verflucht! Ich habe keine Ahnung ...

Ich bemerke erst, dass ich, anstatt zum Club, einen anderen Weg eingeschlagen habe, als ich vor Violas Haus stehen bleibe und auf die hell erleuchteten Fenster ihrer Wohnung starre.

Was ein Bullshit!

Alex und Sold haben mir den Abend gewaltig versaut. Da will ich es einmal in meinem Leben bei einer Frau richtig machen. Ein verdammtes Mal und dann kommt ein verräterisches Arschloch dazwischen. Den Motor ausschaltend, bleibe ich auf dem Bike sitzen, zünde mir ein Zigarillo an und lasse die Schulterblätter rollen. Die Wunde an meinem Arm beginnt wieder zu schmerzen, und hinter meinen Schläfen dröhnt es.

Was tue ich hier?

Hinter den zugezogenen Vorhängen bewegt sich ein Schatten.

Für einen Moment zögere ich kurz, dann steige ich ab, hebe einen Stein auf und werfe ihn hoch zu dem Fenster. Ich treffe nicht, sodass er gegen die Mauer schlägt und wieder runterfällt. *Fuck!*

Mit meiner Waffe würde ich besser zielen ...

Wie Viola wohl reagieren würde, wenn ich ihre Scheibe einschieße?

Wahrscheinlich würde sie mir den Hals umdrehen.

Der Gebrauch einer Schusswaffe hat wohl eher wenig mit Romantik zu tun. Schade eigentlich ... Erneut werfe ich einen Stein, einen etwas größeren, mit dem es sich besser zielen lässt. Dumm nur dass ich dieses Mal so viel Kraft in den Wurf gelegt habe, dass ich das Glas nicht nur treffe, sondern gleich einschlage.

Das laute Klirren hallt über die leere Straße, mehrere Glasscherben fallen direkt vor meinen Füßen zu Boden.

Ein lautes „Porca puttana!“, ausstoßend, zieht Viola den Vorhang beiseite und betrachtet den Schaden. Als sie mich entdeckt, zieht sie überrascht die Stirn kraus.

„Scheiße, Jasper. Warst du das.“

Leugnen nützt wohl nichts.

„Jepp, ich habe noch Licht gesehen und da dachte ich mir, schaue ich mal vorbei und sage Hallo.“

Sie lacht, schüttelt den Kopf und deutet mit einer Hand auf das kaputte Fenster.

„So sieht es also aus, wenn du *Hallo* sagst?“

Ich nicke. Keine Ahnung, wie ich auf die bekloppte Idee gekommen bin, Steinchen an ihre Scheibe zu werfen.

Wie alt bin ich verdammt noch mal? Zwölf?

Ein Lächeln lässt ihr Gesicht erstrahlen.

„Das ist irgendwie süß, weißt du das? Welche Frau kann schon behaupten, dass einer der legendären Sons mitten in der Nacht vor ihrem Fenster steht und mit Steinen wirft, nur um sich ihre Aufmerksamkeit zu sichern ... Das erinnert mich ein bisschen an die berühmte Balkonszene von Shakespeares Romeo und Julia.“

Echt jetzt?

„Hast du mich gerade süß genannt? Süß im Sinne von Zucker?“

„Ja. Sei froh. Ich könnte auch ganz andere Sachen sagen, schließlich ist das Sachbeschädigung.“

Zum Glück weiß Viola nicht, wie ich die letzten Stunden verbracht habe. Wenn sie es wüsste, würde sie erkennen, dass die Beschädigung von fremdem Eigentum mein geringstes Vergehen ist.

„Sei froh, dass ich nur einen Stein genommen habe, für einen Moment habe ich daran gedacht, meine Knarre zu benutzen."

Selbst von hier unten kann ich erkennen, wie sie die Augen verdreht.

„Warum überrascht mich das nicht?! Hast du eigentlich schon mal was von einer Klingel gehört? Das ist so ein kleines Ding, auf das man drückt ..."

Ich lasse sie erst gar nicht ausreden.

„Verarschen kann ich mich selber. Danke!"

Unsere Blicke begegnen sich.

„Lässt du mich hoch?"

Die Scherben von der Fensterbank aufsammelnd, lässt sie mich warten.

Viola weiß genau, dass sie mich am Haken hat wie der Angler den Fisch, und darum lässt das kleine Luder mich auch zappeln ...

„Wenn ich es tue, was bekomme ich dafür."

Den Arsch versohlt!

„Einen Kuss."

Sie lacht.

„Zu wenig. Außerdem bin ich dir immer noch böse, dass du mich vorhin einfach so stehen lassen hast."

Es war so klar, dass sie diese Karte irgendwann ausspielen wird.

„Gut, dann sag mir, was du willst."

Das schmutzige Grinsen, das sich auf ihrem Gesicht ausbreitet, bringt meinen Schwanz zum Zucken.

„Ich will einen bösen, wirklich sehr bösen *Son of Silence* zwischen den Schenkeln."

„Bist du dir sicher, dass du dem gewachsen bist, Mädchen?"

Sie sagt nichts, leckt sich die Lippen, verschwindet aus meinem Sichtfeld und macht sich dann daran, mich reinzulassen.

Der Summer ertönt, ich drücke gegen die Eingangstüre und eile, immer zwei Stufen auf einmal nehmend, die Treppe rauf.

Als ich sie dann, nur mit einem String und einem fast durchsichtigen Hemdchen bekleidet, oben stehen sehe, fällt mir die Kinnlade runter.

„Fuck! Du bist so verflucht schön, Baby."

Ungeduldig packt sie mich mit ihren kleinen Händen am Revers der Kutte und zieht mich in ihre Wohnung. Die Türe fällt hinter uns ins Schloss, ihre Lippen finden die meinen und meine Hand wandert zielstrebig in ihr Höschen.

Feucht, heiß und eng empfängt mich ihre Pussy. Ich schiebe zwei meiner Finger in ihr zuckendes Loch, stoße zu und drücke sie gegen die Wand.

So gefällt sie mir am besten – ganz meiner Gnade ausgeliefert, halb nackt und stöhnend.

Schamlos beginnt sie meine Hand zu reiten, keucht, wimmert und sieht mich unter halb gesenkten Lidern an.

Wenn diese Frau wüsste, wie sehr ich sie will, würde sie vor Angst erzittern. Doch sie weiß es nicht, und das ist auch gut so.

Seit ich denken kann, habe ich kein Mädchen jemals so begehrt wie Viola. Keine Ahnung wie sie es angestellt hat?

Fuck!

Wir haben noch nicht mal gefickt und trotzdem komme ich nicht mehr von ihr los.

Diese kleine Italienerin ist mein Heroin.

Bleibt mir nur zu hoffen, dass sie nicht dieselbe tödliche Wirkung auf mich hat, wie das weiße Pulver auf all die vielen Junkies ...

3. Kapitel

Viola

Den ganzen Abend über war ich unruhig.
Wie eine Getriebene bin ich durch meine Wohnung gelaufen.
Weder konnte mich das Fernsehprogramm noch mein aktuelles Buch fesseln. Alles was ich wollte, war ein gewisser Rocker ...

Dass dieser Anruf unseren perfekten Abend gestört hat, hat mich echt wütend gemacht.

Die Nummer auf seinem Bike war heiß und ich bin auch gekommen, aber dieser Höhepunkt hat nicht ausgereicht, um meinen Hunger nach diesem *Son of Silence* zu stillen.

Seit unserer ersten Begegnung – seit dieser unglaublichen Nacht – frage ich mich, wie es sich wohl anfühlt, unter diesem Outlaw zu liegen und von ihm genommen zu werden.

Endlich ist der Augenblick gekommen!

Die Tatsache, dass er mich erst zu einem romantischen Dinner eingeladen und wenige Stunden später vor meinem Fenster gestanden und mit Steinchen geworfen hat, lässt mein Herz schneller schlagen.

Wer hätte gedacht, dass der Vizepräsident so ein Romantiker ist?

Mit seinen Fingern tief in mir und mit dem Rücken an der Wand, genieße ich das verführerische Kreisen seiner Zunge.

Jasper stiehlt mir den Atem, beißt sich an meiner Unterlippe fest, umkreist mit seiner rauen Kuppe meinen Kitzler.

Erregt zieht sich mein Inneres zuckend zusammen, der Druck in meinem Bauch steigert sich ins Unermessliche und das Blut in meinen Adern beginnt zu kochen.

Es ist fast schon unheimlich, wie einfach es für ihn ist, mich zum Höhepunkt zu bringen ...

„Yeah Baby, komm für mich. Fick meine Finger, zeig mir, wie dringend du meinen Schwanz in dir willst."

Schamlos tue ich es, reibe mich an seiner Hand und stöhne zufrieden, als er seine Faust in meinen Haaren vergräbt, meinen Kopf nach rechts zieht und sich seine Zähne in der empfindlichen Haut meiner Kehle vergraben.

Der plötzliche Schmerz in Kombination mit seinen wieder und wieder zustoßenden Fingern ist alles, was ich brauche. Kreischend drücke ich die Stirn gegen seine Schulter, laufe regelrecht aus, ziehe seine Finger noch ein Stückchen tiefer in mich hinein und verliere dann die Kontrolle über meine Sinne ...

Zuckend, schwitzend und stöhnend genieße ich den Orgasmus, der in warmen Wellen über mich hinwegbrandet. Meine Knie geben nach, sodass ich gegen Jasper sinke und nur von seinem bestimmenden Griff aufrecht gehalten werde.

Sein raues Lachen hallt durch den Flur.

„Das nenne ich mal eine Begrüßung."

Ich sage nichts, genieße einfach nur das heiße Prickeln und zucke keuchend zusammen, als er seine Hand zwischen meinen Beinen hervorzieht.

Warm und fest streichen seine Lippen über meine Stirn, dann hebt er mich in seine Arme und sieht mich mit einem unergründlichen Blick an.

„Was machst du nur mit mir, Mädchen?"

Das sollte wohl eher ich ihn fragen. Immerhin bin ich diejenige, die völlig kraftlos und mit pochender Mitte in seinen Armen liegt und dieses verräterische Ziehen in der Brust verspürt. Auch wenn ich es mir nur ungern eingestehe, bin ich auf dem besten Weg, mich in diesen Rocker zu verlieben ...

„Mein Schlafzimmer ist die letzte Türe rechts."

Er nickt, geht los und bleibt erst direkt vor dem Bett stehen.

„Ich will es nicht, aber ich muss es einfach tun und dich warnen. Wenn ich dich jetzt ficke, wirst du mich nie wieder los. Ich will dich mit so einer Intensität, dass es mich selbst erschreckt."

Jaspers dunkle Stimme legt sich wie Balsam um meine zitternden Nerven.

Mein Herz macht einen Hüpfer, ich komme nicht gegen das zufriedene Grinsen an, zu dem sich meine Lippen verziehen.

„Würdest du jetzt gehen, wenn ich dich darum bitten würde?"

Für eine Sekunde denkt er nach, dann knurrt er ein leises „Nein".

„Warum warnst du mich dann, wenn das zwischen uns eh schon unausweichlich ist?"

„Weil ich will, dass du weißt, wie todernst mir die Sache zwischen uns ist. Nach heute Nacht gehörst du mir! Nur mir! Ich werde dich jetzt ficken, du wirst meinen Namen schreien und ich werde mich auf deinem Körper verewigen. Morgen bringe ich dich in den Club. Ich will, dass du meine Welt kennenlernst, weißt, wie ich lebe, und verstehst, wo dein Platz ist."

Das klingt so heroisch und bestimmend, dass sich die Härchen in meinem Nacken aufstellen.

Halleluja! Ich stehe auf Männer, die wissen, was sie wollen ...

„Du hast da eine Sache vergessen, Rocker."

Zwischen seinen Augenbrauen bilden sich zwei tiefe Falten.

„Ach, und die wäre?“

„Meine Zustimmung zu all dem.“

Jaspers Mundwinkel zucken. Da ich noch immer in seinen Armen liege, spüre ich genau, wie sich seine Muskeln anspannen. Das Blau seiner Iriden wird einen Ticken dunkler und erinnert mich nun an die Tiefen des Ozeans.

„Du hast schon zugestimmt. Zweimal, um genau zu sein. Die erste Zustimmung war bei unserer allerersten Begegnung, als du zu mir aufs Bike gestiegen, deine Arme um meine Mitte geschlungen und dich an mir festgekrallt hast. Das zweite Mal ist erst wenige Stunden her. Du hast meine Finger in dir aufgenommen, hast mir erlaubt, in deinen Körper einzudringen, und bist auf meiner Harley für mich gekommen. Verdammt, Mädchen! Wenn das keine Zustimmung war, dann weiß ich auch nicht.“

Er hat recht, obwohl es mir nicht bewusst war, gehöre ich längst ihm ...

„Ich will dich, *Son of Silence*.“

Das animalische Fauchen, das sich aus seiner Kehle löst, lässt mich erschaudern.

Unsere Lippen verschmelzen, zusammen fallen wir aufs Bett.

Jasper dreht sich leicht, sodass ich zwischen ihm und der Matratze gefangen bin.

Von dem Drang, diesen Biker endlich bis zum Anschlag in mir spüren zu wollen, überwältigt, bedecke ich sein von Narben gezeichnetes Gesicht mit tausend Küssen. Löse das Lederband, mit dem er seine Haare im Nacken zusammengebunden hat, und streife mit den Fingern durch die weichen Strähnen.

Mit den Lippen über die seinen streichend, öffne ich meinen Mund für ihn. Unsere Zungen begegnen sich, unser Atem vermischt sich, mein Herz steht für einen kurzen Moment still, dann beginnt es wie verrückt zu rasen.

Jaspers herber Geschmack flutet meine Sinne.

Der Kuss ist erst sanft, wird dann aber schnell wilder und eindringlicher. Unsere Zähne schlagen krachend aufeinander, ich zerfließe regelrecht unter ihm.

Wieder und wieder wühlt er sich durch meinen Mund. Seine warmen Hände schieben sich unter mein Oberteil, zerreißen den BH und legen so meine Brüste frei. Mit seinen rauen Fingerkuppen über meine empfindlichen Nippel streichend, entlockt er mir ein heiseres Keuchen.

Seine Lippen von den meinen lösend, zieht er mir das Oberteil über den Kopf, richtet sich dann zwischen meinen gespreizten Beinen zu seiner vollen Größe auf und betrachtet mich aus dunklen Augen.

„Zum Teufel! Du bist einfach nur verdammt perfekt."

Ohne den Blick von mir zu lösen, beginnt er damit, sich auszuziehen.

Erst legt er die Kutte ab, dann die Waffe, die sich darunter befindet, und anschließend das schwarze Hemd. Sofort entdecke ich den weißen Verband an seinem Oberarm und eine sich direkt darunter befindende weitere Wunde.

„Was ist passiert?"

Er zuckt mit den Schultern.

„Nichts."

Aha ...

„Nach *Nichts* sieht das aber ganz und gar nicht aus."

„Bist du dir sicher, dass du weiter nachbohren willst? Wenn ja, kann es sein, dass ich dir die Wahrheit sage, und die würde dich garantiert verstören."

Oha ...

„Na gut. Vielleicht will ich es doch nicht so genau wissen."

Jasper bedenkt mich mit seinem Killerlächeln, das einen Schwarm Schmetterlinge in meinen Bauch zaubert. Die Hügel seines Sixpacks zucken vor Anspannung, ich beobachte, wie sich seine Hände zu Fäusten ballen und kapiere, dass er gerade mit sich selbst kämpft.

Er will mich, dennoch versucht er, es langsam angehen zu lassen.

Unglaublich! Aber je besser ich Jasper kennenlerne, umso sicherer bin ich mir, dass er ganz genau der Mann ist, nach dem ich schon immer gesucht habe.

Gierig sauge ich den sexy Anblick, den er mir bietet, in mich auf. Jetzt, wo ich wie eine Opfergabe vor ihm liege, wirkt er noch viel größer, muskulöser und kraftvoller als sonst. Unzählige Narben und Tattoos zieren seine braun gebrannte Haut, erzählen die Geschichte seiner wilden Vergangenheit.

Die Finger nach ihm ausstreckend, spure ich die schwarzen Konturen des Totenkopfs nach, der seinen kompletten Oberkörper einnimmt.

Der von Rissen durchzogene Schädel sieht mich aus schwarzen Augenhöhlen an. Der auf ewig verschlossene Mund hat etwas verdammt Unheimliches. Das Motiv ist auf eine düstere Art und Weise ziemlich faszinierend, jedoch auch angsteinflößend.

Diese Tätowierung passt absolut perfekt zu dem Rocker, der sie trägt.

Meine Brüste umfassend, reibt er mit den Daumen über meine Nippel, beugt sich zu mir herab und saugt sie abwechselnd in seinen heißen Mund.

Wimmernd biege ich den Rücken durch, komme ihm noch ein Stückchen entgegen und vergrabe meine Nägel in seinen Schultern.

Jasper knurrt, leckt sich an meinem Bauch nach unten und zerfetzt meinen String. Einen Atemzug später liege ich nackt vor ihm, während er unzählige Küsse auf mich niederregnen lässt. Er beißt sich an der Innenseite meines Schenkels fest und seine Hand gleitet durch meine geschwollenen Falten. Über meine Klit reibend, schiebt er zwei seiner Finger in mich hinein und entlockt mir so einen heiseren Schrei.

Oh jaaaaaa ...

Zitternd hebe ich die Hüfte an und komme so seinen warmen Lippen entgegen. Gekonnt teilt er meine Schamlippen, leckt über meine zuckende Öffnung und beginnt, mich regelrecht aufzufressen.

Saugend, züngelnd, lutschend und bohrend sorgt seine raue Zunge dafür, dass ich den Bezug zur Realität verliere, die Beine immer weiter spreize und mich seinem Gesicht entgegendrücke. Meine Zehen kringeln sich, ein Schauer durchläuft mich, es fühlt sich so an, als würde ich gleich vor Lust zerplatzen. An meinem Kitzler saugend, stößt er erneut seinen Daumen in mich hinein und lässt mich so erneut kommen. Ein unglaublich intensiver Orgasmus rollt gleich einem Tsunami über mich hinweg, vor meinen Augen wird es schwarz, meine Nervenbahnen fangen Feuer ...

Es dauert eine kleine Ewigkeit, bis die Zuckungen nachlassen und ich wieder so weit bei mir bin, dass ich bemerke, dass er mich die ganze Zeit über beobachtet hat.

„Dir dabei zuzusehen, wie du kommst, ist das Geilste, was ich je getan habe."

Seine Stimme ist zu einem dunklen Grollen geworden, der Ausdruck, den seine blauen Iriden angenommen haben, kann nur als gefährlich und hungrig beschrieben werden.

Noch immer nicht ganz bei mir, sehe ich Jasper dabei zu, wie er aus dem Bett steigt und sich nun komplett auszieht. Nach wenigen Augenblicken steht er groß, nackt und in seiner beeindruckenden Pracht vor mir.

Sein Sixpack zuckt, dicke Adern zeichnen sich auf seinem Unterleib ab, winden sich wie Schlangen um seine riesige Erektion.

Oh wow ... Sein Penis ist anbetungswürdig!

Jasper ist verdammt gut bestückt.

Sein dicker Schwanz reckt sich in meine Richtung, ich lecke mir die plötzlich trockenen Lippen und betrachte seine violett schimmernde Eichel. An dem kleinen Schlitz an der Spitze perlt ein cremiger Tropfen, den ich nur allzu gerne kosten würde.

Endlich kommt er wieder zu mir, kniet sich zwischen meine Beine und lässt die wulstige Spitze seines Gliedes durch meine Schamlippen gleiten. Alleine durch diese leichte Berührung beginnt mein Puls wie verrückt zu rasen. Teils aus Erregung – teils aus Angst.

So scharf ich auch darauf bin, ihn in mir zu spüren, fürchte ich mich auch davor.

Wenn wir das jetzt durchziehen, dann gibt es kein Zurück mehr. Dann bin ich das Mädchen des gefürchteten Vizepräsidenten des *Sons of Silence Motorcycle Clubs.*

In dem Moment, in dem er an meinen empfindlichen Brustwarzen zupft, fokussiert sich meine Welt nur noch auf ihn. Alles, was jetzt noch zählt, sind er und ich und das, was wir im Begriff sind zu tun.

Jaspers Lippen streifen über meinen Mund. Stöhnend öffne ich mich ihm, heiße ihn willkommen und trinke seinen herben Geschmack. Unsere Zungen treffen sich, verschmelzen miteinander und beginnen ein erregendes Duell, aus dem wir beide als Gewinner hervorgehen. Ich zittere vor Ungeduld, und obwohl ich mich vor seinem Eindringen fürchte, kann ich es irgendwie auch kaum erwarten, von seiner Härte ausgefüllt zu werden ...

Süchtig nach seiner Nähe schlinge ich ihm die Arme um den Nacken und genieße die schiere Kraft, die er ausstrahlt.

Verspielt lasse ich meine Nägel über die straffen Wölbungen seines Rückens gleiten:

Ich spüre zuckende Muskeln, weiche Haut und die Erhebung mehrerer Narben.

Ein ungeduldiges Knurren ausstoßend, packt er sich meine rechte Hand, presst sie sich auf den Schwanz und umfasst dann die dicke Wurzel samt meinen Fingern. Den Druck und die Geschwindigkeit vorgebend, zeigt er mir, wie ich ihn massieren soll.

Oh mein Gott, fühlt sich das gut an ...

Seine Oberschenkel spannen sich an und zucken ungeduldig, so als könnten sie es kaum erwarten, in mich zu stoßen und in einen harten und tiefen Rhythmus zu fallen.

Erkundend streiche ich über die samtene Haut seiner Eichel, verreibe die Tropfen und beobachte, wie Jasper mit seiner Beherrschung ringt.

„Ab jetzt gehörst du mir, Viola! Nur mir!“

Die Sehnen an seinem Hals treten deutlich hervor, an seinem Kiefer zuckt ein Muskel. Es ist ihm deutlich anzusehen, dass er sich nicht mehr lange kontrollieren kann.

Dennoch fürchte ich mich nicht vor ihm, obwohl ich das vielleicht sollte?

Erneut treffen sich unsere Lippen wie von selbst.

Stöhnend lasse ich mich in den Kuss fallen. Er umfasst meine Taille und hebt meinen Unterleib an, sodass sich sein dicker Schwanz gegen mich presst.

Ein lautes Knurren ausstoßend, richtet er sich auf und verschlingt mich mit seinen Blicken.

Das verführerische Spiel seiner Brustmuskulatur fasziniert mich. Erkundend streiche ich mit den Fingern über den Skull auf seiner Brust.

„Oh Baby ... Du bist so feucht, du kannst es kaum erwarten, endlich von mir gefickt zu werden."

Seine dunkle Stimme hallt in meinem Unterleib nach.

Jasper beugt sich zu mir herab, drückt mich fest in die Matratze und lässt mich sein Gewicht spüren. Haut an Haut – so nah wie nur irgend möglich.

Für einen bedeutungsvollen Moment sehen wir uns an, ehe wir uns wild und stürmisch küssen. Seine raue Zunge stiehlt mir den Atem, als Ausgleich schenkt er mir den seinen.

Ich bin verloren ...

Erkundend lasse ich meine Hände über seinen Körper gleiten, entlocke ihm so ein lustvolles Stöhnen. In meinem Unterleib pocht es sehnsüchtig, mein Kitzler ist geschwollen und meine Brustwarzen sind mehr als empfindlich. Ich sehne mich so sehr danach, von diesem Rocker berührt und in Besitz genommen zu werden, dass es schmerzt. Ich will Jasper anfassen und erkunden. Aber kaum, dass ich es tue, fängt er meine Hände ein und presst sie über meinem Kopf in das Kissen.

„Mach langsam, ich drehe gleich durch."

Meine Nippel in seinen Mund saugend, beißt er sachte zu. Seufzend schnappe ich nach Luft, der bittersüße Schmerz breitet sich wie ein Waldbrand in meinen Nervenbahnen aus.

„Ich will dich ficken! Jetzt! Ich muss es tun!"

Eine dünne Schweißschicht bildet sich auf meiner Haut. Endlich löst er seine rechte Hand von meinen Gelenken und umfasst sie nun nur noch mit der linken.

Ich versuche mich zu befreien – vergebens.

Jasper hat einfach viel mehr Kraft als ich.

Träge gleiten seine Finger durch meine Scheide, dringen leicht in mich ein, treiben mich gezielt weiter Richtung Höhepunkt.

Das Kribbeln in meinem Bauch wird immer stärker, meine Mitte zieht sich sehnsüchtig zusammen. Ich will, dass er mich endlich nimmt und mich spüren lässt, was es bedeutet, von einem *Son of Silence* gebumst zu werden.

Von Ungeduld getrieben, presse ich meinen Mund wieder auf den seinen.

Sofort gleitet seine Zunge zwischen meine Lippen. Er küsst mich so eindringlich, dass flimmernde Punkte hinter meinen geschlossenen Lidern zucken.

Jaspers Augen verweilen auf meinen Brüsten, seine Wangenmuskulatur beginnt zu zucken. Mit geblähten Nasenlöchern legt er den Kopf schief und atmet hörbar aus.

„Ab jetzt bist du mein!"

Seine Mimik verdunkelt sich. Innerhalb eines Herzschlags verwandelt er sich in den bedrohlichen Outlaw, der er nun mal ist.

Unsicher sehe ich ihn an.

„Was ist los?"

Ein animalisches Grollen löst sich aus seiner Kehle.

„Ich werde dich vor allen Gefahren dieser Welt beschützen. Wenn du zustimmst, mir zu gehören."

In seiner Stimme schwingt eine solche Entschlossenheit mit, dass ich erschaudere und mein Herz aus dem Takt gerät.

Wir kennen uns gerade mal eine Woche, das sind lächerliche sieben Tage. Wie soll ich da zustimmen, ihm zu gehören?

„Wir brauchen mehr Zeit, Jasper."

Er schüttelt den Kopf.

„Nein, Baby."

„Doch, bitte. Gib mir noch einen Monat."

Ein freudloses Lachen ausstoßen, beißt er sich an meinem Hals fest. Saugt und knabbert bis es schmerzt. Ich keuche und wimmere.

Mit einem *Plopp* löst er sich von mir und leckt an meinem Schlüsselbein hinab, durch das Tal zwischen meinen Brüsten bis zu meinem Bauchnabel. Seine Hand legt sich auf meine Scham und schiebt sich zwischen meine Beine. Einen Atemzug später spüre ich seine Finger auch schon in mir.

Meine Scheidenwände zurren sich zusammen, ich stehe erneut vor einem allumfassenden Höhepunkt.

Zitternd beobachte ich, wie er sich vor mir aufrichtet, ein teuflischer Ausdruck legt sich auf seine markanten Gesichtszüge.

Plötzlich lässt er sich wieder auf mich fallen und umfasst mit einem unnachgiebigen Griff meinen Kiefer. Jaspers Dominanz ist auf eine düstere Art höllisch sexy und doch auch irgendwie einschüchternd.

„Noch eine Woche, keinen Tag länger!"

Sein dicker Schwanz stupst gegen meinen Eingang. Lang, hart und leicht nach oben gebogen, wartet er nur darauf, endlich in mich zu stoßen.

Ich schlucke hart und presse mich ihm instinktiv entgegen.

Er packt mich an den Knien, reißt sie weit auseinander und legt sich dann auf mich. Das kratzende Geräusch seiner Barthaare, die über meine Schulter streichen, lässt mich erschaudern. Mit belegter Stimme raunt er mir ins Ohr, dass diese sieben Tage Aufschub für ihn keinerlei Bedeutung haben. Und dass er mich nicht mehr gehen lässt. Um seinen Worten noch mehr Nachdruck zu verleihen, lässt er seinen Schwanz durch meine Pussy gleiten und saugt sich erneut an meinem Hals fest. Die dicke Wulst seines Glieds drückt sich in mich, dehnt mich und zeigt mir, wie ernst es ihm ist. Ich keuche gequält auf – er ist einfach so verdammt groß! Allein die wenigen Zentimeter seines Phallus in mir aufzunehmen, fühlt sich so heftig an, dass ich kaum noch Luft bekomme.

„Oooohhh ..."

Wimmernd versuche ich ihm auszuweichen, doch Jasper hält mich bestimmend fest.

„Du wirst dich erst an mich gewöhnen müssen, Mädchen."

Seine Muskeln spannen sich an und seine Härte gleitet noch ein Stückchen tiefer in mich.

„Sei tapfer, Baby, gleich hast du es geschafft."

Er pinnt mir einen Kuss auf die Stirn und stößt dann mit all seiner Kraft zu. Die Wucht, mit der er sich in mich rammt, lässt mich laut aufschreien.

Es fühlt sich einfach unbeschreiblich an, ihn komplett in mir zu haben. Ein paar Herzschläge lang gelingt es ihm stillzuhalten, damit ich mich an seine Größe gewöhnen kann, doch ich spüre deutlich, wie viel Kraft es ihn kostet, sich zurückzunehmen und mich nicht so hart ranzunehmen, wie er es eigentlich braucht.

„Atme meine Süße, du musst atmen."

Seine Finger schlingen sich um meinen Hals, während er mir tief in die Augen sieht. Mein Unterleib zuckt, sein raues Stöhnen übertönt mein Wimmern.

„Du fühlst dich einfach unglaublich an ... Eng und perfekt ... Wie für mich geschaffen!“

Das Herz schlägt mir schmerzhaft gegen die Rippen, die anfängliche Pein wandelt sich in pure Lust, die mich zu überwältigen droht.

„Bitte ... Bitte nimm mich, Jasper ...“

Mehr Aufforderung braucht er nicht.

Langsam zieht er sich beinahe komplett aus mir heraus, nur um einen Atemzug später wieder mit aller Kraft in mich zu stoßen.

Der Rhythmus, in den er verfällt, ist gnadenlos und intensiv. Bei jedem neuen Vorstoß werde ich auf der Matratze nach oben geschoben.

Ich schnappe nach Luft, halte mich an seinen Schultern fest und komme ihm willig entgegen.

Meine Muschi ist so gedehnt, dass ich jede Ader und jede Erhebung seines Gliedes spüren kann. Ich bewege mich unter ihm, werde immer aktiver und fordere ihn so heraus, mir alles zu geben.

Mein lauter werdendes Stöhnen vertreibt die Stille aus der Wohnung.

Der Druck, der sich in meinem Inneren aufgebaut hat, explodiert mit einem Schlag. Der Orgasmus, der über mir hereinbricht, lässt meine Synapsen durchbrennen.

Ich schreie und presse mich ihm entgegen.

Oh wow ...

Jasper spürt, dass ich gekommen bin, und verliert nun endgültig die Kontrolle.

Er rammt sich immer wieder in mich hinein und knurrt bei jedem Atemzug. Er stößt sich ein letztes Mal bis zum Anschlag in mich, brüllt laut und verharrt dann reglos in dieser Position. Sein heißes Sperma füllt mein Inneres. Unsere Blicke treffen sich, ich versuche, das gerade Geschehene zu begreifen. Aber es war zu viel, zu intensiv und zu gut, um analysiert zu werden. Ich bin überwältigt und traue mich kaum zu atmen. Jasper beugt sich zu mir herab, streichelt mir liebevoll eine Strähne aus dem Gesicht und schenkt mir einen so unsagbar zärtlichen Kuss, dass mein Herz zu explodieren droht.

Das war's, jetzt ist es passiert – ich bin verliebt ...

Quälend langsam zieht er sich aus mir heraus und stöhnt dabei leise.

„Alles okay bei dir, Baby?“

Eine seltsame Frage.

Dieser Sex hat meine Welt auf den Kopf gestellt. Ich fühle mich, als hätte er mich in meine Einzelteile zerlegt, einen Teil seiner selbst hinzugefügt und eine andere Frau aus mir gemacht. Meine Nervenbahnen glühen, mein Herz steht in Flammen und mein Hirn ist offline. Gerade als ich denke, dass er mich nicht noch mehr überwältigen kann, als er es eh schon getan hat, legt er seine große Hand besitzergreifend auf meine Pussy, verreibt sein aus mir herauslaufendes Sperma und stößt einen lauten Fluch aus!

„Oh Fuck, Baby! Du kannst so viel Zeit von mir fordern, wie du willst, es wird nichts an der Tatsache ändern, dass du voll von mir bist, dass mein Zeichen deine Kehle ziert und dass du mir gehörst. Wehr dich, versuch ruhig vor dem, was uns verbindet, zu flüchten – es wird dir nicht gelingen. Das schwöre ich dir bei meinem Leder, Mädchen!"

Ich spüre instinktiv, dass Jasper recht hat, trotzdem geht mir das alles zu schnell. Die nächste Woche werde ich dazu nutzen, mir meiner Gefühle klar zu werden und diesen Rocker noch etwas besser kennenzulernen ...

Was kann es schon schaden, auf Nummer sicher zu gehen?

„Ich hatte recht mit dem, was ich bei unserer ersten Begegnung gesagt habe."

Meine Stimme klingt rau und verrucht. Die vielen Orgasmen, die Jasper mir beschert hat, haben mich high gemacht, sodass ich mich leicht wie eine Feder fühle.

Grinsend pinnt er mir einen feuchten Kuss auf den Mund und lässt sich neben mir aufs Bett fallen. Dann stützt er sich auf die Ellenbogen auf und sieht träge auf mich herab.

„Ach, und womit genau?"

Ich erkenne an seinem Blick, dass er ganz genau weiß, worauf ich anspiele.

„Damit, dass du der Teufel höchstpersönlich bist."

Lachend legt er sich auf den Rücken und zieht mich an sich, sodass mein Kopf auf seiner Brust und mein Bein auf seinem Schenkel ruht.

„Aye, der bin ich, das solltest du lieber nie vergessen ..."

Müde, erschöpft und auf eine angenehme Art wund, denke ich über diesen Satz nach, während mir langsam, aber sicher die Augen zufallen.

Ich spüre, wie er eine Decke über uns ausbreitet, seine Lippen gegen meine Schläfe drückt und leise „Meins!" flüstert.

Sicher und geborgen liege ich da und lausche seinen Atemzügen. Bevor ich endgültig in der Traumwelt versinke, denke ich darüber nach, wie verdammt richtig es sich anfühlt, diesen Outlaw in meinem Bett und seinen Geschmack auf meinen Lippen zu haben.

Ich habe ganz vergessen, dass es so unglaublich schön sein kann, verliebt zu sein ...

4. Kapitel

Jasper

„Hey VP, hast du Becks und Toto gesehen?“
Müde lasse ich mich auf einen der freien Barhocker fallen und reibe mir über die schweren Augenlider.
„Nein. Nicht seitdem ich sie dazu verdonnert habe, Alex Überreste zu entsorgen.“
Sold wirkt alarmiert.
„Und das gibt dir nicht zu denken?“
Ich schüttle den Kopf, stehe auf und schenke mir eine Tasse Kaffee ein.
„Sollte es das etwa?“ In dem Moment, in dem ich die Frage stelle, schallt ein lautes *Ja* durch meinen Schädel. Mein gemurmeltes „Ach Fuck!“ lässt Sold zustimmend nicken.
„Ganz genau. Fuck! Die Pussy deines Mädchens hat dir das Hirn vernebelt, Bruder.“
Witzig! Das muss er gerade sagen.
„Ach und deines funktioniert momentan besser?“
Er lacht, klemmt sich seine Kippe zwischen die Lippen und inhaliert einen langen Zug.
„Nope. Das ist ja gerade das Problem. Wir haben beide nur unsere Weiber im Kopf. Das kann gefährlich werden ...“
Das Koffein in mich hineinschüttend, setze ich mich wieder zu ihm und zünde mir ein Zigarillo an. Keine Ahnung warum, aber irgendwie verspüre ich das Bedürfnis, mich Sold zu erklären.
Er war es, der mir diese Chance gegeben und mir das *Vize-Patch* angeboten hat. Ich will, dass er weiß, wie ernst ich diese Aufgabe nehme.
„Das mit Viola war nicht geplant. Sie stand einfach vor mir, mit einer Flasche Wein und einer Zigarette und hat mein Leben durcheinandergebracht. Dieses Mädchen geht mir unter die Haut. Viola schafft es, dass ich mich gut fühle – gut und glücklich. Diese Frau macht mich komplett verrückt.“ Fluchend verdrehe ich die Augen. „Was zur Hölle labere ich da eigentlich für einen Bullshit!?“
Solds Hand legt sich auf meine Schulter und drückt zu.
Eine Geste, die mir verrät, dass er genau weiß, wie es mir geht.
Das mit Alice und ihm hat genauso schnell und überraschend angefangen.

„Es passiert nicht oft, dass es einer Frau gelingt, einen *Son of Silence* einzufangen, aber wenn ... tja ... Fuck! Dann ändert sich auf einen Schlag alles. Männer wie du und ich wissen auf den ersten Blick, wenn wir der Richtigen gegenüberstehen. Das macht die Sache zum einen leicht und zum anderen auch verdammt kompliziert. Wir Rocker lieben endlos. So ist das nun mal!"

Seine Hand von meiner Schulter nehmend, drückt er die Kippe vor sich im Aschenbecher aus und steht auf.

„Warte mal. Du täuschst dich. Das zwischen Viola und mir ist anders. Ich liebe sie nicht – ich besitze sie."

Solds lautes Lachen hallt durch den großen Hauptraum des Clubhauses, in dem sich nicht nur die Bar, sondern auch jede Menge Billardtische, Flipperautomaten und Sitzgelegenheiten befinden.

„Scheiße Alter, ich hätte dich echt für klüger gehalten ... Mach dir ruhig noch etwas vor, das habe ich am Anfang auch gemacht, aber das ändert nichts an der Tatsache, dass dich dieses Mädchen voll an den Eiern hat."

Er geht in sein Büro und lässt mich alleine zurück.

Auf seinen Rücken starrend, denke ich über seine Worte nach.

Liebe? Ist das, was ich empfinde, Liebe?

Keine Ahnung. Ich habe noch nie geliebt. Woher soll ich also wissen, wie sich die Liebe anfühlt?

Den warmen Rauch auf Lunge ziehend, hole ich mein Handy aus der Tasche und checke, ob Viola sich schon bei mir gemeldet hat.

Keine SMS, kein verpasster Anruf.

Kein Wunder nach der vergangenen Nacht, oder soll ich lieber Nächten sagen?

Seit ich ihre Scheibe mit dem Stein eingeworfen habe, sind vier Tage vergangen und an jedem von ihnen habe ich so viel Zeit wie nur irgend möglich mit meiner Süßen verbracht.

Selbst als wir im Kino waren, konnte ich meine Finger nicht von ihr lassen, also habe ich sie während der Vorstellung aus dem Saal gezogen, hinter dem Haus über mein Bike gebeugt und mich bis zum Anschlag in ihrem heißen Loch vergraben.

Diese Frau ist zu meiner Sucht geworden.

Völlig egal, was ich tue, oder wo ich auch bin, ich kriege sie einfach nicht mehr aus dem Kopf ...

Oh Scheiße! Scheiße! Scheiße! Scheiße!

Die Erkenntnis trifft mich ein wie Schlag. Sold hat recht. Das, was ich für Viola empfinde, muss Liebe sein.

Entweder Liebe oder eine krankhafte Faszination, die mich in den Wahnsinn treibt und zum Stalker werden lässt ...

Entsetzt schließe ich die Augen, stehe nach einigen Minuten auf und hole mir eine Flasche Whisky.

Kaffee ist jetzt absolut nicht stark genug ...

Erst nachdem ich einige große Schlucke der bernsteinfarbenen Flüssigkeit zu mir genommen habe, folge ich meinem Präsidenten in sein Büro. Dass Becks und Toto untergetaucht sind, kann nichts Gutes bedeuten ...

Die nächste Stunde checken wir die Aufnahmen der Überwachungskameras, können jedoch nichts Auffälliges entdecken. Das Letzte, was von den beiden zu sehen ist, stammt aus der Nacht, in der ich Alex getötet habe. Auf den Bändern ist zu sehen, wie die zwei die Leiche in den Truck schaffen und davonfahren – ab diesem Zeitpunkt fehlt von ihnen jede Spur.

„Ich weiß ja nicht, wie es dir geht, aber ich hab ein ganz schlechtes Gefühl bei der Sache."

Den Schock, dass ich mich tatsächlich in Viola verliebt habe, überwindend, nicke ich zustimmend.

„Da stimmt etwas nicht. Vielleicht war es doch keine so gute Idee, Becks und Toto den Toten beseitigen zu lassen. Aber ich dachte, das wäre eine gute Warnung. Zu sehen, was mit Ratten passiert, hat noch keinem geschadet."

Sold grunzt, lehnt sich in seinem Sessel zurück und kneift sich in den Nasenrücken.

„Wir müssen sie finden und das am besten schnell."

Anstatt mich voll und ganz auf die vor mir liegende Aufgabe zu konzentrieren, denke ich an Viola und daran, dass ich sie heute Abend eigentlich das erste Mal mit in den Club nehmen wollte.

Meine Prioritäten beginnen sich zu verschieben – das ist nicht gut.

Ob Alice und Viola sich verstehen werden?

Hoffentlich! Nichts ist schlimmer als zickige Frauen. Wenn schon die Member untereinander Ärger haben, wäre es zumindest gut, wenn auf der Ladyseite alles friedlich ablaufen würde.

„Wo bist du in Gedanken, VP?"

Fuck! Erwischt ...

„Natürlich längst auf der Suche nach den Arschlöchern. Hast du eine Vorstellung davon, wo die Ratten untergekrochen sein könnten?"

„Nein."

Das wäre auch zu einfach gewesen.

„Dann werden wir die Augen einfach offen halten müssen. Willst du die Sicherheitsstufe anheben?"

Er zögert kurz, schüttelt dann den Kopf.

„Nein. Solange wir uns nicht sicher sind, dass dem Club Gefahr droht, bleibt alles beim Alten. Jetzt, wo endlich Ruhe eingekehrt ist, will ich nicht für unnötige Unruhen sorgen. Außerdem wissen wir nicht, was die beiden machen. Kann auch sein, dass sie einfach für ein paar Tage unterwegs sind. Vielleicht ist ja alles cool und wir machen uns umsonst Gedanken."

Mein Instinkt sagt mir, dass es krachen wird und an Solds Blick erkenne ich, dass es ihm auch so geht.

„Das heißt, alles bleibt, wie es ist, und wir sind einfach wachsamer?"

„Das ist der Plan."

Gut.

„Dann sag Alice Bescheid, dass ich Viola heute mitbringe."

Solds Mundwinkel zucken.

„Mach ich, sie wird sich sicherlich über weibliche Verstärkung freuen. Mit den Bitches kann sie nicht viel anfangen. Und was da zwischen ihr und Amanda abgeht, muss ich auch noch herausfinden ... Wenn die Nutte Ärger macht, schmeiß ich sie raus!"

In meiner Tasche beginnt es zu vibrieren.

Schnell ziehe ich mein Handy hervor und stehe auf.

Das Bild von Viola, das ich heute Nacht gemacht habe, nachdem ich sie erst mehrfach gefickt und anschließend beim Schlafen beobachtet habe, blinkt auf dem Display auf.

Wie gesagt: Entweder Liebe oder krankhafte Besessenheit!

„Wir sind hier fertig?"

Sold nickt, was mich das Telefonat annehmen lässt.

„Yeah Baby, schon wach?"

Ich höre das schadenfrohe Lachen meines Präsidenten und ignoriere es einfach.

Soll er sich doch ins Knie ficken ...

5. Kapitel

Viola

Ich fühle mich gut, genauer gesagt fühle ich mich, als würde ich auf Wolken schweben.

Seit ich beschlossen habe, mich emotional auf Jasper einzulassen, komme ich gegen das breite Grinsen, zu dem sich meine Lippen ständig verziehen, kaum noch an.

In der Arbeit sehe ich ständig auf die Uhr, was absolut untypisch für mich ist, denn ich liebe es zu kochen ...

Doch seit ich weiß, dass ein gewisser Rocker um kurz nach Mitternacht draußen auf seiner Harley sitzend auf mich wartet, sehne ich den Feierabend geradezu herbei.

Mein Leben hat sich dank des Vizepräsidenten des *Sons of Silence Motorcycle Clubs* geändert – ich habe mich verändert – wie auch das Outfit beweist, das vor mir auf dem Bett liegt und darauf wartet, angezogen zu werden.

Der kurze schwarze Lederminirock und das bauchfreie rote Top sind bedeutend knapper als die Klamotten, die ich sonst trage. Dazu habe ich mir ein paar Stiefel auf Amazon bestellt, die erst heute Vormittag geliefert wurden. Mir gefallen diese Sachen, sonst hätte ich sie mir ja nicht extra gekauft, trotzdem zögere ich ...

Wenn ich diese Klamotten anziehe, bin ich dann immer noch ich oder verkleide ich mich dann in der Hoffnung, besser in Jaspers Welt zu passen?

Es mag lächerlich sein, aber ich bin schrecklich nervös.

Mir ist klar, dass er mich einfach nur mit zu sich in den Club nimmt, aber na ja, dieser MC ist für ihn wie eine Familie, wenn Sold, der Präsident, mich nicht mag, wie wirkt sich das dann auf Jaspers und meine Beziehung aus?

Natürlich will ich mich anpassen und neben all den leicht bekleideten Tussis, die sich auf dem Gelände der *Sons of Silence* herumtreiben, nicht wie eine graue Maus wirken, aber ich will dennoch immer noch ich sein. Viola, die Frau mit den italienischen Wurzeln, einer Vorliebe fürs Kochen und einer Schwäche für billigen Merlot.

Unsicher betrachte ich mich im Spiegel. Ich trage eine ausgewaschene Jeans und ein Tank-Top. Meine langen dunklen Haare sind zu einem lockeren Knoten zusammengebunden und bis auf Mascara trage ich kein Make-up.

Unsicher gehe ich in die Küche, hole meine Kippen und zünde mir eine Zigarette an.

Jasper hat, während ich in der Arbeit war, mein Fenster repariert. Wann immer ich daran denke, dass er es mit einem Stein eingeworfen hat, beginnen Dutzende Schmetterlinge durch meinen Bauch zu tanzen.

Schon seltsam, wie romantisch so ein Biker sein kann ...

Den inhalierten Rauch ausstoßend, mache ich mich seufzend daran, mich umzuziehen. Ich will Jasper nicht blamieren, also mache ich mich so schick wie nur irgend möglich. Als ich eine Viertelstunde später wieder in den Spiegel sehe, erkenne ich mich selbst kaum wieder.

Der rote Lippenstift passt perfekt zu dem Oberteil, meine Beine sehen in dem Rock echt sexy aus und der schwarze Lidstrich lässt meine Augen größer und irgendwie geheimnisvoll wirken.

Nervös drehe ich mich von links nach rechts, ziehe den Gummi aus den Haaren und lasse die langen Locken über meine Schultern fallen.

Es klingelt – Jasper ist da.

Die Zigarette fertig rauchend, mache ich ihm die Türe auf. Groß und beeindruckend lehnt er im Türrahmen, die Arme hat er vor der Brust verschränkt, sodass die Muskelberge gut zur Geltung kommen.

Dieser Rocker ist so verdammt heiß, dass ich ihn nur ansehen muss, um feucht zu werden.

„Hi Baby."

Ist es schlimm, wenn ich mich an dieses ‚Baby' langsam gewöhne?

„Hi Outlaw."

Seine Mundwinkel zucken, anstatt reinzukommen, lässt er seine Augen *gaaaannnnzzzz* langsam an mir herabgleiten. An meinem Dekolleté bleibt sein Blick für die Dauer eines Herzschlags hängen, dann rutscht er weiter nach unten, zu dem schmalen Streifen nackter Haut an meinem Bauch bis zu meinen Beinen und den neuen Stiefeln.

Sein dunkles „Oh verdammt!" verunsichert mich.

Irritiert weiche ich einen Schritt zurück und sehe ebenfalls an mir nach unten.

„Was ist los? Nicht gut? Gefalle ich dir nicht?"

Plötzlich werde ich gepackt, durch die Luft gewirbelt und über eine harte Schulter geworfen. Ehe ich mich versehe, trägt er mich mit großen Schritten ins Schlafzimmer und wirft mich auf das Bett.

Eine Sekunde später liegt er auch schon auf mir, sein Knie drückt sich zwischen meine Beine und sein Gewicht, pinnt mich auf der Matratze fest, sodass ich ihm nicht ausweichen kann, als er mich wild küsst, seine Zunge tief in meinen Hals schiebt und damit beginnt, meine Brüste zu kneten. Ehrlicherweise will ich ihm gar nicht ausweichen, sondern erwidere sein wildes Zungenspiel mit demselben Hunger, mit dem auch er mich verschlingt.

„Du bist unglaublich, Mädchen. Unglaublich, perfekt, wunderschön und völlig verrückt!"

Atemlos erwidere ich seinen eindringlichen Blick, ertrinke in den Tiefen seiner Augen, spüre, wie mein Herz ihm zufliegt.

Ich habe mich in so kurzer Zeit so heftig in diesen Son verliebt, dass es mir Angst macht.

„Du siehst so heiß aus, dass ich dich erst ficken werde, ehe ich dich zum Club bringe. Und da werde ich mich wahrscheinlich erneut bis zum Anschlag in dich rammen. Also zweifle nie, nie wieder daran, wie wunderschön und sexy du bist. Das macht mich wütend."

Wieder küssen wir uns, und noch bevor ich bemerke, was er da tut, hat er auch schon meinen String zerrissen, den Rock nach oben geschoben und seine Hose geöffnet. Dick und prall stupst sein Glied gegen meine Öffnung, ehe es sich langsam, jedoch unglaublich tief in mich schiebt.

Oh mein Gott ...

Meine Sinne spielen verrückt und meine Nervenbahnen fangen Feuer.

Heiß und hart füllt mich sein großer Schwanz bis auf den letzten Millimeter aus. Ich keuche, japse nach Luft und rutsche unruhig umher.

„Fick mich."

Jasper hört mein Flehen und grinst zufrieden.

„Genau das hatte ich vor, Baby!"

Endlich fällt er in einen schnellen Rhythmus – unglaublich gut und so alt wie die Zeit. Seine runde Eichel stößt wieder und wieder auf diesen einen, ganz bestimmten Punkt in meinem Inneren, der mich zum Schreien bringt.

Vor meinen Augen flirren Punkte, mein Unterleib zieht sich krampfartig um seinen Schwanz herum zusammen, während heiße Lava durch meine Adern pulsiert.

Nach Halt suchend, kralle ich mich an seinen Schultern fest, schließe die Augen und lasse mich in einem Meer aus Emotionen treiben.

Nichts hat sich jemals so gut angefühlt, wie diesen Rocker so tief wie nur irgend möglich in mir aufzunehmen ...

„Mehr, Jasper, bitte mehr!"

Süchtig nach seinem Geschmack und dem unverkennbaren Geruch von Whisky, Schießpulver und Leder, der ihn umgibt, drücke ich mein Gesicht an seinen Hals und überkreuze die Beine hinter seinem Rücken.

So eng umschlungen verändert sich der Sex. Aus dem wilden Fick wird ein intimes, langsames und unglaublich gefühlvolles Liebesspiel, das mir die Tränen in die Augen steigen lässt.

Keuchend presse ich mich ihm entgegen, spüre, wie sich mein Inneres zusammenzieht und wie der Druck in meinem Bauch zerplatzt. Der Orgasmus, der über mir hereinbricht, ist so heftig, dass ich zu zittern anfange und einen lauten Schrei ausstoße.

Wenige Herzschläge später geht ein Ruck durch Jaspers Körper, mit einem Mal richtet er sich auf, packt mich an den Knien und stößt sich so schnell und heftig in mich, dass es mir den Atem verschlägt.

Wieder und wieder fickt er mich, bohrt sein Glied in mich hinein und stößt dann ein lautes Brüllen aus, das mich an ein wildes Raubtier erinnert.

Sein heißes Sperma flutet meine Pussy, dann bricht er kraftlos auf mir zusammen, vergräbt seine Faust in meinen Haaren und streift mit seinen Lippen an meinem Ohr entlang. Rau kratzen seine Bartstoppeln über die empfindliche Haut an meinem Schlüsselbein, lassen mich erschaudern.

„Du bist das Beste, was mir jemals passiert ist, Baby."

Von dem eben Erlebten völlig sprachlos, umfasse ich sein von Narben durchzogenes Gesicht, suche seinen Blick und lasse ihn dann in einem zärtlichen Kuss spüren, was ich für ihn empfinde.

Noch ist es zu früh, um das L-Wort auszusprechen, aber das ist nicht schlimm. Worte sind wie Nebel, sie sind nicht greifbar, lösen sich auf und verschwinden dann, so als ob sie nie gesagt worden wären. Berührungen hingegen brennen sich in die Seele eines Menschen und hinterlassen dort kostbare Spuren.

Ich will, dass Jasper spürt, was ich spüre, dass er sich genauso verloren und zugleich gefunden fühlt wie ich mich in diesem Moment.

Träge kreise ich mit meiner Zunge durch seine samtene Mundhöhle, sauge mich an seiner Unterlippe fest und spüre, wie daraufhin sein Schwanz tief in mir zu zucken beginnt. Mit einem Knurren löst er sich von mir und grinst mich wölfisch an.

„Bist du bereit für Runde zwei?"

Da er bereits begonnen hat, sich tief in mich zu rammen, nicke ich einfach nur, stoße ein heiseres Keuchen aus und verliere mich an den Rocker, der sich auf ewig in mein Herz gebrannt hat.

Träge wie eine Katze, die in der Sonne badet, drehe ich mich auf den Rücken, lasse meinen Kopf über den Bettrand hängen, sodass der Raum samt Jasper verkehrt herum aussieht, und beobachte den Rocker dabei, wie er mitten in meinem Schlafzimmer steht und seine Hose schließt. Allein wie er so dasteht ... *seufz* ...

Dieser *Son of Silence* muss eigentlich nichts anderes tun, als präsent zu sein, um mich in den Wahnsinn zu treiben.

Die Jeans, seine starken Arme, das Leder seiner Kutte und sein vom Leben gezeichnetes Gesicht. Dieser Mann entspricht so ganz und gar nicht dem Schönheitsideal der breiten Masse – aber für mich ist er das attraktivste Exemplar der Gattung Mann, das jemals auf dieser Erde gelebt hat.

Scheiß auf alle Justin Biebers dieser Welt. Was soll ich mit einem Jüngling, der noch grün hinter den Ohren ist, wenn ich einen düsteren Outlaw mein Eigen nennen kann?!

Erst als Jasper seine Gürtelschnalle geschlossen hat, dreht er sich zu mir um und grinst auf mich herab.

„Alles okay bei dir, Baby?"

Ich nicke.

„Du stehst auf dem Kopf."

Er lacht.

„Das ist nur fair, schließlich hast du meine Welt ebenfalls auf den Kopf gestellt, Mädchen."

Huiii, das höre ich gern.

„Setz dich hin, wir müssen reden!"

Oh, das klingt ernst. Unsicher, was jetzt auf mich zukommt, tue ich, was er verlangt hat, und zupfe meinen Rock nach unten. Allein das Wissen, dass er so scharf auf mich war, dass er sich nicht mal die Zeit genommen hat, um mich auszuziehen, bringt mein Herz aus dem Takt. Einen Seufzer ausstoßend, geht er vor mir in die Hocke, die Kutte klappt auseinander, sodass ich einen Blick auf seine Waffe werfen kann, sofort überzieht eine Gänsehaut meine Arme. Ich weiß ganz genau, dass er die nicht nur zum Spaß mit sich herumträgt. Wie viele Menschen er wohl, seitdem wir uns kennengelernt haben, mit dieser Pistole getötet hat? Auf meiner Unterlippe herumkauend, verdränge ich die Zahlen, die durch mein Hirn tanzen.

Er bemerkt, dass ich erschaudere und erkennt auch sofort den Grund dafür.

„Wenn du mich etwas fragen willst, dann tu es. Aber ich sage dir eins, Viola. Das zwischen uns ist mir zu wichtig, um es mit Lügen zu vergiften. Überleg dir also lieber genau, ob du mit der Wahrheit klarkommst."

Halleluja!

„Bist du böse, wenn ich lieber weiterhin in seliger Unwissenheit schwelge und noch ein bisschen auf der Wolke sieben, auf die du mich gerade gevögelt hast, bleibe?“

Seine Mundwinkel zucken, der harte Ausdruck in seinen Iriden weicht einem fröhlichen Funkeln.

„Nein Baby! Bleib auf der Wolke. Je weniger du weißt, umso besser ist es. Ich will nicht, dass du dich vor mir fürchtest.“

Das will ich auch nicht.

„Okay. Jetzt, wo wir das geklärt haben, worüber willst du mit mir reden?“

Einen Fluch ausstoßend, streift er mit seinem langen Zeigefinger über den Rand des Rockes, der sich ein gutes Stückchen über meinem Knie befindet.

Ich rechne damit, dass er zickt, weil ihm mein Outfit zu knapp ist oder dass irgendein anderer eifersüchtiger Quatsch aus ihm herausbricht. Umso erstaunter bin ich, als es ganz anders kommt, als gedacht ...

„Magst du mir sagen, was das hier soll?“

Irritiert ziehe ich eine Augenbraue in die Höhe.

„Was meinst du?“

„Na das.“

Mit einer Handbewegung deutet er auf mein Make-up, das knappe Top und den Mini.

„Na ja, ich dachte mir, dass ich mich aufhübsche, jetzt, wo du mich mit in deinen Club nehmen willst.“

Er nickt. So, als ob er sich das schon gedacht hätte.

„Hör zu Baby. Die Sachen sind der Hammer – du bist der Hammer. Schon nach dem ersten Blick auf dich bin ich so hart geworden, dass es mich beinahe in die Knie gezwungen hat. Ich musste dich ficken, ich musste es tun oder ich wäre explodiert. So wird es jedem Mann gehen, der dich in diesen Sachen sieht. Aber das ist okay. Weil ich durchaus in der Lage bin, auf mein Eigentum aufzupassen! Solange ich in deiner Nähe bin, wird dich keiner auch nur länger als drei Sekunden anschauen, und falls doch ... Na ja, dann wird er schnell herausfinden, wie es ist, an seinem eigenen Blut zu ersticken.“

Jasper macht eine kurze Pause, und das ist gut. Denn mein Hirn ist noch immer dabei die Sache mit dem Blut zu verarbeiten. Ich zweifle keine Sekunde daran, dass er diesen Satz absolut ernst gemeint hat.

Er ist kein Mann, der einfach mal so mit leeren Drohungen um sich wirft. Vor allem, weil das gar keine Drohung war, sondern eine laut ausgesprochene, ziemlich brutale Tatsache. Der Rocker vor mir brummt und ich schlucke hart, dann spricht er weiter.

„Was ich sagen will, ist, dass ich deine neuen Klamotten und die viele Farbe in deinem Gesicht echt heiß finde, aber dass du das alles nicht für mich tun musst. Weil ich dich auch in alten Jeans und ausgefranstem Top mega-sexy finde. Ich will die Frau, die du bist! Es ist nicht nötig, dass du dich verkleidest, oder dass du denkst, dass du dich ändern musst, nur um in meine Welt zu passen. Denn du passt, so wie du bist, perfekt."

Oh wow!

Doppel-wow!

Dreifaches Mega-wow!

Das eben Gehörte durchflutet mich wie Feenstaub, berauscht mich und sorgt dafür, dass mir ein, zwei Tränen in die Augen steigen.

Wenn ich mich nicht längst in diesen Rocker verliebt hätte, wäre es spätestens jetzt um mich geschehen!

Jasper sieht die winzige Träne, die sich aus meinem Augenwinkel schleicht, und wirkt erschrocken.

„Oh Baby, nicht traurig sein. Bitte. Ich wollte dich nicht verletzen, sondern dir nur klarmachen, wie sehr ich dich will, so wie du bist."

Typisch Mann versteht er nicht, was seine Ehrlichkeit in mir ausgelöst hat.

„Ich bin nicht traurig, sondern superglücklich!"

Der große, starke und sonst so selbstsichere Vizepräsident wirkt gerade völlig hilflos. Sanft umfasst er mit beiden Händen mein Gesicht und küsst den salzigen Tropfen von meiner Haut.

„Aber warum weinst du dann?"

„Weil ich so glücklich bin."

„Du weinst, weil du glücklich bist?"

Seine Mimik drückt pure Irritation aus.

„Ja."

Schnaubend schüttelt er den Kopf, zieht mich mit einem Ruck an sich und küsst mich so stürmisch, dass unsere Zähne aufeinanderschlagen.

„Du wunderschönes und verrücktes Geschöpf. Auch wenn ich dich nicht verstehe, werde ich dich nie wieder freigeben! Niemals!"

Wieder küssen wir uns, dieses Mal zärtlicher und liebevoller. Erst als wir beide atemlos sind, gibt er mich wieder frei.

„Also, wie sieht es aus? Bist du bereit für den *Sons of Silence Motorcycle Club*?"

Mehr als das, ich bin bereit, mich absolut und unwiderruflich an diesen Biker zu binden. Aber das sage ich nicht laut – dafür ist es noch zu früh.

„Ja, bin ich."

Jasper nickt zufrieden.

„Willst du so gehen?"

Ich zögere kurz und nicke dann.

„Ja, es gefällt mir, dich mit diesem Rock in den Wahnsinn zu treiben."

Ein raues Knurren löst sich aus seiner Kehle.

„Nett. Du wirst schon sehen, was du davon hast. Wenn ich mit dir fertig bin, wirst du mich anflehen, dich nicht mehr zu ficken."

Darauf kann er lange warten. Ich bin süchtig nach seinem langen, dicken und leicht nach oben gebogenem Schwanz ...

„Das wird nicht passieren."

Seine Stirn legt sich in Falten.

„Sicher? Du hast keine Ahnung, was ich heute Nacht noch alles mit dir vorhabe."

Ein erwartungsvoller Schauer rieselt zwischen meinen Schulterblättern hinab.

„Ich kann es mir vorstellen und darum ist es auch ganz gut, dass du meinen String zerfetzt hast, denn ich habe nicht vor, einen neuen anzuziehen."

Belustigt sehe ich dabei zu, wie sein Mund aufklappt. Jetzt, in diesem Moment, habe ich die Oberhand. So anmutig wie möglich stehe ich auf, wackle mit dem Po und gehe aus dem Schlafzimmer.

„Komm schon, Outlaw. Lass uns die Nacht rocken."

Sein gemurmeltes „Oh fuck! Dieses kleine Luder bringt mich noch mal um!", entlockt mir ein Kichern.

Vielleicht sollte ich mir noch ein paar mehr von diesen ultrakurzen Miniröcken kaufen. Es gefällt mir, wie Jasper auf sie reagiert – es gefällt mir verdammt gut.

6. Kapitel

Jasper

Zum Club brauchen wir dreißig Minuten und das, obwohl Valmys Straßen leer waren.

Um das Vergnügen, mein Mädchen etwas länger hinter mir auf dem Bike zu haben, in die Länge zu ziehen, bin ich ein paar Umwege gefahren. Ihre nackten Beine pressen sich an die meinen, und obwohl ich erst vor Kurzem bis zu den Eiern in ihrer engen Pussy gesteckt habe, kann ich es kaum erwarten, sie mir erneut vorzunehmen.

Wir halten vor dem Tor, warten, bis es uns geöffnet wird, und fahren dann aufs Clubgelände. Es ist lächerlich und kindisch, aber am liebsten würde ich Viola packen, vor den Augen all meiner Brüder gegen die Wand pressen und ausgiebig und hart ficken. Ich will diesem Mädchen mein Leder anziehen und in die Welt hinausschreien, dass diese Frau mir gehört und dass es niemand wagen sollte, sich ihr zu nähern.

Doch anstatt dem Drang nachzugeben, beiße ich die Zähne so fest es geht aufeinander und zwinge mich, ruhig zu bleiben. Viola hat es nicht verdient, dass ich wie ein wildes Tier über sie herfalle, wobei sie es wahrscheinlich genießen würde. Mein Mädchen mag es hart im Bett. Ihr Stöhnen verändert sich, wenn ich fest zupacke, sie meine Zähne spüren lasse und mich mit aller Kraft in sie ramme.

Allein die Erinnerung daran, wie ihr Arsch zu zittern beginnt, wenn ich die Kontrolle verliere und mich an ihr austobe, lässt meinen Schwanz schon wieder steif werden.

Als mein Blick auf die zwei Harleys fällt, die neben den geschlossenen Werkstatttoren stehen, könnte ich nicht überraschter sein.

Das sind die Bikes von Becks und Toto. Hat Sold sie aufgespürt? Wenn ja, warum hat er mir dann nichts gesagt?

Viola bemerkt meinen irritierten Blick, zieht sich den Helm vom Kopf und streift sich mit den Fingern durch die verwuschelten Locken.

„Alles klar bei dir?“

Das muss ich erst klären.

Aber diesen Mist werde ich nicht mit Viola besprechen.

„Logo.“

Sie kauft mir das nicht ganz ab, fragt aber auch nicht weiter nach. Ein weiterer Grund, aus dem ich diese Frau liebe. Sie drängt mich nicht zu Antworten, die ich nicht zu geben bereit bin.

Mit einem Ruck steige ich vom Bike, nehme ihr den Helm ab und genieße den Anblick, den sie mir bietet.

Der dünne Lederstreifen, der ihren Rock darstellen soll, bedeckt kaum ihre Oberschenkel. Dank der Position, mit der sie dasitzt, kann ich zwischen ihre gespreizten Beine sehen und einen Blick auf ihre nackte Pussy erhaschen. Ihre Schamlippen sind rosa, geschwollen und ziehen mich wie magnetisch an.

Mit einem herausfordernden Grinsen lehnt sie sich nach hinten, stützt sich ab und schiebt das Becken vor, sodass sich die weichen Falten öffnen und ich nicht nur ihren Kitzler, sondern auch ihre feuchte Öffnung bewundern kann.

„Gefällt dir, was du siehst?"

Nicht imstande auch nur ein Wort zu sagen, lasse ich meine Hand an ihrem Bein nach oben gleiten, streife mit den Fingerspitzen durch ihre Muschi und spüre, wie mein Sperma aus ihr heraustropft.

„Du bist voll von mir."

Sie nickt.

„Ich weiß, ich kann dich in mir spüren. Ich mag es, wie dein Samen meine Mitte bedeckt. Es gibt mir das Gefühl, dir zu gehören."

Mit geblähten Nasenflügeln bedecke ich ihre Scham, spüre die Hitze und schiebe dann zwei Finger auf einmal in ihr enges Loch, drücke so mein Sperma zurück in ihren Körper. Stöhnend wirft sie den Kopf in den Nacken, drückt sich meiner Hand entgegen.

„Das ist nicht nur ein Gefühl. Das ist eine Tatsache, Baby! Du. Gehörst. Mir!"

Die letzten drei Worte betone ich ganz besonders, sodass nicht der geringste Zweifel an dem Wahrheitsgehalt aufkommen kann.

„Wenn du aufhörst, bevor ich gekommen bin, schlage ich dich!"

„Oh nein. Ich erzittere vor Angst."

Viola will noch etwas sagen, aber als ich damit beginne, mit dem Daumen über ihren Kitzler zu reiben, verstummt sie.

Wieder und wieder stoße ich zu, massiere den kleinen Knuppel und sauge jede ihrer Regungen in mich auf. Ihr leises Stöhnen verwandelt sich in ein immer lauter werdendes Schreien. Nicht bereit diesen intimen Augenblick mit jemandem zu teilen, presse ich meinen Mund auf den ihren, bringe sie so zum Verstummen und trinke ihre Schreie. Ihr Orgasmus ist heftig, sie reitet meine Hand, zuckt an meinen Fingern und sinkt dann kraftlos gegen mich.

„Oh Gott! Das war gut."

„Ich bin hart!"

Ihr leises Kichern brennt sich in mein Herz.

„Du bist immer hart!"
„Nur wenn du in meiner Nähe bist."
Zwei süße Grübchen bilden sich auf ihren Wangen.
Gott ist sie schön!
Dieser Moment – dieses Jetzt und Hier – ist einfach perfekt: Mein Mädchen auf meinem Bike, hier im Club, meine Finger in ihrer Pussy und ihr Körper voll von meinem Sperma.
Kann das Leben noch perfekter sein? Ich denke nicht!
Langsam ziehe ich meine Hand zwischen ihren Beinen hervor.
„Bist du bereit, meine Welt kennenzulernen?"
Viola nickt, ohne zu zögern.
„Absolut bereit."
Sie rutscht von der Harley, stellt sich hin und schwankt gefährlich. Schnell schlinge ich meinen Arm um ihre Mitte und ziehe sie an meine Seite.
„Okay. Ich bin gleich bereit. Gib mir einen Moment. Ich fühle mich wie berauscht, so als hätte ich zu viel getrunken."
Über ihren Rücken streichend, vergrabe ich meine Nase in ihren Haaren und inhaliere ihren Duft. Becks und Toto tauchen neben uns auf, der Blick, mit dem sie Viola mustern, gefällt mir nicht. Ich stoße ein warnendes Knurren aus, die beiden verpissen sich.
Mein Instinkt schlägt Alarm, ich muss zu Sold und herausfinden, was mit den beiden los ist und wo sie die letzten Tage gesteckt haben.
Im Augenwinkel sehe ich, wie Becks sich noch mal kurz zu uns umdreht und etwas zu Toto sagt.
Fuck! Irgendetwas stimmt hier nicht!

7. Kapitel

Viola

Bilde ich es mir nur ein, oder ist Jasper seit dem kleinen Finger-Quickie auf seinem Bike irgendwie angespannt?

Mein Rocker wirkt unruhig, fast so, als würde er dringend etwas erledigen wollen, was er aber nicht tun kann, weil er sich verpflichtet fühlt, bei mir zu bleiben und auf mich aufzupassen.

Ich habe ihn dabei beobachtet, wie er mit seinen Clubbrüdern umgeht. Manche behandelt er mit großem Respekt, andere wiederum mustert er so abschätzend, als wären sie ein Insekt, das er am liebsten unter dem Absatz seiner Stiefel zermatschen würde.

Bisher haben mich alle Sons, denen Jasper mich vorgestellt hat, mit großem Respekt behandelt. Sie waren neugierig auf die Frau, der es gelungen ist, sich den düsteren Vizepräsidenten einzufangen.

Wobei ich behaupten würde, dass es genau andersherum war – ich war diejenige, die eingefangen wurde ...

Nur Amanda, eine der Bitches, wie Jasper sie nicht allzu freundlich betitelt hat, hat mich hasserfüllt angestarrt. Ich vermute mal, dass ihre Abneigung nichts mit mir als Person zu tun hat, sondern eher damit, dass sie wohl gehofft hatte, sich den Vize der Sons selbst zu schnappen. *Pech gehabt!*

Dieser Rocker gehört jetzt mir und ich gebe ihn nicht mehr her!

Auch Alice habe ich schon kennengelernt, sie ist nicht nur die einzige Old Lady des MCs, sondern zugleich auch die First Lady. Im ersten Moment konnte ich nicht glauben, dass die Frau des gefürchteten Präsidenten bunter ist als ein Paradiesvogel.

Ihre Haare sind lila gefärbt und ihre Haut mit Dutzenden farbenfrohen Tattoos überzogen. Alice hat ein eigenes kleines Tattoo-Studio, in dem sich Sold und sie auch kennengelernt haben.

Sie ist cool, witzig und ich glaube, wir könnten mit der Zeit Freundinnen werden, und darum ringe ich mich auch endlich dazu durch, Jasper loszuschicken, damit er das erledigen kann, was ihm unter den Nägeln brennt.

Er sitzt neben mir am Lagerfeuer und seine große Hand ruht besitzergreifend auf meinem Oberschenkel, während sein Blick immer wieder aufmerksam über die Anwesenden gleitet.

„Hey Schatz."

Sofort heften sich seine amüsiert funkelnden Augen auf mein Gesicht.

„So hast du mich noch nie genannt."

Ich zucke mit den Schultern und drücke meine Lippen auf die kleine Kerbe an seinem Kinn.

„Ab jetzt tue ich es aber. Was dagegen?"

Jasper überlegt kurz und schüttelt dann den Kopf.

„Nein ganz und gar nicht. Von mir aus kannst du mich nennen, wie du willst. Hauptsache du gehörst mir."

Das tue ich, mit Leib und Seele ...

Die Woche Aufschub, um die ich ihn gebeten habe, ist genau heute vorbei. Es hat sich genau das bestätigt, was ich vor sieben Tagen schon vermutet habe. Dieser Biker ist mein Mister Perfect. Ich liebe diesen Mann mit den vielen Narben, den starken Muskeln und der Lederkutte von ganzem Herzen ...

Der Geruch von Whisky und Schießpulver, der ihn umgibt, hat mich süchtig gemacht. Ich könnte den ganzen Tag an ihm schnuppern und hätte trotzdem noch nicht genug von seinem Duft.

„Was hältst du davon, wenn du Alice und mich für einen Moment alleine lässt und du deinen Aufgaben als Vize nachgehst?"

Sofort bilden sich zwei tiefe Furchen zwischen seinen Augenbrauen.

„Du schickst mich weg? Warum?"

„Tue ich nicht. Aber ich habe das Gefühl, dass du etwas erledigen willst. Also mach das und hör auf, dir ständig Sorgen um mich zu machen. Ich komm schon klar ... Außerdem haben Alice und ich dann die Chance, über unsere Kerle zu lästern."

Solds Lady nickt zustimmend und trinkt dann einen Schluck von ihrem Orangensaft.

Jasper zögert sichtlich, tackert mir dann einen schnellen und tiefen Kuss auf den Mund.

„Du bewegst dich nicht von der Stelle. Keinen Millimeter! Verstanden?"

Lachend verdrehe ich die Augen.

„Ja verstanden. Herr Gott mach nicht so einen Aufstand. Mir passiert schon nichts. Wir sind in *deinem* Club. Also reg dich ab ..."

Grummelnd presst er die Lippen zusammen und steht dann auf.

„Okay. Ich brauche nicht lang. Warte hier!"

Bevor ich noch was erwidern kann, ist er auch schon verschwunden.

Alice hält sich kichernd den Bauch und sieht Jasper verwundert nach.

„Auweia. Du musst ihm echt wichtig sein. So habe ich unseren VP ja noch nie erlebt."

Das höre ich gerne.

„Wirklich? Ich kenne ihn nur so überbeschützend."

Sie grinst.

„Das ist ein gutes Zeichen. Dann bin ich vielleicht nicht mehr lange die einzige Lady des Clubs. Ich könnte durchaus weibliche Verstärkung gebrauchen. An manchen Tagen kann ich dank des ganzen Testosterons, das hier in der Luft liegt, kaum noch atmen."

Mir ist klar, dass sie scherzt, dennoch kann ich mir gut vorstellen, dass diese Männerwelt ziemlich anstrengend sein kann.

Ich hole meine Kippen aus der Tasche, stecke mir eine Gauloises in den Mund und biete Alice auch eine an. In ihren Augen erkenne ich, dass Sie die Zigarette gerne nehmen würde, trotzdem lehnt sie dankend ab. In den letzten zwei Stunden ist mir aufgefallen, dass sie immer wieder mit einer Hand über ihren Bauch streicht und dabei diesen träumerischen Gesichtsausdruck bekommt, den alle schwangeren Frauen an sich haben.

„In der wievielten Woche bist du?"

Überrascht reißt sie die Augen auf.

„Was meinst du?"

Lachend lege ich den Kopf schief und zünde mir die Gauloises an.

„Komm schon. Du trinkst Orangensaft pur, rauchst nicht und wirkst hin und wieder, als wärst du ganz tief in deiner Gedankenwelt versunken, während du dieses ganz bestimmte Lächeln zeigst. Also, wie weit bist du?"

Alice zögert, dann lehnt sie sich ganz dicht zu mir vor.

„Versprich mir, dass du dieses Geheimnis für dich behältst. Sold weiß es noch nicht und ich will, dass er es von mir erfährt."

Das kann ich gut verstehen, also hebe ich eine Hand und schwöre es ihr.

Sie wirkt erleichtert und leert ihr Glas.

„In der vierten Woche. Also noch ganz am Anfang. Das Baby war nicht geplant und ich bin mir nicht sicher, wie Sold reagieren wird."

Neid steigt in mir auf. Es muss toll sein, ein Kind von dem Mann zu bekommen, den man liebt. Eine eigene Familie zu gründen, steht schon immer ganz oben auf meiner Wunschliste.

„Glückwunsch. Und mach dir keine Sorgen, dein Kerl vergöttert dich. Allein die Art, wie er dich ansieht, oh wow ... das beschert mir eine Gänsehaut. Ich bin mir sicher, dass er vor Freude ausflippen wird, sobald er es weiß."

Ein scheues Lächeln zupft an Alice schwarz geschminkten Lippen.

„Hoffentlich hast du recht."

„Ganz bestimmt!"

Sie greift nach meiner Hand. Und obwohl wir uns gerade erst kennengelernt haben, fühle ich mich dieser Frau sehr verbunden.

Meine Blase drückt.

„Kannst du mir sagen, wo die Toiletten sind?"

„Klar, komm mit, ich bring dich hin."

Für eine Sekunde denke ich an Jasper und seinen Befehl, dass ich mich nicht von der Stelle rühren soll, werfe dann meine Zweifel über Bord und folge Alice durch die feiernde Menge.

Zwei Typen schlagen in einem Boxring wie wild auf sich ein, mehrere halb nackte Tussis tanzen zu den lauten Bässen, die über den Hof schallen, und ein Mann, von dem ich nur den Rücken sehe, vögelt eine Frau direkt neben dem Eingang des Clubhauses an der Wand.

Alice bemerkt meinen irritierten Blick und stößt mich lachend mit der Schulter an.

„Keine Sorge, am Anfang wirkt das alles ziemlich heftig und krass, aber mit der Zeit gewöhnst du dich an dieses Chaos."

Da habe ich so meine Zweifel.

„Ehrlich?"

Sie nickt.

„Ganz ehrlich." Sie macht eine Pause, zögert kurz, beobachtet das fickende Pärchen und spricht dann weiter. „Das mag jetzt pervers klingen, aber probiere das mit dem Sex in der Öffentlichkeit doch mal aus, das hat was Verruchtes ..."

Sofort muss ich an die Nummer von vorhin auf Jaspers Harley denken. Und an die vielen weiteren Male, bei denen er mich in der Öffentlichkeit gefingert und zum Schreien gebracht hat. *Oh ... oh ...*

Vielleicht habe ich gar kein Recht, jetzt einen auf prüde und entsetzt zu machen. Das, was mein Rocker und ich getrieben haben, war mindestens genauso schamlos.

Alice, die mich genau beobachtet hat, beginnt zu kichern.

„Wenn ich deine Mimik richtig deute, hast du es schon längst ausprobiert."

Ich nicke. Sie schnappt sich meine Hand und zieht mich hinein in den großen Hauptraum des Clubs, einen langen Gang entlang bis hin zu den Toiletten.

Noch bevor sie die Türe öffnen kann, tauchen zwei Typen hinter uns auf. Im ersten Moment denke ich mir nichts dabei, schließlich wimmelt es hier nur so von Kutten tragenden Bikern, aber als mir dann einer der beiden seine Hand auf die Schulter legt und mir zeitgleich etwas Hartes von hinten gegen die Rippen gedrückt wird, das sich verdächtig nach dem Lauf einer Knarre anfühlt, zucke ich entsetzt zusammen.

In dem Moment, in dem Alice kapiert, dass etwas nicht stimmt, zieht der zweite Kerl ebenfalls seine Waffe und hält sie ihr dann an den Bauch. Blankes Entsetzen zeichnet sich auf ihren Gesichtszügen ab.

Panisch sieht sie sich um.

„Scheiße Toto, was soll das?"

Der Mann, der seine Pistole an ihren Babybauch gedrückt hält, stößt einen Fluch aus und entschuldigt sich bei ihr. Echt jetzt?

„Bullshit, Alice. Das hat nichts mit dir zu tun. Wir wollen nur sie."

Er deutet auf mich, sofort wird mir kotzübel.

„Warum mich?"

Das Arschloch hinter mir lacht trocken und dieser Toto sieht mich zornig an. „Weil du die einzige Schwachstelle von unserem Vize bist. Der Bastard liebt dich. Das kann sogar ein Blinder sehen. Jasper hat unseren Freund getötet und jetzt werden wir ebenfalls jemanden töten, der ihm wichtig ist."

Mein Hirn kämpft damit, das alles zu verstehen.

„Ihr wollt mich umbringen?"

Sein gezischtes „So sieht es aus ..." lässt meine Beine einknicken.

„Aber warum? Ich habe euch doch gar nichts getan!"

Der Rocker hinter mir grunzt, ehe er das Wort ergreift.

„Du hast mit dem falschen Mann gefickt. Pech gehabt, Schlampe!"

Eine eiskalte Angst schleicht sich an meiner Wirbelsäule nach oben.

Im Gegensatz zu mir scheint es Alice nicht die Sprache verschlagen zu haben.

„Komm schon, Becks. Das kann nicht euer ernst sein! Viola hat nichts mit dem Club zu tun. Sie ist eine Außenstehende, lasst sie laufen. Wenn ihr ein Problem mit Jasper habt, dann klärt das direkt mit ihm."

Fassungslos sehe ich sie an. Was macht sie da? Anstatt sich um ihr ungeborenes Kind und sich selbst zu sorgen, kämpft sie für meine Sicherheit?

Was für eine unglaubliche Frau!

„Halt dein Maul Alice und misch dich nicht in Angelegenheiten ein, die dich nichts angehen."

Vor Wut außer sich wirbelt sie um ihre eigene Achse und sieht Toto aus zusammengekniffenen Augen an.

„Wie kannst du es wagen, mir zu sagen, dass mich diese Scheiße nichts angeht, während du mich mit einer Waffe bedrohst? Bist du völlig bescheuert? Dir ist hoffentlich klar, dass Sold dich dafür killen wird. Er wird dir so viele Kugeln verpassen, dass nicht mal deine

Mama deinen Leichnam identifizieren kann. Hört auf mit dem Mist, steckt eure Knarren ein und lauft um euer Leben!"

Anstatt auf sie zu hören, führen uns die zwei Arschlöcher zu einer der vielen Türen, die uns auf den Hinterhof rausbringt. Hier ist die Musik wesentlich leiser, wir sind allein, nur das schrille Lachen der Frauen schallt über das Dach zu uns herüber.

Zur Hölle! Was passiert hier gerade?

Wenn ich nur auf Jasper gehört und an dem Lagerfeuer sitzen geblieben wäre, wäre das alles wahrscheinlich nie passiert.

Vor Angst und Wut steigen mir die Tränen in die Augen, entschlossen wische ich sie mir mit dem Handrücken ab und zwinge mich dazu, ruhig zu bleiben. In Panik zu verfallen, wird mir auch nicht helfen ...

Verdammt Jasper! Wo zum Teufel steckst du nur?

„Setzt euch auf den Boden."

Ich gehe zu Alice, die nicht annähernd daran denkt, zu tun, was uns befohlen wurde, sondern Becks stattdessen herausfordernd ansieht.

„Was, wenn ich es nicht tue? Was, wenn ich jetzt einfach gehe? Wirst du mir dann in den Rücken schießen?"

Ist sie wahnsinnig?

Vor Angst wie gelähmt, schnappe ich sie am Arm und ziehe sie nach unten.

„Hör auf, diese Idioten zu reizen. Denk an dein Baby!"

Fluchend schüttelt sie den Kopf.

„Wenn Sold und Jasper erfahren, was hier gerade abgeht, wird das ein Blutbad geben."

„Solange es nicht unser Blut ist, ist mir das egal. Diese Arschlöcher haben es verdient, zu sterben."

Überrascht sieht Alice mich an, dann beginnen ihre Mundwinkel zu zucken.

„Weiß du was, Viola? Du und ich, wir werden gute Freundinnen werden."

Ihr Wort in Gottes Ohr.

„Wollen wir hoffen, dass es dazu noch kommt. Diese Typen wollen mich tot sehen."

Es laut auszusprechen, macht es schrecklich real.

So ganz will mir noch nicht in den Kopf gehen, dass mich jemand umbringen will, nur um damit jemand anderem zu schaden.

„Mach dir keine Sorgen. Jasper ist bestimmt schon auf der Suche nach dir und Sold lässt mich für gewöhnlich auch nicht so lange aus den Augen. Unsere Männer sind gleich da. Wir müssen einfach nur etwas Zeit schinden."

Klingt logisch.

„Aber wie sollen wir das machen?"

Toto und Becks stehen ein paar Meter abseits von uns und diskutieren heftig. Leider kann ich nicht alle Worte verstehen, aber sie streiten sich wohl darüber, wer mich abknallen muss.

Alice schlingt sich beide Arme um den Bauch und sieht sich verängstigt um.

So cool, wie sie mich glauben machen will, ist sie in Wirklichkeit gar nicht. Von unserer Position bis ums Hauseck sind es geschätzte fünfhundert Meter. Die beiden Arschlöcher streiten sich noch immer, sie beachten uns kaum und die Hände, in denen sie ihre Pistolen halten, hängen einfach nur herab. Im Augenblick ist keine Waffe auf uns gerichtet ...

„Wir müssen davonlaufen. Jetzt!"

Verwirrt sieht mich meine neue Freundin an.

„Und wohin?"

Ich deute mit dem Finger nach links.

„Wir müssen es nur um die Ecke und zurück auf die Party schaffen. Sobald die Leute mitbekommen, was los ist, werden sie uns helfen. Außerdem finden uns unsere Männer dort viel schneller. Hier hinten vermuten sie uns nie."

Alice nickt zögerlich.

„Das könnte klappen."

Einen letzten Blick auf Becks und Toto werfend, stelle ich fest, dass die beiden noch immer streiten. *Solche Idioten!*

„Jetzt!"

So schnell es geht springe ich auf, ziehe Alice ebenfalls hoch und renne mit ihr an der Hand los. Sie gerät ins Stolpern, doch es gelingt mir, ihr Gewicht aufzufangen. Das alles kostet uns kostbare Sekunden ... Gerade als wir die Hälfte der Strecke geschafft haben, bemerkt Toto, dass wir geflüchtet sind. Sein wütender Schrei hallt von der Hauswand, vermischt sich mit dem lauten Pochen in meinen Ohren.

„Bleibt sofort stehen ihr Schlampen. Oder ich knalle euch ab!"

Da er das sowieso vorhatte, ist das kein Argument für mich, auf ihn zu hören. Wenn es uns jetzt nicht gelingt, zu flüchten, erwartet uns so oder so eine Kugel im Kopf. Also was haben wir zu verlieren? Nichts! Alice scheint das genauso zu sehen wie ich, denn sie beginnt, noch schneller zu laufen.

Bämmm! Ein Schuss ertönt, das Projektil schlägt viel zu nah neben meinem Bein ein. Teerklumpen fliegen durch die Luft, ich kreische erschrocken auf.

„Schneller, Viola! Schneller!"

Wir rennen um unser Leben, nach einer gefühlten Ewigkeit erreichen wir endlich das Hauseck, sodass wir uns nicht mehr in der Schussbahn befinden.

„Komm, Sold ist wahrscheinlich in seinem Büro."

Ich lasse mich von Alice durch die vielen Menschen führen, ignoriere das heftige Seitenstechen und das schmerzhafte Brennen in meiner Lunge.

Wir kommen genau bis zur Türe, ehe sich von hinten ein Arm um meine Mitte schlingt.

Erschrocken schreie ich auf, trete wie wild um mich und versuche, mich loszureißen. Es dauert einige Atemzüge lang, bis ich kapiere, dass niemand geringerer als Jasper hinter mir steht. Sofort fällt jegliche Anspannung von mir ab. Wir sind in *Sicherheit* ... Ich spüre instinktiv, dass mir bei meinem Rocker keine Gefahr mehr droht. Zitternd falle ich gegen ihn, halte mich an ihm fest und kralle meine Finger in das Leder seiner Kutte.

„Fuck Baby! Spinnst du? Was ist los?"

Bestimmend packt er mich an den Schultern und sucht meinen Blick.

Als er mein tränenüberströmtes Gesicht sieht, wird seine Mimik auf einen Schlag hart, kalt, abweisend und absolut tödlich. Zum ersten Mal erkenne ich den Killer in ihm.

„Wer hat dir was angetan?"

Mein Schluchzen ist so heftig, dass ich kaum ein Wort zusammen bekomme. Sold taucht ebenfalls auf, er braucht nur einen Blick auf seine ebenfalls weinende Lady, um zu kapieren, dass etwas nicht stimmt.

Schlussendlich ist es Alice, die unsere Männer darüber aufklärt, was passiert ist.

Jaspers Körper wird steinhart, alle seine Muskeln sind angespannt, und ich spüre die ungefilterte Aggressivität, die ihm aus jeder Pore strömt.

„Wo sind die Wichser?"

„Sie sind uns gefolgt .... Von hinterm Haus bis hierher."

Sold reagiert als Erster, er befiehlt Alice, dass sie mich nehmen und sich zusammen mit mir in seinem Büro einsperren soll. Wie in Trance beobachte ich, wie erst Jasper und dann Sold ihre Waffen ziehen.

„Hast du kapiert, Mädchen? Ins Büro! Sofort!"

Ich höre noch, wie der Präsident zu seinem Vize sagt, dass Becks und Toto bestimmt kapiert haben, dass ihr Plan gescheitert ist, und nun versuchen werden, zu flüchten ...

Zitternd sehe ich den beiden nach, wie sie verschwinden, und drehe mich dann zu Alice um.

„Ich will nicht in dieses Büro."

An ihrem Blick kann ich erkennen, dass es ihr da genauso geht wie mir.

„Ich auch nicht. Lass uns sichergehen, dass Toto und Becks ihre gerechte Strafe bekommen."

Obwohl ich nicht sofort kapiere, was das bedeutet, folge ich ihr in die Richtung, in die vor wenigen Augenblicken auch unsere Männer gerannt sind. Wir finden sie bei den Motorrädern. Becks liegt bereits am Boden, seine Glieder sind merkwürdig verdreht, die große rote Pfütze, die sich unter ihm ausbreitet, verrät mir, dass er schon tot oder gerade eben am Sterben ist. Mit rasendem Puls sehe ich dabei zu, wie Jasper den Arm hebt, auf Toto zielt und dreimal in schneller Reihenfolge abdrückt.

Das alles kommt mir vor wie in Zeitlupe, so, als würde ich neben mir stehen und unbeteiligt wie ein Geist dabei zusehen, wie der Rocker, den ich liebe, den Mann erschossen hat, der mich aus einem mir unerfindlichen Grund töten wollte.

Es ist, als wäre ich in einem schlechten Film gelandet.

Waffen, Morddrohungen, Rache und Leichen ...

„Du hast dir einen wirklich tollen Tag ausgesucht, um das erste Mal deine Nase in die Welt des Clubs zu stecken, Viola. Aber was soll's? Willkommen bei den *Sons of Silence*."

Alice Stimme klingt trocken und emotionslos. Während ich kurz davor bin, durchzudrehen, ist sie jetzt, wo unsere Angreifer tot sind, völlig ruhig.

Ich muss unter Schock stehen, denn obwohl ich zittere, mir höllisch schlecht ist und mir unkontrolliert Tränen über das Gesicht strömen, fange ich laut zu lachen an.

Endlich bemerken Jasper und Sold, dass wir ihnen gefolgt sind. Der Präsident dreht sich mit einem Fluch zu uns um, sein Vize tut es ihm nach und starrt mich wütend an.

Oh ... Oh ...

Obwohl ich gerade Zeugin davon wurde, wie er einen Mann erschossen hat, fürchte ich mich nicht vor ihm. Ganz im Gegenteil. Endlich habe ich beide Seiten meines Rockers kennengelernt. Bis eben kannte ich nur den sexbesessenen, gnadenlos gut küssenden und verspielten Biker, der mich mit Vorliebe auf seiner Harley zum Schreien bringt und Steinchen werfend mitten in der Nacht vor meiner Wohnung steht.

Jetzt hingegen habe ich einen Blick auf den zu Recht gefürchteten Vizepräsidenten der Sons geworfen, und was soll ich sagen?

Ich liebe Jasper in diesem Moment mehr als jemals zuvor ... Ich habe mich in Gefahr befunden und er hat keine Sekunde lang gezögert, sondern hat mich beschützt und ist losgezogen, um die Bedrohung zu beseitigen.

Erst zögerlich, dann immer schneller eile ich zu ihm. Jasper steckt die Waffe weg, kommt dann auf mich zu und schließt mich fest in seine Arme.

Sein gemurmeltes „Oh Baby, es tut mir leid“, geht in meinem Schluchzen unter.

Im Augenwinkel sehe ich, wie Sold sich Alice packt, seine Faust in ihren lila Haaren vergräbt und sie stürmisch küsst. Jasper hebt mich hoch und trägt mich über den Hof. Ich schließe die Augen und berge mein Gesicht an seinem Hals. Ich höre, wie sich mehrere Türen öffnen, und stelle fest, dass wir uns nun in seiner Wohnung befinden.

Neugierig sehe ich mich um und bemerke, dass es nicht viel zu entdecken gibt.

Es ist nur das Nötigste vorhanden – wie kann man so leben?

Mit mir in seinen Armen setzt er sich auf das blaue, ziemlich abgewetzte Sofa und rückt mich auf seinem Schoß zurecht, sodass sich unsere Blicke begegnen. Für eine ziemlich lange Zeit sehen wir uns einfach nur an. Keiner von uns sagt ein Wort ...

Als er das Schweigen endlich bricht, klingt mein sonst so starker Rocker erschüttert.

„Es tut mir leid, was dir passiert ist, Baby. Und es tut mir leid, dass du mit ansehen musstest, wie ich ihn getötet habe! Fuck! Ich habe schon länger geahnt, dass mit Becks und Toto etwas nicht stimmt, aber ich wäre nie auf die Idee gekommen, dass sie eine Gefahr für dich oder Alice darstellen könnten. Wenn ich geahnt hätte, was sie vorhaben, hätte ich sie längst eliminiert!“

Seine Stimme wird leiser, er streicht mit seinem schwieligen Daumen über meine Wange.

„Bitte verzeih mir, Baby.“

Da ich nicht sicher bin, was ich sagen soll, schlinge ich ihm einfach nur meine Arme um den Nacken und küsse ihn sanft und langsam.

Jasper scheint zu verstehen, was ich jetzt brauche, denn seine Zunge wühlt sich liebevoll und behutsam durch meinen Mund. Der Griff, mit dem er mich hält, ist bestimmend und zärtlich zugleich.

Seine Hände gehen auf Reisen, streichen über meinen Hals, an meinem Schlüsselbein entlang bis zu meinem Bauch.

„Bitte, lass mich nicht mehr los."

Mein leises Flehen hängt zwischen uns.

„Das werde ich nicht. Ich schwöre dir, dich bis zu meinem letzten Atemzug zu beschützen."

Sein Schwur hallt in meinem Herzen nach. Er sieht mir tief in die Augen, das dunkle Blau seiner Iriden wird immer schwärzer.

Mit der Hand streiche ich über das Spinnentattoo an seinem Hals, genieße die Wärme, die seine Haut ausstrahlt.

„Es mag vielleicht nicht der perfekte Zeitpunkt für diese Frage sein, trotzdem muss ich sie dir stellen. Deine geforderte Woche ist um. Wie ist deine Entscheidung ausgefallen. Bleibst du freiwillig bei mir oder muss ich dich gefangen halten?"

Ich kapiere sofort, dass Jasper seinen letzten Satz nur halb im Scherz gesagt hat. Dieser Rocker ist durchaus in der Lage, mich für immer in seiner Wohnung einzusperren ...

Nervös lecke ich mir über die plötzlich trockenen Lippen.

Trotz dem Scheiß, der eben passiert ist, und der zwei Leichen, die unten im Hof liegen, muss ich keinen Moment über meine Antwort nachdenken. Dieser Outlaw hat sich mein Herz nicht langsam verdient, er hat es mir regelrecht aus der Brust gerissen und für sich beansprucht.

„Ich gehöre dir, wenn du mir gehörst!"

Ein dunkles Knurren entweicht ihm.

„Dieser Deal wird aber für die Ewigkeit geschlossen! Das ist dir doch klar, Mädchen? Für dich gibt es kein Entkommen mehr!"

Oh ja und wie ...

„Ich will gar nicht entkommen. Ich will dich in mir, Jasper. Ich brauche dich dringender als den nächsten Atemzug. Ich will, dass du mich festhältst, dass du mich küsst, fickst und in Besitz nimmst. Lass mich nie mehr los. Bitte ..."

Das muss ich ihm nicht zweimal sagen.

Fauchend senkt er den Kopf, pinnt seinen Mund fest auf den meinen und stiehlt mir den Atem. Grob, wild und besitzergreifend schlingt sich seine Zunge um die meine. Ich spüre, wie er mein Gewicht verlagert, seine Hose öffnet und mich auf seinem dicken Schwanz in Position bringt.

„Du bist mein!"

Das dunkle Brummen dringt genauso tief und stetig in meine Seele ein, wie seine Erektion in mich gleitet. Die Dehnung ist der Hammer. Der bittersüße Schmerz setzt meine Nervenbahnen in Flammen. Unsere Gesichter sind nur wenige Zentimeter voneinander entfernt, mein Blick ist in den seinen verhakt.

Die Hände auf seinen Schultern abstützend, richte ich mich auf, lasse mich dann wieder auf ihn herabsinken und beginne, ihn zu reiten. Unser Atem vermischt sich, ich beiße mich an seiner Unterlippe fest und ernte dafür ein dunkles Brummen.

Süchtig nach mehr spanne ich meinen Unterleib an, ziehe so sein Glied noch ein paar göttliche Zentimeter tiefer in mich hinein und zerspringe dabei beinahe vor Lust.

Nichts hat sich je so gut angefühlt, wie diesen Biker bis zum Anschlag in mich aufzunehmen ...

Ich brauche es wilder und wilder, bewege mich immer schneller und schneller und stoße einen lauten Schrei aus.

Jasper stöhnt, umfasst meine Taille und hämmert sich in einem gnadenlosen Rhythmus in mich hinein.

Eine dekadente Mischung aus Schmerz und Lust baut sich in mir auf, explodiert und lässt mich so heftig kommen, dass mein Sichtfeld schwarz wird.

Erschöpft und keuchend genieße ich, wie Jasper mich ganz nach seinen Bedürfnissen benutzt, wie er mich fickt und seine Gier an mir stillt. Erst als sich mein Blick wieder klärt, spüre ich, wie er seinen Samen tief und heiß in mich pumpt.

„Holy Shit, Viola! Du bist meine Rettung und zugleich mein gottverdammter Untergang."

Seine geknurrten Worte zaubern mir ein debiles Grinsen ins Gesicht.

Ich muss völlig verrückt sein, aber ich bin nie glücklicher gewesen wie in diesem Moment ...

Seine Zähne in meinen Hals grabend, beißt er fest zu, saugt an meiner Haut und verpasst mir einen dicken Knutschfleck. Ich erschaudere.

Mit seinem Schwanz tief in meiner Pussy versinke ich in seinen Augen. Und noch bevor ich es verhindern kann, bevor mir eigentlich bewusst ist, was ich tue, spreche ich aus, was mir seit sieben Tagen auf der Zunge liegt.

„Ich liebe dich, Rocker."

Keine Ahnung mit welcher Reaktion ich gerechnet habe, aber gewiss nicht mit dem Zähnefletschen, das er von sich gibt.

Plötzlich habe ich wieder den Killer vor mir, der erst vor wenigen Minuten einen Mann getötet hat.

„Oh Mädchen, das hättest du nicht sagen dürfen."

Etwas, das sich verdächtig nach Furcht anfühlt, ergreift von mir Besitz.

„Warum?"

Meine Stimme klingt zittrig. Ich versuche, von seinem Schoß zu kommen, aber Jasper hält mich auf seinem Schwanz sitzend, gefangen.

„Weil ich sowieso nicht vorhatte dich jemals wieder freizugeben. Aber jetzt, wo ich weiß, dass du mich ebenfalls liebst, würde ich dich am liebsten an mir festketten, jeden deiner Atemzüge trinken und für den Rest meines Lebens in dir bleiben."

Die aufsteigende Angst verpufft.

„Ebenfalls?"

Er nickt.

„Ja, Baby. Was denkst du denn? Ich habe noch nie zuvor geliebt. Nur durch dich habe ich gelernt, wie es ist, wenn sich die Welt auf eine einzige Person fokussiert. Du bist jetzt meine Welt, Viola. Ich liebe dich so sehr, dass es schmerzt. Für dich würde ich durch die Hölle gehen. Du bist mein Paradies, Baby ..."

Wow!

Das ist die schönste Liebeserklärung, die ich mir vorstellen konnte.

„Also du und ich für immer?"

Meine erneute Nachfrage amüsiert ihn.

„Für immer und ewig!"

Grinsend küsse ich ihn, spüre, wie er erneut in mir anschwillt und fange an, mich langsam auf und ab zu bewegen. Es gibt nichts Besseres, als von diesem Rocker ausgefüllt zu werden ...

8. Kapitel

Jasper

Träge lasse ich meine Finger über Violas Schulter gleiten. Spüre die samtene Beschaffenheit ihrer Haut und genieße den tiefen Frieden, der sich in mir ausbreitet. Nachdem ich sie auf der Couch gefickt und mehrmals zum Schreien gebracht habe, ist meine Süße erschöpft auf mir zusammengebrochen.

Kein Wunder! Der Tag war lang und hart und das, was ihr heute Nacht in meinem Club zugestoßen ist, war mehr als heftig.

Becks und Toto können froh sein, dass sie längst tot sind. Ich hätte gerade gute Lust, erneut ein paar Kugeln auf sie abzufeuern.

Aber das spielt keine Rolle mehr, die beiden sind Geschichte und Viola ist nichts passiert. Es ist mir gelungen, meinen Schmetterling in die Falle zu locken ... Endlich habe ich sie hier, in meinem Club und in meinem Bett!

„Denkst du, Alice geht es gut?"

Violas heisere Stimme reißt mich aus meinen zusammenhanglosen Gedankengängen.

„Natürlich. Warum fragst du?"

Sie sagt nichts, aber ich weiß es trotzdem.

„Du meinst, weil sie schwanger ist, oder?"

Überrascht richtet sie sich auf und sieht mit verwuschelten Haaren und wund geküssten Lippen auf mich herab.

„Woher weißt du das?"

Lachend schüttle ich den Kopf.

„Na von Sold."

Sie runzelt die Stirn.

„Aber sie hat es ihm doch noch gar nicht gesagt."

„Oh Baby ..."

Ich werfe sie zurück aufs Bett, rolle mich auf sie und nagle sie mit meinem Gewicht auf der Matratze fest.

„Alice musste es ihm gar nicht sagen. Er weiß es längst! Denkst du allen Ernstes, dass ihm oder mir irgendetwas, das mit unseren Ladys zu tun hat, entgeht? Wirklich? Alice ist für ihn das Allerwichtigste, so wie du für mich. Ihr Mädchen könnt gerne versuchen, etwas vor uns zu verheimlichen, aber es wird euch nicht gelingen. Ich weiß genau, wie viel Zucker du in deinen Kaffee tust, dass dir Parmesan nur gehobelt und nicht gerieben schmeckt und du immer zwei kleine Kleckse Zahnpasta auf die Zahnbürste machst anstatt einen großen ... Fuck! Ich weiß sogar, dass du täglich um Punkt 13:00 Uhr deine Pille nimmst. Nichts, was mit dir zu tun hat, entgeht mir. Absolut nichts! Sold weiß längst, dass Alice schwanger ist, er gibt ihr nur die Zeit, die sie braucht, um es ihm zu sagen."

Ich mache eine Pause und beobachte, wie sie das Gehörte verarbeitet.

Langsam lasse ich meine Hand zwischen ihre Schenkel gleiten, umfasse ihre nasse Pussy und verreibe mein aus ihr herauslaufendes Sperma.

„Ich werde auch wissen, wenn du aufhörst, deine Pille zu nehmen. Ich warte auf diesen Tag, sehne ihn regelrecht herbei ... Verdammt, Mädchen! Ich will dich nicht nur ficken – ich will dich so allumfassend besitzen wie nur irgend möglich. Für dich mag das alles zu schnell gehen, für mich ist es ehrlich gesagt zu langsam. Ich will, dass wir uns eine gemeinsame Zukunft aufbauen, dass du nicht nur mein Leder, sondern auch meinen Namen trägst, meine Kinder auf die Welt bringst und in dem Haus wohnst, das ich für uns bauen werde."

Knurrend hole ich tief Luft, küsse sie sanft und schlinge meine Arme um ihren kleinen Körper. Ein Lächeln zupft an ihren Lippen.

„Du meinst das absolut ernst."

Das ist keine Frage von ihr, sondern eine Feststellung. Endlich hat sie kapiert, wie ernst es mir mit ihr ist. Ich nicke und küsse sie erneut.

„Egal was du brauchst, ich werde es dir geben. Du und ich für immer!"

Eine einzelne Träne löst sich aus ihrem Augenwinkel. Ich lecke die salzige Flüssigkeit ab und genieße das Zusammengehörigkeitsgefühl, das sich zwischen uns gebildet hat und mit jedem Herzschlag immer stärker wird.

Hier in Nevada, in einem kleinen Städtchen namens Valmy, habe ich endlich gefunden, wonach die ganze Welt zu suchen scheint: die wahre Liebe.

„Und du hast keine Zweifel?"

„Überhaupt keine! Oh Baby, du musst eine Sache endlich begreifen. Wir Rocker küssen besser, schießen schneller, kämpfen härter, treiben's wilder, leben gefährlicher und lieben endlos!"

Ende

Buchempfehlung

Kennt Ihr die weiteren Rocker Romane von Bärbel Muschiol?

1. Rocker Dämon – Ace und Amy
2. Rocker Devil – Slide und Ellen
3. Rocker Bastard – Razzor und Nicki
4. Rocker Heart – Spider und Abigail
5. Rocker Ghost – Ghost und Angel

Ihr könnt die Rocker Romane als Taschenbücher und eBooks lesen!

„Rocker Dämon – Ace und Amy"

Klappentext:
Es ist ein Deal, um ihren Vater zu retten. Amy liefert sich Ace, dem dämonischen Präsidenten der Dead Riders aus. Doch schon bald genießt sie diese neue und gefährliche Welt des gefürchteten Rockerclubs. Das vollkommene Ausgeliefertsein, Aces Gier und der harte, bedingungslose Sex führen sie in immer neue Höhen. Aber die Schatten der Vergangenheit drohen das neue Glück zu zerstören. Gewalt bricht über die Familie der Riders herein und führt in ein tödliches Blutbad. Prickelnde Erotik, gnadenlose Härte und Dominanz und wahre Freundschaft zeichnen diese spannende Geschichte aus, die mehr als eine Lovestory ist: furchteinflößend, dabei sexy, verdammt heiß und voller Gefühl!

Taschenbuch ISBN: 978-3-95573-549-4
eBook ISBN: 978-3-95573-550-0

Klarant Verlag

Lernen Sie die Titel des Klarant Verlages kennen und besuchen Sie uns im Internet unter:

www.klarant.de

Sie können dort Näheres über unsere Autoren erfahren, viele weitere interessante Bücher und eBooks finden und Leseproben herunterladen.

Mit dem kostenlosen Newsletter unter

www.liebe-lesen.de

erhalten Sie aktuelle Informationen rund um das Verlagsprogramm, wie beispielsweise spannende Neuerscheinungen und Gewinnspiele.